OS SETE

tem gente que não acredita em vampiros...

2ª edição

ANDRÉ VIANCO

OS SETE

tem gente que não acredita em vampiros...

2ª edição

novo século

São Paulo 2011

PRODUÇÃO EDITORIAL Equipe Novo Século
PROJETO GRÁFICO E COMPOSIÇÃO Sergio Gzeschnik
CAPA SPO Design
PREPARAÇÃO Marileide Gomes
REVISÃO Mary Ferrarini
Lucas de Souza Cartaxo

TEXTO DE ACORDO COM AS NORMAS DO NOVO ACORDO ORTOGRÁFICO DA LÍNGUA PORTUGUESA (DECRETO LEGISLATIVO Nº 54, DE 1995)

Dados Internacionais de Catalogação na Publicação (CIP)
(Câmara Brasileira do Livro, SP, Brasil)

Vianco, André
Os sete : tem gente que não acredita em vampiros -- / André Vianco. -- 2. ed. -- Osasco, SP : Novo Século Editora, 2011.

1. Romance brasileiro I. Título.

11-01291 CDD-869.93

Índices para catálogo sistemático:
1. Romances : Literatura brasileira 869.93

2011
IMPRESSO NO BRASIL
PRINTED IN BRAZIL
DIREITOS CEDIDOS PARA ESTA EDIÇÃO À
NOVO SÉCULO EDITORA LTDA.
Rua Aurora Soares Barbosa, 405 – 2º andar
CEP 06023-010 – Osasco – SP
Fone (11) 3699-7107 – Fax (11) 3699-7323
www.novoseculo.com.br
atendimento@novoseculo.com.br

Feliz, dedico esta obra à pessoa que mais acreditou em nosso sucesso: minha adorada esposa Marisa.

Agora tudo começa, e longe vai a barca.

Agradeço a colaboração de
Luzia Bonifácio,
dos "brothers" Tim e Digo Pinkovai,
da turma da Madrugada.

Quando a água inundar sua rua
Quando o gelo resfriar seu sangue
Ponha-se a correr, use seu cavalo mais rápido
E prepare-se para conhecer *Os Sete*
Pois eles, agora, vão encenar o espetáculo mais bizarro da Terra.

Querida Melissa

Juro por Deus que amanhã eu vou comprar um aquecedor no Carrefour. Minha nossa, há anos eu não via uma noite tão fria assim! E aqui em Amarração eu nunca tinha visto nevar. Já vi neve aqui no Rio Grande do Sul, mas nunca aqui na praia. Parece até que o diabo veio pra cá pra congelar a gente, mas eu ele não vai conseguir congelar, não. Amanhã mesmo compro o aquecedor. Estou te escrevendo este bilhete para que você não pense que eu morri, que desapareci por aí na neve. Tem tanta coisa estranha acontecendo aqui em Amarração que é melhor deixar para o fim de semana que vem aquele nosso projetinho. Se bem que no frio é mais gostoso fazer amor, mas esse frio é ridículo. Como já disse, é coisa assombrada. Um monte de soldados morreu uns dias atrás. Tão contando cada história por aqui que dá até medo de sair de casa à noite. Deus me livre, cada coisa! Vou parar de escrever porque estou ouvindo um barulho lá fora. O Rex não para de latir. Pode ser que tenha alguém chegando.

Ps: Você acredita em vampiros?

Bilhete encontrado no bolso de um cidadão de Amarração, vítima de congelamento súbito.

CAPÍTULO 1

Quando eles encontraram aquele navio naufragado, decidiram manter segredo. Outros mergulhadores do vilarejo conheciam o navio, mas o julgavam um amontoado de madeira inútil e podre, sem lhe dar o devido valor. Pensavam que aquela velha caravela não passasse de um reles pesqueiro antigo. Entretanto, Tiago desconfiara do formato daquele amontoado de madeiras. Seu olhar perscrutador, somado a uma intuição inquietante, empurrava-o para um exame mais minucioso. Nos mergulhos seguintes, com a ajuda de seus companheiros, conseguiu chegar à primeira certeza: aquela embarcação não era um pesqueiro naufragado, pelo menos não um deste século. O mistério alegrou o grupo. Se as expectativas se confirmassem, poderiam se deparar com um tesouro perdido, trancado dentro da velha nave.

– Precisamos fotografar aquele barco – disse Tiago, tirando os óculos de mergulho.

– Você conhece o Peta? Aquele do bar.

– Sei.

– Ele tem câmera fotográfica, câmera de vídeo, tudo para reportagens submarinas. Ele trabalha com isso.

– Será que ele cobra caro para nos alugar esse equipamento, César?

– Sei lá. O cara é chato, vai querer vir junto.

– Não, não pode. Se mais gente ficar sabendo... logo vai se armar uma puta correria em cima do barco velho.

César ajudou Tiago a retirar o cilindro das costas, depois foi sua vez de livrar-se do equipamento de mergulho.

– Não sei como nunca ninguém se interessou em investigar melhor esse navio. Eu acho que deve ter uma porção de coisas valiosas lá dentro.

Tiago deu partida no motor da lancha. César tinha razão. Por outro lado, aquela parte da costa era pouco movimentada. Não tinha nenhum atrativo turístico. E eles só mergulhavam por ali porque era o único lugar que tinham para ir. Raramente sobrava dinheiro para longas excursões. O máximo que podiam fazer era ficar ciscando as pedras de suas próprias praias. Desde cedo, Tiago e César se engraçaram com a prática do mergulho. César nascera ali, em Amarração. Já Tiago chegara à cidade com 12 anos. Seu pai fora destacado para Amarração e teve de trazer toda a família. A mãe, que sempre morara na capital, Porto Alegre, achou a ideia bastante agradável. Já os filhos, nem tanto. Os três estavam começando a curtir a adolescência, e Porto Alegre parecia bem mais interessante do que a pacata cidade litorânea. Fazer o quê!

Logo os três se adaptaram. Tiago era o mais novo. Apesar de Tadeu ser seu irmão gêmeo, Tiago fora o último a nascer. Sabrina era três anos mais velha. Havia dois anos a irmã estava casada e fazia cinco morava em outro Estado. De vez em quando se falavam por telefone, mas raramente se visitavam. Da família restavam apenas eles dois. O pai fora o delegado titular de Amarração até morrer por complicações coronárias, quando Tiago tinha 16 anos. O irmão gêmeo morreu dois anos depois, afogado naquela praia. A partir daí, a família desmantelou-se. A mãe morreu de desgosto, definhando mês a mês. Desde a morte de Tadeu, a felicidade sumira-lhe do rosto. Nunca mais voltara a ser a mesma. Tiago também se abalara na ocasião da morte do irmão, mas vendo o estado de sua mãe ficara bastante assustado. Lutava contra a saudade e o desespero, tentando manter a família ainda viva. A irmã fora para São Paulo quando Tiago tinha 20 anos, e ele ficou sozinho em Amarração. Os tios pagaram a faculdade de Sabrina, deixando-a viver em suas casas até ela se casar, aos 23, quando foi morar em Osasco, cidade vizinha a São Paulo. Tiago visitou-a duas vezes, no Natal de 96 e, depois, em 98, quando seus sobrinhos gêmeos nasceram. E aquela fora a última vez em que estiveram frente a frente. Os tios tentaram convencê-lo a migrar para São Paulo também, porém ele não queria deixar seu passado para trás. Sua terra era ali. Não via extraordinárias chances de enriquecimento à frente e também já tinha quase tudo de que precisava. O que tentava, a todo custo, era lutar contra o tédio que abatia Amarração, tornando-a, invariavelmente, uma cidade apática. Se Tadeu ainda estivesse vivo, certamente estariam se divertindo a valer. Se Tadeu estivesse vivo, os dois estariam completando 25 anos na semana seguinte.

A lancha já havia coberto os dois quilômetros que os separavam da costa. César desligou o motor, deixando a embarcação aproximar-se deslizante, sem barulho. Recolheu a hélice, erguendo o motor. O mar estava bastante calmo, sem muitas ondas. Aproximaram-se da praia com bastante tranquilidade. Pularam da lancha e a arrastaram para a areia. Agarraram as cordas e, com muito esforço, arrastaram-na para longe da água.

Tiago ficara com a casa da família. Morava ali, na beira da praia. César, depois da partida de Sabrina, praticamente morava com Tiago. A amizade dos dois se iniciou logo que a família de Tiago chegara a Amarração. Formavam um grupo de sete pestinhas: Sabrina, a mais velha da turma; César; Tiago e Tadeu; Olavo e Jéferson, outros dois irmãos, e também Eliana. Os sete da Amarração, como ficaram conhecidos. Dessa velha turma havia sobrado apenas eles dois, mais Olavo. Tiago e César se viam todos os dias. Trabalhavam na prefeitura da cidade, no mesmo departamento, e nos fins de semana praticavam mergulho juntos. Todo o dinheiro que poupavam ia para os equipamentos, cada vez mais sofisticados e modernos. Infelizmente, não conseguiam economizar muito. A esperança maior corria por conta do mar. Por duas vezes já haviam tirado coisas que lhes renderam um bocado de dinheiro. Na primeira, conseguiram duas imagens de santos. Tiago pensou em entregá-las para a igrejinha de Amarração, mas foi César quem o deteve. O amigo tivera o oportuno palpite de que aquelas coisas deviam valer algum dinheiro. Esperaram três semanas, e, quando o salário da prefeitura chegou, pegaram um ônibus para Porto Alegre e foram direto para o museu da cidade. Lá, descobriram que a coisa valia. Um colecionador comprou as imagens. Eram peças portuguesas da época do descobrimento do Brasil. Conseguiram oito mil reais pelas duas. Mais da metade usaram para comprar a lancha e um motor novo. O restante do dinheiro durou mais alguns meses. Viajaram para vários parques de mergulho, conhecendo muita gente boa. A segunda vez que descolaram um dinheiro com mergulho foi com pequenos reparos no emissário submarino de Amarração. Havia três buracos no emissário que despejava o esgoto no oceano. Dessa vez, o dinheiro foi bem inferior aos oito mil reais, mas novamente realizaram uma série de excursões, conheceram mais gente, novos equipamentos e técnicas de mergulho. E, se o palpite de Tiago estivesse certo, dessa vez encheriam os bolsos com bastante grana. Grana suficiente para nunca mais esquentarem a cabeça.

– Quando você consegue falar com o Peta?

– Ele vai tá lá no bar hoje. Eu também vou. Falo com ele e ajeito tudo.

Os dois entraram na casa.

– Vê quanto ele cobra para alugar o equipamento. Alugar, ouviu? – frisou Tiago.

– O cara é chato, mas vou ver o que ele faz.

– Quando a gente tiver as fotografias nas mãos, eu levo para Porto Alegre. A Eliana tá estudando História lá. Deve conhecer gente de confiança que pode nos dar uma força. Tô desconfiado de que aquele barco é mais antigo do que esta cidade aqui. Tá com toda a pinta de ser um galeão português.

– Caramba! Se for uma coisa tão antiga assim, podemos faturar uma puta grana!

– Sei lá. Depende se tem alguma coisa lá dentro. Pelo barco mesmo, duvido que valha alguma coisa. Ele está muito podre, não sai de lá inteiro. Eu tô apostando em outra jogada. Se a Eliana confirmar que é um galeão português, os caras da faculdade vão ficar loucos para pôr as mãos nele; é aí que a gente fatura. Cobra um dinheiro bom para mostrar onde o galeão tá afundado. Não sei se a gente vai achar muita coisa valiosa dentro daquele troço.

– A gente podia mergulhar amanhã e ver se acha alguma entrada...

– É perigoso, Cesão. Aquilo tá inteiro podre. Pode cair tudo na nossa cabeça.

– É, mas, se o barco é português mesmo, aquelas duas imagens devem ter vindo dele, pode ter mais lá dentro, quatro mil cada uma.

– Sei lá. Vamos chamar o Lalá. De todo jeito, a gente vai precisar de ajuda. Se ele topar, sem problemas, a gente entra.

– O Olavo é meio bundão, mas eu o convenço, pode deixar.

Tiago aquietou-se e por um segundo a memória dos sete veio à sua mente. Sempre mergulharam naquela praia. Os sete. Juntos. Mas nunca tão distante. Nunca tão demoradamente. Com certeza adorariam tê-lo feito.

Na manhã seguinte, bem cedinho, os três já estavam botando a lancha na água. Tinha seis metros de comprimento e pesava mais que o diabo. O próximo dinheiro que entrasse para a dupla seria destinado a um pequeno atracadouro. Arrastá-la na areia e devolvê-la ao mar exigia muita força dos músculos. E naquela manhã o mar estava um bocado agitado. As ondas quebravam violentas na praia, triplicando a dificuldade de colocar a lancha na água.

César conseguira convencer o tal do Peta a alugar o equipamento de reportagem submarina. Cobrou caro porque ficou contrariado por não operar os aparelhos. Deu um bocado de explicações ao César, ensinando, passo a passo, as funções básicas das câmeras. A de vídeo tinha trinta minutos de luz, se necessário. Tempo mais do que suficiente, julgava ele.

Não estavam com pressa. Levaram quinze minutos para chegar até o local, afastado dois quilômetros da costa. Lançaram a pequena âncora da lancha e começaram a vestir e a calçar seus apetrechos de mergulho. Ali, como sempre, o mar estava calmo, convidativo. César iria operar a câmera de vídeo. Optaram por deixar a fotográfica na lancha. Um após o outro, lançaram-se ao mar. Desceram lentamente até chegar ao fundo, trinta metros abaixo da lancha. A pequena âncora estava desaparecida no meio das algas. A água estava bastante clara. Ali não precisariam da luz auxiliar. Comunicavam-se por sinais. Esperaram uns poucos minutos até decidir ir em frente, afastando-se uns quarenta metros até chegar à borda de uma fenda submarina onde o galeão estava afundado. Depois desceram mais uns quinze metros até alcançar o navio.

O galeão encaixava-se quase por completo no fundo da fenda. Apenas uma leve inclinação, de aproximadamente dez graus, mantinha a popa mais elevada que a proa, o mesmo acontecendo ao bombordo em relação ao estibordo. O desenho da nave não negava sua natureza antiga. Nenhum deles conseguia precisar a que século aquilo pertencia, mas, para isso, trouxeram a câmera.

César ligou a luz auxiliar do aparelho, enquanto seus amigos lançaram-se de lanternas em punho à exploração do navio. Percebeu que Tiago estava certo. Aquelas madeiras estavam completamente podres. Bastava uma pressão um pouquinho maior que a necessária para romper a casca de um ovo que elas também cederiam.

Olavo procurou uma entrada no *deck*. Os alçapões estavam trancados com grossíssimas correntes. Já na porta de acesso ao interior do galeão havia várias madeiras pregadas, selando aquela entrada também. Posteriormente, percebeu que todas as escotilhas e portinholas dos canhões também estavam seladas. Realmente os lusitanos não queriam que ninguém entrasse nem saísse do galeão.

Tiago contornou a parte livre do casco, sem encontrar nenhuma fissura. Pensou em usar alguma ferramenta para quebrá-lo, mas, temendo um desmoronamento completo do navio, abandonou a ideia. Uma tartaruga enorme saiu de trás do casco, bem na parte da frente, onde o mesmo se afinava. Tiago aproximou-se, percebendo que o paredão da fenda não tocava completamente o lado esquerdo da embarcação, deixando uma estreita abertura. Imaginou se haveria espaço suficiente ali para examinar o lado esquerdo do casco. Acenou para Olavo, chamando-lhe a atenção. Conseguiu atrair César também, e indicou-lhes a abertura no paredão. Esgueirou-se pelo buraco, tomando cuidado com seu tanque. Aquela seção era muito escura, e enxergava apenas onde o facho de luz de sua lanterna conseguia atingir. Quando César passou com a câmera, a luz auxiliar ajudou bastante. Os homens ficaram parados por alguns segundos, deixando o alvoroço dos peixes cessar. Muitos deles refugiavam-se da luz naquela gruta artificial, e a chegada das lanternas era bastante incômoda. Tiago conseguiu avançar mais alguns metros, mas o muro de pedras começou a estreitar, impedindo-o de ir em frente. Havia, ali, uma corrente forte que ameaçava lançá-los contra as rochas, pondo em risco os cilindros de ar comprimido. Estava para dar meia-volta e abandonar a empreitada quando viu um grande buraco três metros para cima. Precisou subir lentamente, procurando os melhores lugares para passar, afastando animais e algas milenares. Mais uma vez preocupou-se com o tanque de ar, mas acabou passando folgadamente. O coração disparou emocionado. Provavelmente era o primeiro homem, em centenas de anos, a adentrar a embarcação portuguesa. Exceto por sua lanterna, não havia luz alguma. A primeira impressão que teve foi de estar no porão do navio. Quantos negros teriam morrido naquele pavimento? Um arrepio percorreu-lhe o corpo. Era como se a escuridão se enchesse de fantasmas. Mais luzes profanaram o galeão. Tiago paralisou-se quando ouviu um gigantesco ranger de madeiras. Era o som mais apavorante que já tinha ouvido debaixo d'água. Parecia que o navio estava vindo abaixo. Olavo voltou-se para a abertura, nadando rapidamente, assustado. Foi impedido por um volumoso cardume de espadinhas que abandonou o porão do navio. Elas batiam em seu corpo, como se o atacassem. Se ele não fosse um homem experiente na arte do mergulho submarino, teria entrado em desespero naquele momento. O trio percebeu que não se tratava de um desmoronamento, mas apenas de um efeito amplificado. O oco do casco parecia uma caixa acústica, ampliando em dezenas de vezes o menor ruído. Os fachos de luz dançavam nervosamente pelo porão, procurando sinais de perigo. Tiago examinou seu medidor de ar. Tinha pouco menos de vinte minutos. Aquela seria uma visita bem curta. Mais calmos, partiram para examinar. Na altura da popa, nada encontraram, e chegaram a imaginar que o navio estava completamente vazio. Examinavam minuciosamente cada pedaço do fundo do navio. Algas haviam crescido no seu interior, e muito musgo cobria as paredes, tornando o fundo turvo e difícil de investigar. Precisavam achar algo que valesse a pena, pelo menos para pagar o aluguel dos equipamentos. As coisas começaram a aparecer quando se aproximaram da proa e recolheram algumas moedas cobertas de musgo. Olavo tinha uma bolsa presa à cintura para carregar possíveis tesouros, que começavam a aparecer. Tiago achou uma imagem de santo muito parecida com as que haviam encontrado antes. Passou para Olavo, que se esforçou para colocá-la na bolsa. César entregou-lhe mais uma porção de moedas, enquanto Tiago voltava com outra imagem. Olavo sinalizou que não havia mais espaço, que não podia carregar mais nada. As imagens pesavam aproximadamente dez quilos, difíceis de manusear. Tiago decidiu carregar aquela com ele. Avançaram até o fundo do navio, quando então seus olhos se encheram. Havia milhares de moedas naquele canto, dezenas de imagens antigas, como formando um mórbido altar submarino, e também uma grande caixa. Aproximaram-se. Estava completamente coberta pelas moedas, cercada por várias estátuas, parecendo o centro de um arranjo marinho. Não encontraram nenhuma abertura. Estava completamente lacrada. Tiago bateu com o punho e percebeu que a caixa era feita de metal, e, pela ressonância, estava completamente oca. Mas isso não significava que estivesse totalmente vazia. César bateu o olho no seu medidor e assustou-se. Restavam onze minutos de oxigênio. Levaram muito mais de cinco para chegar lá. Desligou a câmera, mantendo apenas a forte luz acesa, e acenou para os outros, fazendo o gesto de cortar o pescoço. Os outros dois verificaram o medidor e arregalaram os olhos. Olavo começou a nadar rapidamente, com a bolsa amarrada na cintura perseguindo-o como um estranho filhote marinho. Tiago foi o primeiro a alcançar a abertura por onde entraram. Saiu, tomando novamente o maior cuidado. O navio inteiro voltou a ranger, produzindo aquele som horripilante, uma espécie de advertência grotesca. Era possível que a corrente marinha o estivesse empurrando contra o paredão.

Olavo apontou a lanterna para o casco. Encontrou o buraco-saída, vendo os pés-de-pato de Tiago desaparecendo do lado de fora. Aumentou sua velocidade. Tinham pouco tempo e ainda precisariam dar uma despressurizada, pois haviam descido bastante para poder entrar no navio. Alcançou a fenda e, apressadamente, pôs-se para fora. Começava a esgueirar-se entre o paredão e o velho casco quando sentiu um tranco. A bolsa havia se enganchado nas madeiras quebradas e pontiagudas do buraco de saída, que não suportaram e cederam, vindo junto com a bolsa. O navio soltou outro grito feroz, parecendo um animal ferido.

César, que estava logo atrás de Olavo, não entendeu o que tinha acontecido quando seu caminho se encheu de pedacinhos de madeira e de uma sujeira tremenda, tapando a visão, e então bateu o cilindro de ar contra o paredão. Virou-se e olhou para o buraco no casco, tentando entender aquela confusão. Viu um monte de madeiras caindo e apontando para fora do buraco. Outras partes do casco estavam cedendo, deixando-se atravessar por vigas de madeira. O navio estava desmoronando. Tratou de nadar o mais rápido que pôde, evitando encostar no velho casco, batendo por diversas vezes o cilindro na parede de rochas que o prensava contra o navio. Parecia que o caminho estava se afunilando cada vez mais. Se não quisesse ficar enterrado ali para sempre, teria de se apressar.

Tiago alcançou o fim do casco. Seus ouvidos estavam ocupados pelos rangidos sinistros que o navio liberava. Algo errado tinha acontecido, pois ele parecia deslizar levemente, fechando a passagem. Subiu um pouco, até ficar próximo à borda da fenda submarina. Virou-se para trás e viu Olavo saindo também. César demorava e, se demorasse mais, ficaria preso para sempre entre o rochedo e o casco do navio. Olavo ultrapassou-o, subindo em direção à luz, mas decidiu esperar mais alguns segundos. César apareceu no fim do casco, porém estava preso pelo cilindro. Tiago voltou para baixo, agarrou a mão do parceiro e tentou puxá-lo. Aqueles segundos pareciam uma eternidade. Seu ar estava quase no fim, não podia perder muito tempo ali. César parou de lutar, desaparecendo novamente naquela cova escura. Tiago usou a lanterna para localizar o amigo. Percebia que o corpo continuava ali, próximo, mas não podia ver se César ainda estava consciente. Havia muita sujeira na água, lançada pelo barco agonizante. Ele enfiou o braço pela fresta, deixando o corpo escorregar para dentro, até onde o cilindro de ar permitia. Alcançou alguma coisa. Era o tanque de César. Puxou-o. Surpreendeu-se quando viu que apenas o tanque viera. César ainda estava lá dentro. No instante seguinte, César reapareceu, nadando livre do equipamento, esgueirando-se agilmente para fora daquela tumba. Passou a câmera de vídeo para Tiago, agarrando novamente seu tanque. Levou o respirador à boca, tomando uma boa tragada de oxigênio. Os dois retomaram a subida, deixando para trás a fenda submarina.

Olavo colocou-se para fora d'água. Com alguma dificuldade, voltou para dentro da lancha. Caiu de costas no assoalho do barco, soltando seu tanque de ar. Puxou para dentro a pesada bolsa dos tesouros, que quase custara suas vidas. Respirou várias vezes rápida e profundamente. Aquele galeão era maldito, pensou.

Tiago e César apareceram alguns metros à frente. Nadaram lentamente até alcançar a lancha. De dentro d'água passaram os tanques de ar para Olavo. Estavam com expressões assustadas.

– O que aconteceu? – perguntou César.

– A bolsa enroscou nas madeiras enquanto eu saía.

– Será que desmoronou tudo?

– Sei lá, o negócio ficou feio. Vamos voltar mais tarde, com os tanques recarregados. Ainda tem bastante dessas coisas lá – Tiago apontou para a imagem que acabara de tirar da água.

Olavo puxou César para dentro, depois foi a vez de Tiago. O céu estava mais limpo e mais claro, revelando que o dia inteiro seria cheio de sol. Recolheram a âncora e deram partida no motor. Cobriram os dois quilômetros em menos de dez minutos, navegando mansamente. A praia já estava cheia. Ancoraram a pequena lancha antes da arrebentação, pois em pouco tempo precisariam voltar para o alto-mar. Levaram a bolsa para dentro da casa e, no chão da sala, espalharam o pequeno tesouro recolhido. Havia quarenta pequenas moedas, aparentemente de bronze. As duas imagens eram certeza de algum dinheiro no bolso.

Fizeram uma refeição rápida e decidiram descansar antes de voltar para a aventura. César pôs a fita gravada dentro do aparelho de videocassete. As imagens reproduzidas não eram de nenhum profissional em reportagem submarina, mas também não estavam tão ruins assim. Certamente deixariam o pessoal do Departamento de História em polvorosa. Pagariam um bom dinheiro para colocar as mãos no galeão afundado.

– Será que nós somos os primeiros a entrar lá depois que ele afundou?

– Acho que sim, Tiago. Você viu como ele está todo lacrado?

– Eu não achei nenhum sinal de arrombamento – completou Olavo. – Mesmo aquelas portinholas que servem aos canhões estavam trancadas.

– Troço esquisito, né? Por falar em esquisito, e essa caixa aí? – inquiriu César.

O monitor exibia, agora, a misteriosa caixa metálica vedada.

– Ela parece vedada... trancada.

– Pode estar de ponta-cabeça também, pode ter virado enquanto afundava... volta esse pedaço aí – pediu Olavo.

– Quando eu bati em cima dela, percebi que era oca... deve ter alguma coisa dentro. Pode valer a maior grana. Pode ter documentos, objetos de ouro. Quanto mais antiga ela for, melhor.

– Aí... aí tá bom. Tá vendo?

– O quê?

– Ali, Cesão, onde você focalizou, acho que é o lugar onde o Tiago disse que bateu, parece que ele deu uma limpada...

– Parecia que tinha uma coisa escrita...

– ...e tem mesmo. Você consegue melhorar a imagem aí nesse ponto? Dá uma pausa.

César atendeu o amigo. Tirou o vídeo do *tracking* automático, passando para o manual, otimizando o sinal.

– Cadê meus óculos... – Olavo tateou o bolso da bermuda, sem encontrar nada. – Parece que está escrito in...

– Inferno?

– É, parece que está escrito inferno, mesmo.

– Pra mim parece inverno, não um efe, mas um vê.

– Pode até ser, Lalá, mas que mesmo assim é estranho, é.

Tiago benzeu-se.

– Esse barco deve ser amaldiçoado, sei lá. Se a coisa está trancada, não é para abrir – disse.

– Tá com medo, santa? Você viu quantos santinhos tem lá dentro? Por quatro mil cada um, pode ter até o diabo que eu entro de novo.

– Pode crer – completou Olavo.

César soltou a âncora. Deixou a corda de náilon descer rapidamente, correndo em sua mão. Sentiu bater lá no fundo mais uma vez.

Os três preparavam-se para o segundo e último mergulho do dia. O vento aumentara bastante, mas não havia um único indício de chuva. A lancha balançava suavemente, proporcionando uma sensação deliciosa.

Tiago pulou primeiro. Tinham ainda esperança de encontrar a passagem aberta, ou talvez uma nova abertura. Olavo entrou na água, seguido por César. O trio desapareceu rapidamente, chegando ao fundo do oceano. Dessa vez, a fenda estava mais próxima, afastada apenas dez metros da lancha.

César foi o primeiro a descer pela fenda; não trazia nenhuma câmera, apenas a lanterna. Seu facho de luz já alcançava o navio. O galeão parecia agora nivelado, encostado completamente, com o paredão a estibordo, popa e proa na mesma altura, sem a antiga inclinação. Mais dois fachos de luz invadiram a escuridão. César encontrou a passagem onde vivera seu último apuro. Estava estreita demais, e mesmo sem o cilindro não conseguiria se esgueirar. Os outros dois chegaram, gesticularam e partiram em busca de uma nova entrada.

Vinte minutos depois, o trio abandonava a fenda sem encontrar nenhuma passagem, nenhuma nova fissura no casco do velho navio. Permaneceram alguns minutos próximos à corda da âncora, esperando a descompressão.

Olavo iniciou a subida, utilizando a corda da âncora para chegar mais rápido.

Quando voltaram para a praia, recolheram a lancha, já que não pretendiam novas incursões ao fundo do mar naquele dia. Agora se ocupariam em planejar a venda das peças recolhidas e os contatos com Eliana e a universidade.

Haviam encontrado algo valioso. Algo que lhes traria lucro. Haviam encontrado algo maldito, também. Algo que lhes traria a morte.

CAPÍTULO 2

– Isto é fabuloso! – explodiu Eliana.

– Nós temos uma fita de vídeo, gravamos a incursão ao galeão.

– Não acredito! É um galeão?

– Sei lá, Eli. É você que estuda esses negócios...

– A fita está aí?

Tiago gesticulou para César, que lhe entregou a fita. Eliana a pegou e, sem se levantar, impulsionou a cadeira com pequenas rodinhas em direção à bancada onde estava o equipamento de vídeo. Enfiou a fita dentro do vídeo e acionou a tecla *play*. Seus olhos brilhavam, tamanha a ansiedade. Esperava se deparar com a primeira descoberta importante em sua carreira de historiadora. Ela era quartanista de História da Universidade Soares de Porto Alegre (USPA), mas já trabalhava na própria universidade havia um semestre. O filme começou. Os rapazes estavam certos apenas de uma coisa: aquele barco realmente era português. Aliás, não era um galeão. Era uma caravela.

– Gente, vocês tiraram a sorte grande! Esse barco é português, legítimo. Provavelmente construído entre 1400 e 1600. Só examinando para saber. Deve existir alguma pista, algum sinal.

Tiago tirou uma moeda do bolso e jogou-a no colo de Eliana.

– É bronze português – afirmou Tiago.

– Como tem tanta certeza?

– Vendi trinta moedas destas hoje de manhã. O cara que comprou disse que eram portuguesas, autênticas.

– Uau! Vocês estiveram dentro do navio, então?

– Sim. Quase não saímos de dentro dele. Como você viu, o casco está inteiro do lado direito, achamos um buraco grande do lado esquerdo. Tá vendo, é esse aí – César apontou o local, orgulhoso de sua reportagem. – Como pode ver, não é tão grande assim, mas dava pra gente passar.

– Essa moeda já traz Dom Manuel estampado aqui. Então eu acho que é de mais de 1500, por volta disso aí – explicou a estudiosa.

– Tem uma coisa esquisita dentro desse porão...

– Todas as escotilhas e entradas do galeão estavam lacradas, pregadas, sem chance de entrar.

– Por quê?

– Sei lá, Eliana. Isso vocês é que têm de descobrir.

– Isso é estranho.

– ...aí está, esta caixa é que é estranha.

Eliana parou de falar, examinando a caixa de metal.

– Tem um negócio escrito, eu filmei, já vai apare...

– Aí, é bem agora. Eliana congelou a imagem.

– Parece que está escrito INFERNO...

– Vamos descobrir já, já.

Eliana ligou um computador. Na tela do aparelho apareceu uma reprodução fiel do que o monitor de TV exibia. Ela fez algumas marcas, aprisionando a palavra *inferno* dentro de um retângulo cintilante. Depois de alguns comandos, ampliou a imagem, tornando a inscrição legível. Reposicionou, mudando o ângulo da câmera, como se estivesse lá, no fundo do mar. Aumentou mais uma vez e limpou as sujeiras da imagem.

– Não é inferno – disse.

O monitor do computador exibia outra palavra:

INVERNO.

A palavra parecia entalhada no metal, bastante apagada pela sujeira, mas era isso o que estava escrito.

– Menos mal. Inferno é um pouco pesado, né? O Lalá estava certo. É inverno. Pelo menos é mais suave. Pode crer. O Olavo tinha lido inverno, de prima, mas, como ele estava sem óculos, nem dei bola – explicou César.

– Estranho, né? É, Eliana, mas eu acho que vocês podem encontrar um bocado de coisas aí dentro. Essa caixa metálica é oca.

– E essas estátuas?

– São imagens católicas... santos, Maria, Jesus, essas coisas.

– Vendemos duas hoje cedo, junto com as moedas.

Eliana espantou-se.

– Venderam! Nem me deixaram dar uma olhadinha, seus piratas! Então vocês estão pouco se lixando para o valor histórico da coisa, não é? Já devia saber.

– Até parece que você nunca foi da turma dos sete – arrematou Tiago.

– Nós já montamos todo nosso esquema – disse César, tirando uma folha do bolso da camisa.

– Aqui, nesta carta, está tudo o que a gente quer para levar vocês até o galeão...

– Caravela! Galeões são maiores.

– O que seja. Mas aí tá tudo o que a gente precisa. Eu, o Tiago e o Olavo somos os descobridores da coisa, temos o direito de faturar algum com isso, não temos?

– Sem dúvida, meninos, mas vai depender de quanto essas mentes gananciosas vão querer extorquir desses pobres professores de História.

– Sem essa, Eliana. Mais da metade dos universitários do Estado estuda nessa biboca, e não vai ser nenhum desfalque nos abastados cofres da USPA.

– Eu não posso prometer nada, vou entregar esta proposta aos homens. Vamos ver o que eles acham. Mas uma coisa posso garantir: que eles vão ficar louquinhos para pôr as mãos nessa preciosidade, ah, isso vão.

Os três riram descontraidamente. Depois de acertados os negócios, partiram para conversas mais amenas, banalidades sobre o tempo em que eram crianças. Sobre o tempo em que eram os sete da Amarração.

✠ ✠ ✠

Os homens toparam.

Vinte e cinco mil reais só para dizer onde a caravela estava afundada mais a metade do dinheiro conseguido com o tesouro recolhido, como as moedas, as imagens e o conteúdo da caixa de ferro. Já o esqueleto do navio estava descartado. A USPA poderia fazer o que quisesse com ele, estava completamente podre mesmo.

Naquela manhã, o trio de descobridores já havia levado o pessoal da USPA até o local. Fizeram um mergulho de reconhecimento. O navio continuava lá, imóvel, afundado, morto.

Passaram-se mais três dias até que todo o material necessário para a USPA prosseguir com a tarefa de resgate estivesse de pé. O litoral de Amarração ficou bastante movimentado.

Na casa à beira-mar de Tiago foi montado um pequeno posto de monitoramento e apoio, onde o pessoal da expedição comia, tomava banho e, raríssimas vezes, descansava o esqueleto. Ninguém queria ficar lá de bobeira. O gostoso mesmo era estar no mar, junto das equipes de execução, acompanhando tudo, segundo a segundo.

Na condição de descobridor, o trio tinha lugar garantido nos barcos da USPA. Eram três: um, parecido com um iate, era onde estavam os melhores sonares, o equipamento de imagem e toda tecnologia de ponta para esse tipo de missão. Os outros dois eram rústicos, barcos de transporte. Havia agora cerca de três dezenas de mergulhadores realizando diversas verificações e tarefas. Boa parte deles era formada por voluntários bem-intencionados. O conhecimento do trio descobridor foi bastante utilizado, rendendo dicas valiosas para os homens do mar.

Depois de uma bateria de exames, a USPA decidiu pelo tudo ou nada. A estrutura da caravela estava bastante comprometida, mas aparentemente inteira. O comprometimento devia-se ao alto índice de deterioração da madeira; já a estrutura, no que puderam ver, estava perfeita. Iriam tentar removê-la inteira, de uma vez, sem tirar nada de dentro. Usariam tiras de borracha para amarrá-la e depois encheriam balões de ar para trazê-la à tona. Entretanto, teriam de esperar um dia de mar absolutamente calmo. A maré estava em transição, agitando demais as águas, baixando consideravelmente as chances de sucesso da empreitada.

Passaram-se cinco dias até que o tempo se firmasse e o mar ficasse tranquilo. Por volta das cinco horas da manhã, os primeiros mergulhadores desceram. O primeiro time começou a amarrar a caravela. Usaram martelos hidráulicos para quebrar pequenos pedaços do paredão, por onde os homens menores conseguiam entrar. Tiago e César ajudaram na amarração da caravela. Ela foi completamente trançada pela borracha, com uma bainha à altura da amurada. A cada tarefa executada, o clima de expectativa aumentava sensacionalmente entre todos. Por volta do meio-dia, essa primeira fase, difícil, estava concluída. Passaram para a seguinte. Com furadeiras fizeram uma série de pequenos buracos, transformando o casco da caravela no maior escorredor de macarrão do mundo. Por volta da uma e meia da tarde, começaram a fixar os balões que suspenderiam o tesouro lusitano. Já eram quase quatro e meia quando o diretor da operação, o professor Delvechio, autorizou o enchimento dos balões de borracha. Quatro câmeras submarinas acompanhavam a operação, dando uma visão precisa do desenrolar dos fatos. Havia pequenos microfones, instalados no casco da caravela, que serviam para transmitir o sofrimento do navio. Se ele gritasse demais, significava que teriam de ir mais devagar ou, até mesmo, interromper temporariamente a tentativa. Cinco minutos depois de os balões começarem a se encher, o primeiro gemido aconteceu. A impressão era de que a velha caravela não aguentaria mais nenhuma puxada. Entretanto, a animação, ainda estampada na cara dos professores e estudantes a bordo, tranquilizava a dupla de leigos, Tiago e César, que subiram a bordo para assistir ao trabalho. Os balões ganharam tamanho espetacular, como se fossem explodir. A caravela desencostou-se do paredão, reclamando com estalido e liberação de grande quantidade de espúrios de madeira, quase escondendo-a das câmeras. A quantidade e a intensidade dos gemidos aumentaram, obrigando um pequeno grupo da equipe a movimentar-se em torno de um sofisticado painel de controle. Aparentemente desaceleraram a subida, reduzindo consideravelmente os sons emitidos pela nave anciã. A caravela já havia abandonado por completo a fenda, seu porto secular, dando a impressão de que, na verdade, venceria aquela batalha, voltando fantasticamente para a luz do sol. A técnica aplicada pelos esforçados assistentes parecia funcionar muito bem. É verdade que o navio subia como uma lesma escalando o Everest, um centímetro por minuto, mas o importante é que ele subia com segurança.

– Em que ano será que essa nau afundou? – perguntou César.

– Afundou, não, foi afundada – corrigiu o professor.

Tiago espantou-se. Quem afundaria uma preciosidade daquelas?

– Como pode saber se ela foi afundada ou se naufragou?

– O casco está inteirinho, sem um arranhão, exceto pelo buraco que pudemos observar em sua interessante reportagem. Nessa área do buraco existem alguns ferimentos recentes, posteriores à sua última visita, um acidente que nada teve a ver com o afundamento da caravela – Delvechio fez uma pequena pausa, observando o andamento da operação pelo monitor à sua frente. – Vocês são excelentes mergulhadores, conhecem cada palmo desta parte do litoral, eu presumo. Então...

– Ela não poderia ter batido em nenhuma pedra, em quilômetros – adiantou-se Tiago.

– Isso mesmo. Não existem corais, não existem arrecifes, muito menos *icebergs*. E o tempo que nos separa da data do afundamento desta caravela... ela não é uma nau, como disse. Como eu dizia, o tempo que nos separa é extremamente curto para ter havido mudanças tão profundas como o desaparecimento de grandes pedras, que poderiam ter destruído o fundo do casco da caravela.

– E mesmo que houvesse pedras... – prosseguiu Eliana – ela não bateu em pedras.

– Então ela foi assassinada, afundada de propósito?

– Certo. Veja – o professor apontou uma representação da caravela em seu *laptop* para Tiago ter uma ideia mais precisa. – O buraco pelo qual vocês entraram está bem aqui em cima, mais próximo da amurada do que da parte baixa do casco. Meu *feeling* diz que isso aí, esse buraco, é um tiro, certeiro, de canhão.

– Piratas?

– Talvez. Espero encontrar traços que nos digam. Fantasmas reveladores do passado.

Ficaram em silêncio, observando a elevação da caravela, tentando adivinhar que segredos a antiguidade guardaria em seus compartimentos. Principalmente que segredos aquela caixa misteriosa esconderia. O velho navio conseguira subir mais um pouco, faltando ainda uns vinte e sete metros. Continuaram jogando conversa fora, tentando imaginar o que poderia ter acontecido à velha caravela. Aquela tarefa de subida levaria um bocado de tempo e, com alguma sorte, seria monótona, sem imprevistos.

Já eram seis e vinte da tarde quando os balões de cor laranja alcançaram a superfície. Um pedaço do mastro principal já despontara para fora, principiando um momento mágico. O sol ameaçava tocar a água, prestes a encerrar o dia. O mastro principal ainda conservava a vigia intacta – aquela gaiolinha por onde um membro da tripulação ficava vigiando.

Tiago sentiu o coração disparar. Imaginou que, se ele, apenas um curioso, estava tão empolgado, Eliana, Delvechio e os outros deveriam estar perto de um infarto. Cesão deu-lhe uma série de tapinhas nas costas, demonstrando a mesma empolgação.

A parte mais alta da proa surgiu, deixando um mundo de água salgada escorrer. Era mágico. Uma caravela! Talvez uma das primeiras que visitaram o Brasil. Talvez a primeira a alcançar aquela terra tão ao sul. E como era linda! A amurada revelou-se de ponta a ponta; tinha por volta de vinte metros de comprimento, sem revelar o convés por enquanto. Levou quase meia hora até que o convés estivesse para fora. Mais uma vez um turbilhão de água correu para o mar, abandonando algas e mariscos no piso do velho navio. A missão estava para completar a etapa mais importante. O sol era agora uma pequena fatia no horizonte escarlate, obrigando as embarcações da operação a acionar seus potentes faróis, a fim de clarear cada detalhe daquela emersão.

Uma parte do casco apareceu, começando a dar uma ideia clara da robustez da caravela. E foi aí que ela parou, pois os balões não conseguiam erguê-la mais.

Uns poucos furos feitos pelos mergulhadores apareceram, dando vazão a jatos de água marinha. Centenas de peixes pulavam, retornando ao lar aquático, abandonando a velha casa que se tornara seca demais para sua sobrevivência. Um primeiro monitoramento indicava calma promissora. Nada de avarias na nave portuguesa. O casco continuava incólume; a única anormalidade residia no buraco preexistente (o que, em verdade, não era anormal) e nos novos pontos perfurados.

Arrastou-se mais meia hora até acontecer o primeiro acidente sério da operação. Estava tudo correndo na mais digna ordem quando os microfones instalados no navio começaram a registrar um estalido peculiar que provinha da proa. Exatamente onde a...

– É a caixa! – gritou Tiago, chamando a atenção de Eliana.

– O que tem a caixa?

A reprodução da caravela na tela do computador indicava de onde vinha o ranger da madeira. Vinha da parte funda da caravela, junto ao casco, na direção da proa. A representação em amarelo-vivo ganhava uma coloração roxa e cintilante naquela parte.

– A madeira está cedendo – alertou Delvechio.

– É aí que está a caixa da qual falamos. Acho que está muito pesada para o casco.

O rugido aumentou. A madeira cedia lentamente. Delvechio saiu para o convés, aturdido. Um grupo de mergulhadores permanecia sempre de prontidão. Delvechio alertou-os pelo rádio, pedindo que se aproximassem de sua lancha. Em menos de dois minutos, um bote com dez homens encostava no barco. Com a ajuda de Eliana, de Tiago e mais a equipe de bordo, Delvechio arremessou uma pesada rede para dentro do bote. O som que vinha dos alto-falantes era de arrepiar.

– Mergulhem com esta rede. Pelo rádio eu comando vocês com mais precisão. O casco está cedendo na proa; existe uma grande caixa metálica naquela área; provavelmente a madeira podre não vai aguentar; tentem conter a caixa se...

Um ruído maior escapou das caixas de som.

– Não dá mais, não! – gritou César, que acompanhava o monitor.

O sonar cintilava, apontando um grande e pesado objeto descendo a toda velocidade para o fundo do oceano.

– Merda! – explodiu o professor.

Todos entraram correndo na cabine para acompanhar César na passiva observação da caixa. Ela já alcançava a fenda, e agora era captada pelas câmeras de vídeo. Desceu silenciosa até se impactar contra o fundo rochoso da cratera submarina. As luzes das câmeras captaram pequenos pontos cintilantes.

– São as moedas... – murmurou Eliana.

Sombras negras de meio metro vieram a seguir.

– Agora, devem ser os santos... – completou Tiago.

– Droga, queria pôr a mão naquela caixa ainda hoje – lamentou o professor.

Os mergulhadores foram dispensados do chamado. Partiram em direção à caravela para realizar mais uma etapa do processo de desafundamento.

Mergulharam novamente, separando-se, em busca de diferentes partes do casco. Com a massa especialmente desenvolvida para missões similares, tapavam os buracos outrora feitos por suas potentes e extensas brocas.

– Bom, agora vem uma fase demorada – explicava Delvechio.

– Os mergulhadores irão tapar cada buraco que encontrarem no casco. Inclusive este rombo aberto pela caixa metálica. Isso vai demorar.

– É, a massa tem de secar, ficar bem rígida para começarmos o bombeamento da água. Leva um dia inteiro, mais ou menos.

– Domingo deve estar pronta para navegar – especulou César.

– É, provavelmente.

– E quanto à caixa?

– Bem, meu caro, assim que o sol raiar novamente, iremos atrás daquela preciosidade. Não temos nenhum concorrente na área, não é mesmo? Ela não vai sair de lá do fundo.

– É, professor, mas do jeito que aquela coisa é esquisita, aposto que ainda teremos muitas surpresas com ela.

– Veremos... veremos.

CAPÍTULO 3

A noite havia transcorrido calma. Todos os que acompanhavam o desenrolar da missão estavam ainda bastante ansiosos. A caixa era o objeto mais cobiçado pelos professores. Como os três descobridores afirmavam que a caixa metálica não continha nenhuma abertura, a expectativa em encontrar documentos históricos intactos era gigante.

Por volta das seis da manhã, a equipe se pôs a caminho do local de trabalho. Da praia era possível avistar os barcos da expedição e também pontos alaranjados no oceano, apoiando um grande navio.

Quinze minutos depois de o professor Delvechio ter passado uma mensagem por rádio a um dos barcos da expedição, quatro botes grandes, feitos de borracha preta, chegaram à praia. Do grupo, a maior parte tinha se instalado provisoriamente na casa de Tiago, à beira da praia; outros armaram barracas na areia, autorizados pela prefeitura de Amarração. Cerca de trinta pessoas entraram nos botes, que voltaram a roncar alto seus motores, afastando-se velozmente. Tiago e César estavam curtindo positivamente a ideia de entrarem para a história brasileira como descobridores de um tesouro tão valioso. Adoravam ainda mais a ideia de encherem os bolsos com muita grana. Olavo, com certeza, gostaria de estar lá agora, quando enfim desvendariam a misteriosa caixa, mas infelizmente o trabalho não permitiu sua presença. Tiago e César haviam conseguido uma dispensa especial, e poderiam ficar fora dos escritórios da prefeitura por duas semanas, se necessário. Estavam virando celebridades. Todo o time imaginava encontrar algo de bom dentro da caixa. Esperavam por todo tipo de tesouro. Escrito, material, religioso, revelador... mas ninguém esperava por algo tão umbrífero, tão funesto. Ninguém contava com uma piada do diabo.

Por volta das oito e meia da manhã, os mergulhadores já haviam amarrado e prendido firmemente a caixa a um cabo de aço. Usaram um balão, menor que os utilizados com a caravela, para auxiliar na retirada. Tinham medo de causar avarias com um arranque brusco.

Iniciaram o enchimento do balão, suspendendo lentamente a caixa do fundo da fenda. Quando os mergulhadores gesticularam para as câmeras, foi autorizado o guinchamento do objeto. Era pesadíssima. Chegava a oitocentos quilos, o que animava e, ao mesmo tempo, intrigava o pessoal da USPA.

Em contraponto à caravela, em apenas cinco minutos o balão alcançou a superfície, trazendo consigo a caixa misteriosa. Uma trave, movida por braços hidráulicos, desceu até a água, e por meio de uma rede trouxe o pesado objeto até o convés.

Delvechio abandonou a sala de monitoramento e correu até o local, indo ao encontro da caixa. Antes de tocá-la, observou-a, encantado. Ela ainda estava envolta na rede, deixando grande quantidade de água escorrer para o convés. Delvechio analisou-a rapidamente, temendo pela integridade do objeto. Felizmente, a água que escorria desprendia-se somente da superfície da caixa. Não havia nenhum indício de que estivesse rachada ou mesmo corroída.

Um trovão potente ribombou no céu, fazendo várias pessoas correrem os olhos pelo firmamento, onde pequenas nuvens começavam a se ajuntar.

– Calma, pessoal! – gritou Eliana. – Não há previsão de chuva para hoje.

A caixa estava coberta por algas e vários tipos de crustáceos. Delvechio, aproximando a mão, encostou-a lentamente.

– Uau! Como é gelada!

O pessoal cercou-o, sem tocar a caixa, evitando algum tipo de alteração em seu estado natural.

– Ela é feita de metal mesmo – afirmou Armando, outro dos professores. – Parece prata.

– Uma caixa, desse tamanho, feita de prata?

– Alguns exames simples poderão confirmar isso.

Fotografaram-na diversas vezes e também a filmaram enquanto era retirada da água. Realmente era um objeto interessantíssimo. Tiago aproximou-se da geladeira gigante e procurou o lugar onde a tocara no fundo do mar. Lá estava a palavra INVERNO gravada em uma de suas superfícies. Que significaria?

A chuva apanhou a tripulação de surpresa, varrendo o convés com ferocidade.

O barco começou a se locomover lentamente. Se aquela chuva se transformasse em tempestade, colocaria em risco a integridade da caravela. O barco principal, onde estava a caixa e os equipamentos de ponta, dirigiu-se para as docas. A caixa seria submetida aos primeiros exames e depois despachada para o laboratório da USPA.

Os outros dois barcos ficaram encarregados de sustentar a velha e frágil caravela. Foi providenciado uma espécie de cambão, ligando o navio de madeira a um dos barcos a motor. Em último caso, a caravela seria guinchada até as docas. Se ameaçasse afundar, estaria em uma parte bem menos profunda que aquela e mais próxima à costa.

Vinte minutos depois, o barco carregando os pesquisadores atracou na doca, trazendo a bordo a caixa metálica. O braço hidráulico voltara a funcionar, retirando o pesado objeto do convés e acondicionando-o nos ganchos frontais de uma empilhadeira. O veículo pequeno, porém forte, deu meia-volta lentamente e depois acelerou, desaparecendo com a preciosidade para dentro de um galpão escuro.

A perigosa chuva já amenizara bastante, e era agora uma furtiva garoa.

Uma rampa foi lançada ao madeirame da doca, servindo de saída para o pessoal do barco. Alguns, temendo um resfriado inesperado, abandonavam o barco e corriam em direção ao galpão, onde a caixa aguardava.

Quando entraram, Tiago e César assustaram-se. Aquele galpão costumava ser bastante simples, normalmente vazio, exceto pelos milhares de redes e restos de peixes abandonados ali pelos pescadores. Agora não. Havia uma espécie de plástico prateado recobrindo todas as paredes e formando um teto em todo o galpão. Logo na entrada, quatro pequenas salas, com paredes de vidro, foram montadas. Após estas, restava o grande salão. A caixa estava lá. Protegendo a entrada, quatro soldados do Exército.

Eliana entregou a Tiago e César um cartão magnético para cada um, com suas respectivas fotografias impressas em uma das superfícies. Aproximou-se de uma das portas das pequenas salas e ensinou-os como operar a credencial magnética.

– Não sabia que esses caras iam se envolver no nosso negócio – reclamou o repórter submarino.

– Foi preciso que eles viessem, Cesão. Nosso laboratório na USPA está sendo utilizado para outro estudo, de menor importância, sim, mas vão levar cinco dias para desocupá-lo e organizá-lo para este projeto. Acontece que os historiadores, eu e todo mundo da USPA não vamos aguentar de curiosidade. Delvechio mexeu uns pauzinhos e conseguiu este equipamento provisório de um pessoal interessado por história. Dinheiro de empresários. Pelo menos a gente mata parte da charada ainda hoje.

Os três adentraram o grande salão e foram se sentar em um amontoado de cadeiras, onde outros estudiosos observavam e aguardavam ansiosos o início dos trabalhos.

Três homens da USPA faziam agora mais uma documentação fotográfica e videográfica do grande objeto. A caixa tinha dois metros e vinte de altura, por um e cinquenta de largura. De pé, assemelhava-se realmente a uma geladeira exagerada.

Depois, os mesmos homens ocuparam-se em limpar a superfície da caixa, primeiro removendo manualmente todos os mariscos e parte das algas que estavam afixadas em sua superfície. Em seguida, com um esguicho moderado de duas mangueiras que pendiam do teto, principiaram um longo e minucioso banho. Chegava a ser monótono o processo. Com a água limpando e retirando os restos de algas e sujeiras, a caixa ia se mostrando mais interessante aos historiadores, à medida que revelava uma série de inscrições em português entalhadas no metal.

Delvechio aproximou-se, pedindo que os esguichadores interrompessem a lavagem. Todos os que aguardavam abandonaram suas respectivas cadeiras e chegaram perto da caixa para apreciar os interessantes entalhes. Tiago percorreu a superfície onde havia encontrado a palavra INVERNO entalhada.

– Tá vendo, Eliana? – apontou para o local.

A mulher aproximou-se, tateando o entalhe. Os sulcos eram profundos. Dentro de uma moldura esculpida na prata, além da palavra INVERNO havia mais seis:

– Lobo... – começou ela, lendo e murmurando baixinho, quase inaudível.

– ...Tempestade, Inverno, Gentil, Espelho... Acorda... Acordador, Sétimo.

– São sete – disse César, atrás de Tiago.

– Acordador? Que diabos é isso?

– Espero descobrir, Tiago. Sinceramente, espero descobrir.

A moça abandonou aquelas sete palavras, tentando encontrar mais gravações ao redor da caixa. No entanto, não foi muito bem-sucedida. Apenas algumas gravuras que pareciam símbolos, mas não faziam o menor sentido naquele momento.

– A que horas esta belezinha será aberta?

– Delvechio disse alguma coisa por volta das duas da tarde.

– Ótimo, assim dá tempo de eu comer alguma coisa. Vocês me acompanham?

César aceitou o convite do amigo. Eliana preferiu permanecer junto de seus companheiros de trabalho. Tinham muito o que fazer, muito o que olhar. Alimento tornava-se subjetivo nessas horas.

Os dois amigos abandonaram o salão improvisado e saíram. A chuva já havia parado, mas o oceano estava coberto por uma densa neblina, não permitindo que a visão ultrapassasse cem metros. Eram por volta das dez da manhã; o sol tinha ido embora por completo, aumentando a estranheza do cenário.

Andavam por uma alameda perpendicular às docas. Conversavam tranquilos e pararam somente para admirar uma cena fantasmagórica, mas que não chegava a ser assustadora.

O silêncio foi cortado pelo cadenciado barulho dos motores de dois possantes barcos. Do meio das brumas surgiu um grande corpo de madeira que perseguia de perto os comparativamente pequenos barcos. A proa da antiga caravela cortava o nevoeiro, surgindo magnífica, leve como um fantasma. Logo todo o seu corpo se fez visível. Os barcos desligaram os motores, e o único som que se ouvia era o dos cascos deslizando e cortando o mar. A caravela era linda, e eles, Tiago e César, sentiam-se cada vez mais orgulhosos de terem retirado aquela preciosidade do fundo das águas.

Continuaram a caminhada. Estavam afastados uns quatro quilômetros da praia onde ficava a casa deles. Decidiram comer ali por perto. Foram até a lanchonete de um conhecido e pediram lanches. Bateram papo por pouco mais de uma hora. O principal da conversa estava no destino da grana que levantariam com o tesouro recém-descoberto. A USPA pagara vinte e cinco mil só para saber o paradeiro da caravela. Eles, o trio de exploradores, receberiam metade do dinheiro de tudo o que fosse retirado da caravela, o que já renderia uma pequena fortuna. Só aquela caixa, se fosse toda de prata mesmo, deveria valer bastante dinheiro. Nenhum dos dois tinha a menor ideia do valor de um quilo de prata. Ficara acertado que, mesmo que a USPA decidisse ficar com alguma coisa, sem vender, ela pagaria a metade aos rapazes. Estavam quase dando risada à toa. Tinham conseguido também credenciais para participar do desenrolar de toda a pesquisa, entrar nos laboratórios e ter acesso a uma série de relatórios e documentos referentes à maior aventura arqueológica que já vivenciaram. Ligaram para o Lalá, colocando-o a par dos números e das recentes descobertas. O amigo prometera juntar-se aos parceiros assim que pudesse. Também estava bastante entusiasmado com tudo aquilo. O relógio da lanchonete marcava uma e vinte da tarde. Resolveram retornar às docas; não queriam perder a abertura da caixa que continha as sete palavras. E foi sobre essas sete palavras que voltaram conversando durante todo o caminho.

– Coisa estranha aquelas palavras, não é?

– Pode crer – César acendeu um cigarro, conversando pelo canto da boca, o que deixava o amigo extremamente irritado. – Cê viu aqueles desenhos nas outras faces da caixa?

– Vi.

– Entendeu alguma coisa?

– Nadinha. Parecem desenhos, símbolos...

– Tá esfriando pra caralho.

– Está. Também, com esse *fog* que apareceu não sei de onde...

– Coisa do demo...

– Quê?

– Meu pai que falava. Essas neblinas que aparecem em dia de sol, sem mais nem menos. É tudo coisa do demo.

Os dois riram um pouco. Tiago abaixou e pegou uma pedra grande. Arremessou-a de cima do píer direto para a água.

– Vamos entrar, Tiago?

– Vambora. Não quero perder a abertura daquele troço. Deve ter um monte de coisas valiosas. Isso quer dizer...

– Mais dinheiro na caixa! – completou o amigo.

Delvechio autorizou a abertura da caixa por volta das quatro da tarde. Preferiu submetê-la a um exame ultrassonográfico antes de se aventurar a abri-la. A prata causava muita interferência, não permitindo desvendar com clareza o que estava encerrado em seu interior. A montagem do equipamento, trazido de São Paulo, foi bastante demorada. O galpão tomava, cada vez mais, formato de laboratório de pesquisa de universidade. Descobriram que havia, sim uma porção de coisas lá dentro, aparentemente guardadas em outras caixas. Quando deitaram a caixa para examiná-la melhor, observaram inscrições também nas outras duas faces menores, a de cima e a de baixo. Na primeira face, alta demais para os pesquisadores enxergarem, encontraram uma figura que representava um sol, com raios compridos e curvilíneos saindo de sua superfície, representada por um rosto sério. Na face inferior, sobre a qual a caixa fora apoiada, deixando-a completamente oculta, havia um pequeno texto escrito em três línguas: primeiro português, depois espanhol e, por último, inglês. Os dois últimos reproduziam fielmente o primeiro.

"Nobres homens de bem, jamais ouseis profanar este túmulo maldito. Aqui estão sepultados demônios viciados no mal e aqui devem permanecer eternamente. Que o Santo Deus e o Santo Papa vos protejam."

Os estudiosos desconsideraram o aviso imediatamente. Sabiam que o povo português era um dos mais supersticiosos de todas as nações da época. Sabiam, também, que dizeres como aqueles eram frequentemente usados para afastar aventureiros bobocas de preciosos tesouros. Também sabiam que, dependendo do ano de sua confecção, a caixa poderia ter sido um dos ápices dos trabalhos da Inquisição instaurada em Portugal. Isso aconteceu entre 1521 e 1530, quando Dom João III, o Piedoso, permitiu que os inquisidores afastassem o perigo judaico, preservando a unidade espiritual católica portugalense. Se encontrassem corpos ali dentro, seriam provavelmente pobres judeus falsamente acusados de praticar bruxarias. Para Delvechio, estava decidido. Iriam abrir a caixa.

Afiadas e precisas serras elétricas investiram contra a prata pura. Anteriormente, Delvechio havia ordenado um banho químico para limpar completamente as seis superfícies da caixa. A geladeira de Itu estava mais linda e enigmática do que nunca. Reluzente e imperiosa. Haviam batizado as faces menores: a do sol, como a parte de cima; a das advertências, como a parte de baixo. Tomaram como convenção que a parte onde estavam escritas as sete palavras seria a frente; as que continham os pequenos símbolos seriam as partes de trás e os lados.

Para a abertura do objeto, deitaram o grande retângulo no chão. Abririam-no quase como uma lata de sardinha. Desprenderiam completamente a placa da frente, com as sete palavras, como se a estivessem simplesmente destampando.

As duas lâminas circulares afundaram-se nas placas de prata, arrancando chispas furiosas.

A plateia foi mantida afastada. Os ímpetos de excitação e curiosidade poderiam causar sérios acidentes.

Os operadores conduziam as lâminas lentamente, mas sem grande dificuldade; tinham mais zelo do que obstáculos. Levaram mais de quinze minutos para alcançar, cada um, sua respectiva metade de placa a cortar. Para desespero da efusiva plateia, os operadores fizeram uma longa pausa para substituir as lâminas.

Cada um imaginava um tesouro particular dentro da caixa.

Delvechio tinha certeza de que encontraria cadáveres, mas esperava também preciosos documentos de datas remotas. Era delicioso trabalhar com o desconhecido. O som das lâminas voltou aos seus ouvidos. O professor ajeitou os óculos, de armação finíssima, mais para cima. Enfiou as mãos nos bolsos do avental professoral. Mais quinze minutos e o trabalho estaria findo.

Um operador chegou ao fim de sua tarefa, liberando completamente o canto inferior direito da caixa. O outro, um pouco atrasado, trabalhava no canto esquerdo, já tendo liberado o canto superior. Era questão de poucos minutos agora. O primeiro operador suspendeu a ferramenta, pendurada por uma garra hidráulica no teto revestido, que tirava completamente o peso desconfortável da serra, facilitando enormemente o trabalho dos homens. Enquanto descansava, olhava debochadamente para o companheiro retardatário, sem retirar os óculos de segurança.

Cinco minutos depois, a lâmina finalizou a tarefa, soltando completamente a placa frontal. Tinha duas polegadas de espessura e pesava bastante. Quatro homens arrastaram-na com dificuldade e a depositaram no chão, ao lado da caixa.

O amontoamento dos estudiosos foi inevitável. Às favas com a polidez! Todos estavam se comendo de curiosidade. Invadiram a caixa com os olhos, tomando o cuidado de não tocar em nada; as lâminas também não tocaram nada, exceto a prata.

– Eu sabia... – balbuciou Delvechio, correndo os olhos pelos cadáveres secos. Lentamente o amontoado foi sendo empurrado para longe da caixa por uma nuvem que cheirava a podridão e emboloramento.

Delvechio não abandonou seu posto de observação, valendo-se apenas de um lenço de pano no nariz. Seus olhos brilhavam, não cabendo nas órbitas. Numa olhada mais atenta, contou quatro corpos. Apesar do cheiro insuportável, não pareciam podres, mas profundamente secos, calcinados. Tinham formato humano, normal. Nada de demônios, nada de bizarro. Os rostos estavam sulcados e faltavam-lhes os olhos. Dois deles conservavam uma branda cabeleira esbranquiçada. A pele adquirira um tom marrom e se encontrava completamente colada aos ossos, dando um ar completamente cadavérico. Em alguns pontos não existia pele, somente a ossadura exposta. Dois deles certamente eram homens, pois os órgãos masculinos teimavam em aparecer. Os outros dois ainda estavam cobertos por restos de tecidos.

Eliana chegou por trás do professor e estendeu-lhe uma máscara para poder respirar com maior eficiência, eliminando, em parte, aquele terrível odor.

– São múmias? – perguntou ela.

– Parecem... Acho que tem mais gente aí debaixo.

– É, parece que sim.

Os estudiosos voltaram com máscaras, acotovelando-se sobre a caixa. Estavam fascinados com os cadáveres. Amontoavam-se e empurravam-se tentando se revezar à frente do grupo. Eliana tentava se manter junto ao professor Delvechio, mas os amigos estavam próximos da histeria. Todos queriam botar os olhos naquelas quatro criaturas. Queriam supor alguma coisa. Queriam desvendar a caixa. Empurraram Eliana para trás. Delvechio começou a gritar, pedindo calma ao grupo e puxando de volta sua assistente predileta. Eliana estava assustada.

– Todo mundo vai enjoar de ver estas coisas aqui – bradou o professor. – Não precisam promover esta pancadaria.

Eliana ainda estava com a cara espantada.

Os outros acalmaram-se, mas insistiam em manter os olhos pregados dentro da caixa. Nem perceberam que haviam ferido a colega.

– Que foi? – perguntou Tiago, que estava agora atrás de Eliana, preocupado com sua face pálida.

– Quando me empurraram... eu bati na lâmina – sua voz estava sumida, parecia uma menininha perdida dos pais no meio de um *shopping center*.

Tiago abaixou os olhos e assustou-se de verdade. O avental branco da colega havia adquirido um tom avermelhado, molhado da cintura para baixo, onde Eliana descansava a mão ferida pela afiada ferramenta.

– Não é nada sério, foi um corte pequeno, mas está doendo muito – reclamou. Delvechio virou-se. Assustou-se também.

– Que foi isso, Eli?

– Cortei-me na lâmina...

– Deixe-me dar uma olhadinha.

A moça esticou a mão para o professor.

O corte era pequeno, mas naquela mãozinha de mulher parecia imenso e sangrava em abundância.

Os estudiosos, sem perceber o frívolo incidente, continuaram amontoando-se, dificultando a ajuda para a assistente. Gentilmente, Delvechio amarrava seu providencial lenço em volta da mão de Eliana, improvisando um curativo. Ambos estavam espremidos entre a turba de curiosos e a caixa. Eliana segurou-se à caixa com ambas as mãos, pois sentiu uma súbita vertigem. Agarrou-se à beirada de prata, evitando ir ao chão.

Delvechio estava aos berros, decepcionado com a falta de paciência dos companheiros.

Tiago tirou a amiga dali. Ela parecia prestes a desmaiar.

Quando o grupo agitado percebeu o sangue no avental da assistente, parou a algazarra, dando passagem para a moça. Delvechio chamou os operadores das serras, ainda aos berros, ordenando que retirassem suas máquinas dali.

Algumas gotas de sangue pingaram, caindo no chão, formando um rastro por onde Eliana, ainda amparada por seu amigo de infância, passava. Numa sala externa ao laboratório encontraram um estojo de primeiros socorros.

– Pensei que você ia desmaiar.

– Não... eu não ia.

– É. Eu lembrei do seu pequeno probleminha com sangue. Como chamam isso... *Algumacoisafobia...*

– Eu sei lá, não estou conseguindo lembrar de nada agora. Acho que fiquei impressionada com o avental vermelho.

– É. Sangrou bastante. Quem diria? Um cortinho tão vagabundo deste.

– Vagabundo? – Eliana parecia estupefata com a chacota do amigo. – Vagabundo porque não foi na sua mão, seu otário.

César entrou. Estava bastante empolgado.

– Ei, não é hora de namoro. Já enjoaram daquelas coisas?

– Não. É que eu me cortei numa das lâminas.

– Cortou e passou mal...

– Foi o sangue, né? – adivinhou o amigo.

Eliana meneou a cabeça, positivamente.

– Nem vi. Como o restante, estava tentando chegar perto daqueles cadáveres fedidos.

– Por culpa sua e do restante, eu tô aqui, com a mão estropiada – reclamou a mulher, passando algodão no ferimento e limpando-o um pouco. O sangue parara de verter e agora escorria somente quando ela apertava o pequeno rasgo de cinco centímetros. – Isso aqui arde pra danar.

– Deve ser por causa do fio da lâmina. Corte de faca costuma ser bastante ardido – Tiago passou-lhe mais algodão.

– Acho melhor ir até um pronto-socorro; pode ser que tenha de levar ponto.

– Não é fundo, não. Deixa um algodãozinho aí, logo sara.

– Falou, doutor Tiago. Se eu morrer de tétano, processo você.

– Morta?

– Deixo uma carta, mandando o meu advogado te visitar. Pode deixar.

César foi até a porta. De lá podia perceber que os bitolados ainda estavam em cima da caixa. Ia esperar o fogo abaixar para voltar aos cadáveres. Virou-se para Eliana.

– Aqueles trecos... aqueles mortos... são múmias mesmo?

– Parecem múmias. Na verdade, acho pouco provável que sejam múmias. Teriam de ter passado por todo um processo de mumificação, do qual Portugal não era muito adepto. Acho que simplesmente pegaram aqueles quatro, ou mais. Parece que tem mais ali debaixo. Como dizia, pegaram eles e simplesmente prenderam lá dentro.

– Assim, por nada?

– Você não leu o aviso? A Inquisição portuguesa acusou-os de bruxaria. Isso remonta a 1520, por aí. Nessa época, a Inquisição começou a operar em Portugal, atacando principalmente os judeus. Sempre os judeus. Foi a época de Dom João III.

– É. Esse papo de Igreja sempre foi barra-pesada.

– Foi e ainda é. Essa crueldade chega a ser nazista. Onde já se viu prender gente dentro de caixas de ferro? – completou Tiago, indignado.

– Na verdade, a coisa ficou feia para as bruxas no século XV. Em 1484, o Papa Inocêncio VIII publicou um documento que redefinia a bruxaria para a Igreja Católica. Antes desse documento, para a Igreja a bruxaria era vista como folclore, paganismo de povos ignorantes, coisas sem importância, mas depois o Papa declarou que bruxas eram seres do mal real, e que bruxaria era uma apostasia ao cristianismo. Bruxaria passou a ser satanismo, ou seja, adoração ao diabo cristão. Isso deu muito mais trabalho para a Santa Inquisição, sobretudo em Portugal.

– Por quê?

– Porque em Portugal a prática de bruxaria era bastante difundida. Havia muitas bruxas, e algumas declaradas poderosas. Entendam que falo bruxas pelo costume folclórico da coisa; quando digo bruxas, quero dizer bruxos homens também, como esses que encontramos. Eles foram declarados bruxos e encerrados na caixa de prata. Ao menos, até o momento, é a hipótese mais provável – explicou a estudante.

– É, *brother*, acho que a gente dançou. Não tem grana nenhuma dentro daquela coisa. Só defunto velho e estragado. Quero dizer, pelo cheiro que eles têm, só podem estar estragados.

– Dançaram nada. Os senhores têm ideia de quanto vão faturar com metade da prata de que é feita a caixa? Já fizeram as contas? Os dois chacoalharam as cabeças negativamente. Delvechio entrou na sala, ainda bastante eufórico.

– Você está melhor? – perguntou, logo emendando com seus comentários, sem aguardar a resposta da paciente. – Podemos estudar bastante aqueles cadáveres. Pode ser que encontremos coisas interessantes. Objetos pessoais. Documentos. Os que ainda estão vestidos podem estar guardando coisas nos bolsos. Fatos novos! Fatos novos!

– Pode ter mais coisa escondida debaixo deles também.

O professor concordou, fazendo um sinal com a cabeça. Depois ocupou-se em coçar a barba rala. Sentou-se na cadeira metálica ao lado de sua assistente.

Nas horas seguintes, puseram-se a preparar a retirada dos cadáveres ressequidos do interior da caixa. Eram sete. Sete cadáveres, naturalmente imóveis. Ou, como advertiam os entalhes na prata, sete demônios viciados no mal.

Todos eles foram acomodados em macas metálicas individuais, nas quais foi aplicada uma finíssima camada de algum tipo de gel. Os sete foram afastados da caixa, mantidos ainda dentro do laboratório. Por ora, ficariam expostos à temperatura ambiente, até que a equipe recém-designada para a conservação dos cadáveres chegasse a conclusões mais adequadas de como preservá-los de maneira eficaz.

Uma instalação luminosa foi providencialmente arranjada, sob a qual os cadáveres foram sitiados. Ali, metade do grupo dedicava total atenção ao exame ocular dos espécimes, como passaram a ser chamados.

Um outro grupo inspecionou a caixa, buscando objetos perdidos. Nada encontraram além de uma porção de areia seca, prova cabal de que a caixa estava absolutamente vedada, e pedaços de roupas, que deveriam pertencer aos dois espécimes nus. Retiraram toda a areia, depois de tudo ser devidamente fotografado e filmado. Limparam o interior imaculado da caixa, exceto pelo delgado fio de sangue seco que escorrera do pequeno ferimento de Eliana. Ele aparecia em cima, onde havia uma mancha ovalada, depois descia, finíssimo, até o meio da caixa, onde fora interrompido. Limparam isso também e depois submeteram a caixa ao mesmo tratamento químico que o exterior.

O sol começava a escorrer para o horizonte, onde depositaria sua luz, dando lugar à noite e suas amigas estrelas.

Delvechio não mostrava a menor intenção de abandonar o laboratório com a chegada da noite. Mostrava-se entusiasmado demais para isso. Muitas daquelas peças (moedas e santos) resgatadas do interior da caravela seriam leiloadas pela USPA, e boa parte do dinheiro seria destinada ao seu departamento. Poderia investir em muitas outras pesquisas e estudos de seu grupo. Ainda não havia descartado a possibilidade de encontrar documentos que determinassem com precisão como e quando aquela caravela havia chegado ao litoral do Rio Grande do Sul. Como tinha afundado. Por que a haviam afundado. A caixa com demônios, em parte, explicava isso. Mas, se realmente havia acontecido por volta de 1520, 1530, tinha coisa estranha na história. Provavelmente nenhum navio português, espanhol, ou o que seja, havia ido tão ao sul da Terra de Santa Cruz. Se não encontrasse nenhum dado revelador com os espécimes, provavelmente encontraria alguma coisa nos poucos camarotes da embarcação portuguesa.

Eliana também estava empolgada e participava da correria. Providenciava documentos para os amigos professores, tomava anotações, fazia pedido de uma série de equipamentos. Havia requisitado ao Departamento de Biologia da USPA uma equipe de excelentes legistas para examinar os espécimes. E também ela própria lançava aos mestres suas especulações particulares.

Tiago já estava com a curiosidade satisfeita e acabou arrastando o amigo de volta para casa. Caminharam por cerca de meia hora até chegarem à prainha. Provavelmente o pessoal da USPA dormiria lá por mais uma noite. Ficaram jogando conversa fora e voltaram a fazer planos para o dinheiro. Prepararam um jantar bastante simples enquanto aguardavam a noite avançar.

Delvechio e a equipe jantaram numa das salas contíguas ao laboratório, elegendo-a refeitório. Todos conversavam animadamente. Havia cerca de vinte estudiosos ainda empolgados e determinados a retornar ao laboratório, insistindo no progresso das análises. O restante rendera-se ao cansaço, improvisando camas por toda parte. Alguns utilizavam botes, outros ajuntavam plásticos (aqueles cheios de bolhas de ar), que foram usados para o transporte de uma gama de equipamentos. Uma parte retornara à casa de Tiago, à beira da praia. Esse grupo era pequeno, formado por quatro pessoas decididas a empreender a caminhada necessária até chegar à prainha da Amarração.

Depois de alimentado, Delvechio voltou ao amplo laboratório improvisado. Alguém ligara o equipamento de ar-condicionado, tornando a sala imensa bastante gelada. Provavelmente queria manter o ambiente frio o bastante para conservar os espécimes com mais eficácia. A ideia não era má. O velho professor recorreu a uma confortável blusa de lã, voltando a ficar à vontade no laboratório.

Os outros também perceberam o ambiente muito frio. Os que possuíam blusas, delas se valeram. Os que não as tinham, tentavam improvisar algo que os aquecesse. O entusiasmo era excessivo para que desistissem das análises por culpa de um mísero ar frio.

Eliana continuou acompanhando o professor. Seu ferimento era passado. Raramente lembrava-se do incidente, exceto quando um leve ardor invadia sua mão, num movimento mais rebuscado, ou quando, poucas vezes, seus olhos pousavam nas serras afiadas, agora devidamente guardadas.

Se o contato com o grupo de biólogos surtisse efeito, a equipe estaria em Amarração no mais tardar no início da tarde daquele mesmo dia. Daquele mesmo dia porque, ao consultar o relógio, Eliana percebeu que havia muito passara da meia-noite.

A chegada dos biólogos certamente traria novas descobertas. Na verdade, traria descobertas importantíssimas. E o que nenhum deles podia prever é que a maioria das descobertas, além de interessantes, seria bizarra.

CAPÍTULO 4

O grupo de biólogos, dirigido pelo experiente doutor Sérgio Diaz, chegou a Amarração por volta das onze da manhã. Portanto, mais cedo do que Delvechio e Eliana previram. Aparentando uma sintonia perfeita, os cinco membros do grupo, incluindo o próprio Diaz, estavam empolgadíssimos com o assunto. Foram direto dar uma boa espiada nos espécimes. Num primeiro contato com o laboratório, não estranharam o frio, ao qual toda a equipe já estava acostumada em seu ambiente de trabalho. Passados os primeiros minutos, porém, perceberam que o frio era excessivo.

Na hora seguinte, a equipe do doutor Diaz já estava com a mão na massa. Preparavam os sete para serem trasladados para a capital, direto para a Universidade, onde estariam mais bem equipados para os exames profundos. Ali, no laboratório improvisado, poderiam fazer pouca coisa. O combustível maior da viagem de seu grupo era a curiosidade. Queriam ver de perto os espécimes portugueses. Deram início a uma espécie de autópsia. Escolheram o cadáver que parecia menos deteriorado para servir de primeiro objeto de estudo. Os outros seriam submetidos a um ritual mais completo quando estivessem todos devidamente instalados em Porto Alegre.

Os sete espécimes estavam cobertos por grossos lençóis. O canto do grande salão onde estavam separados parecia muito mais gelado que o centro da sala. Diaz olhou para o teto, procurando tubos onde, provavelmente, ficaria a descarga principal do ar-condicionado. Nada encontrou, mas sua dedução não deveria diferir muito do que acontecia. O frio parecia aumentar a cada meia hora. Todos lá dentro transitavam com blusas grossas.

Diaz separou seu espécime dos demais, trazendo-o para debaixo da instalação luminosa. O cadáver estava geladíssimo. Aparentemente estava absorvendo o frio muito mais que os outros. Ao contrário dos demais, esse espécime tinha a musculatura muito mais definida e pouco do aspecto seco do restante do grupo. Era como se houvesse deteriorado bem menos que seus irmãos. Diaz descobriria por quê. O rosto do escolhido apresentava a pele menos danificada, sendo quase possível determinar suas feições exatas. As pálpebras estavam cerradas como as dos outros, mas não eram profundas, aliviando o aspecto bizarro. Realmente era bem diferente dos demais. O corpo estava praticamente nu. Havia resquícios de roupas nos dois punhos e também entre as pernas; o pouco tecido que restara parecia queimado. Enquanto os outros seis possuíam as fossas nasais expostas, este, ao contrário, tinha o nariz ainda formado. Era grande e parecia existir um desvio de septo. Provavelmente o homem havia sido espancado antes da execução. Notou no orifício nasal esquerdo uma cintilação estranha, algo como um líquido, principiando a escorrer para fora. Para Diaz, o mais intrigante, no entanto, era a baixa temperatura que o corpo apresentava. Mesmo com a luva emborrachada, tinha certeza de que, se mantivesse a palma sobre o peito do cadáver, em poucos segundos sentiria aquela desagradável sensação de queimar, característica de quando sustentamos gelo sobre a pele.

Diaz pediu ao assistente uma seringa. Retiraria uma amostra daquilo que parecia um líquido. Poderia ser água do mar, talvez. No entanto, o doutor ainda não sabia que a caixa estivera completamente selada durante sua estadia no fundo do mar, e isso certamente o intrigaria ainda mais.

Delvechio estava no laboratório também, mas ocupado com a análise de objetos retirados do porão da arca. Entre as pequenas curiosidades, haviam trazido para análise uma espécie de vegetal, com raízes redondas e gordas, semelhantes a rabanetes, e com um talo único, que parecia ser o caule. Esse vegetal havia crescido por todo o fundo do porão da caravela.

Numa primeira análise no banco de dados dos computadores não conseguiram descobrir com precisão que vegetal era aquele. O programa de botânica sugeria pelo menos trinta opções aproximadas, noventa por cento de tubérculos. O mais estranho, porém, é que nenhuma das opções pertencia à flora marinha. Chegara a sugerir rabanete, como Delvechio associara de primeira mão, como também uma gama de cebolas, variações de nabo e alho também.

Delvechio olhou para o grupo de biólogos; certamente dariam um palpite mais preciso do que um grupo de historiadores conseguiria formular. Apanhou um exemplar do vegetal, segurando-o com a mão enluvada, e dirigiu-se até Diaz, que examinava um dos espécimes.

Enquanto caminhava, percebeu que sua respiração produzia fumacinhas no ar. O frio. Começava a incomodar. Ordenaria o desligamento do ar-condicionado; afinal, as múmias iriam embora ao chegar a noite e não seriam prejudicadas. O dia estava frio e sem sol; mesmo com o ar desligado, o laboratório não esquentaria a ponto de preocupar ou pôr em risco a integridade dos sete hóspedes.

– Diaz, preciso de suas habilidades como conhecedor profundo do que é biológico – o professor aproximou-se, estendendo o vegetal para a análise ocular do amigo. – Encontramos esta gracinha dentro da caravela, mas não sabemos com exatidão do que se trata.

Diaz não apanhou o vegetal, limitando-se a observá-lo na mão de Delvechio.

– Parece um rabanete.

– Gênio, isso a gente já percebeu. Acontece que não é um rabanete, e não sabemos o que é – disse Delvechio. Diaz trabalhava na extração do líquido que aparecia na narina esquerda do espécime, mantendo o rosto do cadáver oculto ao professor. Delvechio, percebendo o esforço do amigo, interessou-se.

– Por que você escolheu esse aí?

– Sei lá, professor. Parecia menos apodrecido e ressecado do que os outros. Parece que esse aqui passou por um processo de embalsamento.

– Como? – espantou-se o professor, que imaginava ter encontrado os sete com o mesmo índice de deterioração. – Pensei que eles eram iguais. Vejo que não entendo nada de medicina legal. Teria dito que era tudo a mesma coisa. Ao menos sei que para um leigo as diferenças são imperceptíveis. Já para um profissional experimentado, do seu quilate, fica bem mais...

– Imperceptível? – espantou-se Diaz, saindo da frente do cadáver, deixando os olhos serenos do professor pousarem na face do defunto. – Na verdade, está bastante perceptível.

Diaz ergueu a seringa, cuidadosamente. A quantidade de líquido captado era bastante escassa. Manipulava a amostra com cuidado. Na mesa ao lado, apanhou uma lâmina, onde depositou um centésimo do centésimo de amostra extraída do cadáver, como se estivesse lidando com ouro líquido.

Terminada a tarefa, voltou o olhar em direção ao professor.

Delvechio havia perdido completamente seu ar sereno, deixando a face expressar algo como total surpresa e abstração, ficando literalmente de queixo caído. Tinha quase certeza de que, se dissesse alguma coisa naquele momento, o amigo não o ouviria. Delvechio deu dois passos, aproximando-se mais da maca onde repousava o espécime estudado.

Os olhos daquele cadáver não estavam fundos como os dos outros, mas estivera. A pele... a pele também estava modificada. Podia perceber uma série de conjuntos musculares que não estavam lá antes. Era como se o corpo houvesse se regenerado em dezenas de anos. O rosto era algo espantoso. Ele quase podia determinar com precisão as linhas de expressão daquele português. Ao contrário dos demais, agora ele possuía nariz. Aparecera um nariz! Que diabos estava acontecendo?

– Sérgio... isso aí está diferente de quando o encontramos. É algum fenômeno natural? Esses corpos, fechados tanto tempo... poderiam se modificar tanto quando fossem expostos novamente? Porque ele não estava assim... meu Deus! Deixe-me ver os outros.

Delvechio correu desorientado em direção aos seis no canto. Precisava vê-los. Não era possível aquele cadáver ter se modificado tanto. Seu coração estava disparado. Era fenomenal demais para um leigo em autópsias. Estava falando atrapalhadamente, comendo letras e palavras. Sua confusão mental aumentou ainda mais, quase se transformando num transtorno completo. Os outros não haviam mudado em nada, exceto por terem adquirido alguma umidade. O frio parecia se intensificar no laboratório. Delvechio olhava agora com olhos arregalados para Sérgio Diaz, esperando uma explicação tranquilizadora. Esfregava as mãos nos braços, tentando se aquecer. Aquele transtorno parecia tê-lo tornado mais sensível ao frio congelante que se abatia sobre seus corpos.

– Veja, Del, a coloração da pele deles pode mudar, sim. Alguns ficam mais secos, outros úmidos, isso varia. Aqui tá frio demais, não precisa de tanto...

– Eliana! Eliana! Pede para alguém desligar essa merda! – ordenou Delvechio. Apesar de o professor não ter explicado exatamente de que merda estava falando, a moça compreendeu prontamente, saindo em busca de um dos técnicos da operação. Realmente o frio apertava cada vez mais. Era sempre assim; os técnicos da operação raramente pisavam na bola, mas quando pisavam... Seria muito bom eles encontrarem o defeito antes que alguém da equipe acabasse num leito hospitalar com uma bruta pneumonia. Tanto frio assim não se justificava com um simples erro de ajuste: sem dúvida, alguém tinha feito uma trapalhada.

Delvechio continuou ouvindo as argumentações do amigo, mas nada daquilo explicava o surgimento de um nariz. Um nariz inteirinho!

– Não. Um nariz, Delvechio? Isso não. Isso não acontece.

Delvechio arrastou Diaz para a sala contígua ao laboratório, ambos retirando as luvas emborrachadas. Delvechio apanhou uma pasta, posicionou-a em cima da mesa e separou algumas fotos, todas com legendas. Denominavam cada espécime, cada hora de realização, e todos os dados importantes estavam registrados. Diaz começou a excitar-se também. Os sete tinham o mesmo grau de deterioração e os olhos sulcados, como Delvechio constatara. Nenhum com nariz ou com secreções aparentes. Era algo perto do espantoso!

– Preciso ver mais fotos, mais coisas. Talvez, mas muito talvez, isso seja uma reação explicável.

Delvechio providenciou o que o amigo requisitava. Apanhou as fitas de reportagem e começou a exibi-las. Primeiro, pacientemente, as múmias.

Depois a caixa, a caravela e tudo mais. O processo de abertura foi analisado duas vezes. Poderiam encontrar alguma pista, algum detalhe, mas nada de anormal foi detectado.

Após uma hora e meia, voltaram ao laboratório, de novo calçando as luvas emborrachadas. Delvechio xingou alto. Depois chamou a assistente.

– Não mandei desligar esta merda? Daqui a pouco todo mundo congela!

– Eu mandei o técnico lá, ele já deveria ter desligado.

– Cadê ele?

Eliana saiu rapidamente do laboratório para procurar o técnico que se responsabilizara pela tarefa.

– Professor, lamento, mas não vou poder continuar aqui. Minhas mãos já estão duras – reclamou um dos assistentes.

Delvechio encarou-o, penalizado. Ordenou que todos se retirassem até que o defeito no ar fosse reparado. Os menos afoitos e resistentes acataram a recomendação do professor. Saíram, deixando para depois seus afazeres.

Lá fora o céu estava fechado, carregado de nuvens cinza. O frio também batia no litoral, resfriando os desavisados. Aquele tempo sisudo ia contra a lógica; afinal de contas, a meteorologia previa tempo bom e sol forte para todo o litoral norte do Rio Grande do Sul.

Delvechio foi ao encontro de Eliana.

A mulher estava parada à beira do píer observando demoradamente a velha caravela, que já flutuava sem o auxílio dos balões laranja. Decididamente aquele velho barco ainda mantinha seu charme. A caravela que transportara tanta gente por mares selvagens e desconhecidos!

– Você encontrou o técnico?

– Encontrei. Lá vem ele, voltando do almoço. Ainda não conversei com ele; se quiser, pode interrogá-lo.

Delvechio aguardou a chegada do rapaz. Era Douglas.

– Douglas, o que aconteceu com o ar-condicionado? Você não o desligou?

– Ué, teria desligado se houvesse algum ligado.

– Como assim?

Eliana também se espantou com a resposta do homem, juntando-se mais ao professor.

– Eu subi no teto do galpão. Realmente existe toda a tubulação do ar-condicionado, mas o aparelho foi arrancado algumas semanas atrás para manutenção. Agora no almoço eu conversei com o zelador do porto. O aparelho só chega no mês que vem.

A perplexidade do professor só aumentava. Mais essa agora!

– Não tem nenhum aparelho instalado pelo pessoal da USPA lá dentro?

– Não que eu saiba, professor. Ao menos não recebi nenhuma requisição.

– Vamos, Douglas. Quero que você vasculhe cada canto do galpão. Isso não é possível. A temperatura lá dentro já deve ter atingido zero grau. Sem um refrigerador-monstro funcionando, isso não seria possível.

– Acho bem difícil, professor, mas vamos procurar...

O homem entrou acompanhado por Delvechio. Levaram meia hora fazendo uma inspeção rigorosa, removendo placas de isopor do teto e descendo aos pequenos porões (havia quatro, um em cada canto do galpão). Nada encontraram que pudesse refrigerar o local com tanta velocidade e potência.

– O senhor vai me desculpar, professor, mas o que tá gelando isso aqui não é deste mundo. Parece obra do tição... do capeta.

Delvechio irritou-se. Não era obra de coisa nenhuma. Tinha de haver uma explicação, e uma explicação muito boa. Mais importante, teria de haver uma solução, e rápido. Do contrário, o trabalho dentro do laboratório improvisado teria de ser suspenso. Tudo estaria congelado em poucas horas.

Delvechio e Douglas abandonaram o pequeno porão que vistoriaram em último lugar, voltando ao laboratório. O único louco que continuava lá dentro entretido com as pesquisas era o doutor Diaz. Com alguma dificuldade, proporcionada pelo frio que se intensificava cada vez mais, Diaz tentava analisar o líquido extraído da narina do espécime.

– Delvechio, venha ver esta merda. Não sei o que você encontrou naquela caravela, mas é o negócio mais esquisito em que eu já botei os olhos.

Delvechio retirou os óculos para visualizar o líquido, ampliado milhares de vezes pelo microscópio. Delvechio entendia de história, não de biologia. Mesmo assim, não conteve o espanto e a curiosidade ao perceber que aquele estranho líquido continha uma porção de coisas vivas, saracoteando e amontoando-se.

– Desculpe, Sérgio, mas eu não sei o que é isso. É motivo pra tanto espanto?

– Isso são glóbulos brancos. Sim, é motivo para muuuuito espanto. Glóbulos brancos não estariam vivos dentro de um organismo inanimado por tanto tempo; aliás, centenas de anos. E o mais incoerente é que eles estão se multiplicando... a uma velocidade que eu nunca vi em nenhuma regeneração. Só poderiam estar fazendo isso sob uma única condição.

Diaz calou-se, respirando velozmente, tentando aquecer-se. O que eram aquelas coisas branquinhas nas pontas das sobrancelhas de Delvechio? Era gelo! O ar estava congelante. Permaneceu calado, criando aquele suspense, escolhendo as palavras antes da interrogação do amigo.

– Que condição? – disparou finalmente o professor.

– Esta coisa, Delvechio. Este cadáver... ou melhor, este espécime, está vivo! Só pode ser isso...

– Impossível! – bradou Delvechio, atormentado. – Eles estiveram encerrados nesta maldita caixa por centenas de anos. Quase quinhentos anos! Impossível! Nada sobreviveria, Sérgio, você sabe. Não haveria ar, não haveria luz, não haveria comida, meios. É até um absurdo eu estar argumentando. Maldita caixa! Vamos sair um instante. Vamos discutir lá fora! Eu já estou quase entrando em hipotermia aqui dentro. Diabos!

Delvechio estava irritado e intrigado. Sabia que encontrariam uma resposta para os estranhos fenômenos. Respostas lógicas. Ririam daquilo, sem sombra de dúvidas. Mas a sucessão de contratempos bizarros era tremendamente desconfortante.

– Só um minuto, deixe-me cobri-lo. Pode ser que o coitado pegue um resfriado.

Delvechio não riu, apesar de achar muito espirituoso o comentário do amigo. Diaz virou-se de costas, suspendendo o grosso lençol no intuito de cobrir o estranho corpo.

Lentamente interrompeu a tarefa. Estaria o intenso frio afetando-lhe a mente? *Ou o corpo parecia mais...* (tentou encontrar a palavra que melhor definisse aquela impressão) *mais, mais regenerado?! Sim, parecia estar com melhor aspecto.*

– Delvechio, venha aqui, por favor. Um frio percorreu a espinha do professor. A cada novo chamado de Sérgio, o coração apertaria, sabia disso. Voltou-se para o amigo e caminhou até onde ele estava, a observar o cada... o espécime.

Todos os pelos de Delvechio arrepiaram-se. O coração acelerou. O corpo. O corpo estava se regenerando. Como comida desidratada, à qual basta adicionar água e ela volta ao formato original. Só que o ex-morto português não havia sido regado por nenhum líquido. Estava se auto-hidratando. Os olhos pareciam apenas um par de olhos normais, fechados. Não havia cavidade ocular alguma, como nos espécimes restantes. Ao pensar nisso, outro frio cortou-lhe a espinha de cima a baixo. Correu de maca em maca, observando seus ocupantes. Os seis permaneciam inalterados. Apenas o sétimo estava animado. Até quando ficariam naquele estado? Começariam a se regenerar também? A criar narizes? Era possível. Antes de assustador, aquilo era fabuloso. Que se danasse o frio! A partir de agora, tinham de registrar aquilo segundo por segundo.

– Sérgio, nós temos de documentar este negócio. Algo de maravilhoso está acontecendo. Fomos abençoados com a chance de registrar isso tudo. Precisamos lacrar este laboratório, ninguém mais entra. Nem técnicos, nem os outros professores. Escolha um assistente para você. A partir de agora, isso virou projeto secreto. Entendeu?

Sérgio meneou a cabeça positivamente. Estava disposto a encarar aquele desafio.

Os dois deixaram o laboratório, juntando-se aos outros que aguardavam aquele frio tétrico abandonar o galpão.

Tiago e César chegaram naquele exato momento. Usavam blusas; afinal, o dia amanhecera frio, e esfriava cada vez mais. Não sabiam por que todo mundo estava ali do lado de fora, formando aquela estranha multidão. Aproximaram-se de Eliana procurando respostas. Por meio dela ficaram sabendo o motivo da debandada geral do laboratório e também do inexplicável aparecimento do nariz no espécime.

– Não foi um curto-circuito no ar-condicionado?

– Não, César. O ar está desligado, ou melhor, arrancado. Não tem nenhum ar-condicionado ligado. Tá vindo, até que se explique, do nada.

– Estranho pra danar – acrescentou Tiago.

Sérgio, que havia desaparecido, voltava agora ao grupo trazendo na mão um jaquetão de lona que estava guardado em seu carro.

Delvechio começou a gritar, chamando a atenção de todo mundo. Precisava transmitir um recado. Somente quando todos da equipe pararam com as conversas e voltaram-se para ele, o professor começou a falar.

– Diaz detectou uma anomalia em um dos cadáveres, mas não a identificou ainda. Portanto, a partir de agora, a entrada de vocês não será mais permitida.

Um murmurar crescente tomou conta do grupo de aproximadamente cinquenta estudiosos. Os homens da equipe de biologia correram em direção a Diaz, querendo saber do que se tratava. O professor prosseguiu.

– Continuarei com alguns estudos e providenciarei a remoção do material para a USPA, em Porto Alegre. Amanhã, a maioria de vocês vai continuar com os estudos, mas, por segurança, por ora é melhor que esperem aqui do lado de fora.

Delvechio terminou seu comunicado e procurou se desvencilhar o mais rápido que pôde da turba de professores e estudiosos que tentava extrair mais informações. Chamou apenas Eliana para acompanhá-lo. Precisaria de uma assistente ainda. Sérgio entrou acompanhado de Matias, o assistente escolhido dentre sua equipe de biólogos.

Antes de entrar, Eliana despediu-se dos amigos, combinando de se encontrarem à noite, se tudo desse certo.

Entretanto, Tiago e César gostariam de tê-la acompanhado. Não entenderam exatamente o que estava acontecendo, mas estavam a fim de descobrir. Decidiram ficar por ali, conversando com a intrigada equipe igualmente excluída. Ninguém se conformava com aquela história. O que teria acontecido?

Antes de entrar no laboratório, Delvechio apanhou a câmera de vídeo, pois precisavam documentar o estranho fenômeno. A câmera estava na sala anexa ao laboratório, a qual também já sofria com o súbito resfriamento. A máquina estava recoberta por uma fina camada branca; a condensação do ar à sua volta transformara-se em gelo. O professor limpou-a e examinou-a. Funcionaria. Limpou o pequeno visor e experimentou. Estava completamente normal. Colocou a bateria-reserva no recarregador; assim não seria necessário interromper a documentação. Entrou no laboratório. Encontrou os três tremendo e agitando-se. O frio, agora sim, estava insuportável.

– Meu nariz está congelando, professor.

– Sua assistente não está brincando, Del. Não vamos conseguir ficar aqui dentro mais do que cinco minutos.

– Vamos nos revezar. Fica um de cada vez aqui no salão, filmando. Essa desgraça de câmera só opera com baterias, senão poderíamos colocar uma extensão aqui para não morrermos de frio...

Diaz concordou. Batiam com as mãos nos braços.

– Eu tenho uma ideia melhor. Podemos colocar o tripé aqui dentro, com a câmera apontada para o esquisito, aí – sugeriu Eliana, rangendo os dentes enquanto falava.

Concordaram ambos.

Eliana saiu para localizar o tripé. Diaz e seu assistente instalaram uma série de sensores no espécime, que parecia ainda mais regenerado. A pele já havia adquirido um aspecto definido, estando lisa em algumas partes. O rosto continuava enrugado, mas muito menos agora, tomado por uma palidez mórbida. Os dedos das mãos começavam a tomar forma, perdendo o aspecto esquelético. Estavam impressionados com a coisa. O medo inicial desapareceu, dando lugar ao espírito lógico. Tentariam, a todo custo, descobrir o que acontecia.

Diaz nunca havia visto nada parecido. Sentiu a garganta doendo. Provavelmente, na manhã seguinte, estaria resfriado e com uma inflamação na garganta. Terminaram então a instalação dos sensores, ficando livres para sair. Aconselharam Matias que fosse; não era necessário os dois congelarem lá dentro. Além do mais, com os sensores instalados, poderiam fazer o monitoramento lá de fora por um *notebook*.

Quando Matias saiu, Eliana entrou, trazendo o tal do tripé mais um rolo de fio vermelho e amarelo. Instalaram rapidamente o acessório à câmera. Delvechio apontou-a para o espécime, certificando-se de que ele estava bem enquadrado, e ativou a função REC do aparelho.

– Agora fica mais fácil. Com isso aqui ligado podemos ficar lá fora. A cada dez minutos um de nós entra e verifica como as...

– Não vai ser preciso, professor. Eu trouxe esse cabo. Ligamos aqui na câmera e levamos para a sala ao lado. Lá conectamos em um dos monitores e acompanhamos tudo ao vivo, até mesmo a leitura dos sensores instalados no corpo.

Foram os três para a sala ao lado do laboratório. Lá, o frio congelante persistia, mas, ao menos, parecia mais suportável do que dentro do laboratório.

Acionaram os monitores e os computadores pelos quais acompanhariam o desenrolar do fenômeno. Até onde aquela hidratação iria era a incógnita.

Matias percorreu o corredor até encontrar a porta dupla que dava acesso à parte externa. O frio estava violento, insuportável para ele. Decidiu ir até a rua e providenciar algum aquecimento.

Tiago e César estavam decididos a entrar. Esperavam a primeira chance para voltar ao laboratório. Afinal, tinham o direito. Haviam feito um contrato com a USPA que lhes garantia total clareza durante a exploração e a pesquisa das coisas encontradas. Se tinha algo estranho acontecendo, por que não satisfazer a curiosidade?

Alguém abriu a porta frontal, que fora trancada. Era o assistente do biólogo. Correram até a porta. O homem tremia tanto de frio que nem protestou contra a invasão dos dois. César e Tiago entraram e trancaram a porta internamente, evitando uma invasão por parte dos também inconformados. No corredor de acesso às salas e ao laboratório, perceberam que realmente havia alguma coisa esquisita, porque o frio era avassalador. Parecia que estavam dentro daqueles frigoríficos industriais usados para congelar carne de gado.

Delvechio e Eliana protestaram quando viram os dois chegando à sala de monitoração, mas, embora contrafeitos, acabaram se rendendo aos argumentos dos rapazes. Eles tinham direito assegurado de participar, a qualquer instante, daquelas descobertas. O contrato rezava isso claramente e servia agora como chave para desvendar a curiosidade. Eliana não estava nem aí se eles presenciariam ou não aquele tipo de milagre; preocupava-se realmente com a segurança dos amigos. Não sabia se aquilo era algum tipo de ação bacteriológica nem que efeito teria em seres vivos.

Desde a instalação do equipamento, nada mudara. O corpo continuava imóvel e aparentemente estacionado.

Delvechio deu uma passada por cima do assunto, esclarecendo a Tiago e César por que ele e os outros estavam preocupados, o que estava acontecendo e todo o assombro com a aparente regeneração do cadáver português.

– E ele tá voltando à vida? – interrogou, hesitante, Tiago.

– Não!... Sei lá. Digamos que está sofrendo um tipo de mutação. Agora, voltar à vida é impossível. Ressuscitar é algo descartado. Seus tecidos estão sofrendo uma reação ao desembalamento. É parecido com comida desidratada... parecido. Ainda não sabemos o que desencadeou isso, mas logo descobriremos e tudo fará sentido.

Tiago e César tremiam involuntariamente. Os outros três pareciam adaptados ao frio intenso.

Ouviram batidas fortes na porta dupla frontal. Delvechio prontificou-se a checar. Era o assistente de Diaz, com algumas caixas nos braços. Abriu a porta e puxou o homem para dentro rapidamente, quase derrubando o pobre. Voltou a trancar a porta e só então deu atenção ao assistente.

– Que coisas são essas, Matias?

– São aquecedores. Vão ajudar na nossa tocaia.

– Boa ideia.

Delvechio ajudou-o, levando duas caixas para dentro. Imediatamente, começaram a instalação dos pequenos aparelhos aquecedores. Eles tinham o tamanho e aspecto de uma TV de catorze polegadas, com uma das superfícies composta de pequenas espirais metálicas que se avermelharam segundos após o ligamento.

Tiago e César alojaram-se, com suas cadeiras, próximos a um aparelho já incandescente. Eram cinco aquecedores dispostos em semicírculo no fundo da pequena sala. Os rapazes começavam a captar o bem-vindo calor dos aparelhos. Acostumados ao calor praiano, não estavam muito à vontade com baixas temperaturas, sendo os que mais se contorciam dentro da sala.

– Boa ideia! – exclamou César. – Bá, não estou acostumado com um baita frio destes. Parece até que o inverno chegou mais cedo, mais cedo e com raiva.

– Isso aí vai ajudar bastante.

Eliana tentava confortar o amigo de infância. Já Tiago estava com uma expressão estranha no rosto. Matias inteirava-se com Diaz das últimas leituras, que, de novo, não apresentavam nada.

– Tem ideia de quando isso começou a acontecer?

– Vocês se lembram daquele aviso esquisito na caixa? – perguntou Tiago.

– Olha, eu suspeito de que isso começou no exato momento em que abrimos a caixa. Deve ser essa a relação.

– É bem possível – concordou o biólogo-legista. Ninguém dera atenção à pergunta de Tiago, então ele insistiu.

– Senhores, doutores, desculpem-me, mas tem aí alguma fotografia com aquela mensagem?

– Que mensagem, rapaz?

– O aviso, professor. Aquela ladainha para não abrirmos a caixa, patati, patatá...

– Sei.

O professor apanhou na estante uma pasta e jogou-a para Tiago. César havia dito uma coisa que lhe chamara a atenção. Vasculhou as fotografias procurando a mensagem.

O grupo voltara a discutir hipóteses. Até mesmo César arriscava suposições fantásticas, que os doutores descartavam, tentando dar uma explicação lógica. No meio dessa profusão de ideias, Tiago lançou mais uma pergunta; todavia, pela animação do grupo, ninguém deu atenção.

– E se isso aqui estiver certo?

Delvechio descrevia alguns fenômenos arqueológicos para Diaz e César. Estavam tão entretidos que não queriam interromper a discussão para ouvir Tiago.

– E se eles estiverem certos?

O grupo continuou a tagarelar. Tiago desistiu, decidido a falar sozinho, expondo um ponto de vista que lhe acabara de ocorrer.

– E se os malditos portugueses estivessem certos? Esses sete podem ser os tais demônios, bruxos, sei lá. De tudo o que vocês nos disseram, esse negócio de trancar neguinho em caixa de prata não era folclore português, não acontecia com frequência.

Os outros cinco reduziram o tom de voz, começando a ouvir Tiago.

– Aqui na mensagem diz: "Nobres homens de bem, jamais ouseis profanar este túmulo maldito. Aqui estão sepultados demônios viciados no mal e aqui devem permanecer eternamente. Que o Santo Deus e o Santo Papa vos protejam". Acho que, sei lá, eles poderiam estar certos. Esses sete são demônios mesmo.

– Mas por quê? Isso é apenas crença. Não temos nenhum indício de que seja um fenômeno de ordem espiritual. Na verdade, estamos presenciando apenas algum fenômeno químico, talvez até fácil de se explicar. Só precisamos de mais indícios, de mais peças. Você vai ficar assombrado quando vir com que facilidade combinações químicas nos pregam peças. Não se trata de nenhum demo...

– Ah, é? Pois ouça: Lobo... Tempestade, Inverno, Gentil, Espelho, Acordador e Sétimo. Não acredito que não relacionei isso antes.

– O quê? – inquiriu sua amiga.

– São sete nomes. Eles são Os Sete. Cada um desses presumidos demônios tem um nome. Não sabemos o que significa, correto?

– Correto – concordou um após o outro.

– Mas acho que pelo menos um a gente já descobriu. Esse inverno prematuro, como disse o Cesão, é muito estranho.

Delvechio levou a mão à barba. Diaz e Matias ouviam interessados, porém duvidavam que um caiçara local pudesse elucidar aquela situação.

– O frio... – Tiago meneou a cabeça positivamente.

– Senhoras e senhores, apresento-lhes nosso primeiro amigo: Inverno.

CAPÍTULO 5

Olavo estava curioso quanto ao desenrolar do descobrimento, mas seu trabalho não poderia ser posto de lado, ao menos até botarem, de fato, as mãos no dinheiro. Ainda mais agora, com seu colega de trabalho doente. Joel havia pegado um resfriado, estava afastado. Como motorista, era o único habilitado para substituí-lo.

Olavo trabalhava para o Instituto Médico Legal (IML) baseado em Amarração. Era a única central do IML na região; portanto, constantemente era obrigado a empreender pequenas viagens como aquela aos municípios vizinhos. Depois de liberados pela perícia, ele se encarregava de efetuar a remoção dos cadáveres.

Por conta dessas pequenas aventuras, conhecia muitas histórias cabeludas. Coisa de arrepiar até o mais durão detento da carceragem de Amarração.

Estava indo agora, com o ajudante Tobias, para uma das cidades vizinhas, Portinho. A ocorrência descrevia uma vítima de acidente de trânsito. Uma garotinha de nove anos infelizmente tinha sido atropelada por um grande caminhão. Disseram que o motorista quase fora linchado por populares. Para a sorte do homem, havia algumas testemunhas que viram exatamente o que aconteceu. O caminhoneiro não teve culpa alguma. Trafegava em baixa velocidade. A garota, passeando com sua bicicletinha, batera em uma da guias do calçamento acidentado, perdendo completamente o equilíbrio. Para azar dela e do motorista, sua cabeça fora esmagada pelo pneu traseiro do caminhão após a queda imprevista. O homem nada pôde fazer. Um acidente.

Olavo e Tobias levaram vinte minutos até chegar a Portinho. Pelo rádio, ouviam a rotina policial. A viatura que utilizavam para essas ocorrências, uma caminhonete, era dotada de um compartimento refrigerado na parte traseira.

Procuravam a rua indicada no registro de ocorrência.

– Que diabo de tempo doido, tchê!

– Que foi?

– Aqui no jornal tá marcado que era para se esperar um solzão rachando para hoje. Verão, trinta e cinco graus para o litoral norte. Isso de máxima. Trinta e cinco também para a Lagoa dos Patos. Tudo nessa faixa. Mas tá um frio dos diachos. Quanto deve estar fazendo?

– Sei lá, Tobias. Sei que estou com essa blusa fininha, mas estou com frio. Deve tá em menos de doze grais.

– Graus.

– O quê?

– É graus o certo. Faz graus, não grais.

– É. Tá frio do mesmo jeito, com i, com u. E em pleno verão.

– Deve ter alguma coisa a ver com o tal do *El Niño.*

– O menino.

– Esse mesmo.

Encostaram a barca junto a uma pequena aglomeração, esquecendo-se da conversa. O grupo de pessoas abriu passagem, revelando o corpo da menina, de frente para a viatura. Uma poça grande de sangue acumulava-se na sarjeta, espalhando-se por dois caminhos. O corpinho infante jazia completamente inerte, coberto por folhas de jornal.

Os dois desceram. Olavo andou lentamente até próximo à garota. Com a chegada da viatura, o alarido cessou, restando aos ouvidos o triste choro da mãe que perdera sua jovem criança. Tobias ocupou-se de desembarcar a gaveta metálica onde o corpinho seria acomodado.

A mãe, ao ver a gaveta sendo providenciada, não conteve os gemidos, reunindo atrás de si um grupo de outras mães que a amparavam.

Que hora difícil, ver a filhota partir, transportada como carne de gado para dentro de uma viatura do IML, lá no cômodo gelado, que ela sabia ser privilégio dos mortos. A filha, então, estava morta mesmo. Lá ia ela, na gaveta da geladeirinha, para o necrotério. Aqueles homens, que nada falavam, que a ninguém confortavam, nem mesmo ligavam, levavam sua pobre menina. Ah, aquele maldito demônio que fizera gelar sua filhinha, que fizera faltar-lhe o sangue, iria pagar. Lá ia sua criança, sem choro, sem gritaria. A menina arredia, que tantas artes aprontara. Agora estava calada, sem choro, sem esperneio. Pobrezinha! E a mãe, amparada pelos braços fraternos dos presentes, dirigia-se para dentro do barraco para juntar os trastes, remoer a dor eterna que a partir de agora carregaria. Um grito entalado na garganta queria chamar o nome da menina e vê-la, lampeira, entrando e escondendo uma traquinagem com o vizinho menor ainda. E o pai, que até aquela hora nada sabia? Ah, o pai, que era homem duro, de mão sofrida, que só encontrava conforto na vida quando estava com a menina, ia entrar pela porta daquele casebre e chamar pela querida.

Se fosse informado pela vizinhança antes de chegar ao lar, não daria bola. Não seria (nunca!) sua menina. Aquela menina tinha um ar imortal, imbatível. E quando ele gritasse? *Ai, meu Deus!* Quando ele gritasse pela filha, pela filhota morta. Será que ele se lembraria da fenomenal poça? E quando a mãe mostrasse a face entristecida? Como será que aquela verdade se acercaria? *Ai, meu Deus! Não pode ser verdade! Nunca! Nunca! Jamais minha filhinha!*

Tobias trancafiou o gavetão e depois fechou a porta do compartimento traseiro. Olavo, com o coração apertado, como sempre ficava ao se deparar com aquelas cenas tristes, entregou uma notificação a um dos vizinhos da pobre mãe.

– Pela hora, já são quase cinco da tarde; se a mãe da garotinha quiser preparar o funeral, acho que lá pelas dez da noite já estará tudo em ordem. Peça a ela para levar esta notificação, assim tudo fica mais rápido, tá?

Virou-se e voltou para a viatura. Deveria ser proibido às crianças morrerem, era o que pensava quando chegou ao veículo.

Os dois encarregados dos mortos entraram no veículo e partiram de volta para Amarração.

✠ ✠ ✠

Às oito horas da noite, Vladimir, o pobre coitado que atropelara a criança, foi liberado da delegacia. Seu depoimento, conciso, aliado ao relato das várias testemunhas que haviam presenciado o acidente, provou sua inocência. Responderia ao processo em liberdade. Uma viatura da polícia acompanhou-o até sua residência para certificar-se de que a ameaça dos revoltosos já era coisa do passado. A morte da menina fora realmente um desastre. Mexera com os nervos de todo mundo. Quase o lincharam, mas fora ajudado por aquelas providenciais testemunhas e por alguns amigos. A coisa toda se acalmou. Todos sabiam que Vladimir era boa pessoa e habilidoso com o caminhão. Talvez se quem dirigisse o veículo fosse o Taqui, o desfecho tivesse sido mais trágico. Ao contrário de Vladimir, Taqui era *persona non grata* na pequena vila. Era um beberrão de primeira, arruaceiro e violento quando embriagado. Os dois eram sócios no tal caminhão. Meio a meio. Juntos, trabalhavam com mudanças residenciais. Ninguém entendia como um sangue-bom feito Vladimir tinha se juntado a um coisa-ruim feito o Taqui.

O carro parou em frente à casa do caminhoneiro. As luzes das residências estavam acesas, e algumas pessoas arriscavam olhadelas pelos vidros encardidos. Fosse a noite passada, estaria todo mundo para fora, com a criançada a brincar nas ruas, inclusive a falecida menina. Mas hoje, não. E não era o luto que afugentara o povo das ruas, mas o frio fustigante que se abatera misteriosamente sobre a região. Ninguém entendia esse frio demoníaco e fora de hora. O policial desceu da viatura e abriu a porta traseira do Opala para que Vladimir descesse.

– Vai com Deus, seu Vladimir. Logo o delegado manda te chamar de novo.

Vladimir limitou-se a concordar com o soldado, balançando a cabeça. Estava abatido e pesaroso. Queria entrar como uma bala em casa, tampar os ouvidos e esquecer os gritos e choros da tarde.

– Qualquer coisa, liga pra gente. Cento e noventa – gritou o policial, embarcando na viatura.

Vladimir já estava de costas para o policial, abrindo o portão baixo da casa humilde. Arrastou-se pelo jardinzinho seco, sem olhar para as cabeças espremidas nas janelas da vizinhança. Às suas costas os ouvidos captaram o arranque do potente motor do Opalão. Quando o carro se afastou, a rua foi entregue de novo ao silêncio. Um ou outro cachorro vagabundo latia enfurecido com os ventos.

Vladimir girou a chave na porta deixando o frio da noite invadir seu casebre. Não queria assistir à TV. Não queria ler a Folha Universal. Apenas se sentar em sua velha poltrona e deixar a cabeça fugir daquele bairro fedorento. Queria esquecer a menina. Queria estar junto da esposa, mas sabia que era impossível. Queria esquecer. Talvez um copo de cachaça ajudasse.

Sentado na poltrona rasgada, com o enchimento escorrendo pelos braços de corino, Vladimir tentava encontrar forças para rastejar até a cozinha. Deixou a cabeça afundar no encosto e os olhos se fecharem. A casa estava silenciosa e escura. Vladimir não acendeu nenhuma luz. A única luminosidade que amenizava a escuridão vinha de fora, de cima dos postes públicos. Uma lágrima escorreu de cada olho, umedecendo a face queimada e cansada. A tristeza era gigantesca. Havia nove meses sua esposa o abandonara. Fugira com um amigo seu, levando o filho pequeno, sem deixar bilhete ou recado. Não tinha ideia de onde a esposa e o filho estavam. Nunca lhe enviara uma carta. Nunca lhe enviara nada. Agora essa! Assassino de crianças!

Vladimir deixou um gemido (mais parecido a um ganido do que qualquer outra coisa) escapar da garganta. Iria encher-se de pinga, apesar do cansaço sufocante; somente assim conseguiria dormir naquela noite.

Mais lágrimas despencaram, agora em silêncio. Silêncio total. Exceto por um estranho barulho de arrastar.

Como trazido de volta para a vida real, Vladimir abriu os olhos, atento ao ruído que vinha do escuro. Continuou sentado, tentando descobrir se estava imaginando o arrastar ou se de fato isso acontecera.

Silêncio.

Algo como um pé se arrastando, depois o outro.

Vladimir fez menção de levantar-se para acender a luz da sala. Estancou com a coluna projetada para a frente, quando divisou uma estranha e sinistra sombra no fundo da cozinha. A porta entre a sala e a cozinha estava aberta, deixando que o homem examinasse o ambiente. A pouca luz que invadia a sala permitia, também, que a escuridão não fosse implacável dentro do outro cômodo. Não conseguiria distinguir a cor da toalha que recobria a mesa, mas podia perceber aquela silhueta demoníaca se movendo lentamente, arrastando os pés, vindo em sua direção. Vladimir interrompeu a respiração. A sombra era de um homem alto. Aparentemente percebera que fora descoberto. Começou a andar mais descontraidamente, sem arrastar os pés, deixando a sola dos sapatos estalar contra o piso cerâmico da cozinha. Chegou até a porta, revelando parte do corpo magro. A luz que vinha de fora chegava até sua cintura, mantendo a parte superior obscura. Vladimir estremeceu. Era a primeira vez que tinha a casa invadida. Vingança. Temeu que fosse um dos vizinhos, ainda inconformado com a morte da menina. Podia ser pior. O homem poderia ser o pai da menina.

– Por que você está chorando, Vlad?

– Eu... eu...

Vladimir estava confuso. Não conseguiu responder. Ficou murmurando palavras curtas que lhe ocorriam, tentando expressar seu estado de lamentação. Pensou em reconhecer a voz, mas não tinha certeza; parecia a voz de seu amigo.

– É você, Eustáquio? – o homem permaneceu mudo. Depois respondeu.

– Sim, sou eu.

– Aonde você foi hoje, Taqui? Aconteceu uma coisa horrível.

– É, eu sei.

A voz de Eustáquio, o Taqui, era rouca e baixa. O homem encostou o ombro direito no batente da porta, cruzando o pé esquerdo por trás da perna.

– Deve ter sido um horror. Cê tinha bebido?

– Nada. Nadinha.

Taqui riscou um palito de fósforo numa caixa diminuta e trouxe-o até a boca. Seu rosto iluminou-se por um breve segundo, e um reflexo metálico refulgiu muito breve pela sala.

O rosto do sócio ficou impresso na retina de Vladimir; mesmo depois da chama apagada, parecia enxergar a face de Taqui. Um rosto duro e enfezado. Cara de homem mau, mau-malvado.

– Cê só faz merda mesmo.

– Eu não vi... a...

– Isso pode até atrapalhar o nosso negócio.

– Ora, Taqui, atrapalha nada! Todo mundo viu, foi a pobre que caiu na frente do pneu – Vladimir levou as duas mãos à testa e depois enterrou os dedos no cabelo ralo. – Num tive culpa nenhuma.

Agora Vladimir não conseguia mais enxergar o rosto do sócio, apenas um ponto vermelho na altura do rosto. A pequena brasa aumentava e abrandava a cada tragada do homem.

– Não adianta tagarelar agora, Vladimir. Você é um bosta. Por isso que a Tânia foi embora com aquele zé-mané.

Vladimir levantou-se, enraivecido. Taqui nunca falava daquele jeito. Exceto quando estava embriagado, e, quando acontecia, era muito ignorante, violento.

– Tô cansado das suas cagadas. Desse jeito eu nunca vou pra frente. Não vou ficar arrastando um vagabundo feito você.

Vladimir não conseguiu responder. Apesar do sofrimento, estava estupefato com a conversa do parceiro. Era ele, Vladimir, que levava o negócio nas costas, praticamente sozinho. Engolia desaforos só porque, infelizmente, metade do dinheiro investido no caminhão fora o velho Taqui que apresentara. Mas o Taqui era um pinguço de primeira, faltava nas mudanças, perdia clientes – ao contrário de Vladimir. Este era responsável, nunca recebera reclamação e somente graças a seus esforços conseguia mais e mais mudanças. Imprestável e vagabundo era o Eustáquio.

– Eustáquio, você tá de fogo. Tá até me agredindo. Vai curar essa bebedeira; amanhã a gente conversa sobre o que aconteceu...

– Eu quero conversar hoje, porra! – explodiu o homem, com violência. Vladimir chegou a se assustar com o grito violento de Taqui, sentindo o corpo estremecer. Virou-se para alcançar o interruptor.

– Não acende a luz! Vamos conversar assim mesmo, seu viado!

– Por quê?

Vladimir deu mais um passo em direção ao sócio, perto da porta e do interruptor.

– Vamos resolver! Vamos resolver! – gritou Taqui. Vladimir assustou-se. Não entendia a violência e os gritos do amigo.

– Para aí, eu tô te avisando para não acender a merda da luz.

Vladimir não parou. Estava na sua casa e ia acender a maldita luz.

– Taqui, você está na minha casa. Faz favor de respeitar! Para de falar alto comigo e vamos sentar para... – a mão de Vladimir chegou perto do interruptor.

Taqui jogou o cigarro no chão.

– Vamos conversar porcaria nenhuma. Cansei de dividir o que é meu com você.

Vladimir tocou o interruptor, mas, antes de acioná-lo, foi impedido pela mão forte do sócio. Ensaiou um sopapo contra Taqui, sem sucesso. Foi empurrado para trás e, quando voltou para cima de Eustáquio, foi impedido.

Vladimir parou de lutar. Taqui empurrou-o mais uma vez, fazendo-o cair sentado na velha poltrona.

– Você nunca me ouve mesmo. Agora tu vai aprender.

Vladimir não conseguiu pronunciar nenhuma palavra de protesto. Tentou levantar para se proteger, mas em vão. Tentou inspirar mais ar, porém os pulmões não responderam. Havia algo errado com seu corpo. Nada provocado pelo empurrão feroz e pela queda repentina na poltrona, mas provavelmente por uma investida anterior. Levou a mão ao abdome sentindo o líquido espesso ensopar sua camiseta. Tossiu, sufocando, sem ar. Fez um esforço inumano para puxar oxigênio para dentro do peito. Uma dor dilacerante cresceu na parte alta do abdome, permitindo que uma parcela pequenina de ar entrasse para os pulmões. Havia algo errado. Percebendo que o sócio vinha para cima com a faca, levantou-se mais uma vez e tombou para a frente. Queria fugir, correr para fora de casa e gritar. Entretanto, não tinha força suficiente. Seu corpo pendeu para a frente, caindo no chão de taco, e ele sentiu o sangue esvair pelo corte profundo. O diafragma estava ferido e inutilizado, interrompendo a função pulmonar. Sua voz não saía, seu grito estava enclausurado. O pânico invadia suas células com a vinda da morte certa. Não conseguiu se virar nem lutar quando sentiu a lâmina penetrando sua carne mais uma vez. Ah, meu Deus! Aquela dor gigante aumentava, dividida e unida por novos pontos de flagelo. A lâmina abandonava suas costas e depois voltava, perfurando a pele, chegando à carne. Ah, meu Deus, que dor suprema! A lâmina encontrou suas vértebras, provocando agora uma dor diferente. Vladimir perdeu a noção do tempo. Percebeu somente que as investidas pararam e que os cortes eram agora o menor de seus problemas. Os pulmões ardiam vazios. A garganta tremia incessantemente. A falta de ar dava-lhe a sensação de estar enterrado no fundo de um monte de areia, com a boca repleta de grãos, sem conseguir extrair um centímetro de oxigênio. Seus olhos, colados ao chão, perceberam os pés do assassino abandonarem a cena do crime, voltando para a escuridão da cozinha. Sabia que o ex-sócio pularia o muro dos fundos, indo para o grande terreno baldio, sumindo impune na noite. Sabia que o ganancioso almejava o caminhão só para ele. Só não conseguiu quantificar o tempo que permaneceu ali, vivo, agonizante, sofrendo a cada segundo sem ar, sofrendo a cada espasmo doloroso. A ele pareceu uma eternidade. Um frio gigantesco cobriu seu corpo. Seria a morte chegando ou seria a porta aberta que permitia aquele frio assombrado invadir a casa? Ouvia a porta da cozinha, escancarada, batendo contra a parede. Num último espasmo violento, Vladimir jogou a cabeça para o lado oposto à cozinha. Seus olhos encontraram a janela da rua, por onde o fio de luz teimava em entrar. Que era aquilo no céu? Lágrimas tristes escorriam de seu rosto, caindo no chão, e se misturavam ao sangue vermelho-vivo. Era a primeira vez que ele via neve caindo do céu. Então tudo escureceu. Sem túnel de luz, sem anjos à volta, sem sombras malignas. Somente o silêncio. Tudo virou nada. Percebeu nitidamente que deixava de existir.

✠ ✠ ✠

A cadeia pública de Amarração era o endereço de seu último trabalho do dia. Já passava das dez da noite. Olavo e Tobias foram guiados até a cela. Lá encontraram o defunto.

– Esse aí era o Terezão – revelou o policial ao companheiro do IML.

– Aquele dos dois bebês?

O policial assentiu, tirando o cigarro da boca para completar:

– Já vai tarde esse aí.

Tobias e Olavo limitaram-se a um grunhido de deboche, quase uma risada. Entraram na cela, agora vazia, ao contrário do cubículo vizinho, que acomodava uns quinze detentos onde caberiam seis.

– A gente matou esse cabeça de bagre aí – berrou uma voz perdida no meio dos presos. – Agora é isso que a gente ganha.

– Cala a boca, ô bando. Depois que os caras levarem esse tranqueira, vocês voltam pra cá.

Olavo e Tobias cercaram o cadáver, examinando-o atentamente. O rosto inchado revelava um severo espancamento. Um fio de sangue descia da boca entreaberta, engruvinhando a barba suja do assassino executado. O nariz, em forma de bola, certamente fora quebrado, pisoteado, como todo o restante do corpo.

– Nós vamos precisar de uma cadeira, uma escada, sei lá. Senão não tem jeito de tirar ele daí.

Olavo concordou com Tobias. O policial, contrariado, saiu para buscar alguma coisa que pudesse ajudar. O corpo inerte pendia do teto, amarrado em um lençol encardido.

– Olha aí o Terezão – murmurou Tobias.

Os encarcerados da cela ao lado espremiam-se contra as barras com sorrisos contentes no rosto. Seis deles haviam participado do espancamento e enforcamento do Terezão, que já havia quebrado muitas leis do código interno. Além de uma série de estupros, também havia matado dois bebês por asfixia, sete meses atrás. Ele bem sabia que, quando fosse parar no xadrez, a justiça interna não tardaria.

O policial voltou com uma cadeira de madeira.

Olavo subiu e sacou um canivete grande do bolso traseiro de sua calça *jeans*. Tocou a lâmina no tecido, quando Tobias se ajeitou para amparar o corpo de Terezão, mas, antes de cortar, afastou o canivete.

– Vocês já periciaram o assassinato?

– Que perícia nada, Olavo. Todo mundo sabe por que esse bosta morreu. É um assassino de criancinhas; teve o que mereceu. Os malucos aí tiveram até o cuidado de enforcar esse merda. Foi suicídio, pronto e acabou.

– Você sabe que não é bem assim... – protestou Olavo, voltando com a lâmina até o tecido, iniciando o corte. – Mas em consideração às violentadas e às crianças...

O corpo desprendeu-se do lençol. Tobias não fez questão de evitar a queda, apenas direcionou o cadáver, deixando-o estatelar-se mais próximo ao gavetão.

Os detentos da cela vizinha começaram a assobiar, principiando uma algazarra comemorativa.

Precisaram de bastante força para levantar a gaveta e acomodá-la na parte de trás. Enfiaram o defunto no compartimento gelado e depois se encaminharam para o Instituto Médico Legal.

Terezão havia sido capturado cinco dias atrás. Um policial chamado Maurício estava em seu encalço havia algumas semanas, só esperando a hora certa de apanhar o bandido mais violento e amaldiçoado daquela região do litoral. Não havia provas contra Terezão quanto ao assassinato das criancinhas, pois a lei do silêncio predominava nas pequenas favelas, calando testemunhas importantes. Mas Maurício não precisou de muito tempo até o contraventor entrar em ação, conseguindo trancafiá-lo.

Terezão embriagou-se durante uma trucada num boteco fedorento, com outros jogadores.

Apostavam dinheiro a cada rodada de doze pontos, talvez por isso a confusão não demorou a acontecer. A mesa de truco virou um bate-boca fervente. Terezão era o homem mais alto da roda, com um metro e oitenta e cinco. O bandido virou um monstro de músculos duros enlouquecido pelas acusações de trapaça. Amarrada à perna, escondida pela calça surrada, ele trazia uma faca. Sacou a lâmina, fazendo os mais valentes recuarem. Maurício, à paisana, tomando um copo de cerveja no boteco em frente, não interveio. Era preciso haver sangue. Era preciso haver morte. Talvez aqueles truculentos fizessem a justiça que ele esperava ali mesmo. Um homem que violentava mulheres fracas e indefesas, surrando-as até o limite da capacidade humana, não era digno de julgamento em um tribunal civilizado. Estava destinado à morte sangrenta. Maurício não se intrometeu. Terezão partiu para cima da dupla adversária, fazendo sua faca afiada penetrar em carne e osso. Agora sim Maurício tinha algo de que precisava. Bastava que Terezão fosse enjaulado... a Justiça dos Condenados daria cabo dele. Iria virar um doce na cadeia, receber o que merecia por ter causado tanta atrocidade. Teria o rabo profanado, o corpo penetrado por seus irmãos. Iria sentir o que suas vítimas sentiam. E, com alguma sorte, teria tempo para chorar. Com alguma sorte, teria chance de se arrepender. Maurício atravessou a rua correndo. Sacou a pistola e, sem dar voz de prisão, disparou. O ódio já consumia seu cérebro. Acertou a perna do bandido. Todos congelaram, parecendo uma patota um pouco velha brincando de duro-mole. Enquanto todos paralisavam, Terezão foi ao chão praguejando. Caiu sentado, com a perna ferida estendida, os olhos alucinados arregalados.

– Sou da polícia! Todo mundo parado! – Maurício apontava a arma para onde olhava e, com a outra mão, mostrava sua carteira, identificando-se. Os homens começaram a falar atropeladamente, tentando explicar a situação.

– Não gastem a saliva. Eu vim atrás deste filho da puta aí. Ninguém vai pro xadrez, só ele.

Terezão permanecia no chão, com a arma do policial apontada para sua cabeça. Mantinha a faca presa na mão, agarrado a ela como se assim garantisse sua vida. No fio da arma o sangue pendia. No canto oposto do bar a vítima gemia de dor, com rasgos no peito e na barriga.

Maurício valeu-se do celular, chamando viaturas e uma ambulância, que chegaram vinte minutos depois.

Terezão, que até o momento parecia mergulhado num estado de torpor, foi despertado pelas sirenes. Ao perceber que seu engaiolamento seria certo, começou uma gritaria desconexa. Foi algemado e arremessado ao camburão. Lá dentro, começou a chutar incessantemente o vidro da porta traseira do veículo usando a perna boa.

Maurício foi cumprimentado por seus colegas, pois todos sabiam que ele estava de tocaia atrás daquele cafajeste do Terezão. A viatura partiu com o homem ensandecido.

– Eu vou te pegar! Eu volto do inferno pra te pegar, seu filho da puta! Eles vão me matar se eu for preso. Eles vão me mandar pro inferno. Eu não sou mulher de ninguém! Mas eu volto, seu puto! Volto pra me vingar...

Maurício ouvia os protestos do bandido sumindo abafados pelas sirenes e pela distância.

– ...eu volto... do inferno... te pegar... seu puto!

A voz de Terezão já chegava com dificuldade, com as frases incompletas.

Maurício não se incomodou com a costumeira ameaça proferida muitas vezes pelos facínoras capturados. Mas aquelas palavras sempre eram fortes. Aquelas promessas sempre entravam em sua cabeça, alojando-se num canto escuro do cérebro especialmente desenvolvido na mente dos policiais. O compartimento para guardar Fantasmas.

"Eles vão me mandar pro inferno. Mas eu volto, seu puto!", reverberou a voz do novo Fantasma. Maurício guardou a pistola no coldre às costas e dirigiu-se para o carro. Era hora de voltar para casa. Beijar a família, dormir com a mulher. E em paz, se Deus permitisse.

CAPÍTULO 6

Durante o restante do dia, a observação continuou tranquila, exceto pela acalorada discussão entre Tiago e Delvechio. O professor não admitia essa história de bruxos e demônios. Coisas que não existiam nem nunca iriam existir. A regeneração do cadáver, por enquanto inexplicada, era uma coisa. Agora, associá-lo ao funesto frio que envolvia toda a cidade e principalmente o laboratório, isso era demais. Aí, sim, se admitisse isso, estaria acreditando em bruxaria. Mas o frio era realmente estranho. Toda vez que tinham de trocar a bateria da câmera era um desespero. A sala estava completamente congelada. Se a porta, por acaso, fechasse, prendendo alguém lá dentro, o sujeito estaria morto e congelado antes que o grupo desse por sua falta.

Tiago insistia em sua teoria. Aqueles sete elementos eram diferentes. De alguma maneira, eram bruxos. E cada um dos sete nomes correspondia a cada um dos cadáveres. Agora, o que significavam, era indecifrável. E por que somente Inverno estava se regenerando era outro mistério.

Delvechio chamou um pequeno pelotão do Exército, requisitando segurança à sua pesquisa. Os soldados não chegaram a entrar nem a tomar conhecimento pleno do que se passava dentro do laboratório. Limitaram-se a guardar a porta frontal, evitando que os curiosos tentassem invadir o galpão.

Um ônibus da universidade já havia levado para Porto Alegre a maioria dos professores e estudiosos, que deveriam no laboratório da USPA, esperar em segurança, o material recolhido de dentro da caravela.

Foi quando a noite chegou, acentuando o frio litorâneo, que uma nova fase desta bizarra história desencadeou-se.

O sexteto persistente (Delvechio e Eliana, Diaz e Matias, Tiago e César) procurava criar um ambiente menos inóspito para a vigília. Instalaram mais dois aquecedores na saleta e seis dentro do laboratório, próximos à câmera de vídeo, facilitando a troca das baterias quando necessário. Estavam dispostos aos pares, formando um corredor até o aparelho.

Tudo estava correndo monotonamente (se é que era possível descrever a situação assim) quando o primeiro sinal diferente apareceu. Na tela do computador surgiu uma setinha cintilante, acompanhada de um bipe de alarme.

Todos despertaram de uma espécie de sonolência que se instalara na sala. Acotovelaram-se ao redor de Matias, que interpretava a leitura com a maior velocidade, movimentando o *mouse* do *notebook,* abrindo janelas no programa.

– Uau, Diaz, dê uma sapeada nisto aqui!

Matias virou a tela para seu superior, deixando-o ficar com a mesma cara de espanto que ele possuía agora.

– Cheque de novo. Isso não pode... meu Deus... isso não pode estar certo.

– Eu já chequei, Diaz. Está certo. Está certo. Certinho, é isso aí mesmo.

– Alguém, por gentileza, poderia dizer o que está acontecendo?

– É incrível, Eliana.

– O quê?

– Ele... o cadáver... o espécime... ele está apresentando atividade muscular em quase todos os conjuntos, os principais...

– Está vivo?

– Ainda não sei... mas está quase. O coração não bate, o cérebro... Um novo som de bipe soou, acompanhado do ligamento automático de uma espécie de impressora, atrás dos curiosos.

Delvechio, atônito, via o equipamento cuspir uma espécie de papel acetinado de uma extensa bobina contínua. No instante seguinte, uma ponta com três agulhas flexíveis e independentes começou a funcionar, tingindo o papel com uma série de linhas incompreensíveis.

– Que é isso, Diaz?

Tiago e César acompanhavam o desenrolar dos novos acontecimentos bastante espantados, mas sem compreender muita coisa.

– Isso aí são ondas...

– Ele está emitindo ondas cerebrais – completou Matias.

Tiago, finalmente, abriu a boca:

– Então ele está...?

– Vivo? É, parece que agora ele está vivo.

– Mas o coração não está batendo. Não pode estar vivo. Isto é, vivo-vivo mesmo – comentou Matias, vacilante.

Abandonaram a tela do computador e acotovelaram-se na frente do monitor, que focalizava o rosto do espécime.

– Inverno está vivo – balbuciou Tiago.

– Que diabos nós achamos? – todos encararam César, que estava olhando fixamente para o monitor, como que hipnotizado.

– Que diabos nós achamos? – repetiu.

– E se os outros acordarem? – perguntou Eliana.

Todos se mantiveram em silêncio, esperando mais um sinal da estranha criatura.

– Quero dizer... se esse aí é o tal do Inverno, como supomos... se ele trouxe este frio... o que os outros vão trazer?

O silêncio pareceu se aprofundar ainda mais.

O que os outros demônios iriam trazer? Que maldições recairiam sobre aquelas pobres almas que ousaram violar a caixa prateada?

– Bem, se esse aí é o Inverno, e está provocando este frio dos diabos, acho que pelo menos mais um é óbvio.

– Tempestade – arriscou Diaz.

– É... pela lógica, quando ele acordar, acho que vai cair o maior pé-d'água...

– Não acredito que vocês estejam discutindo isso – protestou Delvechio. – Ainda não sabemos se o frio tem alguma coisa a ver com esta coisa.

– Você vai me desculpar, professor, mas esquisitice por esquisitice não acho que estou tão errado assim – Tiago defendia sua opinião. – E, se eu fosse o senhor, tomaria mais precauções, porque isso aí está extrapolando qualquer simples fenômeno natural.

– Eu também acho que não é mais nenhum fenômeno natural.

– Como pode dizer isso, Diaz? Você já viu e estudou uma porção de coisas estranhas.

– Desculpe-me, Del, mas faço minhas as palavras de Tiago: isso aqui está realmente extrapolando. Isso não é natural, tem coisa aí.

– De que tipo de precaução você está falando?

– Sei lá. Amarrem essas coisas. Se eles são demônios mesmo, certamente não são bonzinhos. Os portugueses devem ter tido um bom motivo para trancá-los na caixa.

– Absurdo! Bruxaria é absurdo!

– Ah, é? Por que o senhor não experimenta ir de sunga lá fora ou, então, dar um passeio nu pelo laboratório? Se liga, professor! Não tem nenhum equipamento resfriando o lugar ou a cidade. Tá vindo disso aí. Se eu fosse o senhor, amarrava cada um deles nestas macas de ferro, ou melhor, trancaria de novo na caixa e jogava de volta ao mar. Ninguém precisa ficar sabendo. Abro mão da minha grana em prata. Pode tacar na água.

– Não! É nosso dever descobrir o que está acontecendo.

– Eu topo pagar para ver – apoiou Matias.

– Eu também.

– Se a Eliana fica, eu fico – condicionou César.

Diaz e Tiago entreolharam-se.

– Que se dane, eu fico também.

Agora Tiago estava sozinho. Balançou a cabeça em sinal negativo.

– Eu fico, mas se amarrarmos essas porcarias.

Delvechio concordou, balançando a cabeça.

– Vou providenciar cintas de couro. Temos uma porção dentro do barco. Você me ajuda, Cesão?

– Claro, Eli. Vamos lá.

César e Eliana abandonaram a pequena sala, indo para as docas.

Tiago e Delvechio retomaram uma discussão acalorada sobre possibilidades. O professor estava quase cedendo, mas era orgulhoso demais para admitir que realmente poderia estar enganado, ainda mais para um caiçara sem instrução superior.

Discutiam quando Diaz lhes chamou a atenção.

– Ei, caras, é bom que eles cheguem logo com as tais cintas.

– Que foi?

Os três deixaram os olhos fixos na tela, enquanto a impressora de ondas cerebrais parecia ter enlouquecido, produzindo rabiscos enfurecidos.

O corpo de Inverno pareceu estremecer. Sofria espasmos curtos a cada dez segundos.

Isso verdadeiramente cessou a discussão, pois talvez fosse a coisa mais apavorante que aqueles três haviam presenciado em toda a vida. Era um cadáver, constatadamente um cadáver, voltando das trevas, voltando da morte. E para quê? Para que uma criatura tão estranha desafiaria o curso natural das coisas? Certamente coisa boa não viria.

Delvechio, num impulso apavorado, deixou a sala e fugiu do galpão. A frequência de sacolejos aumentou. Depois de uns dois minutos, o cadáver ergueu os braços e soltou um rugido ferino.

– Tchê, nós vamos ficar aqui olhando para isso aí? – perguntou Tiago aos biólogos, que, antes do rugido, acreditavam poder suportar qualquer coisa vinda do espécime. O coração dos homens estava a ponto de estourar. Parecia que sairia pela boca. O frio desapareceu completamente de seus corpos, tamanha a tensão que neles se instalara.

Pelo monitor puderam ver o cadáver abrir os olhos. Tiago correu até o grande vidro que separava a saleta do laboratório e o limpou, tentando visualizar o espécime. Ele estava lá movendo os braços, arremessando ao chão o lençol que recobria seu gélido corpo. Em seguida, retirou do peito e da cabeça o conjunto de sensores que faziam as leituras. A impressora de ondas cessou seu frenético registro, e o computador disparou novamente seu bipe de alarme. Diaz não se importou com nada disso; mantinha seus olhos fixos na criatura, que agora se sentava na maca, com os pés suspensos no ar.

Delvechio voltou ao corredor de acesso, trazendo consigo três soldados armados de fuzis, já que não encontrara mais nenhum. Se o pelotão todo estivesse ali na porta, seria convocado para entrar. Conduziu-os para dentro da salinha. Sua mão tremia desavergonhadamente, e ele mal conseguia se manter de pé. O homem estava apavorado. Indicou aos soldados o ex-cadáver sentado na maca metálica. O espécime alisava o cabelo longo e castanho, como querendo colocar cada fio no lugar. Seu tórax largo inchava e se contraía, como o de um homem grande com dificuldade para respirar. As costas estavam arqueadas, com um aspecto de homem debilitado. Delvechio conversou com os soldados sem revelar que aquilo era um demônio, um bruxo morto havia centenas de anos, que acabava de voltar à vida ou seja lá o que fosse aquilo.

– Esse espé... esse sujeito. Ele tem um probleminha. É fundamental que ele não deixe este prédio. Não pode sair às ruas, compreendem? Estou dizendo... não pode sair, custe o que custar. Se precisarem matá-lo novamente – "novamente" escapou da boca do professor quase inaudível –, podem fazê-lo, é ordem de segurança máxima.

Delvechio posicionou os soldados no corredor, deixando-os de prontidão para uma eventual emergência.

Inverno saltou, tocando com ambos os pés o chão do laboratório. Uma névoa gelada recobria o assoalho, movimentando-se aos rodopios aos passos do homem. Inverno era alto, um metro e noventa, tinha os ombros largos e havia perdido a postura adoecida, demonstrando um garbo impressionante. Parecia tranquilo, calmo, não um morto-vivo recém-despertado. Seu rosto era sulcado, provendo-o de uma estampa lúgubre e fria. Os olhos moviam-se com calma, sobrenaturais, como se fossem capazes de falar em vez da boca. E eles diziam: estou vivo.

Tiago, Diaz e Delvechio ficaram colados ao vidro da saleta observando o homem, enquanto Matias permanecia sentado no chão, abraçando os joelhos, com os olhos marejados, movimentando os lábios repetidamente, como invocando uma prece cadenciada.

Inverno inspirou fundo, estufando o peito. Olhou em volta, com ar intrigado. Mantinha o rosto erguido como se estivesse farejando. Aproximou-se dos monitores que estavam conectados ao seu corpo, ao lado da maca. Perdeu alguns minutos entretido com as luzes provenientes daquelas telinhas. Um sorriso pequeno, sutil demais para ser notado pelos espectadores assombrados, brotou em sua face pálida.

Todos sabiam que aquela não era uma criatura natural. Fora o episódio de ter-se regenerado completamente, um homem normal já estaria totalmente congelado dentro do laboratório. Ele, entretanto, caminhava tranquilo, como se estivesse em seu *habitat*.

Inverno pousou os olhos nos homens que espiavam através da janela de vidro. Sentiu-os estremecer, amedrontados. Sorriu seu primeiro sorriso largo depois de séculos de clausura. Virou-se, percebendo as outras macas com corpos recobertos por grossos lençóis. Pelos equipamentos que seus olhos encontravam, Inverno sabia que estava bem distante do Rio D'Ouro de Portugal. Caminhou até os corpos, retirando o lençol de cima do primeiro. Seus olhos cintilaram. Um misto de ódio e nostalgia revelou-se em seu rosto. Primeiro sua feição se fechou, com repugnância e raiva, dando lugar a olhos tristes. Detestava Fernando, mas sabia que o antigo companheiro da Vida Escura também sofria naquela cruel clausura. Detestava todos eles, mas todos, de certa forma, eram seus irmãos. Havia um, porém, que sua mente procurava afastar com maior frequência: Sétimo. Onde estava Sétimo, o Maldito? Descobriu os restantes, observando-os demoradamente, um a um. Miguel, o Inocente, dormia de olhos abertos, encovados, com arrependimento, seu sentimento mais contumaz. Baptista. Ah, doce amigo Baptista! Sempre falante, estava agora sem palavras, soturno, tomado pelo mais mudo silêncio. Este, sim, deveria estar impaciente com aquele descanso prolongado. Inverno sorriu novamente; sorriu por causa de seus pensamentos. Era óbvio que os amigos estavam inconscientes como ele próprio estivera, salvo raríssimos *flashes* involuntários que apareceram diante de seus olhos, invadindo-os como sonhos macabros. Nenhum deles tivera nenhuma centelha de sobriedade psicológica. O próximo irmão que seus olhos encontraram foi Afonso, o irmão de hábitos caninos; depois Manuel, o sisudo, o atarracado Acordador. Por último, descobriu Sétimo. Sétimo, o Maldito. O não irmão. O assassino.

– Maldito – balbuciou.

Os homens, colados ao vidro, tentavam ouvi-lo.

– Maldito demônio. Por temer-te fui preso e amaldiçoado mil vezes – Inverno tinha um sotaque português fortíssimo, percebido de imediato pelos homens.

César e Eliana chegaram, trazendo as cintas de couro. Assustaram-se ao se deparar com os soldados do lado de dentro. Os soldados também se assustaram com o barulho repentino às suas costas. Viraram-se nervosos, apontando as armas para os dois invasores.

A dupla não se intimidou e, apressadamente, chegou até a sala. Entraram, surpreendendo-se com a perplexidade dos homens colados ao vidro. Por conta das três cabeças não havia como espiarem para dentro do laboratório congelado. Precisaram recorrer ao monitor. Os dois depositaram as cintas de couro em cima da mesa e posicionaram-se em frente ao pequeno aparelho, entendendo o porquê daquele embasbacamento. A maca metálica estava vazia. Ao fundo viam um homem vivo caminhando lentamente em direção à câmera de vídeo.

– Acho que agora vocês não vão precisar mais destas cintas – murmurou César.

Quando Eliana e César entraram na sala, Inverno voltou-se repentinamente em direção ao vidro. Percebeu os homens estremecerem de novo. Ergueu o nariz, inspirando profundamente. Fungou várias vezes, como um cão farejador.

– Teu cheiro é tão doce, menina! Tu cheiras muito bem.

Eliana arregalou os olhos. O português só poderia estar se referindo a ela, posto que era a única menina do lugar.

Os homens olharam para ela interrogativamente. Quando Inverno recomeçou a falar com seu sotaque português, voltaram os olhos novamente para observar a criatura.

– Preciso voltar para ti. Ah, menina, tu és tão linda! Senti tantas saudades! Agora quero voltar para o D'Ouro. Tu sabes onde fica meu castelo? Ora, pois, que pergunta mais descabida esta minha. Todos os aldeões sabem onde fica – Inverno levou a mão à cabeça, indignado. Depois a desceu até o queixo liso e branco. – Todos temem o nosso castelo. Se os temores não abandonaram minha terra... ah! menina, o doce terror de nosso espetáculo medonho, nosso número fantástico e sangrento. Agora eles voltarão. Pois meu corpo está vivo outra vez. E logo volto para meus irmãos. E logo te procuro, minha doce menina cheirosa a canela. Te trarei vestidos tingidos com tinta da Nova Terra, meu doce.

Inverno estava de frente para a janela de vidro, declamando seu monólogo para a pequena plateia. Gesticulava com os braços, dando maior dramaticidade às palavras.

– Te trarei frutas também.

Dirigiu-se a uma das macas, colocando o cadáver seco de pé. De tão rígido, o cadáver mais parecia um pequeno tronco de madeira do que um corpo ressecado e apodrecido.

Inverno abraçou-o, fazendo o corpo afundar em seu peito, encostando-o em seu corpo nu, em seu corpo cândido.

– Mas antes, meu doce pitéu, antes vou carregar este meu irmão para longe do D'Ouro, para longe do bulício dos curiosos. Ah! Se uma graça fosse concedida, mandaria este demônio para o fundo do inferno.

Inverno ergueu o irmão como uma coisa sem peso, carregando-o sobre o ombro, tal como um reles tronco de madeira.

O homem que congelava o laboratório caminhava agora em direção à porta, procurando abandonar o local.

Os seis agitaram-se na sala, perguntando uns aos outros, com os olhos, o que fazer. Inverno já quase chegava à porta.

Delvechio correu até a porta de acesso ao corredor e abriu-a, trêmulo, pondo a cabeça para fora.

Os soldados estavam encostados em uma das paredes, um pouco descontraídos. Viram o professor aparecer pela brecha da porta, apontando para a porta dupla. Permaneceram encarando-o interrogativamente.

– É... ele... está vindo. O homem. Não o deixem escapar. A porta do laboratório soltou um pequeno estalo enquanto a maçaneta girava lentamente, dando tempo aos soldados para engatilharem seus fuzis e colocá-los em posição. Delvechio bateu a porta da saleta. Inverno já havia escapado do campo de visão. Os seis permaneceram em silêncio, tentando escutar, adivinhar o que acontecia.

Antes de se juntar aos cinco no canto da sala, o professor apanhou uma cadeira e calçou a maçaneta da porta, o que criaria certa dificuldade se tentassem abri-la. Trancou-a, indo depois se juntar aos outros.

– Isso é pro caso de precisarmos de um reforcinho.

Repentinamente o frio aumentou na saleta, fazendo os seis se abraçarem ansiosos.

Do lado de fora, os três soldados não tiveram tempo para reação. No momento em que a porta foi aberta, uma corrente gelada invadiu o corredor, jogando-os ao chão. Um frio congelante penetrou seus corpos, atravessando suas roupas, chegando até os órgãos internos.

– Pare! – gritou um deles, tentando erguer o rifle.

Inverno observou-o com calma. Viu que aqueles três humanos que congelavam em sua presença trajavam uniforme, e, muito provavelmente, eram militares. Percebeu que o rapaz que lhe ordenara a parada empunhava um mosquete, uma espécie de arma de fogo. Inverno, com a mão direita ocupada em segurar seu semelhante, estendeu a esquerda na direção do soldado caído e ameaçador.

O soldado apertou o gatilho, liberando três disparos certeiros. O frio congelava seus dedos expostos, causando imensa dor ao menor movimento. Gemia doloridamente, enquanto o estranho homem tombava junto com o que carregava.

Inverno caiu de costas, deixando o irmão ir ao chão desastrosamente.

Levou a mão ao peito, notando que a arma o havia perfurado, causando-lhe dor. Soltou um urro enfurecido.

– És muito afoito, ó gajo – bradou.

Sentiu uma dor lancinante também na parte alta do ombro. Alguma coisa o havia ferido de raspão.

– E agora? Isto vai custar caro à tua pessoa. Ah! Que dor forte! Ainda não estou pleno de energia, seu infeliz! Até uma alfinetada pode ferir minha nobre carne.

Inverno levantou-se. O soldado estava imóvel, mas ainda estava vivo. Uma pequena camada de gelo cobria a face do rapaz, tornando seus cílios e sobrancelhas brancos como neve. Fumacinhas feitas de vapor escapavam por entre seus lábios em curtos intervalos de tempo, revelando uma respiração assustada e difícil. A arma de fogo jazia no chão. De pé, mais uma vez Inverno levou a mão aos ferimentos, de onde não vazava sangue algum.

– Ô gajo, percebes que eu não sangro? Hum?

A velocidade com que as fumacinhas apareciam aumentou, revelando que o soldado percebia, sim.

Inverno apontou a mão para o soldado, como fizera anteriormente.

Aos poucos, as fumacinhas diminuíram de intensidade. O rosto do rapaz foi todo recoberto pelos cristais gelados, ficando completamente sepultado por uma espessa camada de gelo.

Inverno voltou-se para o laboratório e apanhou o cadáver do chão, recolocando-o no ombro. Virou-se novamente para o corredor, passando entre suas três primeiras vítimas após o longo repouso. Sorria outra vez, contente em ainda proporcionar terror e extrair o sumo do pânico dos olhos cintilantes daqueles que o encaravam. Continuou caminhando pelo largo corredor, passando pela porta de acesso à saleta, onde se escondiam seus observadores, até alcançar uma grande porta dupla, como a do laboratório, que dava acesso à parte externa do galpão. Inverno encheu o peito de ar, o frio ar da noite. Milhares de desconhecidas fragrâncias chegaram às suas narinas. Os olhos vagaram pelos céus, cobertos por nuvens frias, escondendo as estrelas. Sentia algo diferente no lugar. Não eram somente os cheiros, mas uma série de coisas implícitas neles. Aquele estranho porto não trazia o cheiro e nenhum símbolo de seu conhecido Portugal. Tampouco era a Espanha. Havia coisas implícitas em tudo. A voz do soldado, apesar de lhe ter revelado apenas uma palavra... o acento era peculiar. Tinha perdido o senso de orientação. Estava perdido, estava longe do D'Ouro, mas em outros tempos conseguiria farejar a direção. Hoje, não sabia para que lugar seguir, tampouco para que lado ficava o Norte, o Sul, o Leste, Oeste. Iria reaprender tudo e voltar a ser o maníaco preciso de antes, o terror que congelava o coração dos portugueses, dos espanhóis e até mesmo dos interessantes franceses que se aventurassem por aquelas paragens.

Pousou o cadáver seco no chão, olhando nos olhos do irmão.

– Devo guardar-te agora, maldito. E temos de partir antes de as novas hostes se prontificarem a nos caçar, como fizeram tantas infrutíferas vezes. Tu agora não queres sangue, mas, quanto a mim, não posso dizer o mesmo. Agora tratarei de esconder-te e depois irei ao meu jogo.

Inverno baixou os olhos, observando o mar. Depois de centenas de anos eles voltaram a se espantar. Parada ali na sua frente estava a caravela. Virou o cadáver para que a vislumbrasse também.

– Vê, maldito? Finalmente algo que nos é familiar. Nossa amiga Santa Isabel ainda percorre os mares. Então não devemos ter passado tanto tempo assim na clausura.

Voltou a apoiar o cadáver no ombro e escolheu uma direção a seguir.

– Vamos, irmão. Vamos buscar morada.

Os ouvidos não captavam mais nada. Talvez por defeito. Afinal de contas, nunca haviam experimentado temperaturas tão baixas sem proteção. Tiago sentia-se a ponto de ser congelado vivo. Desvencilhou-se do abraço tremelicante da amiga e rastejou até perto de um dos aquecedores. Estendeu as mãos, quase encostando-as nas gradinhas incandescentes. Moveu repetida e lentamente os dedos, aquecendo-os, voltando a movimentá-los com precisão. Doíam à beça. Puxou o aparelho para perto de seu rosto. Já havia passado por invernos rigorosos. O Rio Grande do Sul nunca fora o Estado mais quente do Brasil, mas aquilo era ridículo, ainda mais em pleno verão. Voltou a recuperar o tato facial, sentindo novamente a pele. Lentamente, agrupou os aquecedores em torno de seus amigos, trazendo um pouco mais de calor para aquele canto. Todos tentavam esquentar os dedos primeiro. Devia ser a parte mais dolorida no momento. Ninguém ouvia nada. Tiago levantou-se e foi até a porta. Retirou a cadeira, que continuava escorada na maçaneta, e tentou girar a empunhadura. Estava congelada, não cedendo um centímetro sequer.

– Está emperrada. O que faremos?

– Quebre o vidro. Vamos sair pelo laboratório – sugeriu Diaz.

– O laboratório deve estar três vezes mais frio que aqui. Podemos morrer congelados.

– Não, Tiago. Ele abriu a porta do laboratório e dissipou o grosso do frio, liberando-o para o corredor... – Diaz falava com dificuldade. – Se passou pelos soldados e abriu a porta externa, aqui deve ser o cômodo mais gelado do galpão no momento.

Tiago balançou a cabeça afirmativamente. Apanhou uma das cadeiras metálicas e ergueu-a com dificuldade. Aproximou-a do vidro, retrocedeu e então golpeou a vidraça, transformando-a em pequenos fragmentos. Em seguida, uma cascata de cacos escorreu pelo chão, lembrando pedacinhos de gelo. Junto aos cacos um forte vento frio invadiu a sala, baixando ainda mais a temperatura e mostrando que Diaz estava errado em parte. Apesar de o homem ter deixado o recinto, o laboratório ainda armazenava muito ar frio. Agarraram-se mais forte, enquanto Tiago utilizava a cadeira para pular a janela, invadindo o laboratório.

Ao cair do outro lado, pensou que teria uma parada respiratória. O ar congelante tomava seus pulmões, causando uma dor indescritível. Pequenas capas de gelo soltavam-se de sua inútil jaqueta. Mais uma vez, arrastou-se até um dos aquecedores, aumentando sua chance de sobrevivência. Agrupou os seis disponíveis para conseguir respirar melhor. Estendeu as mãos para que elas voltassem a funcionar. Estavam cinza de tão gélidas. Queimou um dos dedos para certificar-se de que os aquecedores expeliam algum calor. Ficou lá deitado por quase dez minutos, esquentando o corpo o suficiente para movimentar-se melhor. Ergueu-se e caminhou cambaleante de volta à janela. Os cinco lá dentro mais se contorciam do que tremiam de frio. Estavam agarrados, parecendo uma moita vegetal coberta de gelo, totalmente branca.

Cambaleando, Tiago foi até a porta do laboratório. Além de sua condição geral estar comprometida, o chão recoberto de gelo dificultava o trajeto. Uma espessa neblina rasteira também escondia obstáculos, como cabos e equipamentos caídos. Uma das lâmpadas explodiu às suas costas, fazendo-o cair com o susto. Mais uma vez, demoradamente, levantou-se. Alcançou a porta, vislumbrando os três soldados mortos. Um deles estava sepultado sob uma grossa camada de gelo, diferente dos outros dois, que pareciam apenas desmaiados e recobertos por uma fina capa de cristais congelados. Entretanto, Tiago sabia que aqueles dois também estavam mortos. Passou pelo trio militar, encontrando a porta da sala contígua. As outras três saletas anexas ao laboratório improvisado estavam com as portas escancaradas. Se o professor não tivesse providenciado o trancamento e o escoramento da sala onde tinham se escondido, na certa teriam tido o mesmo destino dos três soldados. Tiago agradeceu mentalmente ao professor Delvechio. Tentou girar a maçaneta, não obtendo sucesso. Estava completamente travada pelo frio exasperador. Os cinco congelariam se não os tirassem lá de dentro. Com o esforço que exercia ao se movimentar naquele ambiente escorregadio e trabalhoso, seu corpo voltara a esquentar, tornando os movimentos mais fáceis e precisos. Apanhou um fuzil do chão e começou a golpear a porta. Percebeu que placas de gelo se desprendiam dela, forrando ainda mais o chão. Temeu utilizar o fuzil em sua maneira mais destrutiva: os disparos. Afinal, aquela arma era bastante poderosa, podendo atravessar com facilidade a porta fina e atingir com a mesma facilidade seus amigos desprotegidos. Insistiu em seu método primitivo de espancamento até conseguir o que queria. Quebrou um pedaço da madeira em volta da maçaneta. Depois enfiou o cano comprido da arma como alavanca e liberou a porta. Empurrou-a até se abrir completamente. Entrou e retirou Eliana do meio do grupo de homens. Apoiou-a nos ombros, fazendo-a enlaçar-se a ele, e conduziu-a até a porta. Apanhou um molho de chaves pendurado à maçaneta, pois o demônio poderia ter trancado a porta externa. Caminharam com dificuldade até sair do galpão. A porta estava escancarada. Afinal, o demônio em forma de homem não era tão malvado. Eliana estava quase desmaiada. Tiago, atento, olhava ao redor. Não temia que a criatura estivesse escondida nas sombras. Estava mais espantado com os flocos brancos que caíam do céu. Nevava no litoral de Amarração. Sabia que no inverno, algumas vezes, este fenômeno acontecia no interior do Rio Grande do Sul, mas nunca no litoral, ou melhor, nunca ouvira falar sobre isso. Ainda mais no verão! A previsão para a noite estava por volta dos vinte e seis graus, quente pra danar. Não tinha ideia de quantos graus fazia naquela hora. Não tinha ideia de quão baixo era necessário estar para cair neve. Seu corpo estremecia à mais leve movimentação do ar, à mais leve brisa. Eliana estava entorpecida; aparentemente nem notara a neve despencando. Lá fora também estava frio demais para a recuperação do grupo. Avistou a luxuosa Blazer, do professor estacionada próxima ao galpão. A pintura verde cintilante estava opaca, ofuscada pela espessa camada branca de gelo espalhada por todo o capô, teto e traseira do veículo. Gentilmente, Tiago escorou Eliana à picape e vasculhou a chave correta no molho de Delvechio, tirado da porta da saleta. Demorou mais do que queria. Percebeu que sua cabeça estava congelando. Abriu a porta e acomodou Eliana no interior do veículo, deitando-a no banco traseiro. Colocou a chave na ignição, ligando os acessórios eletrônicos da Blazer, e ativou o aquecedor na potência máxima. Isso deveria esquentá-la o suficiente. Entrou, ocupou o assento do piloto, deu a partida e estacionou o veículo junto à porta dupla do galpão. Bateu a porta, vedando Eliana lá dentro. Limpou toda a neve que pôde da cabeça, aliviando a sensação de congelamento. Voltou, apanhou Cesão e conduziu-o até a Blazer aquecida. A exaustiva tarefa de transportar os homens fê-lo quase se esquecer do frio. Após acomodar César no veículo, quando retirava o braço do interior do carro, Eliana segurou-o pela manga de náilon.

– Obrigada, Titi. Achei que ia morrer lá dentro.

Tiago mostrou um sorriso tranquilizador para a amiga. Ainda estava preocupado com os outros, que pareciam estar também à beira da morte.

Trouxe todos. Vivos. Diaz era o mais pesado. Quase não aguentou o homem. Foi o último a ser carregado. Depois de acomodar os cinco lá dentro, voltou mais uma vez ao galpão-frigorífico. Entrou na saleta e apanhou as cintas de couro. Foi ao laboratório. As múmias estavam descobertas, mas felizmente estáticas, sem nenhuma mudança aparente. Tiago aproveitou o aquecimento de seus músculos e começou a amarrá-las com as cintas. Duvidava de que aqueles apetrechos de couro iriam segurá-las, mas deveriam ao menos atrapalhar. Também não estava certo de que elas acompanhariam o parceiro gelado na saga do ressuscitamento, mas era melhor prevenir. Cogitou até mesmo atear fogo àquele lugar maldito, mas aí estaria infringindo o contrato com a USPA. Agora, o problema com aqueles seres místicos era da conta da USPA e do Exército. Debandar era a palavra de ordem. Sem contar que o fogo desorientado queimaria aqueles pobres soldados, trazendo bastante problemas para sua pessoa. Retirá-los do gelo levaria uma eternidade, colocaria sua vida em risco. Afinal, os músculos voltavam a reclamar do frio, tornando cada movimento forte uma penúria. Terminou a amarração e voltou para a picape, já bem aquecida. Deu partida no veículo, abandonando as docas em direção à sua casa. Foi preciso conduzir com velocidade reduzida, pois o carro dançava pelo caminho, quase colidindo com cercas e postes. Percebeu que estava seguro a uns vinte e cinco por hora, o que era bastante lento para aquele motor possante. Certamente a neve produzia aqueles deslizamentos. Tiago estava concentrado demais no caminho, atrapalhado apenas por sua confusão mental, tentando desvendar por que Inverno havia carregado apenas um cadáver. Que importância extra aquele escolhido carregava?

Nos bancos aquecidos, os outros pareciam bem, ou melhor, ao menos estavam todos vivos. Alguns se livravam das jaquetas de náilon – outrora recobertas de gelo, agora recobertas de geladas gotículas d'água. Depois de retiradas as peças molhadas, agarravam-se uns aos outros, mantendo-se aquecidos em grupo.

Permaneciam em silêncio. As mentes estavam perturbadas demais para exprimir ideias ou suposições. Poderiam cair no ridículo. Os olhos vagueavam pelo carro, tentando encontrar brechas nos vidros, embaçadíssimos pelas respirações. Aqueles pequeninos flocos brancos... seriam realmente... flocos de neve?

CAPÍTULO 7

O dia seguinte amanheceu com céu claro e límpido, sem sinal nem vestígio das pesadas nuvens que imprimiram o frio violento da noite anterior. Mas na terra as pistas do sinistro evento estavam espalhadas por toda a parte. O sol derretia a neve, formando riachos que corriam pelas sarjetas, alcançando as bocas de lobo. Na areia íngreme, o gelo virava água e corria para o mar, levando, às vezes, pequenas placas brancas ainda sólidas.

Para as pessoas, a sensação era que o impossível acontecera. A neve branca havia coberto toda Amarração e algumas cidades ao redor. Para a gente menos instruída, aquilo era obra do cão. Os mais esclarecidos, mais cultos, esperavam pelos telejornais, nos quais, com um pouco de sorte, surgiria alguma explicação. Emissoras rondavam pela cidade fazendo tomadas – umas sensacionalistas, outras divertidas – da inesperada nevasca que se abatera sobre Amarração.

Naquela manhã, o grupo remanescente de estudiosos embarcou de volta a Porto Alegre, exceto os que presenciaram o macabro despertar do monstro: Diaz, Matias e a ajudante do professor. Apesar de Delvechio ter liberado Eliana para voltar a Porto Alegre, a valente historiadora se dispôs a ficar ao lado do mestre para o que desse e viesse. Depois de uma breve discussão, Tiago e César conseguiram permanecer no grupo de estudos. Se tudo estivesse como tinham deixado na noite passada, havia ainda cinco múmias presas dentro do horripilante laboratório e três cadáveres novos.

Quando saíram para a rua, os seis se assustaram com o esplendor do astro-rei. Apesar de não passar das oito da manhã, o calor já crescia no litoral. Precavidos, mesmo com a luz brilhante, todos apanharam seus casacos de náilon ao deixar a casa de Tiago para entrar na Blazer do doutor.

Na noite passada, antes de desmaiar pelo cansaço, Delvechio ordenou, por telefone, que a tropa do Exército destacada para a operação selasse o laboratório, impedindo a entrada de quem quer que fosse, inclusive dos próprios militares.

Tudo o que eles haviam presenciado era maravilhoso demais. Delvechio já desistira de buscar um modo racional para explicar o acontecido – pelo menos desistira de encontrar a lógica humana, a lógica terrestre, a lógica conhecida –, mas insistia em dizer que aquilo não poderia, de forma alguma, compactuar com práticas de bruxarias; jamais admitiria um caráter religioso, ritualístico, aos acontecimentos anteriores. Era tudo obra de algo maior, de algo (por enquanto) incompreensível para a ciência terrena.

– Então o que o senhor está sugerindo é que aquilo era um extraterrestre?

– Por que não? Muito mais aceitável do que o considerar um bruxo, um diabo ou o que quer que vocês inventem.

– Não estou inventando nada, doutor, eu vi! Eu vi com meus próprios olhos aquele morto se tornar vivo! E aposto que eles vão voltar, um a um.

– Calma, Tiago, não precisa gritar – interveio a mulher.

– Acontece que esse seu professor já está me dando nos nervos.

Delvechio, desviando os olhos da estrada, encarou Tiago com desdém.

– Vamos ver então, menino.

Encostaram a picape em frente ao galpão. Oito soldados fechavam a entrada. Não havia neve em nenhuma área do cais, e a frente de todos os galpões e armazéns estava ligeiramente molhada. Somente da frente do galpão onde estava o laboratório corria um discreto fio d'água.

Delvechio chamou o militar em comando, conversou com ele à parte, usando uma espécie de senha, e logo liberou a entrada para os demais. Passou pela porta dupla, alcançando o corredor de acesso. Todos o seguiram. Os soldados permaneceram do lado de fora.

No corredor havia ainda um pouco de gelo em pontos esparsos. Os três cadáveres jaziam imóveis no chão. Apenas um deles ainda estava envolto em gelo, que derretia lentamente, pingando e pingando.

O grupo avançou até o laboratório. O grande salão ainda estava frio, mas bem diferente da noite anterior, quando seria impossível trafegar com tranquilidade entre os equipamentos.

Os cinco remanescentes estavam lá, amarrados, imutáveis, mortos. Alguns dos aquecedores estavam caídos e danificados. Várias luzes de teto haviam explodido, deixando o chão repleto de cacos finíssimos e cortantes. Vendo os vidros espalhados, Eliana levou a mão até o ferimento, relembrando o doloroso episódio com a lâmina.

César encontrou um fragmento estranho no chão e apanhou-o. Parecia um pedaço de madeira velha e esturricada. Percebeu que era frágil, que poderia esfarelar se o comprimisse entre as mãos. Chamou Eliana.

– Veja. Estava ali perto da porta – disse César, estendendo-lhe o pequeno objeto.

– Isso aqui parece um pedaço dos espécimes – disse Eliana, avançando até um deles.

– Olhe, o aspecto é bastante semelhante, não acha? Veja, têm a mesma cor, parecem feitos da mesma coisa, parece um pedaço quebrado.

– Pode ser daquele que ele levou embora.

– É verdade, Cesão, pode ser, sim. Mas que pedaço é esse?

– Difícil saber, não acha?

– Até que não. É só eu ter um tempinho, a gente descobre com um pouco de trabalho.

– Tá certo, doutora – gracejou o amigo.

Diaz executou alguns exames ligeiros nos espécimes, somente para confirmar suas reais condições de cadáveres inertes, acalmando o grupo.

Depois de vistoriarem o laboratório, dirigiram-se para a saleta anexa, de onde haviam acompanhado boa parte do evento.

Tinham gravado a evolução de Inverno pelo videocassete graças à providencial instalação de cabos feita por Eliana. Acionaram a tecla *play* e, tão assustados como durante o evento, assistiram ao ressuscitamento de Inverno. E agora parecia muito mais terrível, justamente porque estavam bem menos excitados do que na hora em que tudo se desenrolava; estavam mais calmos e mais analíticos, e o que viam era real. Uma criatura, aparentemente humana, voltando à vida. Concentraram-se especialmente no momento do despertar, tentando encontrar pistas de sua origem, de seus mecanismos, de sua fisiologia. Em seguida, analisaram o momento em que ele começou a falar. O som captado pelo equipamento era de baixa qualidade – talvez o microfone estivesse sujeito ao congelamento de seus componentes –, mas puderam ouvir com nitidez um pouco do que ele dissera. Percebiam o forte sotaque português, determinando a origem lusitana. Outra parte de clareza satisfatória era quando dizia: "Teu cheiro é tão doce, menina!" Estaria ele se referindo, de fato, ao cheiro de Eliana?

– Pode ser e pode não ser – sugeriu Diaz.

– Ah, ótimo! Pode ser e não ser resolve muito.

– Calma, Tiago. Pode ser tanta coisa...

– Eu digo isso porque, pelo tom que essa coisa usa, parece estar declamando uma poesia.

– Como vamos saber se ele não estava apenas declamando trechos de um de seus poemas preferidos? – Tiago não pôde deixar de concordar com o argumento de Diaz, mas continuava a incógnita.

– Se for poesia, está tudo bem; mas, se não for, teremos problemas.

– Não estou acompanhando seu raciocínio.

Tiago prosseguiu:

– Se ele declamou poesia, não vamos ter problemas com as declarações de amor para Eliana. Agora, se não estava declamando, ele estava falando diretamente para ela. Isso quer dizer que, quando ele diz que vai voltar para ela, trazendo presentes da tal Nova Terra, quer dizer que vem mesmo. Tão entendendo?

– Claro – respondeu Delvechio.

– E ele disse que volta para os irmãos também.

– Matias está certo. E diz que o terror vai voltar. Sei que temos discutido um bocado, doutor, mas é melhor você usar toda a sua influência para manter esse monstro bem afastado daqui, e esses aí bem afastados dele. Todos concordaram com Tiago.

– Quanto a você, Eli, temos de pensar em alguma coisa, rápido.

Delvechio estava decidido a cooperar, mas ainda não estava convencido de que lidava agora com demônios encantados.

– E quando vamos saber que o ser está voltando?

Todos voltaram-se para Tiago, que havia sido promovido a uma espécie de consultor de magia negra.

– Quando esfriar.

✠ ✠ ✠

Por precaução, naquela mesma manhã Delvechio preparou o despacho das cinco criaturas restantes para Porto Alegre. Requisitou transporte de emergência, em caráter urgente. Os espécimes foram acondicionados em contêineres individuais e ligeiramente refrigerados. Tiago se impressionou com os invólucros, pois ostentavam um aparente desenvolvimento tecnológico com o qual nunca se deparara em toda sua vida. Através de grandes peças de vidro liso era possível visualizar boa parte dos corpos dos espécimes, o que era muito valioso, pois, se apresentassem qualquer modificação, isso poderia ser percebido sem dificuldade. Os contêineres foram colocados num grande helicóptero da Marinha e transportados para Porto Alegre.

O grupo conversava com certa descontração quando um dos soldados de sentinela adentrou a saleta, requisitando a presença do professor.

Logo Delvechio voltou, trazendo dois sujeitos assustados. Eliana, César e Tiago conheciam muito bem um deles; já o outro, somente de vista.

Olavo entrou, mas antes lançou uma olhadela sobre os três cadáveres. Já era quase meio-dia, e um deles ainda continuava envolto em uma grossa camada de gelo.

– Bá, esses dias eu atendi uma porção de ocorrências estranhas, mas nenhuma chega aos pés dessa aqui.

– Isso não é nada, amigão – advertiu César, recebendo um olhar repreensivo do professor.

– Quando disseram que havia três presuntos no laboratório, pensei que fossem vocês três. Quase fiquei contente, aí passaram um rádio explicando que eram três militares.

– Olavo! – berrou Eliana.

– Deixa esse bobão, Eli. Ele tá é com ciúme de não poder ficar aqui com a gente durante todo o projeto.

– Ainda bem – retrucou Olavo. – De morto, já bastam os do meu trabalho. Mas que diabos aconteceu com esses três picolés? – perguntou, saindo para o corredor, encarando os defuntos.

Tobias permanecia em silêncio, tentando adivinhar que maluquice aqueles três cadáveres haveriam de ter aprontado. Ninguém respondeu para Olavo. Tinham combinado limitar as informações, pois assim conseguiriam trabalhar com mais sossego. Tobias e Olavo prosseguiram o trabalho, trazendo os gavetões para dentro do galpão. Os outros foram ao laboratório investigar se ainda tinha alguma coisa a transportar para os laboratórios da USPA. César voluntariou-se para auxiliar o amigo do IML. Sobraram, na pequena sala, apenas Eliana e Tiago. Conversavam baixinho, sentados um de frente para o outro. Tiago expressava à amiga sua preocupação.

– Eli, na minha opinião aquele negócio estava falando sério. Ele vai voltar e vem atrás...

– Isso é absurdo, Titi. Não faz sentido.

– Ora, doutora, nada nessa história faz sentido. Eu nunca tinha visto um morto voltar à vida!

– Eu sei...

– Então me ouça. Esse Delvechio não quer admitir, mas ele é o que mais está cagando nas calças. Se acontecer alguma coisa com você, ele não vai fazer merda nenhuma pra te socorrer. Eu faço. Mas o que eu não quero é ficar aqui sentado, esperando por aquele monstro.

– Isso não é verdade. Ele já entrou em contato com as Forças Armadas. A partir de agora, por determinação do governador, a pesquisa terá cobertura do Exército, da Aeronáutica e da Marinha. Vamos ter soldados armados de tudo que é...

– Você viu o que aconteceu com os três que estavam aqui?

– Mas eles eram somente três e estavam assustados.

– Sim, mas quantos homens você pensa que serão necessários para detê-lo?

– Não sei – a voz de Eliana estava apagada, e ela começava a ficar assustada.

– Eu também não, Eli. E não quero ficar aqui, no meio da tempestade, sentado, esperando para descobrir. Se esses homens não forem suficientes para detê-lo, não quero perder você porque foi teimosa. Vamos embora daqui, Eli.

– Embora? Para onde?

– Eu tenho uma irmã, esqueceu? Ela mora em São Paulo. Talvez seja distante o suficiente para ele não te farejar, te encontrar. Talvez possamos escapar.

– Eu não sei, tenho de pensar.

– Você tem até uma da tarde para se decidir. Às duas horas sai um ônibus daqui de Amarração para Porto Alegre; de lá a gente segue para São Paulo.

– Ué? Para que tudo isso? A gente fala com Delvechio, ele consegue transporte para a gente a hora que quisermos: avião, barco, trem, qualquer coisa.

– Não. Ninguém pode saber, Eli.

Tiago levantou-se, percebendo que a amiga ficava cada vez mais assustada.

– Como assim? Você está ficando paranoico.

– Não estou nada. Veja. A gente não sabe com o que está lidando. Eu estou acreditando na advertência da caixa. Essas coisas são bruxos. Para mim não tem outra explicação. São filhos do demônio. São maus. E um deles falou de você, disse que viria até você. Não podemos ficar aqui. Não podemos contar para ninguém para onde estamos indo, ninguém. Nem mesmo pro Cesão, nem mesmo pro Olavo, nem para o seu queridinho professor.

Eliana levantou-se também. Enfiou as duas mãos no cabelo, enterrando os dedos na cabeça.

– Por que não? Eu só queria entender seu raciocínio.

Tiago agarrou a amiga pelo braço, levando-a para um canto da sala. Eliana olhou-o, assustada. Desvencilhou-se do amigo com um puxão rápido. Tiago falava baixinho, como contando um segredo.

– Eli, escute, por favor. Eu realmente acredito que esses seres são do mal. São alguma espécie de demônio. Não conheço nada do mundo natural que consiga retornar à vida daquela forma espontânea. Não sei por que os outros cadáveres ainda não voltaram, mas não quero ficar junto deles para descobrir. Vou dizer o que realmente penso. Eles, sim, são demônios. Você é inteligente, está estudando numa faculdade importante. Não venha me dizer que tudo isso é normal, que está tudo bem e que você não está com medo.

Tiago sentou-se e esfregou o rosto com as mãos, tentando se acalmar. Um pouco mais tranquilo, voltou a argumentar.

– Desculpe-me, Eli, mas esse negócio todo é barra-pesada demais. Você me conhece. Depois que perdi minha mãe, vendo-a definhar dia após dia... Deus... eu não quero perder mais ninguém sem antes lutar. Só quero prevenir. Queira Deus que na semana que vem esteja tudo solucionado. Acho difícil, mas há a posibilidade de darmos boas gargalhadas a respeito de tudo isso. Só estou assustado e... aquele troço, aquilo que o bruxo falou para você. Se for verdade, Eli, ele pode voltar. Se for verdade, ele pode ser um bruxo mesmo, ler pensamentos, hipnotizar pessoas, barbaridade. É por isso que não podemos falar para ninguém; temos de decidir sozinhos e decidir agora.

– Ninguém lê pensamentos, Titi.

– Ninguém ressuscita também, porra! E o gelo? Ninguém sai por aí congelando os outros! – explodiu Tiago. – Se ele faz nevar no verão, eu queria saber o que ele não faz, Eli.

– Por que você não dá crédito à hipótese que Delvechio sugeriu?

– Que eles são ETs?!

– É. É muito mais lógico do que ficar imaginando um bando de fantasmas.

– Eu acho mais difícil acreditar em seres extraterrestres...

– Ué? Por quê? A gente vive ouvindo coisas sobre extraterrestres. Ainda mais nós, que estudamos História. Havia muito mais sinais de visitas deles aos povos antigos do que agora.

– Não sei. Difícil engolir. E o gelo, você acredita no que o professor disse?

– É bastante aceitável. É só você raciocinar comigo. Delvechio acredita que uma nave pode ter caído em Portugal uns quinhentos anos atrás, e aí as datas bateriam, certo?

– Certo.

– E esses seres, provavelmente já mortos, foram capturados e enclausurados na caixa de prata e despachados para longe de Portugal.

– E quanto ao gelo?

– É o que o professor disse. Um dos sete poderia ainda estar vivo quando os portugueses encontraram os sujeitos. Talvez o frio fosse apenas um tipo de reação que o alienígena sofre em contato com nossa atmosfera.

– É, mas os outros nomes... são diferentes. Só um coincide com o Inverno. Os outros não têm nada a...

– Mas aí já é folclore. Não teriam relação.

– Continuo com a minha tese. Pelo menos não fico relaxado. Costuma-se viver mais quando se está alerta.

– De toda forma, fico grata por sua preocupação. Prometo que vou pensar bastante até uma da tarde, Titi. Muito obrigada.

Eliana deixou a salinha e foi para o laboratório.

Delvechio já terminara sua vistoria, e tudo que era importante já estava a caminho de Porto Alegre. Lá, com mais tranquilidade, sua equipe voltaria a pesquisar o material extraído da caravela. Mas, quanto ao grupo remanescente, tinha outros planos. A uma da tarde tinha uma reunião marcada com um grupo de oficiais do Exército. Com eles esquematizaria um plano de busca e captura do espécime desaparecido. Inverno não poderia ficar solto pelas ruas, espalhando o terror que outrora prometera.

✠ ✠ ✠

Tiago estava sentado do lado de fora do galpão. Um vento rápido cortava as docas. No mar, à sua frente, a sombria caravela subia e descia com a água. O vento passava ligeiro, mas não trazia nada que cheirasse a sobrenatural. O dia continuava claro e adorável, parecendo querer afugentar da mente deles o gosto ruim provado na noite passada. Era uma e cinco da tarde. O prazo de Eliana já expirara. Isso se ela quisesse empreender uma fuga sorrateira com ele. Mas, como estava decidida a ficar, ele não poderia sequestrá-la. Sabia que aquele demônio voltaria. Sabia que logo ele viria atrás dela. Estava escondido, provavelmente se tornando mais forte, mais preparado. Viria buscar seus irmãos. Delvechio providenciara um pequeno contratempo, enviando quatro para Porto Alegre. Sim, apenas quatro, pelo que ele percebera. Antes de o helicóptero decolar, ele notou que retiravam um dos contêineres e o devolviam ao laboratório. Tiago sentia-se aturdido. Que fazer agora para proteger a amiga? Ficar com ela e esperar pelo pior? Ir embora sozinho? Ir embora, nunca. Nunca deixaria sua Eli sozinha como um queijo na ratoeira. Aqueles seres eram o mal. Somente disso ele tinha certeza. Era tão certo quanto a luz do sol que brilhava acima de sua cabeça. Estava sufocando, tentando descobrir o que fazer, quando uma mão macia e um braço delicioso envolveram suas costas.

– Eliana.

– Titi. Eu acho tudo isso uma loucura, mas sempre que ouvi você eu me dei bem. Me dê cinco minutos. A gente vai embora.

Tiago a viu se afastando.

– Não conte para ninguém! – advertiu.

A mulher virou-se, dando meia-volta, assentindo com a cabeça, fazendo seu cabelo encaracolado rodopiar com ela, depois deixando os cachos escorrer com o vento. Ela limpou o restante dos fios do rosto liso e enfeitado, que tinha um sorriso de cumplicidade. Ela era linda. Linda.

✠ ✠ ✠

Eliana havia chamado um táxi. Vinte minutos depois de ter abandonado Tiago no atracadouro, o veículo chegou. Ambos entraram no carro, deixando para trás, sem avisos, a caravela e seus fantasmas. Iriam embora em segredo, em segurança. Tiago explicara-lhe que não estavam fugindo. Afinal, o monstro falara apenas dela. Da menina. Cheirando a canela. Os outros, aparentemente, estavam e estariam em segurança. Somente Eliana precisava se afastar.

Às duas em ponto tomaram um ônibus com destino a Porto Alegre. A viagem duraria aproximadamente três horas. Ambos viajavam sem nada. Pagaram as passagens com dinheiro vivo. Tiago aconselhara a não levar nem comprar nada por ali. Teriam de se virar até chegar a São Paulo; lá, sim, iriam se organizar melhor e se reequipar.

Eliana ainda não acreditava no que estava fazendo, mas, como dissera, confiava plenamente no instinto do amigo.

O ônibus abandonou o perímetro urbano, ganhando o tapetão de asfalto da estrada. O som monótono da borracha contra o chão tomou conta do ambiente. Tiago estava compenetrado, procurando antever os acontecimentos. Tentava imaginar se estava sendo tomado por um tipo de paranoia, porque, se nada acontecesse, mais cedo ou mais tarde teriam de voltar. Preferia assim, ser tomado como louco a ter de enfrentar um monstro gelado como aquele. Eliana concentrava-se no barulhinho que vinha do lado de fora. O sono aumentou e ela logo adormeceu.

Eliana dormia profundamente, não percebendo o monótono som dos pneus rolando sobre o asfalto. Um ventinho frio entrava pela janela à sua direita, onde Tiago estava sentado. O vento começou a aumentar, e sua blusinha de tecido fino tornou-se insuficiente. Eliana abriu os olhos. Tiago não estava a seu lado, e a janela não estava aberta. O frio intenso vinha de outro lugar. Ainda entorpecida, Eliana buscou com os olhos a janela oposta. Talvez o passageiro do outro corredor estivesse com a janela escancarada. Ouvia um conjunto de risos baixinhos que vinha de algum lugar lá na frente. Ela ainda estava encolhida em seu assento, sem conseguir enxergar. O vidro da janela oposta também estava cerrado, e o gordo ocupante dormia com a boca aberta.

O som das risadas aumentou e logo baixou novamente. Talvez alguém estivesse contando uma piada. Onde estaria Tiago? Talvez no banheiro.

Eliana tomou o assento de Tiago junto à janela. Impressionou-se com a escuridão que tomara o céu, agora fechado e cheio de nuvens. Se já havia escurecido tanto, talvez o ônibus tivesse demorado em algum dos pontos de parada. Voltou a se encolher. Já fechava os olhos, tentando esquecer o frio e voltar a seu cochilo relaxante, quando deixou a visão vaguear sobre o passageiro obeso da fileira oposta. A boca dele estava aberta e os olhos também. Seu peito não se movimentava. Eliana pensou estar enganada. Concentrou-se na respiração inexistente do homem por quase um minuto. O peito não se movia. Transtornada e um pouco constrangida, levantou-se para observá-lo mais de perto.

As risadinhas diabólicas aumentaram com o frio, que começava a lhe causar um leve tremor, comum àquela temperatura. O gordo não se moveu nem por um segundo. Agora que estava acordada, sua visão agora tinha melhorado bastante. As risadinhas voltaram ao seu ouvido.

Eliana olhou para o corredor vazio, sem encontrar nada de anormal. O ônibus estava em silêncio, exceto pelo pessoal que ria lá na frente de alguma piada idiota. Percebeu que a pele do suposto defunto estava pálida, e uma finíssima crosta de gelo recobria todo o seu corpo, ficando perceptível somente àquela distância. Eliana levou a mão à boca, contendo um grito assustado. Começou a tremer com mais intensidade, misturando puro frio e puro medo. *Cadê o Tiago?* Como estava sentada no último par de poltronas do lado do corredor, precisou de apenas dois passos para chegar até a porta do toalete. Deu duas batidinhas rápidas e chamou o amigo. Um medo crescia dentro de seu peito. Conhecia aquele tipo de frio e já havia visto três pessoas congeladas daquele jeito. *Inverno.* Olhou para o indicador da porta. Arrepiou-se inteira pela quinta vez. O banheiro estava livre. Abriu a porta. Não havia ninguém lá dentro. Virou-se novamente para o corredor escuro do ônibus.

Apenas algumas luzinhas individuais estavam acesas, mantendo uma penumbra assombrada no veículo. Lá na frente conseguia distinguir os faróis do ônibus banhando o asfalto negro com suas luzes potentes, criando dois longos rastros fantasmagóricos. As risadas. Mais uma vez ouviu as risadas. Duas lágrimas nervosas desceram pelo seu rosto. Avançou pelo corredor. Na poltrona em frente à sua um casal cochilava. Levou a mão à boca novamente. Eles não estavam cochilando. Quando chegou mais perto, percebeu a mesma camada de gelo recobrindo suas peles e roupas. Estavam mortos! Eliana começou a chorar. *Onde estava Tiago?* Inverno viera buscá-la. Tiago poderia ter ficado em alguma das paradas. Poderia ter-se distraído em uma das lanchonetes e perdido o ônibus, se perdido dela. *Não!* Ele nunca se perderia dela. Ela sabia. Inverno poderia tê-lo encontrado. Tiago poderia estar morto agora. Morto! Na fileira ao lado do casal uma menininha dormia também recoberta pelo mesmo gelo assassino. Nela havia uma coisa diferente. Uma marca. Alguma coisa no pescoço.

Aproximava-se para observá-la melhor quando as risadas explodiram. Virou-se rapidamente para a frente. O ônibus entrara numa curva fechada, jogando seu corpo contra o encosto das poltronas que o casal de namorados mortos ocupava. Sua visão periférica percebeu alguém se levantando lá na frente. O ônibus tomou uma reta, devolvendo o equilíbrio a Eliana. Tinha um homem em pé, no meio do corredor, uns cinco metros à frente, com o rosto submerso nas sombras bruxuleantes. Ele ria com o grupo. O veículo parou. No meio da estrada, no meio da escuridão. Todos no ônibus estavam mortos.

Somente aqueles demônios gargalhantes continuavam vivos. Seu amado amigo estava morto, pego por Inverno. Ela estava sozinha. Os outros homens que riam se levantaram também. Eram sete. Sete. E Tiago estava no meio deles. Rindo baixinho, juntando-se àquela música sinistra. Estava pálido, afetado pelo frio intenso, mas não parecia se incomodar. Era como se fosse um deles. Os outros seis vestiam roupas antiquíssimas, em tons escuros, de tecido pesado, porém eram roupas discretas, que não chamavam mais atenção do que seus rostos brancos.

Eliana estava em pânico. Sabia, de alguma forma, que corria um perigo tremendo, inimaginável. Recuou um passo quando o primeiro homem avançou. Não era Inverno. Era outro. Era um dos cadáveres do laboratório, também regenerado, também vivo. Os outros eram os cadáveres, mas... vivos! Eram sete, contando com Tiago, mas ainda faltava um. Olhou para trás, temerosa. O corredor estava vazio. A porta aberta do banheiro interno deixava uma luz assombrada alcançar o corredor. Eliana tremia tanto de medo quanto de frio. Mergulhada na escuridão, seus olhos divisaram a pequena escada de acesso à porta do ônibus. Se tivesse sorte, a porta estaria destravada, deixando-a livre para fugir dali. Desceu para a escuridão, levando as mãos descontroladas a procurar algum tipo de maçaneta que liberasse a porta. Ouvia passos avançando no corredor em direção a ela, vindo fazer-lhe algum tipo de maldade. Seus dedos puxaram uma alavanca. A porta deslizou ligeira, permitindo que Eliana descesse do veículo. Seus pés alcançaram o asfalto brumoso.

Um vento frio cortava a estrada, arrastando a neblina rala. Dos dois lados da rodovia havia uma espécie de pastagem baixa. Bem afastado, Eliana enxergou um conjunto de luzes à beira da estrada. Talvez fosse um caminhão estacionado, talvez um bar. Ela correu. Sabia que, se alcançasse aquela luz, estaria salva. Correu o máximo que suas pernas conseguiram. Se aqueles homens quisessem apanhá-la, teriam de correr também. Tinha uma chance. Correu mais. Arriscou uma olhada para trás. Percebeu que ninguém a seguia. Continuou se afastando, andando de costas, olhando para o ônibus. Ao menor movimento, voltaria a correr. Ninguém saía. Nenhum movimento. Seu coração retomava o compasso normal. Voltava a se acalmar, voltava a pensar. Por que Tiago estava com eles? Estaria ela sonhando? Ouviu novamente as risadas. Vinham pelo ar. Vinham com o vento. Vinham de todos os lados. Mas eram baixas, quase inaudíveis, mas foram o suficiente para transtorná-la novamente. Olhou para trás, assustada. As luzes salvadoras continuavam lá, fixas no mesmo ponto. Não havia ninguém às suas costas. Nenhum ser encantado capaz de teletransportar-se. Nenhum demônio amaldiçoado. Voltou a olhar para o veículo. Foi então que percebeu aquela coisa estranha. Algo saltou do ônibus para a estrada escura. Não era nada humano. Pelo menos não se parecia com uma figura humana.

Eliana forçou a visão. A luz era insuficiente para que enxergasse com clareza, mas tinha certeza de que vira alguma coisa saindo. Percebeu uma sombra veloz vindo em sua direção. Queria virar-se e correr, mas não conseguia; parecia hipnotizada pela coisa. Queria ter certeza de que não estava enlouquecida e imaginando demônios. Era a sombra de um cão que se aproximava. Um cachorro grande, maior do que aqueles que ela conhecia. Maior que um são-bernardo. Eliana virou-se e retomou a corrida. Um frio apavorante percorreu-lhe o corpo, quase a derrubando, tal o pânico que a envolvia. Lobo. Aquilo era um lobo. E ele rosnava feroz. E ele vinha para buscá-la. Ela ouvia seu galope veloz. Ela sabia que não alcançaria aquele bar de beira de estrada a tempo de salvar-se da criatura endemoniada. A criatura decolou do asfalto, saltando e acertando-lhe as costas. Eliana caiu chorando. O lobo rugiu em seu ouvido. Ela virou-se para encará-lo, sentindo o hálito quente transferir-se da nuca para a sua cara. Abriu os olhos. O rosnado feroz continuava, apavorante, como o de um cão descontrolado pronto para abocanhar. Tudo o que ela enxergou foi o conjunto de mandíbulas da fera. Eliana soltou um grito desesperado.

– Ei, Eli. Acalme-se – pedia Tiago, sacolejando o corpo da amiga.

Eliana debatia-se, soltando gemidos atormentados. Tudo tinha começado com uma leve perturbação durante o sono e em seguida passou para uma agitação descontrolada, chegando a chamar a atenção de alguns dos passageiros vizinhos. Tiago tentava despertá-la de tão apavorante pesadelo.

Eliana acordou. Olhou aturdida à sua volta. O gordo da fileira vizinha, vivinho da silva, encarava-a curioso. O casal de namorados sentado à sua frente ria alto, divertindo-se com alguma piada interessante. Suas risadas estavam bem distantes do tom sinistro do pesadelo. Tiago a segurava pelos ombros, mantendo-a sob controle.

– Titi, era tão real.

A amiga chorava copiosamente.

– É melhor você se acalmar. Nós já estamos chegando ao terminal.

A mulher olhou pela janela percebendo que já trafegavam dentro da cidade. O ônibus estava morno, sem frios sobrenaturais, sem risadas espectrais, tudo normal. Pouco a pouco, foi recuperando a calma. Tiago estava ali com ela, não com *eles*. Tiago estava ali para protegê-la.

Em menos de cinco minutos o ônibus adentrou o terminal rodoviário. Os dois desembarcaram rapidamente; afinal, não tinham bagagem alguma para apanhar. Deixaram as plataformas de desembarque e foram até uma lanchonete reabastecer-se de bobagens para a segunda etapa da viagem. Cada um comeu um sanduíche; depois encheram uma pequena sacolinha plástica com danones e chocolates.

Eliana conversou sobre o pesadelo, contando a Tiago, em detalhes, todas as cenas que passaram em sua cabeça.

– É normal que você esteja assustada. Afinal, nós acreditamos estar fugindo de criaturas sobrenaturais. É bom ter medo. Assim ficamos alertas.

Eliana concordou com o amigo.

Depois do bate-papo, procuraram um táxi e seguiram para o aeroporto. O terminal apresentava um movimento bastante razoável. Pessoas alegres transitavam para todos os lados, sem preocupação aparente. O próximo voo para a cidade de São Paulo seria apenas às oito horas da noite. Tinham duas horas para bater pernas e papear. Eliana sugeriu que aproveitassem aquelas horas para comprar algumas peças de roupa, inclusive blusas, pois deveria estar fazendo frio em São Paulo. Tiago concordou, sem se preocupar com dinheiro. Graças à USPA, não se preocuparia com dinheiro por um bom tempo. Pela primeira vez na vida iria às lojas e compraria o que lhe desse vontade.

CAPÍTULO 8

Por volta das duas horas da tarde, o pessoal do laboratório deu realmente pela falta dos dois.

Delvechio não teve tempo para se preocupar com sua assistente: fora chamado para mais um encontro com os grandões das Forças Armadas. A coisa estava começando a ganhar repercussão. Um helicóptero Robinson-22 veio buscá-lo. Delvechio deveria expor minuciosamente a situação. Estava decidido a pedir ajuda para recuperar seu espécime perdido, custasse o que custasse.

César percebeu o sumiço de Tiago e Eliana sem dar muita bola. Aqueles dois adoravam dar suas escapadas. O sumiço não era motivo para preocupação, pelo menos por enquanto. César limitou-se a acompanhar o trabalho de Diaz e de Matias, que reviam o material extraído do monstro, tentando chegar a alguma conclusão. Preparavam-se, também, para seguir direto para Porto Alegre, onde analisariam os espécimes restantes, fazendo mais comparações.

✠ ✠ ✠

Uma mocinha fardada, com patente de sargento, entrou na sala acarpetada e chamou pelo professor Delvechio. O professor respondeu prontamente, levantando-se e seguindo-a por um corredor extenso e repleto de portas que serviam os escritórios militares. No final, chegaram a uma porta larga, composta de duas folhas de madeira maciça, que exigiram um pouco de esforço da moça para serem empurradas. A mulher entrou e, com um movimento dos braços, convidou Delvechio a acompanhá-la. Era uma sala ampla, com uma enorme mesa central feita de vidro espesso. Estavam no terceiro andar de um prédio baixo. As amplas janelas permitiam uma boa visão de todo o quartel. Delvechio pôde enxergar uma série de soldados exercitando-se no campo gramado. A mocinha levou-o até uma cadeira e pediu que se sentasse e aguardasse.

– Sinta-se à vontade, professor. Essas garrafas aí estão cheias de café e água. Não sei o que o senhor está aprontando, mas faz tempo que não vejo tanta agitação por aqui.

A bela mulher saiu da sala por uma segunda porta dupla.

Delvechio tamborilou com os dedos sobre a mesa. Não queria nem água, nem café. Queria a atenção dos militares. Estava ansioso pela resposta dos homens de verde; afinal, não tinha a menor ideia de que eles sequer acreditariam em uma palavra que ele havia proferido ou viesse a proferir. Ele próprio duvidava do que estava acontecendo. Como conseguiria convencer um bando de velhos soldados sisudos? Acertou o nó da gravata e, apesar do pouco cabelo, espanou a caspa dos ombros de seu terno azul-marinho. Vestira-se adequadamente para aquela reunião. Sabia que, se estivesse em seu terno azul-marinho, ao menos iriam ouvi-lo por cinco minutos, e cinco minutos era tudo de que precisava para introduzir a urgência de um acompanhamento militar intenso.

Um grupo de senhores com fardas adentrou a sala. O último, aparentando mais de sessenta, chamou a atenção do professor não pela idade, que não destoava tanto assim das outras, mas pela farda, completamente preta, com um detalhe branco retangular bem no colarinho. Que diabos um padre estaria fazendo no meio daqueles carrancudos do Exército?

Os militares sentaram-se em volta da mesa oval, envolvendo Delvechio em cumprimentos e acenos.

– Professor Delvechio, este aqui é padre Alberto. Ele foi indicado por nosso capelão. Padre Alberto trabalha para o Exército como especialista em casos estranhos, em coisas que estão um pouco além de nossa compreensão militar.

– Entendo.

– Padre Alberto já esteve presente em outros fenômenos apreciados e examinados pelo Exército brasileiro. Há alguns anos, examinou nossos arquivos sobre o Caso Belo Verde. Elaborou um dossiê bastante interessante. Apesar de não concordarmos com tudo, temos de dar o braço a torcer. Realmente existem coisas que o Exército não aceita e não compreende. O senhor deve estar a par desse caso, pois a imprensa causou um alarido frenético na ocasião...

– Oh, certamente me lembro. Não tive oportunidade de examinar as conclusões do padre, mas lembro-me dele e do caso, sem dúvida. Aquelas coisas em Belo Verde eram anjos mesmo?

– Eles eram algo especial, claro, professor, mas...

– Desculpe interrompê-lo, padre, mas prefiro que depois de resolvermos esta nova encrenca o professor dê uma olhada no dossiê Caso Belo Verde e tire suas próprias conclusões. Por enquanto, por favor, vamos nos ater ao nosso novo caso, certo?

O professor e o padre trocaram um olhar constrangido, acenando positivamente para o militar, que se levantou e distribuiu uma série de pastas aos presentes, incluindo o professor e o padre.

– Meu nome é Félix Costa Mourão, mas pode me chamar de Félix mesmo, professor. Tomei a liberdade de copiar todo o material que nos enviou pela manhã. Examinei-o com atenção, inclusive as fotografias. Minha assistente está preparando as fitas de vídeo que o senhor tomou o cuidado de nos entregar. Como houve a morte de três homens nossos, acredito que mais do que nunca este assunto seja da nossa conta. Corrija-me se eu estiver errado, professor. Aqui na papelada o senhor deixa claro que estes espécimes estavam positivamente mortos.

– Correto.

– E um dia após retirarem os sete da caixa de prata, um deles apresentou certo grau de animação.

– Na verdade, essa animação pode ter começado no exato momento em que abrimos a caixa – sugeriu Delvechio. – Não conhecemos a natureza dessas coisas. A animação, como o senhor mesmo disse, começou muito, mas muito discreta mesmo.

Os presentes analisavam os documentos, remexendo a papelada e examinando as fotografias disponíveis.

Padre Alberto corria os olhos por seus exemplares com ares de preocupação e extrema atenção.

O major Mourão prosseguiu.

– Essa animação continuou até a completa regeneração do espécime?

– Correto.

– Aqui o senhor diz que ele se levantou, apresentando funcionamento cerebral pleno, mas não havia batimentos cardíacos...

– Bem, isso pode ter sido um efeito colateral do frio, uma...

– Como assim?

– Não digo efeito sobre o espécime, mas no equipamento. Acredito que houve um problema de leitura, um defeito eletrônico. O major abanou a cabeça. Era o único de pé na sala e andava em volta da mesa oval.

– E esse frio incompreensível? Está ligado ao ressuscitamento?

– É possível. É possível que fosse uma espécie de efeito, uma reação do corpo acordado com o ambiente.

– O senhor já viu esse tipo de reação antes?

– Eu, não. Talvez um especialista em biologia tenha uma resposta mais apropriada.

– O senhor acha que isso pode ser algum incidente ligado à religiosidade?

Delvechio coçou a cabeça. Padre Alberto abriu mais os olhos, soerguendo as sobrancelhas.

– Acho que tem tudo a ver com religiosidade – respondeu o professor.

O major arremessou sua pasta em cima da mesa e voltou a caminhar, olhando através do janelão de vidro os homens se exercitando.

– Mas não acredito que esses seres são demônios, como advertiam as inscrições. Atribuo a religiosidade somente ao ritual pelo qual esses supostos demônios passaram. Poderiam ser apenas sete judeus. Portugal caçou ferozmente os judeus. A Inquisição agiu durante anos procurando toda qualidade de hereges e supostos endemoniados. Bruxaria era uma prática muito comum em Portugal. Era nisso que eu acreditava antes do evento. Judeu ou qualquer outro ser humano nunca ressuscitou nem nunca ressuscitará...

– Isso quer dizer o quê?

– Se me permitem as especulações, por favor, não riam, acredito que possam ser seres extraterrenos.

Alguns dos militares se entreolharam. O padre continuou calado, com o punho fechado enfiado debaixo do nariz, tapando-lhe a boca, com o cotovelo apoiado no vidro da mesa oval.

O professor continuou:

– Portugal pode ter sido visitado por naves extraterrestres durante a Idade Média, durante o século XVI. São fartas as evidências de que seres extraterrenos visitaram nosso planeta em datas passadas, remotas. Posso conseguir uma série de documentos aceitos pela sociedade intelectual. Vocês, militares, melhor do que nós, sabem que as visitas extraterrenas são um fato. Minha teoria é a seguinte: esses sete elementos foram vítimas de um acidente com sua nave, foram encontrados pelos assustados portugueses, provavelmente já estavam mortos, os portugueses atribuíram-lhes o título de bruxos e, então, os enclausuraram na caixa de prata. Devem ter ficado assustados o suficiente para enviá-los para fora de Portugal, tamanho o tormento a que assistiram. Para onde mandá-los? Para o Brasil. Nosso país era uma terra considerada deserta de humanos civilizados e longe o suficiente de Portugal. Eles tomaram o cuidado de encerrar a caixa no fundo do mar, com a caravela. Podiam acreditar que, a partir daquele instante, a nave estava amaldiçoada. Saíram em uma esquadra, chegaram ao litoral brasileiro e, com um tiro preciso de canhão, afundaram a caravela, ficando, dessa forma, livres de seus mais estranhos visitantes.

– Por que estranhos se eles têm a aparência humana? – inquiriu o major Mourão.

– Não sei, Félix, talvez os sete corpos, como disse anteriormente, sofressem uma espécie de reação ao entrar em contato com nossa atmosfera; o frio sobrenatural, por exemplo. Acho bastante provável.

– Padre?

– Acho que é muito cedo para me manifestar. Isso pode ser qualquer coisa. Mas, ao contrário do que o professor acredita, tal como a sociedade intelectual tem provas cabais da presença de extraterrestres em nosso planeta, a Igreja Católica possui documentos estudados de algumas dezenas de ressuscitamentos de seres humanos nas mais diversas condições e com os mais bizarros propósitos. Três deles registrados justamente em Portugal, nos séculos XIV e XV.

– Adoraria apreciar esses documentos.

– Posso lhe ajeitar isso, professor.

A assistente do major entrou na sala e, atrás dela, dois soldados empurravam uma mesa provida de rodinhas. Em cima vinha um grande aparelho de TV. Todos se viraram a fim de assistir à apresentação. Ela estendeu o controle remoto ao major, que depois de uma breve olhada nos presentes acionou o reprodutor. A gravação mostrava o resgate da caravela, os detalhes da caixa e também sua abertura. Assistiram aos exames prévios dos sete corpos e ao detalhamento de alguns objetos retirados da embarcação. A última sequência era a mais intrigante e a mais aguardada pelos presentes: o ressuscitamento do espécime.

Quando alguém solicitava, o major retrocedia a gravação para uma análise mais demorada. Mesmo com a pré-edição do professor, a exposição da fita levou mais de uma hora. Ninguém conseguiu disfarçar a excitação quando o morto começou a dar seus primeiros sinais de vida. Parecia um bando de colegiais numa sessão do cinema Estoril, loucos pelas aventuras que explodiam na grande tela. Os braços do cadáver moveram-se. Todos viram. Delvechio era o menos impressionado, pois as centenas de vezes em que vira e revira a cena acabaram por amortecer-lhe o deslumbramento. Finalmente, Inverno se levanta, fugindo do foco da câmera fixa ao tripé, voltando aleatoriamente ao campo de visão. Mesmo assim os homens permaneceram em silêncio, ouvindo o espécime falar.

– Mas ele fala português! Como pode ser um alienígena? – questionou o padre.

– Bem, não conhecemos a história desse elemento. Tudo o que eu disse anteriormente são meras especulações. Ele falar a língua portuguesa tão fluentemente é parte de nossa incógnita. A única coisa que sei, com certeza, é que ele não é humano.

Todos se voltavam agora para o professor Delvechio, ouvindo suas suposições. Estavam interessados em seu ponto de vista, mas achavam que era um pouco fabuloso demais e preferiam acreditar que a tal coisa era humana. O problema era explicar como ela teria sobrevivido dentro da caixa por centenas de anos, porque isso era logicamente impossível, como impossível era a hipótese de ressuscitamento. Na verdade, o grande problema estava ali, diante deles, vivo e falante na fita de vídeo, e agora solto nas ruas, livre para fazer qualquer coisa.

Delvechio coçou a barbicha rala, criando um hiato em suas explanações. Agora imitava o major, andando de um lado para outro.

– Se a minha teoria estiver certa, se eles são mesmo alienígenas com uma fisiologia totalmente diferente da nossa, capazes de hibernar dentro de uma câmara sem ar, sem luz, sem água, sem nenhum suporte à vida terrestre durante centenas de anos, quatrocentos, no mínimo; se essa linha de raciocínio estiver correta, permito-me ir além em minhas ideias. Vamos imaginar que a tal nave tenha realmente caído em Portugal. Agora vamos imaginar que um deles, esse mesmo que acabamos de ver voltando à vida, tenha sobrevivido mais que os outros, tenha sobrevivido alguns dias, algumas semanas. Não poderia ele ter aprendido nossa língua?

– Acho que sim – respondeu um dos militares, o tenente Carlos Brites, de Operações Especiais. – Se eles eram alienígenas que detinham tecnologia para viagens interplanetárias, eram inteligentes. Assim, o espécime em questão poderia ter aprendido nossa língua até mesmo com alguma facilidade.

Antes de continuar, Delvechio voltou a alisar a barbicha, aguardando mais comentários favoráveis.

– Você acredita que ele seja perigoso? – perguntou Mourão.

– Não tenho certeza.

– Mas, professor, ele matou três de nossos soldados – lembrou Brites.

– Nada comprova que ele os tenha matado deliberadamente; pode ter sido um acidente.

– Um acidente? Nós ouvimos os homens atirando na coisa. Não dá para entender o que o espécime resmunga quando está próximo dos soldados, mas ele continuou vivo e escapou, deixando os três mortos. Acho que ele retaliou o ataque dos soldados.

– Mas não sabemos se os disparos atingiram a criatura... – observou Brites.

– O que o tenente Brites está ressaltando é importantíssimo – continuou Delvechio. – Já a morte dos soldados pode ter sido circunstancial. Nós mesmos quase congelamos quando Tiago rompeu o vidro para sairmos do laboratório.

– E esses civis, onde estão? Vão guardar segredo sem colocar a população daquela cidadezinha em pânico?

– Vão guardar segredo. Eles têm uma espécie de contrato com nossa universidade e, além do mais, são sujeitos sensatos. Um deles sumiu hoje à tarde com minha assistente, mas não há motivo para preocupação. São amigos desde a infância. Acho que deram apenas uma escapada.

– Você têm ideia de para onde o espécime desaparecido pode ter ido?

– Nenhuma. Falou apenas de efemérides relacionadas a Portugal. Na verdade, creio que o fujão esteja perdido ou escondido por aí. Acho que ele não tem noção de que está no Brasil, se é que ele tem ideia do que é Brasil.

– Mas então, se o senhor considerar a fala da coisa, deve concordar comigo que sua suposição é infundada?

– Por que, padre?

– Bem, professor, o senhor supõe que a coisa sobreviverá apenas alguns dias após o acidente, mas tivera tempo de aprender a língua portuguesa...

– Não sei quanto tempo, se uns dias, umas semanas, um mês...

– Mas viveu o suficiente para conhecer bem a geografia portuguesa, pois cita o Rio D'Ouro quando fala do tempo passado. E diz alguma coisa sobre um castelo...

– Sim, sem dúvida fala.

– Mas então, se levarmos isso a cabo, temos de levar o restante também – disse padre Alberto, enquanto revolvia seus papéis à procura de alguma coisa. – Ah, veja aqui o que ele diz: "Todos temem o nosso castelo. Se os temores não abandonaram minha terra... ah, menina, o doce terror de nosso espetáculo medonho, nosso número fantástico e sangrento. Agora eles voltarão. Pois meu corpo está vivo outra vez. E logo volto para meus irmãos".

O padre ficou em silêncio, deixando o efeito da fala crescer na sala, dando tempo às reflexões. Depois continuou:

– Se você acreditar no que ele diz, tem de acreditar em tudo. Eles realmente praticavam algum ato temeroso à sociedade, pois ele cita um espetáculo medonho, sangrento. Ele ainda diz que voltará para buscar os irmãos.

– Bem, padre, sem dúvida sua observação é importante, mas não acredito que esses seres eram bruxos nem sequer humanos. Humanos, como já disse antes, não voltam à vida. Ele pode ainda estar declamando uma poesia.

O tom de voz que ele usa parece o de quem interpreta uma fala. Pelo menos para mim parece assim.

Alguns dos presentes concordaram com o professor.

– Por outro lado, eu conto com que ele venha buscar seus irmãos; afinal, ele já levou um – continuou Delvechio. – Tive o cuidado de manter um dos espécimes lá nas docas, como isca. Precisamos aprender mais sobre esses seres. Não precisamos matá-los. Se ele vier e encontrar o irmão hibernante, talvez nos elucide o segredo do seu modo particular de despertar.

– Como saberemos que ele virá buscar os irmãos?

– Infelizmente, major, não saberemos.

– E, se ele vier, como saberemos? – insistiu o major.

– Quando começar a esfriar... – murmurou Delvechio.

– Muito bem, professor, eu acredito que a caça e a captura de seu espécime seja realmente importante, tanto do ponto de vista científico como do meu, o militar. Esse elemento, por ora desconhecido, é positivamente um risco à segurança do nosso Brasil. Disponibilizo todos os meios e homens necessários para tal empresa. Peço a gentileza de nos deixarem agora, tanto o senhor como o padre. Precisamos definir algumas diretrizes e estratégias para melhor servir ao seu Departamento de História.

Delvechio e padre Alberto foram expelidos da sala com a mesa oval, voltando ao sombrio corredor acarpetado. Caminharam lado a lado até chegar à primeira saleta visitada por Delvechio. O professor percebeu que ganhara um forte aliado na captura do espécime, mas um grande adversário em sua tese alienígena. A curiosidade foi imensa, forçando-o a se dirigir ao compenetrado padre de roupa preta como um inquisidor matreiro tentando desvendar alguma travessura.

– Padre, desculpe-me a impertinência, mas... se o senhor não acredita que eles sejam alienígenas, seres não humanos, em que diabos acredita?

Antes que o padre respondesse, a assistente do major voltou para a sala trazendo suas valises e seus papéis.

– Bem, professor, ainda acho difícil responder, mas adianto que o senhor é dono de meia verdade. Realmente essas coisas, se eu estiver certo, não são de forma alguma extraterrestres. Entretanto, tais seres terão grandes chances de ser classificados como desumanos, veja bem, *desumanos*, não *não humanos*.

Delvechio voltou a roçar a barbicha. Teria o padre apenas se esquivado ou estava realmente respondendo com aquele jeito enigmático?

A assistente do major estendeu a cada um deles um telefone celular. Deu-lhes também cartões com números especiais das Forças Armadas.

– Acho que o senhor ainda possui estes números anotados, não é, padre?

– Sinceramente não sei, Neusa. Sou péssimo em decorar números.

– Professor, alguma pergunta ou entendeu tudo?

– Entendido, sargento.

Um elevador abriu-se às costas dos dois homens, que, após entrarem, viram a sargento Neusa se afastar, trajando uma saia verde-oliva que lhe destacava muito bem a retaguarda. A porta fechou-se.

– Que sargento liiinda, não é, professor?

Delvechio espantou-se com a pergunta do padre, mais pelo jeito com que ele a fez, encarando-o com as sobrancelhas arqueadas, do que pelo elogio em questão.

– Eu sou padre, mas não sou cego!

Os dois riram até chegar ao saguão. Caminharam juntos ao estacionamento em frente ao pequeno prédio.

– A propósito, professor, o senhor tem radiografias dos crânios dos espécimes?

Delvechio balançou a cabeça negativamente. Achou a pergunta do padre, no mínimo, interessante.

Não havia tido a chance de radiografar as múmias, o que poderia fornecer dados relevantes. Essa tarefa seria executada posteriormente na USPA, com o equipamento qualificado.

– Na verdade, ainda não tive chance.

– Eu gostaria muito de ver essas radiografias; podem me ser muito úteis.

– Assim que voltarmos a Porto Alegre, tratarei disso, esteja certo.

✠ ✠ ✠

Eram quatro da tarde quando o celular emprestado ao professor disparou pela primeira vez. O major Félix Mourão estava do outro lado da linha.

– Professor, nós vamos preparar uma tocaia no laboratório do cais e outro destacamento já está a caminho de Porto Alegre para uma cobertura mais intensa do grupo de lá. Certamente o espécime tentará recuperar os irmãos no cais, pois é o único lugar que conhece e o último lugar em que os viu.

– Faz sentido.

– Onde o senhor está agora?

– Agora?

– É, neste exato momento, qual é sua localização?

– Estou dentro do laboratório, no banheiro, sentado em uma latrina e com as calças arriadas. Quer mais algum detalhe?

O major riu largamente.

– Não, professor, continue sua tarefa. Estaremos aí em sete minutos aproximadamente – o militar desligou. Delvechio conseguiu identificar o ronco possante no fundo da ligação. Félix estava vindo a bordo de um helicóptero.

Após aliviar as entranhas, Delvechio voltou ao laboratório vazio. Sabia que os militares fariam bom uso do ambiente, criando uma arapuca eficaz contra o espécime. Inverno deveria estar atordoado, sem noção de sentido, sem rumo. Voltaria ao laboratório, certamente. Delvechio iria desmistificar aquele mistério custasse o que custasse.

✠ ✠ ✠

Quando César voltou ao ancoradouro, encontrou uma agitação crescente desenrolando-se. Havia aproveitado a relativa tranquilidade da tarde para dar um pulo na casa do amigo. Tiago poderia estar lá com Eliana, ter deixado um bilhete. Uma apreensão rondava o ar com a possibilidade de o espécime retornar de uma hora para outra. A calma e a monotonia da tarde davam lugar agora a uma parafernália militar que era carregada pra lá e pra cá. Helicópteros trafegavam pelo céu de Amarração, parecendo mosquitos nervosos. Aquela gente nunca tinha visto nada igual. Um pequeno amontoado de caiçaras estava junto ao portão de acesso às docas, onde agora havia um posto improvisado com sentinelas verde-oliva. César pressentiu que teria problemas para voltar ao local do ex-laboratório.

Eram seis horas da tarde, e um vento morno cortava o litoral, trazendo o cheiro do mar às narinas das pessoas. César caminhou calmamente, tentando encontrar algum ponto fraco na velha grade, mas aparentemente tudo estava sendo vigiado de perto pelos soldados carrancudos. O vento voltou a bater forte, jogando seu cabelo queimado de sol para a frente dos olhos. O sol descia lentamente, tocando o oceano com gentileza, principiando sua dança de esconder. O dia ainda estava quente, sem sinal do frio assombrado que acompanhava a besta fugida.

César chegou ao portão de acesso às docas; não haveria jeito de entrar se não fosse por ali. Espalhados a certa distância, jipes com soldados equipados de binóculos e fuzis garantiam a segurança da área. César chegou até o pequeno posto improvisado. Os dois soldados ali alocados fitaram-no com ar de pouco-caso e poucos amigos.

– Posso ajudá-lo, senhor?

– Procuro pelo professor Delvechio. Faço parte da equipe dele.

– O professor está ocupado agora, senhor. Pode voltar uma outra hora, amanhã talvez?

César coçou a cabeça, deixando claro que estava aborrecido.

– Você pode ou não pode chamar o professor?

Os soldados entreolharam-se. Talvez o caiçara estivesse falando a verdade; afinal, nenhum dos outros moradores havia se metido a besta até o momento, limitando-se a perguntas curiosas a respeito do movimento anormal das Forças Armadas em Amarração.

– Meu nome é César.

– Do quê?

– César José Golpin.

O soldado recorreu a um rádio instalado no jipe, afastando-se um pouco. Demorou uns cinco minutos até voltar com a resposta.

– Você vai direto por esse caminho de asfalto, sem se desviar – advertia o soldado, enquanto abria o portão para o visitante.

– O professor está naquele primeiro prédio. Anuncie-se na entrada, vão leva...

– Eu sei chegar lá, *brou*, não precisa esquentar a sua cabecinha, não.

César entrou e começou a caminhar, sem olhar para trás, emburrado com o quase bloqueio que sofrera, por isso não viu o dedo levantado que o soldado apontou em sua direção quando deixou o portão.

Ele concordava que a segurança era necessária, mas sabia que tinha direito a participar da ação. Começava a se preocupar com o sumiço de Eliana e Tiago. César adorava situações de encrenca. Também, pudera! Raramente coisas desse tipo aconteciam em Amarração, e justamente agora que tinham seu próprio morto-vivo, retirado de dentro de sua caravela, prometendo bastante ação, ninguém iria deixá-lo de fora. Ninguém.

CAPÍTULO 9

Eram nove horas da noite, e havia muito o sol tinha abandonado o firmamento. A quentura do astro-rei havia dado passagem para a noite, com a lua crescente a decorar o frio céu escuro. Poucas estrelas apareciam. O vento rápido varria o litoral, mas de um jeito bem diferente do vespertino, que fora morno e agradável. Agora era a hora do vento frio. Do frio sobrenatural. E ele caminhava calmo pela areia da praia. Aspirava o ar da noite. Sabia que estava distante de sua terra natal. Sabia que ali não era Portugal. Pelo cheiro, ele sabia. Sentia o corpo se fortalecendo novamente. Sua última refeição fê-lo forte e desperto. Sentia tudo voltando aos eixos, como antigamente. Tinha agora de cumprir uma jura antiga, tão antiga quanto seus pensamentos, tão antiga quanto sua pele branca. Tinha de cumprir a promessa que fizera a seus odientos irmãos. Eles mereciam. Os odientos e amados irmãos. Eles também tinham de experimentar daquele ar diferente, daquele ar estrangeiro. Precisavam descobrir tantas coisas novas nesse novo mundo. Um mundo que lhes fora negado. Um mundo que estava prestes a ver uma cicatriz escondida e esquecida sangrar novamente. Um mundo que parecia ter perdido os medos antigos. Um mundo incrédulo e, portanto, extremamente frágil e desprotegido. Como seria fácil reinar ali! Seria ruim demais voltar para tudo isso sozinho, sem ter para quem se gabar. Como era bom voltar com o frio assombrado, congelar aqueles seres amedrontados, fazê-los suplicar por suas vidas frívolas e curtas! E como eles haviam mudado! Isso era inegável. Mas ele sabia que seus corpos eram os mesmos. O frio que fluía de seu corpo sem causar nenhum desconforto era o mesmo e congelava-os à sua simples presença, ao seu menor desejo. Como era bom ser um monstro cruel! O frio era tão intenso que a praia estava completamente deserta àquela hora. Ouvia nos lares distantes as vozes chorosas das crianças. A tosse definhava, rasgando o peito das mulheres e dos menores. Ah! Essa era sua música favorita, era sua música maldita. Logo muitos deles estariam morrendo, restabelecendo seu império de terror, fazendo-o forte o suficiente para retornar ao seu pequeno e amado castelo, retornar ao Rio D'Ouro. Por ora, era sua missão o resgate dos irmãos. Aqueles malditos e cruéis seres. Aqueles semelhantes e procedentes da mesma terra, do mesmo mal, do mesmo jeito. Como seria bom voltarem juntos para enfrentar as faces modorrentas e suplicantes daquela raça odiada! A raça dos humanos. Dos caçadores. Dos mortais.

Inverno apressou o passo. Vestia uma camisa branca e limpa, uma calça *jeans* preta e calçava um par de sapatos, todas as peças usadas por um humano que não tivera alternativa a não ser deixá-lo levar suas vestes. Apesar da ansiedade em chegar logo ao ponto onde deixara seus irmãos, o monstro percebia que faltava alguma coisa no ar. Faltava algum tipo de aviso.

Inverno chegou até o fim da praia. A costa prosseguia para dentro do mar, fazendo desaparecer a areia e começar um perigoso rochedo. Escalou-o de um modo que nenhum humano conseguiria. Chegando ao topo, avistou o conjunto de construções onde despertara na noite anterior e de onde saíra levando um dos irmãos. Seus olhos potentes enxergaram mais homens uniformizados, como os três com os quais se deparara naquela noite. Havia alguns veículos estranhos, como as centenas deles que pôde admirar pelo pouco tempo que ficara liberto antes do amanhecer. Uma engenhoca interessante decolou da frente do prédio, voando como um inseto gigante. Inverno estava estupefato com as novidades que seus olhos encontravam por onde passava. Como aquela gente era diferente da gente de sua terra! A pergunta que mais invadia seu cérebro era onde diabos estaria ele.

Do outro lado do rochedo havia uma estrada calçada bem próxima, costeada por um alto muro de pedras, com as ondas do mar batendo à sua esquerda. Não havia maneira de um humano descer do rochedo até o muro, exceto se utilizasse um equipamento de alpinismo. Para Inverno, porém, a tarefa foi bem fácil. Precisou apenas saltar de cima das pedras na direção da murada. Seu corpo caiu de forma fantasmagórica, tocando o muro como se não tivesse peso, chegando ao chão em grande velocidade. A queda, entretanto, não lhe causou nada de dor nem provocou o menor ruído.

Inverno olhou para o grupo de construções onde jaziam os corpos dos irmãos. O vento congelante trazia algum tipo de mensagem. Ele não conseguia sentir o cheiro dos irmãos. Concentrou-se de maneira sobrenatural, tentando senti-los. Para ele, alguma coisa estava errada.

✠ ✠ ✠

Nas docas, os soldados movimentavam-se pouco, mas estavam extremamente alertas. Por volta das oito horas da noite, o vento morno cessou, dando lugar a uma ventania repentina e congelante. Sabiam que era uma espécie de sinal. Tiveram de recorrer a casacos grossos para se proteger do frio avassalador que se abatera sobre o litoral, novamente contrariando as previsões meteorológicas para aquela noite.

Delvechio e o major Félix Mourão acompanhavam a missão de aguardo em uma base afastada um quilômetro dali, já que era desnecessário e imprudente ficar no perímetro que seria alvo do espécime fugido.

Félix e sua equipe de estrategistas elaboraram um plano de ação para observar e, posteriormente, capturar a criatura. Dentro da doca onde ficava o laboratório improvisado, a pedido de Delvechio colocaram o contêiner com o espécime ressequido, na esperança de atrair o foragido. O professor também requisitou a instalação de uma porção de câmeras de vídeo. Pediu que deixassem o foragido caminhar em paz. Se ele realmente fosse um ser inteligente, poderia ter uma porção de coisas para ensinar. Estava particularmente interessado no método de ressuscitamento que a criatura possuía e conhecia. Entretanto, os militares haviam determinado que, ao menor sinal de perigo, o espécime deveria ser abatido.

Através do monitor, conectado a um computador que recebia informações do satélite meteorológico, os comandantes acompanhavam as oscilações de temperatura no Estado do Rio Grande do Sul e, especialmente, na região litorânea onde se localizava Amarração. Pequenos captadores aferrados ao chão também enviavam sinais ao satélite, retransmitindo com fidelidade a mínima variação térmica registrada. Durante o dia, durante a normalidade, a temperatura chegara a trinta e dois graus. Ao anoitecer, havia baixado para vinte e cinco, prenunciando uma noite quente, mas às nove horas a temperatura já havia caído para oito graus. Agora, vinte minutos depois, o termômetro marcava três graus Celsius, e prometia piorar.

O operador do equipamento alertou Félix e Delvechio de que os sensores da área leste eram os que captavam o decréscimo da temperatura em primeiro lugar, mantendo-se sempre mais gelados do que os restantes. Isso revelava que a massa fria vinha de leste para oeste. Os olhos deveriam, portanto, ficar atentos para aquela área.

Inverno viu o grande inseto voador circulando pelo céu novamente. Tinha, agora, um potente canhão de luz que varria todo o chão. Os olhos do foragido encontraram a caravela à esquerda, inundando sua mente com lembranças do passado tão distante. A luz forte, vinda do céu, passou pela sua direita, faltando apenas dois metros para alcançá-lo. Sabia que era por ele que o inseto procurava, mas ainda não era o momento certo de revelar-se.

Seria inútil. Iria apenas testar sua força e seu restabelecimento. Não estava forte o suficiente para enfrentar um Exército inteiro; além disso, sabia que seus irmãos não estavam lá dentro. Seria um capricho desnecessário investir contra os homens vestidos de verde. Ademais, Inverno já tinha provado da eficiência das armas de fogo daqueles soldados, sentindo aquela dor que há tanto tempo estivera adormecida.

Inverno sabia que o momento requeria inteligência e prudência. Não iria provocar nenhuma contenda. Queria apenas aproximar-se do local de onde viera sem despertar a atenção dos homens de verde. Algo estava diferente da noite anterior. Inverno atribuiu essa diferença a seu pouco tempo de recuperação. Precisava voltar à plena forma, à intuição fatal e a todos os seus poderes, tão superiores aos dos humanos.

O monstro fechou os olhos e concentrou-se. Seus instintos mais primitivos diziam que eles não estavam lá, mas suas narinas captavam o cheiro dos irmãos, deixando-o confuso. Inalou o ar mais uma vez. Contrariando seu instinto mais precioso, o ar continuava dizendo que lá havia algo que lhe pertencia. Lá havia um irmão enjaulado, um ser antigo, preso pelos homens de Tobia. Não gostava dos irmãos, poderia seguir livre seu caminho, sem ressentimento, sem dor no peito, mas havia o pacto, havia a honra dos irmãos. O ódio revolvia seus pensamentos. O ódio...

Precisava chegar ao local, mas antes tinha de cruzar o caminho de um humano. Precisaria de um homem para levar vida a seus irmãos adormecidos. Talvez não houvesse nenhum nativo dentro daquela sala.

O espécime foragido andava agora vagarosamente. Atravessou a estrada de asfalto, embrenhando-se na mata rala que costeava todo o terreno em torno das docas e dos complexos lá instalados. Vasculhou o céu em busca do inseto metálico. Encontrou-o no extremo oposto do terreno cercado, voando lentamente, atirando o potente facho de luz para o chão em busca do sinistro monstro ressuscitado. Inverno sorriu. Sabia que sua sina era essa, por toda a eternidade: ser caçado como um monstro feroz, como um diabo malvado. E gostava daquilo. Gostava de fazer jus àqueles títulos. Afinal, era ou não era um vampiro? Sim, era um vampiro. E dos maus. Bem diferente de Miguel, o Gentil. Miguel, o molenga. Aquele defensorzinho de mulheres. Inverno voltou a rir. Como seria divertido quando todos os seus irmãos estivessem novamente brincando no campo com ele.

Inverno abaixou-se, deixando-se cobrir pelo mato. Estava agora a uns cinco metros da cerca metálica. Havia um bocado daqueles homens verdes espalhados pelo terreno à frente. Ficou contente; não faltaria seu básico ingrediente para o ritual que brevemente executaria. Percebeu que alguns dos militares caminhavam junto à cerca trazendo cães adestrados presos em rédeas e um pequeno cano preto que projetava fachos de luz para onde fosse apontado, como o inseto gigante, mas em escala bem reduzida. Outros militares estavam em pequenos veículos, afastados demais da cerca, e alguns protegidos no alto de torres feitas de madeira. Sabia que estava bastante afastado para ser notado; entretanto, olhou em volta, certificando-se de que seu esconderijo estava bem posicionado. Dali seria fácil atacar um dos homens sem despertar a atenção dos demais, e, mesmo que percebessem, demorariam para alcançá-lo. Inverno preocupava-se mais com o grande inseto. Aquele objeto voador poderia alcançá-lo com rapidez. Tinha de ser veloz e preciso em seu ataque. Esperou um humano aproximar-se do esconderijo para empreender o importante intento. Aquele ser, de vida tão efêmera, seria a chave fundamental a findar o sono aberrante a que foram lançados os irmãos. Não era justo que os malditos do D'Ouro continuassem adormecidos. Precisavam gozar a vida novamente. A vida eterna dos vampiros. O tormento eterno da humanidade.

O soldado andava rente à cerca, na parte leste do complexo. Poucos minutos antes, recebera instruções para inspecionar visualmente aquela área do complexo das docas, onde o frio se intensificava. Na primeira verificação, nada encontrou. Passou pelo rádio portátil uma mensagem ao comando.

– Por aqui está tudo normal. Não há sinal de invasão nem mesmo da presença de nenhum elemento natural ou sobrenatural.

– A temperatura continua caindo, soldado. Cheque novamente à sua direita, setor trinta e três da cerca.

– Positivo.

O soldado afagou a cabeça de seu companheiro canino. Realmente o frio parecia intensificar-se a cada minuto, e mais alguns graus abaixo o pobre pastor iria precisar de alguma proteção. O soldado olhou para a parte superior da cerca. Estava no setor trinta e sete. Teria de voltar quarenta metros até chegar ao trinta e três. Passou a segurar a coleira do cão com a mão direita, deixando-o oposto à cerca. Com a mão esquerda empunhou a lanterna, dessa vez investigando, mais curioso, o matagal depois da cerca. Ali era um excelente local para alguma coisa se esconder. Desejou estar enganado.

Aproximava-se do setor trinta e três quando o cão estacou, rosnando nervoso.

– Qual é, Fred? Anda, cachorro.

O pastor alemão rosnou mais ferozmente, fixo em seu lugar, começando a ladrar de frente para a cerca.

O soldado rastreou o local com a lanterna, sem nada encontrar. O cão estava agitado. A ferocidade deu lugar a um ganido amedrontado. O soldado continuava procurando algo junto à cerca, sem encontrar nada que pudesse justificar a reação do animal.

O pastor alemão atacou o braço do soldado que, surpreso, largou a coleira. O cão fugiu, desaparecendo na escuridão.

– O que está acontecendo com o seu cão, soldado? – inquiria a voz do sargento pelo rádio.

– Eu não sei, deu a louca no cão, senhor. Ele parou aqui e tentou me morder...

– Você encontrou alguma coisa?

– Negativo, senhor.

O soldado continuava a vasculhar a área com a lanterna. Dirigiu o foco de luz para o matagal à frente. Percebeu algo movimentar o mato, algo parecido com um homem acocorado.

– Alguma coisa, soldado?

– É...

Seus olhos viram o homem levantando-se do matagal, com a vegetação alcançando sua cintura. Tentou ficar calmo o suficiente para não cometer nenhuma besteira. Afinal, poderia tratar-se de um cidadão curioso pela bagunça montada pelo Exército em sua cidadezinha. Como o homem ficou imóvel, sem apresentar nenhum tipo de ameaça, o soldado levou o rádio novamente à boca, tentando responder ao comando.

– Tem um homem aqui perto da cerca – falou em voz baixa e calma.

– Tem algum sinal sobrenatural nele?

O homem permaneceu imóvel. O soldado percebeu que ele apenas olhava curioso para o helicóptero que vinha na direção deles dois. Quase deu risada – o homem não tinha nada de sobrenatural. Parecia uma pessoa qualquer do vilarejo. Um homem incapaz de oferecer perigo. Entretanto, durante aquele último pensamento, durante aquele último segundo, os olhos do soldado se arregalaram.

O homem, depois de dar apenas dois passos em direção à cerca, conseguiu saltar, parando em cima da cerca, acocorado no fino fio de arame farpado, com um equilíbrio fora do normal, olhando fixamente para o soldado.

– Ele é natural ou sobrenatural, soldado?

O soldado não conseguia acreditar no que seus olhos viam. A cerca tinha pelo menos cinco metros de altura! Era como se estivesse olhando para um fantasma capaz de voar. Nenhum ser humano teria alcançado o topo daquela maneira com um simples impulso.

– Sobrenatural... – foi a única coisa que ele conseguiu balbuciar, enquanto erguia o fuzil e preparava-se para dispará-lo.

O homem pulou, pousando em cima do soldado, num bote certeiro, sem lhe dar chance de fazer uso do mosquete.

O soldado sentiu uma geladíssima e poderosa mão comprimir-lhe a traqueia, fazendo-lhe faltar o ar. Tentou gritar quando, repentinamente, os olhos daquele ser tornaram-se vermelhos como se feitos de sangue e, assim que ele abriu sua boca, o homem viu brotar dois caninos alongados.

Inverno fechou a mão, destruindo a traqueia do soldado, interrompendo-lhe a vida.

O inseto metálico com o canhão de luz vinha em sua direção. Inverno apressou-se na tarefa de sugar sangue suficiente do corpo do soldado, abandonando a vítima antes que a luz poderosa o alcançasse. Moveu-se com sua velocidade sobrenatural sem ser detectado pelo helicóptero. Entretanto, segundos depois, sentiu que humanos o observavam com intenções perigosas.

Alguns soldados dos postos de observação possuíam binóculos que possibilitavam visão noturna. Após ouvirem pelo rádio a chamada do soldado, passaram a acompanhar seus movimentos. Viram quando ele estancou junto à cerca e enxergaram o intruso além da divisa. Não entendiam, porém, como o desconhecido conseguira transpor a cerca tão rapidamente nem o que fazia agarrado ao soldado. Como o amigo permanecia desfalecido, resolveram conter o invasor. Engatilharam os fuzis com mira de visão noturna, perseguindo-o com os olhos. Entretanto, antes do primeiro disparo, o homem desaparecera do campo de visão dos soldados, que mantinham o rastreamento, tentando encontrar o desconhecido.

Inverno avançou em direção ao prédio; precisava alcançá-lo antes de ser descoberto pelos atrapalhados militares. Voltou a andar como um humano, evitando cansar-se inutilmente. A escuridão facilitava seu deslocamento, escondendo-o dos fracos olhos humanos. Estava a menos de cinquenta metros da porta do galpão onde despertara na noite anterior. Sentiu novamente a sensação. Seria possível? Será que os humanos haviam desenvolvido tanto o sentido da visão a ponto de enxergá-lo até mesmo na mais absoluta escuridão? Sim, havia homens observando seu caminhar. Resolveu manter-se lento, já que estavam longe demais para atacá-lo. Alguma coisa zuniu à sua direita, viu o chão cimentado soltar lascas. Sentiu algo perfurando sua pele na altura da coxa direita. Precisou usar de novo sua velocidade sobrenatural para chegar à porta frontal do galpão. Alcançou o corredor interno. Estava tudo escuro. Não sentiu a presença de nenhum humano. Olhou para a coxa ferida e viu um buraco na calça de tecido preto. O ferimento era dolorido, parecido com o que sofrera na noite passada. Teria sido vítima da mesma arma? Precisava defender-se daqueles seres malditos. Intensificou o frio sobrenatural, interferindo no ambiente, tornando-o inabitável para um ser humano. Se eles quisessem pegá-lo, iriam congelar antes de conseguir.

Os soldados vasculharam a região onde avistaram o invasor pela última vez. Como ele conseguia fazer aquilo? Havia sumido pela segunda vez diante de seus olhos. Eram poucos os soldados dotados de armas com mira noturna. Os outros perguntavam sobre a situação do invasor, coisa que não estavam aptos a responder. O maldito havia desaparecido.

– Ele desapareceu – informou pelo rádio o soldado inconformado.

– Explique-se melhor, soldado.

– Nós perdemos o contato visual. O alvo desapareceu. Estava lá e não está mais. Não compreendo como ele...

– Positivo, soldado. Ele está dentro do galpão. Temos contato pelas câmeras internas. Quero o pelotão Sul e o pelotão Oeste cercando o galpão. Olho nas janelas e na porta frontal.

Delvechio deixava os olhos correrem pelas telas, onde podia ver seu espécime foragido caminhando pelo corredor de acesso, chegando ao laboratório.

O major Félix tratava de organizar a ofensiva contra o maldito invasor.

Inverno reconheceu a porta dupla do laboratório por onde fugira para o corredor, sendo posteriormente baleado pelo soldado assustado. O ferimento provocado por aquele soldado estava praticamente curado. Havia agora um novo, que o forçava a um ligeiro coxear. Estava nervoso. Não farejava todos ali. Sentia o conhecido cheiro de emboscada no ar. Um dos seus estava lá dentro. Antes de avançar, intensificou furiosamente seu frio sobrenatural, alarmando os que acompanhavam os sensores.

O frio sobrenatural era sua arma mais eficaz contra todas as emboscadas que já sofrera em sua longa vida. O frio congelante. O frio que matava.

– Sargento Vieira, prepare seus homens para entrar. Não economizem munição. Detenham o invasor – ordenou o major.

– Desculpe, major, mas não é prudente a entrada agora – advertiu o operador do equipamento de medição térmica. O sargento, sem ter conhecimento da advertência, aguardava apenas a ordem final do superior.

– O que há?

– A temperatura dentro do galpão despencou.

– Explique-se.

– Antes de a criatura entrar, a temperatura ambiente era nove graus...

– E agora? – intrometeu-se Delvechio.

– Caiu para vinte graus negativos.

– Isso impede a entrada de meus homens?

– Eu diria que a torna bastante inviável. Principalmente se continuar em queda. Desceu vinte e nove graus em dois minutos. Com esses dados fica imprevisível a situação para os próximos minutos. Se eles entrarem agora, o choque térmico será insuportável. No lado externo a temperatura é decrescente, caindo lentamente. Está agora em sete graus. É frio, mas eles usam jaquetas térmicas que aguentam bem.

– Quer que espere a temperatura igualar?

– O ideal é aguardar. Quando as temperaturas estiverem próximas, a situação será favorável aos soldados.

– Quantos graus de diferença?

– Uns oito, no máximo.

O major passou a mão pela cabeça, esfregando o ralo cabelo grisalho. Olhou para seus conselheiros, buscando auxílio, uma solução.

Os outros militares observavam o intruso através das câmeras, dentro do laboratório. Ele caminhava lentamente, claudicante, em direção ao pequeno contêiner onde seu semelhante estava encerrado.

– Como poderemos detê-lo?

– Se ele tentar sair antes de a temperatura nivelar, poderemos usar os mísseis do helicóptero para destruir o galpão e mantê-lo lá dentro, no meio dos escombros – sugeriu o tenente Brites.

– E depois?

– Depois, quando o prédio for aberto pelos mísseis, o frio terá se dissipado, permitindo a ação dos soldados. Eles vão alvejar qualquer coisa que se mova no perímetro.

O professor acompanhava o caminhar de seu espécime com olhos curiosos. O foragido aproximou-se do contêiner. Delvechio sabia que ele tentaria alguma coisa em relação ao espécime lacrado. Deveria evitar o ataque dos militares.

– Senhores, não ataquem ainda – os militares voltaram-se para o professor.

– Ele atacou mais um homem nosso, professor.

– Eu sei, mas ele deve estar mais assustado do que a gente.

– Ele é o Inverno?

O professor titubeou. Não gostava daquele nome.

– Apesar de eu não gostar desse nome, sim, ele é o que fugiu ontem. Inverno.

Os militares voltaram-se para os monitores. Os soldados indagavam sobre os próximos procedimentos, aguardando uma ordem de ataque.

– Ele está preso aí dentro, não está? Vocês podem atacar com os mísseis na hora em que quiserem. Então por que não esperamos para ver o que ele vai fazer? Podemos aprender com ele.

O conselho operacional trocou olhares e pequenas frases que mais pareciam códigos aos ouvidos do professor.

Inverno abriu a porta dupla. Seus olhos varreram o ambiente. Sabia que estava no mesmo lugar em que estivera na noite passada, mas estranhou o cenário diferente. Toda a parafernália inusitada que seus olhos vislumbraram ao despertar havia desaparecido. Mesmo assim, estava confiante em seu instinto: a sala era aquela. Havia uma porção de cacos de vidro espalhados pelo chão. Luzes sinistras eram produzidas pelo teto, as quais, ao antigo lusitano, pareciam bizarras, inexplicáveis; afinal não produziam calor algum, e ele não divisava nenhuma chama. Era como se elas nascessem de maneira mágica daqueles extensos tubos vítreos.

Assim que cruzou a porta dupla, pisando no chão liso do salão, percebeu uma pequena janela à sua direita. Fora através dela que havia visto os humanos. Avançou até lá, mas não havia ninguém dentro da saleta anexa. Nem mesmo a mulher. Dela, só o adocicado cheiro mortal, o rastro feminino e poderoso pairava no ar.

Inverno viu uma estranha caixa a um canto do salão. Sabia que lá dentro encontraria seu irmão. Mas onde, diabos, estariam os outros? Não conseguia detectá-los de forma alguma. Mesmo percebendo o irmão, não se precipitou em sua direção como um desvairado. Andava devagar, examinando demoradamente o ambiente, tentando conhecer e desvendar as novas coisas. E eram tantas! Que arma poderosa usavam agora os humanos? Conseguiram acertá-lo duas vezes em menos de vinte e quatro horas. Decididamente haviam melhorado bastante. Aquela façanha seria impossível a qualquer Exército que tentasse acossá-lo em sua terra natal. Nem mesmo o grupo do valente Tobia era capaz de rastreá-lo à noite, exceto se usassem muito fogo para clarear a emboscada. A visão dos homens parecia realmente prodigiosa para ele agora. A lua nem ao menos estava cheia, espalhando luz nos prados, velando seus aguçados sentidos. Era noite escura. Uma noite perfeita. Inverno sabia que teria uma longa adaptação pela frente.

Parou em frente à caixa. Estranhamente, em vários pontos do objeto, brotavam luzes inexplicáveis, como sinais que ele não entendia.

Inverno deixou involuntariamente a mão tocar a caixa. Não havia nenhuma armadilha ali. Uma espécie de janela de vidro lhe possibilitava enxergar o corpo do irmão adormecido repousando confortavelmente. Pensou em dizer-lhe algo, mas desistiu antes que estragasse a tarefa. Além de saber que o irmão não o ouviria, perderia todo o elixir guardado na boca e no estômago, aquele líquido vulgar, porém apropriado, extraído em generosa quantidade do corpo do inofensivo soldado, que agora jazia morto no gramado do lado de fora.

Seus olhos encontraram uma pequena joia cintilante – era isso que lhe parecia – que trazia na parte de baixo uma palavra conhecida e de grande utilidade para a situação: ABRIR.

Sorriu, liberando no canto direito da boca um filete de sangue vermelho-vivo.

Desceu a mão até a joia quadrada e piscante. Quando os dedos, de maneira delicada, alcançaram o quadrado verde, percebeu que a peça, a joia, cedia à pressão. Sua mente iluminou-se. Aquilo era realmente um dispositivo. Forçou levemente até onde ela não oferecia resistência. Quando ele parou, aquela estranha luz verde deixou de piscar, mantendo-se permanentemente acesa. A caixa emitiu um ruído. Um som curto e estridente. Que coisa maluca era aquela? Logo acima da joia verde um retângulo escuro iluminou-se. Letras feitas de uma tinta desconhecida andavam pelo retângulo aceso.

Inverno chegou a espantar-se. Que bruxaria era aquela? Aquilo não era feito de papel, e nenhum intelectual imprimia as letras naquele espaço iluminado.

Os humanos eram mais que humanos agora. Começavam a se parecer com bruxos capazes de truques impensáveis.

Passada a surpresa inicial, Inverno tentou desvendar as letras mágicas. Sentiu-se grato ao perceber que naquela terra os humanos usavam a língua portuguesa nos escritos. Seus olhos sobrenaturais vagaram pela inscrição:

PARA ABRIR, PRESSIONE O BOTÃO VERDE MAIS UMA VEZ.

Então aquela joia da cor das esmeraldas era um botão! Inverno voltou a erguer a mão. Um dos dedos foi ao encontro do botão verde, afundando-o ainda mais. Ao primeiro toque, delicado como o de uma mulher, o botão recusou-se a ceder. Teve medo de empregar sua força sobrenatural. Poderia danificar a engenhoca e selar o irmão definitivamente.

Passou a mão pelo rosto, percebendo o filete de sangue. Voltou ao botão, empurrando-o com força. Dessa vez ele cedeu, afundando-se ainda mais naquela tampa estranha.

As letras mágicas desapareceram sem que ninguém viesse tocá-las. Os olhos do vampiro arregalaram-se, esperando por mais alguma mensagem bruxesca.

ABRINDO – anunciou o painel iluminado.

Mais um ruído curto e estridente foi produzido pela caixa, e depois de uma sequência de sons metálicos a porta deslizou sozinha, deixando o corpo do irmão descoberto. Inverno voltou a sorrir. Deveria, agora, reintroduzi-lo ao mundo dos despertos. Deveria agora devolvê-lo à própria maldição.

A porta parou. Uma névoa branda havia se formado, desaparecendo agora completamente, deixando o corpo do espécime exposto ao frio avassalador, protegido apenas pela roupa antiga e esfarrapada.

O apoio da caixa fazia com que o espécime seco e morto estivesse um palmo mais alto que Inverno, prejudicando-o em seu ritual. Inverno retirou o irmão de dentro da caixa metálica, deitando-o no chão gelado. Depois, empregando sua força sobrenatural, fê-lo abrir a boca seca, enfiando os dedos entre os maxilares do irmão inerte. Abaixou-se mais e aproximou sua cabeça da cabeça do irmão. Fitou-o demoradamente e depois beijou-o, não no rosto, mas em sua boca seca e escancarada. A bem da verdade aquilo não era um beijo carinhoso. Inverno apenas despejava no interior daquele corpo silencioso o sangue quente retirado do pobre soldado, o material imprescindível para sua tarefa. Demorou uns três minutos naquela posição. A dose era bem generosa, mais que suficiente para fazer o irmão despertar rapidamente, bem diferente dele próprio, que levara longas horas, voltando pouco a pouco por conta da quantidade reduzida.

Inverno levantou-se e afastou-se dois metros. Sua boca estava vermelha, com um líquido viscoso escorrendo pelos cantos, descendo pelo pescoço e indo tingir a camisa branca.

– Manuel, meu amigo. Tu agora vais voltar para este mundo farto. Afinal, se tu não podes ser morto, nem eu, por que ficar assemelhado a um?

O corpo adormecido no chão continuou imóvel durante o primeiro minuto. Então, repentinamente, o cadáver seco fechou a boca desfigurada e sem lábios e velozmente foi perdendo a aparência cadavérica. O rosto ressequido adquiriu a textura de uma face humana normal. O único destoante era a palidez da criatura, ainda com a aparência de um cadáver congelado. As mãos que ostentavam cinco palitos longos começaram a transformá-los em dedos cheios, com músculos e nervos, até chegarem à forma desejada: dedos saudáveis e humanos. A transformação veloz ocorreu por todo o corpo, reassumindo sua forma antiga. Um rosto quadrado e grande num corpo robusto e bastante magro. As pálpebras estremeceram, e os lábios se moveram, mas foi tudo. Voltou a ficar estático, impacientando Inverno.

– Vamos, ó gajo, não temos a noite toda. Tu deves estar faminto e com vontade de fazer o que tu fazes. Não te recordas dos mortos? Não te recordas do conforto que proporcionas àqueles humanos? Ô Manuel, te levanta, homem – disse Inverno, quase em tom de súplica.

As pálpebras do regenerado voltaram a estremecer, abrindo e revelando um par de olhos sinistros e mais congelantes que aquele frio assombrado. Suas pupilas estavam vermelhas, e os dentes caninos, expostos. Manuel abriu a boca de maneira feroz, produzindo um grunhido, assemelhando-se a um cão enraivecido. Aquela caricatura paralisaria o mais valente ser humano, mas de Inverno extraiu apenas um sorriso gentil.

– É bom ver-te também desperto, meu irmão. Agora trata de te levantar e te prepara. Lá fora tudo está diferente de nossa terra. Não estamos próximos do D'Ouro. A gente toda é diferente e pouco hospitaleira. Vês esta ferida aberta em minha perna? Pois, então, trata de te cuidar.

O regenerado levantou-se de forma espectral. Era como se seu corpo flutuasse, impulsionando-o para cima, sem demonstrar esforço dos músculos relaxados, sem se apoiar em braços ou pernas. Bastou um segundo apenas e já estava de pé. Era magnífico!

Manuel era mais baixo que Inverno. Sua elegante roupa esfarrapada estava a ponto de transformar-se em pó, entretanto cobria a maior parte do corpo. A expressão facial era carrancuda, analisando o ambiente com curiosidade, porém aferrada em olhos furiosos. Que tipo de chamas eram aquelas que brotavam do teto? Que tipo de luz era aquela que não produzia calor?

– Manuel, *psst.* Olha, eu tenho de apertar ainda mais o frio. Tenho de criar uma distração para sairmos dessa confusão, compreendes?

O recém-vivo meneou a cabeça positivamente, sem emitir um ruído, apenas girando a cabeça para todos os lados, examinando aquele estranho lugar.

– Tu lembras quanto posso esfriar, não lembras? Lembras de como te proteger do meu frio, não lembras? – novamente o morto-vivo apenas meneou a cabeça. Sim, ele lembrava que era um vampiro.

– Eu desejo que esfrie ainda mais. – Inverno estendeu os braços e caminhou em direção à porta dupla, seguido por seu antiquíssimo amigo Manuel. Delvechio estava excitadíssimo. Não acreditava no que seus olhos lhe carregavam ao cérebro. De alguma maneira, aquele ser havia ressuscitado um outro.

E velozmente! O corpo passara de morto e ressequido a vivo e saudável em questão de minutos.

Ao contrário do professor, os militares estavam alarmados. A coisa estava agora se movendo em direção à parte externa do prédio. Aparentemente não tinha intenções predatórias, mas como prever o que iria acontecer? O major

Félix conferenciou rapidamente assim que detectou o movimento do ser em direção à saída. Pelo rádio, orientou as tropas.

– Atenção, grupos. Fiquem em prontidão. Ele está indo em direção a vocês pela porta frontal. Sargento, dê voz de prisão aos dois.

– Dois?

– Sim, sargento, eles são dois agora e estão indo para fora.

– Senhor, aqui é o sargento André, do helicóptero. Também aguardamos seu posicionamento, senhor.

– Vá para cima do galpão. Use o canhão de luz para ajudar os grupos Sul e Oeste – Félix pigarreou.

Os dois elementos estavam se dirigindo ao corredor de acesso e logo estariam na porta externa.

– Grupo Leste, posicione-se atrás do galpão; grupo Norte, vá para a frente. Fiquem na retaguarda dos grupos Sul e Oeste.

– Senhor, a temperatura...

– Vocês, nas torres, espero que estejam com rifles com visão noturna...

– ...ela está caindo ainda mais.

– Eles não vão escapar.

– Senhor... – voltou a chamar o operador –, acho melhor recuar o pess...

– O quê?

– A temperatura caiu drasticamente. É melhor recuar o pessoal antes que ele abra a porta.

– Você está dizendo que ele vai matar meus homens? Explique melhor.

– Acho que não dá tempo de explicar, senhor, mas dentro do laboratório ele reduziu a temperatura até... meu Deus! Sessenta graus abaixo de zero! Do lado de fora ainda temos doze graus negativos, e eles já estão congelando, nunca estiveram num ambiente tão gelado no Brasil.

O major fez menção de voltar ao rádio, mas não teve tempo: Inverno alcançara a porta externa.

Inverno chegou até a porta que dava acesso à saída seguido por Manuel, o novo desperto. Intensificou ainda mais seu frio sobrenatural, congelando tudo o que estava a seu redor. Nenhum ser humano sobreviveria àquele choque térmico. O chão estava forrado de uma fina camada de cristais de gelo, crepitando a cada passo dos seres sobrenaturais. O vampiro girou a maçaneta congelada, que somente cedeu em razão de sua força inumana. Empurrou a porta para fora, liberando de lá um frio avassalador, que se deslocava numa poderosa corrente de ar.

No momento em que Inverno libertou o frio sobrenatural, uma inexplicável nevasca juntou-se ao turbilhão congelante, que avançou para fora, atingindo em cheio os soldados.

Sessenta soldados aguardavam seus dois indefesos inimigos de frente para a porta, prontos para atirar em qualquer coisa que saísse daquele galpão. Não tinham motivo para temer apenas dois homens. Atrás dos sessenta soldados, mais trinta homens do pelotão Norte faziam a cobertura. Este último grupo, com seus fuzis de prontidão, tinham o mar às costas e os dois pelotões à frente.

Quando faziam mira, os soldados evitavam encostar a pele do rosto no metal congelante do fuzil. Todos tremiam violentamente, mas ainda não era o medo que os afligia, porém o frio impiedoso. Nenhum deles jamais experimentara uma temperatura tão baixa. Sentiam os pulmões congelando com o entrar e sair do ar gelado. De suas bocas escapavam nuvens espessas de vapor, tão espessas que eles quase conseguiam senti-las se formando ao começarem a sair dos pulmões por suas bocas trêmulas.

Os soldados da frente, distantes uns seis metros da porta frontal do galpão, engatilharam as armas assim que a porta se abriu, dando liberdade aos inimigos. Então, levaram os dedos ao gatilho e foram eles que perceberam, mas somente no primeiro segundo infinito, uma brisa sutil tocar-lhes a face com doçura, trazendo finíssimos e delicados cristais de gelo que os fizeram quase esquecer o frio congelante de tão encantados. Essa sensação confortável logo desapareceu, dando lugar ao medo absoluto e ao desespero. Antes que os dois inimigos anunciados fossem vistos, do interior do galpão escapou um violento turbilhão de vento, que, mesmo na curta distância de seis metros, ganhou uma velocidade impressionante e transformou o ar em neve, atingindo-os sem piedade, jogando a maioria dos sessenta soldados de costas ao chão. Seus corpos congelaram quase instantaneamente, sem causar morte imediata, mas trazendo, em primeiro lugar, uma dor indescritível aos músculos quando procuravam se mover para fugir daquele combate macabro. Quando tentavam gritar por socorro, suas bocas enchiam-se de ar frio e de flocos grossos de neve, congelando os corpos internamente e aproximando-os, pouco a pouco, da morte horrível.

O pelotão Norte, que cobria a retaguarda dos homens mais próximos ao galpão, ao perceber seus companheiros serem engolidos por aquela massa branca e sobrenatural que avançava em sua direção, quase não teve tempo de reação. Alguns abriram fogo a esmo, atirando em direção à nevasca inexplicada. Outros pensaram somente em fugir, desonrosa, mas sabiamente. Por esse motivo, a maioria dos homens desse pelotão foi lançada e congelada de bruços. Alguns chegaram a ser arrastados até as docas, caindo na água gélida do mar frio.

Inverno e Manuel cruzaram a porta, chegando ao cenário glacial. O chão à frente estava todo forrado de branco. Diversas montanhinhas revelavam as posições dos cadáveres frescos dos soldados. A neve caía vertiginosa do céu, emprestando à noite um ar europeu. Junto às docas, quatro soldados permaneciam de pé, mas não se preocupavam em oferecer perigo aos dois; tentavam somente escapar dali, andando sofridamente, afundando os pés no amontoado de neve.

– Vamos tratar de sumir daqui, meu saudoso irmão, antes que estas pestes se ajuntem novamente e venham em nosso encalço...

O ronco do motor do helicóptero fez Inverno parar de falar.

– A propósito, Manuel, não te assustes com certas coisas que tu verás. São muito diferentes das de nossa terra. A cada coisa nova me convenço de que não estamos mais em Portugal. Tu precisas ouvir o jeito de essa gente falar, é engraçado – o vampiro falava e caminhava ao mesmo tempo, trazendo consigo o companheiro noturno. – Ó gajo, vamos caminhar rápido, pois temos de encontrar abrigo para tua pessoa.

– Senhor, nós temos de sair daqui, o equipamento está em pane!

– Não. Persigam aqueles dois – insistia o major pelo rádio com o comandante do helicóptero.

– Não vamos conseguir. Parece que a nave está... está congelando. Estou vendo gelo nos vidros, nos painéis, em tudo que é canto.

– E os homens no solo, por que não respondem?

– Eles estão mortos, senhor. Estão mortos! E é assim que nós vamos terminar se não sairmos daqui agora.

– Permissão para se retirar... concedida, tenente.

– Entendido, senhor. A partir daquele momento, o rádio do helicóptero ficou mudo.

Félix estava visivelmente transtornado. Os outros militares do conselho permaneciam mudos, aguardando a iniciativa do oficial comandante. Não esperavam aquela situação.

O rádio voltou a funcionar, trazendo a voz de um homem cansado, resfolegante e assustado:

– Senhor... senhor, nossos homens estão mortos! Nós estamos congelando! Tire a gente daqui!

– De que grupo vocês são?

– Somos do pelotão Leste. E estávamos atrás do galpão, não vimos nada do que aconteceu, somente aquela nevasca infernal caindo sobre a gente. Quando chegamos aqui na frente eles estavam mortos, enterrados nesta neve maldita, senhor. Estamos congelando aqui também, inferno! Mande algum veículo para cá.

O major podia ouvir os dentes rangentes de seu soldado pelo rádio. Félix ordenou aos soldados que marchassem.

– Mantenham-se em 0. Mantenham-se aquecidos.

– Eles estão fugindo? – perguntou Delvechio.

– Não. Eles não vão fugir. Brites, qual é a base aérea mais próxima?

– É a de Barraquinha.

– Chame mais helicópteros, temos de alcançá-los antes que desapareçam.

A ordem de decolagem e os planos de missão chegaram à base de Barraquinha. Seis minutos depois, dois helicópteros decolaram. Instruções mais detalhadas chegariam pelo rádio no decorrer da operação. Brites encarregou-se do resgate do pelotão sobrevivente ao bizarro incidente nas docas. Partiu a bordo de um grande caminhão militar, deixando a base de onde dirigiram aquele fiasco de operação. O frio na estrada era intenso e aumentava a cada metro que se aproximavam das docas. O som dos pneus rodando sobre o asfalto modificou-se repentinamente. Era a neve. Os olhos de Brites arregalaram-se. Nunca, em toda sua vida, estivera num lugar tão frio e apavorante. Na margem esquerda da estrada, que dava para o mar revolto, pouco de diferente podia-se observar. No entanto, a margem direita, que dava para o antigo matagal verdejante que circundava as docas, era um festival aos olhos inexperientes. O cenário confuso de mato verde fora substituído por uma compacta capa de gelo que se unia a um morro distante, provavelmente coberto pela mesma massa branca, já que o tenente não conseguia enxergar daquela distância e com aquela escuridão. Antes de chegar até as cercas, encontraram a fila de soldados marchando pela estrada, tentando abandonar o cenário funesto onde muitos deles foram, literalmente, enterrados. O tenente percebeu que a cada passada as pernas dos soldados afundavam na neve alva, quase chegando à altura dos joelhos, tornando a marcha cansativa, mas lhes proporcionando o calor salvador.

O caminhão parou ao lado dos soldados. Seus rostos estavam pálidos como a própria neve sobrenatural. A maioria deles não conseguia falar e precisou de auxílio para subir no compartimento traseiro do caminhão. Depois de toda a fileira ser recolhida, Brites contou vinte e dois homens. Deveria haver trinta.

– Onde estão os outros? – perguntou ao soldado no comando do pelotão.

O soldado tremia assustadoramente. Seus olhos não conseguiam se fixar no tenente, girando desnorteados. A boca abria, mas palavra alguma saía.

– Onde estão os outros? Alguém pode me dizer? – bradou o tenente.

Um soldado mirrado estendeu o braço, chamando a atenção do tenente. Brites caminhou curvado, pois o teto forrado da parte traseira do caminhão era relativamente baixo, e aproximou-se do soldado. Brites percebeu que o homem balbuciava palavras curtas, mas sem se fazer ouvir. Precisou abaixar-se e aproximar seu ouvido da boca do homem, pois somente assim compreenderia o que o agonizante soldado murmurava.

– Elesss... não consegui... ram. Não conseguiram.

O soldado tremia muito, e agora parecia tremer com maior intensidade, mais em razão de um nervosismo interno feroz do que pelo próprio frio. Seus murmúrios revelavam um homem desesperado e choroso, transformando-se em gritos tristes que penetravam os ouvidos dos soldados que ainda podiam ouvir.

– Eles não conseguiram, se... senhor. Eles morreram... eles estão con... congelados. Ó santo Deus... eles mo... morreram.

O tenente abraçou-o, tentando amenizar o frio em volta de seu corpo, tentando tranquilizar seu soldado.

Assim que o homem parou de tremelicar e gritar, o tenente o deixou. Pelo rádio, pediu que a base enviasse outro caminhão. Ele iria para as docas; jamais abandonaria aqueles homens lá. Certamente ainda haveria soldados vivos.

Brites desceu do caminhão. O vento havia reduzido de intensidade, mas a neve ainda caía, suave e harmoniosa. Não fosse o horrendo desfecho daquela operação, Brites acharia aquele momento único em sua vida. A neve caindo sobre o Rio Grande do Sul, cobrindo Amarração com aquela capa branca e compacta. Nunca estivera tão frio em Amarração. O único gelo que costumava precipitar do céu eram as ferozes pedras de granizo durante tempestades esporádicas. Mas hoje ele não poderia achar nada daquilo belo e harmonioso. Bateu para o chão a neve que se acumulara sobre seus ombros. Chamou mais dois soldados para acompanhá-lo. Trocou as baterias de seu rádio apenas por precaução. A base avisou que o outro caminhão já se encontrava a caminho.

– É isso aí, rapazes. Vocês aguentam o frio?

Os dois soldados apenas menearam a cabeça positivamente, já que ambos estavam com os braços fechados e cruzados, repousando as mãos enluvadas nos ombros, protegendo-se do frio intenso. Não fossem soldados militares, o tenente teria pena de levá-los pela estrada congelada.

O caminhão começou a se mover lentamente, cauteloso com a neve sobre o asfalto. Antes de os três começarem a marcha até as docas, o tenente consultou um artefato preso ao pulso, semelhante a um relógio digital.

– Estamos com dezoito graus negativos. Sobreviveremos.

Eles começaram a andar, dando passadas pesadas, afundando os pés até a neve chegar quase aos joelhos. Uma imagem formou-se na cabeça do tenente. Era um desenho animado ao qual ele costumava assistir inúmeras vezes na TV quando criança. Um sorriso idiota cresceu em sua face. Dentro de sua cabeça o desenho desenrolava-se com perfeição, fazendo-o relembrar alguma coisa a que assistira trinta e poucos anos atrás. Ele via um cachorro peludo, da Turma do Pica-Pau talvez, caminhando na neve espessa, calçando estranhas raquetes de tênis como sapatos desengonçados. Agora, tantos anos depois, aquelas raquetes sob os pés lhe faziam algum sentido. O cachorro animado calçava aquilo para que os pés e pernas não afundassem na neve, como os seus faziam agora. Se aquele frio demoníaco não lhe estivesse congelando a garganta, certamente partilharia a história com os dois jovens soldados. Será que alguma vez eles teriam assistido àquele desenho idiota?

A cerca que envolvia todo o complexo das docas estava à frente do trio, a dez metros apenas. Até chegar à doca, onde fora montada a emboscada, teriam de caminhar uns trezentos metros em linha reta, mas com aquela neve prendendo os pés certamente iriam parecer três quilômetros.

Inverno e Manuel caminhavam pelas ruas estreitas e sem pavimentação da periferia de Amarração. O vampiro havia interrompido seu sobrenatural fluxo congelante; entretanto, já tinha liberado frio o suficiente para que a noite continuasse com temperatura abaixo de zero, mantendo os assustados e desprevenidos mortais dentro de suas casas humildes. Volta e meia, Inverno ouvia sua canção favorita. O choro sofrido das crianças, a tosse insistente dos velhos e o murmúrio agoniado das mães e dos pais tentando vencer a noite gelada e manter os filhos vivos até o raiar do sol, a única coisa que conseguiria banir o frio sobrenatural trazido pela criatura maldita.

– Onde ele está?

– Não te preocupes, amigo Manuel, não teremos problema com ele. Minha primeira preocupação foi guardá-lo para que pudéssemos exercer nosso fascinante ofício sem preocupação.

– Onde o guardaste?

A voz de Manuel era baixa e sombria, própria do dono, um homem de aparência comum, de estatura baixa e pele alva, tão alva que às vezes se confundia com a brancura da neve que cobria o chão das ruas por onde caminhavam, deixando sulcos suaves no rastro de suas passadas.

Ali, onde a corrente fria fora menos selvagem do que na área das docas, a camada de neve era pouco espessa, atingindo a altura de três polegadas nas partes mais carregadas. Com exceção dos dois visitantes, as ruas estavam desertas, fazendo suas vozes alcançarem um bom volume, mesmo quando sussurravam.

Inverno decidiu não responder ao amigo. Ao menos por enquanto seria mais seguro guardar segredo sobre certas coisas, sobre contendas seculares.

Manuel percebeu que Inverno não responderia.

– Para onde estamos indo, Guilherme?

Inverno parou e virou-se para o amigo, fitando-o demoradamente com um largo sorriso estampado no rosto. O rastro de sangue seco ainda maculava sua face, brotando no canto direito da boca e indo sumir em seu queixo.

– Ó amigo, que satisfação!

Manuel balançou a cabeça, sem compreender.

– Há quanto tempo não ouço este meu belo nome fluindo para dentro de meus ouvidos eternos!

– Guilherme – repetiu o amigo.

Inverno manteve o sorriso e fechou os olhos. Quantas lembranças...

– Então, ó gajo, para onde raios tu estás me levando?

– Estás forte, não estás? Te dei uma quantidade generosa de sangue – Guilherme voltou a andar, seguido pelo amigo silencioso. – Não queres exercitar teu poder? Não queres saber se tua garganta ainda tem o dom?

Dessa vez foi Manuel quem sorriu largamente. Ah, quantas lembranças...

– Ora, mas é claro que eu quero. Preciso saber se eu ainda sei fazer.

Os dois voltaram a caminhar em silêncio absoluto. O único som era de seus pés amassando a neve amaldiçoada.

– Este também está morto, tenente.

Brites balançou a cabeça, consternado.

– Estão todos mortos, tenente – lamentou o outro soldado, com voz embargada.

Brites levantou-se da neve. Estava ajoelhado ao lado de outro cadáver.

– Vamos sair daqui, tenente, ou vamos nos juntar a eles?

– Vamos sair. Vamos sair. O ca... caminhão deve estar chegando.

Enquanto eles falavam, grossas nuvens de vapor abandonavam suas gargantas, escapando pela boca.

– Que horror... – lamentou o segundo soldado.

Brites apenas balançou a cabeça, concordando com ele.

Agora o tenente duvidava encontrar qualquer soldado vivo. Deveria haver setenta homens mortos por congelamento, dezenas de soldados e alguns sargentos. A maioria capturada pelo turbilhão congelante que escapara do laboratório, desencadeando uma repentina nevasca. Brites estivera no controle e, se sua mente já não estivesse falhando por causa do frio, lembrar-se-ia dos números. Antes de os monstros abrirem a porta do galpão a temperatura externa estava na casa dos doze graus negativos, baixando em poucos segundos para trinta e seis graus negativos e caindo ainda mais nos segundos seguintes, isso sem contar a temperatura interna do galpão que, inexplicavelmente, despencara de vinte graus negativos para sessenta em apenas um segundo. Aquelas coisas não eram humanas, eram demônios. O frio fora tão intenso que até mesmo nas docas, quarenta metros mar adentro, a água formara um platô de gelo que se tornara a tumba de infelizes soldados para lá arremessados pelo turbilhão de vento sobrenatural. Quando Brites e seus soldados de escolta bateram os olhos naquela sinistra capa de gelo, puderam ver apenas os braços levantados como tentando escapar da água fria que os petrificaram naquelas posições agonizantes, e, ao que parecia, imediatamente. Outros soldados haviam deixado para fora d'água apenas a cabeça, com a boca aberta e expressão de pavor. Era como visitar um funesto museu de cera, com esculturas imitando soldados mortos pelo gelo.

Os três voltaram a caminhar, afastando-se das docas e retomando a estradinha, outrora asfáltica, mas agora tomada pela neve. Ouviram um ronco de motor. O caminhão. Mas o ronco não vinha da estrada. Os três entreolharam-se confusos, até que um jato de luz, vindo do céu, os encontrou. Era um helicóptero militar. Provavelmente vindo de Barraquinha.

Os soldados acenaram para a aeronave, que voava em torno deles. Brites, pelo rádio, estabeleceu contato, mas, antes que o helicóptero pousasse, os potentes faróis do caminhão do Exército tornaram-se visíveis. O helicóptero foi orientado a voltar para sua ronda, enquanto os três foram finalmente recolhidos e carregados para fora daquele inferno gelado.

Era quase meia-noite.

CAPÍTULO 10

A nevasca repentina pegou Olavo e Tobias ainda no IML. Os dois acabavam de instalar os novos visitantes na geladeira, cada qual em sua gaveta. Eram os três soldados recolhidos no galpão alugado à USPA. O legista não tivera tempo de examiná-los; afinal, naqueles últimos dias uma violência incomum havia se abatido sobre Amarração. As escassas gavetas do IML estavam apinhadas de histórias macabras. Começando pela garota atropelada pelo caminhoneiro desatento. O segundo cadáver a tomar lugar nas crônicas fora Terezão, executado pela turba enfurecida em sua cela. Depois vinha o coitado do caminhoneiro esfaqueado dentro de casa. Até agora, as suspeitas deste último assassinato recaíam sobre o pai da garota morta. Segundo testemunhas, o homem, ao saber da morte da única filha, perdera a noção de tudo, ficara enlouquecido, e de sua boca escaparam ferozes juras de morte ao executor de sua pequena. A verdade é que até agora a polícia nada tinha de consistente, e as investigações prosseguiriam se a inusitada nevasca parasse. Como últimos ocupantes dos compartimentos refrigerados surgira o trio, previamente congelado, vindo das docas.

Depois de acondicionarem o último soldado, um rapaz negro de olhos arregalados, Tobias começou a rir. No início, não chegou a chamar a atenção de Olavo, mas, quando desandou num gargalhar descontrolado, o colega não conteve a curiosidade.

– Que diabos aconteceu?

– Ah, há, há. Não é nada, não, Olavo. Tô pensando umas besteiras.

– No quê, homem?

– Eu estava pensando: se a gente deixasse esses caras lá fora, não ia fazer a menor diferença. Lá tá mais frio do que aí dentro da geladeira.

– Nem brinca – disse Olavo. Tobias parou de rir, enxugando umas poucas lágrimas que se acumulavam em seus olhos. Olavo foi até a ampla janela da sala, coçando a cabeça.

– Dá pra acreditar nisso? Tá certo que o Rio Grande do Sul tem fama de ser frio, mas isso já é ridículo.

– Quando anoiteceu, começou a esfriar.

– Eu nunca vi neve na minha vida.

– Pois tá vendo agora – retrucou Tobias, retirando uma garrafinha de aguardente do bolso interno da blusa.

Olavo deixou os olhos vaguearem pela paisagem inusitada. O pátio do IML estava forrado de gelo. Tudo branquinho. O chão, o teto do caminhão de catar morto, a rua lá fora. O cemitério ao lado do Instituto. Tudo.

Olavo deixou um sorriso rasgar seu rosto. De certa forma, seu amigo estava certo. Se jogassem aquele bando de defuntos lá fora não ia fazer a menor diferença. Sua visão chegou até o muro do cemitério, encontrando os crucifixos decorados com o gelo da noite. O pequeno cemitério pareceu-lhe mais triste do que nunca sem o trânsito dos gatos serelepes, que iam de lá para cá nas covas ocupadas. Parecia ainda menor do que realmente era. Olavo adorava as tumbas góticas, decoradas com crucifixos tão altos que mesmo do térreo do Instituto era possível enxergá-los.

– Quantos graus está fazendo?

– Sei lá, Tobias. Deve estar uns cinco graus negativos. Para estar nevando... – Olavo voltou ao silêncio, examinando a paisagem desértica.

– Cê tá preocupado?

Tobias perguntou alguma coisa, mas ele não processou. Os olhos encontraram dois personagens estranhos zanzando pela rua gelada.

– Você tá me ouvindo ou não?

– Hã? – Tobias bufou.

Olavo estava concentrado nos caras sem blusa que andavam no frio congelante como fantasmas se dirigindo ao cemitério.

– Eu perguntei se você está preocupado.

– Preocupado com o quê, homem?

– Com esse frio sobrena...

– Corre aqui na janela, Tobias. Vem ver que coisa esquisita da porra.

– O quê? – perguntou o homem, aproximando-se.

Olavo apontou uma direção. Seus olhos foram para o muro do cemitério. Que diabos o amigo queria mostrar? Tudo o que ele via eram as cruzes altas enfeitadas com estalactites de gelo e o muro coberto por neve.

As luzes dos postes públicos somadas aos fortes holofotes do pátio no térreo do Instituto permitiam uma boa visão da parte frontal do cemitério de Amarração.

– Que é?

– Espera aí. É que eles estão fora do seu campo de visão agora... ali – apontou novamente.

Olavo viu dois homens comuns sairem de trás de uma árvore na rua frontal, rente ao muro do cemitério. Bem, isso seria completamente normal não fossem os quase vinte graus negativos lá fora e o fato de os sujeitos estarem sem nenhuma proteção apropriada contra o frio.

– Mas que diacho esses dois malucos tão fazendo lá fora?

– É o que eu estou tentando descobrir. Os caras estão sem nenhuma blusa...

– Dois doidos.

– A cabeça deles está cheia de flocos de neve, tá vendo?

– Bá, mas que olho bom, hein? Eu não tô vendo nada disso, não, mas que eles tão sem blusa, tão.

Os dois sujeitos continuaram caminhando. Se os olhos de Olavo fossem mais apurados, se houvesse mais luminosidade, ele perceberia coisas ainda mais esquisitas nos dois, como a pele demasiadamente branca e os olhos terrivelmente sombrios.

Os andarilhos da noite pararam em frente ao portão do cemitério. Depois de alguns movimentos junto à grade, conseguiram abri-lo. Entraram, desaparecendo na escuridão, entre as tumbas forradas de gelo.

– Mas que coisa mais esquisita, tchê.

– Que tipo de gente vai ao cemitério à noite e, ainda mais, com um frio lascado desses?

– Sei lá, Olavo. Tu tá querendo ir lá investigar, é?

– Eu não. É capaz de eu cair duro antes de alcançar o portão aqui do prédio.

– E se eles forem violadores de túmulos? E se estão tramando surrupiar joias dos pobres coitados?

– Sei lá, nesse frio? Só se forem muito doidos. Estão mais pra macumbeiros embriagados do que pra violadores de túmulos.

– Eu vou descer até o andar de baixo e ligar para a polícia.

– Eu queria era ver você descer para o andar de cima – satirizou Olavo, enquanto o amigo descia a escada.

– Mas não tem andar em cima, são só esses dois aqui.

Olavo riu, ouvindo a resposta do amigo desatento. Tobias era assim, nunca entendia as brincadeiras que ele fazia. Joel era mais esperto. Sempre davam boas risadas juntos. Sorte do Joel estar adoentado. Deveria estar em casa agora, bem aquecido.

Quinze minutos depois, Tobias voltou do andar térreo trazendo uma garrafa térmica e uma resposta da conversa com a polícia. Até agora não havia sinal dos dois estranhos visitantes. Se eles não tivessem pulado o muro de trás para ir embora, certamente ainda estariam lá dentro; fazendo o quê, só Deus sabia.

– Quem atendeu na delegacia foi o Maurício, aquele que prendeu o finado Terezão...

– Sei quem é o Maurício.

– ...e ele disse que não vem nem arrastado ao cemitério. Disse que os arrombadores de túmulos que fossem à merda.

– Ele tava "bravinha", é?

– Ele tá é puto de ter de cobrir plantão numa noite dessas. Que dirá de sair do morninho da delegacia para pegar gente abestada no cemitério! Ele não vem nem arrastado.

– Aqueles dois devem ter congelado e morrido lá dentro.

Tobias serviu-se do café morno, estendendo a garrafa ao amigo.

Olavo botou um pouco num copo plástico e bebeu, tentando esquentar o corpo gelado. Deus o livre de ter de sair num frio desses. Estava vestindo apenas uma jaqueta de couro forrada com pele de carneiro. A calça *jeans* parecia incapaz de esquentar suas pernas. Certamente a temperatura atingira algum número abaixo de zero. Não se lembrava de ter enfrentado noite tão fria em toda a sua vida, ainda mais em pleno verão. Aquelas últimas duas noites haviam sido algo extraordinário; afinal, nem mesmo a previsão meteorológica mais incompetente deixaria escapar mudanças tão radicais.

Tobias tirou a garrafinha de pinga de dentro da jaqueta, servindo-se de uma boa dose, e colocou o frasco na mesinha em frente, junto à janela, próxima da garrafa de café. Ele e Olavo continuaram a vigília inusitada, esperando pelos dois malucos sem blusa, invasores de cemitério.

Olavo consultou o relógio. Vinte para a uma da manhã. Aqueles dois já estavam lá dentro há quase vinte minutos.

Os dois amigos do Instituto Médico Legal permaneceram no mais absoluto silêncio, na mais absoluta monotonia, já que nada de novo acontecia. Olavo permanecia indiferente ao fato de não poder ir embora, em contraponto a seu amigo, queixoso pela impossibilidade de o caminhão do IML trafegar pelas ruas cheias de gelo. Como nada havia para fazer, vigiar o cemitério continuava sendo o espetáculo da noite, naquela grande janela que, agora, mais que tudo, se parecia com uma grande televisão, mediante a atenção dispensada pelos recolhedores de cadáveres da cidade de Amarração.

Por mais cinco minutos tudo continuou igual, até ouvirem aquele estranho barulho. Os dois sobressaltaram-se. Ouviram um grito. Uma voz atormentada cortando o silêncio da noite.

– Que foi isso?

– Acho que um dos malucos caiu em uma cova aberta – especulou Olavo.

– Ou isso, ou viu um fantasma zanzando no cemitério. Há, há, há, há!

Tobias só parou de rir quando o vidro da grande janela começou a vibrar. Os dois se arrepiaram, assustados. Que diabos era aquilo? O vidro vibrou barulhento por alguns segundos, parando somente depois de a folha esquerda trincar, de cima a baixo, voltando, então, à sua costumeira imobilidade. Tobias benzeu-se.

– Troço esquisito, tchê.

Olavo concordou, balançando a cabeça. Não sabia o que pensar. Talvez o vidro tivesse recebido uma rajada mais forte de vento. Talvez. Mas que era esquisito, era. O silêncio voltou a imperar no prédio de dois andares do Instituto Médico Legal.

Os dois permaneceram em vigília, aguardando mais esquisitices se somarem àquela noite memorável. Cinco minutos depois, assustaram-se novamente. Um baque surdo misturado com um som metálico fez-se ouvir bem atrás deles, vindo da direção em que ficavam as geladeiras. De novo um frio percorreu a espinha da dupla assustada. Ao se virarem para verificar, seus corpos paralisados deixavam apenas os olhos se movimentar freneticamente de lá para cá na sala.

– Só faltava essa – murmurou Tobias, visivelmente assustado. – Os mortos também reclamarem do frio.

– Deixa disso, homem. Deve ter um gato safado se escondendo do frio aqui dentro. Acho que o barulho veio do refeitório. Lembra quando aquele gato do cemitério entrou aqui para fuçar na comida? Então.

– Pode ser. Mas eu já estou ficando encucado com essas trapalhadas de hoje.

– Que trapalhadas?

– Hoje teve um monte. Por exemplo, ninguém explicou como aqueles três soldados morreram congelados.

– Vai ver eles estavam de sentinela ontem à noite. Cê viu quanto nevou de madrugada?

– Não, quando acordei só encontrei água rolando pela sarjeta.

– Pois é, às vezes os pobres estavam de sentinela e, quando perceberam, já estavam quase mortos.

– Dentro do galpão? Du-vi-de-ó-dó – mais uma vez o barulho se propagou pelo recinto, fazendo-os sobressaltar.

– Por que você não vai lá ver?

– Eu não, Tobias. É tu que tá se cagando.

Tobias não retrucou. Olavo já estava voltado para a janela, examinando o cemitério. Para Tobias restou apenas acompanhar o amigo. Três minutos depois, Tobias dormia profundamente, mas foi acordado pelo amigo.

– Olha lá, olha lá. Eles estão voltando.

Tobias esfregou os olhos para recuperar a plenitude da visão. E o que viu foram dois homens saindo do cemitério pelo mesmo portãozinho frontal por onde tinham entrado. Mas havia algo errado naquela visão, algo que não estava apropriado. Não era o andar trôpego, típico dos embriagados, não era isso. Eram as...

– Blusas! Olha lá, Olavo. Os caras não estavam com blusas.

– É verdade, talvez eles as tenham colocado agora. Tão de terno e gravata.

– Não, senhor, eles entraram sem carregar nada, com as mãos abanando.

Outra vez o baque metálico soou atrás dos dois, agora com uma importância secundária. Se os dois agentes do IML soubessem qual era a natureza daqueles barulhos estranhos, deixariam de lado o interesse por aqueles dois do cemitério e tratariam de bolar um jeito de darem o fora dali o mais rápido possível. Entretanto, o interesse pela novelinha ao vivo era superior ao receio.

– Tem certeza, Tobias?

– Ô Lalá, é claro que eu te...

Tobias interrompeu o que dizia para estender o dedo indicador direito, fazendo Olavo voltar os olhos ao portão do cemitério.

– Peraí! O que é isso? – espantou-se Olavo, ao ver a dupla de invasores saindo somente agora do cemitério.

Olavo, de tão espantado, levou a mão à boca. Tobias limitava-se a observar o quarteto do lado de fora do cemitério, tentando entender o que acontecia. A primeira dupla, andando melhor agora, abandonando o jeito ébrio de caminhar, já estava na metade da rua, enquanto a dupla original, a que de fato invadira o cemitério, saía pelo portão.

– Eles, aqueles de terno e gravata, poderiam ter invadido o cemitério primeiro, antes deles, antes de a gente sentar aqui para olhar.

– Pode ser, Olavo. Mas que troço esquisito, hein?

Tobias voltou a olhar para a primeira dupla, com ternos escuros, impecáveis, como se tivessem se vestido naquele exato momento. Quando fez uma conexão com o cenário todo, um frio assustador ainda maior percorreu-lhe a espinha.

– Olavo, olha de novo para aqueles dois de terno: tem coisa muito errada nisso aí.

– O quê?

– Olha a cabeça daqueles dois que a gente viu invadindo. Estão cobertas de neve; já a cabeça dos dois de terno, não, elas estão lisinhas, só cabelo. E olha para os ternos. Estão limpos, sem neve nenhuma. As roupas dos outros dois estão forradas de neve. Deus me livre do que eu tô pensando!

– Em que você tá pensando, homem?

– Parece que aqueles dois foram tirados de algum lugar, como se estivessem guardados para sair agora, que nem criança em dia de festa. Deus me livre, Olavo, mas dentro do cemitério só defunto fica guardadinho. O jeito que eles saíram andando... Ai...

Olavo armou um sorriso, mas a descontração foi quebrada por outro baque metálico às suas costas.

CAPÍTULO 11

Os dois entraram em mais uma rua forrada de gelo. A neve precipitava-se persistente, mas amena e suave, quase natural. Um usando roupas esfarrapadas, como furtadas de um decrépito museu de cera. O outro trajando roupas comuns, roubadas de um desafortunado mortal. Conversavam tranquilamente, como duas pessoas absolutamente comuns. Mas não eram. Eles matavam por sangue. Eles andavam à noite. Eles dormiam em celas escuras e temiam o mesmo irmão. O irmão vendido. O irmão terrível. Seus corações não pulsavam. Tinham poderes sobrenaturais para se defender da fúria dos mortais, dos caçadores, dos exterminadores. Um deles podia fazer gelar o ar, podia congelar a noite. O outro podia, se for possível classificar dessa maneira, algo ainda mais incrível.

– Assim que me fiz liberto na noite de ontem, após te aguardar devidamente, tratei de encontrar um dos nossos lugares favoritos, meu irmão.

– Um cemitério?

– Ó, mas que gajo mais afoito! Mas, se te satisfaz saber, sim, encontrei um cemitério.

– E é grande como o do Porto?

– Ah, não é, não. Mas não te incomodes, Manuel. Já que tu nem sabes se ainda sabes fazer.

– Ora, pois, não vês que tu ainda sabes muito bem como congelar?

– Tens razão, ó lusitano. Tens razão.

– Mas é preciso defuntos frescos, senão de que me adianta?

– Ora, Manuel. Persistes em ser um agourento, não é?

Manuel avistou os crucifixos apontando por cima dos muros ao lado dos quais caminhavam. Seus olhos chegaram a emanar um brilho cintilante, tamanho o contentamento.

– Ora, este pequenino é perfeito – murmurou Manuel, com a costumeira voz baixa e rouca, espiando para dentro do portãozinho metálico acorrentado. – E certamente há gente fresca nas tumbas. Posso sentir o cheiro de um defunto fresco a léguas.

Inverno parou em frente ao portão metálico e empregou sua força vampírica para romper as correntes que guardavam o cemitério dos violadores de túmulos. Abriu-o, deixando as correntes cair, causando um impacto cadenciado contra a neve no chão. Os dois entraram.

Manuel sentia como se os pés caminhassem sobre uma estrada de ouro, enfeitiçado pelo cheiro das flores aprisionadas nos caixões. Sentia o cheiro de defunto fresco tão deliciosamente quanto o detectar de uma hemorragia. Percorreu os caminhos cobertos de neve sobrenatural até alcançar uma tumba onde certamente jazia um defunto fresco. Para seu truque mágico funcionar, era necessário que o defunto estivesse morto, no máximo, há cinco dias, e com os ouvidos desobstruídos de dentes de alho, a única proteção que a família poderia dispensar ao ente entregue à morte se não desejasse vê-lo perambulando pelas vilas novamente. Nenhum cheiro de alho chegou às narinas do vampiro, que ainda não testara seu truque porque descobrira algo muito interessante enfeitando a cova do morto. Na lápide, acima do breve epitáfio, havia cravada a mais bela pintura sobre a qual Manuel já pusera os olhos. Reproduzia um rosto humano com tamanha perfeição que distraíra o vampiro por mais de um minuto.

Guilherme aproximou-se silenciosamente, tentando descobrir o que encantara o irmão.

– Vê. Que pintura mais linda! É verdade que nunca botei os olhos no morto, mas certamente o rosto dele é isso aí. Nunca conheci artista capaz de tão fantástica técnica. Guilherme aproximou o rosto da fotografia.

– Realmente é uma pintura impressionante. Os contornos e os traços são convincentes. Mas não te impressiones ainda, meu irmão. Os humanos mudaram demais desde nosso último encontro. Tobia parece um caçador de criancinhas.

– Tobia! Ora, pois, não é que quase me esqueço do amaldiçoado? Como te lembraste do Tobia e toda sua raça maldita?

– Como poderia esquecê-lo? Tu esqueceste a flagelante maldade que ele fez contra minha cabeça?

– Agora tudo me volta à mente, pobre irmão.

– Não me chames de pobre, seu ingrato! – bradou violentamente Inverno.

– Continuas nervoso, não é? Pois tu quase foste morto, retirado da vida infinita por aquele mortal.

– Mas ele não conseguiu. Meu corpo foi mais poderoso do que o asno pôde esperar, e aqui estou eu. Filho do Tempo. Eu vivi e viverei quanto tempo Deus permitir – disse Guilherme. Manuel voltou a fitar a fotografia, impressionado.

– Ora, gajo. Agora vamos. Não me mates de curiosidade. Vê se tu ainda sabes fazer.

– Acordar?

– E o que mais haveria de ser?

Manuel inspirou fundo. Precisaria de ar para vibrar suas cordas vocais. Um segundo depois, fez-se ouvir aquele grito sobrenatural. Algo apavorante, que faria estremecer o mais valente, que faria chorar o mais medroso. Entretanto, para o ouvido daqueles dois, o grito pavoroso soava como música. Para os mortos frescos, aquela música era um verdadeiro feitiço, um verdadeiro convite. Um convite que os chamava para uma nova festa, a última festa. Uma festa aqui em cima, no mundo dos vivos.

Após o grito sobrenatural, os dois voltaram ao silêncio absoluto. Que os mortos falassem agora. Passaram-se alguns minutos até que o defunto se manifestasse. Começou com uma leve pancada, um som de madeira oca vibrando. Manuel deixou um sorriso frio enfeitar-lhe o rosto.

– Então tu continuas sendo o Acordador. Vejo que todos nós continuamos os mesmos.

Manuel assentiu.

Outro baque contra a madeira foi captado pelos potentes tímpanos daqueles seres. Depois mais um, com mais força.

Manuel ajoelhou-se junto à tumba. Percebeu uma portinhola de metal que deixava o som passar para fora. Dentro da tumba havia alguns compartimentos, e logo entendeu que o único vedado era onde seu defunto estava sepultado.

– Olha que diferente este pequeno mausoléu.

– Ora, pois, já não te disse que nesta terra tudo é diferente de tudo o que a gente já conheceu?

– Mas que terra é esta?

– É o que vamos descobrir. Há de ser terra do império português. Apesar do estranho som que escapa da garganta destes humanos, o idioma por eles falado é a língua portuguesa. Tu não viste ainda os insetos de ferro e luz, viste?

O pequeno Acordador franziu a cara estranhamente e depois meneou a cabeça em sinal negativo.

– Ora, mas que raios de insetos são estes?

– Eu vi. São naves que voam como moscas. E uma chama forte elas lançam, como feitiçaria.

– Chama? Olha, amigo, quando encontrarmos um desses insetos juntaremos nossas ideias, mas agora que tu me falas de chamas e de luzes... não entendo como estes altos postes de pedra sustentam luzes sem chamas. Percebeste que não existem chamas, não é?

– Como não pude perceber! E estas luzes mágicas são tão encantadoras que chego quase a temer os humanos – disse Guilherme, afagando a perna na altura do último ferimento.

O som das batidas aumentou, fazendo-os voltar a prestar atenção.

Manuel, ajoelhado, forçou a grade que selava o pequenino mausoléu. Arrancou-a do lugar, ganhando passagem. Esgueirou-se para dentro até alcançar o chão. O ar estava um pouco menos frio, porém o ambiente era bem mais úmido. Manuel podia distinguir centenas de cheiros. Lá embaixo, quase todos os odores eram conhecidos. Havia seis sepulturas. Somente uma, a do canto inferior esquerdo, estava vedada e ocupada. Chutou-a algumas vezes até fazer os tijolos resistentes se soltarem. Uma agoniada mão movimentando-se freneticamente surgiu no buraco feito pelo vampiro. A mão soltou vários outros tijolos, até a passagem se tornar suficiente para o corpo magro ganhar liberdade.

O morto-vivo abandonou o caixão e arrastou-se para fora da sepultura. A tumba escura estava vazia, e ele não tinha ideia do que fazia ali. Não se lembrava do seu último dia lá fora. Estava ajoelhado no chão frio. Olhou para cima e viu a portinhola por onde deveria sair. Seu corpo estremeceu. Os músculos doíam infinitamente a cada movimento, mesmo os menores. Sabia que estava no fundo de uma tumba. No fundo de sua tumba. Havia acabado de escapar da sepultura. Ah, que coisa horrível! Por que o haviam colocado ali? Ele não estava morto. Levou a mão ao peito. Não sentia o coração batendo. Ah, meu Deus, que coisa horrível! Perguntou-se o que estaria fazendo ali. Ele não tinha resposta. Uma mão surgiu, entrando pela portinhola, acompanhada de uma voz rouca e paciente.

– Vem, meu filho. Vem e eu respondo às perguntas.

O morto-vivo segurou a mão auxiliadora que o pôs para fora da tumba.

Manuel ajeitou seu acordado e deu-lhe três tapinhas nos ombros. O recém-desperto era bem mais alto que eles dois, tendo quase dois metros de altura. Manuel precisou olhar bem para cima para encarar sua obra. Antes que abrisse a boca, percebeu uma sombra cambaleante movendo-se naquele mesmo corredor do cemitério. Pela maneira com que a figura caminhava, logo viu que não se tratava de nenhum zelador de mortos, e sim de mais um ressuscitado.

– Aproxima-te, criatura! – gritou Manuel, com as mãos em concha em volta da boca. O homem caminhou, deixando todos em silêncio por uns três minutos, até que ele os alcançasse.

– Ó gajo, mas tu saíste daí debaixo sozinho?

O homem tinha os olhos assustados como os de uma criança prestes a chorar. Era baixo como o Acordador, com uma barba negra envolvendo toda a face pálida. O primeiro a despertar, aquele ajudado pelo vampiro, foi o primeiro a perguntar:

– Por que estamos aqui?

– Ora, gajo, mas que pergunta! Quer dizer que tu não sabes que lugar é este?

– Eu sei – murmurou o ex-defunto.

– Aqui é o cemitério – emendou o barbudo, com voz chorosa.

Inverno permanecia encostado em uma tumba, limitando-se a assistir à conversa do irmão com as duas criaturas. Ouviu um ronco de motor e varreu o céu com sua visão, buscando o inseto voador. Avistou-o bem distante, arremessando aquela linda faixa de luz para o chão, a procurá-los. Percebeu que estava bem longe e não vinha em direção ao cemitério. Deveria estar preocupado com outra coisa no momento. Virou-se na direção de Acordador, fazendo menção de chamá-lo, mas notou que o irmão já admirava a criatura celeste e distante.

– Vós dois estais aqui porque eu vos acordei do sono dos mortos. Vós estáveis entregues ao silêncio eterno, onde os vermes estúpidos da terra iriam profanar vossa carne. Eu vos retirei.

– Para quê? – inquiriu a voz chorosa do primeiro desperto.

– Ora! Para que façais o que estáveis por fazer. Eu não tenho uma tarefa hoje. Eu estava apenas experimentando meu dom, que não exercia havia muitos anos. Aposto que vós nunca ouvistes falar do Acordador, ouvistes?

Ambos balançaram a cabeça negativamente.

– Se nenhum de vós tem uma vingança guardada no coração, apenas voltai para vossas casas e atormentai vossas famílias. Todos estão certos de que ambos estão mortos. Mas agora não estão. Ide lá e dizei a todos que o Acordador voltou e vai acordar todos os mortos. Ide!

Os dois começaram a caminhar de maneira cambaleante, fazendo a neve crepitar mais alto a cada passo desconcertado. Os músculos doíam fortemente, fazendo-os parecer bêbados.

– Não vos preocupeis com as dores, filhos. Elas logo desaparecerão – tranquilizou a voz rouca do vampiro.

Guilherme afastou-se da tumba e juntou-se ao amigo eterno, aproximando-se e pousando uma das mãos no ombro do baixinho.

– Vem, Manuel. Vou te mostrar onde passei minha primeira noite. Foi aqui mesmo, neste cemitério. Há uma porção de tumbas seguras e aconchegantes. Vem ver. Precisas encontrar uma para ti. Acordador concordou com um balançar de cabeça e seguiu o irmão.

– Eu quero roupas novas – resmungou atrás de Guilherme.

✠ ✠ ✠

Dessa vez Tobias não se conteve e levantou de um salto, virando-se rapidamente para trás.

– Que gato, que nada, Olavo. Eu sei o que é! – gritou o homem, apavorado.

Olavo não sabia se ria ou se acalmava o amigo medroso e desesperado.

Apesar do pensamento atordoado do companheiro, não fez nem uma coisa nem outra. Após o baque seguinte, restou a ele apenas se juntar a Tobias no desespero. O barulho não vinha do refeitório. O barulho não era provocado por nenhum gato escondido do frio. O barulho vinha diretamente das geladeiras, e cada vez os baques aconteciam com menor espaço de tempo. Seus olhos ficaram vermelhos com a aceleração do coração. E o coração acelerou tanto que Olavo teve medo de sofrer um ataque. A cada baque, era uma porta dos gavetões da geladeira que sacudia. Era como se os defuntos lá dentro estivessem vivos. Era como se eles quisessem escapar, prontos para fazer alguma maldade. Era como se eles tivessem acordado. Era apavorante. Verdadeiramente apavorante.

– Vamos sair daqui, Olavo.

– Eu não acredito nisso. O que está havendo?

– Eu não sei, cara, mas vamos dar o fora.

Tobias arrastou Olavo para longe da janela e afastaram-se colados à parede, vagarosamente, evitando se aproximar das portas da geladeira. A intensidade das batidas foi aumentando, e tornaram-se ensurdecedoras. Os cadáveres socavam as portas metálicas, tentando abri-las. Os dois chegavam junto da escada quando o pior aconteceu. Uma das portas metálicas destravou, abrindo-se completamente, deixando livre o corpo que guardava. Olavo estacou amedrontado, enquanto Tobias descia desesperado. Olavo sentia-se a bordo de um pesadelo apavorante, e, como em seus pesadelos, os pés pareciam se transformar em chumbo a fixá-lo ao chão, sem permitir que se movesse, até vislumbrar a pior das cenas – o que o faria despertar. Uma nuvem de vapor formou-se na boca do compartimento gelado, turvando a visão de Olavo. Mesmo assim ele enxergou duas mãos fortes saindo da geladeira, que forçaram e fizeram o gavetão deslizar para fora, por cima dos pequenos rolamentos. As mãos saíram da gaveta, agarrando-se nas beiradas e dando impulsão para que o corpo se levantasse.

O corpo era de um jovem negro completamente nu. O homem esforçou-se, fazendo caretas, até estar completamente sentado. A gaveta em que estava era a mais alta, numa fileira de três. Sentado, sua cabeça quase tocava o teto.

Olavo permaneceu parado, perplexo. Poderia descer correndo e acompanhar Tobias na fuga, mas aquilo era incrível demais para não ser presenciado. Jamais alguém acreditaria nele não fosse a presença de Tobias. Repentinamente, Olavo virou a cabeça para os degraus da escada. Ouviu um barulho lá embaixo. Tobias, ao sair correndo, deveria ter derrubado alguma coisa.

Nervosamente, Tobias tentava encontrar a chave correta para abrir a porta frontal. Usava aquela chave toda maldita noite, e agora o aparvalhamento lhe tomava a chance de fuga. Como, por Deus, aqueles defuntos poderiam estar vivos? *Se estavam vivos, não eram mais defuntos*, pensou. Girou a chave. Uma gota generosa de sangue foi ao chão ladrilhado. Na busca frenética pelas chaves na gaveta do arquivo metálico, o botão que prendia o extremo da manga de sua jaqueta enroscou em algum parafuso interno da gaveta. Quando Tobias fez força para soltá-lo, o botão cedeu, e a parte superior de sua mão bateu contra a proteção metálica da boca da gaveta, provocando um corte extenso e sangrento. Um barulho assustador se fez ouvir, semelhante ao que os defuntos-vivos produziam nos gavetões dentro das geladeiras.

Tobias abriu a porta por onde poderia sair. Olavo não desceu, mas ele não estava nem um pouco afim de ficar ali. Um vento frio invadiu o andar térreo do IML, intimidando a vontade de Tobias. O carro continuava encalhado na neve. Impossível utilizá-lo. Teria de correr. Sua casa estava muito distante, mas um compadre morava a algumas quadras dali. Se houvesse alguém em casa, seria sua salvação contra o frio e os mortos-vivos do IML. Tobias avançou para o pátio coberto de neve, agora muito mais espessa, quase na altura dos joelhos. Começou a atravessar o pátio, parando apenas quando seus olhos encontraram os de um homem baixo do outro lado da rua, parado em frente ao cemitério. Tobias segurou a respiração por um instante quando percebeu estar sendo vigiado. Eram aqueles dois estranhos sem blusas. Um era alto, vestido com roupas simples. O outro, o que mantinha os olhos fixos nos dele, trajava trapos velhos, que em várias partes deixavam seu corpo exposto. Vendo-os ali, naquele frio congelante, sem demonstrar nenhum desconforto, Tobias teve certeza tratar-se de dois seres inumanos. O poder daqueles olhos frios que o mantinham fixo no lugar transmitia uma evidente capacidade de materializar o mal de uma forma tão intensa que de modo algum aqueles olhos poderiam pertencer a seres humanos comuns. Tobias sentiu toda a sua vontade ser drenada de seu corpo. O corte na mão tingia o chão branco com o vermelho-vivo. Foi nesse momento que Tobias foi tomado de verdadeiro terror e pânico. Como o pulsar de seu coração, Tobias sabia que aquele homem de olhar sinistro acompanhava o ritmo em que o sangue se esvaía de seu corpo. O homem de olhar sinistro queria o seu sangue. Ambos estavam imóveis. Olhos nos olhos. Olavo não apareceu mais. Lágrimas brotaram nos olhos de Tobias. Ele sabia que nunca mais veria o amigo. Sabia que nunca mais veria aquela neve maldita em pleno verão. Afinal de contas, o homem de olhos congelantes não estava mais do outro lado da rua, pois em menos de um segundo estava ali, parado bem na sua frente. Aquilo não era um homem, certamente. Qualquer homem comum não conseguiria saltar por sobre os muros do Instituto e percorrer aquela distância em menos de um segundo. Nenhum homem comum possuía presas tão longas. Nenhum homem comum tinha a pele tão estranha... tão alva. Nenhum homem comum tinha tanta força para imobilizar um corpo. Nenhum homem comum cravaria caninos em seu pescoço sem causar dor. Nenhum homem comum sugaria sangue.

Inverno, visivelmente enraivecido, aproximou-se do companheiro vampiro.

– Ora, diabos! Por que atacaste o pobre?

Manuel não deu ouvidos à irritação de Inverno e continuou prostrado sobre o corpo de Tobias, drenando-lhe o sangue através das fissuras que providenciara com seus caninos longos. Inverno desferiu-lhe um potente chute na altura do estômago. Os olhos ardiam como brasas, transfigurando sua face plácida, revelando a verdadeira personalidade.

Acordador rolou na neve, abandonando o corpo inerte do agente do IML. Seus olhos também assumiram a cor vermelha, imitando os de Guilherme.

– Ora, pois! Por que diabos nossa espécie se alimenta de sangue?

– Eu te dei uma quantidade generosa para trazer-te de volta. Abandonei um corpo, um rastro. Agora tu fazes mais um. Vamos deixar um rastro em cada quinta? Em cada vila? É isso que queres? Logo eles vão providenciar caçadores e nosso inferno começará de novo.

– Vamos esconder este aqui – sugeriu Acordador, com os olhos transtornados e a boca sangrenta, quase suplicando.

Inverno voltou para cima de Manuel, acertando-lhe outro chute potente, fazendo-o rolar várias vezes pela neve, deixando um rastro vermelho por onde o amigo se arrastava.

– Não! Parece que ficaste burro com o sono! Não podemos esconder aqueles dos quais nos alimentamos. Já trouxemos desgraça demais para o pobre. Ele tem de ficar aqui e ser encontrado pelos seus. Deixa-o receber os tratos funerais, ora, pois!

– Mas eu senti, meu irmão. Eu senti – bradou, choroso, o vampiro golpeado e ainda no chão.

– Sentiste? – o tom da voz era de alguém incrédulo e ao mesmo tempo curioso.

– Sim. Ou achas que mato estes como tu, pelo simples desejo?

Inverno fez menção de atacar Acordador, mas foi golpeado antes que chegasse ao alvo. Manuel, usando de sua velocidade vampírica, levantou-se e atingiu Guilherme antes que o vampiro percebesse. Inverno recebeu um murro nas costas que o fez ir ao chão. Não estranhou o fato de não ter conseguido prever o contragolpe do companheiro; afinal, ele estava repleto de energia, acabara de ingerir sangue vivo.

– Pelo que sei, Guilherme, és tu quem mata mais que todos nós. Mas eu mato somente quando sinto.

– Não. Sabemos que isso não é verdade. Tu matas quando queres.

– Mato quando odeio. Mato para nos defender. E quando mato por ódio eu não tomo do sangue, tu sabes. Assim, eu posso escondê-los, como um assassino qualquer. Sem a marca, sem o remorso... só o flagelo.

Os olhos de Inverno apagaram-se simultaneamente aos de Acordador, devolvendo-os à calma.

– Vamos, toma as roupas deste pobre. Teus farrapos não cobrem quase mais nada – aconselhou Guilherme, num tom desconsolado, como se algo o transtornasse.

Um minuto depois Manuel já estava vestido de Tobias. Não colocou o blusão do homem. Não sentia o frio. Sentiria somente se quisesse, mas agora não queria. Vestiu a calça *jeans*, apertando bem o cinto de couro para que ela parasse em sua cintura. Os estranhos sapatos precisavam de um laço na parte superior. A Manuel lembravam botas, mas eram tão coloridas! Só se fossem as botas de um bufão. A camisa não cheirava bem, e a gola estava com uma forte mancha vermelha. Não lhe agradou muito a estampa, mas por ora eram melhores que os andrajos apodrecidos que cobriam seu corpo. Depois se preocuparia com vestes decentes.

Inverno aproximou-se.

– Mas é verdade o que alegas? Tu realmente sentiste que estava para acontecer?

Manuel limpava a face com a jaqueta descartada. Interrompeu a tarefa para responder ao vampiro.

– Sim, eu senti. Parecia que ele ia voltar a bater, a pulsar, a me devolver o corpo morno. E tu sabes que, quando isso acontece, mesmo que a gente queira... ora, pois! Que afronta! Tu sabes melhor do que eu. Para que explicar?

Inverno, o homem de rosto soturno, ajeitou novamente o cabelo castanho de fios longos, pois o tombo havia desarrumado toda sua figura. Limpou a neve da cabeça e sacudiu a roupa.

– Eu conheço essa loucura. Eu conheço essa loucura muito bem. Só tenho medo de ela vir me atacar assim, tão rapidamente, tão súbita.

– É incontrolável. E esse pobre estava sangrando. Como pedindo para ser atacado por um de nós.

Inverno meneou a cabeça, concordando. Um barulho vindo da construção atrás deles chamou a atenção.

O defunto negro pulou de cima da gaveta e soltou um grito dolorido ao bater no chão.

Olavo prendeu a respiração, atormentado. Seria possível aquilo estar acontecendo?

O jovem negro ficou encolhido no chão, chorando. A intensidade das pancadas provenientes de dentro das geladeiras tinha reduzido. Agora eram esporádicas, porém ainda fortes.

O jovem negro levantou-se repentinamente, assustando Olavo.

– Eu estou morto?

Olavo balançou a cabeça afirmativamente, levando uma das mãos à boca, ainda incrédulo. O corpo forte do soldado, com músculos definidos, conservava uma aparência saudável. O que destoava, tornando-o repelente, era o tom desbotado de sua pele negra, que pela falta de sangue e pelo excesso de frio tornara-se cinza.

– Quem me matou? Quem me matou?

Olavo apenas conseguiu sacudir a cabeça em sinal negativo. Sua voz teimava em abster-se. Ambos, defunto e vivo, captaram um choro infantil cortando repentinamente a sala. Era o choro de uma menina.

O jovem negro tampou os ouvidos com as mãos. Lágrimas encheram os olhos de Olavo.

Era o choro de uma menina morta.

O negro caminhou até a geladeira e, com certa dificuldade por causa das dores nos músculos dos braços, abriu a porta da gaveta de onde vinha o choro sofrido. Fez o gavetão deslizar sobre as roldanas, libertando o cadáver infantil de sua cela gelada. Do meio das nuvens frias, um par de bracinhos saltou, agarrando o pescoço do soldado, enroscando-se como um bichinho assustado.

A criança chorava copiosamente, desamparada, desesperada.

– Eu morri! Eu morri! – gritava a garota.

O soldado ergueu-a, colocando-a no chão, livrando-se de seus bracinhos fracos, certo de que estava tão confuso quanto ela e despreparado para uma situação de afeto.

– Estamos mortos – disse ele baixinho. – Fomos arrancados da aventura.

Olavo, lentamente, começou a descer as escadas. Iria trancar o prédio e prendê-los lá dentro. Chamar as autoridades. Chamar alguém. Alguém precisava vê-los vivos, além dele e Tobias. Poderiam ser chamados de loucos. Quando chegou ao andar térreo, viu que Tobias havia largado a porta aberta e levado a chave. Tomara que tivesse deixado o portão destrancado. Via as grades fechadas, mas poderiam estar apenas encostadas. Correu, atravessou a sala térrea e a porta, ganhando o pátio externo coberto pela neve. Foi lá que estacou, paralisado pelo medo mais uma vez. Havia dois homens parados no meio do pátio. Um magro e grandalhão e um outro baixinho e troncudo. E, perto deles, cravado na neve, um corpo nu caído. Mesmo assustado com a presença dos dois estranhos, Olavo caminhou lentamente em direção ao corpo. Imaginava a quem pertencia, mas precisava ter certeza. Os pés afundavam na neve, que quase encobria seus joelhos, drenando-lhe as forças e o equilíbrio. Levou um tempo eterno até alcançar o corpo. Quando aproximou-se o suficiente, não teve mais dúvida. Era Tobias quem jazia naquele chão de gelo. De sua garganta havia escorrido muito sangue, cujo escarlate manchava a neve ao seu redor. Olavo chegou a se espantar com a aparência do sangue penetrando a neve. Nunca havia presenciado situação igual. Chegava a parecer que alguém distraído havia derrubado raspadinha de groselha por todo lado. Os olhos do amigo estavam estalados, com pequenos cristais de gelo percorrendo a face, como se ele tivesse chorado antes de morrer e suas lágrimas estivessem agora congeladas, posto que neve já não caía havia algum tempo. Olavo quase perdeu a respiração quando uma forte e gélida mão tocou-lhe o ombro. Era o baixinho que o forçava a se virar.

– Para o teu próprio bem, é melhor que te vás agora. Quando amanhecer, tu retornas e o levas para a igrejinha. Diz ao padre para encomendá-lo com muito carinho, assim a porta não se fecha.

Olavo manteve-se calado. Eram seus olhos que agora estavam perplexos. Quem eram aqueles dois? E por que o que lhe falava tinha um sotaque português tão carregado? E aquelas roupas? Tinha quase certeza de que elas eram de Tobias. Que tipo de louco mata alguém para roubar roupas tão pobres?

– Foi você que matou meu amigo?

O baixinho já estava de costas e caminhava em direção ao homem alto. Nenhum dos dois respondeu. Olavo ficou parado, olhando os dois por uns minutos, congelando no frio da madrugada.

– Vai-te embora, filho. Não te mistures conosco – ordenou novamente o baixinho.

Um som vindo de dentro do predinho do Instituto chamou a atenção do trio. Uma vez mais a porta se abriu, mas desta vez ninguém a atravessou desesperado. Por aquela porta passaram seis ex-defuntos nus. O jovem negro-acinzentado vinha à frente, puxando pela mãozinha esquerda a garotinha, a única que ainda chorava. Atrás dele vinha um sujeito com um corte aberto e seco no abdome e vários cortes abertos nas costas, dando a impressão de ter sido esfaqueado à exaustão. O sangue fora limpo, e era possível contar com certa rapidez quantas vezes o assassino lhe havia enfiado a faca nas costas. Doze vezes, mais a facada da frente, eram treze. O número do azar. Ao lado deste vinha um homem com uma marca roxa em volta do pescoço, como se alguém o tivesse enforcado, ou talvez ele mesmo tivesse dado cabo de sua vida.

Olavo o reconheceu: era o Terezão, um dos homens mais malditos da região. Bandido perigoso. E agora estava vivo novamente. Ah, Deus, que azar! Olavo deu alguns passos para trás, pisando no braço de Tobias, perdendo o equilíbrio e indo ao chão. Abençoado tombo. Caiu em cima do molho de chaves, encontrando-o finalmente. Levantou-se e correu para o portão. Abriu-o, passou por ele e, como todos daquele *show* fúnebre estavam longe, teve tempo de trancá-los por fora. Precisariam escalar o muro e saltar o portão para escapar. Isso lhe daria tempo para fugir. Olavo pôs sebo nas canelas e desapareceu na rua coberta de neve.

Atrás do esfaqueado e do enforcado vinham dois jovens nus. Inverno teve a impressão de conhecer um deles. Seria possível?

O sexteto caminhava lentamente pelo pátio, andando em direção ao portão. Atravessariam o pátio nevado inteiro sem olhar para o lado, não fosse a intromissão de Manuel.

– Então vós também ouvistes o meu chamado?

Os seis viraram-se devagar, interrompendo a marcha. Ao contrário do que parecia, nenhum deles, exceto a garotinha ainda chorando, tinha ar abobalhado. Estavam um pouco apavorados, mas poderiam se tornar ariscos a qualquer momento. Essa era a impressão.

– Que tipo de casa é essa que guarda mortos? – perguntou Acordador.

– Ora, eu não sei. São muitas as casas que guardam mortos, meu irmão.

– Mas que tipo de casa é essa? Esta é minha pergunta.

– Ora, deixemos isto de lado e vamos tratar destes aqui. Será que alguém dentre vós guarda algum rancor no coração?

Acordador aproximou-se dos seis mortos, parando no meio de um semicírculo, rodeado por eles.

– Algum dentre vós guarda vingança, algum rancor?

Todos estavam silenciosos. A menina parara de chorar e era a única que precisava erguer a cabeça para enxergar bem o interlocutor. O esfaqueado foi o primeiro a falar.

– Eu sei quem me matou. Sei quem segurava a faca maldita que deu cabo de minha vida.

– Pois vê que coisa maravilhosa. Agora tu podes tornar-te o flagelo dessa pobre alma. Podes matá-lo também, se é que esse é teu maior desejo, mas devo advertir-te de que existem castigos ainda piores que a morte, agora que tu és um morto que caminha.

– Então é verdade? – reclamou a menina.

Manuel apenas balançou a cabeça, confirmando. Os três homens à direita – o negro e mais dois jovens – pareciam não prestar atenção na conversa de Acordador, mantendo os olhos fixos em Guilherme, que os encarava igualmente.

– Todos vocês estão mortos.

– Mas tu nos ressuscitou, não é? É nosso ressuscitador?

– Não. Eu não ressuscito ninguém. Quem ressuscita é o Senhor, teu Deus. A mim isso não foi permitido plenamente. – Manuel dobrou uma perna, apoiando-se sobre o joelho direito, ficando na mesma altura da garotinha. Afagou-lhe a cabeça, ajeitando seu cabelo infantil. – Tenho poder apenas para criar-te uma horrenda prorrogação. Um tempo a mais para limpar teu coração e vingar tua morte.

A menina virou-se para o caminhoneiro esfaqueado. O homem encarou-a de modo sereno, como se estivesse se entregando a seu julgamento. Depois ela voltou os olhos cândidos para Acordador.

– Ele não teve culpa...

Acordador levantou-se espantado. Limpou ligeiramente a neve grudada no joelho.

– Mas isto parece uma novela portuguesa! Quer dizer que tu mataste a menina e depois te juntaste a ela no Vale Negro?

– Você conhece o Vale Negro?

– Ó gajo, mas que pergunta mais descabida! – Manuel voltou-se para Guilherme com cara sorridente. – Olha cá, companheiro. Este me pergunta se eu conheço o Vale Negro.

Os três soldados deram um passo, afastando-se do grupo. Guilherme desmanchou a cara sorridente com que retribuíra o amigo e voltou-se para eles, mostrando-se sério. Agora se lembrava de onde conhecia aqueles três. Eram os soldados que congelara logo após despertar. Como esclarecer àquelas pobres almas que não fora sua vontade congelá-las? Talvez fosse culpa sua apenas a morte prematura de um deles, mas este, certamente, também morreria preso ao gelo. Inverno havia somente adiantado um pouco as coisas para ele. Sabia que os três logo estariam em cima dele, cobrando-lhe explicações.

– Se sou capaz de retirá-los do Vale Negro, não é evidente que eu conheça esse local e todas as suas artimanhas?

Todos os mortos permaneceram em silêncio. Somente o esfaqueado voltou a falar.

– Mas se estávamos lá, prontos para começar nossa aventura, por que nos trouxe de volta a este mundo ruim?

– Ora, mas que aventura mais chata seria esta... Com o coração cheio de rancor... Só faria atrapalhar-vos o caminho. Demoraríeis cem anos e não chegaríeis sequer aos portões do inferno. Uma eternidade de pesadelos, até o dia em que encontraríeis vossos algozes lá no Vale Negro.

– Não compreendo o que você fala, Ressuscitador – resmungou a garotinha.

O enforcado meneou a cabeça negativamente, dando a impressão de concordar com a menina.

– Olhai, entendei que eu só trago de volta à Terra aqueles que se sentem injustiçados, aqueles que não estão em calma. Eu crio um atalho para desfrutarem posteriormente no Vale Negro. Eu vos sirvo neste propósito. E vós retribuis criando o caos. Criai o caos e nos dai tempo. É assim que funciona. É uma troca de tempo. Mantendo as pessoas ocupadas, para nós nos ocuparmos das pessoas.

Manuel voltou a ajoelhar-se na neve.

– Vai, encontra tua casa, minha querida, e transforma tua mãe numa louca. Este aqui, esfaqueado, é teu pai?

– Não.

– Então vai e transforma teu pai num doido. Quero os dois gritando nas ruas como assombrados pelo próprio capeta. Assim tu me crias tempo.

– Por quê?

– Olha, se este esfaqueado não tem culpa, então teus pais é que têm culpa por tu estares morta. Vai e mostra a eles tua gratidão.

A garotinha abandonou o grupo e caminhou em direção ao portão trancado.

– E tu, sabes quem tem culpa em tua morte?

Terezão levou rapidamente a mão ao pescoço. Balançou a cabeça afirmativamente e partiu atrás da menininha.

– E tu? Tu já me disseste que sabes quem te cortou. Vai-te embora e cria-me tempo. Destrói aquele que te matou. E, se não for pedir muito, deixa alguém louco também. Como já disse, tem castigo que é pior que morrer.

Vladimir, o esfaqueado, deu as costas para Manuel, mostrando as doze perfurações, e foi embora, ajuntando-se aos outros mortos que escalavam o muro tentando transpor a barreira metálica.

– E vós três, já sabeis de quem vos vingar?

O negro balançou a cabeça afirmativamente.

– Ô gajo, segura estes três! – protestou Inverno.

– Então ide e vingai-vos – ordenou Manuel, sem entender o receio do amigo.

Os três soldados partiram em marcha acelerada para cima de Inverno.

– É melhor que vós três desistais. Eu não posso matar-vos novamente, mas posso deter-vos eternamente, se preciso for.

Os três pareciam não escutá-lo. Afinal, fora aquele estranho homem o responsável pela interrupção de suas vidas. Iriam matá-lo. Retribuir com a mesma moeda era o objetivo do trio.

– Vês o que fizeste! – bradou Inverno contra Manuel. – Agora estes três vão me infernizar por cinco dias!

O jovem negro saltou sobre Inverno, levando-o ao chão.

– Agora chega! Não vos atrevais a me enfrentar! – gritou o vampiro. – O que eu fiz, posso fazer de novo.

– Não, vamos te matar!

– Não se mata o que já está morto!

Inverno arremessou o negro para o alto, fazendo-o subir como uma bola, como um brinquedo infante. O corpo do defunto estatelou-se do outro lado do pátio, caindo em cima do caminhão de carregar cadáveres, provocando um barulho alto e impactante. Inverno colocou-se de pé e, quando o outro soldado saltou para cima dele, teve maior facilidade em se desviar usando sua velocidade vampírica. O jovem soldado não teve tempo de entender o que acontecia. Saltou para agarrar o vampiro, mas acabou se chocando contra o muro lateral do pátio do IML. Quando o terceiro soldado tentou atacar, percebeu que algo errado acontecia. Não conseguia se mover. Pela primeira vez, após acordar, voltava a sentir o frio. Inverno manteve o braço estendido na direção do soldado até que seu corpo congelasse completamente. Fez a mesma coisa com o soldado caído perto do muro e tratou de congelar também o negro, que voltava para atacá-lo.

A fúria já havia desaparecido de seu semblante. Com olhos mais calmos, voltou-se para Manuel.

– Ora, pois, me arranjaste uma boa. Agora tenho meus próprios fantasmas a me assombrar. Tomara que fiquem aí, quietinhos, pelos cinco dias.

– Duvido que fiquem. Logo o sol raiará.

– Tu não me ouviste gritar, ó pá?

– Ouvi, mas não te entendi. Como eu ia adivinhar que em apenas um dia livre já haveria de ter mortos no teu rastro? Como?

– Isso é mais elementar que a soma de dois com dois.

Inverno olhou uma vez mais para os três soldados. Deveria guardar suas fisionomias, que agora ganhavam uma importância descabida a um simples mortal, ou para um simples morto. Quando voltou os olhos para argumentar com Manuel, percebeu que o amigo já não estava no pátio do IML, mas do lado de fora.

– Que figura!

Tratou de saltar sobre o portão com sua habilidade sobrenatural, caindo do outro lado, sem provocar nenhum som, tão suave quanto a queda de uma pluma.

– Onde vamos nos abrigar da alvorada?

– Graças a tanto movimento de teus mortos, acho que este cemitério não é mais seguro. Vamos andar e procurar abrigo. Com uma tarefa importante desta, a alvorada não tarda. Vamos procurar um humano. Precisamos de um humano.

– Pra quê, ó pá?

– Tu vais logo saber. E vais adorar.

Os dois puseram-se a caminhar pelas ruas de terra cobertas de neve na periferia de Amarração. Ao longe, ouviram o ladrar feroz de um cachorro vagabundo. Talvez o pobre animal tivesse cruzado o caminho de um dos mortos andarilhos que ganhavam rumos diferentes, buscando suas vítimas e trazendo aos vampiros o tão desejável caos.

CAPÍTULO 12

César não acreditava no que viam seus olhos. Pela segunda noite consecutiva a neve caía fartamente, infestando e enterrando a pacata e pequena cidade de Amarração. A casa estava completamente vazia; todos da USPA haviam voltado para Porto Alegre. Estava sozinho; não tinha notícias dos amigos. Tiago e Eliana continuavam desaparecidos. Deveriam estar entocados em algum motel quentinho e confortável esperando o frio sobrenatural desaparecer. Talvez, como ele próprio, estivessem aflitos; afinal, conheciam aquela neve infernal, sabiam perfeitamente quem era o sinistro remetente do frio congelante. Olavo, que prometera aparecer, não aparecera. Provavelmente também estava em algum canto aquecido tentando não se juntar ao silencioso grupo de hóspedes nas geladeiras do IML. Que fazer? Ficar lá, enfurnado na casa à beira da praia, esperando a neve derreter, não parecia a coisa mais produtiva. E se o tal Inverno estivesse zanzando por Amarração, procurando por sua amiga? A hipótese de Tiago era estranha, mas provável. Decididamente, César não estava afim de mofar dentro de casa e perder toda a agitação. Num dia normal, levaria meia hora para chegar às docas, onde provavelmente o professor estaria no momento, com os militares, bolando alguma maneira de capturar a criatura desgarrada.

César vestiu duas blusas de lã e uma jaqueta de náilon por cima. Morava numa vila praiana, de clima tropical e, apesar da fama do Estado do Rio Grande do Sul, peças contra o frio eram raras em seu guarda-roupa. Uma calça de moletom com um *jeans* apertado por cima protegeriam suas pernas. Um velho tênis All Star de cano alto foi o melhor que conseguiu para os pés. Após vestir toda aquela rouparia, sentiu-se aquecido e protegido, pronto para enfrentar a neve que caía do lado de fora. Nunca mais queria experimentar o congelamento súbito do qual fora vítima na noite passada. Abriu a porta, deixando o vento frio invadir a sala, e esperou alguns instantes para se adaptar à temperatura. Saiu para a rua, percebendo que não seria naquela noite que morreria congelado.

A rua de terra batida estava agora coberta por uma fina – porém compacta – capa de gelo, onde seus pés afundavam até os tornozelos. Agradeceu por ter encontrado o velho tênis de cano alto, mas desejou, mais que tudo, um cachecol para proteger a face do frio cortante. O nariz estava a ponto de congelar e se desprender do rosto, misturando-se à neve no chão.

César fechou os braços, cruzando-os na frente do corpo para manter-se mais aquecido. Caminhava rápido, com a cabeça baixa, evitando receber o vento gelado diretamente na face desprotegida. Jamais sequer sonhara com Amarração mergulhada em um frio tão mortificante.

Quando chegou ao limite do bairro, onde as casas acabavam dando lugar ao costado e ao matagal e (agora um imenso pasto branco, liso e imaculado), pensava em desistir e retornar para a casa aconchegante. Tinha andado apenas dez minutos, não havia percorrido nem a metade do caminho. Estava na estradinha asfaltada que o levaria até as docas. A estradinha ficava encravada entre o costado murado por pedras, junto ao oceano, e a agora planície branca. Levaria bem mais que a meia hora costumeira para chegar ao fim da caminhada. A neve atrapalhava as passadas e agora parecia um pouco mais espessa do que quando estava em frente de casa, tendo de despender mais energia a cada passo.

César olhou para cima. A lua estava encoberta por nuvens carregadas que tornavam o caminho escuro. Mesmo assim, percebeu que no meio da estrada havia marcas sulcadas na neve, como os pneus de um veículo pesado deixariam. Virou-se, olhando para o bairro que ficava para trás, acompanhando as marcas até desaparecerem no escuro. Foi quando notou, a pouco mais de cem metros, dois homens saindo da areia da praia, bem onde o muro de pedras que costeava a estrada começava. À primeira vista, pareciam dois pescadores caminhando e papeando, mas, depois de observar seus trajes, sentiu algo estranho acontecendo. Um parecia vestido normalmente; o outro parecia um maltrapilho, usando roupas, pelo menos àquela distância, sujas e esfarrapadas. O xis da questão é que nenhum estava devidamente agasalhado. O primeiro usava uma camisa fina, sem mangas, e calças *jeans*. Os dois não poderiam ser deste planeta, caso contrário já estariam congelados. Como se recebesse um cutucão bem dentro da cabeça, lembrou-se da teoria amalucada do professor Delvechio sobre a procedência das sete criaturas. Ele havia citado alguma coisa sugerindo que tais espécimes poderiam ser alienígenas. César já pensava em se abaixar e tentar se esconder quando aconteceu o que ele temia. Eles o viram e pararam de caminhar por um instante. César sentiu o vento gelado aumentar, cercando-o por completo. Sabia que ambos o fitavam e sentia o peso de olhos sobrenaturais atingindo os seus. Ficaram os três parados. O coração do humano quase parando de tanto medo. César chegou a perder a noção do tempo em que ficaram estáticos, olhos fixos uns nos outros. Sentiu a garganta seca e ferida pelo ar gelado. Sua respiração liberava compridas e compactas nuvens de vapor. Parecia que aqueles dois estavam prontos para vir correndo e atacá-lo como bichos selvagens. Poderia correr mais que eles? Se conseguisse, chegaria primeiro às docas e pediria ajuda aos militares. Estava prestes a investir na tentativa quando os dois retomaram a caminhada em direção ao bairro, rumo à Rua da Saudade. César sentiu-se aliviado e continuou com destino à base. Eventualmente, virava-se rápido, a fim de verificar se estava sendo perseguido pelas criaturas.

✠ ✠ ✠

Estavam dentro do caminhão, voltando para a base de operações. Brites ouvia o major fazendo perguntas pelo rádio, mas não conseguia responder a todas. Além de o frio tê-lo afetado, o que mais o havia transtornado foram as fortes imagens dos soldados mortos povoando-lhe a mente. Mas eles três estavam vivos, haviam resistido ao frio congelante. O tenente, absorto em suas sinistras lembranças, percebeu que um dos soldados o sacudia:

– Senhor, tem um homem na estrada, logo à frente. Pode ser o tal.

Brites ergueu-se e, com as costas curvadas, dirigiu-se para a parte frontal do veículo, onde podia visualizar a estrada iluminada pelos potentes faróis do caminhão.

O que seus olhos detectaram foi a silhueta de um homem protegendo os olhos da luz dos faróis com um dos braços na frente do rosto. A impressão fragilizada que a silhueta estampava não condizia com o comportamento da criatura que Brites vira ressurgir da morte, segundo a reportagem do professor Delvechio. O homem estava muito branco; a neve havia deixado sua cabeça parecida com um capacete de gelo, além de forrar suas roupas, e ele estava visivelmente prestes a desabar congelado. Brites viu uma série de pontos luminosos percorrer o corpo do homem; alguns se alojavam na altura do coração e outros vagueavam em diferentes partes da cabeça. Eram as miras *laser* das armas dos soldados.

– Não atirem. Ele não é o nosso homem.

Os pontos luminosos desapareceram, contudo o homem permanecia no meio da estrada parado, assombrado, ofuscado pelo farol do caminhão, sem se dar conta de que seu corpo poderia ter sido cravejado de balas de grosso calibre.

– Estacionem ao lado deste infeliz. Vamos recolhê-lo senão ele morre aí no gelo. O caminhão ultrapassou o misterioso andarilho e encostou. Ao abrir as pesadas e barulhentas portas traseiras, observaram o sujeito de perto.

Realmente seu estado era lastimável. O homem virou-se, encarando os soldados. Dois desceram e o puxaram para junto do veículo. Ele não ofereceu resistência. Parecia estar agradecido pela abordagem. Ajudaram-no a subir, abrigando-o do frio. Brites começou o interrogatório.

– Que diabos você está fazendo aqui, filho?

O homem tremia, batendo os dentes incontrolavelmente. Com uma das mãos, sinalizou ao tenente, pedindo tempo para se explicar.

– Qual é seu nome?

Gesticulou mais um pouco, aparentemente melhor.

O caminhão continuou parado, com o motor roncando, até o pedestre se refazer.

– Qual é seu nome? – insistiu o tenente.

– César.

– Que diabos você faz aqui?

– Estou indo para as docas.

– Está querendo o que por lá?

– Preciso avisá-los. Ele voltou... voltou.

Brites sabia de quem ele estava falando.

– Eu sou amigo do professor da Eliana. Me leve com vocês para as docas.

– Nós não vamos voltar lá agora – explicou Brites, com uma voz quase sumida. – Lá só restaram os mortos.

O caminhão começou a andar.

– Já que você é amigo do professor, vamos levá-lo até a base.

✠ ✠ ✠

Quando César recobrou a consciência, estava completamente perdido, deitado no chão, em cima de um amontoado de panos. Sua roupa estava molhada, e sentia bastante frio. Levantou-se no escuro, batendo contra objetos de formas quadradas, levando alguns deles ao chão. Estava confuso. Estava perdido. Onde estava?

O rapaz caminhou pela sala escura. Encontrou um interruptor. A luz clareou todo o recinto. Que diabos estava fazendo em uma sala de aula? Ali era, sem dúvida, uma sala de aula. Quadro negro, mesas escolares baixas, algumas caídas, derrubadas por ele mesmo. Num canto, onde estivera adormecido ou desmaiado, havia um amontoado de uniformes militares. Caminhou até a porta. Ouvia um murmúrio contínuo, passos, mas não via ninguém. As vozes estavam afastadas. Voltou, fechando a porta. A sala estava bem fechada, com todos os vidros cerrados, mas o frio era extremo. Em parte isso era devido a suas roupas molhadas. César retirou as peças, ficando completamente nu. Vasculhou entre os uniformes militares, procurando por peças que condiziam com sua estatura e peso. Pelo cheiro agridoce que as peças exalavam ao ser remexidas, certamente isso era roupa suja, usada pelos soldados. O frio era tanto que César resolveu descartar suas diretrizes higiênicas. Vestiu as peças que encontrou, voltando a aquecer o corpo. Estava vivo. Era isso que importava. Pensou que jamais chegaria às docas, que perderia os sentidos lá na estradinha, que se juntaria à neve e seria encoberto e esquecido, morrendo congelado. Felizmente, os soldados o haviam encontrado. *Então era isso!* Deveria haver outra base operando ali na escola municipal. Ela ficava no extremo oposto da cidade em relação às docas, o que fazia sentido. Não se lembrava com exatidão das palavras do tenente; lembrava-se apenas que a palavra morte saltara da boca do homem, revelando que nada mais havia para se fazer nas docas.

César saiu da sala e foi para o corredor de ladrilhos. Nas salas vizinhas não encontrou ninguém. No fim do corredor, o murmúrio aumentou, e conseguia-se até discernir vozes. Através da porta de vidro que dava acesso à recepção ele pôde enxergar a movimentação dos militares. Haviam improvisado um grande galpão de lona no pátio frontal da escola municipal. Passou pela porta, alcançando o pátio. No meio da agitação, percebeu um rosto conhecido: o professor Delvechio conversava com um homem vestido de padre. Caminhou entre os soldados sem chamar a atenção; afinal de contas, estava uniformizado como eles, misturando-se completamente ao ambiente. Só perceberiam que o novo sujeito não era um soldado, de fato, aquele que pusesse os olhos em seus pés. Em vez dos coturnos lustrosos, César calçava seu par de All Star.

Percebeu inúmeros aparelhos eletrônicos instalados por todos os lados, sempre monitorados por algum militar. Nenhum deles perdeu tempo em observá-lo; todos pareciam realmente ocupados com coisas mais importantes do que um caiçara vestido de reco, calçando tênis de lona.

Quando se sentiu mais à vontade, César aproximou-se do professor, entretido na conversa com o padre. Aproveitando uma pausa na conversa, cumprimentou Delvechio, interrompendo-os. O professor espantou-se ao reconhecê-lo.

– César! Agora tu é militar também?

– Não, só tomei emprestada esta farda. Na verdade, já estou sentindo minha pele formigar dentro disso aqui.

– Deve ser alergia – brincou o padre.

César riu, balançando a cabeça, concordando com o padre.

– Você sabe da minha ajudante?

– Eliana? Os dois sumiram. Ela e o Tiago. Foi por isso que enfrentei o frio e tentei chegar às docas.

– Meu Deus, que diabos aconteceu com os dois?

– Não sei.

– Quem é essa moça? – perguntou o padre.

– Minha assistente. Trabalha comigo na Universidade. Excelente moça. Este é César, um dos rapazes que encontraram a caravela – disse Delvechio. César estendeu a mão ao padre, cumprimentando-o.

– Eu sou o padre Alberto Cantor.

– Cantor?

– É só o sobrenome mesmo, porque cantar que é bom eu não canto nada.

César sorriu. Mas seu gesto não durou muito. Lembrou-se da noite fria, dos amigos sumidos e do monstro solto.

– Professor, já conseguiram capturar aquele espécime?

Delvechio meneou a cabeça negativamente.

– Fomos surpreendidos por ele novamente. Ele matou gente e levou embora nossa isca.

– Isca? Que diabos de isca?

– Eu mandei os espécimes para Porto Alegre para, além de melhor analisados, serem melhor protegidos também. Deixei um aqui, dentro daquele galpão que estava nos servindo de laboratório.

– A tal isca.

O padre confirmou com a cabeça. Delvechio continuou.

– Ele invadiu o perímetro coberto pelos militares, entrou lá e ressuscitou o segundo.

– Ainda acredita que eles são alienígenas, professor?

– Ainda acredito. Mas padre Alberto tem uma teoria diferente, mais romântica. Desculpe-me se estou lhe faltando com o respeito, padre, mas eu diria que sua teoria chega a ser até mesmo mais fantasiosa.

– Mais fantasiosa do que assassinos do espaço que falam português fluentemente? – questionou padre Alberto, devolvendo o tom desacreditado do professor.

– Seres extraterrenos podem parecer algo fantástico, mas ao menos são mais lógicos – Delvechio acariciava a barba enquanto argumentava.

Padre Alberto deu alguns passos, afastando-se dos dois, mas não demonstrava nenhuma consternação – longe disso. Parecia até mesmo abstraído, vagando em pensamentos secretos, mas prazerosos.

– A lógica – murmurou finalmente o padre.

Os militares movimentavam-se de lá para cá. Alguma coisa interessante parecia estar acontecendo.

– Qual é a teoria do padre?

– Ele acha que estamos lidando com fantasmas, com seres mitológicos...

– Prefiro falar assim que o exame de raios X chegar – disse o padre. Delvechio consultou o relógio.

– Bem, uma vez que requisitei amostras de raios X, alguém da USPA deve estar a caminho, trazendo o material para analisarmos...

Um militar chegou junto ao trio.

– Tenente Brites – cumprimentou Delvechio.

Brites acenou-lhe, dirigindo-se a César.

– Você é o rapaz que encontramos na estrada?

– Sou, sim. Agradeço a vocês. Acho que teria...

– Pode fazer a gentileza de me acompanhar? Tem um extenso interrogatório esperando por você.

– Interrogatório? Sou suspeito de quê?

– Simples rotina, rapaz. Se não fez nada de que se arrependa, de nada se arrependerá.

César buscou no rosto do professor alguma expressão de amparo. Apesar de ainda não serem amigos, Delvechio era a pessoa dali com quem mais convivera.

O professor compreendeu a expressão desamparada do rapaz. Aquele ambiente verde-oliva realmente meteria medo em qualquer um.

– Posso acompanhá-lo, tenente?

– Sem problemas, professor. Se o padre quiser seguir conosco, também não vejo inconveniência.

Alberto concordou. Os quatro se encaminharam para dentro da escola, onde uma sala fora improvisada para o interrogatório.

Duas horas mais tarde, por volta das seis da manhã, César foi liberado. As perguntas, feitas por uma mesa de cinco militares, contando com o tenente Brites, abordaram desde seu envolvimento no projeto do Departamento de História, sua participação na descoberta da caravela, até o motivo pelo qual resolveu arriscar seu rabo naquela madrugada congelante. Delvechio o ajudara bastante, validando muitas de suas respostas. César mantivera-se calmo durante todo o tempo, não se sentindo implicado na confusão causada pelo espécime fugido. Durante o depoimento, uma informação chamou bastante a atenção dos militares. César descreveu o encontro, ou melhor, o momento em que viu os dois sujeitos estranhos caminhando desprotegidos do frio nas ruas nevadas de Amarração. A descrição que fizera batia com os dados da Operação. César cruzara o caminho dos dois e saíra vivo, ou quase isso.

Quando retornou ao barracão de lona, a agitação era bem menor. A maioria dos operadores estava com a cara cansada, esperando apenas pela rendição da equipe que entraria em seguida. Não havia pistas do paradeiro de Inverno nem de seu novo acompanhante. O ambiente protegido pela lona estava quente, e César começou a transpirar. O dia estava ensolarado, e os sensores espalhados pelo salão marcavam vinte graus. Realmente aquela reviravolta meteorológica não tinha outra explicação senão uma intervenção assombrada. Como poderia fazer um sol de verão com aquele esplendor, logo de manhãzinha, após uma noite congelante daquelas?

Um soldado dirigiu-se ao professor, acompanhado do padre, que vinha logo atrás de César, também espantado com o sol radiante.

– Isso chegou há uma hora, senhor. Veio de Porto Alegre – esclareceu o soldado, estendendo ao professor um pequeno objeto cilíndrico.

Delvechio observou-o e, após identificá-lo, abriu um largo sorriso.

– São as radiografias.

O professor e o padre tomaram conta de uma mesa armada no meio do galpão de lona. Amontoaram os vários mapas dispostos sobre a mesa, ganhando espaço para analisar o material recém-chegado.

César aproximou-se.

Delvechio desrosqueou a tampa do cilindro e espalhou várias radiografias sobre a mesa.

O padre revirou-as rapidamente, excitado. Sabia exatamente o que procurava. Alberto separou uma chapa e ergueu-a, tentando encontrar mais luz. Os demais faziam o mesmo, com chapas aleatórias, buscando alguma coisa anormal. Alberto queria apenas uma chapa. Aquela que retratava a estrutura óssea do crânio da criatura examinada. Somente com aquela radiografia conseguiria encontrar respostas para suas perguntas. Somente com aquela radiografia conseguiria apegar-se ainda mais à sua tese.

– Vejam – disse o padre.

Os olhos dos outros dois viajaram até a radiografia erguida pelo padre como um troféu. Num exame rápido e menos aguçado, não perceberam nada de anormal; na segunda observação, mais contundente e desbravadora, notaram exatamente o que o padre exibia com tamanha excitação.

– Essas presas. Esses dentes são muito mais longos do que os de humanos normais.

– Mas isso não explica nada, padre – argumentou o professor.

– Não explica para você, mas era só o que eu aguardava para ter certeza de minhas suspeitas. Esses seres malditos, esses seres que vocês encontraram, são vampiros.

– Ora, padre. Esses caninos podem apenas ser algum tipo de deformação.

– Delvechio, agora é você que não quer enxergar. Essa deformação não aconteceria nos cinco crânios.

– Mas você viu apenas um.

– Já vi o suficiente. Pode procurar pelos outros crânios no meio dessas chapas. Todos eles terão essas presas não humanas.

César, calado, já procurava pelos outros crânios. Todos os que encontrou apresentavam o par de caninos descomunais.

O padre parecia ter recebido dose exagerada de alguma droga estimulante. O cansaço e o sono desapareceram de seu rosto; estava agora elétrico, animado.

– Bem, professor, se você ainda não acredita, que tal fazermos juntos uma análise nos cadáveres desta última madrugada? Acredito que eles já foram recolhidos.

– E onde estão?

– No IML – respondeu César.

– Você sabe onde fica?

– Tenho um amigo que trabalha lá. Ele pode ajudar a gente.

Os três se encaminharam para a parte frontal do pátio. Pelo rádio de um jipe, Delvechio obteve permissão para sair com a viatura. Um soldado encarregou-se de abrir o portão, e o carro ganhou a rua.

Em frente ao colégio tiveram de conduzir com cuidado. Inúmeras pessoas amontoavam-se defronte à base militar improvisada. Pareciam prestes a invadir o colégio, empurrando-se mutuamente.

César descobriu o motivo de tamanho alvoroço. Não era a presença repentina dos militares em Amarração que causava o frenesi, mas a presença daquelas câmeras de TV e repórteres empunhando microfones.

O jipe atravessou o aglomerado e ganhou a rua de terra. César indicou a Delvechio o caminho do IML, onde pretendiam encontrar mais pistas que comprovassem o que, para o padre Alberto Cantor, já era certo.

CAPÍTULO 13

Na noite anterior, Tiago e Eliana chegaram à cidade de São Paulo por volta das onze horas. O voo Porto Alegre–São Paulo levara uma hora e meia, sem escalas. O aeroporto de Porto Alegre estivera interditado para decolagens por pouco mais de uma hora, atrasando a chegada dos dois à capital paulista. Como supunham, o tempo estava fechado. Nuvens grossas enfeitavam a noite, mas felizmente não retardaram os procedimentos de aterrissagem. Ao contrário do que esperavam, não sentiram frio ao desembarcar. Foram surpreendidos pelo vento gelado somente quando saíram do terminal, buscando um táxi. Um vento forte acertou o casal assim que os dois jovens cruzaram as portas automáticas de acesso ao lado externo do aeroporto, fazendo-os arrepiar, primeiro em razão de um medo súbito, depois pela reação natural ao frio da noite. Os dois entreolharam-se, deixando escapar um sorriso tímido. Sabiam que aquele frio era natural. Ainda não precisavam temê-lo.

Chegariam a Osasco depois da meia-noite. Pela hora avançada, Tiago decidiu ir com Eliana para um hotel. Perguntou ao taxista por um lugar bom e de preço justo. Vinte minutos depois, estavam estacionando em um motel na marginal do Rio Pinheiros. Assim que amanhecesse, antes de partir para a casa de sua irmã, Tiago ligaria para Amarração dando notícias.

Pela manhã, Tiago e Eliana tomavam café juntos na cama, bem mais descontraídos, enquanto assistiam à televisão no quarto aconchegante. Quando sintonizaram a Rede Globo, começaram a acompanhar o telejornal *Bom Dia São Paulo*. Os dois estavam em silêncio, prestando mais atenção na mastigação do desjejum do que no jornal. Poucas vezes estiveram na grande capital paulista. Olhavam para a tela sem ver o que ela realmente mostrava. Haviam feito sexo logo ao acordar, e agora as preocupações com o estranho episódio ocorrido em Amarração ganhavam distância. Esse ar descontraído abandonou a dupla somente depois que o noticiário local acabou, dando vez ao *Bom Dia Brasil*. Já não comiam; agora se ocupavam com carícias íntimas, prontos para voltar à atividade. Dentre as várias chamadas dos âncoras, Renato Machado e Leilane Neubarth, uma fê-los paralisar por um segundo e forçou-os a prestar mais atenção no programa:

– Neva, pela segunda madrugada consecutiva, em uma cidade praiana do litoral do Rio Grande do Sul. Os cidadãos já estão chamando Amarração de Geladeira do Diabo.

Sentaram-se na cama, vidrados na notícia. Depois de meia hora, chegou a vez de o Brasil prestar atenção no que acontecia na pequena e pacata Amarração.

O telejornal voltou dos comerciais, e a apresentadora-âncora, Leilane, chamou o repórter local, Jean Faria, que falava ao vivo do Rio Grande do Sul. Imediatamente, Tiago e Eliana identificaram o lugar de onde o repórter transmitia a notícia. Estava na frente do colégio municipal de Amarração, no meio de um amontoado de cidadãos curiosos.

– Aqui, na tranquila cidade de Amarração, pela segunda madrugada consecutiva a neve despencou fartamente dos céus.

Enquanto o repórter falava, imagens pré-gravadas tomaram conta da telinha, mostrando lugares onde a neve se ajuntara, onde crianças brincavam.

– Neve aqui no Rio Grande do Sul não é novidade, mas aqui nesta cidadezinha, sim. Afinal, desde que se fazem registros meteorológicos, nunca havia nevado em Amarração. Agora, para complicar de vez, o mais esquisito de tudo é que estamos em pleno verão no Brasil inteiro, Leilane – as imagens mostravam uma via inclinada onde garotos escorregavam rua abaixo numa placa comprida de madeira.

– E, se vocês acham que as estranhezas acabam por aí, ainda não viram nada. Conversamos com a Central de Informações Meteorológicas de Porto Alegre, tecnologicamente a mais desenvolvida do Estado, e pelas análises de dados coletados por modernos satélites não havia a menor possibilidade de isso acontecer. O problema para os técnicos da Cimpa é que aconteceu. E nevou bastante – as imagens então pararam de fluir, terminando a reportagem superficial, voltando ao repórter em frente ao colégio, que tentava se livrar dos curiosos e executar seu trabalho.

A repórter Ananda Apple, presente no estúdio do telejornal, dividiu a tela com o repórter local, mostrando ambos ao mesmo tempo, e os dois começaram a discutir a notícia.

– Ô Jean, é verdade que a cidade até ganhou um apelido carinhoso por conta dessas duas madrugadas frias?

– É verdade, Ananda. Os moradores da cidade nunca tinham vivido um frio tão intenso. E já estão chamando Amarração de Geladeira do Diabo, e esse apelido não parece nada carinhoso.

– Pelo jeito, o pessoal não gosta de frio por aí.

– É verdade, Ananda – o repórter parou de falar e checou suas anotações. – Mas, Ananda, as coisas estranhas não acabaram ainda.

– O que mais aconteceu na cidade?

– Tem gente dizendo que o frio é por causa deles – de perfil para a câmera, o repórter apontava dois soldados que impediam a aproximação dos populares dos portões da escola. – Dizem que, desde que o Exército chegou à cidade, toda essa confusão gelada começou. Será que eles desenvolveram alguma arma secreta, Ananda?

– Aqui no Brasil, Jean? Duvido. Você sabe o que eles estão fazendo aí, nesse colégio?

– Por enquanto, nenhum militar quis gravar entrevista. Alguns dizem que é só um treinamento de rotina, sem importância. Outros disseram que estão montando uma nova base militar aqui em Amarração e, provisoriamente, como as crianças estão de férias até março, vão ocupar a escola. Mas como você mesma percebeu, as poucas informações passadas são muito desencontradas. Eu vou ficar por aqui e, assim que descobrir alguma coisa nova, volto a chamar. Um bom dia, Ananda.

A tela subdividida tornou-se uma só. O repórter Jean Faria desapareceu, dando lugar a Ananda Apple na bancada, acompanhada dos âncoras do *Bom Dia Brasil*.

– Bom dia, Jean, estamos aqui torcendo para você não entrar numa fria – a repórter riu, acompanhada pelos colegas.

A partir daí, Tiago e Eliana não prestaram mais atenção na TV. Tinham algo mais interessante para fazer. Comentar o acontecido em Amarração.

Eliana levantou-se e vestiu uma calcinha branca, desfilando pelo quarto com os seios à mostra. Tiago vestiu-se.

– Você acha que ele voltou? Se é que saiu de lá...

– Eu acho, Eli. E acho que ele vai ficar lá, procurando por você. Enquanto ficarmos aqui, estaremos salvos.

– Como você pode saber?

– Sei lá, Eli. Você nunca assistiu àqueles filmes de terror? O monstro-vilão sempre busca por uma moça linda, assim que nem você. Aí a tolinha acha que não precisa fugir, que o monstro não é de nada. Ou algum personagem idiota acha que é o sabe-tudo, como seu amigo professor, que acha que aquele monstro não é monstro, é um ser incompreendido; acha que um mês de análise resolve tudo. Pra sorte das donzelas, todo conto de horror, toda história de terror tem um personagem que é o herói, que, como eu, é bem prevenido e, antes da matança, salva a donzela. Certo?

– Hum, convencido. Para começo de conversa, eu pensei que o sabe-tudo da história fosse você; afinal, você é que desenvolveu toda uma teoria de assombração. Segundo, você sabe, melhor que ninguém, que há muito tempo eu não sou donzela. Quebrei sua teoria?

– Pode ser, Eli, pode ser. Mas eu prefiro estar errado aqui do que estar certo esperando as coisas acontecerem lá. Essa segunda madrugada com neve foi obra daquele demônio; ninguém me convence do contrário. Posso até estar errado quanto a ele querer vir atrás de você, mas, como já disse antes, é melhor prevenir do que remediar.

Eliana vestiu-se. Tiago ligou para sua casa em Amarração. O telefone tocou até cair a linha. César certamente não estava. Tentaria mais tarde. Arrumaram as coisas para deixar o motel e solicitaram um táxi à recepção. Segundo o taxista, estariam em Osasco em vinte minutos, no máximo.

CAPÍTULO 14

Os dois caminhavam a passos lentos, conversando de modo ameno, como já haviam feito tantas vezes, deixando a periferia de Amarração para trás e aprofundando-se, cada vez mais, em uma estrada de terra, cercados pela vegetação própria da mata sulista. Quanto mais andavam, mais se aproximavam de morros altos que se uniam a uma extensa montanha. Depois de mais de uma hora de caminhada, encontraram uma pequena propriedade rural. Transpuseram a cerca baixa de arame farpado com um ligeiro e fantasmagórico salto. Era como se nenhum dos dois possuísse peso algum ao tocar o chão. Dentro daquela propriedade, a mata parecia preservada quase integralmente; a maioria das árvores era alta e de tronco delgado. O ar continuava frio e congelante, mas havia muito não nevava. Encontraram um caminho no barro que deveria servir a pequenos veículos, posto que era sulcado dos dois lados, como se rodas houvessem alisado o solo, mas estranhamente não perceberam marcas de cascos. Ambos deixaram a proteção da floresta e passaram a andar pelo caminho. Encravado no meio da mata, encontraram um casebre, cercado por uma dúzia de canteiros extensos onde repousavam vegetais encobertos e queimados pelo gelo.

– Que quinta mais providente!

– E tu achas que conseguiremos abrigo aqui?

– Ora, Manuel, eu acredito que estamos afastados o bastante.

– Mesmo para aquele bicho que voa?

– Ô gajo, deixa de ser um amedrontado. Não vimos aquele filho do cão por todo o caminho desde o cemitério. Aposto que meu frio deu cabo de sua vida.

Manuel olhou em volta. Aparentemente não havia cães naquela quinta. Tudo era silêncio. A casa estava escura e convidativa; afinal de contas, em pouco mais de uma hora amanheceria. Se a casa não fosse, fariam dela o esconderijo perfeito.

– Vamos entrar ou tu esperas ser convidado? – intimou Manuel.

Inverno olhou-o com as sobrancelhas erguidas.

– Que convite que nada, ó gajo. Até parece que não me conheces mais. Inverno aproximou-se da porta frontal do casebre. Encostou a orelha na porta, tentando ouvir barulho lá dentro.

– Não ouço nada. Estão dormindo.

Acordador aproximou-se. Inverno pousou a mão na maçaneta e girou-a lentamente. Trancada. Deixou fluir sua força de vampiro e empurrou a porta de madeira. A maçaneta entortou e a madeira rangeu, finalmente cedendo e soltando um estalo alto e perigoso. Cuidadosamente, Inverno abriu a porta, produzindo um rangido que deixaria qualquer ladrão de casas enervado. Ambos mantiveram os ouvidos atentos. Nenhum barulho vinha de dentro do casebre.

– Está abandonada?

– Só poderemos saber de um jeito.

Inverno entrou na casa escura. Depois que Manuel passou, Guilherme encostou a porta. A escuridão da casa não era problema para aqueles olhos noturnos, que viam tudo na noite. Estavam numa sala pobre, com um sofá velho e mal encapado. Um cheiro de leite azedo invadiu-lhes as narinas. Apesar do barulho que haviam feito ao arrombar a casa, tudo permanecia em silêncio. Ninguém acordara assustado. Ninguém temia os vampiros do castelo. E era isso que entristecia Inverno: ter perdido a fama de matador.

Manuel atravessou a sala pequena, alcançando um corredor estreito. Na primeira porta que encontrou, perdeu algum tempo tentando entender que tipo de cômodo era aquele. Sinalizou ao parceiro, querendo mostrar-lhe também.

Inverno perdeu uns instantes olhando para o cômodo. Havia uma espécie de poltrona feita de algum tipo de porcelana ou material vítreo. O estranho era que a poltrona não possuía assento. Na parede, de frente para a poltrona cor-de-rosa, havia uma espécie de cano saindo da parede, terminando numa ponta grande, de formato semelhante a um sino.

Manuel entrou no cômodo e parou diante da poltrona. Na parede, na altura da cintura do invasor, havia uma peça metálica, pequena, de formato cilíndrico. O vampiro levou a mão até a parte de metal e pressionou-a. Pela primeira vez, em séculos, assustou-se, chegando a saltar para trás. A poltrona de porcelana soltou um rugido, inundando a si própria com um turbilhão d'água. Em poucos segundos, a água extinguiu-se, e a poltrona voltou a roncar. Manuel aproximou-se, resignado. Para que diabos serviria aquilo? Matutou um pouco e logo deixou brotar um sorriso largo na face. *Ora, ora, como eram inteligentes os humanos daquelas paragens!* Aquilo ali certamente lhes servia para dispensar suas necessidades orgânicas. Precisava mostrar ao amigo.

Ouviram uma tosse rouca vindo do fim do corredor. Inverno, que estava à frente, adiantou-se. Se houvesse alguém acordando deveriam pegá-lo agora, antes de estar completamente consciente. Aproximou-se da porta seguinte. Era o último cômodo naquela direção. A tosse rouca voltou. Um corpo remexeu-se sobre algum tecido grosso. Inverno entrou no pequeno quarto. Apenas um homem dormia na cama de casal. O restante da casa estava vazia. Tiveram sorte. Apenas uma pessoa. Nem que a casa estivesse totalmente vazia, seria melhor.

Manuel adentrou o quarto pobre.

Inverno aproximou-se do homem que dormia enrolado em um pesado cobertor.

Num reflexo natural à aproximação do vampiro que fazia o ar gelar, mesmo adormecido o homem agarrou-se ainda mais ao cobertor, como tentando lhe sugar um pouco mais de calor. Inverno, com um golpe só, retirou o cobertor de cima do corpo adormecido. O humano abriu os olhos assustado e saltou da cama. Era um velho franzino, e seu rosto sulcado exalava mais susto do que medo. Os vampiros entreolharam-se com sorrisos maliciosos. Quantas vezes já não haviam presenciado aquela expressão? Centenas! O velho encostou-se na parede esfregando os olhos e quase caiu enroscado no lençol quando tentou se afastar. Tateou a parede, acionando a luz do teto. Os vampiros assustaram-se com a iluminação repentina. Levaram os braços ao rosto, protegendo os olhos. Inverno acionou seu frio assombrado.

– Quem são vocês? – perguntou o velho, perturbado.

– Que raios de luz é esta, ô pá?

O velho olhou para o teto, estranhando a pergunta do intruso, mas logo voltou os olhos para os dois. Lamentou ter deixado a velha espingarda na cozinha. Começou a tremer de frio.

– Que querem aqui? Não tenho nada para vocês. Se querem comida, eu posso ir até a cozinha...

– Não queremos comida, para tua sorte. Queremos abrigo.

– Abrigo? Por que não procuraram uma pousada, tchê? Meu sítio não é hotel.

O velho esfregou as mãos nos braços, tentando produzir calor. Estava recuperando o compasso de seu coração, reduzindo o nervosismo. Quem eram aqueles dois de pele tão pálida, levemente acinzentada?

Inverno, percebendo o desconforto do humano, cessou a emanação de seu frio sobrenatural.

– Vamos ficar em tua casa por um dia apenas. Vamos recompensar-te no futuro.

O velho se deslocava lentamente, tentando chegar até a porta. Os dois estavam parados à sua frente, encostados na parede do quarto. Aparentemente, os dois estavam desarmados. Se chegasse à cozinha, o velho estaria em vantagem para continuar a conversa e próximo da velha e certeira espingarda Puma. Continuou com os passos lentos e, para sua tranquilidade, os invasores continuaram imóveis. Aproximando-se da porta, aumentou a velocidade dos passos. Chegou ao corredor e principiava a correr quando sentiu um vento ligeiro invadir o corredor. Arriscou uma olhada para trás, mas não viu nada. Os dois invasores ainda estavam dentro do quarto. Mas, quando se virou para a frente, o coração voltou a disparar. Eles estavam ali, parados diante dele, bloqueando a passagem para a sala.

– Estás sozinho? – perguntou o invasor mais alto.

De tão abobado que o homem estava, respondeu que sim, balançando a cabeça. E era verdade; mas, se estivesse raciocinando de maneira ordenada, diria que não. Inventaria uma história para ganhar tempo.

O mais baixo agarrou-o, suspendendo-o pelos braços. O velho estava perplexo. Levaram-no para fora da casa.

– Precisamos de cordas, cravos e um martelo – esclareceu Inverno.

– O que vocês vão fazer comigo?

– Contigo, velho? Nada. Precisamos fazer algumas coisas na tua casa.

– Diz-me, onde tu guardas as ferramentas?

O velho respirava demoradamente, fazendo longas tiras de fumaça escapar de sua boca. Foi atirado ao chão, chocando-se contra a neve fofa. Seu corpo foi açoitado pelo frio da noite, pois a blusa fina de flanela que vestia não era o suficiente para protegê-lo. Mas aqueles dois estavam ali fora, sem blusas e sem desconforto algum! O medo era evidente em seu rosto, entretanto, não estava disposto a colaborar com aqueles dois estranhos. Como haviam aparecido na sua frente sem ter saído do quarto? Como podiam estar ali fora sem demonstrar o menor desconforto com o frio?

Manuel aproximou-se do velho, pôs a mão em seu pescoço, segurou-o firmemente e suspendeu-o, tirando os pés descalços do ancião do chão.

– Vamos logo, velho, não precisamos te matar. Diga logo onde estão as ferramentas. Colabora com o meu frio amigo. Suspenso no ar, sem conseguir falar e sufocando, o velho apontou para uma direção. Manuel largou sua garganta, deixando-o cair no chão coberto de gelo. Guilherme investigou a direção indicada e avistou um barracão de madeira a poucos metros da casa, de onde voltou com uma corda comprida, um martelo e duas caixas de pregos.

Manuel arrastou o velhote para dentro da casa novamente.

Voltaram os três para o quarto. O velho, calado e temeroso. Os vampiros, descontraídos, porém ainda silenciosos, sem revelar ao velho suas intenções.

– Ainda não queres comer, é verdade? – indagou Manuel.

O homem meneou a cabeça em sinal negativo.

– Pois esta foi tua última chance.

O homem arregalou os olhos uma vez mais, olhando em direção ao invasor alto e de cabelos castanhos. Seria aquele o dia de sua morte?

– Tchê, se tu vai me matar, faça logo. Não precisa de corda para me provocar dor e sofrimento. Vá até a cozinha e pegue minha espingarda; ela está carregada e pronta para o tiro. Prefiro assim. Com minha arma e sem dor.

– E tu pensas que somos o que, ó gajo? Achas que somos dois doentes? – inquiriu o mais alto.

– Não viemos aqui para tirar-te a vida ou com corda, ou com a arma que ofereceste. Viemos buscar um dia de descanso. Amanhã, quando o sol se puser atrás dessa serra, trataremos de ir embora e libertar-te. Amanhã tu voltas para tua vida comum.

– Apesar de parecer, não somos dois malucos. Somos desalmados, mas não malucos – murmurou o mais baixo.

– Agora, deita-te aí nessa cama; vou te amarrar. – O velho obedeceu, e começou a resmungar baixinho, com cadência, sussurrando repetidamente o pai-nosso.

Inverno envolveu-o com a corda, enrolando-a diversas vezes em torno do corpo do homem. Manteve os braços paralelos ao corpo do velho, prendendo a mão junto à respectiva coxa.

– Tu estás parecido com um verme rastejante.

– Deixa de amolar o homem, ô Guilherme. Já basta o suplício que terá de aguentar.

– Até parece que despertei o Miguel. Não é tua natureza te importar com a gente que cruza nosso caminho.

– Ora, que Miguel, o quê! Aquele é um mole. O que digo é que o homem vai nos ajudar e fazes graça dele. Ora, pois.

– Deixa de choramingar por este traste. Vai lá no barracão e me vê uma faca para cortar esta corda.

– Ora, perdeste tua força? Olha como ela é fina! Por que não a arrebentas?

– Eu tentei. Mas esta corda azul parece diferente. Sei lá do que é feita.

Manuel não discutiu, deixando o amigo com o velho.

Inverno afastou-se dois passos e apagou a luz do quarto. No escuro, parou observando o velho se remexer, tentando se libertar.

– Olha, ó verme, se tu continuares a te revirar, vou ter de quebrar minha palavra. Serei obrigado a tomar tua vida. Se tu ficares quieto durante este dia, quando chegar a noite estarás liberto para continuar a viver.

O homem parou de se contorcer.

– Como é teu nome, ó verme?

– Batista – respondeu uma voz esganiçada.

– Ora, pois, tu tens o mesmo nome de um amigo meu – o homem voltou ao silêncio.

– Se tudo correr bem, amanhã à noitinha vamos sair de tua casa para encontrá-lo.

Manuel voltou com a faca, entregando-a a Inverno.

– Estava contando aqui ao Batista que temos um irmão com o mesmo nome.

– Ele está perdido na floresta?

– Não. Ele estava lá próximo da praia, onde uns bichos que voam carregando poderosas luzes ficam zanzando. Tu conheces esse lugar?

– Conheço as praias, a Lagoa dos Patos, mas aqui tem tantas. Pelo jeito, nem daqui vocês são. São portugueses?

– Olha, Batista, até que para um verme tu és bem inteligente. Somos de Portugal – Inverno partiu a corda e começou a trabalhar com o pedaço restante.

– Aqui não é Portugal? – perguntou Acordador.

O velho apenas abanou a cabeça em sinal negativo.

Inverno dividiu o restante de corda em três pedaços de aproximadamente três metros cada. Com um deles fez um laço firme e passou pela cabeça de Batista. Fechou-o, apertando seu pescoço. Batista tossiu desesperado, sufocado.

– Acalma-te, homem. Vou afrouxar num instante.

Inverno passou a outra ponta pela madeira mais grossa da cabeceira da cama e puxou-a até quase enforcar o pobre velho. Só depois de fixá-la com firmeza, com um nó bem armado, preocupou-se em aliviar o pescoço de Batista, que respirava de forma rouca. Os dois pedaços restantes usou para prender as pernas do homem, um em cada tornozelo, separando as pernas do velho e amarrando cada uma em uma ponta do pé da cama.

– Olha, Batista, tu podes até tentar te libertar, mas eu já amarrei muita gente desse jeito e ninguém escapou. Se tu tentares te soltar, vais estragar tudo; se eu cochilar e não perceber, tu podes morrer sufocado. Já vi gente terminar assim. Fica mais roxa do que casca de figo.

Batista não disse nada. Estava mais preocupado em continuar respirando. Manuel aproximou-se do velho. Queria conversar. Queria saber.

– Que cidade é esta, senhor?

– Aqui? É... arf... Amarração.

– E que nação é esta? Faz parte do império português?

– Que império é esse? Aqui só foi colônia... largue meu pescoço! Não consigo respirar. Pelo amor de Deus, homem, solte-me.

– Consegues respirar, sim, ó verme. É só te acalmares.

– Colônia? Mas que colônia há de ser essa, Guilherme?

– É a colônia mais estranha.

– Aqui é o Brasil – gemeu o velho.

Os dois vampiros ficaram em silêncio. O quarto ficou cheio do barulho rouco da respiração difícil do velho Batista.

– Mas que terra é essa? – Guilherme lançou a pergunta como quem conversa consigo mesmo.

– Será esta a terra que Pedro descobriu?

– Cabral? Ora, pois. Se esta é a terra que Cabral descobriu, estamos pisando na ilha de Vera Cruz.

– Lembras do dia em que a notícia chegou?

– Ora, como não poderia me lembrar? Fora um dos nossos últimos períodos libertos nas terras do Venturoso.

– Dom Manuel.

– O Venturoso.

– Será, Guilherme? Será esta a ilha de Vera Cruz?

– Ora, pois, ó pá. Claro que há de ser. Pois não foi em Vera Cruz que começou o maior trabalho de extração de pau-brasil? Pois está aí o nome. Brasil vem da tal madeira.

– Tu só podes estar certo, ó Guilherme. Uma terra com nome de árvore. Estamos, então, muito longe D'Ouro. Muito longe do nosso castelo – murmurou Acordador, com sua constante voz baixa.

– Certamente estamos. Estamos do outro lado do mundo.

– E o nosso castelo?

– Que tem ele? – indagou Guilherme, com seu forte sotaque lusitano.

– Será que ele ainda existe?

Inverno, que estava acocorado, levantou-se com expressão assombrada.

– Ora, ninguém se atreveria! Não derrubariam nossa casa, nosso castelo.

– Estamos fora há mais de dez anos.

– Ai daquele que remover uma pedra do nosso lar – amaldiçoou o vampiro, fechando o punho esquerdo na altura da cabeça. – Temos de voltar! Agora, mais do que nunca, temos de voltar para o D'Ouro. E se destruíram nosso castelo, nós vamos infernizá-los, todos, cada quinta, cada vila do Império.

Manuel deu as costas para Guilherme, fitando o velho amarrado à cama.

– Diz, Batista, que ano de Deus é este?

– Ano de Deus? Que diabos de pergunta é essa, tchê?

– Ele quer saber, velho, em que ano estamos. Se estamos distantes mais de dez anos de 1506.

– Bá, vocês dois estão um pouco por fora mesmo, hein?

Inverno irritou-se e aproximou seu rosto do rosto do velho.

– Vamos, Batista, eu já estou perdendo a paciência, e isso não é nada bom.

– Estamos em 1999.

Os vampiros calaram-se. Manuel acocorou-se, com o rosto paralisado. Guilherme voltou para junto da parede. Então haviam se passado quatrocentos e noventa e três anos desde que foram lacrados na caixa de prata. Haviam lhes furtado quatrocentos e noventa e três anos. Os portugueses lhes deviam muito mais agora do que antes. Deviam muito mais do que um castelo, muito mais do que o medo que lhes impingiram quando mandaram atrás deles o caçador Tobia. Deviam quatrocentos e noventa e três anos de liberdade. A ira cresceu dentro dos dois. O ódio transformou seus olhos em chamas. O ódio fez com que os caninos brotassem com ferocidade. Se o velho Batista pudesse enxergá-los agora, preferiria a morte a continuar naquele quarto.

– Malditos! – bradou Inverno.

O ar sisudo de Manuel esvaíra-se, dando vez a um monstro de caninos à mostra. Um monstro que rosnava atormentado.

– Sétimo! Sétimo conseguiu sua vingança! Achou que tinha nos matado! – rugiu Inverno, revoltado.

– Ele nos tomou quatrocentos e noventa e três anos.

– Deixa estar, meu irmão lusitano. Agora o tenho guardado, impossibilitado de nos fazer qualquer mal.

– Ele e os portugueses.

– Ao menos sabemos que Tobia não vive mais. Mesmo para aquele ordinário, quinhentos anos é tempo demais.

– Podemos descobrir sua descendência. Podemos matar todos eles. Todos!

– Acalma-te, Manuel. Tratemos de nos proteger. O dia não demora a chegar. Precisamos manter nosso abrigo seguro.

– Precisamos juntar nossos irmãos.

– Juntaremos, juntaremos. Agora me ajuda a trancar este aposento.

Os dois vampiros puseram-se em movimento. Começaram a destruir o pequeno guarda-roupas no quarto de Batista. O velho mantinha os olhos arregalados, tentando enxergar no escuro o que aqueles dois loucos faziam, mas era impossível. A escuridão era breu. Ele apenas ouvia o som da madeira estalando e quebrando. Os vampiros fixaram várias ripas na porta, impossibilitando a passagem. Inverno prendeu-as ao batente com pregos. Depois, fez o mesmo na janela. Um humano comum não conseguiria entrar naquele cômodo vedado com tanta cautela pelo monstro congelante. Manuel arrastou uma cômoda, onde Batista guardava seus trapos, e colocou-a na frente da porta, reforçando o calço com uma ripa.

– Acho que estamos seguros. Ninguém vai querer invadir a casa de um velho solitário.

– Ainda há madeira para vedarmos?

Inverno olhou em volta, respondendo positivamente ao companheiro notívago. Manuel esgueirou-se para debaixo da cama, levando o martelo e o que restara dos pregos.

– Antes de te acompanhar para debaixo da cama, meu amigo, preciso aplicar um toque final aqui no nosso amigo Batista.

Inverno apanhou algumas roupas que haviam se espalhado pelo chão do quarto e separou um par de meias. Aquilo serviria a seu propósito. Amarrou os dois pés, formando uma tira. Aproximou-se do velho Batista e amordaçou-o. Encostou a ponta do seu nariz no nariz do homem.

– Escuta, velho, estaremos aqui embaixo da cama durante todo o dia. Estás a ver esta faca? – o vampiro encostou a ponta da arma no queixo do velho, produzindo ali um pequeno corte. – Se eu escutar um pio, velho, eu vou enfiar esta lâmina nas tuas costas, entendeste?

O velho meneou a cabeça em sinal positivo. No segundo seguinte, Inverno já havia se esgueirado para debaixo da cama. Batista voltou a ouvir o som da ferramenta. Sentia a cama vibrar a cada martelada. O que aqueles dois estavam fazendo agora debaixo da cama? A barulheira continuou por mais vinte minutos, quando o quarto voltou a imergir num silêncio tétrico. Batista tentava uma forma de respirar com mais facilidade. Agora, além da corda prendendo seu pescoço, havia aquela mordaça na boca, impedindo uma respiração regular. Estava amarrado havia menos de meia hora e já se sentia exausto. Sabia que aqueles dementes de pele pálida iriam matá-lo, mais cedo ou mais tarde. Batista sentiu os olhos encher-se de lágrimas. Não queria morrer sufocado; queria viver mais um dia. A tosse rouca voltou, fazendo-o chacoalhar o pescoço e a cabeça, forçando o laço de corda, piorando ainda mais sua situação.

CAPÍTULO 15

O jipe militar estacionou em frente ao prédio do IML. Os três – Delvechio, César e Cantor – desceram e se espantaram com o alvoroço diante do Instituto. César, em particular, estranhou mais que todos, pois estava acostumado a visitar o amigo Olavo quando queria mais detalhes de histórias macabras que ouvia nas ruas de Amarração. Depois de atravessar o amontoado de cidadãos, chegaram ao portão de entrada, guardado por soldados impecavelmente fardados. O trio conseguiu transpor a barreira sem muitas explicações. César, apesar do All Star, também vestia farda; já Delvechio e Cantor eram conhecidos por alguns dos militares que se encontravam dentro da área do IML.

– O que aconteceu aqui para ajuntar tanta gente?

– É o que estamos tentando descobrir, professor.

Flashes de luz eram disparados por câmeras fotográficas. Peritos da polícia técnica fotografavam um corpo nu estendido no chão. Enquanto o professor ouvia um breve relatório do soldado, César aproximou-se do cadáver. Conhecia aquele homem, conhecia aquele corpo morto. Era Tobias, o auxiliar do IML e amigo de Olavo. Enquanto ele lançava um olhar examinador sobre o corpo, os peritos foram para dentro do Instituto. Percebeu mais *flashes* vindo de dentro. De repente, aquele momento pareceu espichar. Os segundos pareciam pesados e demorados. Era como se as coisas estivessem entrando em um efeito câmera lenta. Onde estava Olavo? O que os peritos fotografavam lá dentro? Cada passo levou uma eternidade para se completar. Estariam fotografando o corpo de seu amigo? Uma imagem formou-se em sua cabeça: Olavo, nu como Tobias, estirado no chão ladrilhado do piso térreo. Tentou se apressar. Havia gente saindo pela porta, impedindo sua passagem, impedindo sua visão. Teve de, praticamente, se arrastar para dentro da sala, empurrando soldados e espremendo-se contra policiais. O térreo estava cheio, mas não havia nenhum cadáver ali, apenas certa movimentação no andar de cima. Subiu com a respiração carregada... o coração apertado. No andar superior havia menos gente e nenhum cadáver. Dentre as seis pessoas que examinavam a sala, encontrou uma conhecida: Joel, o parceiro de trabalho de Olavo. Alguém recolhia as digitais do homem, outros espalhavam um aerossol por todos os lados. Quando César fez menção de deixar a escada e adentrar o andar de fato, foi barrado por um dos peritos.

– Fique aí, soldado. A gente ainda não periciou aqui em cima. Se precisar de você, a gente chama.

– Ô Cesão, calma lá embaixo que eu já desço – berrou Joel, limpando os dedos em papel toalha.

– Você viu o Olavo? Ele não está...

– Ele não morreu, não... eu acho. Pelo menos aqui ele não está. Desce lá. Eu já tô indo – recomendou o conhecido, dessa vez em voz baixa.

César retornou ao andar inferior. Delvechio e o padre Alberto Cantor já haviam entrado e conversavam com os soldados.

– E então, professor? Descobriram o motivo do alvoroço? – perguntou o rapaz.

– Essa história fica mais sinistra a cada instante que passa.

– Parece que os dois foragidos passaram por aqui – juntou Cantor. – Não deixaram eu examinar o cadáver, mas tenho quase certeza de que ele foi morto por aqueles vampiros.

– Calma lá, padre. Ainda não temos provas para considerá-los vampiros – reclamou o professor.

– Mas temos o suficiente para julgá-los assassinos desumanos, e isso me basta para considerá-los monstros bestiais.

– O Joel está lá em cima. Ele...

– É o tal amigo do IML? – interrompeu Delvechio.

– Não, é o amigo do amigo. Olavo não está. Pensei que ia encontrá-lo morto lá dentro, Deus o livre – César benzeu-se. – Acho que ele escapou desse ataque, ou sei lá como chamar.

O rapaz deu um passo e quase escorregou. A neve que recobria o chão do pátio estava derretendo rapidamente com o sol ainda fraco, beirando as sete da manhã. Antes das dez, todo aquele amontoado de gelo estaria derretido.

– Os soldados que morreram ontem estão aqui?

– Não. Alguns estão em Barraquinha, que também tem um IML. Mas a maioria teve de ser trasladada direto para Porto Alegre. São muitos, e o necrotério de Barraquinha não é tão grande assim. Apenas um está aqui no nosso necrotério. Segundo me informaram, está passando pela autópsia agora.

– Quem é ele?

– É o que morreu primeiro no ataque de ontem – continuou o professor. – Mas sabe o que é mais estranho? Deveria haver mais três...

– Temos de examinar esse corpo – interrompeu Cantor. – Podemos esclarecer de vez nossas dúvidas. Vamos aproveitar nossas credenciais e forçá-los a nos mostrar.

– Concordo, padre. Vamos subir. Você vem, César?

– Claro.

Quando se dirigiam para a escada, Joel desceu.

– Que bom que você está aqui, César. Pelo jeito, você também não viu o Olavo hoje

– É, não vi.

– Ninguém encontrou nenhum rastro dele. A polícia tá achando que o cara tá aprontando alguma. Querem que a gente conte tudo o que sabe sobre ele. Falei que você também é bastante amigo dele. Vão querer te ouvir, mas escute: se você cruzar com o Olavo, peça a ele para ficar afastado daqui – sugeriu Joel, em tom de murmúrio. – Na verdade, os bestas aí não têm sequer ideia do que aconteceu. Estão procurando um bode expiatório.

– Peraí. Entendi que o negócio é sério, mas querem um bode pra quê?

– Para os mortos, tchê!

– Que mortos?

– O que ele tá dizendo é o que eu ia te explicar quando padre Alberto me cortou – explicou Delvechio. – Segundo os soldados, alguém roubou os cadáveres das geladeiras. Havia lá três soldados e três civis. Aqueles três soldados mortos congelados no corredor, lembra?

– Eu fui chamado em casa. Estou há três dias afastado, com uma gripe dos diabos, ainda mais com esse frio maluco... – Joel balançou a cabeça, com um ar de quem procura entender uma situação complicada. – Olavo não faria uma coisa dessas. Se alguém entrou aqui para roubar os cadáveres... pra que precisou matar o Tobias, eu não sei. Do Olavo ninguém sabe. Acho que fugiu dos invasores, não levou defunto nenhum.

– Fugiu pra onde? – perguntou-se César, como se pensasse em voz alta.

– Eu olhei a papelada do dia a dia. Nenhum dos corpos estava liberado. Não há nenhum registro de traslado para Barraquinha, nem havia um porquê. Já quanto aos sessenta e trá-lá-lá soldados mortos ontem, aí, sim, não teria a menor possibilidade de acomodá-los aqui. Lá em cima, com o Abreu, só tem o cadáver de um soldado.

– Para nós, por enquanto, este é o cadáver mais importante. É imperativo que o examinemos antes de partir – determinou o padre, retomando sua excitação.

– Joel, você pode arranjar isso pra gente?

– Claro. Temos apenas de convencer os peritos a nos deixar entrar na sala de autópsia. Se o Abreu já terminou, podemos ter o resultado em primeira mão.

O trio seguiu Joel escada acima. Conversaram com os peritos e, depois de alguma resistência, tiveram permissão para atravessar a sala e chegar à ala das autópsias. Joel seguia à frente. Empurrou uma porta dupla com molas, igual àquelas dos bares de bangue-bangue, que dava para uma sala muito bem iluminada. Nenhum deles entrava pela primeira vez numa sala de autópsias, mas, para alguns, o ar sinistro persistia em agraciá-los com uma boa dose de receio. Doutor Abreu estava debruçado sobre um cadáver, examinando-o bem de perto. Quando ergueu o rosto um pouco mais, viu os visitantes. Sem se incomodar, continuou com seu curioso exame.

– E então, doutor, alguma conclusão? – indagou Joel.

– Ainda não. Tenho um monte de coisas curiosas para colocar no relatório, mas nada concreto ainda. A única coisa de concreta, para mim, é que este cara está mortinho-da-silva.

– Este aqui é o César, um amigo meu e amigão do Olavo...

O doutor ergueu o braço, reverenciando o recém-conhecido, sem tirar os olhos do cadáver.

– ...este senhor é o professor Delvechio, da USPA, e este é o padre Cantor.

O médico-legista repetiu o gesto. Utilizando-se de óculos especiais, parecia bastante ocupado com o pescoço da vítima. Depois de quase um minuto de silêncio, chamou o quarteto.

– Olhem, venham cá. Querem ver que coisa mais estranha?

Os homens se aproximaram do cadáver do soldado. O defunto estava com os olhos e a boca abertos, ratificando o clima sinistro aos visitantes. O legista acionou uma lâmpada arredondada sobre o morto, clareando-o completamente.

– Estão vendo estas perfurações?

Os homens aproximaram-se para examinar. No meio do pescoço do cadáver havia dois orifícios discretos e paralelos, levemente arroxeados. Nenhum traço de sangue ao redor, nenhum outro ferimento visível. Ao que tudo indicava, finalmente teriam de se render às suspeitas de padre Alberto Cantor, já que, teoricamente, conheciam apenas uma categoria de assassino, um tipo de criatura capaz de deixar ferimento tão característico.

– Se olharem bem, perceberão que há uma mancha em volta do pescoço. Verão nitidamente a marca de uma mão na garganta do soldado. Nessa área, a pele está ligeiramente queimada, mas não por fogo. Queimada como as folhas vegetais expostas ao frio intenso. Machucada. E é quase certo que esta mesma mão seja responsável por esmigalhar a traqueia do rapaz. Apesar da visível rouxidão em seus lábios, mediante condições tão controversas da morte do indivíduo, sou praticamente obrigado a fazer mais exames antes de determinar a *causa mortis*. Asfixia? Hemorragia?

– Hemorragia? – indagou Joel.

– Hemorragia, sim. Havia apenas a décima parte de sangue em seu corpo, quando comparado ao de um adulto comum. O curioso é que existem apenas estes dois buracos no pescoço, sobre a jugular do rapaz. Segundo o relatório e as fotos da perícia, não foi encontrada nenhuma poça de sangue próxima ao cadáver nem algum traço de sangue sobre sua pele. Usaram no rapaz uma arma muito eficaz. Nunca vi nada parecido antes. Não foi lâmina que o perfurou; os lábios das feridas parecem comprimidos... como numa mordida... mas haveria sangue por todos os lados... não dá pra entender... – passou a resmungar o doutor, procurando compreender aquelas sinistras perfurações.

– Troço esquisito mesmo.

– Pois prepare-se, doutor. Certamente encontrará mais marcas dessas por aí nos próximos dias, a começar por aquele infeliz lá no pátio – desabafou Cantor.

– Você conhece essas marcas, padre? – inquiriu o legista.

Alberto Cantor limitou-se a consentir positivamente com a cabeça, dando as costas ao grupo e abandonando a sala de autópsias.

– Alguém pode me explicar o que o padre sabe?

– É uma história longa, doutor, uma história muito longa – disse Delvechio, tentando pôr um fim ao encontro.

– Pois me conte.

– Ainda não tenho permissão para dizer nada, doutor. Mas garanto que assim que puder, o senhor será um dos primeiros a me ouvir tagarelar – disse o padre.

O médico-legista assentiu com a cabeça enquanto cobria o cadáver com um lençol fino e apagava a luz circular.

No meio do caminho para Barraquinha, às sete e dez da manhã, César resolveu encostar o jipe em uma lanchonete de beira de estrada. Precisava urinar, pois não se lembrava da última vez que o havia feito. Cantor e Delvechio trataram de abastecer o estômago. Ambos pediram café e coxinhas gordurentas, com aparência de terem sido fritas havia dois dias, mas a fome era tanta que não se fizeram de rogados.

– Agora você me acredita?

– Olha, padre, agora eu acredito em tudo. Esse negócio está estranho demais.

Ao verem César saindo do banheiro, pediram mais um salgado para o rapaz. Ao contrário do que imaginavam, César não se dirigiu ao balcão, afastando-se da lanchonete e rumando para o telefone público.

Ocorrera-lhe uma ideia. Sempre que Olavo se metia em encrenca, corria para o mesmo lugar: a casa de Tiago. Digitou o número do telefone da casa e, depois de sete toques, alguém atendeu. Ouviu a música monótona que anunciava chamada a cobrar e identificou-se. A voz era do amigo; sonolenta, mas era ele.

– Olavo? O que aconteceu com você, homem?

– Que horas são?

– Sete e quinze.

– Da manhã?

– É... O que houve lá no IML?

– Eu tenho de voltar lá! Eu cheguei aqui lá pelas cinco... Sentei no sofá para esperar amanhecer e acabei dormindo. Deus do céu! Que pesadelo...

– Não volta, não! A polícia está atrás de você...

– Polícia! Que merda é essa! Eu não tive nada a ver com aquela coisa, não. Aquilo foi coisa do diabo! Tenho de ir pra lá, deixar tudo às claras...

– É melhor ficar aí. Vou passar em Barraquinha e logo volto pra casa, aí a gente conversa com calma.

– Aí, Cesão, eu não posso ficar aqui – resmungou Olavo, com voz cansada e sonolenta. – Eu vi uma coisa ontem, tenho de ir...

– Você não tem de ir a lugar algum. Demoro umas duas horas. Em duas horas você não vai resolver nada. Eu posso te ajudar.

– Os mortos, cara. Os mortos levantaram sozinhos – agora o tom de voz era algo aproximado do choroso.

– Como?!

– Não sei, cara. Os mortos levantaram das gavetas. Foi a coisa mais estranha que eu já vi. Tenho certeza de que todos eles estavam mortos. Eles começaram a se remexer, de repente... aí levantaram e saíram andando, como se fosse a coisa mais normal. Acho que é coisa daqueles demônios...

– Olha, eu tenho de ir. Volto rápido. Espere-me aí, combinado?

– Eu espero.

César desligou o telefone e voltou para o jipe, aguardando os companheiros. Olavo disse que os defuntos haviam revivido. Mas que coisa! Quantas coisas sombrias ainda estariam para acontecer? Vampiros e mortos-vivos! Até que ponto uma coisa estava ligada à outra? Certamente estavam. Amarração nunca fora uma cidade conhecida por acontecimentos inusitados, ainda mais desse quilate. César voltou para o balcão e viu que o professor e o padre participavam de uma conversa acalorada com os fregueses do boteco. Pelo que entendeu, conversavam sobre um assassinato.

– Ninguém sabe nada até agora. E era um moço danado de valente – disse em voz alta um dos clientes, que dividia a mesa e uma garrafa de cerveja com mais três ocupantes.

– Aposto que foi vingança. Aquele cabra prendia tudo que era marginal que rodava nestas bandas – ajuntou um segundo freguês, com sotaque nordestino e chapéu de palha na cabeça. – Vai vê um achou que já tava na hora de se acertar com o policial.

O terceiro ocupante, um negro de boné com o logotipo da caninha 51, limitava-se a balançar a cabeça, concordando com os amigos de boteco.

– Quem morreu? – perguntou César.

– Um policial. Foi morto esta madrugada, na delegacia – respondeu o padre.

– Êta, e não foi só isso não, seu menino – intrometeu-se o nordestino. – O cabra, além de matar o policial, ainda entrou lá na parte onde prendem os ladrões... como é que chama mesmo?

– Carceragem – auxiliou o de boné da 51.

– Pois é, entrou nesse negócio aí e maltratou os pobres que tavam enjaulados lá.

Vampiros, mortos-vivos e assassinatos. Os eventos sinistros cresciam a cada hora.

– Olha, padre e professor, a conversa está boa, mas a gente precisa sair voando daqui e resolver nossas pendências. Encontrei o meu amigo, o Olavo...

– O do IML?

– É. Preciso encontrá-lo daqui a duas horas, senão o cabeçudo vai fazer besteira. Vambora.

O padre pagou a despesa e foi se juntar aos dois no jipe militar. César pisou fundo no acelerador, fazendo os pneus patinar e arremessar cascalhos no ar. Voltaram para a pista asfaltada, rodando em direção à Barraquinha.

– Vocês acharam aquela história da delegacia feia? – indagou César aos dois companheiros de viagem. Antes que respondessem, prosseguiu. – Pois acabo de saber uma pior.

Os dois passageiros continuaram quietos.

– Meu amigo do IML, o Olavo, ele viu o que aconteceu com os mortos.

– Viu quem os roubou?

– Aí é que está a coisa mais estranha, Delvechio. Ninguém roubou os defuntos.

– Como assim? Defuntos não se levantam e saem andando! – soltou o professor, indignado.

César encarou-o pelo retrovisor, sem responder. Não fosse trágica a revelação que tinha a fazer, com certeza riria à beça daquela situação.

– Professor, depois do que vimos lá no IML, o senhor duvidaria de mais alguma anormalidade?

– Diga logo, homem. Não faça esse suspense – implorou Cantor.

– Os mortos, padre... os mortos acordaram.

CAPÍTULO 16

Ai, que sensação estranha era aquela! O corpo revivido! A prorrogação. Poder andar após a morte lhes proporcionava a sensação de que os deuses da morte estavam num tipo de férias, fazendo vista grossa da impertinência dos recém-revividos.

Terezão esfregou o pescoço como se quisesse arrancar a marca deixada pela corda enforcadora. O coração queimava, e sua vontade de vingança aumentava.

Vladimir puxava a garotinha pela mão e dirigiam-se, ambos, para o mesmo bairro. Iriam voltar juntos. Ela era a prova máxima de sua inocência. Sua cabeça, entretanto, não se ocupava agora com a menina. A mente tentava desenhar a expressão de pânico e terror que seu assassino apresentaria ao se depararem olhos nos olhos. Ocupava-se agora em tramar a vingança ideal. Tramava o sofrimento ideal. Como seu ressuscitador dissera: "existem castigos piores do que a morte". Vladimir certamente os descobriria e reservaria alguns para seu estimado ex-sócio. A garota tinha apenas vontade de voltar para casa, de rever seus parentes. É bem verdade que uma raiva nunca antes experimentada crescia em seu pequeno coração, uma raiva que fora plantada como uma semente por Acordador. Por que eles permitiram que ela fosse carregada e trancafiada numa geladeira de necrotério? Voltaria para seus pais. Voltaria e descobriria.

Lá atrás, ainda no prédio do IML, os três soldados lutavam contra a inércia provocada pelo gelo sobrenatural. Logo estariam livres novamente. Logo estariam no encalço de seu estranho assassino.

Terezão caminhava nu pelas ruas geladas, com destino certo. Sabia onde encontrar seus assassinos. Alguma coisa oculta lhe dizia que naquela mesma direção encontraria o filho da puta do policial que o atingira na perna e o enjaulara. Maurício. Era como se algo lhe assobiasse ao ouvido: continue nessa direção que não te escapa. Precisou de quinze minutos para chegar à rua da delegacia.

O policial Maurício acordou mais uma vez. Aquele frio inexplicável incomodava demais. Apesar de ter trazido um cobertor de casa para o infeliz plantão, ainda era insuficiente. O frio era tanto que até os detentos se comportavam de modo diferente. Desde as oito da noite não havia nenhum tumulto, nenhum pio. O frio era exagerado, obrigando-os a unir-se para conseguir algum calor até o raiar de um novo dia. O frio criava solidariedade. Consultou o relógio: eram quatro e dez da manhã. Seu plantão ia até as oito. Estava torcendo para que fizesse sol e o dia lhe devolvesse algum calor para esquentar os ossos. Recostou-se mais uma vez na cadeira, na esperança de que o pessoal do IML não ligasse novamente, que ninguém ligasse novamente. Queria dormir. Espalhou o cobertor o melhor que pôde e já estava quase cochilando quando bateram na porta da delegacia. Lembrou-se de tantos palavrões quanto sabia e levantou-se contrariado. As batidas soaram de novo. Alguém iria ouvir poucas e boas.

Apanhou a pistola automática, deixando-a pronta para um disparo. Espiou pelo olho mágico, mas não viu ninguém lá fora. Girou a chave e a maçaneta e abriu a porta. Tomara que fosse algo importante... Um caso de morte.

Seus olhos se depararam com algo inusitado. Um homem nu, acocorado de costas para a porta. Quem seria aquele infeliz? Deveria estar morrendo de frio.

– Posso te... te ajudar? – perguntou Maurício, reticente, deixando sua arma à vista. O homem levantou-se lentamente, ainda de costas. Maurício percebeu que ele estava com o corpo coberto de hematomas, como se tivesse sido severamente espancado. O caso deveria ser sério.

O homem nu virou-se lentamente, revelando pouco a pouco a bizarra identidade.

Quando Maurício o olhou nos olhos, sua respiração parou por um instante... o coração disparou.

Recuou dois passos, batendo desajeitado na parede do corredor. O homem...

– Terezão...

Terezão começou a rir. Riu daquele jeito que os marginais riem, sem achar graça de verdade, colocando medo na cena. Era o diabo rindo.

Maurício ergueu a pistola, tentando recuperar a calma, recuperar a segurança.

– Não! – gritou o policial, desesperado. – Você não está aqui! Você está morto!

O riso sinistro continuou. Com o braço estendido e a pistola apontada para o ex-morto, Maurício disparou, acertando-o no meio do peito.

Terezão caiu de costas ao chão. Tentou levantar um braço, mas o deixou cair paralelo ao corpo, inerte. Inerte como um morto.

Maurício voltou de costas para a recepção, com a arma ainda apontada para a porta. Sua cabeça estava cheia de pensamentos confusos. Estava atordoado. Estava vendo coisas. Podia jurar que acabara de balear Terezão, o mesmo Terezão que saíra numa gaveta do IML naquela noite. O mesmo Terezão que saíra daquela delegacia morto. Como isso era possível? Como um homem sem vida estava ali, morto novamente, na porta da delegacia? Apanhou o telefone. Tobias tinha ligado havia mais de meia hora. Atendera-o mal, nem prestara atenção em sua solicitação. Tinha a ver com o que, mesmo? Arrombadores de túmulos. Era isso, arrombadores de túmulos ou túmulos arrombados? Apanhou a agenda de telefones procurando pelo número do IML. Ouviu um barulho na porta da delegacia. Um arrastar de pés. Soltou o aparelho telefônico, deixando-o cair fora do gancho.

Empunhou a pistola. Em geral, um tiro no peito resolvia suas diferenças com os marginais mais valentes. Era fatal. Devido à incomum situação, esperou pelo pior. E não precisou esperar muito. Dois segundos depois de ouvir mais barulho, viu o corpo cambaleante de Terezão atravessar a porta e avançar incerto pelo corredor em sua direção. No meio do peito, um buraco por onde o projétil havia entrado. Maurício voltou a empunhar a pistola.

– O que você quer?

– Vingança! Você me matou! Me matou duas vezes! Agora eu quero vingança. Jurei que voltaria do inferno pra te pegar! – gritou o defunto, caminhando vagaroso em direção ao apavorado policial.

Maurício disparou mais uma vez. Acertou Terezão na testa, fazendo-o tombar inerte mais uma vez. Caminhou lentamente até alcançá-lo. Chutou-o, verificando se o cadáver esboçava alguma reação. Por precaução, deu mais dois tiros no peito. Para todos os efeitos, o homem estava morto. Definitivamente morto.

Maurício correu para fora da delegacia. Iria para casa apanhar sua família e sumir da cidade. Já estava na rua coberta de neve quando outra ideia lhe assaltou a mente. Correu de volta à delegacia e entrou pelo corredor com a pistola apontada para a frente. Lá estava ele, o Terezão, esticado no chão. Continuou com a pistola estendida para o defunto. Sabia que ele estava morto, mas o medo era superior à razão. Apanhou o molho de chaves no suporte e enfiou-o no bolso. Agarrou o defunto pelos calcanhares e começou a arrastá-lo para a carceragem. Enjaulando-o em definitivo, teria como comprovar sua versão, sua história. Aquele defunto poderia levantar outra vez e zanzar por aí, aprontando suas maldades. Ou pior. Poderia persegui-lo eternamente, aguardando um momento de distração para consolidar sua vingança.

O piso da carceragem, em desnível, era dois degraus mais baixo que o da recepção. Maurício puxou o corpo de Terezão para dentro, sem se preocupar em amparar a cabeça do defunto. Os detentos estavam em silêncio absoluto, e a carceragem, bem mais fria do que as outras dependências da delegacia. Aparentemente todos dormiam, amontoados. A cela onde Terezão estivera continuava vazia, contrastando com a vizinha, que continha dezesseis detentos num espaço projetado para oito. Maurício largou os pés gelados do defunto e tratou de abrir o xilindró. Agarrou novamente Terezão e arrastou-o para o meio da cela. Apanhou o molho de chaves e trancou o cubículo. Encostou a cabeça no gradil e soltou um suspiro, desabafando-se. Quando levantava a cabeça, foi impedido. O coração do policial parou por um segundo. Duas mãos frias atravessaram o gradil e agarraram sua cabeça. Antes que pudesse esboçar qualquer reação, as mãos poderosas puxaram-no com violência e estouraram seu rosto contra às grades. Não tinha noção de quantas vezes fora arremessado de encontro às grades até perder a consciência.

Terezão ficou contente ao ver que Maurício não tivera chance de retirar as chaves da fechadura. Girou-a e abriu a cela. Era hora de trocar de lugar com Maurício. Arrastou o policial inconsciente para dentro da jaula e trancafiou-o.

– Aí, irmão, você fez direitinho, hein! – disse uma voz que vinha do amontoado de homens na cela vizinha.

– Vocês ainda não viram nada. Não viram nada! Ah! Ah! Ah!

Terezão ligou a luz da sala, revelando aos detentos acordados sua identidade.

– Que diabos é isso! – gritou um deles, espantado com o homem pelado.

– Mas... es... esse aí é o Terezão!

– Em carne e osso – completou o ex-defunto.

Terezão apanhou do chão a arma de Maurício e apontou para os ex--companheiros. Os homens ficaram calados. A maioria já estava acordada, e uns dois gatos-pingados ainda estavam sonolentos.

Terezão abaixou a arma, saiu da carceragem e rodou pelas salas até encontrar o que queria: a despensa. Apanhou vários frascos de álcool e outros produtos inflamáveis. Fez duas viagens carregando os produtos e colocou-os no chão da carceragem. Depois foi às salas à cata de revistas e jornais e toda sorte de papel. Cadeiras, almofadas e pequenos objetos de madeira também receberam atenção especial por parte de Terezão.

– Ei, irmão, o que você tá aprontando?

Terezão continuava entrando e saindo, carregando coisas e mais coisas, sem dar atenção aos ex-companheiros. Por fim, sentou-se em uma das cadeiras com a pistola na mão.

– Diz aí, Terezão. Que diabos cê tá querendo?

Continuou calado. Como aqueles sujeitos que lhe haviam tomado a vida podiam conversar como se nada tivesse acontecido? Seu ódio só não aumentava porque sabia que tinha a situação sob controle. Todos os malditos estavam ali. Os executores e o filho da puta responsável por aquela palhaçada toda, o policial. Terezão engatilhou a pistola e apontou-a para o amontoado de detentos, fazendo-os ficarem de pé e alertas.

– Ei, Terezão, deixa disso, cara! Larga esse negócio aí. Vamos ferrar esse cara que você prendeu.

– É isso aí, Terezão. Você sabe o que a gente é e o que a gente faz. Sem ressentimentos, *brother*. A culpa é desse cara, aí. Solta a gente, cara, e vamos dar o maior *piau* nesse figura aí.

Terezão riu alto. Ergueu a pistola e apertou o gatilho.

A cápsula explodiu, expelindo o projétil que atravessou a coxa de um azarado. A explosão, associada ao grito desesperado do ferido, bastou para trazer Maurício de volta à consciência. Terezão disparou mais uma vez, sem fazer pontaria, mas certamente atingiu alguém, pois uma voz diferente somara-se à do primeiro gritador. Era impossível errar com aquele amontoado de gente na cela diminuta. Terezão descarregou a arma, deixando oito homens feridos e aos gritos. Maurício acompanhava calado. Sua cabeça ainda doía, e a cara estava inchada por causa das pancadas contra as grades. Imaginava estar vivendo o pior pesadelo de sua vida, o mais real. Terezão começou a espalhar o álcool que encontrara na despensa da delegacia. Espalhou também querosene e uma série de produtos químicos. Distribuiu todo o papel em volta das duas celas. Dirigiu-se à porta e acendeu um palito de fósforo.

– Divirtam-se, pessoal. Eu gostaria de ficar para o churrasco, mas já estou morto de cansado. Há! Há! Há!

O homem nu arremessou o palito ao chão molhado e viu uma labareda faminta devorar toda a carceragem, subindo pelas paredes e consumindo revistas, papéis e móveis que ali se encontravam. Parte do fogo invadiu as celas, seguindo as trilhas dos líquidos inflamáveis.

Terezão deu as costas, largando-os à própria sorte. Agora era só esperar e descobrir se sua sede por vingança tinha realmente abandonado sua mente ou aquilo que sentia era apenas um conforto momentâneo.

– Escuta, agora vou procurar o Taqui. Você conhece o Taqui, não conhece?

A garotinha meneou a cabeça afirmativamente.

– Eu vou estar lá na casa dele, preciso conversar com ele. Depois vou para casa. Se, por acaso, seus pais não entenderem... se não quiserem você de volta, você pode ir lá pra casa. Eu arrumo um jeito de a gente se virar. Sei lá... sempre quis ter uma filhinha.

A menina abriu os braços, oferecendo um abraço ao homem. Ela sabia que estavam mortos, sabia que, se seus pais não a quisessem de volta daquele jeito, morta, só teria a ele naquele novo mundo. Vladimir abaixou-se para abraçá-la e acariciar seu cabelo.

– Você me desculpa, viu. Eu não vi você quando estava no caminhão, não tinha como ver. Não te matei de propósito.

– Eu sei – murmurou baixinho a menina.

Vladimir deixou-a na frente de casa e rumou rua abaixo. Alguém estava prestes a ter a maior surpresa de sua vida.

A menina chegou à porta da casa e deu três batidas fracas. Na maioria das vezes, quando tinha urgência em entrar e correr para o banheiro, batia com força e insistência, mas agora não se importava em esperar. Era cedo. Todos deveriam estar dormindo. Bateu mais uma vez, com um pouco mais de força. Sabia que precisaria ser paciente. O problema era que agora era um defunto caminhante, e sua paciência estava perdendo lugar rapidamente a um sentimento mais avassalador. Aquele homem baixinho que a acordara, o seu Ressuscitador, havia plantado uma semente que agora ganhava seu coração. O ódio germinava com fertilidade. A vingança era sua emergência agora. Voltou a bater na porta com vontade de derrubá-la.

Inês acordou. Quem seria? Não importava. A única coisa que desejava de volta naquela casa nunca mais passaria por aquela porta. Queria a sua filhinha. Ai! Como fora difícil aquele primeiro dia de separação! Sem aquela sapequinha correndo, derrubando as coisas pela casa. Como queria vê-la novamente andando, viva, faceira!

Inês quase soltou um grito quando abriu a porta. Levou uma mão à boca, e a outra ao coração. Aquela menininha! Sua filha! Estava ali, na porta, com o corpinho descoberto na manhã fria. O cabelinho ajeitado para trás, a pele pálida.

Inês estendeu os braços querendo abraçá-la. A menina veio ao seu encontro e enlaçou-se a ela. Ai... a menina estava de volta!

✠ ✠ ✠

Ali estava a casa do Taqui. Não seria difícil entrar. O cachaceiro deveria estar dormindo, embriagado. Vladimir torcia para que desta vez a bebedeira não fosse muito forte; afinal, queria um pouco de lucidez para o sofrimento que proporcionaria ao maldito assassino. Aproximou-se do portão. O caminhão-baú de mudanças estava na garagem. Taqui o matara por aquele ferro-velho. Agora iria transformar aquele veículo em seu sepulcro. Taqui não mataria mais ninguém por causa de dinheiro. Vladimir olhou em volta. A rua estava escura e deserta, e a casa tinha todas as luzes apagadas. Eustáquio estava dormindo. Vladimir saltou o portão baixo e caminhou até a porta. Trancada. Rodeou a casa e, por fim, encontrou uma das janelas aberta. Era justamente a janela do quarto de seu assassino.

Apesar do frio sobrenatural que invadia a madrugada, Eustáquio deixara o vidro aberto para que o leve vento soprasse suas cortinas, para que o leve vento trouxesse seus fantasmas. E agora um deles estava ali, nu, acocorado no parapeito da janela.

Vladimir deixou o pé escorregar para dentro do quarto até tocar no assoalho avermelhado. Afastou uma das cortinas e deixou o corpo entrar. Parou por um instante, observando o alcoólatra decrépito adormecido na cama suja. Um cheiro azedo veio até suas narinas. Investigou o quarto com os olhos e encontrou uma poça de vômito fétido logo à entrada, sobre a qual não se incomodou em colocar os pés. Tentou abrir a porta do quarto, mas estava trancada. Girou a chave e passou para o corredor apertado da casa simples. Mais alguns passos e chegou à cozinha. Revirou algumas gavetas até encontrar o que procurava: uma faca. Uma faca grande e pontuda, igual àquela usada por Taqui no dia anterior, no dia de sua primeira morte.

Voltou ao quarto como saiu, sorrateiro, silencioso como um ninja treinado. Postou-se aos pés da cama, olhando para aquele homem idiota que dormia como uma criança. Uma criança maldita.

Vladimir arrancou com um só golpe o lençol que cobria o corpo do assassino.

Taqui estremeceu. O vento frio que tomava o cômodo incomodava sua pele. Desceu a mão rente ao corpo, sem encontrar o pano. Abriu um dos olhos em busca do lençol e o encontrou encobrindo os pés da cama. Como fora parar ali? A visão, nublada, encontrou a sombra de um homem no fundo do quarto. Fechou os olhos. O sono sempre lhe pregava peças. Podia jurar que havia um homem nu dentro do quarto. Estava quase adormecendo, quando sua mente disparou uma espécie de alarme, e uma dose de adrenalina foi arremessada na corrente sanguínea. Levantou de sobressalto e sentou-se na cama. Havia um homem nu em seu quarto, parado, na penumbra. Seria aquilo um pesadelo tenebroso? Não, não era. Sabia que estava acordado. A voz vacilou, ficou presa por alguns segundos. O que queria aquele homem?

– Que... que você quer?

O homem, que ocultava um dos braços atrás das costas, revelou lentamente um objeto metálico de pálido reflexo.

– O que você quer? – insistiu.

O homem deu um passo adiante, abandonando as sombras.

– Justiça... – murmurou uma voz torpe.

Eustáquio estremeceu. Aquilo, na mão daquele homem louco, era uma faca. Deixou a mão deslizar para debaixo do travesseiro e apanhou o revólver. Sentiu uma tontura por causa da forte ressaca. Gaguejava.

– Quem é... vo-você?

– Ninguém – o homem aproximou-se ainda mais.

Eustáquio ergueu a arma e apontou.

– Parado.

Eustáquio começou a tremer. Aquele homem nu, aquele homem ali era seu conhecido. Era Vladimir!

– Você! Você... eu o matei! Você está morto!

Um riso baixo e funesto tomou o ar do quarto, criando uma atmosfera pesada. Eustáquio sentia-se sufocado. Levantou-se da cama e mal conseguia empunhar a arma de tanto que tremia.

– Taqui... Taqui.

– Cale a boca! Você está morto! Saia daqui! Suma para o inferno, deixe-me em paz! – gritou Eustáquio aos prantos, descontrolado.

– Ora, ora. Eu estou morto, você me matou. Eu fui para o Vale Negro e vi o que nos espera ao passarmos. Eu é quem devia estar chorando, sua franga! Cale a boca!

Eustáquio puxou o gatilho três vezes, fazendo o homem tombar.

Vladimir foi ao chão, sentindo o peito queimar. Apertou os olhos e, por um segundo, sentiu-se transportado a outro lugar. Viu novamente o Vale Negro, o céu vermelho com nuvens amarelas carregadas de enxofre, viu as almas lamuriantes. Mas, no instante seguinte, seus olhos voltaram às paredes do pequeno quarto do ex-sócio. As narinas se encheram do cheiro azedo do vômito e do leve cheiro de pólvora no ar. Levantou-se.

Eustáquio tornou a apertar o gatilho descontroladamente. Errou os dois únicos tiros que lhe restavam e depois apenas se ouvia o estalar do cão contra as cápsulas vazias.

Vladimir, de pé, encarava seu assassino. O Vale Negro veio-lhe à lembrança. Um ódio crescente tomou conta de sua mente. Investiu contra o maldito, agarrou o homem apavorado pelo pescoço e enterrou-lhe a faca no estômago.

– Aaaaghhh! – gritou Taqui.

Vladimir soltou-o, deixando o homem cair no chão. Não iria matá-lo tão rápido como o maldito fizera com ele. Queria vê-lo sofrer.

– Tu me matou por causa daquele maldito caminhão, não foi?

Vladimir arrastou Taqui pelos cômodos da casa até chegar à porta que dava para a garagem, onde havia vários caixotes que utilizavam nos serviços de mudança. Um deles, retangular, era grande o suficiente para acomodar o corpo de Eustáquio.

Taqui gemia, levando a mão ao ferimento molhado pelo sangue, que por ali se esvaía profusamente de seu corpo.

Vladimir apanhou um rolo de fita reforçada e passou em torno da cabeça de Taqui, vedando-lhe a boca. Depois, atou os pés e as mãos. Providenciou uma espécie de curativo no ferimento aberto, impedindo a passagem do sangue. Não queria que Eustáquio morresse depressa demais. Taqui emitia ruídos, tentando gritar, clamar por socorro. Vladimir acomodou o homem dentro da caixa e prendeu a tampa com longos pregos. Empurrou-a para dentro do caminhão-baú e, em seguida, trancou o compartimento com um grosso cadeado.

Voltou para dentro da casa e vasculhou-a procurando as chaves. Quando as encontrou, apanhou-as e carregou-as consigo. Há um quarteirão dali, arremessou-as em um terreno baldio e rumou em direção à casa da menina. Era hora de reencontrá-la e pensar para onde ir depois de ter concluído sua vingança.

Quando chegou à rua da menina, Vladimir encontrou-a caminhando, trazendo um homem pela mão. Notou que o homem tinha as mãos cobertas de sangue e que lágrimas escorriam de seus olhos. O homem parecia tranquilo, parecia até mesmo feliz. Segurava a mão da pequena e passava a impressão de que nunca a soltaria. Vladimir olhou para a menina, que trazia um sorriso no rosto. Agora um pequeno vestido xadrez azul recobria seu cadáver. O homem olhou para Vladimir e cumprimentou-o com um meneio de cabeça e um tímido sorriso.

– Minha criança voltou – disse ele, com a voz embargada pela emoção.

Vladimir afagou o cabelo da pequena, que lhe voltou os olhos e disse:

– Naquela casa, a culpada por minha morte não vive mais.

Vladimir repetiu a carícia e seguiu os dois, deixando aquela rua. Haviam-se vingado, haviam tirado o ódio do coração. Agora estavam prontos para voltar e cumprir cada qual sua aventura no Vale Negro.

CAPÍTULO 17

Ele acordou em sua tumba improvisada. O silêncio era total na casa pobre. Apenas um golpe foi necessário para fazer a barreira lateral de madeira ceder. Manuel arrastou-se para fora da toca construída naquela madrugada, antes de o sol raiar. Inverno continuava adormecido, silencioso, imóvel, morto. Manuel levantou-se e bateu o pó e a areia que grudaram em sua roupa durante o sono vampírico. Seus olhos de criatura da noite rodaram pelo quarto. Tudo estava como haviam deixado, sem sinais de arrombamento, nem sequer de tentativa. Roupas espalhadas pelo chão. Pedaços de madeira dos móveis destruídos. Em cima da cama, imóvel como um cadáver, jazia o velho Batista. Manuel aproximou-se e pousou a mão no peito do homem. O coração velho e cansado ainda batia fracamente, mas batia. Manuel ocupou-se de desatar os nós feitos por seu semelhante. Arrancou a mordaça, devolvendo-lhe a facilidade para respirar. Ouviu um ronco desesperado, automático, de quem puxa ar para dentro do corpo com toda a gana.

Guilherme arrastou-se, saindo de debaixo da cama. Também bateu o pó da roupa, tentando mantê-la limpa. Já bastavam os furos feitos pelos projéteis recebidos dos soldados na noite anterior em sua roupa, quando fora ao socorro do irmão.

– Ele vive ainda?

– Vive. Este velho é mais forte do que aparenta.

Guilherme saiu do quarto e dirigiu-se à cozinha. Manuel terminou de desatar o velho. Colocou-o sentado na cama, fazendo-o se mover. Inverno voltou com um copo cheio d'água e o colocou na mão de Batista.

– Toma, Batista. Isto é água.

O velho tremia como se estivesse adoentado. Seu rosto parecia mais magro, e a boca estava agora cheia de rachaduras. Apanhou o copo d'água estendido pelo estranho e engoliu-a rapidamente. Sua mão, feita de pele enrugada e carne magra, porém tipicamente forte como a de um lavrador, tateou a parede até encontrar o interruptor de luz. A lâmpada acendeu-se, fazendo os dois estranhos protegerem os olhos mais uma vez. Aqueles rostos pálidos lhe causavam arrepios. Os dois tinham rostos lisos como os de mulheres, perfeitos como os de bebês, entretanto emanavam medo, como se pertencessem a psicopatas.

– Diz-me, Batista, do que é feita esta chama? – perguntou o intruso mais alto.

– Isso não é fogo.

– Ora, pois. Mas, se não é fogo, que raios de bruxaria é essa?

– Isso é uma lâmpada. Funciona com eletricidade.

– Eletricidade?

O velho calou-se. Não sabia explicar como funcionava uma lâmpada. Na verdade, em toda sua vida, nunca havia parado para se perguntar como aquela peça conseguia produzir luz. O que interessava é que, se acionasse o interruptor, ela acendia. Se não acendia, trocava a lâmpada. Se não acendia, chamava um eletricista. Pronto, era isso. Entretanto, estava indignado. Como dois sujeitos, por mais doidos varridos que fossem, não sabiam o que era uma lâmpada?

– De onde vocês dois são?

– Portugal – murmurou a voz baixa e constante de Acordador.

– E em Portugal vocês não usam lâmpadas, não? – indagou Batista, encarando-o nos olhos.

– Não usamos em nosso castelo – tornou aquela voz assustadora, sussurrante.

Batista parou de encarar Acordador. Alguma coisa em seu íntimo alertava-o de que aquilo não era muito seguro.

– Por que você fala assim tão baixinho? Por que não fala normalmente?

Os dois vampiros começaram a rir em tom baixo, em tom que os cúmplices usam. Trocaram olhares. Acordador aproximou-se do velho e sentou-se na cama ao seu lado.

– Eu falo baixo porque tem gente que não pode ouvir minha voz.

– Que gente é essa?

Os dois voltaram a rir, deixando Batista com expressão de abobalhado, como alguém que não entende uma piada simples.

– É que, se falo alto, acordo os mortos. Eles levantariam das suas tumbas e viriam até aqui. Creio que tu não gostarias de te deparar com nenhum deles. Muitas vezes eu não gosto de fazer isso. Então, ó gajo, é por isso que eu falo assim tão baixo.

Batista ficou calado. Não acreditava naquele demônio pálido; entretanto, não queria que aquilo ficasse evidente. Eram dois loucos.

– Batista, fala-me mais desta coisa que tu chamas de eletricidade – pediu Guilherme.

O velho levantou-se, deixando Manuel sozinho na cama.

– Eletricidade é eletricidade, oras!

– Mas como essa eletricidade faz funcionar esta lâmpada?

– Faz, fazendo. Olha, me desculpem, mas eu não sou doutor nem professor. Mal sei escrever meu nome direito. Vocês sabem ler, não é? Pois vão a uma biblioteca e leiam numa enciclopédia, oras bolas.

Batista tossiu, engasgando-se. Sua garganta machucada estava seca e dolorida. Passou a mão no pescoço, como se ela tivesse algum poder curativo.

– Vou para minha cozinha. Preciso beber mais água.

Como nenhum dos invasores se opôs, o velho continuou caminhando lentamente em direção à porta. Quando já estava chegando no corredor, a voz do cabeludo fê-lo congelar.

– Mas, Batista, deve haver um jeito de tu me explicares como essa lâmpada funciona sem provocar fogo.

Parado, o velho virou-se. Imaginou que o intruso queria vê-lo assim, imóvel. Mas não houve indício disso. Batista percebeu que nas faces pálidas dos invasores de seu pobre casebre imperava um ar de curiosidade quase infantil. Sentia como tendo de explicar aos netos como a porra da eletricidade funcionava.

Batista encostou-se no batente da porta, como desequilibrado. Num repente, sua mente iluminou-se com uma imagem.

– Vocês dois nunca viram um relâmpago?

– Na verdade, meu amigo Batista, nós sempre vemos relâmpagos. O que têm eles?

– Mas, tchê, um relâmpago é eletricidade pura! Eletricidade é energia. A gente consegue ligar a luz, ligar a TV, o refrigerador...

– Refrigerador?! – espantou-se Inverno.

– É. Vocês também não conhecem uma geladeira?

Ambos os vampiros balançaram a cabeça negativamente.

– É aquele eletrodoméstico onde guardamos nossa comida para não estragar. Um congelador que funciona a energia elétrica.

– Ora, mas que coisa! Agora vós também sabeis congelar? – perguntou Guilherme, com a fisionomia estupefata e ainda curiosa.

Batista virou-se outra vez, indo para o corredor. Realmente precisava de um copo d'água, mas, sobretudo, queria pôr a mão em sua espingarda Puma calibre 38. Aqueles dois pagariam por tê-lo feito cativo em seu próprio quarto. Temeu que repetissem o truque demoníaco da noite passada. Ouviu de novo a voz do homem mais alto. Tinha saído do quarto e vinha atrás dele no corredor, fazendo mais perguntas curiosas. Batista não acreditava que aqueles dois perguntavam sobre coisas tão básicas. Deveria estar sendo refém de dois loucos varridos.

– Tens alguma coisa destas aí? Possuis um refrigerador?

– Tenho, sim – respondeu baixinho Batista, educadamente, tentando ganhar tempo. – Venha até a cozinha comigo que eu posso lhe mostrar.

Batista atravessou a sala na frente de Guilherme, chegando à cozinha antes do vampiro.

Manuel continuava sentado na cama, tentando imaginar como um relâmpago fazia funcionar a tal lâmpada.

Batista adentrou a cozinha e, mais rápido que pôde, apanhou a espingarda, que permanecia como a deixara no fim do dia anterior, de pé, recostada à mesa.

Guilherme não se importou com a impaciência do homem em apossar-se daquele instrumento. Pela semelhança aos mosquetes, certamente aquilo se tratava de uma arma de fogo. Mas o que o velho Batista lhe faria? Mataria? Não com aquilo. Não daquela forma. Estava mais interessado nas coisas que a eletricidade fazia. Queria ver o tal congelador.

Batista empunhou a Puma e a engatilhou, deixando o cão pronto para disparar. Apontou-a para o intruso, deixando clara sua intenção. Matá-lo. Mas a calma com a qual o invasor o encarou deixou-o desconcertado. Não percebeu nenhum sinal de medo, nenhum receio. Nada. Apenas aquela expressão curiosa, típica das crianças.

– Onde está o congelador?

Batista apontou para Guilherme uma grande caixa branca que produzia um zumbido constante. Inverno aproximou-se para melhor examiná-la. Colocou a mão na superfície metálica, sem detectar nenhum frio sobrenatural. Quando se voltou para Batista, percebeu Manuel adentrando o cômodo.

Batista pareceu ficar mais nervoso. Talvez o baixinho tentasse tomar-lhe a arma. Apontou a espingarda na direção do novo intruso, mas, para sua decepção, este também não mostrou se importar com o artefato.

– Como é que isto congela? – perguntou Guilherme.

– Puxe a porta por esse ferrinho aí. Guilherme obedeceu. Abriu a porta da geladeira e, com isso, deixou uma luz fraca iluminar a cozinha.

– Ora, pois, também tem uma lâmpada aí dentro! – espantou-se o vampiro.

Manuel juntou-se a Guilherme, impressionado com o eletrodoméstico. A geladeira liberou um frio suave, porém nada perturbador.

– Não é que é fria mesmo? – espantou-se Acordador.

Inverno observava a caixa com resignação e ar desdenhoso; afinal, não era tão fria assim.

– Não está impressionado, amigo?

– Ora, pois, mas este frio não congela uma criança sequer.

– Ah, ah, ah – riu baixinho Manuel. – Não é que meu amigo está com ciúme?!

– Ora, mas essa é boa, Manuel. Eu teria ciúme desta coisa por quê?

– Porque eles conseguiram imitar o teu truque.

– Ora, pois, já disse que isso não congela nem uma criança. Que dizer de um homem! Eu posso congelar tantos quantos quiser em poucos segundos.

Batista acompanhava a discussão dos dois sem entender bulhufas. Que truque era aquele que o outro fazia?

– Como é que isto aqui funciona?

– Eu não sei – respondeu Batista ao mais baixo. – Como disse, eu não sou estudado. Não sou doutor. O que sei é que a gente liga na tomada e a eletricidade cuida do resto. Faz girar um gás que esfria a geladeira. E é só isso que me interessa saber.

Guilherme puxou a maçaneta de uma portinhola dentro da geladeira, em sua parte superior. Ali era a parte destinada a um pequeno congelador. Encontrou, dentro do compartimento, um recipiente dividido em doze pequenos espaços repletos de água congelada.

– Aqui, sim, se pode congelar um homem! – exclamou Guilherme. – Mas é tão pequeno. Não caberia nem a cabeça.

– Por Deus do céu! Que tipo de gente são vocês? Por que querem congelar um homem?

Guilherme deu as costas à geladeira, encarando Batista na penumbra. O homem, que já tinha abaixado a arma, voltou a apontá-la, assustado e nervoso.

– Eu vi que esta coisa congela água. Em quanto tempo ela faz isso? – perguntou o mais alto. Batista balançou a cabeça, confuso.

Queria responder, mas nunca havia parado para prestar atenção em quanto tempo o congelador transformava água em gelo.

– Nunca reparei. Umas três horas, talvez um pouco mais – respondeu Batista. Guilherme abriu um sorriso largo e virou-se para Manuel.

– Vês, irmão, esta porcaria não consegue me imitar. É apenas um arremedo de congelador. Eu sou um congelador legítimo.

Guilherme olhou em volta. Na parede, junto à porta da cozinha, havia um interruptor semelhante ao que Batista usara no quarto para criar luz. Num piscar de olhos Guilherme chegou até ele e acionou-o. Aqueles dois aprendiam rápido. A lâmpada acendeu, iluminando completamente a cozinha.

– Vou te mostrar uma coisa, velho.

Guilherme foi até a pia e apanhou um copo de vidro no mesmo compartimento que havia procurado na madrugada, encheu-o com a água que estava acondicionada numa moringa e o colocou em cima da mesa.

– Isso é congelar – Inverno estendeu a mão.

Batista sentiu um frio inesperado tomar conta da cozinha. Começou a tremer descontroladamente. Observava a mão do invasor, hipnotizado. Só tirou os olhos de cima de Guilherme quando ele recolheu a mão, poucos segundos depois. Então seus olhos correram ao copo d'água, que agora não apresentava mais seu estado liquefeito, parecia sólida. Sólida como gelo. Aqueles dois só podiam ser demônios vindos do inferno.

– Como diabos você fez isso? – inquiriu o velho, tremendo fortemente, afetado pelo frio congelante que tomara conta do ambiente.

– Se eu te contasse, tu não me acreditarias – disse Guilherme. Manuel deixou a cozinha, caminhando lentamente para a sala.

– Obrigado pela estada e por tuas explicações pouco esclarecedoras, contudo interessantes. Agora que é noite feita, devemos partir – agradeceu verdadeiramente Inverno, imitando Manuel e caminhando lentamente.

– Sim, vocês dois vão partir agora. Vão partir para o inferno!

Batista ergueu mais uma vez a espingarda e disparou. Seu tiro foi preciso e certeiro, atingindo o demônio congelante bem no meio das costas, na altura do coração humano. Apesar do disparo preciso, para surpresa do velho o invasor continuou caminhando placidamente.

Quando chegou à sala, Inverno percebeu que Manuel já estava lá fora. Caminhou em direção à porta, sem se incomodar com o disparo. Fosse um outro homem, ficaria furioso e o mataria por tamanha ousadia, mas, como se sentia devendo ao velho Batista, decidiu deixá-lo em paz.

Depois de passado o choque inicial, Batista correu até a sala. Os invasores haviam desaparecido. E, com eles, fora embora também o frio sobrenatural.

✠ ✠ ✠

Eram oito horas da noite quando Guilherme e Manuel abandonaram o pequeno sítio de Batista pelo mesmo caminho que fizeram na noite passada. Quando chegaram à cerca, repetiram o salto sobrenatural, deixando a propriedade.

– Antes de partirmos para oeste em busca dos nossos irmãos, vamos fazer uma rápida visita.

– Vamos visitar quem?

– Manuel, acalma tua curiosidade. Tu saberás quem é assim que lançares os olhos.

Apesar do chão enlameado, não havia neve forrando o caminho. Aparentemente fizera sol forte durante todo o dia, derretendo o gelo da noite anterior. Guilherme decidiu conter seu frio sobrenatural. Deveria poupar energia para a aventura que viria. Poderiam existir mais soldados guardando os corpos dos vampiros restantes.

– Devemos andar mais depressa. Pressinto que temos muito de caminhar esta noite.

– Tu falas por causa de nossos irmãos, não é?

– Sim, Manuel. Apesar de senti-los no oeste, tenho a impressão de que estão distantes. Mas, como tu também sabes, não há como descobrir, a não ser que caminhemos a noite inteira naquela direção.

– Tanta coisa deve ter mudado em nossos quatrocentos e noventa e três anos de clausura. Penso que nossos poderes podem ter sofrido algum câmbio.

– Saberemos o que mudou, amigo. Saberemos, e não demora.

– Quatrocentos e noventa e três anos. Será que posso ter quatro filhos, se eu quiser?

– Já disse que saberemos quando for a hora.

Os dois andaram em passo acelerado por cerca de uma hora, voltando em direção à cidade. Inverno conduziu Acordador para uma rua que o companheiro ainda não conhecia. Havia poucas casas residenciais e alguns prédios comerciais.

– Consegues sentir?

Manuel respondeu que sim, usando um lento meneio com a cabeça. Sétimo estava por perto. Guilherme conduziu-o até a frente de um prédio abandonado. Um letreiro torto e parcialmente queimado ostentava a palavra hotel no topo do primeiro andar. Manuel seguiu Inverno para dentro do pequeno prédio de três andares. Após atravessarem a recepção, Inverno indicou uma porta enegrecida por um antigo incêndio. Ao transpô-la, teve de descer dois lances de escada, alcançando uma espécie de calabouço. Em algum lugar existia uma goteira, que trazia aos ouvidos poderosos de Manuel o som da água se empoçando a cada novo pingo. Um guincho de rato tomou-lhe os ouvidos. Mas a sensação que predominava era aquele ódio crescente. O maldito estava ali. Entocado em algum canto. Sétimo. Aquele que o pegara desprevenido. Aquele que permitira que fosse encerrado dentro da caixa de prata. Sétimo, o irmão maldito. O depósito subterrâneo era escuro, mas seus olhos não pediam por luz. Vagou entre o lixo e os ratos mortos espalhados pelo chão, mas seus olhos não encontraram o velho irmão. Guilherme adiantou-se e, bem no canto mais fundo do calabouço, começou a remover um amontoado de tijolos e pedaços de madeira.

– Vamos, Manuel, não te amedrontes. Ele ainda está paralisado, como estivemos. Não lhe proporcionei o prazer do retorno. Neguei-lhe o néctar de nossa existência. Não precisas aflorar teu medo. Vem e me ajuda.

– Quem disse que tenho medo deste aí? – perguntou Manuel, com sua voz baixa e rouca e seu patente sotaque português.

– Quem precisa dizer?

Ambos trabalharam na remoção das coisas de cima da caixa de madeira. Quando livraram toda a superfície superior, Guilherme ordenou que parasse.

– Esta caixa é perfeita – disse Guilherme, enquanto erguia a tampa e conversava com o cadáver seco e inerte. – Parece que foi feita para ti sob encomenda.

Manuel pousou os olhos no irmão adormecido sem alterar a expressão. O irmão mais temido agora parecia um pedaço de madeira jogado a um canto. Imóvel, imitando um morto. Poderia destroçá-lo em milhares de pedacinhos e depois espalhá-los com o vento, impossibilitando para sempre seu retorno. Que prazer imenso teria com isso!

– Imagino que estejas tramando mil modos de destruí-lo, não estás? – perguntou Inverno.

– Ora, gajo, claro que estou! Seco como um toco velho, poderia esmigalhá-lo, torná-lo pó e distribuí-lo ao vento.

– Fogo...

– Hã? O que disseste?

– Tenho ideia de queimá-lo, transformando-o em cinzas e separá-las em cinco potes, misturá-las a grãos de alho e guardá-las eternamente.

Manuel aquiesceu, mantendo-se calado.

– Vê, existem tantas formas de nos livrarmos deste incômodo. Há tanto ódio guardado em cada um de nós. E é por este mesmo motivo que nada faremos por enquanto. Vamos nos reunir. Todos nós. Então encontraremos a maneira ideal de fazer este inimigo pagar por nossos quatrocentos e noventa e três anos de clausura.

– E Miguel?

– Miguel, o Gentil, não será empecilho algum. Apesar de seu truque ser o mais poderoso, nada poderá contra nós cinco juntos.

– De fato, ele nunca pôde. Não vai ser agora que o preocupado vai ficar valente.

Inverno concordou, rindo alto. Juntos, devolveram o irmão odiado à caixa de madeira. Cobriram-na com os entulhos abandonados e deixaram o hotel. De volta à rua, tomaram o turno oeste. Não sabiam a que distância os irmãos estavam, mas estavam em algum lugar naquela direção.

– Tratemos de encontrar nossos amigos adormecidos. Que festa faremos quando estivermos novamente reunidos! Voltaremos ao nosso castelo. Levarei desta terra apenas aquela menina de sangue doce, a que me serviu o néctar para despertar. É verdade que me serviu pouco, que me pareceu uma eternidade meu restabelecimento. Mas o que é a eternidade para quem conhece o infinito?

– Desta terra estranha não quero levar nada. Farei meu novo filho somente quando estivermos em nossa terra, em nosso solo poderoso.

– Lembraste bem. Com quatrocentos e noventa e três anos sem procriar, acredito que cada um de nos terá direito a uma nova geração. Uma geração livre de Tobia.

Depois de caminhar por duas horas, cruzando a floresta que já conheciam em parte, encontraram um caminho. Era uma estrada no meio da mata. Mas esta era diferente. Diferente do tapete negro que encontraram anteriormente em algumas ruas de Amarração. Diferente do caminho sulcado pela carroça do velho Batista. Neste, onde o mato parecia cortado a facão, no chão, no meio do caminho, paralelamente se estendiam duas barras metálicas que seguiam o caminho ininterruptamente.

– Que tipo de estrada é esta, ó Manuel?

– Nunca vi estrada igual. Vera Cruz parece uma terra cheia de novidades, não parece?

– Batista chama esta terra de Brasil.

– Brasil, terra de brasileiros.

– Para que os brasileiros precisam de uma estrada feita com ferro?

– Já que temos tempo, ó gajo, vamos caminhar por este caminho de ferro e descobrir – sugeriu Acordador.

– Poderemos nos desviar de nosso rumo...

– ...ora, pois, lá vens tu, com prudência exagerada. Caminhemos por uma hora; se de nada nos servir, mudamos novamente – resmungou o vampiro de voz baixa e sombria.

Inverno parou, encarando o irmão com ar enfezado.

Manuel continuou caminhando, mas sabia que Guilherme o encarava com mau humor, parado no meio do caminho. Depois de se afastar alguns metros, olhou para trás. Lá estava ele, no mesmo lugar.

– Agora tu pareces um maricota. Qualquer reclamação é motivo para amarrares este bico de chorão.

– Tu perdeste o respeito por mim, posso perceber.

– Ora, Guilherme, cada vez que fazes este jeito, penso em te chamar de Miguel, pois é com quem tu pareces. Com Miguel, o Chorão. Maricas!

Um vento frio começou a percorrer a mata, deitando a vegetação alta que beirava a estrada de ferro. A noite morna tornava-se gelada.

– Não me provoques, amigo noturno. Minha ira pode ser mais selvagem do que a do Sétimo. Do Gentil não tenho nada, valho mais do que vocês entendem. Posso fazer-te engolir estas palavras de maneira tão amarga que...

Manuel desapareceu do campo de visão de Guilherme.

– Não me ameaces, irmão gelado. Sabes que conheço tantos truques quanto tu conheces. Se achas tuas maldades amargas, tu não conheces o fel de meus pensamentos – sussurrou uma voz sobrenatural.

Inverno girou em torno de si mesmo, tentando localizar o irmão noturno.

– Não me provoques! Aparece! Vem me enfrentar como um homem!

Manuel surgiu diante de Guilherme enquanto este olhava para o outro lado. Assim que Guilherme voltou os olhos para a frente, duas mãos potentes empurraram-lhe o peito, fazendo-o cair entre as barras de ferro, produzindo um barulho alto ao espalhar uma porção de pequenas pedras que cobriam o caminho. Seus olhos acenderam, transformando-se em duas brasas vermelhas que tomavam quase inteiramente o globo ocular.

– Que irmão ingrato tu me estás saindo. Não faz um dia que te libertei da clausura e já estás a criar discórdia.

– Que natureza abominável é esta que nos comanda? – perguntou Acordador ao irmão caído e de olhos chamejantes.

– Agora culpas nosso instinto. Não te acovardes, ó Acordador. Se tu guardas mágoas contra mim, que venhas apagá-las.

Acordador, o vampiro de baixa estatura, permaneceu imóvel. Só voltou a se agitar quando percebeu Inverno desaparecer diante de seus olhos. Seus olhos também se acenderam, e os caninos brotaram afoitos sobre o lábio inferior. Girou a cabeça vasculhando a mata com os olhos vampíricos, sem sair de cima da estrada de ferro. Sentiu o frio aumentar em volta do corpo. Usando sua velocidade de vampiro, avançou cinco metros, abandonando o frio intenso. Um amontoado de gelo formou-se justamente onde estivera posicionado um segundo atrás.

– Queres me prender no gelo, não é? Vais precisar congelar mais rápido que isso.

Acordador gritava nervoso. Sabia que o irmão gelado era perigoso quando queria. Virava-se para trás, quando sentiu a mão congelante de Inverno empurrando suas costas, derrubando-o nas pedras que cobriam o caminho de ferro.

Atracaram-se no chão feito cão e gato, rolando sobre o caminho. Quando Acordador conseguiu posicionar-se em cima do adversário, foi violentamente arremessado para cima, caindo a dez metros de distância.

Manuel levantou-se furioso. Estava cansado de se esfregar contra aquelas pedras. Voou para cima de Inverno, usando seu salto poderoso. Agarrou-lhe a garganta. Antigamente, numa situação semelhante, quando tentou estrangulá-lo, parecia possível, mas não agora. Quando fechou a mão no pescoço de Guilherme, parecia tentar estrangular uma rocha compacta. Estavam ambos mais fortes. Estavam ambos mais poderosos. Sabia que Inverno também já havia percebido isso. Sua face estava consumada, apavorada, como se temesse que aquela peleja nunca terminasse.

Estavam novamente no chão, puxando-se, empurrando-se e golpeando-se incansavelmente. Pararam. Os trilhos de ferro chiavam. Interromperam a batalha. O chiado aumentou, acompanhado agora de um leve tremer. Levantaram-se, espanando a sujeira da roupa. Olharam-se mudos. Estavam curiosos demais para continuar a briga. O fim daquele duelo teria de esperar alguns instantes.

Uma luz potente surgiu, avançando pela estrada de ferro. Vinha conduzida por algo que avançava. E como vinha rápido!

– Aquilo é uma lâmpada provida de eletricidade?

– Ora, gajo, como vou saber? Esses brasileiros a cada momento apresentam uma novidade a estes lusitanos.

– Esta coisa vem rápida, mais rápida que um cavalo nobre.

– Pois certamente não é um cavalo – disse Manuel, voltando ao costumeiro tom sussurrante.

A coisa aproximava-se cada vez mais. Por prudência, os dois vampiros trocaram o meio do caminho por um canto junto ao matagal que crescia às margens da estrada. De repente, o som de apito fez-se ouvir na noite escura. O apito repetiu-se e parecia aproximar-se com a luz flutuante. O barulho de pequenos estouros invadiu os ouvidos dos dois vampiros, tomando ainda mais sua atenção. As explosões eram cadenciadas, um barulho que nunca haviam escutado. E chegavam velozes, com a luz oscilante. Estavam agora a cem metros. Dois segundos depois estavam a cinquenta metros, com as explosões parecendo um feroz rugido, um monstro feroz que os havia farejado e vinha enlouquecido atrás dos dois malditos. Receosos como nunca tinham ficado de nada neste mundo, retrocederam até se esconderem entre as hastes longas do capim alto às margens da estrada de ferro. Mais dois segundos e a luz passou numa velocidade incrível para os vampiros. O som agora era ensurdecedor. E aquilo, pelo que entenderam, era um veículo novo, diferente de tudo o que já tinham visto. Produzia um barulho metálico, vindo do atrito de rodas de ferro que corriam sobre as barras metálicas dispostas paralelamente ao chão. O atrito quase chegava a incomodar seus ouvidos sensíveis, porém resistentes. O veículo era extenso e cheio de partes retangulares, de caixas ora metálicas, ora de madeira, sobre rodas. A primeira seção, feita de ferro e colorida de vermelho, havia expelido uma fumaça preta para o alto, infestando todo o caminho com um cheiro forte. Nada a puxava. Era como se possuísse vida própria. Seria movida por eletricidade também?

– Isto nunca acaba? Parece uma serpente de ferro. Não vejo o fim desta coisa.

Manuel abandonou o matagal, aproximando-se do estranho veículo.

– Que será isso? – perguntou Inverno, saindo do matagal também.

– Ora, tratemos de descobrir.

Manuel arqueou o corpo, preparando-se para um salto. Aguardou um instante e então tomou coragem. Pulou para cima, ganhando o ar, agarrando-se em uma das caixas feitas de madeira. Olhou para trás, deixando um aceno para Inverno.

Guilherme sentiu-se assustado por um segundo. Enxergou o fim da serpente metálica aproximando-se. Não sabia se conseguiria correr atrás da coisa usando sua velocidade vampírica, por isso antecipou a decisão, saltando e agarrando-se ao veículo sobrenatural.

Agarrado à parte lateral do último compartimento do veículo, Inverno sentia o vento acariciar-lhe a face. Já não mais estava enraivecido com Manuel. Estava demasiadamente envolvido por aquela sensação de embrenhar-se no desconhecido. Os cabelos longos formaram um corpo único, estendendo-se para trás da cabeça como seguros por uma mão fantasma. Três compartimentos à frente seus olhos vampíricos avistaram Manuel, que, de alguma forma, escalava a caixa de madeira, chegando ao topo. Realmente parecia que poderia apreciar muito mais a viagem veloz lá de cima. Locomoveu-se lateralmente, com cuidado, procurando meticulosamente onde firmar os pés a cada arrastada, até alcançar uma escada de ferro prateado que lhe permitiu chegar ao topo do compartimento, imitando seu irmão noturno. Lá, o vento parecia ainda mais potente. Seus cabelos longos permaneciam arrastados para trás. Nunca havia viajado em um veículo tão rápido e tão misterioso, construído, ao que tudo indicava, pelas mãos de um homem. Aquela sensação era impressionante, até mesmo para um de sua espécie. O céu escuro, com poucas estrelas, usava a lua crescente como enfeite. Ao olhar para a frente, viu Manuel caminhando no teto do compartimento de madeira, saltando com cuidado, atingindo o topo do vagão seguinte. Imitou-o. Manuel caminhou sobre mais um compartimento e saltou para o próximo, encontrando-se com Guilherme.

– Que raio de coisa é essa? – perguntou o vampiro Acordador, exalando uma pequena ponta de euforia.

– Não sei, mas é uma coisa fantástica.

– Isso aqui parece ter vida própria.

– Uma coisa feita de pau e ferro não tem vida. Vamos até lá, na ponta da coisa. Talvez, se virmos o que tem na sua cabeça, possamos tirar uma conclusão acertada sobre seu funcionamento – Manuel concordou. Passou a mão tentando ajeitar os cabelos loiros, que, apesar de curtos, se agitavam furiosos ao sabor da ventania.

Ambos dirigiram-se para a frente. Logo se adaptaram ao balanço do transporte, caminhando com bastante confiança. Tomavam maior cuidado apenas quando tinham de transpor o espaço vazio de um vagão ao outro.

Manuel avançava por cima de outro compartimento férreo; já caminhara mais da metade, quando percebeu uma escotilha aberta. Sem pensar duas vezes, saltou para dentro do vagão escuro. Tocou o chão um pouco mais veloz do que esperava, tendo de arquear levemente o corpo. Recuperou sua rotineira postura sisuda e passou a examinar o local escuro, sem nenhuma dificuldade para enxergar cada detalhe, graças à sua visão sobrenatural. Um baque seco logo às suas costas indicou a chegada do parceiro. Havia muitas caixas empilhadas no compartimento e apenas dois estreitos corredores que permitiam certa locomoção. Um deles cortava o vagão em sua extensão e o outro, em sua largura, formando uma encruzilhada bem no centro. Manuel, que se encontrava justamente nessa encruzilhada, lia atentamente avisos impressos nas caixas feitas de um material marrom que lembrava papel, mas bem grosso e aparentemente resistente.

– Empilhamento máximo: cinco unidades.

Inverno não conteve a curiosidade e disparou um soco numa das caixas bem à sua frente, abrindo um buraco por onde enfiou o punho e enterrou o braço até o ombro. Tateou o material lá dentro, tendo uma boa impressão do que se tratava.

– Fórum – leu novamente o vampiro mais baixo. Os dizeres estavam envoltos em um losango vermelho.

– De que diabos de fórum vêm estas caixas? – Inverno deu de ombros, enquanto agarrava o pedaço de alguma coisa e o arrastava para fora.

– O que tem aí? São documentos do fórum? – Guilherme retirou a mão de dentro da caixa.

– Não.

Junto com a mão, sacou uma peça de roupa.

– Veja, Manuel. São roupas.

– Esses brasileiros são mesmo estranhos. Por que guardam roupas nas caixas do fórum?

Inverno mergulhou novamente a mão dentro da caixa, sacando outra peça idêntica. Uma calça de tecido preto, feita do mesmo material da calça azul que furtara do pobre aldeão. Um pedaço de papel amarrado ao cós da roupa trazia algumas informações.

– Calça *jeans* preta, lavável, número quarenta e quatro – leu o lusitano, sem dar o acento apropriado à desconhecida palavra *jeans*.

– Que diabos é *jeans*?

– Ora, pois, presumidamente é o material com o qual os alfaiates cerziram esta peça.

– Agora, então, usamos calças de *jeans*.

– Quanto a ti, sim, podes dizer isso. Eu prefiro dizer que agora eu uso calças novas de *jeans*. Calças que iam para o raio do fórum. Estas minhas aqui foram cruzadas por uma bala de Vera Cruz – disse Guilherme em meio a pequenos risos e, sem pudor algum, tirou a calça, deixando o pinto à mostra.

Manuel riu da graça do amigo e copiou sua atitude. Sua calça *jeans*, apesar de intacta, estava suja e, por conta do humano, último ocupante, malcheirosa.

– Passa-me uma destas calças pretas do tal *jeans*.

– Ora, seu monstro folgado. Vem e procura tu mesmo. Com essas pernas curtas hás de empregar muito tempo até estares satisfeito.

Manuel, nu da cintura para baixo, caminhou até a caixa violada pelo companheiro. Após sacar três peças, percebeu que todas naquela caixa eram da mesma numeração, portanto, muito grandes para sua estatura. Decidiu abrir outra caixa, a fim de encontrar uma que o vestisse bem. Não teve sorte novamente. Da nova caixa saíram camisas de seda, mas nenhuma calça. Precisou violar uma dúzia daquelas caixas fórum até encontrar o que procurava: uma calça *jeans* preta, com pernas curtas. Ficou quase perfeita em seu corpo. Percebeu que Guilherme produzira a mesma bagunça, rasgando e abrindo mais uma porção de caixas. Manuel vasculhou entre as peças soltas, procurando uma camisa de seda que lhe agradasse. Encontrou uma de tecido vermelho, com duas estreitas faixas negras na altura do peito e colarinho negro, longo e pontudo. Sentia-se mais vampiro com ela. Os punhos discretos não lhe agradavam de todo, mas também não havia por que reclamar. Estava agora mais bem vestido. Sem o forte fedor de suor que o humano emprestara às roupas velhas. Agora, nem mesmo o melhor cão de Tobia poderia farejá-lo. Zelaria por aquelas roupas. Até voltarem ao castelo, não poderia se dar ao luxo de carregar um guarda-roupas completo nas costas.

Guilherme encontrou uma camisa completamente preta para cobrir o tórax, muito mais elegante do que a imunda do aldeão. Como a de Manuel, possuía colarinho comprido e pontudo. Para complementar, valeu-se de uma peça que, pela etiqueta explicativa, chamava-se sobretudo, toda preta, patenteando um ar soturno ao vampiro congelante. Apanhou mais um sobretudo e o ofereceu ao amigo.

– Toma. Acredito que vais apreciar esta vestimenta.

Manuel vestiu o sobretudo, cuja barra quase arrastava no chão. A peça só não parecia ridícula na figura porque Acordador, apesar de baixo, era visivelmente robusto, do tipo que faria um valentão pensar duas vezes antes de decidir atacá-lo. Tinha mãos grandes, braços fortes e ligeiros, bem longe de lhe atribuírem um ar franzino e desprotegido.

Trajando o sobretudo e as demais peças, Guilherme parecia ainda mais alto e magro. Também tinha garbo, que lhe denotava força e respeito. O ar soturno e sombrio lhe imprimia um jeito misterioso, afastando dele muitas intenções maldosas.

Por mais alguns minutos fuçaram as caixas, procurando outras peças interessantes. Sem encontrar mais nada que lhes agradasse, queriam agora chegar à cabeça da fileira de carros assombrados. Queriam ver como aquela coisa mágica funcionava. Saltaram para fora do vagão, voltando ao topo. O veículo estava em uma parte curva da estrada, permitindo aos dois observarem o primeiro compartimento, que, aparentemente, era o responsável por arrastar todos os demais. Contaram dezesseis repartições, desde a primeira. Desta, escapava um rolo de fumaça negra para o céu, que se perdia na escuridão, deixando no ar um rastro espectral com um cheiro impregnante. As duas primeiras repartições da serpente metálica eram de ferro pintado de vermelho, como puderam perceber, particularmente diferentes dos caixotes de trás. Inverno agora ia na frente, atento aos obstáculos que apareciam esporadicamente. Postes enviesados, fixos, marginais à estrada de ferro, atravessavam por cima da serpente, obrigando-os a se abaixar hora e outra. Quando alcançaram o penúltimo carro, vermelho como a ponta, o som das curtas e ritmadas explosões já era avassalador. Do primeiro carro, por um tubo curto e grosso, a fumaça fedorenta era cuspida para o alto. Perceberam que as duas seções no extremo da serpente, diferentemente dos caixotes retangulares, possuíam uma espécie de corredor lateral, por onde seria possível um homem caminhar com certa segurança. Trataram de saltar para esses corredores, dos quais, certamente, teriam uma visão melhor de como o monstro de ferro funcionava. Os dois homens de sobretudo preto invadiram o compartimento por uma porta lateral, que possuía uma janelinha de vidro, através da qual puderam espiar para dentro. Não havia ninguém. Esta parte do veículo era bem diferente da outra, onde haviam conseguido suas roupas. Não havia caixas. Era um lugar estranho, repleto de alavancas. Uma parede com peças cheias de números e recobertas de vidro que, ao que tudo indicava, servia de proteção. Um novo apito, forte e extenso, assustou os dois visitantes. Manuel e Guilherme entreolharam-se e trocaram um sorriso moleque. Saíram do compartimento e dirigiram-se para o da frente. Entre os dois da ponta havia uma peça metálica fazendo as vezes de ponte, sem os forçar a se esticar para atravessar de um vagão ao outro. No primeiro, o som cadenciado que a serpente produzia era quase ensurdecedor. Guilherme atravessou o corredor lateral sem espiar pela vigia da porta, pois estava mais interessado em chegar bem no bico da serpente de ferro. Manuel ficou atrás observando o que pretendia o amigo.

Guilherme aproximou-se da ponta do monstro de ferro. Quase podia vê-lo engolindo as barras de ferro. Outro apito ribombou do topo da máquina frontal, fazendo-o estremecer. Tinha de se acostumar com aquilo. Onde já se viu? Guilherme, o que congelava homens, assustando-se com um apito sem propósito!

Dentro da máquina, no controle, havia dois homens: José Carlos, o mais alto, e Estevão, o de bigode grisalho. Estavam com um aparelho de som portátil ligado em volume máximo. Era a única forma de se ouvir música com as explosões do motor a diesel do trem. De regra, o trabalho de controle do conjunto de vagões era aborrecido. Precisavam apenas manter a máquina funcionando e os vagões engatados. Os dois faziam aquela viagem geralmente sozinhos, quase quinze vezes no mês. Novidades? Quase nunca. A última naquela linha monótona fora três meses atrás, quando substituíram o antigo uniforme verde pelo atual, calças cáqui, com blusão azul-marinho. As botas pretas de couro continuavam as mesmas, e eram a melhor parte do uniforme.

Estevão percebeu um homem cruzar a vigia, dirigindo-se para a ponta da máquina. Aquilo, sim, era uma novidade! Um clandestino vagueando curioso pela locomotiva. Em geral, os clandestinos embarcavam em compartimentos destrancados e vazios, aproveitando as paradas costumeiras do trajeto. Estevão, aos berros, tentou avisar Zé Carlos. Como o amigo cantarolava com a música, sem pronunciar uma frase correta além do refrão em inglês, decidiu ele mesmo ir lá fora investigar qual era a do cara. Empurrou a porta com o ombro, abrindo-a repentinamente, deixando o som da banda Guns N' Roses jorrar para fora da cabine de controle. Assim que saiu, pisando no corredor lateral, deparou-se com um sujeito à sua frente, de costas e imóvel, a apenas dois metros. O homem vestia um sobretudo preto e limpo e nem de longe se assemelhava aos maltrapilhos que se aventuravam no conjunto de vagões atrás de uma carona gratuita. É verdade que a escuridão poderia atrapalhar o julgamento, mas o olfato jamais mentia. O carona não fedia a roupas usadas por semanas a fio nem mesmo a um pinguço encharcado de cana. Mas a porta, que abria para fora, ficou em sua retaguarda, impedindo-o de perceber um segundo carona logo atrás.

Manuel aguardava Guilherme desocupar aquela parte da frente da serpente metálica para poder observar também, quando, repentinamente, a porta do compartimento se abriu, deixando escapar uma barulheira ainda maior. Seus ouvidos de vampiro, porém, captaram algo além das explosões. Uma música. Muito diferente dos acordes que se ouviam aqui e ali nas animadas festas portuguesas. Era algo mais agudo. Algo diferente. E cantado na língua dos ingleses. Um homem saiu com a música. Podia ver apenas sua cabeça, pois agora a porta aberta ficara bem entre eles. Somente a pequena janela permitia que vislumbrasse o que acontecia do outro lado. A música escapava para fora e agora apresentava um refrão lento e embalante:

– *Knocking, knocking, knocking, knocking on heavens door.. Uou, uou, uou, uou. Knocking, knocking, knocking on heavens door... Wah, jeah, jeah, jeah. Knocking...*

O homem adiantou-se em direção a Guilherme, liberando a porta e devolvendo a visão completa da cena a Manuel. O vampiro viu quando ele se acercava de Inverno, que permanecia de costas, mas certamente já pressentindo a aproximação.

Inverno virou-se repentinamente, fazendo Estevão sobressaltar-se. Guilherme encarou-o, ressabiado. Quem era aquele homem de blusão azul-marinho e bigode grisalho?

– Está procurando alguma coisa, amigo? – perguntou Estevão.

Guilherme continuou calado e aproximou-se um passo, ficando junto ao homem.

O maquinista sentiu um calafrio assombrado percorrer-lhe a coluna. Era como se uma espécie de alerta interno houvesse disparado. Seus olhos vagaram pela figura parada à sua frente. As roupas eram limpas, sim. E a pele pálida do rosto do homem contrastava com a camisa e o sobretudo preto. Era como olhar para um morto. Ouviu a porta rangendo e fechando-se automaticamente às suas costas. Ele a havia soltado, deixando a mola cerrá-la, encerrando, também, sua parte preferida daquela balada do lado de dentro da máquina. Sentiu-se intimidado pelo silêncio do clandestino. Normalmente essa gente que apanha carona é amedrontada e desequilibrada; quando interrogada pelos condutores, costuma desatar a falar e a pedir desculpas. O silêncio era estranho. Dava medo.

– Que música era aquela? – perguntou o homem de sobretudo, com um estranho sotaque.

Estevão ainda estava tenso. Processou a pergunta. Respondeu quando conseguiu forjar um sorriso despreocupado.

– É um conjunto norte-americano. *Guzrouzes*... um negócio assim.

– Um negócio assim... – repetiu Guilherme, murmurante, imitando o sotaque daquele homem. – É uma música diferente, tu não achas?

– O quê? Você precisa falar mais alto. Esse barulho!

Guilherme repetiu a pergunta, quase gritando. Estevão reconheceu o sotaque.

– Bá, tu é português, é?

– Ora, pois, é tão evidente assim?

– É o sotaque, rapaz. Dá pra perceber que tu é português. Meu tio, casado com a irmã de minha mãe, é português. De que parte você vem?

– Do D'Ouro. Conheces?

O maquinista meneou a cabeça negativamente. Guilherme percebeu que seus olhos transbordavam medo. Gostava daquela expressão. Gostava de perceber os músculos tensos, prontos a empreender uma escapada, uma defesa. O mundo podia ter mudado muito, mas o medo que os humanos exalavam ao trombar com os de sua espécie ainda era o mesmo.

– Sabes o que eu sou? – arriscou.

– O quê? Não te entendi. Tu fala muito baixo, tchê! Com esse motor a toda, não dá para escutar nada.

– Que motor?

– O da locomotiva, ora!

Guilherme percebeu Manuel aproximando-se pelas costas do maquinista. Apesar do cabelo revolto, sua expressão era serena.

– Ela funciona com eletricidade? – perguntou o vampiro.

– Bá, claro que não! Ela funciona a diesel. Motor a explosão. Tu não sabe como funciona?

Guilherme alterou sua expressão. Havia algo errado acontecendo. O vento aumentou o zunido em seus ouvidos. A voz do homem de azul-marinho começou a chegar distorcida a seus tímpanos. Era uma sensação que já conhecia, mas que há séculos não experimentava. Respondeu ao homem meneando a cabeça. Percebeu Manuel abrindo a porta lentamente e entrando sorrateiro para dentro da *locomotiva*, como dissera o homem de bigode.

– Bem, um motor de explosão funciona com combustível líquido geralmente...

Manuel entrou no compartimento, deparando-se com um indivíduo alto. Apesar de não haver nenhum salão de festas ali, nenhum conjunto de artistas, a música continuava alta e animada. Agora era outra voz, cantando em língua portuguesa. Gostou do ritmo da nova música, chegando a sorrir.

O homem tomou um grande susto ao ver o baixinho de sobretudo preto entrando na locomotiva.

– Quem é você? Que quer aqui?

– Meu nome é Manuel – respondeu o vampiro em seu costumeiro tom murmurante.

– Aqui dentro você precisa gritar. Com essa zoeira toda eu não posso te ouvir.

Acordador alisou a garganta. Era bom que não houvesse nenhum morto ali por perto.

– Meu nome é Manuel! – gritou.

Zé Carlos abandonou seu posto junto aos controles e empurrou o baixinho para o lado, quase o atropelando. Empurrou a porta e enfiou a cabeça para fora. Estevão conversava com um outro sujeito. Também vestido com um sobretudo preto, mas com uma camisa bem mais discreta.

– O que vocês estão fazendo no meu trem? – Manuel não gostou do tom arrogante do homem alto.

Zé Carlos soltou a porta e encaminhou-se de volta a seu posto. Repetiu o empurrão grosseiro, quase derrubando Acordador desta vez. Deu as costas ao baixinho e voltou a operar seu equipamento. Manuel o viu deslizar um ferro curvo (uma espécie de letra U invertida, com as pontas enfiadas no painel), descendo-o até um traço amarelo pintado na chapa metálica onde estava preso. Depois, viu-o abaixar uma haste prateada, uma alavanca. Ouviu um guizo vindo de fora e percebeu que a serpente de ferro estava parando. A barulheira cadenciada havia reduzido, até se tornar um chiado constante, bem menos agressivo. Seus olhos iam daqui para lá, tentando entender completamente o que acontecia. Distraiu-se do homem alto, só se lembrando dele quando lhe tocou arrogante no peito, dando empurrões com a ponta dos dedos da mão.

– O que vocês querem aqui no meu trem? – Manuel estava cada vez mais irritado com a atitude do homem rude.

– Só vim aqui tentar entender como essa serpente funciona, ora, pois! Não vim aqui para ser tratado como um mendigo.

– Ora, mas essa é boa, ô portuga. Tu invade a minha máquina e quer ser tratado como Dom Pedro II.

– Um mínimo de educação é o que esperava de ti, ó brasileiro.

– Pois eu vou ficar te devendo. Agora dê meia-volta, saia por onde entrou e trate de encontrar outro trouxa para te dar carona.

Zé Carlos pousou as mãos em cima dos ombros do baixinho e forçou-o a se virar. Encontrou certa resistência por parte do intruso. Começou a empurrá-lo enraivecido, enxotando-o para fora da máquina, mas, antes que conseguisse fazê-lo, percebeu que sua força se tornara insuficiente para empurrar o intruso. Afinal de contas, o baixinho era mais forte do que aparentava.

Manuel, percebendo-se a ponto de ser enxotado do compartimento e tratado com tal rudeza, decidiu que era hora de mostrar ao homem de blusa azul-marinho do que era feito.

Estevão prosseguia com sua explicação sobre o funcionamento do motor a diesel e já havia enveredado pelas dificuldades internacionais de distribuição de combustível mineral, dando mais informação que o necessário ao interlocutor, quando percebeu que o homem de sobretudo aparentemente passava mal.

Guilherme estava com expressão transtornada. Levou a mão ao peito, na altura do coração. Uma dor insuportável nascia ali, naquele exato momento. E ele sabia que só existia um remédio para aquela dor, aquela sensação maldita. A mesma que acometera Manuel na noite anterior.

Um solavanco forte sacudiu o complexo e, então, o trem começou a diminuir a velocidade rapidamente, fazendo as rodas rangerem contra os trilhos. Certamente, Zé Carlos havia acionado os freios. Estevão segurou Guilherme firme pelo braço. Parecia que o cabeludo ia cair. Não estava nada bem. Ia convidá-lo para entrar quando notou que havia realmente algo errado com o homem. A pele branca que o assustara no primeiro momento parecia agora a coisa menos estranha naquele homem. Estevão sentiu seu sangue congelar quando viu que os olhos do homem estavam mudando de cor ali na sua frente. Sentiu duas mãos fortes agarrando-lhe os braços e impossibilitando-lhe a fuga. Sabia que era tarde demais. Sabia que logo estaria morto. Afinal, que tipo de demônio tem brasas nos olhos e dentes tão pontiagudos? Do bem certamente ele não é.

Guilherme sabia que seu coração estava prestes a bater. E se batesse... se batesse, o devolveria ao mundo dos vivos. Ao mundo da morte. Poderia voltar ao Vale Negro e cumprir sua aventura. Sentia que o coração estava querendo bater. Precisava encher-se de sangue. Encher suas veias. Se seu coração voltasse a ser palpitante, iria precisar daquele combustível. Como daquele diesel do qual precisava aquela locomotiva. Sentiu Estevão debater-se nos primeiros minutos. Sentiu a morte tocar a nuca daquele pobre homem. Sentiu-a levando a alma do desafortunado embora. Sabia que ele era o catalisador daquele sofrimento. O antecipador da partida. Mas o sangue era agora dele. Todo o sangue do mundo lhe pertencia. Era só uma questão de tempo. Ai! Como era bom voltar a sentir o interior do corpo aquecido por aquele líquido abençoado! Como era bom roubar aquela coisa importante! Muitas vezes o fazia só pelo prazer, por aquela sensação inebriante, deliciosa. Fazia sem sentir. Fazia simplesmente por querer. Era mais forte do que ele. Era seu instinto natural. Era um vampiro. Soltou o corpo morto no chão. Havia imprimido a marca dupla característica no pescoço. Havia consumido até a última gota. Algumas vezes, depois de fazer, ficava olhando para os mortos, tentando adivinhar-lhes os últimos pensamentos. Aquele ali jamais saberia o que havia acontecido. Deveria estar agora batendo na porta do céu, e, se tivesse sorte, alguém a atenderia.

Percebeu que a serpente de ferro estava estacionada. Parada no meio do mato, produzindo um chiado, como vapor escapando de uma panela bem tampada. Uma música alta vinha da cabine onde entrara Manuel. Caminhou para lá. Na vigia de vidro, no topo da porta, uma mancha escarlate prenunciava alguma peraltice de Acordador. Guilherme puxou a porta para enxergar o interior do compartimento. A música tornou-se mais alta. Parecia formar-se no ar, ali dentro da cabeça da serpente, como mágica. Uma balada em língua portuguesa, naquele sotaque estranhíssimo que os humanos daquela terra deixavam escapar pela boca. Sorte os vampiros terem o dom natural de assimilar tudo em grande velocidade. Seus ouvidos já estavam se habituando àquele português vulgar, e logo poderiam imitá-los com riqueza e perfeição.

– ...com justiça e não com lágrimas. E, se lembrar de mim, faça com o mesmo ardor de uma canção feliz, de uma canção de amor...

Jogado a um canto, com os pés colados ao peito e um dos braços arrancados, jazia o corpo de um homem, trajado do mesmo jeito que aquele do qual Guilherme se alimentara. O chão estava forrado de sangue fresco. Aparentemente, Manuel não fizera questão de experimentar uma gota. Estava, agora, com os olhos colados a uma das paredes daquele compartimento.

– Tu já viste estas letras mágicas? Elas brilham como luz elétrica – disse Manuel. Guilherme aproximou-se do amigo.

– Foste tu que paraste a serpente?

– Não. Foi esse aí. Homem mais mal-educado...

– Como?

– Ora, mas tu és curioso mesmo, hein? Tudo me perguntas!

– Ora, pois, acordamos quase quinhentos anos depois. Tudo é novo. Queres que eu me sinta como?

Manuel estendeu o braço, apontando o painel de comando:

– Ele fuçou nessas peças aí. – Guilherme foi até o painel, observando interessado. Que coisa mais enigmática!

Manuel estava mais interessado no aparelho que produzia músicas. Como elas ficavam guardadas ali dentro? Como saíam? Pressionou um botão escrito "liga-desliga". A música cessou imediatamente, e as luzes fantasmagóricas se apagaram.

– Aqui faz parar de funcionar – apertou novamente, fazendo a música voltar. Inverno continuou observando os controles, sem nada entender.

– Como será que se faz essa coisa voltar a correr pela estrada de ferro?

Manuel abandonou o aparelho de som e juntou-se ao amigo. Observou o painel por um instante, lembrando-se dos últimos comandos em que o maquinista pusera as mãos. A alavanca curva, o U invertido, estava repousando no painel junto a uma parte pintada de amarelo.

– Se for igual àquela coisa que faz música e se eu desfizer o que o sem-braço aí fez, isso vai voltar a funcionar – murmurou Acordador.

Segurou a alavanca e, sem fazer muita força, deslizou-a painel acima, abandonando a parte amarela e levando-a até a vermelha, onde se lia a palavra "liga".

– Liga, nos dias de hoje, quer dizer funciona – esclareceu ao amigo.

A máquina voltou a roncar, aumentando as explosões gradualmente. Manuel não se esqueceu da segunda alavanca acionada pelo maquinista.

Devolveu-a à posição anterior à freada do trem. A composição vibrou e, depois de um sacolejo, voltou a andar, começando lenta e acelerando perceptivelmente. A música parou e, de repente, um homem começou a tagarelar feito louco.

– Vocês que estão sintonizados aqui na nossa Bela Vista FM, em noventa e seis ponto cinco megahertz, acabaram de ouvir um bloco de clássicos. Começou com Guns N' Roses, cantando *Knocking on Heavens Door*; teve também *V*ange Leonel, com *Calada Noite Preta* e, fechando o bloco, outra nacional, Lobão, *Toda a Nossa Vontade*. Vamos para o bloco comercial e rapidinho, rapidinho, a gente volta com mais Bela Vista FM pra vocês.

Por um instante, o aparelho de músicas ficou silencioso, devolvendo aos vampiros o som da serpente de ferro rodando na estrada.

– O trem está andando – disse Manuel. Guilherme concordou com o amigo, rindo alto.

– O trem está andando, amigo! – gritou Inverno, imitando Manuel.

Guilherme saiu do compartimento e voltou arrastando Estevão. Depositou-o ao lado do amigo sem braço, foi até a porta, apanhou o braço arrancado por Manuel e arremessou-o em cima dos cadáveres. Estavam indo para oeste mais rápido do que imaginavam. Estavam indo para oeste encontrar seus irmãos, a bordo da serpente de ferro.

CAPÍTULO 18

O jipe rodava veloz pela estrada asfaltada. Delvechio guiava agora. O movimento era razoável, mas ninguém estava prestando atenção nas dificuldades do tráfego. A revelação que César acabava de trazer é que era a vedete do momento.

– Como assim, rapaz? Explique-se melhor – exigiu Cantor.

– Aquele telefonema que acabei de dar. Bom, vou abrir para vocês. O meu amigo do IML, o Olavo, ele está lá em casa.

– Mas se você sabia...

– Eu não sabia. Desconfiava. Liguei e ele está lá em casa. Ele não é nenhum maníaco que rouba corpos. Alguma coisa de muito sério aconteceu.

– Isso não é novidade, César – interveio Delvechio.

– Vocês querem parar de interromper, porra! Vocês podem estar acostumados com essas coisas de ETs, de vampiros assassinos, mas nós daqui não estamos. Eu estou assustado com essa história. Então me escutem – esbravejou César, contrariado. – Se vocês acreditam em mim ou não, eu tô pouco me fodendo. Quero que escutem e me ajudem a entender. Vocês, como já disse, são mais sabidos, mais experientes. Eu falei com o Olavo, e ele está bastante abalado, querendo se entregar para a polícia. Disse para ele não ir. Pedi para ele esperar umas horas que eu logo estaria de volta. Assim, a gente conversa com ele sozinhos, com calma. Adiantando o que ele me disse, a coisa, curto e grosso, é a seguinte: os mortos começaram a se remexer nas gavetas, levantaram e saíram andando como se fosse a coisa mais comum do mundo. Se dá pra entender, por favor, alguém me explique.

Os três ficaram quietos por um minuto inteiro. Foi César quem voltou a falar.

– Bom, se vamos continuar relacionando estas coisas aos nomes da caixa, talvez, vejam bem, talvez possamos associar este fato com outro nome.

Ficaram quietos, aguardando César concluir.

– Esse cara, recuperado pelo primeiro que acreditamos ser Inverno... Este novo cara deve ser o tal Acordador.

– Acordador de mortos? – perguntou Delvechio, espantado.

– É. Se ele acordasse gente que está dormindo normalmente não teria razão para espanto e acusação de bruxaria. Agora, se ele acorda os mortos, teria conseguido uma vaga, primeira classe, para dentro da caixa de prata.

– Comentário espirituoso, rapaz – riu o padre, virando-se para trás para encarar César. – Mas o que me intriga agora é o seguinte: para onde foram esses mortos? Acordaram e foram para onde?

– Boa pergunta, padre, mas vamos tentar relacionar este fato aos supostos vampiros. Depois vamos descobrir para onde os mortos foram.

– Vamos supor que aqueles nomes realmente estão relacionados aos ocupantes da caixa. Vamos apenas supor – começou Delvechio, cheio de dedos, olhando para César através do retrovisor. – O primeiro que acordou congelou o laboratório. Inverno. O segundo que acordou pode ter sido o autor do desaparecimento dos cadáveres. Acordador. Quais são os outros nomes?

Padre Alberto Cantor sacou uma agenda de bolso de dentro do paletó.

– Bem, faltam ainda Tempestade, Lobo, Espelho, Gentil e Sétimo.

– O que eu quero saber é o seguinte: o que essas outras gracinhas aí fazem?

– Tempestade é fácil de deduzir. Como supusemos naquele dia, esse tal deve fazer chover – concluiu César.

– Lobo?

– Talvez ele possa controlar os lobos. Não sei.

– Talvez ele possa controlar lobos e cães; são quase a mesma coisa... – completou o padre.

– Ou, então, talvez ele tenha a mania de morder as pessoas. De agir como um lobo – sugeriu Delvechio.

– Um lobisomem?

– Isso. Talvez esse aí seja um lobisomem. Um homem peludo, agressivo. De dar medo.

– Um vampiro canibal – sugeriu Cantor.

– Pode ser. – Delvechio também concordou e perguntou:

– E o próximo?

– Próximo... é Espelho.

– Que raios significa isso?

– Pode ser qualquer coisa, César.

– Tem alguma ideia, padre?

Cantor parecia compenetrado em seu bloco de notas, como se o fato de olhar os nomes demoradamente revelasse os dons sobrenaturais de cada uma daquelas criaturas malignas. Em resposta a César, disse um curto "não".

– O próximo?

– Gentil.

– Não me diz nada – disse Delvechio.

– Talvez seja algum tipo de sedutor infalível. Cheio de gentilezas.

– Pode ser. Isso é bem provável. Mas esses últimos nomes são pouco ilustrativos, menos óbvios do que os primeiros. Espelho, Gentil e Sétimo.

– A única coisa que consigo relacionar ao tal Sétimo é que eles são sete. Só. Mais nada. – Cantor e Delvechio assentiram com o comentário de César.

O jipe continuou por mais quinze minutos, reduzindo a velocidade somente quando eles chegaram ao trevo que dava acesso à cidade de Barraquinha. Levaram mais cinco minutos até chegarem ao prédio do IML, bem maior que o pequeno prédio de Amarração. Como no último Instituto, havia um alvoroço incomum na frente do prédio. Temeram que os mortos dali também houvessem sido roubados. Ou pior. Que eles também tivessem despertado.

Delvechio foi o último a descer. Procuraram alguém do comando para fornecer-lhes informações. A agitação em frente ao IML provinha de que muitos familiares dos soldados já sabiam do acidente, como o incidente ficara conhecido. Um dos funcionários do IML era irmão de um dos soldados mortos por congelamento. Entrara em choque, ligara para os parentes avisando da morte do irmão e disse que dezenas de soldados estavam mortos. A notícia correra pela madrugada, resultando naquele rebuliço do lado de fora.

Chegaram até a sala de autópsias, onde havia nove corpos em cima das mesas. O restante dos soldados estava nas geladeiras. Mas a grande maioria das vítimas do vampiro congelante havia sido transportada para Porto Alegre.

Puderam examinar os corpos. Procuravam sinais nos pescoços, mas aparentemente eles não tinham sido atacados daquela forma. Haviam sido simplesmente congelados. Subitamente congelados. Pulmões, estômago, tudo congelado.

Após os exames e a análise de alguns laudos, decidiram voltar para Amarração. Estavam ávidos por novidades a respeito dos mortos desaparecidos. Primeiro passariam na casa de Tiago para apanhar Olavo e tentar entender sua contribuição para a história.

CAPÍTULO 19

Assim que soube que o irmão estava chegando à cidade, Sabrina resolveu tirar o dia de folga. Ligou para o escritório, avisando que iria faltar.

Tiago sentiu um nó na garganta assim que o táxi abandonou a Avenida Corifeu e deparou-se com o escrito de concreto:

OSASCO.

O táxi passou por um terminal rodoviário, descendo uma avenida extensa e larga, cercada por empresas de grande porte e supermercados. Osasco havia mudado muito desde a última vez em que ele estivera lá para visitar os sobrinhos. A cidade estava mais bonita, mais vistosa. Haviam terminado a construção de um viaduto metálico que transtornara a vida da irmã durante as obras. Estava magnífico. O táxi passou por baixo da construção, avançando por um *boulevard* decorado com palmeiras e lindas fontes d'água. Sabia que estavam próximos da casa da irmã, que ficava naquele mesmo bairro da prefeitura. Em menos de cinco minutos, estacionaram em frente à casa de Sabrina.

Sabrina fez uma festa. Os dois irmãos falavam-se eventualmente por telefone e muito pouco se visitavam. Haviam se afastado por essas coisas da vida que a gente não consegue explicar, mas que, às vezes, nos pegam desprevenidos à noite, antes de dormir, e nos põem um nó na garganta que só desata depois de uns cinco minutos de lágrimas corridas. Os dois se adoravam. Apesar das tragédias familiares, haviam tido uma infância bastante feliz.

Tiago e Eliana chegaram logo cedo. Quase foram obrigados a encarar outro café da manhã. Haviam combinado em nada contar a Sabrina sobre o evento sobrenatural ocorrido. A irmã poderia se assustar. Estavam decididos a convencê-la de que tinham resolvido se mudar temporariamente para Osasco. Manter a família da irmã afastada da pressão lhe parecia uma boa ideia.

– Vocês podem ficar por aqui quanto quiserem e podem contar comigo para o que precisarem – prontificou-se Sabrina, segurando no colo um de seus filhos.

– Vamos precisar, sim, mana, mas só por uns dias. Quero alugar uma casa, e nisso você pode ajudar bastante.

– Formidável! O Paulo ainda trabalha naquela corretora à qual te levei da última vez que esteve aqui.

– Poxa, então ele está firme nesse negócio!

– Pra você ver, Titi. Osasco está prosperando pra caramba; os safados fizeram um bom trabalho por aqui.

– Adorei sua casa, bate bastante sol – comentou Eliana, entrando na conversa.

– Essa é uma das vantagens de se casar com um corretor competente – as duas riram.

Tiago pediu permissão para usar o telefone da irmã, deixando as mulheres conversando sozinhas.

– O DDD é 054! – gritou Sabrina assim que o irmão deixou o cômodo.

Tiago ligou para Amarração, para sua casa, onde esperava encontrar Cesão com novidades sobre o caso. Com o telefone sem fio foi até o quarto, e ainda estava chamando quando se sentou na cama. Cinco toques. Estava a ponto de desistir quando o próprio César atendeu.

– Alô! – gritou o sulista.

– César, sou eu, Tiago.

– Titi? Onde você se enfiou, cara! Quer matar a gente do coração?

– Tem alguém com você aí?

– Tá todo mundo lá fora. O Olavo está mal pra cacete. Você nem sabe! – César pensou em contar o novo episódio daquele funesto espetáculo, mas vacilou. Isso só iria deixar o amigo mais preocupado.

– O que aconteceu?

– Umas coisas.

– Que coisas!? Desembucha, tchê!

Tiago não respondeu, entretanto não tinham tempo para silêncio. César continuou.

– E a Eliana?

– Está bem. Dentro das circunstâncias, está bem.

– Ele acordou outro daqueles cadáveres.

Tiago ficou mudo outra vez. Parecia digerir o mau agouro.

– Onde vocês estão? Aqui por perto?

– Não posso falar por enquanto. Não é seguro. Vamos continuar escondidos por uns dias, até as coisas se acalmarem.

– Cara, pode apostar que é melhor. Cuida da nossa menina.

– Avisa que estamos bem. Que estamos a salvo. Te ligo amanhã para saber o que está acontecendo. Precisaremos de toda informação que você puder arranjar. Se eles forem bruxos, podem vir para cá.

– O Exército tá fazendo um puta trabalho. Você ia gostar de ver. Eles estão putos com essas múmias. Inverno matou soldado pra caramba na noite passada. Eles não vão deixar barato essa afronta, pode apostar.

– Anote a direção que essas coisas vão tomar. Amanhã eu te ligo. Cuida do Olavo e cuide-se também, irmão.

Tiago interrompeu a ligação sem esperar a despedida do amigo. Voltou para a sala. Andava vagaroso em direção à mesinha para devolver o telefone. Eliana e sua irmã pareciam compenetradas em um programa de televisão, e ele, compenetrado na conversa que tivera com César. Só despertou daquele transe quando Sabrina quase gritou:

– Jesus, Tiago! Ainda bem que vocês não estão lá!

A TV estava sintonizada na Record, no programa jornalístico *Fala Brasil. A* apresentadora Rosana Hermann falava enquanto eram mostradas imagens de centenas de pessoas aglomeradas em frente ao prédio do Instituto Médico Legal.

– Mas isso aí não é em Amarração – comentou Eliana.

– A repórter disse que é – ajuntou Sabrina.

– Eu conheço esse lugar. Já fui lá com o Olavo. É o IML de Barraquinha.

A apresentadora continuou. Noticiava que dezenas de soldados haviam sido mortos por uma arma química ainda não revelada pelo Exército. Dizia que nenhum dos comandantes responsáveis prestara declaração, aumentando ainda mais a dor dos parentes, que aguardavam a liberação dos corpos dos seus. Depois passou para outras imagens, agora de um grande acidente, um trem descarrilado em Porto Alegre. Segundo a apresentadora, nos últimos dias o Rio Grande do Sul, em especial a região da Geladeira do Diabo, estava sendo palco de um *show* de horrores.

– Titi! Você acredita nisso? – choramingou Eliana.

Tiago encarou-a com seriedade.

– Acredito, Eliana... acredito.

CAPÍTULO 20

Manuel já havia se acostumado ao som das goteiras. O barulhinho era entediante, bem diferente daquele embalado dos tais "Guns N' Roses". Ele havia apanhado o aparelho de produzir música, mas aparentemente precisava de uma fonte constante de energia elétrica. Por mais que revirasse suas alavancas pequeninas, não conseguia extrair uma nota sequer. Já começava a sentir saudade do jeito engraçado daquela voz mágica falar, descrevendo as músicas que haviam escutado e as próximas a serem ouvidas. Haviam ficado a bordo da serpente de ferro até atravessar o túnel encravado na montanha. Como faltavam apenas duas horas para a alvorada, decidiram saltar da serpente, deixando-a seguir sozinha seu caminho. Tinham de improvisar um abrigo seguro, e aquele túnel na montanha parecia seguro o suficiente. Era extenso e curvo e certamente haveria de bloquear a mortal luz do sol. Tiveram de voltar alguns quilômetros até chegar ao túnel. As paredes internas eram feitas de pedra, e em vários pontos havia goteiras de água cristalina despencando do teto. Devido à sua extensão, assemelhava-se a uma legítima caverna. Em diversos trechos encontraram reentrâncias grandes o suficiente para caber os dois. Queriam algum lugar bem no meio da curva, na face oposta; mesmo que o sol ali chegasse, estariam protegidos. Encontraram uma reentrância, mas precisaram retirar algumas pedras para que a toca abrigasse os dois. Manuel ficou mais ao fundo. Como Guilherme era mais alto, tapava-lhe toda a visão. Entretanto, mesmo com toda a precaução, se alguma luz do sol chegasse, pegaria o parceiro primeiro, em vez dele, ou os dois ao mesmo tempo. Ficaram de pé, e era assim que adormeceriam naquele novo dia. Em pé, encovados no túnel escuro.

✠ ✠ ✠

– Quanto tempo leva? – perguntou o menor.

– Depende do cagaço, piá – os dois maiores riram.

Humberto ficou sem entender. Era o mais novo, com nove anos. Os dois maiores, Renan e Aparecido, tinham treze anos cada um. Eram mais espertos e mais valentes. Estavam acostumados com aquela travessia. Para ele, era a primeira vez.

– Agora só falta este morro.

Escalaram uma subida íngreme, agarrando-se nas raízes de mato para vencer o percurso. O morro tinha uns doze metros, alto o suficiente para alguém se machucar numa queda acidental. Aparecido chegou primeiro ao topo e estendeu a blusa para o pequeno Humberto subir mais confortavelmente. Lá em cima, logo nos primeiros metros, o chão de terra vermelha se cobria da brita que forrava a estrada de ferro. Os trilhos sobre os dormentes corriam rasteiros, retos e paralelos, até lá na frente, a uns trinta metros, quando sumiam na boca escura da caverna. Era assim que os meninos da vila chamavam o túnel. A caverna. Era bastante comprido, e seus duzentos e setenta metros rendiam aventuras inesquecíveis aos garotos. Muitas vezes, para ser aceito na turma, a travessia da caverna era a garantia de ingresso para o clube dos valentões. Alguns desistiam nos primeiros dez metros, quando a luz começava a faltar. Para os medrosos mais teimosos, as lágrimas rolavam quando abandonavam o sol para trás, e os quase trezentos metros tornavam-se infinitos quilômetros de medo e monstros na escuridão.

Caminharam lentamente, chutando as pedrinhas, até chegar à entrada do túnel. Renan tirou a mochila das costas. Sentiu o característico vento frio vindo de dentro do túnel. Um pouco mais feroz do que de costume, mas nada assustador. O que amedrontava Humberto era o fato de ter de atravessá-lo. De vencer o maior desafio de sua vida. Tornar-se mais um menino que atravessou a caverna sozinho. Nunca sequer entrara lá. Apenas ouvia as histórias com o coração apertado, pois sabia que sua vez já estava para chegar. E lá estava ele agora, pronto para entrar.

Renan tirou uma lanterna da mochila.

– Ei, guri, já que tu é muito pequeno, eu vou dar uma colher de chá. Tome esta lanterna para iluminar seu caminho – Humberto abriu um sorriso. Aquilo era bom demais para ser verdade.

– Mas vocês vão dizer aos outros?

– Que você atravessou com a lanterna? Claro que não – assegurou-lhe Aparecido, com expressão indignada.

– Nós somos seus amigos, piá. Tu é muito novo, a gente não quer voltar com você todo borrado pra casa, só isso.

– Você vai. Daqui a dez minutos a gente vai também. A gente se encontra lá e volta pelo túnel. Você não quer voltar pela estrada, né? Leva umas duas horas.

Humberto meneou a cabeça negativamente. Queria atravessar o túnel.

Se fizesse isso duas vezes, então! Seria um sonho, não teria de provar mais nada a ninguém, seria um homem! Um dos caras da turma!

Aparecido e Renan deram-lhe tapinhas nas costas, encorajando-o. Liberando-o. Como se dissessem "vai lá, mostra pra eles".

Um nó na garganta. Uma vontade de não ir.

Humberto testou a lanterna. A fraca lampadazinha acendeu trêmula. Como aquilo iria iluminar o túnel? Apagou-a e começou a andar. Seus pés afundavam na brita, produzindo um barulhinho gostoso, peculiar. Ouvia seus passos solitários, deixando os únicos amigos para trás. Seus passos solitários na brita eram o único som produzido por um humano no momento. Antes de sumir na escuridão, identificou ainda o grasnar de um bem-te-vi vindo da mata lateral. Para seus ouvidos, o pássaro também estava gritando "vai-vai". Um vento gelado bateu-lhe na face, fazendo-o desejar uma blusa, mas certamente não desistiria por causa de uma blusa. A claridade foi diminuindo gradativamente, anunciando a hora de acender a lanterna de luz fraca. Um facho de luz instável surgiu no túnel, tornando-o cheio de sombras, assustador. Ruim com a luz, pior sem ela. Tinha a impressão de já ter caminhado metade do túnel. Humberto olhou para trás. Havia caminhado uns quinze metros apenas! Lá estavam eles, seus amigos, olhando-o, esperando-o desistir. Virou a cabeça para a frente, voltando a encarar o corredor infinito e escuro, munido apenas daquela luz bruxuleante.

– "Eu quis dizer, você não quis escutar. Agora não peça..." – começou ele a cantarolar sua música favorita dos Paralamas. – "...não me faça promessas. Eu não quero dizer, nem..."

Humberto terminou a música em três minutos. Percebeu que a curva do túnel já estava chegando, a luz de fora era apenas um pontinho lá longe. Não conseguia mais ver os amigos. A escuridão seria completa não fosse a luz da lanterna. Sons de gotas d'água despencando em poças assombravam o percurso, fazendo-o imaginar passos, obrigando-o a apontar a lanterna para diversas direções. Fora isso, o silêncio era constante, deixando o menino ouvir o próprio coração pulsando, escapando pela garganta. O frio havia se intensificado agora. Seu corpinho tremia a cada rajada de vento que cortava a caverna. Caminhava pela parte externa da curva. Sua mão tateava a parede de pedras, reforçando-lhe o equilíbrio. Os tropeços nas pedras mais salientes eram constantes. O facho de luz apontava para a outra parede, vasculhando o caminho, mostrando ao menino que estava tudo bem. O pontinho luminoso lá longe já havia desaparecido. Supôs que estava na metade do caminho. Voltar agora seria tolice. Virava e mexia, a luz encontrava reentrâncias na parede oposta, revelando tocas capazes de esconder um monstro inteiro.

Aqueles monstros grandes, com guelras no pescoço, capazes de engolir um molecote em uma bocada só. A luz invadia essas tocas, e seus olhinhos assustados quase viam tais criaturas. De repente, um ruído às suas costas. Passos! Voltou a luz para trás. Seus olhos arregalados depararam-se com algo que congelou seu sangue. Finalmente um monstro vinha para buscá-lo. Um par de olhos incandescentes fitava-o imóvel. Que criatura horrenda era aquela de olhos tão incomuns! Repentinamente os olhos se moveram. Som de passos leves afundando na brita junto aos trilhos. Humberto sentiu suas coxas esquentarem. A urina desceu pelas pernas até molhar as meias. Havia ao menos amenizado o frio implacável. Os olhos foram chegando mais perto e mais perto, até serem capturados em definitivo pelo facho de luz. Sua mãozinha infantil tremia. Estava inerte. Indefeso para lutar contra aquele monstro que se aproximava. Um gato selvagem, com o torso tenso e os pelos arrepiados. Pronto para atacar. De repente um salto. Humberto tentou acompanhar o gato com o facho de luz. O gato não viera atacá-lo.

Saltara bem próximo a ele, em cima de outro bicho selvagem. A luz alcançou o gato. Algo se debatia debaixo de suas patas. Um barulho tomou conta do túnel. Um farfalhar incessante. Então um miado irritado. O bicho escapou-lhe, alçando voo. Parecia um rato no primeiro instante.

Depois, um pássaro carregando um rato. Então Humberto, o mijão, percebeu. Teve mais medo. Era um morcego que o gato deixara escapar. Ergueu a lanterna para o teto da caverna. Lá estavam eles. Centenas de morcegos. Encarapitados, agitados, e agora, talvez por causa da luz, guinchando. De repente, o inesperado. A luz fraca piscou. Piscou e tremeluziu. Então sumiu. Humberto, no meio do túnel, sem luz, no escuro, sem lanterna e com muito, muito medo. Se não houvesse esvaziado a bexiga daquela vez, o faria agora. A urina começava a tornar-se fria e logo estaria incomodando. Que fazer? Voltar e ser caçoado? E se percebessem que ele havia mijado nas calças de tanto medo? Certamente seria gozado para sempre. Humberto acocorou-se e começou a chorar. Eles disseram que viriam atrás dele. Iria esperá-los e terminaria a travessia com os amigos mais corajosos. Inventaria uma história. Só não iria voltar para trás. Nunca desistiria. Abraçou os joelhos, tentando se esquentar. O cheiro do xixi chegou-lhe às narinas, aumentando ainda mais seu choro. Fungava. Manteve os ouvidos atentos. Ouviu novamente os passos do gato. Agora distantes. Seu choro tomou mais força, obrigando-o a gemer baixinho. O choro das crianças. Humberto, o chorão, esperou.

Perdeu a noção de quanto tempo esperou. Tinha a impressão de que haviam se passado horas. Já começava a ter certeza de que os amigos o haviam abandonado. Tinha de tomar uma decisão. Terminar sozinho ou desistir de tudo e voltar como um mariquinhas. Levantou-se. Então começou a ouvir. Seu corpo estremeceu e arrepiou até o último fio de cabelo. Uma voz rouca e sussurrante. Quase um murmúrio. Algo assombrando a escuridão.

– Hum... ber... toooo! Hum... ber... too. Está com medo, Humberto?

– Hum... ber... tooo? Onde está vocêeee?

Humberto encostou-se na parede fria do túnel. Eram os amigos querendo assustá-lo. Tinha certeza. Eram aqueles dois filhos da mãe, nada mais. Mas as vozes eram tão diferentes.

– Hum... ber... tooo! Só falta você, Humberto.

– É. Nós já cuidamos daqueles dois amigos seus. Agora só falta você.

Um nó na garganta. Um desespero. O que fazer?

– Eu sei que são vocês dois. Renan! Pare com isso! Eu tô com medo! Aparecido!

– Hum... ber... tooo! Tá com medo, tá? Seus amigos também estavam com medo. Nós sugamos o sangue quente dos dois, agora só falta o seu para completar nossa refeição.

Humberto agarrou-se ainda mais à parede. Se houvesse alguma chance de adentrar as pedras, trespassar as rochas e aparecer lá fora, certamente o guri teria feito. Humberto começou a chorar. Aqueles dois não eram seus amigos. Aqueles dois não falavam como seus amigos. Aqueles dois eram monstros sugadores de sangue. Impiedosos, e agora queriam o dele. De repente, uma mão agarrou-o pelo ombro. Tentou correr, mas a mão era mais poderosa do que sua vontade. Algo agarrou seu corpinho, impedindo-o de correr. Soltou um grito estridente, desesperado. A face dos atacantes se iluminou, revelando seu aspecto monstruoso. Rostos sujos de sangue. E tão pálidos. Seus rostos pareciam cobertos por leite. Com solavancos desesperados, Humberto conseguiu se soltar. E correu, correu na escuridão. Só parou quando alcançou a outra boca da caverna, escapando do túnel. Escapando dos atacantes. De volta à luz do dia, seu coração começou a desacelerar. Pouco a pouco, voltava ao normal. Afastou-se uns vinte metros da entrada do túnel. Arqueou o corpo ofegante e apoiou-se em uma pedra.

– Filhos da puta!

– Ah! Ah! Ah! Você viu a cara dele? – perguntou Renan, já sem sua máscara maquiada, apontando o facho de luz para Aparecido. Aparecido também ria a ponto de perder o fôlego.

– Como eu pude ver? Ele saiu correndo mais rápido que uma locomotiva! Ah! Ah! Ah!

– As pilhas usadas acabaram na hora certa! Ah! Ah! Ah!

Aos poucos, os dois foram recuperando a respiração, as risadas ecoavam nas paredes do túnel. Haviam pregado uma peça das boas no pequeno Humberto.

– O guri nunca mais vai conseguir entrar aqui. Ah! Ah!

– Mas ele precisa entrar mais uma vez, Cidão. Para poder voltar.

– Pode crer. Eu não quero voltar pela estrada nem a pau!

– Vamos lá buscar o bostinha. Está frio demais aqui dentro, nunca vi isso.

Um vento mais forte e mais congelante cortou o túnel, fazendo-os começar a tremer. Era como se a caverna tivesse se transformado num refrigerador tamanho gigante. Ficaram quietos e começaram a andar em silêncio. Nenhum barulho além de seus pés contra a brita.

Estacaram. O sangue congelando nas veias. Ouviram passos unirem-se aos seus. Havia mais alguém andando no túnel. Os passos se aproximavam... Uma voz...

– Re... naaannn...!

Renan virou-se para trás e apontou o facho da lanterna na direção da voz. Uma segunda voz juntou-se à primeira.

– Aparecidoooooo! Aparecidooooo!

Aparecido direcionava a lanterna para todos os lados. Tentava encontrar o engraçadinho, mas parecia impossível.

– Quer dizer que os dois são dois monstrinhos, não?

– São dois vampiros assustadores, não são?

Renan e Aparecido encostaram-se, costas com costas, e giravam as lanternas tentando encontrar os faladores. As vozes não se pareciam com as de seus amigos comuns, tinham um sotaque estranho. Um tom assustador. Ora, mas esse era o espírito do jogo, não era?

– Qual é, pessoal? Esta é velha, acabamos de aplicar no guri – disse Aparecido.

Silêncio.

– Onde vocês estão? – ouviram os passos se aproximando novamente.

– Renaaaaannnn! – gritou a voz em tom assombrado.

– Aparecidooooooooo! – gemeu a outra.

– Vamos sair daqui – murmurou Renan, baixinho.

Começaram a andar em direção à saída. O medo começava a crescer. Estavam caindo no mesmo truque. Sabiam que era uma brincadeira, mas acabavam de descobrir quão apavorante ela era. De repente, suas lanternas alcançaram a figura de um homem parado logo à frente. Sem sangue, sem olhos iluminados. Somente parado. Como se perigo nenhum oferecesse.

Viraram para trás dispostos a começar a correr no sentido oposto, mas aquela direção também estava guardada por outra figura. Um homem baixo, mas forte. Silencioso como o primeiro. Os amigos seguraram as mãos.

– Quem é você?

– Re... naaaaannnnn! Queres saber meu nome, Renan?

– Quero.

– Manuel. O enviado por Deus.

– Tu é português, é? – perguntou Aparecido.

– Aparecidooooo! Queres saber quem eu sou, queres? – perguntou o homem cabeludo.

Aparecido meneou a cabeça positivamente.

✠ ✠ ✠

Humberto ficou sentado na pedra. Aqueles idiotas o haviam assustado de verdade. Sabia que eram eles. Eles pagariam. Assim que aparecessem, pagariam. Mas já havia esperado tanto. Novamente tinha a impressão de que estava naquela pedra aguardando havia horas. Mas, felizmente, o tempo fê-lo se acalmar. Os pássaros piavam e saltitavam de galho em galho. O vento levantava algumas folhas secas, tirando-as da mata e arremessando-as à linha do trem. O sol brilhante havia espantado o frio intenso que a caverna emprestara a seu corpo. Sentou-se no chão e recostou-se na pedra. Havia saído de casa logo após o almoço, mas a caminhada tinha despertado a fome. Aqueles dois safados lhe pagariam. Descobriu que lá no fundinho havia até gostado do susto que passara. Havia cumprido seu dever. Havia, finalmente, superado aquela barreira. Era um dos caras agora. Estava pronto para pregar esta peça no próximo candidato à travessia da caverna. Recostou a cabeça na pedra e aguardou, aguardou.

Um barulho crescente despertou-o do cochilo. Um rugido feroz vinha da caverna, como se um demônio enfurecido estivesse esbravejando contra um deus guerreiro. Um gato selvagem atacava um morcego. Humberto acordou assustado. Seus olhos foram de encontro à caverna. O barulho crescia e crescia. Então uma luz forte despontou lá do fundo. Não era o facho de uma daquelas lanternas fracas, era algo muito mais poderoso. Era o das quatro. O trem de passageiros. Prateado e reluzente. Robusto e alheio à atenção do menininho de nove anos na beira da estrada. Humberto viu-o sumir para lá da curva. Aqueles dois idiotas não haviam vindo. Haviam voltado sem ele. Deixando-o sozinho. Para que voltasse sozinho, novamente pelo túnel. Eram cruéis. Humberto decidiu que iria embora sem eles. Levantou-se da pedra e partiu veloz em direção ao túnel. Sentiu novamente o vento frio bater contra seu corpo. Chegou até a boca da caverna e gritou:

– Tomara que vocês morram!

Depois do desabafo, deu as costas à caverna e pôs-se a caminhar rapidamente. Precisaria andar quase meio quilômetro até chegar à estrada de asfalto. Então andaria até se cansar, e andaria, andaria e andaria. Não queria enfrentar o túnel escuro mais uma vez.

Assim que chegou à vila, foi direto à casa de Renan ter com o amigo traidor. Estava exausto, faminto, mijado e furioso. Atravessou o curto quintal da casa e bateu à porta. Soraia, a mãe do amigo, foi quem atendeu.

– Oi, Humberto!

– Dona Soraia, cadê o tranqueira do seu filho? – perguntou o menino furioso, pondo a mão no batente para aliviar o peso do corpo e descansar as pernas.

– Calma aí, baixinho. O Renan não saiu com você?

– Saiu. Mas aqueles dois filhos da mãe me largaram sozinho lá na caverna. Eu vou matar eles.

Soraia riu da brabeza do pequeno. Depois franziu a testa.

– Só que para cá ele não voltou, não. Venha, entre. Vamos ligar para a casa do Cido.

– Aquele é outro desalmado. Quase me mataram do coração. Tive de fazer a pé todo o caminho pela estrada de asfalto – reclamou o menino, limpando as lágrimas que brotaram com as costas da mão.

Vendo o menino chorar, Soraia percebeu que a coisa era séria. Apanhou o número na agendinha e ligou para a casa do Aparecido. Estava quase desistindo quando uma voz de mulher respondeu.

– Alô, Regina, aqui é a Sô, mãe do Renan.

– Poxa, Sô, você me tirou do banho. Mas ainda bem que você ligou. O Cido taí?

– Não. Nem o Renan. É por isso que eu estou ligando. Aqueles pestinhas aprontaram uma com o Hum...

– Eles almoçaram aqui e saíram antes do meio-dia. Já são seis e ninguém os viu aqui na rua.

Estou numa preocupação... Tive um pressentimento ruim.

– Não fica assim. Eles foram lá para o túnel...

– Que túnel?

– Lá na linha do trem.

– Ai, minha Virgem Maria! Já falei mais de mil vezes e não estou mentindo.

– Então, como eu estava explicando... Eles levaram o Humberto lá para o túnel...

– O filho da Débora do Tabá?

– Esse mesmo. Então, levaram o menino pra lá para assustá-lo. Desencontraram-se e o Humbertinho chegou aqui sozinho, mesmo tendo dado a volta pela estrada. Pensei que eles estivessem aí.

– Ai, minha Virgem Maria! E agora, Soraia?

– Vou ligar para o Tadeu. Será que ele está na delegacia?

– Ai, minha Virgem Maria! – choramingou novamente Regina, mãe do falecido Aparecido. – Que eu faço?

– Deixa eu ligar para o Tatá. Se eles aparecerem aqui, eu te ligo. Vou olhar nos vizinhos também. Qualquer coisa te ligo também, tá?

– Tá.

Soraia desligou. Segurou o rosto com as duas mãos e fitou Humberto demoradamente. Onde aqueles dois estavam com a cabeça para querer matar de susto aquele pirralhinho tão bonitinho?

– Você deve estar com fome, não é? Vamos ver o que tem para você beliscar. Vem.

Soraia puxou Humberto pela mão até a cozinha e preparou-lhe um sanduíche.

– Eu vou matar o Renan assim que ele chegar – esbravejou a mãe.

✠✠✠

Depois de muita insistência, Soraia convenceu o detetive Tatá a acompanhá- la até a caverna. Já passava das seis e meia e logo começaria a escurecer. Tatá alegara que isso era apenas mais uma travessura dos meninos, que provavelmente perceberam a gravidade do susto que pregaram no garotinho e estavam acanhados demais para voltar para casa. Os argumentos do detetive não bastaram para diminuir a preocupação materna. Alguma coisa lhe dizia para ir atrás do filho.

O carro do detetive encostou quase simultaneamente ao carro da família de Aparecido. Tatá viera sozinho, enquanto Regina vinha com o marido e os dois filhos mais velhos. Um deles trazia uma espingarda trinta e oito.

Soraia trancou a casa e, com o pequeno Humberto, entraram no carro do detetive.

Quinze minutos depois, estavam no pé do morro que dava acesso à entrada da caverna. Todos desceram e começaram a escalar o barranco. Tatá ajudou Humberto. Quando chegaram lá em cima, perceberam o céu vermelho e roxo, com o sol caindo atrás das montanhas no horizonte, faltando menos da metade. Teriam cinco minutos de luz solar no máximo. Sorte terem vindo munidos de poderosas lanternas. Se fossem até o topo da montanha que cobria o túnel conseguiriam ver o litoral, mas não estavam a passeio naquele dia. Estavam procurando os traquinas. Os meninos. Na linha do trem, ainda afastados da entrada do túnel, tiveram uma rápida conversa, dividindo-se em duplas. O único trio era composto do detetive, a mãe de Renan e o pequeno Humberto. Antes de chegar à boca do túnel, perceberam um vento frio e congelante escapando da caverna. Era algo fantasmagórico, pois arrastava um gemido, um silvo assombrado. Acenderam as lanternas assim que se aproximaram. O frio era intenso e pouco comum. É verdade que sempre experimentavam uma sensível queda de temperatura toda vez que entravam no túnel, mas hoje ela estava bastante acentuada.

Ninguém trouxera agasalho, e logo nos primeiros metros já estavam todos tremendo. Olhando para trás, percebiam apenas o contorno da boca da caverna. Não viam a luz poderosa arremessando-se para dentro. O sol deveria estar se despedindo agora, deixando no céu o característico lusco-fusco. Soraia, insistente, continuou olhando para trás. Haviam avançado apenas quinze metros. Ela percebeu nitidamente quando o céu se apagou, dando vez à escuridão noturna. O facho de lanterna era toda a luminosidade que tinha agora. Notou que o pequeno Humberto também sentia o mesmo quando sua pequena mãozinha desprendeu-se de sua mão e agarrou firmemente sua calça de sarja. O guri estava realmente assustado. Pensava nisso quando o grupo estacou. Arrepiaram-se até o último fio de cabelo, uns de medo, outros de frio, pois uma ventania abominável e crescente tomou conta do túnel, provocando a queda abrupta da temperatura. Estavam congelando!

Regina caiu no chão antes que o filho Pedro pudesse ajudá-la. O vento aumentou ainda mais, jogando Tatá ao chão. Soraia mantinha-se em pé porque se escorou contra a parede de pedras úmidas, com Humberto enfiando seu rostinho contra sua pélvis, tentando proteger-se.

– Afastem-se dos trilhos, pelo amor de Deus! – berrou Tatá. – Deve ser um trem fora de hora!

O medo era tanto que não quiseram ficar lá para confirmar se era um trem ou não. Poderiam morrer todos congelados antes de sabê-lo. Bateram em retirada, inclusive o detetive. Ao chegar à parte externa do túnel, quase automaticamente, em razão do vento poderoso, foram arremessados ao chão pela falta de equilíbrio. Fora da caverna, os fachos de luz dançavam de rosto em rosto, verificando se estavam todos ali, e bem.

Levantaram-se.

A ventania assombrada durou menos de um minuto, mas nenhum trem saiu lá de dentro.

Josué, o outro filho de Regina, lançou o facho de luz no rosto do detetive Tatá. O rosto negro do detetive estava coberto de pequenos flocos brancos e dentre os do grupo, era o que causava mais espanto.

– Que é isso na sua cara, Tadeu?

Ele passou as mãos no rosto e esfregou os dedos.

– Isso aqui é gelo! – voltaram as lanternas para a entrada da caverna.

– Isso aí não era nenhum trem, não – murmurou Messias, pai de Aparecido. – Isso aí é coisa do tinhoso.

As mulheres se benzeram.

– Vocês três ficam aqui até descobrirmos alguma coisa. É mais seguro – sugeriu Tatá.

O detetive deixou as mulheres e o menino e partiu em direção ao túnel.

– Agora vocês, rapazes, eu prefiro que venham comigo. Tenho minha pistola aqui. Se forem cavalheiros, vão deixar a espingarda com as senhoras, não vão?

Pedro voltou alguns passos e, meio contrafeito, estendeu a arma para a mãe. Sabia que ela manejava bem a espingarda. Estariam seguras. Mas que preferia entrar lá armado, ah, isso preferia! Seguiram Tatá e entraram no túnel, que ainda estava bastante gelado, mas suportável para empreenderem a busca.

Soraia sacou um maço de Marlboro do bolso de trás da calça e acendeu um cigarro. Jamais fumava perto de crianças, mas aquela situação lhe parecia bastante justificável. Ajeitou o pequeno Humberto em seu colo. O garoto estava tão cansado que certamente adormeceria antes de os rapazes voltarem. Seu sangue gelou nas veias mais uma vez. Que cabeça oca a sua! Por conta da demora dos meninos, esquecera-se de avisar a chata da mãe do Humberto. *Ô dia*!

As mulheres e o garoto sentaram-se nos trilhos e viram desaparecer os fachos de luz dentro do maldito túnel. O céu já estava absolutamente escuro, e agora ficavam por conta de uma lanterna e uma espingarda velha. Esperavam não depender muito tempo das pilhas e nem um pouco da fidelidade da velha Puma.

Uma ventania noturna, bastante comum naquela época do ano, varria a parte de cima do morro, indo ao encontro da entrada do túnel. As duas mulheres ainda estavam preocupadas, mas agora mais descontraídas, conversando sobre amenidades. Hora e outra, dependendo do assunto, riam alto. Já haviam se passado quarenta minutos quando viram as luzes das lanternas novamente. Surgiram pequeninas lá no fundo do túnel e foram se aproximando. Soraia torcia para que tivessem encontrado o filho. Mas apostava muito mais na possibilidade de ele já ter ido para casa. Estariam apenas escondidos, esperando para ver no que ia dar a fúria do Humberto? Regina comentou alguma coisa com Soraia sobre o último *Topa Tudo Por Dinheiro*, e voltaram a gargalhar descontraídas. Foi Regina quem parou de rir primeiro, dando lugar em sua face a uma expressão perturbada, petrificada. Soraia virou-se e alterou o tipo de iluminação da lanterna, passando da periférica para o facho de luz concentrada. Apontou-a em direção aos homens. Lá vinham eles quatro, ou seis talvez, porque Tatá e Messias traziam dois corpos pequenos nos braços. Pequenos o suficiente para serem os corpos dos filhos. Suas crianças. Soraia levou a mão à boca para conter um grito que escapou sufocado. Agora estavam mais próximos. Podia ver nitidamente. Eram dois corpos. Dois garotos. Os seus garotos. Levantou-se estabanada, deixando Humberto cair ao chão. Dane-se o menino agora! Queria o filho. Não queria se importar com o filho da chata da Débora. Queria importar-se com o seu filho.

Exceto Tatá, os homens vinham com lágrimas nos olhos. Certamente os meninos não estavam dormindo. Certamente os meninos não estavam fingindo. Ai, meu Deus! Os meninos estavam mortos!

Regina gritou desesperada. Aquele grito pungente da mãe que perde a cria mais querida.

Soraia começou a chorar transtornada. Tomou Renan dos braços de Tatá com dificuldade. Seu filho havia crescido tanto. Era um mocinho de treze anos. Não era hora de morrer. Tinha alguma coisa errada ali. Seu filho não precisava estar morto. Abaixou-se e o colocou no chão, aproximando o ouvido de seu peito.

Regina juntou-se à amiga no pranto. Seu Aparecido também foi colocado no chão.

Soraia não conseguiu ouvir o coração de Renan. Era a camiseta que estava atrapalhando. Ergueu a roupa do menino e encostou novamente o ouvido em seu peito. Ah, como seu filho estava gelado! Estava muito, muito frio. Como se algo o tivesse congelado. Apontou a lanterna para o corpo do menino, investigando, tentando entender a razão daquele tormento.

Os outros lembraram-se das luzes laterais das lanternas, que distribuíam mais claridade em volta, e então as acionaram, cobrindo de luz as duas mulheres que pranteavam seus filhos.

– Não pode ser! – gritou Soraia. – Não é verdade!

– Eu sabia! Eu estava sentindo uma coisa tão ruim! – foi a vez de Regina desabafar.

– O que aconteceu com eles, dona Soraia? – indagou Humberto, aproximando-se dos cadáveres. – Eles estão azuis.

O pranto das mulheres intensificava-se. A observação do pequeno era verdadeira. Os filhos estavam tão congelados que suas peles adquiriram aquela característica tonalidade azulada.

– O das oito já está para passar – murmurou Tatá, com a voz perdida em meio aos choros.

O detetive ergueu novamente o corpo de Renan.

– Vamos embora. Não podemos fazer mais nada, por enquanto.

✠ ✠ ✠

Os dois caminharam meia hora até encontrar algo que lhes pareceu uma estrada. Não havia aqueles ferros paralelos, portanto intuíram que por ali trafegava um outro tipo de transporte.

Inverno aspirou o ar da noite. Independentemente de sua interferência, a noite estava sutilmente fria. Excelente para mantê-lo incógnito aos mais sensíveis. Tomaram rumo na estrada, caminhando lentamente. Continuariam a seguir para oeste. Para o encontro.

Manuel espanou o capim que se apegara ao sobretudo negro e começava a prestar atenção no agradável som cadenciado que seus passos produziam contra o chão de pedra preta. Seus olhos noturnos encontraram uma placa à beira da estrada onde pôde ler PORTO ALEGRE, 160 KM. Em uma das mãos trazia o aparelho de fazer música. Na primeira oportunidade que tivesse, tentaria acioná-lo novamente.

– Olha, gajo, parece-me que, se continuarmos nesta direção, vamos encontrar alguma alegria.

Guilherme devolveu um sorriso descontraído.

– Certamente, ó pá. Certamente.

CAPÍTULO 21

Um som vindo de trás chamou-lhes a atenção. De certa forma, lembrava a serpente de ferro. Um ronco cadenciado e explosivo. Lá, ao longe, divisaram dois fachos de luz paralelos vindo em alta velocidade. Bem mais rápidos do que a luz da serpente vinha. Por segurança, saíram do meio da estrada, parando na margem, imóveis, para melhor examinar que diabo era aquilo.

O som ia aumentando à medida que o par de faróis se aproximava. De repente, numa velocidade nunca vista antes pelos vampiros, um veículo metálico passou pela estrada. Em menos de um minuto, desapareceu na outra extremidade do tapete negro, deixando para trás apenas o vestígio de pequenas luzes avermelhadas.

– Percebeste que, como a serpente, nenhum cavalo puxava aquela coisa? – disse Guilherme. Manuel apenas meneou a cabeça.

– Antes de atacar o pobre na serpente de ferro, ele tentava me explicar como esses motores funcionam. Queimam um tipo de óleo em cilindros de ferro, e isso, não sei como, faz essas coisas tão incrivelmente velozes.

– Ainda não me sai da mente o espanto com que os homens olhavam para os galeões e as caravelas. Aquilo, sim, eram meios de transporte fabulosos. Se aqueles homens estivessem aqui, teriam um colapso mental.

– Os brasileiros ou são mágicos, ou são inteligentes demais. Como constroem essas coisas?

Retornaram à estrada de chão preto. Um capim alto cobria as margens da estrada e, poucos metros para dentro, transformava-se em mata densa. A lua cheia brilhava alta no céu, iluminando o caminho, não que fosse necessário aos olhos daquelas criaturas, mas emprestava à paisagem um ar mais enfeitado, mais atraente.

De repente, o céu se encheu de barulho. Supuseram, no primeiro instante, tratar-se de um trovão, mas logo perceberam que era um som prolongado demais. Seus olhos varreram o céu até que encontraram algo se movendo em linha reta. Não era um pássaro. Nem nenhuma criatura natural. Guilherme lembrou-se do inseto que cuspia luz. Era um objeto longo e pontilhado de luzes, na maior parte branca, e em alguns pontos, mais abaixo, luzes vermelhas e azuis.

– Olha que coisa mais linda! – espantou-se Acordador.

Talvez, devido à curiosidade pelo novo objeto celeste, não perceberam o ronco alto aproximando-se às suas costas. Quando deram conta, um transporte, também automotor (portanto sem nenhum animal tracionando), aproximou-se lentamente, encostando ao lado dos dois deslumbrados. Manuel ainda estava com o braço estendido para o céu quando o veículo parou. Os dois retraíram-se, surpreendidos pela abordagem.

Um vidro lateral deslizou suavemente para baixo. Os olhos dos vampiros percorreram o transporte, que era bem maior que aquele que cruzara a estrada anteriormente. Era retangular e alto, com uma belíssima estrutura toda pintada em cor prateada. Depois que o vidro desceu, puderam ver o condutor. Um homem negro e de expressão amigável.

– E aí, pessoal! Tão indo pra onde?

Os dois se entreolharam. Havia receio em seus olhos.

– E então? Dependendo de onde vocês vão eu faço um preço camarada. Podem subir.

Guilherme deu um passo em direção ao transporte prateado, mas a mão forte de Manuel agarrou seu braço. Olharam-se novamente em silêncio.

– Como é? Se não querem ir, falem logo. Não posso ficar aqui a noite inteira. Quero chegar a Porto Alegre antes da dez.

– Este carro...

– H100 – corrigiu o homem.

– Hã? – perguntou Manuel.

– O nome deste carro é H100.

– Esse H100... Ele é feito de prata?

– Português, mas tu é burro mesmo, hein? Tá me achando com cara de Bill Gates? Lá vou eu ter carro de prata, homem? É só a pintura que parece prata – explicou o condutor, que desceu do carro e bateu a porta do seu lado.

O homem caminhou na frente do carro, deixando-se iluminar pelos poderosos faróis. Veio até os dois vampiros e parou um instante, quando pôs os olhos em cima deles. Como eram estranhos! Não havia percebido que eram tão pálidos. Abriu a porta lateral de seu furgão, dando passagem aos andarilhos.

– Podem subir, gajos.

Os dois portugueses estavam tão aparvalhados com a expectativa de experimentar um novo meio de transporte que nem deram bola às chacotas do condutor.

O homem fechou a porta deslizante, trancando-os lá dentro. Deu a volta novamente pela frente do carro, retornando a seu posto. Deu partida no furgão e retomou a estrada asfáltica.

– Feito de prata! Essa é boa. Ah! – riu o motorista.

Assim que o carro tremeu e partiu, os vampiros começaram a experimentar a sensação do movimento motorizado. Certamente aquele carro usava um motor a explosões. Afinal, como na serpente de ferro, podiam ouvir as explosões cadenciadas acontecendo. É verdade que aquele tal de H100 era bem mais sutil do que a barulhenta serpente de ferro. Deslizava pela estrada negra suavemente. Para perceber as explosões do tal motor era necessário prestar muita atenção. Era quase silencioso. O painel de comandos era muito mais simples e reduzido, mas muito mais atraente. Que seriam todos aqueles indicadores iluminados?

– Para onde vocês estão indo? – disse o homem. Manuel lembrou-se da placa.

– Estamos indo para Porto Alegre.

– Ótimo. Estou indo pra lá também. Faço um preço camarada para os dois.

– Qual é a moeda desta província portuguesa?

– Aqui não é província, não. Por onde vocês andaram nesses últimos anos? Viajando?

– No mar – murmurou Acordador.

– Aqui o que vale é o real.

– Real?

– Sim. A moeda chama-se real.

– Tu tens algum real, ó gajo? – perguntou Acordador a Guilherme. O companheiro negou com um aceno de cabeça.

– Não temos nenhum real, ó condutor. Mas temos esta coisa aqui – Manuel estendeu ao homem o aparelho de som.

– Isto aqui é um Sony. Vale muito mais do que eu estou cobrando.

– Ora, é só o que temos para barganhar – disse Manuel. O motorista apanhou o aparelho portátil e o examinou. Parecia estar funcionando bem.

– Tá legal, a gente vê o que se faz com isto aqui. Vocês são turistas mesmo?

Os dois entreolharam-se novamente, depois assentiram.

– Bem, agora são cinco para as nove. Vou pisar nessa boneca pra gente chegar rapidinho.

– Como tu sabes a hora?

– Ué, tem um relógio aqui no painel. Vê? – perguntou o motorista, apontando para um pequeno mostrador iluminado.

O homem acelerou o veículo até atingir cento e cinquenta quilômetros por hora, espantando os vampiros com sua percepção sobrenatural.

Quarenta minutos depois, a estrada encheu-se daqueles veículos autônomos. Graças a Donato, o condutor negro, ficaram conhecendo alguns deles, suas vantagens e sua incrível capacidade. E eram tantas cores! Prata, vermelhos metalizados, pretos, azul cintilantes, brancos perolados. Eram lindos! Deveriam aprender a conduzi-los. Deveria ser uma sensação e tanto. Já as luzes perdidas na escuridão à margem da estrada, que muito lembravam algumas de suas antigas andanças pelas vias barrentas do norte lusitano, certamente se deviam à aglomeração das casas nas pequenas vilas. Mas as luzes ganharam mais destaque quando começaram a aparecer aos milhares, por quilômetros ininterruptos. Era algo impressionante aos dois viajantes, tendo em vista que Donato nem sequer dava atenção à quantidade de luzes que se apresentavam.

Donato abandonou a estrada, entrando numa via um pouco mais estreita, que logo ficou cercada de casas coladas umas às outras. A H100 foi cercada por outros carros automotores, cheios de gente alegre. Com mais cinco minutos chegaram a ruas cercadas por torres altas, tão altas quanto as torres das igrejas católicas, algumas ainda maiores. Havia luz elétrica jorrando de todos os lados. Das fachadas comerciais, de dentro das casas, de dentro das torres, de postes cinza e altíssimos. A cidade era toda iluminada! Não havia razão para temer a noite. As pessoas transitavam aos montes, caminhando apressadas por ruas compridas. Ah! Que terra estranha era aquela terra brasileira! Donato encostou a H100 sem dar muita atenção às expressões embasbacadas dos dois passageiros.

– Bom, colegas, é aqui que vocês ficam.

Donato desceu do carro e dirigiu-se à porta lateral para abri-la e deixá-los descer. Guilherme, o homem alto e cabeludo, desceu primeiro. Manuel, o baixinho atarracado, seguiu-o, igualmente espantado com a luminosidade e efervescência da cidade de Porto Alegre.

Quanta gente andando à noite! Ali, naquela terra, a noite não era razão de temor. Ninguém selava as portas contra os vampiros. Nenhum humano carregava uma réstia de alhos. Ninguém se importava com eles. Nenhum deles conhecia os sinais.

– Olhem. Vou dar um troco por este aparelho de som. Eu sou assim mesmo, não gosto de tirar vantagem de turista... de ninguém, na verdade. Vocês estão sem dinheiro, vão precisar. Ele é um dos bons. A minha filha tava me torrando o saco atrás de um destes. Tomem. São cinquenta reais. Com isso vocês jantam, tomam umas cervas e ainda sobra pro almoço de amanhã – disse o condutor, estendendo um maço de papéis amassados.

Manuel tomou-o na mão esquerda.

– Agradecemos pela carona, senhor Donato. Que o bom Deus continue contigo e te guie para caminhos diferentes de demônios feito nós dois – desejou o homem mais baixo.

– Ah! Ele sempre me guia, meu filho. Sempre me guia. Mas gente estranha que nem tu e ele tem aos montes. Não tem jeito de não cruzar nesses caminhos, não.

Donato voltou para dentro da *van* e deu partida no motor.

– Onde eu acho gente feito nós? – perguntou o cabeludo.

– Vixe! É o que mais tem. Basta andar por essas ruas que vão encontrar, com certeza.

A *van* começou a se deslocar suavemente, indo parar um pouco mais adiante. Guilherme e Manuel começaram a caminhar sobre um calçamento firme e de cor cinza, parecido com o que haviam encontrado em algumas ruelas de Amarração. Perceberam que dezenas de carros cruzaram a frente do veículo do senhor Donato. Mas perceberam, também, que, mesmo quando o trânsito de seges autônomas cessou, o homem continuou estacionado. Passou a andar quando um aparelho luminoso, aparentemente suspenso no ar, adquiriu uma luz elétrica de cor verde. Certamente seria um sinal a que todos os condutores deveriam obedecer. Deduziram que havia um código para que se conduzissem aqueles veículos fantásticos com a máxima segurança.

Inverno fechou os olhos. Parou por quase um minuto até decidir por onde deveriam seguir. A presença dos irmãos agora vinha do leste, com o que Manuel também concordou. Foram obrigados a seguir por uma rua menos agitada, mas não menos atraente. Seus olhos encontraram centenas de coisas para as quais não tinham respostas. Como era interessante aquele novo mundo! Quantas coisas novas o homem não havia descoberto? Quantas terras novas não existiriam?

Quase não chamavam a atenção. Em comparação aos brasileiros, suas roupas eram simples e discretas. Garotas andavam quase nuas, despertando o olhar libidinoso de alguns homens e, para surpresa dos lusitanos, também de algumas mulheres. Usar aqueles trajes sumários chegaria a ser motivo de enforcamento por crime de perversão em sua terra natal. Ah! Que saudade da selvageria da terra lusa!

Poucas vezes alguém parava e perdia alguns segundos observando aqueles dois de sobretudo preto. Uns percebiam a pele pálida e o olhar feroz. Outros, mais sensíveis, chegavam a sentir um calafrio ao cruzar o caminho. Alguns percebiam o ar gelar próximo à dupla. Alguns poucos, é verdade, sentiam medo.

Caminharam a passos rápidos por mais duas horas. Um mostrador eletrônico, em cima de um poste, bem no meio da rua, como na H100 de Donato, indicava a hora. Era meia-noite e vinte minutos. Logo após o poste começava um extenso muro azul, com três metros de altura. A partir dali, a rua ficava escura, pois era onde cessava a iluminação elétrica. A rua escura estaria deserta não fossem os homens vestidos de verde-oliva que avistaram mais à frente. Pouco antes de entrarem na rua, a sensação indicava os amigos posicionados bem ao norte, mas assim que entraram começou um deslocamento para nordeste. Manuel leu o escrito em uma placa no muro:

UNIVERSIDADE SOARES DE PORTO ALEGRE.

– Ora, pois! Isto aqui é um liceu, ó gajo – comentou o vampiro com sua patente voz baixa.

– Pois, então, está resolvido.

– Resolvido o quê, ó Guilherme?

– Este seria o lugar perfeito para se trazer o desconhecido. Uma escola procuraria estudar nossa natureza. Isso nunca vai ser diferente.

Guilherme parou de andar.

– Fica você também, meu amigo, antes que aqueles soldados nos vejam.

Manuel obedeceu.

– Quanto mais andamos paralelos a este muro, mais ao leste nos é indicado o caminho. Certamente estão além-muros.

– Devemos transpô-lo agora?

– Não. Primeiro vamos climatizar nosso ambiente. Vamos trazer o medo a Porto Alegre. Vou dar à noite a minha notável assinatura.

Inverno cruzou os braços e encostou-se ainda mais ao muro, quase desaparecendo na escuridão. Os soldados ainda não os haviam visto. Estavam incógnitos. E, por enquanto, era assim que o vampiro queria a situação. Concentrou-se e invocou seu truque. Sua melhor mágica. O presente do próprio diabo. Manuel também encostou-se ao muro. Que o amigo congelasse a noite! Que o amigo providenciasse o cenário mais digno ao retorno dos irmãos à Noite Escura. E que fosse agora.

Os soldados designados para a sentinela da USPA, por ordem expressa de Brites, estavam proibidos de permitir a entrada de qualquer pessoa após as dezoito horas. Para entrar no Departamento de História e Biologia da universidade agora eram necessários passes ultraespeciais.

Esta era a segunda noite que aquele batalhão ficava encarregado da vigília noturna. Haviam recebido armas de grosso calibre e livre-arbítrio para conter qualquer insistente. Foram feitos dois retratos por computador dos dois possíveis invasores, e certamente o encontro com eles seria o mais problemático, o mais delicado. De acordo com as descrições do *log*, eram de nacionalidade portuguesa. Um alto, com quase um metro e noventa, e outro baixo, medindo um metro e sessenta e cinco. No caso de contato positivo com as duas criaturas, deveriam contatar as Operações Especiais, chamando Brites imediatamente. Ao menor indício de problemas, a ordem era abrir fogo e detê-los a qualquer preço. A pedido do professor de História Delvechio e do tenente Brites, um segundo batalhão havia sido destacado para o interior do prédio de Biologia, onde quatro cadáveres sinistros deveriam permanecer sob custódia ininterrupta.

A primeira noite passara sem problemas. Abordaram apenas um grupo de transeuntes embriagados que criou confusão com um grupo de evangélicos ao se cruzarem próximo ao portão principal da USPA, mas aquilo fora apenas algo para quebrar a monotonia.

A segunda noite corria sem surpresas também. Dificilmente receberiam missões tão extraordinárias. Ainda mais com características e recomendações tão peculiares como aquelas. A maioria dos soldados e o sargento encarregado sabiam que, provavelmente, não sofreriam nenhum ataque, nenhum transtorno; aqueles turnos estranhos serviriam futuramente apenas como enobrecimento curricular. O sargento no comando, Galeano, imaginava que a noite seria serena e entediante como a passada. Fora os andarilhos esporádicos, o comando pedia, também, uma apreciação do tempo. Caso a temperatura indicasse viradas bruscas, também deveriam comunicar ao comando. A noite começara fria, mas duas horas atrás era possível sentir até mesmo um mormaço. Nada de alarmante. Mas agora voltava a esfriar. E desta vez a mudança foi um pouco mais repentina. Galeano não estava sequer dando atenção a isso quando percebeu um vento frio cortando a rua, o que aguçou seus sentidos, mas sem causar espanto. Entretanto, um frio tétrico se alastrou pela noite. Seu braço arrepiou e o vento apertou, ficando tudo mais gelado. Os soldados olhavam, com uma interrogação no semblante. Que raios seria aquilo? Aquele frio não era natural.

Galeano apanhou o rádio e chamou o comando.

– OE? Aqui é Sentinela Um.

– Prossiga, Sentinela Um – respondeu uma voz sonolenta, vinda do comando de Operações Especiais.

– OE, pode me passar as leituras térmicas do nosso posto?

– Um segundo, Sentinela Um.

Passaram-se quase dois minutos sem nenhuma resposta. O vento começou a assobiar. O frio tornava-se mais e mais intenso. Os soldados foram obrigados a recorrer aos abrigos de náilon, com tons verde e amarronzados, pretendendo camuflagem.

– OE? Está copiando? Câmbio.

– Só mais um momento, Sentinela Um.

– Está esfriando demais aqui. Precisamos de sua orientação.

– Fizeram contato visual com supostos inimigos?

– Negativo, OE. Dentro do recomendado, estranhamos apenas a queda brusca de temperatura.

– As leituras indicam variação térmica anormal. Adotem o procedimento quarenta e cinco. Vou acionar reforços de vigilância. O Sabiá chegará na Soares de Porto Alegre em vinte e cinco minutos. Para sua maior segurança, passamos a operar com o procedimento sexto-sétimo de monitoração.

– Reportagem a cada minuto e envio de nova tropa?

– Positivo, Sentinela Um. Olhos atentos e boa sorte.

– TKS.

Galeano vestiu o blusão de náilon também. Ordenou aos soldados que mantivessem seus rifles prontos para disparar e que não poupassem balas. Nenhum português de meia-tigela iria dar problema em seu plantão.

– Sentinela Dois? Atenção, Sentinela Dois? – agora Galeano ouvia a comunicação de Operações Especiais com o comandante dos sentinelas no prédio da Biologia.

– Sentinela Dois copiando.

– Estão a par do procedimento quarenta e cinco?

– Está vigorando.

– Estejam atentos. Se o Sentinela Um cair, estejam preparados. De vocês nada deve passar. Além de vocês, nada vai sobreviver.

– Positivo, OE. O grupo já está ativo.

– Boa sorte, Sentinela Dois.

– Obrigado.

Dentro do prédio do Departamento de Biologia, a equipe coordenada pelo tenente Lacerda preparava-se para o possível confronto com os adversários sobrenaturais. Somente aquele grupo havia recebido toda a informação pertinente ao caso. Sabiam que lidavam com criaturas de natureza desconhecida, responsáveis pela morte de quase cem soldados. Assassinos impiedosos que, de alguma forma, congelavam o ar e transformavam nossos pulmões em pedras de gelo. Homens que sugavam nosso sangue para propósitos desconhecidos. Certamente eram criaturas do mal.

Lacerda ordenou a seus homens que vestissem os trajes especiais, os quais os assemelhavam aos personagens de filmes de ficção científica. Astronautas prontos para caminhar sobre a superfície de um planeta nunca visitado, roupas espessas e de aparência pesada. Tiveram pouco tempo para treinar com a nova vestimenta, que, apesar das várias camadas de tecido especial, era leve e confortável. O desconforto ficava por conta da falta de costume em trajá-las e da perda da agilidade se tivessem de utilizar os rifles de repetição, já que as luvas grossas dificultavam o manuseio dos equipamentos táteis. Isso não era nada bom; sabiam que na hora do confronto precisariam de toda a agilidade possível. Colocaram os capacetes, deixando as viseiras levantadas, aguardando o momento certo para fechá-las e passar a respirar o ar misturado dos tanques presos às costas. Aquilo certamente também causaria alguma estranheza, reafirmando, mais do que nunca, o aspecto astronáutico do pelotão.

– Agora, sim, meu compatriota. Agora é hora de caminhar até nossos irmãos.

– Então pulemos o muro aqui. Assim, os bestas continuam sem nos ver.

– Ora, pois, que coisa mais deselegante! Se nos esperam pela porta frontal, por que haveríamos de decepcioná-los?

– Tu não mudas nada mesmo, hein, ó Guilherme. Vê, carregam mosquetes! Para passar, tu terás de enfrentá-los. Provavelmente hás de matá-los.

– Queres continuar nossa discussão inacabada, queres?

– A qualquer hora, compatriota. Vem com tua fúria a qualquer hora – enfrentou Acordador.

– Ora, pois. Temos coisas mais importantes para tratar agora. Eu vou pela porta da frente; agora, tu, se és maricota, salta lá o muro e arrasta-te por onde quiseres. Não vou sujar esta roupa novíssima, que ainda está cheirosa e limpa – disse Inverno, começando a andar e dando as costas ao amigo.

– Ofensas, sempre as ofensas. Que queres de mim com estes xingamentos? Tu que és maricas. Vamos aos nossos amigos, sim, como quiseres, mas antes de o sol raiar, te prometo que findaremos nossa contenda, irmão lusitano.

Inverno pareceu não ouvir a ameaça de Manuel. Estava concentrado nos soldados. Quando os humanos o percebessem, provavelmente seria tarde demais para suas pobres vidas. Acordador sentiu um ódio crescente queimando o corpo. Queria arrancar a cabeça de Guilherme naquele exato momento. Mas sabia aguardar e aguardaria o testemunho dos outros. Certamente, apesar da confusão, nenhum deles se intrometeria. Sabiam como era Inverno. Sabiam o destino que ele merecia. Sim, arrancaria sua cabeça, como fizera Tobia. Mas não cometeria o mesmo erro e findaria com sua existência naquela mesma noite, naquele mesmo dia. Saltou o muro coberto de trepadeiras. Lá no topo, suas mãos foram maculadas por ferro enferrujado. Uma espécie de arame trançado recobria o topo do muro. As pontas afiadas fincaram em sua carne. Não sentiu dor, apenas raiva. Saltou para o outro lado, tomando cuidado com o tecido de sua roupa nova.

Galeano acabara de responder à terceira monitoração. A temperatura continuava caindo, mas até aquele momento prosseguiam sem novidade, até que um grito chamou sua atenção.

– Sargento! – gritou o soldado.

Galeano virou-se e logo viu o motivo do chamado. Um homem, com sobretudo preto esvoaçante, caminhava apressado rente ao muro. Poderia ser um pedestre comum. Poderia ser gente qualquer. Poderia ser alguém ali por acaso. Mas os olhos brilhantes que aquele homem possuía pareciam um par de faróis anunciando: *Eu sou quem tu procuras! Eu sou o inimigo!*

Galeano apanhou um megafone.

– Ei, você! Pare e identifique-se! – bradou pelo aparelho.

O homem, com uma cara espantada, parou por um segundo. Mas logo voltou a caminhar, retomando seu ritmo.

Galeano, nervosamente, deixou cair o megafone e empunhou o rifle. Seus homens o imitaram. Se aquele sujeito fosse o inimigo aguardado, seria exterminado. Que chance teria ele contra sete homens armados com rifles, granadas e pistolas automáticas? Nenhuma.

– Pare! Identifique-se! – gritou o soldado mais uma vez.

O homem vestido de negro parou. Finalmente obedeceu. Ficou parado, assustadoramente parado. O vento gélido cortava a rua, provocando um zumbido constante. Galeano sentia o rosto congelar. O homem estava a pouco menos de quinze metros. Tinha ele na mira. Precisaria de apenas um disparo para atravessar-lhe o cérebro. Sabia que seus seis soldados também o mantinham sob mira precisa. E todos eram exímios atiradores. Tinham sido escolhidos a dedo. Nenhum perderia sequer uma bala. O tempo parecia congelado como o ar. Suas narinas expeliam dois tufos de névoa espessa a cada respirada nervosa. O metal de seu rifle começava a grudar na pele do rosto, tamanho o frio que se abatera naquele momento. O ar começava a ficar irrespirável para seus pulmões sensíveis e desacostumados a variações tão repentinas de temperatura. Porto Alegre tinha a noite fria, mas aquilo também era ridículo. Ainda mais em pleno verão. Se seus olhos ainda enxergavam bem, ele podia jurar que o maldito homem de negro estava sorrindo. Logo teve certeza, quando aquele sorriso esquisito transformou-se numa risada audível e ininterrupta. O frio aumentou ainda mais. Já não podia conter a tremedeira involuntária. Precisou afastar o dedo do gatilho para não disparar precipitadamente. Havia alguma coisa errada. Não poderia estar tão frio. Não assim tão rápido. Alguma coisa insana se prenunciava. Nenhum homem que conhecia, militar ou não, pleno das faculdades mentais, conseguiria rir com sete fuzis apontados para sua testa. Se aquele infeliz continuasse, iria terminar de rir no inferno.

– Identifique-se! Este é o nosso último aviso! – gritou o sargento, com a voz modificada pelo frio que fazia seus dentes baterem.

O homem parou de rir.

– Pois, sim, ó bravos soldados. Já que permaneceis tão valentes em vossas posições, tendes a honra de saber meu nome antes da morte.

Todos eles soltavam o ar congelante pela boca, criando extensas nuvens de vapor.

Guilherme parou de falar e deu mais um passo à frente.

Um dos soldados disparou, acertando-o no meio do peito com precisão.

O homem de negro não tombou. Levou a mão ao peito com uma expressão de dor no rosto. Arqueou as costas e depois cravou um joelho no chão.

Os soldados mantinham os olhos nervosamente concentrados na criatura. Como um homem com um tiro no coração ainda conseguia estar de pé? Estavam tão aturdidos que mal notaram o ar se encher de flocos brancos, que começaram a cobrir o chão.

O homem levantou-se, ainda com a mão no peito. E, antes que os soldados tentassem novos disparos, começou a falar:

– Ora, pois, que pressa é essa? Já que vós sois tão curiosos, digo meu nome agora.

Guilherme retirou a mão do peito. Voltou a exibir o sorriso assombrado, revelando aos descrentes soldados que em seu corpo não havia ferimento, não havia dor nem havia morte.

– Meu nome é Inverno.

Galeano não acreditava naquilo que seus olhos viam. Um homem que recebera um tiro certeiro no peito, muito provavelmente no coração, estava ali, de pé, zombando de suas caras. Iria detê-lo, nem que para isso tivesse de descarregar o fuzil inteiro no meio dos olhos daquela assombração. Mas antes que puxasse o gatilho, ouviu um agudo grito de dor bem a seu lado. Um dos soldados era erguido do chão, com uma espécie de estaca atravessada no peito, fazendo o sangue verter em cima daqueles flocos brancos que forravam o calçamento.

O ataque fora tão repentino que todos se viraram imediatamente na direção do companheiro. Atrás dele, o assassino, um homenzinho atarracado, igualmente coberto por um sobretudo preto como o do primeiro homem, sustentava a estaca e içava o corpo do soldado, que tremelicava na ponta da haste. Por reflexo, um dos soldados abriu fogo, sem fazer mira, trazendo o cano do rifle da esquerda para a direita. Antes de atingir o atacante, um dos disparos fez o sargento cair contra o muro. Depois, as balas da arma perfuraram o inesperado baixinho, fazendo-o largar a haste metálica e ir ao chão, impactando primeiro contra o muro.

Antes de o soldado atrapalhado acertar o sargento, os outros quatro soldados, logo após o susto com o grito derradeiro do companheiro, ainda desorientados, voltaram a mirar contra o primeiro intruso. Mas que surpresa! O homem não estava mais lá! Ouviram os disparos do companheiro descontrolado e logo se voltaram, tentando encontrar o primeiro homem. O soldado que estava à direita foi quem o viu primeiro. Abriu fogo com o rifle mais por desespero do que por outra coisa; afinal, o homem estava tão próximo a ele que a ponta do rifle já o ultrapassava uns dez centímetros, não oferecendo, assim, perigo algum. O soldado tentou abaixar a arma, mas a mão veloz do atacante o deteve, segurando o fuzil pelo cano e, com a outra mão, golpeando-o com um soco potente bem no meio do rosto. O soldado não resistiu ao golpe e caiu desacordado, com o nariz destroçado pelo punho maciço de Guilherme.

Após derrubar o primeiro soldado, Inverno partiu para cima do segundo, que estava de costas, procurando-o. Agarrou-o pelas orelhas e, antes que o infeliz esboçasse reação, quebrou-lhe o pescoço com um movimento rápido e brusco.

Um soldado caminhava em direção a Acordador, que permanecia imóvel no chão. Os outros dois acabavam de descobrir Guilherme e erguiam suas armas velozmente. Ele precisou utilizar sua velocidade vampírica para escapar da investida dos soldados.

Antes que pudessem disparar, o estranho homem de preto transformou-se inexplicavelmente em um vulto negro, posicionando-se entre os dois. Estavam tão espantados que não esboçaram reação alguma. Já haviam enviado ao cérebro a ordem de disparar onde haviam visto o sujeito anteriormente. Quando começaram a girar os rifles para a nova posição, perceberam que não havia tempo para nenhuma reação.

Guilherme parou bem no meio dos dois soldados e, antes que se dessem conta do que havia acontecido, desferiu simultaneamente um soco na boca do estômago de cada um, com tamanha violência que ambos tombaram quase instantaneamente. Enrolaram-se no chão como dois fetos em gestação uterina. Seus rostos raspavam contra a neve e, em poucos segundos, expeliam sangue pela boca. O cheiro daquele sangue fresco chegou às narinas de Guilherme tão agradável quanto o perfume de camélia. Estava satisfeito de sangue, mas lembrou-se de que aquela era a matéria-prima para o trabalho que estava para executar. Abaixou-se e começou a sorver o precioso líquido direto da boca de um dos soldados agonizantes.

✠ ✠ ✠

O soldado que restava se aproximou do homem que alvejara repetidamente com seu fuzil. Estava caído, com o rosto voltado para baixo, aparentemente morto. O soldado caminhava em passos cuidadosos. O outro invasor, depois de tantos disparos que seus ouvidos captaram, provavelmente jazia no chão coberto de gelo, igualmente àquele baixinho. Mais disparos às suas costas. Virou-se rapidamente, a tempo de assistir a seus amigos tombarem ao mesmo tempo, golpeados na altura do estômago, deixando de pé, com um sorriso vitorioso, o estranho andarilho de sobretudo esvoaçante. Ergueu o fuzil. Aquele sujeito iria perder o sorriso glorioso assim que sentisse as balas de sua arma cravando-lhe no corpo. Preparava a mira, sem perceber uma sombra negra surgindo às suas costas. Antes que seus dedos acionassem o gatilho, sentiu mãos poderosas agarrando-o pelo nervo do ombro, causando dor insuportável. Enquanto era arrastado, largou a arma, tamanha a dor no nervo. Foi virado e obrigado a ver seu agressor. O homem que julgava morto estava ali, de pé, pronto para dar cabo de sua vida. Antes de esboçar qualquer reação, foi arremessado ao ar, espatifando-se do outro lado do muro, soltando um grito apavorado enquanto cruzava o céu, subindo mais de dez metros. Tentou levantar-se, mas logo tudo enegreceu, submergindo na inconsciência.

Manuel e Guilherme caminharam lentamente para dentro dos muros da USPA, cruzando com calma os portões duplos. Sabiam que estavam prestes a se juntar novamente. Estavam felizes. Ainda eram assassinos perfeitos. E breve, muito breve, a turma estaria completa.

Do lado de fora, antes de morrer, Galeano fitava o céu. A central de Operações Especiais chamava insistentemente pelo rádio. Galeano não conseguia responder, dar um sinal de que as coisas não haviam dado certo. Que tipo de criaturas eram aquelas que os atacaram? Que espécie de gente suga sangue? Sua respiração se reduzia lentamente e era agora quase inexistente. Por alguma razão alheia, seu pulmão teimava em continuar a cooperar. Resistia à vontade do dono. Ora inspirava, ora não conseguia. Seus olhos encheram-se de lágrimas. Sabia que a boneca comprada de presente para a filhinha ficaria esquecida no armário militar. Não veria mais sua princesa. Lembrou-se do nascimento de sua neném. Três semanas atrás. Uma lágrima rolou e se congelou antes de cair de seu rosto. Lembrou de quanto já a amava. Hoje não a beijaria antes de dormir. Seus olhos vacilaram. A visão sumiu e voltou. Nada em seu corpo obedecia mais. Nem os pulmões. Nem o coração. Nada. Os flocos brancos caíam sobre sua face, cobrindo-a quase completamente. Percebeu que aquilo eram flocos de neve. Como eram lindos! Havia tempos não via neve. Só agora se dera conta de como era suave. Um dia passearia de mãos dadas com a pequena Natacha na neve branca. Um deserto de neve formou-se em sua mente, e esta foi a última imagem que povoou seu cérebro. Ele e sua filha, caminhando juntos num deserto branco.

✠ ✠ ✠

Os dois vampiros encontraram uma placa indicativa. Se caminhassem para a esquerda, encontrariam o Departamento de História. Para a direita, o Departamento de Biologia. Não precisavam de placa alguma para encontrar seus irmãos. Bastava seguir o instinto. E o instinto levou-os em direção ao prédio do Departamento de Biologia.

✠ ✠ ✠

– Sentinela Dois chamando Sentinela Um, reporte – o rádio, após o chamado, continuava mudo.

– Sentinela Dois chamando Sentinela Um, reporte – insistiu o soldado.

– Continuamos sem resposta, senhor – avisou um outro.

Lacerda assentiu, confirmando que havia escutado o soldado. Tinha um ar grave estampado no rosto. Sabia que o inimigo estava a caminho.

– Chequem a munição e preparem-se para a ação, rapazes. Vocês treinaram muito tempo. Hoje vão descobrir se aquele A no exame vale para alguma bosta.

– OE chamando Sentinela Dois, reportem.

– Área cem por cento segura. Pessoal aguardando sem novidades – respondeu o soldado encarregado do rádio.

O tenente checou sua arma. Sabia que iam lidar com criaturas anormais. Preparou o rifle com munição explosiva. Se não conseguisse matá-los com aquilo, nada conseguiria.

Fazia quase um minuto que haviam perdido contato com o pelotão externo, o grupo Sentinela Um. Sabia que o modo de operação não falharia. Haviam mantido na área o menor contingente possível. Temiam, de alguma forma, inibir a iniciativa do estranho inimigo. Em menos de cinco minutos, aquele lugar estaria fervendo de soldados.

– Juliano, faça a varredura de segurança eletrônica.

– Já fiz.

– Faça outra agora – ordenou Lacerda, impaciente.

O soldado, sentado a uma mesa metálica, voltou a teclar em um *laptop* de última geração. O pequeno computador estava conectado à rede de segurança eletrônica, que permitia monitorar todas as salas quase instantaneamente, sem ter de sair dali. Quando os intrusos entrassem, seriam pegos pelo detector de calor. Pelo computador, poderiam seguir cada passo das criaturas em qualquer canto do prédio. Cada porta movimentada, cada janela aberta também emitiria um sinal. Nem mesmo um rato andaria dentro daquele prédio sem delatar sua posição.

– Tudo cem por cento. Nenhuma intrus...

– Bip-bip, bip-bip, bip-bip, bip-bip... – disparou o computador, antes que o soldado terminasse de falar.

– O quê? – interrogou o tenente.

– Uma janela. Aparentemente foi quebrada, mas ninguém entrou. Os infravermelhos continuam marcando zero presença.

– Que janela?

– Janela dezessete, setor leste-térreo. Sem movimento. Zero presença.

– Antônio, Leandro e Celso. Vocês três... vão checar. O que se mexer toma bala. Entendido?

Os soldados levantaram-se das cadeiras com seus trajes astronáuticos de viseiras negras levantadas.

– Entendido? – ratificou o tenente, quase gritando.

– Entendido! – bradaram os soldados ao mesmo tempo.

Os três dispararam para fora da sala, caminhando velozmente. Sabiam exatamente onde ficava o setor leste-térreo. Haviam estudado aquele prédio à exaustão. Conheciam cada esconderijo propício. Cada canto escuro. Cada rachadura da parede.

– Isso pode ser uma armadilha, tenente. O detector continua indicando presença zero? – indagou o soldado Celso pelo rádio. Uma pequena haste que, dentro do capacete, se projetava para a frente da boca, quase colada em seus lábios.

– Já levei isso em consideração, soldado. Sem presença reportada até o instante. Mesmo assim, vão e chequem. Não quero colocar a missão em risco por causa de uma janela quebrada. Contando comigo, tenho doze soldados parados aqui dentro para checar quantas janelas quebradas forem necessárias.

O soldado ficou mudo. Era besteira discutir com o tenente. Entraram em um novo corredor. Não sabia se era o medo que havia tomado conta de sua mente ou se nunca havia reparado quanto o prédio era frio. Dentro da sala, aguardando, os soldados receberam mais um chamado das Operações Especiais:

– OE chamando Sentinela Dois, reporte.

– Janela dezessete, setor leste-térreo, foi quebrada. Zero presença, sistema funcionando cem por cento. Status de pessoal: três fora da zona de aguardo. Doze dentro. Pessoal cem por cento.

Os soldados chegaram à escada de acesso ao andar térreo. Sentiam nitidamente que a cada degrau que desciam a temperatura parecia cair um grau. O prédio era frio, mas aquilo que sentiam em seus rostos era algo anormal. Estava frio demais.

– Senhor, a temperatura aqui embaixo caiu drasticamente. Vocês podem confirmar? – pediu Leandro.

– Positivo, soldado. Aguardem um instante, vamos apurar as leituras – respondeu o tenente.

Dentro da sala, Juliano, o operador do *laptop*, apressava-se em alterar a tela, a fim de conseguir os dados para o tenente. Mas a luva de seu traje pouco ajudava, roubando uma agilidade preciosa para aqueles instantes cruciais.

– Só um segundo, tenente – pediu o soldado nervosamente, tentando navegar pelo sistema em ambiente Windows.

Os soldados prosseguiram sem resposta. Caminhavam lentamente. Agora o trio expelia a característica nuvem de vapor ao respirar no ambiente gelado. Um leve temor lhes havia assaltado a alma. Sabiam que por enquanto estavam sozinhos no prédio e que, apesar de desconhecerem a natureza dos agressores de forma humana, lidavam com seres capazes de coisas impossíveis – como congelar o ar. Dobraram mais um corredor; estavam agora na seção da janela dezessete. Apesar das luzes apagadas, puderam avistar a janela. De onde se encontravam, perceberam que algo havia sido atirado contra ela. Estava completamente estilhaçada. Cacos de vidro forravam o chão. Olharam para fora e, espantados, viam que flocos de neve despencavam fartamente, encobrindo todo o chão do estacionamento lateral. Aproximaram-se ainda mais e perceberam que alguns flocos tinham caído no chão do corredor, maculando o piso liso e avermelhado. Mas algo mais que neve marcava o chão. Aquelas marcas... eram... pegadas!

✠ ✠ ✠

Instantes atrás, antes de os soldados detectarem a anormalidade com a janela dezessete do andar térreo, Inverno e Acordador, alheios a zoneamento e numeração, movidos pelo certeiro e antigo instinto, chegaram ao prédio da Biologia. Rodearam-no e perceberam pelo constante deslocamento da presença dos irmãos, praticamente a cada passo que davam, que ali era sua atual morada. Não queriam perder tempo. Guilherme mantinha o sangue roubado em sua boca e boa parte no estômago. Sentia-o ainda quente, e era assim que queria que seus irmãos o recebessem: ainda quente. Manuel adiantou-se em arremessar o próprio corpo contra a janela ampla, de vidros grandes. Não temeu mais prejudicar sua roupa nova; afinal de contas, ela acabara de receber quatro buracos razoáveis, cruzando do peito ao abdome. A estrutura de metal fino não resistiu ao impacto de seu corpo pesado, dando passagem aos dois. Dentro do prédio, Manuel tomou a direita, seguido por Inverno, que ostentava dois filetes escarlates descendo das extremidades labiais, unindo-se em seu queixo pontudo. Manuel o havia ajudado. Não queria que os humanos dessem cabo do amigo. Aquela tarefa ele queria realizar com as próprias mãos. Sentiu-se melhor garantindo a integridade do parceiro noturno. No final do corredor encontraram uma escada extensa, que dava acesso ao andar inferior. Era de lá que vinha a sensação. Não podiam prever a distância pela sensação, somente a direção, mas, quanto mais se aproximavam, mais bruscamente e denunciante a sensação mudava de direção, dando-lhes a pista de quão próximos poderiam estar. Desceram as escadas. A sensação dominava-os tão intensamente que nem se preocuparam quando ouviram passos humanos ao longe. Sabiam que logo estariam em seu encalço. Caçando-os. E seriam mortos.

Manuel encontrou uma porta pintada de vermelho. Quase em seu topo, a inscrição Morgue pareceu-lhe agradável. Seus irmãos estavam ali. Depois de quatrocentos e noventa e três anos se reencontrariam e logo estariam acordados juntos. Entrou na sala escura, seguido por Guilherme, que se movia tão silencioso quanto uma sombra. Já se acostumando à vida moderna dos brasileiros, seus olhos vampíricos vasculharam por um interruptor que provocasse luz elétrica. Encontrou-o bem ao lado da grossa porta. Acionou-o e percebeu a sala se encher de brilho, com a luz elétrica jorrando de vários pontos ao mesmo tempo. Não que precisassem daquele artifício para enxergar bem, mas a tal da luz elétrica dava um brilho especial aos ambientes. A novidade encantava-os. Perceberam que estavam em uma sala enorme. Provavelmente ela ocupava metade do espaço do andar superior. Não precisavam mais apelar para a sensação, pois agora podia vê-los. Como estavam feios! Vinte metros adiante, acondicionados dentro de uma estrutura vítrea, os corpos estavam suspensos, flutuando como encantados por magia. O cabelo dos quatro estava solto no ar e movia-se ao sabor de uma brisa encantada. Os corpos estavam na posição horizontal e oscilavam de altura levemente. O restante da sala era preenchido por camas dotadas de pequenas rodas em vez de pés. Sobre elas, corpos encobertos jaziam imóveis. À vista ficavam apenas os pés brancos e inertes. Acordador não precisou de um segundo para saber que todos naquela sala, sem exceção, estavam mortos. Seu sorriso, que pouco aparecia, desabrochou como uma flor. Caminhou entre os cadáveres, indo ao encontro dos irmãos. Guilherme adiantou-se, tocando suavemente com a mão esquerda a parede feita de vidro. Os quatro estavam presos lá dentro, mas o período de clausura finalmente havia terminado.

Guilherme olhou à sua volta. O tempo urgia. Para obter um melhor resultado, queria ter o sangue ainda quente dentro de si. Havia cessado seu frio sobrenatural, mas, mesmo assim, seu corpo ainda estava gelado. Apanhou uma cadeira que estava ao lado de uma das macas e desferiu um potente golpe contra a sólida parede de vidro.

Ouviram passos humanos ao longe. Não tardariam a localizá-los.

As pegadas que encontraram dirigiam-se para o fim do corredor escuro. Foram tomados por tamanho espanto que, por um segundo, esqueceram o procedimento. Assim que saiu do transe momentâneo, Celso reportou-se ao tenente Lacerda.

– Tenente, nós encontramos pegadas aqui! Alguém entrou no prédio! Qual é o índice de presença? Qual é a direção? Tenente! Qual é a direção?

O rádio emudeceu.

Na sala de aguardo, Juliano transitava pelo sistema, prestes a passar as leituras, quando, por culpa da descoordenação provocada pelas incômodas luvas, acabou acionando um comando indesejado justamente quando começavam a receber um relatório dos soldados expedicionários.

– Tenente, nós cri... – a voz do soldado desapareceu repentinamente.

– Bosta! – gritou Juliano enraivecido, tentando retirar a luva desconfortável de maneira estabanada. – Desliguei o sistema!

– Mas e os soldados?! O que aconteceu?

– É que a operação dos rádios está em cadeia pelo sistema. Fica mais simples de operar. O programa autogerencia os canais.

– Faça voltar.

– Estou tentando! Estou tentando! – esbravejou o soldado, que ainda desrosqueava uma peça do seu punho para livrar a mão da luva.

– Pare de tentar e devolva meu rádio agora!

Finalmente, com a mão livre, Juliano retomou a costumeira agilidade ao teclado. Reabriu o programa, digitou uma série de códigos de proteção e aguardou a pré-checagem do sistema. Aqueles segundos pareciam uma coisa eterna. A máquina disparou um bipe, que serviu apenas para irritar ainda mais Lacerda, agora acompanhando as telas com o soldado.

Juliano finalmente acionou o programa de segurança eletrônica. Um a um, os pontos de segurança foram reativados, devorando instantes preciosos.

– Os rádios! Primeiro os rádios! – gritava Lacerda, histérico, ao ouvido do soldado atrapalhado.

– É impossível, senhor! O programa tem prioridades próprias, não posso alterar!

Os segundos transformaram-se em minutos. Quando a checagem chegou à janela dezessete do setor leste-térreo, o alarme voltou a disparar.

Mais segundos preciosos até recuperarem a autonomia do sistema, respondendo a procedimentos de rotina. Findaram as janelas, começaram as portas. Outro alarme. A porta do necrotério fora violada! Justo onde os cadáveres especiais estavam acondicionados!

– O que é isso, Juliano?

– A porta do necrotério.

– Como?

– Ainda não sei, senhor.

O programa passou a acionar os raios infravermelhos, detectores de calor, um a um, esbanjando aquilo que eles não tinham: tempo. A tela exibiu:

Presença = 03 soldados,
= 00 não soldados,
= 01 sala 6-S /soldados,
= 02 corredor 6-S /soldados.

Isso, de certa forma, acalmou o tenente. Ao menos ainda estavam sozinhos no prédio.

Por fim, a tela exibiu: ACIONAMENTO DE RÁDIOS?

Juliano clicou sim para acionar. Os nomes dos soldados foram surgindo na tela. Começando pelo próprio soldado Juliano, passando para Lacerda, e assim por diante. Estavam todos ao redor do pequeno computador, aguardando as vozes dos amigos surgirem. Finalmente o primeiro deles: Celso. Seus ouvidos encheram-se com o som da respiração descompassada do soldado. Algo errado estava acontecendo.

– Vamos! – gritou Lacerda. – Você continua aqui, Juliano, monitorando.

De repente, ouviu-se a voz do soldado Celso acompanhada de disparos de fuzil misturada às vozes dos soldados descontrolados no corredor.

O golpe desferido por Guilherme contra a parede não surtiu efeito algum. Apenas um som grave ribombando na sala. Manuel imitou o amigo e apanhou uma cadeira também. Ambos passaram a golpear o vidro, tentando livrar os irmãos. Poderiam começar a arranhar o vidro, desfiando-o milímetro a milímetro, mas tempo era algo de que não dispunham naquela noite. No golpe seguinte, a cadeira de Guilherme espatifou-se contra o vidro, restando em ambas as mãos pequenos pedaços de madeira.

– Parados! – bradou uma voz forte às suas costas.

Os vampiros viraram-se lentamente.

Os brasileiros e suas armas! Lá estavam novamente. Ordenando que parassem. Apontando armas desconhecidas e poderosas. Usando trajes espalhafatosos. Que era aquilo agora? O homem parecia ter vestido mil roupas. Uma por cima da outra. E, além disso, com uma sopeira enfiada no topo da cabeça.

Manuel percebeu a ponta de uma daquelas armas surgindo na porta. Não queria estar em desvantagem. Usando sua velocidade vampírica, desaparecendo diante dos olhos do humano assustado, arremessou-se violentamente contra a porta, mantendo lá fora os indesejados caçadores.

Por reflexo, o humano disparou diversas vezes, e um dos disparos varou de novo o abdome de Guilherme, de onde verteu uma pequena quantidade de precioso sangue. O restante das balas ricochetearam contra o paredão de vidro, imprimindo marcas e centenas de trincados.

O soldado desesperou-se. A criatura atingida soltou um grito de dor, e sangue verteu por sua boca.

Guilherme ajoelhou-se, sentindo apenas uma pequena pontada. Levou a mão à nova ferida para impedir a inoportuna hemorragia.

O soldado deu uma volta completa, tentando encontrar o outro invasor. Guilherme aproveitou a distração e partiu para cima do soldado, arremessando-o contra a parede. O soldado caiu desmaiado. Retornou para perto do vidro, agora mais fragilizado. Manuel segurava a porta, evitando que os humanos entrassem. Precisaria gelar o ar, liberar seu frio sobrenatural. Apanhou um recipiente metálico em uma prateleira e despejou todo o sangue que carregava. Admirou, feliz, o vermelho do líquido, pois sabia que aquela quantidade era mais do que suficiente para acordá-los. Protegeu o líquido valioso, acomodando-o novamente na prateleira.

Manuel, com as costas travando a porta, fez sinal com a cabeça para o irmão, incentivando-o a ir em frente. Guilherme apanhou a cadeira que restara inteira e golpeou novamente a parede de vidro. A cadeira também estraçalhou-se contra o vidro, apenas aumentando alguns dos trincados. Disparos impactavam-se contra a porta protegida por Manuel, que se revelava bastante resistente. Segundos depois, a algazarra cessou. Os vampiros entreolharam-se, como se perguntando: e agora?

– Essas balas não vão abrir essa porra – sentenciou Lacerda. – Mas eu sei o que vai. Vão para a escada; a coisa vai ser feia.

Os homens recuaram, andando de costas e mantendo os fuzis levantados, apontados na direção do tenente. Estavam todos com as viseiras abaixadas, para cortar o frio assombrado que assaltara o prédio. Respiravam o ar vindo dos tanques e só ouviam uns aos outros graças aos rádios.

Lacerda grudou à porta uma massa cinza retangular, utilizando uma face adesiva própria para fixação. Acionou um temporizador digital e correu para a escada, unindo-se aos soldados.

Aqueles monstros iriam experimentar, por bem ou por mal, a munição explosiva de seu rifle.

O silêncio perpetuou-se naqueles segundos. Teriam os humanos desistido? Manuel continuou encostado na porta. Ambos sabiam que os humanos, ao menos os portugueses, eram mestres em artimanhas quando empreendiam a captura de vampiros. O silêncio sempre foi motivo de alerta, não de descontração.

Guilherme aguardou mais um instante. Não havia sombra de dor em seu corpo. Virou-se para a parede de vidro. Aproximou-se e percebeu quão ela era espessa. Realmente, mesmo para ele, dotado da força de quinze homens, seria difícil quebrá-la simplesmente com as mãos. Notou que no local onde havia algumas fissuras um líquido ralo escoava. Tocou-o. Aquilo parecia água pura. Seus irmãos não flutuavam no ar magicamente, estavam submersos em água. Para quê?

Manuel concentrou-se. Seus ouvidos não captavam mais passos. Apenas um som cadenciado, uma espécie de sinal agudo e baixíssimo. Passou a acompanhá-lo com os pés. Repetiam-se no mesmo intervalo, como se marcassem o tempo, como se fossem conjunto de uma espécie de relógio. Afastou-se da porta e virou-se. Encostou o ouvido na porta, captando o som mais claro. Que seria aquilo? Decidiu abri-la. Pousou a mão na maçane...

– BUMMMMMM!

Uma explosão potente invadiu a sala. Guilherme foi atirado ao chão. O prédio todo tremeu. Parecia que tudo ia desmoronar. Manuel foi arremessado com os restos da porta para o outro lado da sala, chocando-se violentamente contra a parede, encoberto por escombros. Antes de ser sepultado, tamanha dor impelida ao seu tímpano e o susto com a inesperada explosão forçaram-no a emitir um alto e horrendo grito.

A luz elétrica falhou e então apagou.

Guilherme vasculhou o cômodo com seus olhos de vampiro. Viu apenas fumaça e pedaços da estrutura do prédio espalhados por todos os lados. Muitas camas metálicas haviam sido arremessadas para os lados, derrubando ao chão os gélidos ocupantes. No lugar da porta, para lá dos mortos estendidos no chão, havia agora um rombo com três metros de largura. Identificou os humanos, que estavam estranhamente trajados como aquele primeiro que os viera importunar. Andavam de maneira engraçada e traziam, cada um, sua arma. Percebeu que se moviam vacilantes. Não podiam enxergar no escuro como ele podia. Ficou imóvel, até ter certeza de que eles não o viam, e foi checar a parede de vidro. Os trincados haviam aumentado. A água vertia em maior quantidade, molhando o chão completamente. Alguma coisa movimentou-se próximo a ele. Não era seu amigo vampiro, não era um dos seres humanos de vestes esquisitas. Era um dos mortos. Que oportuno! O grito desesperado do baixinho arredio fora suficiente para despertá-los. Varreu a sala novamente com sua visão. A maioria deles estava se movendo. Estremecendo e mexendo-se sem coordenação. Começaram a gemer e a chorar, com a voz engasgada entre soluços e um tossir assustador, misturando-se às vozes desesperadas dos soldados, que se comunicavam por gritos alucinados. Sabia que para eles sempre era horrível voltar à vida. Tratava de apanhar uma daquelas camas metalizadas quando fachos de luz tomaram conta do lugar e simultaneamente os disparos das armas ferozes recomeçaram. Agora, certamente, os soldados poderiam vê-lo.

Assim que a porta explodiu, Lacerda e seus homens avançaram. A fumaça tampava-lhes completamente a visão. Se não estivessem com os capacetes vedados, certamente estariam sufocando naquele exato momento. Assim que a fumaceira rareou, pôde perceber que havia sido bem-sucedido. Já não havia mais a porta nem bloqueio. Apesar de o capacete ter abafado quase completamente o som do estouro, o deslocamento de ar deu uma noção precisa da agressividade do explosivo. Podia jurar que, apesar do capacete, seus ouvidos tinham captado um grito humano, como o de alguém surpreendido por um susto mortal. Aproximava-se da abertura improvisada quando a luz elétrica desapareceu.

– Juliano, rápido, precisamos de luz elétrica aqui!

– Estou acionando o infravermelho, não há luz disponível no prédio.

– Não há? Como diabos *você* está com esse computador ligado?

– *No-breakers*, senhor!

– Mas se o seu infravermelho não está detectando nada, por que o nosso vai detectar? – inquiriu nervosamente um dos soldados. A voz de Juliano demorou a responder, e, quando veio, chegou vacilante.

– Talvez seja uma disfunção do equipamento do prédio.

Lacerda percebeu a visão escurecer ainda mais. Apesar da não visibilidade, caminhava para a frente lentamente, tateando o chão com os pés, pisando sobre escombros da ex-parede. De repente sua viseira se acendeu, tingindo tudo à frente de azul, mais tons avermelhados, alaranjados e amarelados. O infravermelho estava funcionando bem. Havia apenas um aglomerado onde o vermelho se concentrava. Um amontoado que certamente pertencia à parte aquecida pela explosão. Não havia uma presença viva sequer. Mas, mesmo que alguém ali dentro tivesse morrido durante a explosão, ainda não havia decorrido tempo suficiente para o corpo esfriar a ponto de não ser detectado.

– Eu quero luz aqui embaixo!

– Já estou conseguindo, tenente – respondeu Juliano, lá de cima, sentado junto ao computador.

– Esta bosta de infravermelho não está funcionando. Todos quietos agora. Se tiver alguém vivo aqui dentro, estará se arrastando à procura de seus pedaços.

Os soldados pararam e puseram-se a escutar. A voz de Juliano chegou vacilante outra vez:

– Desculpe, senhor, mas se alguém estiver se arrastando, com as viseiras abaixadas vocês não vão conseguir escutar.

Lacerda apertou os olhos. Que roupa mais idiota aquela! Tanta tecnologia, tanta inutilidade!

– Dê-me a luz, idiota! É só disso que preciso!

Lacerda conseguia apenas ouvir o teclar furioso de Juliano junto ao *laptop*.

– Consegui! – gritou o soldado.

Do alto de seus capacetes, fachos poderosos de luz surgiram para iluminar o ambiente. Antes permanecessem apagados, pois o que a luz revelou foi algo que muitos daqueles soldados nunca deveriam ter visto.

Corpos mutilados arrastavam-se pela sala. Uma mulher com o peito completamente aberto e os pulmões à vista perambulava em direção a Lacerda. Além da mulher, o tenente observou um vulto movendo-se ao fundo. Mas que coisa horrenda era aquela? Que espetáculo bizarro era aquele? Aquela gente com as vísceras expostas deveria estar morta!

Cada soldado teve sua visão do horror. Gritavam alucinados. Não podiam crer naquilo. Começaram a disparar desorientados para todos os lados.

Lacerda também acionou seu rifle, fazendo o tórax da mulher explodir. As balas perdiam-se na escuridão, mas, quando atingiam alguma coisa, explodiam, criando *flashes* de luz. Que *show* horrendo era aquele? Mais uma daquelas atrações movia-se em sua direção. Um rapaz com expressão chorosa, pele branca e dentes amarelos. Um cadáver que andava e chorava! Uma das balas do tenente fez de sua cabeça centenas de minúsculos pedaços. Algo empurrou Lacerda e o fez ir ao chão, arrastando-o para o fundo da sala. Disparou para o alto, e lascas do teto desabaram. Seria um daqueles cadáveres ensandecidos? Era algo extremamente forte. Não podia identificá-lo, pois seu facho de luz estava, agora, apontado para o teto, junto com sua visão de homem derrubado. Colocou-se de bruços, procurando seus homens, e quando girou o rosto percebeu que seu capacete afundava em água! Assustou-se bruscamente, caindo de costas outra vez. Num primeiro instante não identificou aquele líquido. Virou-se novamente. Seus homens também estavam no chão. Pôs-se de bruços e, usando o rifle, conseguiu se ajoelhar. Muitos ainda rolavam, carregados pela inesperada enxurrada. Com muito sacrifício levantou-se e partiu para cima do soldado mais próximo, tentando auxiliá-lo. Pedaços de corpos flutuavam, e mais gente morta movia-se ao redor. Gritava aos homens para terem calma, mas ele mesmo não dava ouvidos aos gritos dos homens. Alguém percebeu que era água, pois berrava repetidamente:

– Água, é água!

Estavam perdidos, estavam em pânico. Quando os tiros recomeçaram, Guilherme jogou-se ao chão. Não queria ter o corpo perfurado mais uma vez. Aquelas armas eram diferentes, pois seus disparos provocavam um barulho ensurdecedor e destruíam muito mais do que as anteriores. Repentinamente, a parede vítrea estourou, dando vazão a toda água armazenada. Guilherme foi arrastado, indo juntar-se aos mortos recém-despertos que gemiam e gritavam. Era a sua chance! A parede havia sido destruída, e os irmãos foram feitos libertos. Avançou para a prateleira onde havia deixado o sangue, lutando contra a enxurrada. O pote ainda estava lá, miraculosamente intacto após tão inusitada epopeia. Vasculhou a sala com sua visão beneficiada. Avistou o primeiro deles e arrastou-o para o fundo da sala, antes inacessível por razão da parede de vidro e dos milhares de litros d'água.

– Afonso, sortudo! Pois tu serás o primeiro – festejou Inverno.

Agarrou a mandíbula inferior do cadáver e fê-lo abrir a boca ressecada. Derramou um pouco do líquido escarlate.

– Saúde, irmão!

Desta vez, Guilherme não fez questão de acompanhar a mutação e tratou de resgatar com destreza mais um dos seus. Apanhou outro corpo conhecido e arrastou-o para junto de Afonso. Deitou-o com cuidado de irmão no chão cheio d'água e tratou de injetar uma generosa dose de sangue.

– Tu, Baptista, tu mereces um bocado de sangue, pois teu valioso truque nos será útil demais, se é que ainda sabes fazê-lo, não é, irmão?

Demorou-se um pouco mais com Baptista. Precisava ter certeza de que estava acontecendo. O primeiro sinal foi a tonalidade da pele modificando-se velozmente. Ao lado, Afonso já se enchia de massa muscular. Logo ambos estariam prontos. Faltavam agora mais dois.

Guilherme percebeu que os soldados começavam a entender o que acontecia. Em poucos segundos estariam prontos para incomodá-los outra vez. Apressou-se em apanhar os dois irmãos restantes. Despejou o precioso líquido dentro de suas bocas. Vasculhou a sala mais uma vez com os olhos em busca de Acordador, o desaparecido. Deveria estar ocupado tentando compreender o que havia acontecido com a porta. Sorriu levemente, passando a admirar os corpos dos irmãos em avançado estágio de reanimação. Havia tido poucas oportunidades de vislumbrar aquele espetáculo. Estava feliz. Estavam juntos novamente. Os assassinos perfeitos.

A maioria dos soldados já estava de pé. Organizavam-se para um novo ataque aos mortos que voltavam a perambular. Alguns soldados, apavorados, ainda rolavam com o corpo parcialmente encoberto pela água. Aquela imagem deu uma ideia a Guilherme. O vampiro estendeu as mãos em direção ao chão e desencadeou seu perverso truque.

Lacerda já havia recuperado o autocontrole e procurava restabelecer o comando da tropa. Juliano gritava histérico, tentando receber notícias do grupo. O tenente estendia o braço para um soldado levantar-se quando percebeu que algo errado estava acontecendo. O corpo do soldado não cedia ao seu puxão. Tentou mover-se e não conseguiu, quase caindo ao chão com o desequilíbrio momentâneo. A água havia se transformado em gelo! Estavam aprisionados em um maldito bloco de gelo!

– Guilherme, que lugar é este? – inquiriu, com voz rouca, Baptista, o primeiro a se restabelecer completamente.

– Não te preocupes com isto agora, não há tempo. Preciso que realizes teu truque.

– Podes?

Baptista, com o corpo coberto por farrapos, sentou-se.

– Vê, Baptista, isto aqui é água.

Baptista passou a mão suavemente sobre a capa de gelo embaixo de seu corpo.

– Isso pode ser qualquer coisa, mas água não é, meu irmão.

– Ora, raios, mas que coisa é essa? Parece água.

– Pois te digo que não é, ó cara de bacalhau. Mas acho que me basta.

– Pois então faz, ou isso aqui vai se encher desses homens.

– E aquilo ali... são homens?

Guilherme balançou a cabeça afirmativamente. Olhou à sua volta. Os outros também estavam quase restabelecidos. Seus rostos já haviam tomado forma, e as fisionomias tinham as expressões de quase quinhentos anos atrás.

Baptista enfiou a mão no gelo mais uma vez. Já estava habituado ao frio constante em companhia do irmão gelado. Era hora de saber se ele ainda sabia fazer.

Lá fora, as equipes extras de soldados acabavam de chegar. Três caminhões verde-oliva cruzaram os portões da Universidade Soares de Porto Alegre e despejaram seu contingente militar. De cada caminhão desembarcaram cinquenta soldados. Segundo informações das OE, as baixas já estavam acontecendo. Dos quinze soldados em trajes especiais, seis estavam mortos.

O pátio estava escuro, e a lua havia desaparecido. Flocos de neve despencavam do céu, e um vento frio cruzava o ar. Não havia mais trajes de proteção térmica; eram obrigados a se proteger apenas com os insuficientes blusões de náilon. Para a maioria deles aquela era a primeira missão. Seus corações batiam velozes, e muitos deles estremeceram quando um forte trovão explodiu no céu negro. Relâmpagos despencavam tão próximos que podiam sentir o solo vibrar. Aquela tempestade inesperada parecia ter sido feita por encomenda, para atormentar ainda mais a missão.

Um pelotão de vinte e cinco homens foi destacado para entrar e vasculhar o prédio. Sabiam que havia um soldado no primeiro andar. Os demais estavam no subsolo, morrendo nas mãos do inimigo sobrenatural. O restante dos soldados, cento e vinte e cinco, cercaria o prédio para evitar uma tentativa de fuga por parte dos malditos assassinos. Agora, em definitivo, o destino daquelas criaturas estava selado. Não havia por onde escapar. Não havia por onde fugir. Estavam encurralados.

Os trovões aumentaram, fazendo os mais assustados tremer. Os relâmpagos pareciam atingir a universidade a todo instante. O céu iluminava-se brevemente com os poderosos raios de luz que várias vezes acertaram o prédio do Departamento de Biologia, agigantando o clima funesto que a noite adquirira.

A chuva despencou furiosa e, em menos de um minuto, deixou os uniformes dos soldados completamente encharcados. As gotas caíam grossas e pesadas e ardiam quando acertavam nas faces. O pelotão que entrou no prédio acionou lanternas afixadas em suas armas, que melhoravam e facilitavam a visualização das dependências sem luz. Passaram a ouvir o estalar apressado e cadenciado das botas contra o assoalho. Dividiram-se em subgrupos de cinco e partiram para distintas posições: um foi pelo corredor, chegando até a escada que dava acesso ao subsolo. De lá vinha o som de disparos de rifle, onde certamente a confusão estava armada. Onde o combate estava mais ativo.

Guilherme ouviu os trovões estrondando lá em cima. Os soldados estavam presos. Os cadáveres despertados por Acordador amontoavam-se em torno dos soldados assustados. Os militares passaram a acionar novamente suas armas, temendo o ataque de tão bizarras criaturas. Seus irmãos começavam a se levantar. Estavam os quatro restabelecidos. Olhavam espantados para os brasileiros, tão estranhamente uniformizados. Não estranharam a quantidade de cadáveres lamentadores perambulando. Estava claro que Manuel estivera ali.

Afonso estava nu, como Miguel e Fernando. Somente Baptista conservava restos do que fora um excelente terno português, roubado direto do guarda-roupa do duque de Montesinha, Dom Augusto. Fernando diferia dos demais em apenas um aspecto: não possuía aquela palidez patente. Tinha a pele negra, com traços legitimamente africanos. Sim, havia palidez, mas somente o observador mais atento conseguiria notar aquela variação tão sutil de matiz. Era tão alto quanto Inverno, com o corpo um pouco mais musculoso. Um homem grande, de dar medo.

Era hora de providenciar a fuga. A porta estava tomada pelos soldados presos, porém ainda armados. Guilherme ouviu mais passos aproximando-se da escada; logo estariam novamente cercados por humanos caçadores de vampiros. Não sabia quanto tempo seus irmãos recém-despertos poderiam suportar quando fossem atacados por armas tão superiores, poderosas e eficazes comparadas às que estavam habituados. Seus olhos captaram algo emergindo dos escombros adiante. Era a mão do baixinho. Chamou os irmãos e, juntos, começaram a remover os entulhos de cima de Acordador. Tempestade puxou o braço do soterrado. Seria mais fácil arrancar o braço do que remover o irmão do amontoado de entulho. Percebeu que ainda sabia usar sua velocidade vampírica. Sabia o preço que aquilo tinha, mas era uma emergência. Guilherme acompanhou-o arrancando tijolos e mais tijolos de cima de Acordador. Percebeu que Afonso não havia se juntado ao resgate. Contorcia-se no chão, dominado por algum tipo de dor insuportável, estremecendo os músculos e revirando os olhos, que pareciam agora um par de brasas perdidas na escuridão. O som das botinas estava mais próximo. Por aquele corredor não mais conseguiriam escapar. Estavam cercados.

Baptista puxou novamente o braço do companheiro. Desta vez o corpo do vampiro deslizou para fora. Estava livre.

Guilherme correu em socorro de Afonso.

– Já está acontecendo, amigo?

– Sim, ó gajo! – gritou Afonso, agarrando o braço de Inverno, quase cravando as unhas.

– Minhas entranhas estão se comendo. Ah... que dor horrível! Por que me acordaste? Ah!

Afonso gritava, parecendo rugir, extravasando a dor que sentia. Seus olhos estavam iluminados, e os dentes saltavam para fora da boca. Seus cabelos pretíssimos contrastavam com a pele branca, agitando-se a cada balançar brusco de sua cabeça.

Foi enquanto assistia ao amigo que Guilherme percebeu uma chapa metálica colada ao chão, bem no fundo da sala, onde antes seus amigos estiveram lacrados. Que seria aquilo? Aproximou-se e segurou-a com as mãos. Percebeu que ela se movia, cedendo à sua força. Um homem normal não conseguiria levantá-la, mas Inverno estava bem longe de ser um homem normal. Ergueu-a. Um vento frio veio lá de dentro. Era a entrada de um túnel! A fuga seria providenciada. Silenciosa e velozmente, Inverno reuniu seus companheiros. Arremessou Afonso e apressou a impeli-los passagem abaixo. Usando sua velocidade paranormal, alcançou um dos assustados soldados. Tomou-lhe a arma e partiu em direção ao túnel. Os novos soldados chegaram. Com mais luzes, com mais armas. E logo estariam em pânico, atirando para todos os lados. Enquanto entrava pela boca descoberta, encontrou uma escada no interior da estreita passagem. Antes de ocultar-se, seus olhos se deliciaram com os novos soldados escorregando sobre o gelo e estatelando-se no chão. Seus ouvidos encantaram-se com o melodioso choro dos ex-mortos, reclamando suas mortes, livres para buscar suas vinganças pessoais. E os gritos dos soldados em pânico? Como eram reconfortantes! Faziam valer todas as trapalhadas, todos os riscos. Desceu mais alguns degraus, apontou a arma para cima e alojou o dedo onde os humanos o faziam. Puxou o gatilho fazendo o mosquete cuspir projéteis. A munição explosiva fez parte do teto despencar, encobrindo a boca do túnel. Não o perseguiriam mais, ao menos por enquanto. Inverno desistiu da escada e atirou-se ao chão. Lá embaixo estavam todos agrupados, aguardando. Manuel estava mal, caminhando amparado por Miguel. Afonso continuava no chão, com o corpo afundado em uma espécie de córrego canalizado, estremecendo e gemendo, com o corpo impregnado por aquela água suja. Seu rosto havia perdido o tom pálido, ganhando uma espécie de barba grossa. O corpo também parecia se modificar. A face magra e estreita parecia estar mudando de forma. Guilherme conhecia muito bem aquele processo. Seu amigo logo estaria livre da dor. Logo estaria pronto. Logo estaria fora de controle. Amparou-o para que se levantasse. Precisavam caminhar. Afastar-se dali o mais rápido possível. Eles não poderiam utilizar a velocidade de vampiro. Estavam muito fracos. Mesmo ele e Manuel, que já haviam tomado do sangue humano, que se sentiam cem vezes mais potentes que quinhentos anos atrás, sabiam que não poderiam utilizar este recurso por mais de alguns minutos no mesmo dia. Não sem se reabastecer de sangue. Ficariam esgotados, vulneráveis.

O túnel era alto e completamente escuro, o que os ajudaria no caso de um encontro furtivo com algum ser humano desavisado. Uma leve brisa fazia-os acreditar que, em algum lugar, haveria uma saída. Caminharam por mais de meia hora naquele túnel malcheiroso, até chegarem a uma de suas extremidades. O cano largo pelo qual caminhavam desembocava num rio igualmente fétido, e nele deixava vazar sua água podre, carregando excremento, urina e uma miríade de odores estagnados. O rio era cercado por muros de pedra de cinco metros de altura, e nas duas margens havia platôs feitos daquele material cinza que Guilherme e Manuel já haviam se acostumado a ver. Guilherme foi o primeiro a sair. Precisou usar seu salto sobrenatural para cruzar o rio, cujo leito se estendia por dez metros de largura. Em seguida veio Manuel, que, debilitado, não foi bem-sucedido em sua façanha, agarrando-se ao platô na outra extremidade, mas deixando o corpo afundar mais da metade no rio poluído. Vieram, também, Fernando e Miguel, flutuando pelo ar com seus corpos nus, seguidos por Baptista e sua roupa esfarrapada. Olhando para cima, Guilherme percebeu que o céu se enchia de luz elétrica. Muito provavelmente, logo após os muros de pedra, encontrar-se-iam novamente nas vias públicas de Porto Alegre. Trovões rugiam com ferocidade, e relâmpagos intensos iluminavam vez ou outra o céu. Ah! Como era boa a tempestade! Sempre servil, sempre providencial.

– Tempestas, tu continuas o mesmo diabo de sempre! – comemorou Inverno.

– Que lugar é este? – interrogou Baptista.

– Ah! – riu Guilherme, dando um tapinha nas costas do irmão. – Não faças perguntas agora, Tempestade. Por enquanto te digo que estamos longe do D'Ouro, mais longe do que tua cabeça pode imaginar. Eu e Manuel já temos coisas incríveis para te contar. Que hora mais propícia para nos ajuntarmos! Vamos sair daqui. Precisamos encontrar um abrigo enquanto é cedo.

– Mas que histórias são essas?

– Vais levar um susto. Vais morrer de curiosidade. Por isso digo que primeiro devemos encontrar nossa proteção, porque depois a conversa não vai querer parar.

Fernando ajudava Manuel, que estava com uma perna quebrada. Deixou o amigo no platô acimentado e, com Miguel, começou a empurrar a tíbia do baixinho para dentro da carne novamente. Precisavam imobilizá-la; assim, em algumas horas, estaria saltitando de novo. Miguel olhou à sua volta. Afonso não estava entre eles.

– Onde está Afonso? – perguntou.

Quase simultaneamente à pergunta do vampiro, um rugido feroz escapou do cano por onde haviam chegado ao rio. Aquele grito selvagem vinha do fundo do túnel escuro.

– Lobo... – murmurou a voz baixa de Manuel.

Mais trovões ecoaram na noite. A água caía fartamente. Do cano, uma enxurrada com vazão maior escoava a cada minuto, unindo-se ao rio feito uma cachoeira de água suja. Em razão da tempestade, o nível do rio subia, e logo todo o platô estaria encoberto pela água.

Os rugidos de Afonso chegaram novamente aos ouvidos dos vampiros. O amigo já havia se transformado. Como sempre, não conseguira evitar a metamorfose. Uma vez mais, Afonso era Lobo.

Do fundo do túnel escuro os vampiros enxergaram com clareza os dentes afiados e agigantados da fera que se aproximava. Se fossem somente os caninos protuberantes, nem sequer lhes causariam calafrios, pois caninos longos todos eles possuíam. Mas, quando Afonso estava naquele estado, todos os seus dentes se modificavam. Seu cheiro inconfundível espalhava-se pelo ar.

Os olhos iluminados da fera flutuavam como dois filhotes de fantasmas. Ele estava vindo. Vindo veloz e galopante. Ensandecido. Ferino. Fora de controle.

Guilherme aproximou o rifle do peito. Sabia que, mesmo potente, aquela arma era inútil contra Afonso naquele estado, mas ela certamente lhes garantiria algum tempo para a fuga. Forneceria uma momentânea distração. Se fosse católico, rezaria para não precisar usá-la.

Afonso arremessou-se para fora do túnel, atravessando o ar num voo selvagem. Seu corpo pesado e descomunal chocou-se contra o platô da outra margem. Parou ao lado dos irmãos. Ergueu as patas dianteiras, ficando em pé, alcançando o dobro da altura dos companheiros. Deixou todo o ar de seu peito escapar num rugido agressivo e, mesmo para eles, assustador. As garras dianteiras voltaram ao chão, faiscando ao raspar contra o solo. A bocarra arreganhada exalava um hálito quente e intimidante. Apertou os olhos ferinos e vermelhos e passou a grunhir baixinho e nervosamente. A cara de fera, de lobo, não deixara traço da face encantadora de Afonso. O corpo coberto de pelos grossos estava reluzente por ter absorvido a água da chuva. Fossem eles seres humanos comuns teriam desmaiado, morrido vítimas de um ataque cardíaco. Felizmente, não eram seres humanos comuns, mas, mesmo assim, transpiravam medo.

Guilherme apontou o rifle. Atiraria se fosse preciso.

Nenhum pio. Somente o som da chuva caindo.

A fera deu as costas aos cinco e partiu galopando pelo platô, desaparecendo na escuridão.

Permaneceram em silêncio. Guilherme abaixou a arma. Os trovões voltaram a roncar na noite, e os relâmpagos ressaltavam a sombra da fera que se perdia ao longe.

– Só tem uma coisa que me dá mais medo... – murmurou baixinho Baptista.

Os quatro voltaram-se para ele. Guilherme afastou-se do grupo, admirando o choro que vinha do céu.

– Não te preocupes, Tempestas. Aquele que te assusta tanto está bem guardado.

CAPÍTULO 22

E se eles vierem para cá?

– Saberemos. Vou ligar pro César. Ele prometeu reunir todo tipo de informação a respeito dessas coisas. Saberemos cada novo movimento daquela criatura.

– Daquelas...

– É, você está certa, Eli. Ele já acordou mais um e vai atrás dos outros. Pode ser que estejamos enganados. Talvez ele nem queira você.

A mulher meneou a cabeça, concordando.

– Mas é melhor continuarmos prevenidos. O Exército todo está em cima deles. Se forem bruxos de verdade, talvez consigam escapar, mas mesmo assim vamos saber. De Porto Alegre até aqui é muita estrada. Eles não sabem onde estão, não têm locomoção. Se fizerem algo de novo, vamos saber.

– Quando poderemos voltar, Titi? Estou começando a ficar com saudade da minha vidinha de estudante – reclamou Eliana.

– Estamos dependendo do desfecho dessa história, mas, se te anima saber, acho que amanhã pegamos as chaves da casa.

– Como isso vai me animar, se eu estou querendo ir embora?

– Calma, Eli, serão poucos dias. O Exército todo está em cima deles; não é possível que dure muito tempo. Aquele picolé ambulante deixa um rastro de gelo por onde quer que passe.

– E de defuntos também...

Tiago segurou as mãos da amiga. Sabia que ambos corriam perigo. Intimamente tinha certeza de que os vampiros, como César lhe esclarecera, haveriam de procurá-la. O que o deixava mais preocupado ainda era não conhecer o grau de inteligência e habilidade daqueles seres. Seriam capazes de vir do Rio Grande do Sul para São Paulo sem ter nenhuma pista do paradeiro de Eliana? Seriam bruxos mesmo? Videntes capazes de segui-la por instinto? Não sabia quão eles poderiam ser espertos, mas sabia que até o momento Inverno estava se saindo bem. Libertara mais um cadáver e ainda dizimara dezenas de soldados com seu frio sobrenatural. Saíra-se bem demais para o seu gosto. Era um perigo potencial. Um assassino patológico e, pelo pouco que conhecia sobre a lenda dos vampiros, se é que aquele era um, Inverno seria um assassino cruel.

– Se eles derem o menor indício de que podem te encontrar, Eli, juro que gastaremos até o último centavo para escapar. Podemos comprar passagens para outros países, nos enfiarmos em buracos que nem a CIA vai encontrar – disse o rapaz, tentando tranquilizar a querida amiga.

CAPÍTULO 23

Guilherme soltou o rifle no chão. Ajeitou o cabelo molhado, colocando-o todo para trás. O cheiro de Lobo já desaparecera completamente. Tinham agora de se preocupar com os soldados. Certamente estariam vindo atrás do grupo fugitivo. A chuva ainda caía. Ainda precisavam daquela distração. Precisavam mover-se dali. Brevemente, o rio não seria mais seguro. Usando seu salto vampírico, alcançou o alto do muro de pedras. Havia acertado. Um pouco mais acima, percebeu uma rua coberta daquele chão negro, por onde as máquinas velozes circulavam. Subiu um pequeno morro gramado até atingir o calçamento. Apesar da chuva, havia muitos humanos passando por aquele pedaço. Os carros passavam velozes, e as pessoas amontoavam-se do outro lado da via, protegendo-se sob o teto de animadas casas comerciais. Vários daqueles carros velozes, que seriam muito úteis naquele momento, estavam estacionados do outro lado. Seus olhos depararam-se com um em particular. O carro de prata igual ao do senhor Donato. A H100. Guilherme atravessou a avenida, aguardando prudentemente o trânsito de seges ser interrompido pela luz vermelha. Aproximou-se do veículo. Das casas comerciais sons animados de instrumentos diversos escapavam em alto volume para animar a noite. Só poderia ser um povo festeiro aqueles brasileiros. Em plena tempestade, encontrar disposição para tanta algazarra era coisa que Guilherme ainda não havia visto. Seus olhos percorreram as casas comerciais. Tinha esperança de encontrar a chave de sua escapada. E lá estava ela. Batendo com as mãos em um objeto circular e barulhento. Era Donato, sentado junto a uma roda animada de homens de todas as idades, que cantavam alegremente uma música de ritmo delicioso. Caminhou até ele. Naquele estabelecimento havia diversas mesas, repletas de pessoas, homens e mulheres, falando em voz alta, cantando com o grupo animado. Os corredores, cheios de gente indo pra lá e pra cá. Guilherme abria passagem entre as pessoas, que, quando o viam, se afastavam com repugnância. Percebendo o olhar assustado de uma garota de cabelo verde, tratou de limpar da boca os fios de sangue que maculavam sua pele pálida. Mas logo notou que não era exatamente a presença de sangue que afastava os humanos dele. O rio podre havia impregnado nele o cheiro forte de excremento e urina. Aproximou-se da mesa onde Donato festejava visivelmente embriagado. Saudou-o com um aceno de mão. Donato olhou-o demoradamente, parecendo não o reconhecer, depois deu um salto da cadeira e veio ter com ele.

– O português! Tomaste chuva, foi?

– Um monte, meu amigo brasileiro. Um monte.

Donato aproximou-se e fez menção de abraçá-lo, mas desistiu antes de colar os braços.

– Mas que fedor! Tu caiu numa boca de lobo?

Guilherme arregalou os olhos. Estaria o brasileiro referindo-se ao seu amigo?

Guilherme agarrou o homem pela mão e o conduziu aos puxões para fora da animada taberna.

– O portuga! Vai com calma! Ah! Acabaram de me contar uma de português, quer ouvir?

– Tu bebeste demais, ó Donato.

– Essa é ótima. Um barco afundou e só sobraram vivos um português, sua esposa e mais um brasileiro...

– Depois tu contas esta história, ó Donato. Agora preciso de teu carro de prata. Preciso que me leves daqui.

– Mas tu quer outra carona? Com esse fedor? Nem pensar! Acha que minha Hyundai é caminhão de lixo?!

– Ora, tu mesmo disseste que a paga fora justa. Te pagamos mais.

– Aquele outro, o baixinho, também vai, é? Ele tá fedido desse jeito?

Sem perceber, posto que estava embriagado, Donato foi sendo arrastado para perto do veículo. Guilherme deixou-o ao lado da porta do condutor.

– Fica, Donato – ordenou Guilherme.

Inverno cruzou a avenida, voltando à beira do rio. Pôs a cabeça para dentro do muro de pedra e gritou aos companheiros que permaneciam lá embaixo. Fez um sinal, chamando-os, e voltou para a H100. Donato cantarolava, sentado em sua posição de condutor. Foi para a frente do veículo que estava estacionado à margem da estrada em uma espécie de fila, onde descansavam dezenas de outros carros de tudo quanto era tipo.

Baptista, usando de seu salto vampírico, alcançou o topo do muro de pedras. Já era bem tempo. Sua querida tempestade já havia feito a água roçar o platô, e mais cinco minutos aquele pedaço estaria completamente tomado pela chuva. Quando seus pés pousaram no topo do muro, os olhos encheram-se de uma estranha luz que vinha de cima. Altas hastes de pedra projetavam-se para o céu, sustentando no topo lamparinas daquela luz que percebia ser diferente da produzida pelo fogo. Os amigos surgiram ao seu lado, igualmente encantados com a qualidade da luz. Manuel foi o último a alcançar o topo do muro de pedras, deixando para trás o rio imundo, revolto e crescente, trazendo consigo o rifle deixado por Inverno.

– Ora, gajos, não fiqueis tão espantados com a luz elétrica; ainda não vistes nada nesta terra de brasileiros – advertiu Manuel.

– Terra de brasileiros? Mas que terra é esta? – inquiriu Miguel.

– Ora, meu bom Miguel, certamente tua memória é tão poderosa quanto a minha. Então é certo que te lembrarás de um certo Cabral que aportara em certa terra nova.

– Ilha de Vera Cruz? É esta a terra de que falas?

– Certamente – murmurou a voz baixa de Acordador. – Agora, acompanhai-me. E previno-vos: vereis muitas coisas, mas a urgência demanda que nos movimentemos com velocidade. Conversaremos depois. Tudo isto é novo para todos nós.

Os vampiros avançaram, subindo o pequeno aclive gramado. No topo alcançaram o calçamento acinzentado, que logo se transformava num extenso tapete negro. O veículo prateado parou bem em frente ao grupo. Uma porta deslizante deixou surgir Guilherme, sorridente.

– Vinde, amigos! Não preciseis vos assustar porque isso não é uma prisão de prata. E só pintura.

– Mas que raios de sege maldita é esta? – perguntou Fernando, espantado.

– É um carro, meu irmão. Um carro movido a explosões.

Os vampiros recém-despertos mantiveram a expressão de espanto no rosto. Guilherme teve de descer e, auxiliado por Acordador, enfiou Tempestade, Miguel e Fernando para dentro do veículo.

– Pois vós não vistes nada ainda.

– Ô cara de bacalhau, se isto for um tipo de encrenca, eu juro que te mato – reclamou Baptista.

Os vampiros entraram no carro sob o olhar incrédulo do condutor. O fedor que os pobres carregavam era insuportável.

– Ô, português, que merda é essa? Vocês costumam passear juntos para tomar banho de lixo, é? E esses dois pelados? Cês tão com viadagem, é, portuguesada? – perguntou Donato, caindo em uma risada debochada.

Manuel apontou o rifle para Donato, mas Guilherme interferiu.

– Não lhe faças mal, irmão. Ele já nos ajudou uma vez e agora precisamos dele novamente. Não lhe faças mal. Guarda teu instinto para nossos oponentes. Quando nos encontrarem, precisaremos da tua fúria. Este pobre beberrão nem tem noção do perigo que carrega em seu carro – sussurrou Inverno ao ouvido de Acordador.

Depois, virou-se para a frente e pousou a mão pálida no ombro do condutor.

– Precisamos rumar para o norte o mais rápido possível.

– Se querem ir rápido, gente boa, vocês têm de ir de avião.

– Mas que raios de transporte é esse? – inquiriu Manuel.

– Tchê, mas, se tu não conhece um avião, em que raio de lugar mora?

– Pois então vamos com esse avião – determinou Inverno.

– Olha, português, deixo vocês lá no aeroporto, mas façam-me um favor: não me peçam mais caronas com este fedor insuportável! Posso estar bêbado, mas não estou sem olfato, barbaridade.

A *van* voltou a trafegar em alta velocidade. A tempestade já havia cessado e agora despencava uma tímida garoa na capital gaúcha. Rodaram mais de vinte minutos em silêncio e, então, a calma foi quebrada por uma inesperada explosão. O carro se descontrolou, chegando a sair da estrada. Os olhos dos vampiros estavam arregalados. Que estava se passando? Manuel voltou a empunhar o rifle, pronto para usá-lo.

– Merda! – gritou Donato.

– O que está havendo, brasileiro? – perguntou Manuel.

– O pneu estourou. Vou ter de trocar.

Os vampiros pouco entenderam a explicação do condutor. Tentavam apenas determinar a intensidade de perigo em que se encontravam. Seus olhos potentes vasculhavam em volta do veículo, sem encontrar nenhum outro nas proximidades. Parecia-lhes pouco provável que estivessem sendo perseguidos pelo Exército de homens estranhamente vestidos.

Donato desviou a H100 para o acostamento e saltou do veículo, sentindo o frio intenso da madrugada agarrar-se em seu corpo. A garoa fina, porém constante, parecia querer tirá-lo da embriaguez. O pneu dianteiro esquerdo tinha estourado. Provavelmente devido a uma pedra no caminho.

– Olha, amigos, isso aqui vai demorar um pouco. E melhor não sair do carro. Tá um frio de lascar, tchê.

Donato abriu novamente a porta e, de trás do banco do motorista, retirou um pequeno macaco e uma chave de roda. Não quis pedir ajuda aos portugueses, pois, se não sabiam o que era um avião, provavelmente nunca teriam trocado um pneu na vida. Ô gente estranha! Estranha e fedorenta!

Inverno desceu, batendo a porta atrás de si. Virou-se para o veículo e abriu a porta traseira, liberando os irmãos. Manuel desceu, deixando o rifle dentro da H100. Fernando, o vampiro negro e nu, foi o seguinte.

Os olhos de Fernando percorreram o veículo prateado e depois o céu escuro, forrado por espessas nuvens. Como estava linda aquela noite! Ergueu as narinas, inspirando os odores da noite. Seus olhos não encontraram nenhuma vila. Abriu a boca exibindo os caninos, ensaiando uma careta para assustar os humanos. Apesar da dose fornecida pelo irmão Inverno, sua saudade do sangue só fazia crescer. Sorte do humano estar lhes servindo, ou saciaria sua gana naquele instante.

Tempestade foi o seguinte a descer, seguido por Miguel.

Baptista perdeu mais tempo admirando o tapete negro por onde o estranho veículo trafegava. Tinha tantas perguntas!

Miguel juntou-se a Fernando, observando o veículo de prata. Lembrava-se da caixa, da prisão eterna. O castigo merecido. Lembrou-se de Sétimo. Um calafrio percorreu o corpo sobrenatural. Ai, como era difícil um vampiro arrepiar-se com medo! Mas, quando Sétimo povoava seus pensamentos, isso se tornava um reflexo corriqueiro. Sétimo, seu irmão de sangue. Seu legítimo irmão. Diferente do restante do grupo, que o tempo eterno transformara em irmãos. Sétimo era legítimo, vindo do mesmo útero, vindo da mesma carne, vindo do mesmo sangue.

Manuel, aparentemente já restabelecido, caminhou até Fernando.

– Ainda continuas com esta cara de macaco. Estás apaixonado por alguma escrava negra, ó pá?

Fernando sorriu, exibindo uma dentição perfeita e muito branca, que se destacava em comparação à sua pele negra. O par de caninos protuberantes surgiu assustadoramente. A garoa havia molhado completamente o corpo nu, e gotas d'água desciam dos ombros, desprendendo-se de seu corpo na altura do tórax.

– E tu? Continuas baixinho. Estás apaixonado pelos meus joelhos?

Manuel riu, deixando apenas o som do ar cortando suas narinas chegar aos ouvidos do companheiro. Deu um tapa de amigo nas costas do negro, começando a rir alto.

– Quanto tempo, hein, Fernando?

– Quanto?

– Quase quinhentos anos.

Manuel viu a face sorridente de Fernando transformar-se. O ar tranquilo e amistoso deu lugar a olhos vermelhos e brilhantes.

– Quantos?! – indagou nervosamente o vampiro.

– Quatrocentos e noventa e três anos – murmurou.

Enraivecido, Fernando desferiu um potente soco na porta deslizante da H100, fazendo-a balançar.

– Ei! – gritou uma voz irritada do outro lado do carro.

Inverno deixou a estrada caminhando pela grama lateral. Alcançou um cercado alto, feito de ferro, e nele encontrou uma placa encoberta pelo mato alto.

LIMITES DO AEROPORTO DE PORTO ALEGRE. TRÂNSITO PROIBIDO.

– Ora, pois, não é que já chegamos ao tal aeroporto? – murmurou Guilherme.

Depois dos gritos de protesto, os malucos portugueses pararam de balançar o carro. Donato já havia soltado os quatro parafusos e retirado o pneu danificado, substituindo-o por um estepe. Onde estava com a cabeça quando topou dar carona a um bando de veados pelados? Gente estranha aqueles portugueses! Pelo que sabia, eram os franceses que não eram muito chegados a banho, não os lusitanos. Firmou bem os parafusos com a chave de roda e, com uma das mãos, começou a girar o pneu. Aparentemente estava tudo bem, tudo nos eixos. Abaixou o macaco, recolocando o pneu no chão. Abriu a porta do lado do motorista e acondicionou as ferramentas no devido compartimento. Quando ajustou o banco na posição ideal, os olhos embriagados percorreram o interior do veículo. Onde estavam os malditos portugueses? Não havia ninguém dentro do carro! Fechou a porta e caminhou em torno do veículo, tentando encontrá-los. Nenhum sinal de lusitano algum. Teria bebido demais? Teria imaginado tudo aquilo? Aquele encontro fora sinistro demais. Só poderia ser obra de sua imaginação alcoolizada. Voltou cambaleante para o lado do motorista e arrastou-se para dentro da H100, deu partida e acelerou, deixando o lugar ainda com a sensação de estranheza que o assaltara. Não estava tendo alucinações. Não tinha vindo sozinho até aquele trecho da estrada. Havia reencontrado seu velho amigo português. Será? Donato teve esta certeza depois que o porre passou e ele encontrou um punhado de dinheiro deixado no banco traseiro, além de um suspeito amassado na porta lateral, como se alguém tivesse socado a lataria do veículo.

Os vampiros, após saltarem a cerca metálica, atravessaram um matagal denso, alcançando, em seguida, um extenso terreno coberto de areia. Na frente, os dois, vestidos com sobretudos negros, depois um homem que aparentava quarenta anos, com o corpo coberto por farrapos em tons marrons, calçando o que fora uma bota, e, por fim, dois homens nus, que pareciam pouco se importar com a falta de tecidos a tapar a genitália. Andavam calados, deixando apenas o arrastar dos calçados e pés sobre a areia molhada criar uma melodia cadenciada. Assim permaneceram até que Baptista, como despertando de um sono profundo, parou e quebrou o silêncio.

– Se não estamos próximos de nosso castelo, por que não tratamos de retornar agora mesmo?

– Calma, Tempestade. Logo verás teu desejo satisfeito. Agora, minha prioridade é rever aquela que me trouxe de volta à vida. Uma mulher, uma brasileira que me serviu de seu sangue. Que alegrou minha alma, se é que eu tenho uma. É uma criatura que merece minha companhia, que merece minha herança, minha eternidade. Estamos indo juntos buscá-la, a nossa mãe, posto que, não fosse ela, nenhum de nós estaria aqui agora, gajos, experimentando desta noite e desta terra cheia de coisas novas. Ah! Esses brasileiros...

Inverno parou de caminhar e virou-se para encarar seus irmãos recém-despertos.

– Tu te acalmaste, Fernando? – perguntou Guilherme. O negro meneou a cabeça positivamente.

– Quatrocentos e noventa anos! De que adiantaram se não vimos nada?

– Acalma-te, Fernando – pediu Guilherme. – Acalma-te que verás muitas coisas ainda. Tu tens uma eternidade para arquitetar uma forma de os portugueses te pagarem por esta reclusão indevida.

Fernando esboçou um sorriso, deixando uma fileira de dentes alvíssimos à mostra.

Guilherme caminhou até o outro vampiro nu e pousou-lhe as mãos nos ombros, olhando-o de frente.

– E tu, Miguel? O tempo também te corrói a razão?

– Não – respondeu com voz sedosa o vampiro.

– O que é que te incomoda tanto, menino? Conheço-te bem; sei que não estás contente.

Com um tapa veloz e consistente, Miguel arrancou uma das mãos de Guilherme de seu ombro. A outra Inverno afastou por reflexo, já antevendo a possibilidade de um segundo golpe.

– Todos nós estamos aqui. Afonso não ficou porque hoje certamente é noite de primeira lua. Contando com ele, ainda falta um. Lá no rio fizeste menção a meu irmão, dizendo a Baptista que o havia guardado. Depois de tudo que passamos, de tudo que vós a mim fizeste, mereço, no mínimo, saber onde puseste o corpo de meu legítimo irmão – exigiu a voz melodiosa do português.

– Sétimo... – balbuciou sofregamente Inverno, deixando aquele nome escapar dos lábios em volume tão baixo que sua voz parecia a de Acordador.

Os cinco permaneceram em silêncio, formando uma roda, olhando para Guilherme, que estava com a cabeça abaixada.

Dos cinco, Miguel era o que aparentava ser mais jovem. Um rosto que lhe conferia no máximo vinte anos dava-lhe ainda um ar de menino, de rapazola grande e que muito ainda tinha a aprender nesta vida. No entanto, não se esqueçam, era só aparência, pois ele, como os outros, já havia vivido mais de duzentos anos quando fora lacrado na caixa. Era um vampiro que também se alimentava de sangue humano; apesar de não gostar, tirava vidas. Um assassino que reclamava pelo irmão.

– Vamos, Guilherme. Diz-me onde ele está.

Guilherme meneou a cabeça negativamente. Não era só Miguel que aguardava uma resposta. Todos aguardavam. O confronto entre Miguel e Guilherme havia sido enclausurado em seus corações mortos por quatrocentos e noventa e três anos. Para Guilherme, era a hora da verdade.

Inverno levou as mãos aos cabelos molhados, recolocando-os para trás. Seu rosto fino e branco começava a ganhar feições irritadas.

– Ora, pois! Se tu podes encontrá-lo sem minha ajuda, por que devo dizer onde está? Não consegues senti-lo pelo instinto, como os demais, mas tens todo o tempo do mundo para buscá-lo. Não és burro! Vai e refaz os meus passos. Disso tu és bem capaz.

– Inverno, por que devo gastar um tempo precioso se tu podes me levar como um raio até o esconderijo? Tu mesmo nos alertaste poucos minutos atrás de que este mundo não é mais o mesmo. Que os brasileiros são mais astutos do que os portugueses nas caçadas, que têm armas mais poderosas. Minha jornada sozinho seria muito mais perigosa.

– Continuas o mesmo maricas, logo vejo.

Os olhos de Miguel se acenderam e as feições doces se transformaram, dando-lhe um aspecto monstruoso. Soltou um grunhido, expondo os longos caninos quase no canto dos lábios. Guilherme continuou sem se alterar.

– Sabes que não podes me deter se eu partir agora para encontrar meu irmão...

Guilherme meneou a cabeça, concordando com a argumentação de Miguel.

– Queria apenas que me dissesses onde ele está. Se disseres, significa que concordas com que eu o encontre. Mas vejo logo que continuas a temê-lo. Reconheces o erro que cometeram ao me ludibriar.

– Ludibriar-te?! Ah! Ah! Ah! Essa é boa! – riu-se Guilherme. – Vais me dizer que quando o próprio Diabo veio nos entregar nossos poderes tu não gostaste. Ainda mais tu, que recebeste o dom mais poderoso. Tu sabias muito bem o preço. Tu sabias o preço! – vociferou Guilherme.

– Fui enganado! Monstro! Como pudeste entregá-lo dessa forma!? – Miguel começou a se afastar, caminhando de costas para cima de uma larga pista negra, com um dedo acusador apontado para o grupo. – Vós todos me enganastes! Forjastes provas contra ele. Meu irmão! O mais odiento ser que já conheci, mas meu irmão!

Miguel deu as costas para o grupo e caiu de joelhos na pista negra. Fernando, o português de feições africanas, caminhou até o amigo, mas, antes que chegasse, Miguel levantou-se e outra vez apontou o dedo acusador, agora especificamente para Guilherme.

– E tu, sim, é que és um maricas. Se tivesses urina em teu corpo, deixarias que ela se esvaísse por tuas pernas todas as vezes que ouvisses o nome de Sétimo. Tu, sim, é que és um maricas. Ainda o temes! Mesmo com teu dom poderoso o temes. Mais que qualquer um de nós. Serias o primeiro a correr como uma ama desnorteada com medo de um simples rato.

– Para de me insultar, menino. Não estamos lidando com simples ratos aqui.

– Maricas... – repetiu Miguel.

Apesar do dia agitado que tiveram e das vezes que usara sua velocidade vampírica, Guilherme conseguiu evocá-la uma vez mais e, antes que Miguel pudesse concluir o xingamento, ele já estava agarrado a seu pescoço, com olhos vermelhos e luminosos e boca arreganhada, grunhindo feito fera.

– Quem pensas que és, Gentil, para insultar-me assim?

Os outros vampiros aproximaram-se da pista escura, juntando-se aos brigões. Manuel trazia o rifle repousando em seu ombro esquerdo, e Baptista vinha a seu lado, sem nada dizer, apenas apreciando o combate.

Miguel conseguiu livrar-se da mão forte de Guilherme, mas, antes de tocar o chão, seu corpo foi violentamente golpeado pelo inimigo, voando longe.

– Ora, pois, Miguel. Tu eras mais esperto. Pensei que o passar dos anos, como tu mesmo costumavas dizer, nos deixaria mais inteligentes.

Caído de bruços, Miguel virou-se para encarar Guilherme.

– Vejo que tu não estás mais inteligente – provocou Inverno.

– E eu vejo que o tempo te deixou mais covarde! – bradou Miguel, levantando-se lentamente.

– Pois, se tivesses virado homem, não temerias revelar-me onde está Sétimo.

Guilherme disparou velozmente e, com as mãos espalmadas, atingiu o peito de Miguel, fazendo-o alçar novo voo, caindo a uns quinze metros de distância. Miguel ficou estendido no chão, com as mãos no peito dolorido.

– Agora que tu quebraste minhas costelas, espero que estejas satisfeito. Estás? Preciso que sobre alguma coisa de mim para encontrar meu irmão.

– Depois do que vou te fazer, duvido que vás procurar por teu irmão neste século.

Guilherme estendeu o braço, apontando a mão para Miguel, que tentava se levantar mais uma vez. Um vento frio assaltou o grupo, e, antes que pudesse perceber o que estava acontecendo, Miguel teve o corpo envolvido por gelo, dos pés à cabeça. Inverno ia encerrar Gentil numa camada ainda mais grossa de gelo, mas antes que pudesse completar o intento, seu braço foi atingido por algo tão poderoso que o separou do antebraço, deixando-o aleijado. Guilherme caiu de joelhos, num longo grito de dor.

Manuel aproximou-se, destacando-se do grupo de espectadores, com o rifle ainda apontado para Guilherme. Pousou os dedos no gatilho e disparou outra vez, alvejando o espantado colega. Ah! Como era divertido vê-lo ferido, vê-lo assustado! Aquele mosquete brasileiro era fabuloso! O que quer que acertasse, fazia explodir em pedaços. Inverno já estava esburacado o suficiente. Estava vulnerável o suficiente. Seu corpo, atingido dezenas de vezes por aqueles inesperados projéteis, finalmente tombou para trás.

A pedra de gelo que Inverno produzira esmigalhou-se em milhares de pedacinhos. Não fora Manuel que a acertara. Fora a força sobrenatural de Miguel que proporcionara a escapada. Limpou o gelo do corpo e do cabelo. Ainda não havia visto o que Manuel fizera a seu inimigo.

– Além de covarde, o tempo também te deixou mais burro, meu irmão? – perguntou Miguel, só depois levantando os olhos para localizar Inverno.

Miguel aproximou-se do corpo ferido de Guilherme. O vampiro estava estendido no chão e faltava-lhe um braço. A mão que sobrara estava agarrada ao ferimento do outro membro, e vários buracos espalhados pelo corpo conferiam-lhe uma aparência lastimável. Inverno abria a boca repetidas vezes, mas não conseguia falar. Em alguns dos ferimentos, pequenas porções de sangue verteram, abandonando seu corpo morto. Miguel foi deslocado pelo baixinho, que também queria se colocar no campo de visão do despedaçado vampiro.

Manuel arremessou o fuzil para o lado, chegando até Guilherme de mãos vazias. Agarrou-o pelo que sobrara do colarinho e, sem cuidados especiais, soergueu-o aos solavancos, apenas para ter certeza de que Guilherme podia vê-lo.

– Viste, valentão? Hoje em dia qualquer um pode detê-lo. Basta ter uma arma brasileira nas mãos. Prometi que acabaria com tua vida, não prometi? Prometi que o faria antes de o sol raiar. Chego a ter vontade de deixar-te aqui, no meio deste campo, para que a luz do dia venha e te varra da existência.

Fernando e Baptista se aproximaram.

Manuel avançou para cima de Baptista e, da cintura do parceiro, desembainhou um pequeno punhal enferrujado. Voltou para Guilherme e abaixou-se, pondo um dos joelhos no chão. Com um golpe veloz e preciso, abriu um talho na garganta do vampiro ferido.

Inverno largou o ferimento do braço decapitado e levou a mão à garganta aberta. Grunhiu doloridamente. Percebeu que estava completamente à mercê do atacante baixo e atarracado. Fincou os pés no chão negro e impulsionou as pernas, arrastando-se alguns centímetros, tentando escapar.

– Vês? Percebes que és destrutível como qualquer um de nós? Onde está agora aquela tua altivez arrogante? – bradava Acordador debruçado sobre Inverno, aproximando o punhal uma vez mais do pescoço aberto.

Inverno ergueu o braço bom para cima, repelindo o amigo e apontando-o para o céu. O membro cotoco também ficou apontado para as nuvens, que despejavam a serena garoa sobre seu corpo debilitado.

Manuel, primeiro, pensou que o irmão tentava impedi-lo de aproximar-se, mas logo entendeu o que Guilherme pretendia.

Flocos de neve começaram a cair lentamente, forrando o chão negro com um tapete branco e gelado.

– Não precisas gastar o que te resta de energia, meu amigo. Apesar de estares tentando, tua cabeça vai permanecer onde está. Agora para com esta neve, pois vais precisar de tudo o que tens para reparar o estrago que te fiz. Tira essa expressão de medo da tua cara arrogante, pois isto não combina contigo!

Manuel levantou-se rapidamente, fazendo o sobretudo preto farfalhar.

– Vistes, ó gajos? Fiz isto para demonstrar-vos que este maricas é tão vulnerável quanto qualquer um de vós. Não vos quero ver amedrontados quando este aleijado levantar a voz para impor seus caprichos. Depois de tantos anos enclausurados, acho que cada um de nós tem o direito de ir ao encontro do que quiser. Seja o D'Ouro, sejam as novas terras. Poucos dias estou aqui e sei que há muito o que se ver. Se quiserdes provocar o terror, ide e fazei. Se quiserdes montar vossos castelos longe um do outro, ide e montai. Este estrume chamado Guilherme não é nenhum rei, não tem domínio nenhum sobre nosso sangue. Outrora já tomou de nosso maldito sangue, é verdade. Éramos cegos. Tínhamos medo deste irmão. Era o princípio de nossos dons. Agora tudo será diferente. Somos irmãos, não escravos de um ou de outro. Somos vampiros! Não devemos temer ninguém. Nem ao rei, nem ao papa. Nem a Deus, que pouco se importa conosco – Acordador pousou os olhos no vampiro ferido. Inverno estremecia, com a boca arreganhada. – Esse pobre coitado... vamos com ele; afinal, o que será dele sem nós? Voltemos a Portugal e vinguemos nossa clausura. Devemos isto a este vampiro moribundo... ele nos deu sangue novo para retomarmos nossa força, nosso caminho. Contudo, como já pedi, não deixeis este vampiro vos amedrontar, não mais. Depois de paga nossa dívida, escolhei o que melhor vos convier.

Manuel virou-se e arremessou o punhal, fazendo-o cravar no peito de Guilherme. O vampiro arrancou a arma do peito, deixando a mão cair rente ao corpo. Guilherme desfaleceu pela primeira vez após acordar. Estava exausto.

– Ele adormeceu? – perguntou Baptista, aproximando-se de Guilherme.

Manuel meneou a cabeça afirmativamente. Começou a andar lentamente pela pista de chão preto. Não tinha reparado naquelas duas fileiras de pontos de luz elétrica que corriam paralelas, uma de cada lado daquele tapete negro, estendendo-se por mais de um quilômetro, certamente.

– Vamos andar. A madrugada já vai alta. Temos de encontrar um abrigo e amanhã achar o tal do avião que o senhor Donato sugeriu – comandou Manuel.

– Fernando, tu tratas de carregar este desgraçado. Gentil, apanha o pedaço do braço que arranquei deste aí e traze-o contigo. Logo ele estará novo e pronto. Vede a mim mesmo: estava com todos os ossos quebrados e agora tenho umas poucas feridas. Nós mudamos, meus irmãos. Estamos melhores e mais poderosos. Estamos muito mais perigosos agora do que quinhentos anos atrás.

Fernando colocou o corpo desfalecido do companheiro sobre o ombro direito e acompanhou Manuel na caminhada. Miguel trouxe o braço decepado consigo. Baptista apanhou o punhal do chão e pôs-se a caminhar ao lado de Manuel, o mais baixo de todos eles.

– Tive imenso prazer no que fiz agora, meus amigos. E terei o mesmo prazer em fazer novamente quantas vezes for preciso para mostrar para este aí que ele é igual a qualquer um de nós. Igual.

– Tu disseste que estamos melhores e mais perigosos. Isso certamente se repete com meu irmão também.

Os três pararam para encarar Miguel. Ele estava certo. Se estavam assim tão bem, certamente Sétimo estaria. Isso se algum deles cometesse a besteira de depositar sangue no corpo inativo. Nenhum deles seria louco. Nenhum deles, mesmo Miguel, teria coragem.

– Tu és livre para encontrar teu irmão, Miguel, mas sabes que nenhum de nós vai te apoiar. Tu recebeste o mais poderoso dos poderes e, com ele, podes viver uma eternidade ainda mais eterna que a nossa. Podes até mesmo te safar das investidas do teu maldito irmão. Despertá-lo, meu amigo, não é coisa sábia. Se o fizeres, trará para todos nós a morte definitiva. A inexistência. Ele nos trará uma morte que nem mesmo meu dom poderoso poderá reverter. Minha voz mágica não irá penetrar vossos ouvidos nem fazer vossos olhos se abrir novamente. Sétimo fará nossos olhos cerrarem-se para sempre.

– Sei que é um ato de pouca sabedoria, eu sei. Mas este é um passo que tenho de dar sem pensar, sem raciocinar. Esse é um ato que deve fluir de minhas entranhas sem auxílio do meu querer. Eu devo isto àquele que conhecemos como Sétimo.

– A nós, o que tu deves? – inquiriu Fernando.

– Não devo nada. Fui joguete em vossas mãos. Sabeis bem da minha aversão à maldade. Sabeis bem da minha aversão à deslealdade. Forjastes contra Sétimo. Forjastes contra meu irmão, levando-me a um ato impulsivo. Um ato desorientado. O ódio comandava minha vontade e era dono de minha razão.

– Pois novamente te afirmo, Miguel. Vá e faz o que tens de fazer – ordenou Manuel com sua voz patente, quase inaudível. – Tu és livre para ir a teu irmão, mas sabes que, desde já, cada um de nós é livre para deter-te da forma que convier. Nenhum de nós quer deixar de existir, não agora, antes da vingança. Os descendentes de Tobia nos devem quase quinhentos anos. Os portugueses nos devem séculos de clausura. Se tu, que és nosso irmão, interferires agora, torço para que sejas o mais sagaz dentre nós cinco. Do contrário, não viverás o suficiente para rever nosso castelo ou as águas do D'Ouro.

– Pois estás certo – concordou Miguel. – Mas sabei que, se for meu desejo rever meu irmão, nenhum de vós terá tempo para me impedir.

– Pois sabemos. Em verdade, sei que neste exato momento tu podes ter acabado de servir sangue a teu irmão. Sei que Sétimo, em verdade, pode estar vindo para cá para exterminar nossa existência agora mesmo. Sei que tu és bem capaz de ter feito isso, mas torço para que não o tenhas feito, pois ao menor deslize terás tua cabeça separada do corpo, como quase acabei de fazer com nosso irmão Guilherme.

Os vampiros voltaram a caminhar em silêncio. Seguiam Manuel, que agora era o mais experiente em assuntos brasileiros. Caberia a ele providenciar esconderijo seguro. Estavam entretidos com essa preocupação e com a conversa entre Manuel e Miguel. Era bem verdade o que Manuel alertara. Miguel era hábil o suficiente para já ter estado com seu irmão Sétimo, sem que nenhum deles tivesse percebido. Suas cabeças estavam tomadas, mas perceberam as luzes que margeavam a estrada de chão negro tornarem-se, repentinamente, mais intensas.

– Que acontece, Manuel?

O vampiro olhou em volta. Chegou a pensar que haviam sido descobertos pelos humanos vestidos de verde-oliva. Sua visão sobrenatural correu em volta enquanto ele girava o corpo. Nada encontrou. Havia avistado um prédio extenso, um pouco distante, mas lá tudo estava calmo, sem alvoroço. Não havia humanos se aproximando. Estavam seguros.

– Não sei – respondeu o vampiro, sem nada encontrar.

Então o céu encheu-se de um ronco, que mais parecia um trovão.

– Não sou eu – apressou-se em explicar Tempestade.

– É um trovão?

– Eu já ouvi isso antes... – murmurou Manuel.

O ronco aumentou, incessante. Tornou-se insuportável para aqueles ouvidos sensíveis. As nuvens encheram-se de luz lá ao longe, para onde os vampiros voltaram seus rostos. Era como se o céu estivesse pegando fogo. Então as nuvens deram passagem para algo surpreendente. Uma ave imensa e cheia de luz. Asas abertas e imóveis. Um objeto incrível deslocando-se em uma velocidade que ainda não haviam percebido em animal algum. E vinha em sua direção. Veloz, agressivo, amedrontador.

– Ora, pois! Mas que coisa é esta?

O avião desceu ainda mais, rumando ao meio da pista. Os pneus tocaram o chão poucos metros além dos desavisados portugueses. A borracha contra o asfalto produziu um som agudo. As turbinas ativas eram agora mais que trovão. Nada mais era possível ser escutado. Manuel sentiu-se arremessado novamente à explosão de que fora vítima outrora. O deslocamento de ar que a aeronave proporcionou arrastou os cinco ao chão, fazendo-os rolar sobre o asfalto. Guilherme permanecia inerte, sem nada perceber. O avião começou a frear, aumentando o som que o atrito entre a borracha e o asfalto produzia, levantando uma nuvem de fumaça branca. A neve já havia sido interrompida fazia algum tempo, e agora continuava a garoar. As luzes laterais amainaram. Os vampiros, um a um, levantaram-se. O negro nu correu, separando-se do grupo. Estendeu os braços para o céu, eufórico.

– Gajos, este aí é que é o tal do avião! – gritou Fernando. – Ele nos leva pelo ar! Ele nos leva pelo ar!

– Sorte a dos brasileiros não conhecerem Tobia. Ele mataria todo este povo por bruxaria – resmungou Baptista, ao lado de Manuel.

– Só podem ser bruxos! Isto é fruto de um bruxo, certamente – ajuntou Miguel.

– Deve ser o tal do avião. Nunca vi coisa mais rápida – concluiu Acordador.

O avião afastou-se, fazendo uma curva ao longe, dirigindo-se ao prédio iluminado avistado por Manuel.

– Se vamos ao avião, quer dizer que vamos fazer a vontade de Guilherme, não é? – perguntou Fernando a Manuel.

– Ora, pois! É claro que vamos atrás da tal mulher. Estou louco para pôr os olhos em cima daquela que nos despertou. Uma fêmea frágil. A nossa nova mãe.

– Pois então tratemos de encontrar este tal de avião.

Os vampiros se recompuseram e voltaram a caminhar. A noite, que já começara interessante, tornava-se mais agora. Para Fernando, Baptista e Miguel, no primeiro dia de retorno, a excitação era tremenda. Para Manuel, a curiosidade aguçava-lhe a razão vampírica. Havia mais e mais coisas para organizar e catalogar em sua mente privilegiada de capacidade de dedução e compreensão superior à dos simples mortais. Os homens agora criavam máquinas. Os imponentes galeões que cruzavam os oceanos deveriam ser, agora, transportes obsoletos. Os humanos usavam máquinas para cruzar o céu. Aquela criatura alada certamente era uma máquina feita pelas mãos de bruxos poderosos, os mesmos que construíam motores a explosão, máquinas dotadas de asas. O grande inseto voador que cuspia luz, com certeza também se tratava de um engenho prodigioso que carregava em sua cabeça luz elétrica para vasculhar os caminhos escuros em busca dos escondidos, dos marginais. Os vampiros sabiam que, como eles, que tinham se tornado mais perigosos com o passar do tempo, certamente os humanos se fizeram também mais perigosos, astutos e capazes. Eram agora bruxos mais poderosos. Deveriam ter cautela ao lidar com os brasileiros.

Depois de meia hora de caminhada lenta, dois quilômetros do ponto onde haviam avistado o avião, chegaram ao prédio iluminado. Vez ou outra avistavam humanos através das amplas janelas do lugar. O movimento era mais intenso no segundo andar do prédio. Na pista negra poucos e pequenos veículos trafegavam silenciosamente. Aparentemente não haviam percebido a presença dos quatro homens carregando um quinto desmaiado. Os vampiros aproximaram-se do imenso avião. Agora, com ele ali, estático, puderam observá-lo mais demoradamente. Todos estavam impressionados com o tamanho da máquina metálica. Não imaginavam que os humanos fossem capazes de construir uma máquina tão fantástica quanto aquela. E como era gigante! Certamente, os negreiros haveriam de estar aposentados. Os portugueses deveriam agora transportar os escravos em máquinas como aquelas. Aviões negreiros.

Manuel ergueu os olhos e viu letras estampadas na parede lateral do transporte. Não estranhou, pois até mesmo as caravelas possuíam nomes. O nome era curto e, para ele, sem significado. TAM. O que aquele nome significaria? Mulher, talvez...

O avião estava silencioso. Não produzia mais o trovão constante que parecia ter aprisionado na barriga.

Fernando escorou Guilherme em uma das grandes rodas da aeronave. O vampiro recuperara a consciência naquele instante. Seus olhos circulavam nas órbitas, tentando reconhecer o lugar onde se encontrava. Não conseguiu falar nada, nem mesmo se mover. Permaneceu escorado na roda, mexendo apenas os olhos curiosos. Fernando caminhou por toda a extensão do avião. Não conseguia alcançar o corpo do objeto, pois estava suspenso por grossas colunas metálicas que terminavam nas rodas coladas ao chão. Imaginou que os humanos precisassem de algum tipo de auxílio para chegar até o interior do avião, algum tipo de escada, que agora não podia ver.

Miguel entregou o braço que carregava a Guilherme. Inverno fez um aceno curto de cabeça. Estava quieto, parecia até mesmo envergonhado, sem forças sequer para falar. Seu rosto ainda estava desfigurado, e era algo repugnante até mesmo para criaturas acostumadas à mutilação. Guilherme levou o braço amputado para junto de seu antebraço, como aguardando que alguma espécie de mágica unisse as duas partes. Certificou-se de que o membro estava na posição correta. Segurou-o entre as pernas e, com a mão sã, ativou seu dom, formando uma camada de gelo em torno do braço ferido, unindo-o ao antebraço. Moveu o antebraço e percebeu que seu braço ficara suficientemente fixo, mas ainda morto, inútil. Este seria um curativo estético e temporário. Detestava a ideia de caminhar por aí com partes faltando em seu corpo imortal.

– Chega de distração por hoje. Tratemos de nos abrigar – ordenou Manuel. – Vamos buscar um abrigo seguro. Amanhã descobriremos como este pássaro de ferro pode nos ajudar.

Os vampiros voltaram a caminhar. Fernando ocupou-se em ajudar Guilherme, amparando-o a cada passo. Procuraram se afastar o mais rápido possível do prédio iluminado. Algum humano mais curioso poderia ocupar-se deles. Depois de alguns minutos de caminhada, chegaram a uma área que parecia completamente deserta de mortais. Ao menos não avistaram nenhum durante todo o trajeto. Viram-se cercados por vários retângulos metálicos. A Manuel lembravam as partes que compunham o corpo da magnífica serpente de ferro, de onde havia subtraído suas vestes das caixas do fórum, juntamente com Guilherme.

– Acho que estas caixas nos servirão.

– Estou cansado de adormecer em caixas, Manuel.

– Calma lá, Tempestade, será por um dia apenas. Vê como são boas. Completamente vedadas, não possuem janelas. Hão de servir.

O grupo concordou.

– Vamos verificar. Vamos encontrar uma bem segura.

– Deve morar gente dentro delas.

– Não creio, Fernando. Vê, como já disse, não tem janelas, não tem por onde entrar ar nem luz. Que tipo de gente usaria uma moradia desta qualidade?

– Gente como nós, Acordador – o grupo olhou para Miguel.

– Não há gente como nós nesta terra, Miguel. Não há – respondeu o baixinho, com sua voz apagada.

Passaram a andar pelas fileiras de contêineres, tentando encontrar um que lhes agradasse pela aparência e pela posição dentre os outros. Teriam de contar com a sorte. Teriam de encontrar um que não fosse visitado, que não fosse interessante aos humanos. Um que lhes garantisse abrigo para as horas de luz solar que se avizinhavam. Precisariam ter sorte.

– Temos duas horas antes de o sol raiar. Vamos entrar e preparar nossa estada – recomendou Manuel.

Usando de sua força vampírica, fez a porta da caixa à sua frente ceder. Abriu a porta dupla, estendendo os braços. Invadiu o interior do contêiner, a fim de investigá-lo. Os vampiros entraram, ficando fora apenas Fernando, que amparava Guilherme. O interior da caixa metálica estava tomado por objetos do chão ao teto. Tinha quatro metros de altura por quatro de largura e era bastante comprido. A única área livre era onde os vampiros estavam agora, um metro e meio da porta até a muralha de objetos empilhados.

– Parecem pequenas caixas – comentou Miguel.

– Parecem malas de viagem.

– É o que devem ser, Baptista. É seguro aqui?

– Não sei, mas vamos ver mais outro.

Os vampiros acompanharam Manuel para uma nova investigação. Passaram por três contêineres vizinhos e arrombaram o quarto. Esta nova caixa metálica estava mais vazia, preenchida apenas até a metade de sua extensão, mas igualmente do chão ao teto.

– Vamos ficar com esta aqui – determinou Manuel.

– Não sei, não me parece seguro.

– Deixa de ser resmungão, Tempestas. Por que não seria seguro aqui?

– Vê, estas malas, não sei o que... parecem amarradas. Acho que eles movimentam estas coisas, não sei.

– Ora, pois! Que movimentem quanto quiserem! Vamos providenciar apenas para que não abram a caixa e não deixem a luz do sol invadir nosso providencial dormitório.

Miguel e Fernando pareciam concordar. Baptista manteve uma expressão de contrariedade no rosto.

– Ademais, meu amigo Tempestas, tu podes colaborar de maneira fenomenal com nossa estada. Faz o céu chorar com amargo ódio da terra. Os humanos ficarão desencorajados de andar por aí com tempestade feroz sobre suas cabeças.

Baptista meneou a cabeça, concordando com Manuel.

– Acho que nos encontraram! – alertou Fernando, entrando no contêiner, arrastando Guilherme consigo.

O jipe encostou junto à primeira fileira de contêineres. O pátio de carga aérea era enorme. Os caixotes metálicos estendiam-se por dois quilômetros quadrados, com mais de cem deles reunidos no perímetro, com cargas vindas de dezenas de países e indo para tudo quanto era canto do Brasil. Desligaram o jipe, mantendo os faróis acesos. Dois funcionários da segurança do aeroporto desceram, exatamente no corredor central do pátio de carga. Cada um trazia uma lanterna, acionada assim que iniciaram a patrulha.

– Esse pessoal só enche o saco.

– Deixa de reclamar, Inácio, é o nosso trabalho.

– É. Mas tenho certeza de que não é nada novo. Devem ser aqueles mendigos mais uma vez. Só aparecem aqui para atazanar.

– Bá, mas que brabeza é essa, barbaridade? Tanto podem ser os mendigos de novo como podem ser ladrões de carga.

– Ahá! Tu bebeu, Jorge? Desde quando roubam carga neste lugar? Eu trabalho neste aeroporto há dois anos e nunca ninguém entrou à noite para roubar!

– Pra tudo tem uma primeira vez.

– Mas não vai ser hoje, nessa chuva dos infernos!

– Para de reclamar e vamos fazer o trabalho para o qual somos pagos: patrulhar, verificar, assegurar.

Inácio continuou resmungando quanto à inutilidade daquela ronda extra. Alguém tinha visto um grupo de pessoas caminhando para o setor de cargas e podia jurar que um deles estava nu. Só podiam ser do grupo de mendigos que rotineiramente visitavam o aeroporto em busca de uns trocados, de comida esquecida pelos cantos e todo tipo de lixo que lhes parecesse aproveitável. Por cima da farda azul-marinho os dois usavam uma capa plástica amarela com barras brancas. Um quepe mantinha seca a cabeça. Empunhavam grossas lanternas de luz potente, e na cintura deixavam descansar revólveres calibre trinta e oito que, ao menos ali no aeroporto, nunca precisaram sacar do coldre. Os fachos de luz cruzavam a escuridão e, por onde passavam, destacavam as gotas da garoa.

– Vai daqui até o cento e vinte. Eu vou daqui até o um. Como você fez o favor de esquecer nossos rádios, qualquer problema dê um tiro para cima. Tenho certeza de que isso a gente pode escutar – sugeriu o patrulheiro.

– Falou, Jorge. Qualquer problema, você atira também, mas duvido que a gente ache alguma coisa perigosa no meio destes contêineres. Só se for aqueles mendigos do caralho, daí não precisa gastar uma bala, é só falar grosso.

Os dois se separaram, tomando sentidos opostos.

Jorge demorou cinco minutos para checar a primeira fileira. Quando algo chamava a atenção, ia até a tranca da porta e verificava se estava bem lacrada. A segunda coluna de contêineres era mais extensa e tomou doze minutos da atenção do patrulheiro. Só percebeu algo de anormal na terceira. Um contêiner estava com uma das portas abertas. Pouco mais adiante, dois homens estavam parados na frente de um segundo contêiner violado. Não o haviam visto. Um estava nu, o outro com uma espécie de sobretudo esfarrapado. Deviam ser os tais mendigos acostumados a vadiar por ali. Jorge abaixou a lanterna para que não notassem a luz. Apagou-a. Iria surpreendê-los; não o enxergariam no escuro. Caminhou lentamente, percebendo somente os vultos dos homens. Que estariam fazendo? Roubando carga? Talvez apenas tentando fugir da chuva. Sacou a arma. Era a primeira vez que preferia tê-la na mão.

Um trovão ribombou no ar, fazendo-o estremecer. Um relâmpago iluminou o céu. Os homens o viram e se refugiaram no contêiner. Menos mal. Uma vez lá dentro, não teriam para onde correr. Estavam encurralados. Malditos mendigos! Acendeu a lanterna, voltando a clarear o caminho. Tomariam tal susto que nunca mais voltariam ao aeroporto. Mais dois relâmpagos fagulharam no céu seguidos de um estrondoso roncar. Os trovões o estavam assustando. Eram tão próximos que pareciam prontos para explodir sobre sua cabeça, estourando os tímpanos. A garoa transformou-se em chuva. Gotas grandes e esparsas tamborilavam sobre os vagões metálicos. Jorge chegou até a porta entreaberta do contêiner. Nenhum movimento, nenhum barulho lá dentro. O clima sinistro que a noite adquirira o fez vacilar com o dedo no gatilho. Deveria dar o alerta a seu parceiro antes de abordar os prováveis mendigos?

Afinal de contas, eles eram prováveis ladrões também. Aguardou um instante, com a respiração ofegante, tamanho era o nervosismo diante da situação.

Decidiu entrar. Eram mendigos assustados. Ladrões não andam pelados por aí. Manteve o revólver empunhado, sem o engatilhar, juntamente com a lanterna. Apontava a arma para onde apontava o facho de luz. Aproximou-se da porta do contêiner e, com um chute, abriu-a. Atirou o facho de luz para dentro da caixa metálica, mas nada encontrou. Repetiu o chute com a outra perna na segunda porta e descobriu aquele estranho grupo de homens acuados. Eram cinco. Dois estavam nus.

Mas que diabos faziam ali dois homens pelados? Um outro estava bastante ferido, parecia ter sido atropelado por uma locomotiva. Com exceção do negro nu, os outros eram dotados de uma palidez horripilante.

Passava o foco de luz de um para outro, como se a claridade tivesse o mágico poder de conservá-los estáticos. O homem ferido, recostado ao chão e com o corpo amparado pela parede do contêiner, levantou os olhos para ele. Jorge arrepiou-se até o último fio de cabelo. Aqueles olhos eram apavorantes. Instintivamente engatilhou a arma, deixando-a pronta para o primeiro disparo. Os olhos, que se destacavam na brancura daquela face, não desgrudavam dos seus, como clamando por algo. O medo tomou conta do patrulheiro; um tremor tenso tomou conta de seu corpo. Jorge recuou um passo. Aqueles cinco... aqueles cinco não eram mendigos coisa nenhuma!

O homem ferido tentou levantar-se, mas não conseguiu. Emitiu um rosnado ferino, como o de um gato acuado. Jorge estremeceu. O homem arrastou-se em sua direção, e, quando ergueu a face, o patrulheiro viu brotar de sua boca presas compridas, salientando a ferocidade no olhar. Jorge recuou apavorado, sem dar as costas àqueles estranhos sujeitos. Disparou contra a criatura rastejante duas vezes. Um dos disparos acertou em cheio a cabeça da criatura. No passo seguinte, o patrulheiro já estava fora do contêiner. Estava apavorado. Virou-se para iniciar uma corrida desorientada, buscando fuga rápida daquele lugar. Um vento ligeiro cruzou seu corpo e, quando levantou a cabeça para divisar o melhor caminho, duas mãos poderosas agarraram seus braços pela frente. Jorge arregalou os olhos. O homem negro o suspendia do chão. Mas como pudera? Como passara por ele sem ser visto? Não havia tempo. O negro emitiu um som ferino parecido ao do rastejante, e em sua boca também havia dentes longos apontando para fora. Vampiros?!

Inácio já partia para a quarta fileira de contêineres. Estava pouco interessado em encontrar os mendigos. Queria terminar logo aqueles corredores e retornar, não porque a chuva aumentava, mas principalmente porque a seleção brasileira de futebol tinha jogo marcado para as quatro da manhã contra a seleção australiana. Maldito fuso horário!

– Bummm!

Inácio virou-se para trás. Podia jurar que ouvira um disparo de revólver. Teria confundido com um trovão?

– Bummm!

Ouviu novamente. Não eram trovões. Eram disparos de arma de fogo. Voltou por um corredor que ia direto ao ponto onde se separara de Jorge. O amigo estava em apuros. Chegando ao lugar, seguiu pelos corredores tentando adivinhar de onde vinham os disparos. Seu coração parecia pronto para saltar pela garganta. Não estava mais habituado àqueles piques de corrida. O tamborilar das gotas de chuva contra o ferro dos contêineres atrapalhava. Parecia que os tiros estavam se repetindo continuamente. Tentou isolar mentalmente o som da chuva. Não ouvia mais nada. Ergueu o revólver. Se houvesse problema, não poderia errar o tiro. Passou a andar mais devagar; um pressentimento de perigo começava a se apoderar de seu corpo. Recostou-se na parede lateral do contêiner, preparando para adentrar o novo corredor. Tinha de chegar de surpresa. Quando adentrou o novo corredor não viu nada, exceto seu parceiro de patrulha, Jorge, fechando a porta de um contêiner. Inácio olhou para os lados, sem ninguém encontrar. Nada de estranho, nada de anormal. Jorge terminou de lacrar o contêiner e, então, ficou ali parado, deixando a chuva cair sobre a capa amarela. Inácio desengatilhou a arma, mantendo-a na mão. Apontou a lanterna para cima e para os lados novamente. Aproximou-se do parceiro a passos lentos.

– O que aconteceu aqui? Por que você atirou?

Jorge permaneceu imóvel, virando apenas a cabeça na direção do companheiro.

– Não aconteceu nada.

– Mas por que atiraste?

– Assustei-me com um animal.

Inácio guardou o revólver no coldre e coçou a cabeça. Apontou a luz da lanterna direto para o rosto do amigo.

– Um animal? Tu bebeu?

– Um lobo. Vi um lobo ali – disse o homem, apontando em direção ao fim do corredor.

– Você tá precisando de umas férias, ô Jorge. Você tá delirando. Onde já se viu lobo em aeroporto?

O patrulheiro deu de ombros. Inácio repetiu o gesto do parceiro e ergueu os braços para cima. Já virava as costas para ir embora quando Jorge lhe chamou a atenção.

– Você não acredita em mim, não é?

– É claro que não, Jorge. Não tem lobo nenhum por aqui. Faz décadas que...

– Eu prendi ele aqui dentro, quer ver?

Inácio coçou a cabeça de novo, retirando o quepe com uma das mãos e arranhando o couro cabeludo com a outra.

– Você tá falando sério?

Jorge meneou a cabeça positivamente. Inácio virou-se para ir embora outra vez. Aquela história não fazia sentido. Tornou para o amigo.

– Tá bom, vai, me mostra logo esta merda de lobo e vamos embora!

Jorge deu um passo para puxar a alavanca que trancava o contêiner. As portas se abriram lentamente. Inácio aproximou-se, retirando, mais uma vez, a arma do coldre. Se tivesse mesmo um lobo ali dentro, era melhor estar armado; conhecia a ferocidade do animal pelos documentários da TV. Lanterna em punho, deu mais um passo. Colocou o primeiro pé dentro do caixote metálico. O facho de luz vagueou em seu interior, sem nada de estranho encontrar. O coração de Inácio disparou mais uma vez, e agora não foi por uma corrida inesperada.

Jorge entrou atrás, batendo a porta logo às suas costas. Inácio estava paralisado, com o coração acelerado, e não notou a estranha atitude do amigo. Seus olhos não se depararam com lobo algum, mas com quatro criaturas sinistras que se banqueteavam afundando presas longas no corpo de um homem aparentemente morto. Algo macabro provocou alarme e disparou o coração de Inácio. O homem, à mercê dos monstros canibais, trajava farda idêntica à dele. Era um dos patrulheiros. Sua lanterna parou no rosto deformado de uma daquelas criaturas bizarras, com vários ferimentos por toda sua pálida extensão. A criatura, aparentemente incomodada com o facho de luz, retirou a boca do pescoço do homem, deixando a cabeça do morto descoberta. O sangue estava impregnado na parte baixa da face cadavérica. Inácio estremeceu quando seus olhos se encontraram com os da criatura. Apontou o facho de luz para o rosto da vítima dos canibais. Foi quando seu coração quase parou. Aquele rosto! Era Jorge quem estava ali! Voltou-se para trás. Como? Estivera com Jorge lá fora havia um instante! Não poderia ser verdade! Junto à porta havia alguém. Mas este alguém não era Jorge. Era um homem negro, alto e nu. Ai, meu Deus! Jorge estava dentro do contêiner, sim, mas estava morto nas mãos daquelas criaturas bizarras. Inácio disparou a arma, atingindo o gigante negro por três vezes consecutivas. O homem curvou-se, cravando um dos joelhos no chão. Disparou mais uma vez abrindo um buraco na cabeça, matando o negro definitivamente. A porta estava livre. Virou-se para trás, apontando a luz da lanterna para o grupo de criaturas de pele pálida. Queria apenas garantir que nenhum deles o atacaria durante sua escapada; não queria assistir àquele quadro horrendo. Quatro homens abraçados ao corpo de seu amigo. Cada um com um par de filetes de sangue vazando pela boca. Inácio deu dois passos para trás, em direção à saída do contêiner. Com uma das mãos às costas, tateou a porta em busca da tranca. Antes que a encontrasse, outra mão poderosa agarrou sua canela direita, envolvendo sua perna e prendendo-a firmemente. Inácio perdeu o equilíbrio, caindo de costas, batendo a cabeça contra a porta do contêiner. Soltou a lanterna, deixando-a rolar pelo chão. Era o homem negro que o derrubava. Apesar do tiro na cabeça, aquela criatura ainda estava viva. Não eram seres humanos. Eram demônios. Demônios que agora urravam e partiam para cima dele.

– Ai, meu Deus! – gritou o patrulheiro, cruzando os braços na frente do rosto, tentando se esconder daqueles demônios.

Inácio sentiu uma mão forte fechando-se em volta de seu pescoço, impossibilitando-lhe a respiração. Mãos frias tocaram sua face. Presas afiadas cortaram seu pescoço. Seus olhos encontraram-se com os olhos imóveis de Jorge iluminados pela lanterna fujona. Puxou o gatilho mais duas vezes. Um tiro cruzou o ar sem acertar coisa alguma. O segundo perfurou seu próprio pé. Gritou desesperado. Uma outra mão fria tapou-lhe a boca. Estavam todos sobre ele. O ar faltou nos pulmões, e a mão que esganava não vacilou um segundo, impedindo-o de reabastecer-se de oxigênio. "Como o negro havia sobrevivido ao tiro na cabeça? Como o confundira com Jorge?", Inácio grunhiu, tentando inspirar mais uma vez. Se tivesse ar nos pulmões, gritaria, quando sentiu mais presas perfurando seu corpo. Rezou. Que Deus o levasse logo.

CAPÍTULO 24

– Até agora, nossa preocupação maior era manter esses fatos afastados da população, evitar alvoroço, pânico. Imaginem a população brasileira recebendo a notícia de que um bando de vampiros está à solta nas ruas. Mas agora, senhores, a coisa mudou de figura. Tenho ordens de capturá-los ou, preferencialmente, destruí-los, custe o que custar. Essas ordens vêm de meu general, reforçadas por nosso presidente da República.

Todos estavam reunidos na sala de mesa oval. Ouviam Brites expor a situação atual da operação e aguardavam instruções e táticas para proceder diante dos novos acontecimentos. Os vampiros tinham passado por cima dos militares de novo e, à custa de vidas de soldados, haviam feito livres os corpos restantes. Tinham, não se sabia como, localizado os cadáveres. Não havia como vazar. A informação era sigilosa. Depois deste último ataque, ficou mais claro do que nunca que lidavam com criaturas cruéis e dotadas de poderes sobrenaturais. Mantinham encarcerados em uma sala da USPA cerca de quinze corpos que haviam sido declarados como comprovadamente mortos, e que agora gritavam, choravam e se arremessavam contra as paredes do cômodo. Quinze mortos-vivos!

– A imprensa nacional nos cobra uma posição oficial quanto ao incidente em Porto Alegre e em Amarração. Ninguém é cego. Todos perceberam uma movimentação anormal de nossas tropas nesses últimos dias – prosseguiu Brites, o tenente do grupo de Operações Especiais. – Todos os militares e civis estão terminantemente proibidos de prestar declarações à imprensa sob pena de reclusão. Imaginem vocês a população sabendo que um desses vampiros é capaz de ressuscitar os mortos e que zumbis desorientados estão zanzando pelas ruas. Em razão desses perigos, nosso presidente autorizou a utilização de qualquer meio para enfrentarmos e aniquilarmos nossos inimigos.

Delvechio coçou a barbicha espessa e levantou o braço, pedindo a vez a uma pergunta.

– Diga, professor – autorizou Brites.

– Mas... e se formos abordados pelo *Fantástico*? Vamos dizer...

– Não vão dizer nada. Nosso departamento de relações públicas está emitindo *e-mails* para todas as emissoras de TV do Brasil. Declaramos que estamos empreendendo busca e captura de sete fugitivos. Sete presidiários psicopatas. Vai criar tumulto, sem dúvida, mas queremos, principalmente, criar medo, manter as pessoas em casa o máximo possível. Os sete são perigosíssimos. Vão acreditar, podem apostar.

– Mas vão nos perguntar por que o Exército está caçando fugitivos da polícia, sendo que esse não é seu trabalho.

– Professor, não se preocupe com tais detalhes. Tudo já foi organizado para que a imprensa engula. Não podemos fazê-la acreditar, mas engolir eu garanto que sim. Está sendo divulgado que se trata de sete ex-militares, treinados e loucos, doidos para uma matança em massa. Já que o pânico é inevitável, melhor que seja assim. Psicopatas, não vampiros. Temos imagens do rosto de dois deles; dos outros fizeram um trabalho de reconstituição por computador e serão divulgados por todos os canais. Talvez isto nos ajude um pouco, talvez...

Brites fez uma pausa. Apanhou um copo d'água da mesa, virando-o lentamente. Olhou para César e para os demais.

– Toda e qualquer ideia que vocês tenham é favor nos comunicar. Toda informação que possa contribuir é dever nos informar. Resumindo esta nossa reunião, senhores, trocando tudo por palavras simples e de domínio popular: a casa caiu pra essas criaturas.

CAPÍTULO 25

Tiago bateu os olhos no relógio da sala. Era meia-noite e seis. Eliana e seus sobrinhos dormiam. Sabrina e o marido, Paulo, resolveram aproveitar sua presença e a falta de sono para dar uma escapadinha do casal de gêmeos. Como sua parceira de viagem dormia tranquila e profundamente, a televisão de vinte e nove polegadas era sua companhia. Assistia ao programa do Jô, que fazia espantar temporariamente os fantasmas que atormentavam sua cabeça. Estava relativamente contente. O cunhado conseguira uma casa boa no bairro Cidade das Flores. Eliana tinha gostado bastante do lugar; isso amenizaria a tristeza que se abatera sobre a moça. Era uma região arborizada e, segundo Paulo, bastante segura. Estava ótimo para uma curta temporada. E, já que estava de férias, tramava em sua cabeça locais para visitar com Eliana. Cinemas, o teatro municipal de Osasco. Cogitara a hipótese de conhecer o polêmico Osasco Plaza Shopping, que explodira, matando dezenas de osasquenses e mutilando mais um número assombroso. Achou melhor não conhecer o *shopping*. Já pensou? Perder uma perna simplesmente porque decidiu fazer compras no lugar errado, na hora errada. Casos semelhantes borbulhavam na imprensa nacional. O descaso. Havia gente neste mundo mais maldita que aquela criatura que gelava o ar, assassinos que faziam do descaso, do desrespeito e do dinheiro presas mais afiadas e fatais do que as dos vampiros. E bem agora que estava com dinheiro no bolso. Seria muito azar. De tormento, bastava o picolé-vampiro. O reloginho animado do programa do Jô surgiu na tela, dando lugar aos comerciais. Tiago retrocedeu os canais, parando um instante na Cultura e depois na MTV. O videoclipe *Loosing my Religion*, da banda R.E.M., chamou a sua atenção. Gostava daquela banda, mas nunca havia visto o vídeo. Esperou o clipe terminar e voltou a passar pelos canais. Chegou até a Globo e resolveu acompanhar aquele trecho da reportagem. Haviam capturado um maníaco sexual que tinha matado mais de onze mulheres. Chamavam-no Chico Estrela, o maníaco do parque. Tiago pensou que, se a mídia estava tão espantada com o tal Francisco, deveria dar uma olhada para Amarração. Não precisaria descobrir o tal de Inverno que estava à solta.

Para causar *frisson* nacional, bastaria que dessem uma checada na ficha corrida do falecido Terezão. Aquele, sim, era um maníaco psicopata. A tela passou a exibir o rosto das meninas enganadas, estupradas e estranguladas (não necessariamente nesta ordem, segundo a notícia) pelo tal Estrela, causando um arrepio em Tiago.

É, cada comunidade possui o Estrela que merece, pensou, enquanto a reportagem exibia, em imagens distorcidas, os corpos em avançado estado de decomposição das vítimas do Chico Estrela, causando, agora, além do arrepio, um misto de comoção e revolta.

A reportagem acabou, dando vez a comentários dos repórteres. Tiago pensou em levantar-se e apanhar outro prato de sopa. Já havia se banqueteado com dois, mas, mesmo assim, parecia faminto. Preparava para se levantar, mas parou para prestar atenção na chamada para o próximo bloco.

– E o Rio Grande do Sul volta a esquentar, ou melhor, a esfriar – anunciou Fátima Bernardes, a apresentadora principal.

– Assassinatos, desastres e muita neve voltam a assombrar o povo de Amarração, a pacata cidade que se transformou na Geladeira do Diabo – emendou o outro jornalista.

Tiago sentiu um fantasma atravessar o peito e apertar seu coração com toda a força. Não ousou voltar ao programa do Jô. Precisava saber o que acontecia em Amarração. Os comerciais pareceram durar uma eternidade. Os ursos da Coca-Cola perderam a graça, as novidades da Chevrolet não encheram os olhos e as ofertas do Carrefour, que estava bem a seu lado, passaram despercebidas. Seus amigos, sua gente, seu mar, à mercê daquelas criaturas. Uma angústia tomou conta de seu coração. Pensou em acordar Eliana para que acompanhassem, juntos, as novidades, mas as pernas não se moveram, seu corpo não se levantou do sofá. Um sentimento de covardia cresceu em sua mente. Como pudera abandonar todos em Amarração e fugir feito um cachorro assustado com o rabo entre as pernas? Como? Assim que tivesse a chance de se deparar com um daqueles vampiros, mostraria-lhe do que era feito. Se fosse necessário, enfiaria uma estaca no coração de cada um para detê-los; isso era o que faria.

Será que isso funciona mesmo?, perguntou-se mentalmente.

Seus pensamentos dissolveram-se quando voltou a prestar atenção no que Fátima Bernardes dizia.

– O que será que está acontecendo em Amarração? É a pergunta que todos os cidadãos desse pequeno povoado e do Brasil inteiro estão se fazendo. Poucos se arriscam a sair de casa assim que o sol se põe – nesse momento, imagens das ruas de terra de Amarração começaram a desfilar pela tela. – Essa pergunta também fica sem resposta quando chega aos meteorologistas, aos geólogos, aos padres e aos militares.

Ninguém consegue entender o que se passa.

– Apesar de toda a movimentação militar na Geladeira do Diabo, os militares negam qualquer transtorno maior. Dizem que estão ali simplesmente para recapturar fugitivos de uma penitenciária – completou Chico Pinheiro.

– Difícil de acreditar, não é? Acompanhem a reportagem de Jean Faria.

As imagens que se desenvolviam num painel ao fundo do estúdio ganharam a tela inteira e passaram a ser narradas pela voz engraçada do repórter local.

– O que será que está acontecendo em Amarração? Por que neva tanto? Por que neva só durante a noite? Todos os eventos sombrios estão interligados? Amarração está vivendo um momento sobrenatural? Muitas perguntas, nenhuma resposta.

Imagens de Amarração surgiam intercaladas com outras de uma casa em chamas, depois de um trem descarrilado e retorcido pelo fogo; imagens de corpos ensanguentados no aeroporto de Porto Alegre e mais um turbilhão de lugares.

– Ninguém consegue explicar onde começa uma coisa e onde começa outra.

Tiago estava com os olhos vidrados na tela. Reconheceu a casa em chamas. Era a delegacia de Amarração.

– A neve parece surgir do nada. Segundo os meteorologistas, a mãe-natureza não está criando a menor condição que permita nevar espontaneamente em Amarração. Isso quer dizer que alguém está provocando este frio inexplicável. Quem? Os militares andam pra lá e pra cá sem nada esclarecer. Dizem-se ocupados com uma perseguição a simples mortais. Anteontem assassinaram brutalmente o delegado da cidade juntamente com seus prisioneiros. Alguém incendiou a carceragem queimando todos, aparentemente vivos, mas ainda não há uma declaração oficial. As tragédias não param por aí. O descarrilamento de um trem cargueiro, que passou por Amarração, teria alguma coisa a ver com esta série de acontecimentos? Como o acidente que ocorreu nas imediações de Porto Alegre, a mais de cem quilômetros daqui, parece pouco provável, não é? Mas por que ontem nevou também em Porto Alegre? Estariam os fenômenos interligados? – as imagens mostravam o prédio da USPA e depois o aeroporto de Porto Alegre.

– Não houve nenhum registro por parte dos meteorologistas, mas testemunhas viram neve caindo do céu e cobrindo a região central da capital gaúcha, que depois foi lavada por uma forte tempestade. Há quem diga que após a tempestade nevou ligeiramente nas redondezas do aeroporto. Até onde vai a verdade dos depoimentos? Muitas perguntas, pouquíssimas respostas. Jean Faria diretamente de Porto Alegre.

A reportagem fechou com uma tomada do repórter trajando roupas leves seguida por imagens de uma avenida com céu limpo. Pelo menos, aparentemente, aquela noite não seria tomada por neve ou tempestades.

– O mais curioso é que hoje à noite, em Porto Alegre, os termômetros marcam vinte e oito graus. Bastante quente para o começo da madrugada. Enquanto o Rio Grande do Sul corre atrás de seus fantasmas, em Brasília o senador...

Tiago permaneceu sentado no sofá. Iria ligar para César, pois talvez o amigo estivesse em casa. Apanhou o telefone. Chamou, chamou, chamou, mas ninguém atendeu. O jornal terminou sem mais notícias a respeito. Os vampiros estavam se locomovendo. Certamente a neve em Porto Alegre fora obra daquele denominado Inverno. *Vampiros, meu Deus*! Tiago sentia-se dentro de um pesadelo infantil. Daqueles que a gente tem após assistir a um horripilante filme de terror, quando dorme e se encontra no cenário da história, com o próprio conde Drácula em nosso encalço. E os malditos haviam chegado a Porto Alegre, pois vira imagens das ruas da capital cobertas de neve. Eram malfeitas, provavelmente colhidas por um cinegrafista amador, mas se percebia claramente o chão forrado de gelo branco.

A única coisa que o tranquilizava eram as centenas de quilômetros que os mantinham separados de Eliana. A menos que aqueles demônios fossem capazes de voar!

Levantou-se e afundou as mãos nos cabelos. Talvez fosse boa ideia deixarem Osasco pela manhã. A irmã não entenderia nada, certamente. Talvez fosse boa ideia abrir o jogo com Sabrina. Dizer o quê? Que vampiros assassinos estavam no seu encalço? Conhecia a irmã; ela se apavoraria e ainda o culparia por expor os sobrinhos a tamanho perigo.

Ouviu um trovão ribombar no céu. Desde que chegaram a São Paulo, o tempo estava fechado e, provavelmente, a chuva chegaria naquela noite. Outro trovão. Desta vez ele se arrepiou ao lembrar que um dos nomes era Tempestade.

Devia acordar Eliana e contar o que estava acontecendo. Provavelmente Inverno havia conseguido, de alguma forma, libertar os cadáveres restantes, e eles estariam vindo para São Paulo naquele exato momento.

Antes de deixar a sala, ouviu um carro encostando na frente da casa. O som seco da puxada de um freio de mão chegou claro aos ouvidos. Péssima hora para o casal ter voltado.

Tiago fez menção de ir até a porta, quando o sangue congelou em suas veias. A voz do repórter local ecoou em sua cabeça repetidamente:

– Nevou também nas redondezas do aeroporto. Neve no aeroporto!

Os malditos haviam saído de Amarração. A neve sobrenatural comprovava que estiveram em Porto Alegre e também nas redondezas do aeroporto. Hoje em dia, ninguém precisava ser bruxo para voar... De alguma forma aprenderam rapidamente que os aviões transportavam com maior velocidade.

Como submerso num transe, ouviu as risadas da irmã que se aproximava. O barulho do molho de chaves sendo vasculhado, depois uma delas introduzida na fechadura. Um calafrio percorreu-lhe a espinha. Os malditos estiveram no aeroporto na noite anterior e, se por acaso tivessem entrado de alguma forma em um avião, já poderiam estar na capital paulista ou até mesmo em Osasco!

Tiago sentiu as forças sumir das pernas.

A porta se abriu, com Sabrina rindo e gargalhando feito uma adolescente. Paulo empurrou-a para dentro. Estavam os dois brincando e tão entretidos que nem chegaram a ver Tiago na sala.

Tiago arregalou os olhos de tal forma que quem o olhasse de frente temeria que os globos caíssem ao chão. Os dois brincalhões tinham a cabeça e os ombros forrados por uma substância consistente e branca, e, conforme se moviam aos empurrões, faziam-na flocar dos ombros, caindo ao chão.

Agora um frio físico somado a um calafrio psicológico fê-lo estremecer outra vez.

– Feche a porta, Paulo. Você vai deixar a casa congelar?

Quando Paulo se levantou, saindo de cima da esposa, deparou-se com o cunhado estarrecido no canto da sala.

– Está acordado ainda? – perguntou espantado e sem graça, como o namoradinho surpreendido pelo pai da moça.

Sabrina arqueou-se para cima, deixando somente a cabeça coberta por aquela coisa branca à vista no encosto do sofá.

– Titi?! Você já viu neve? Dá uma olhada lá fora. É a coisa mais linda!

– Estranha, mas realmente linda – completou o cunhado, adiantando-se para fechar a porta.

Antes que Paulo conseguisse encostá-la, Tiago praticamente arremessou-se através dela, tamanho era seu descontrole. Paulo e Sabrina se entreolharam, surpresos.

Tiago chegou à garagem e agarrou-se às barras de ferro do portão. O asfalto em frente à casa transformara-se num tapete branco. Um vento frio soprava através das grades, fazendo-o arrepiar-se.

Inverno...

Tiago voltou para dentro o mais rápido que pôde. Passou pela sala feito furacão, trazendo atrás de si a irmã e o cunhado perguntando a razão de tamanho desatino. Adentrou o quarto reservado a ele e a Eliana, acordando a moça aos solavancos, sem nenhuma gentileza ou controle. Tiago estava à beira do pânico, vislumbrando um pesadelo tornar-se realidade. Os malditos haviam conseguido. Ele não soubera interpretar os sinais a tempo. Agora poderia ser tarde demais para ele e a amiga.

Eliana levantou-se em um pulo. Seus olhos arregalaram-se. O susto havia sido imenso. Mesmo após abrir os olhos, Tiago a chacoalhava.

– Temos de fugir!

– Por quê? – indagou ela, quase gritando.

– Eles estão aqui. Estão por perto, temos de fugir agora! Eliana não fez mais perguntas; levantou-se ligeira e foi ao guarda-roupas.

Sabrina e Paulo irromperam no quarto.

– Gente, mas o que está acontecendo?

– Sabrina, me perdoe, mas não dá pra explicar nada agora. Amanhã eu ligo pra vocês, mas agora, agorinha, a gente precisa sair daqui voando.

– É alguma coisa com a polícia, Titi?

– Não. Não é nada com a polícia. Amanhã eu ligo e explico tudo – Tiago virou-se para o cunhado: – Importa-se em me emprestar o carro até amanhã?

– Não, em absoluto, pode levar. Você tem carta? – perguntou Paulo. Tiago confirmou, balançando a cabeça. Paulo estendeu-lhe a chave.

– Vista uma blusa grossa; está nevando lá fora. É tão lindo! – disse Sabrina a Eliana, que se virou para Tiago com uma expressão assustada no rosto.

– Neve?

– É, Eli. Vamos sair voando.

– Mas como eles conseguiram?

Tiago arrastou Eliana para fora do quarto o mais rápido que pôde. Não iria começar a discutir naquele momento. Era melhor sair o quanto antes. Antes de a irmã prosseguir com perguntas. Antes de serem encontrados pelos monstros. Saíram da casa. Um vento frio cortava a rua, invadindo o jardim. Apesar da hora, era uma rua movimentada. Carros trafegavam vagarosamente, tomando cautela com o chão derrapante. Tiago e Eliana cruzaram o portão seguidos de perto por Sabrina e Paulo, que nada compreendiam. Caminhavam em direção ao Fiesta do cunhado quando um carro adentrou a rua velozmente. O motorista falhou na curva, passando para a pista contramão. Um segundo carro, vindo na direção contrária, tentou desviar, também perdendo o controle. O gelo tornara o asfalto um rinque de patinação, onde a borracha dos pneus não conseguia dar estabilidade alguma aos carros patinadores. O segundo carro acertou o pequeno Fiesta bem no meio, na direção da porta do motorista. Tiago agradeceu por ainda não ter entrado. Arremessou a chave de volta para Paulo e apanhou Eliana pela mão.

– Vamos andando mesmo. Boa sorte com o carro.

Tiago nem ao menos esperou resposta, caminhando veloz, sem olhar para trás. Sabia que a irmã o acompanhava com os olhos e sentia o peso daquele olhar em suas costas. Puxava Eliana firmemente pela mão, como se ela fosse uma irmãzinha menor, com apenas três anos de idade. Ouvia a voz esganiçada do cunhado gritando com o motorista que atingira seu carro.

Dobraram a esquina, chegando à Avenida Maria Campos. Estavam em frente à prefeitura de Osasco. As fontes do *boulevard* tinham as águas congeladas, imóveis. O passeio estava completamente coberto pela neve. Um ônibus da Viação Osasco cruzou a avenida e, ao tentar parar no ponto junto a um posto de gasolina, derrapou, ficando atravessado na pista. Uma *van* escolar, por sorte vazia, vinha atrás, mas não conseguiu frear e evitar o impacto, acertando o ônibus bem no meio. Tiago e Eliana atravessaram a larga avenida, indo para o calçadão do *boulevard*. O viaduto metálico que cruzava o céu logo à frente parecia um enfeite de Natal. A neve caía lentamente, tingindo de branco seu topo. O ar natalino aumentava quando olhavam para o gigantesco arco azul que ficava no final do calçadão, igualmente coberto pela neve branca.

Tiago sentia o coração bater acelerado. Sabia que Eliana se encontrava na mesma situação. Não estava nevando por capricho da natureza. Ele já havia presenciado aquele fenômeno antes. Era diabólico, fruto de algo maligno, de bruxaria. O cartão de visitas de um monstro. Ele olhava para todos os lados. Qualquer um dos transeuntes poderia ser um deles. Eram sete. Estaria espantado com a quantidade de gente na rua se não estivesse preocupado em tirar Eliana dali. Atravessaram o vão livre sob o viaduto, voltando ao outro lado da avenida.

– Pra onde a gente está indo, Tiago?

– Para o centro. Eu lembro que de lá saíam alguns ônibus de viagem. Se dermos sorte, vamos encontrar mais ônibus. Tudo cresceu nesta cidade. Deve existir uma rodoviária, alguma coisa do tipo.

Agora, no centro da avenida, em vez do bonito *boulevard*, havia um córrego fundo. Tiago imaginou que este também deveria estar congelado. Havia uma concentração grande de adolescentes algumas quadras à frente. Era melhor assim, cercado de gente. Se os vampiros aparecessem, seria bom haver algum tumulto, haver testemunhas, para que ninguém o chamasse de louco. O que mais o assustava era não conhecer suas caras. Havia visto apenas um. Inverno. E não era nada agradável ter aquelas feições impressas na mente. Até que ponto as lendas sobre vampiros eram verdadeiras? Seriam pálidos? Morreriam com estacas de madeira cravadas no coração? Tinham pavor do sol?

– E se nós fôssemos a uma delegacia? – perguntou Eliana.

– É? Íamos dizer o que ao delegado? Que estamos fugindo de sete vampiros? Você está louca? – respondeu Tiago em tom agressivo.

Eliana caminhava rapidamente, quase correndo, segurando a mão de seu protetor. Estava agradecida por ter seguido os instintos do amigo. Se tivesse ficado em Amarração, certamente os seres do mal já a teriam encontrado. Por que estavam fazendo aquilo? Vampiros sugavam sangue, não saíam correndo atrás dos outros por aí. Ele nem...

Eliana sentiu um tremor percorrer o corpo, e não era por causa do frio. Acabara de descobrir a razão.

– Sei por que estão atrás de mim – disse com firmeza, fazendo Tiago parar, puxando-o pela mão. Tiago olhou-a nos olhos.

– Eu o acordei. Agora ele me quer.

Tiago balançou a cabeça negativamente. Não sabia onde a amiga queria chegar com aquela história de acordar.

– O acidente com a serra, lembra? Apoiei-me na caixa metálica quando senti uma tontura. Alguma gota do meu sangue deve ter ido parar lá dentro, tocando um daqueles horrendos corpos. Daí pra frente nós vimos o que aconteceu sem entender nada, mas vimos, não preciso te contar.

Tiago passou a mão pela cabeça.

– Faz sentido, Eli, mas a gente precisa continuar correndo, senão você vai ter oportunidade de perguntar ao vivo para eles.

Voltaram a andar apressados.

Entenderam a razão de tantos adolescentes. Estavam parados diante de uma espécie de clube, uma danceteria. Grafitos feitos por algum tipo de artista escreviam o nome da casa no muro pelo qual passavam: RHAPSODY.

Em frente à casa noturna, o trânsito não fluía bem, pois havia apenas uma pista livre na larga avenida. As restantes estavam paralisadas por um sério engavetamento de veículos e tomadas pela garotada que se divertia com a primeira noite de neve na cidade.

Após atravessar a pequena multidão e algumas casas comerciais, chegaram ao fim do quarteirão.

– É melhor subirmos por esta rua. O centro fica para lá. Tem um clube, um supermercado com uma baleia em cima...

– Uma baleia? – espantou-se a mulher.

– É. Acho que o nome do supermercado é Baleia.

– Hum.

– O centro fica um pouco depois.

Subiram a rua apressados. Passaram por uma praça. Eliana benzeu-se ao admirar a imagem de Nossa Senhora ali exposta, envolta por uma redoma de vidro. Dois minutos depois, atingiram outra rua bem iluminada.

– Dona Primitiva Vianco... – murmurou Eliana, baixinho.

– O quê?

– Nada, o nome da rua, só isso.

Tiago não deu atenção. Era bom que estivesse no caminho certo. Se conseguissem um ônibus naquele horário, seria bem possível que se safassem por aquela noite.

O frio cortava o ar, gelando e ressecando os rostos. As orelhas estavam a ponto de congelar, e os lábios já haviam rachado. Um trovão potente explodiu sobre suas cabeças, seguido por uma sequência de relâmpagos assustadores. Outra explosão fez-se ouvir, mas desta vez não era um trovão. Lá na frente, quase no fim da rua, chispas iluminadas subiam ao ar. As fagulhas chegavam a lembrar fogos de artifício. A iluminação pública piscou três vezes, então todas as luzes se apagaram. A rua, com exceção dos dois, parecia deserta, ganhando agora um ar assombrado com a falta de luz. Podiam ver postes com lâmpadas acesas somente para lá do fim da rua, onde aparentemente havia um largo.

– Tá vendo? Lá é o centro. Estamos perto.

Continuaram descendo a Primitiva Vianco, agora um pouco mais lentamente, tomando cuidado com o lugar onde pisavam. A rua ficara realmente escura sem a ajuda das lâmpadas. Os sapatos não eram apropriados para caminhar sobre a neve, e algumas vezes precisavam agarrar-se um ao outro para não levar um escorregão mais sério.

Tiago estendeu o braço apontando para um luminoso, agora apagado.

– Tá vendo? Ali é a Baleia.

– Bá, mas não tem nenhuma baleia ali, Tiago.

Apesar da escuridão, dava para enxergar claramente que não havia mais baleia alguma no luminoso. Era agora um supermercado da rede Extra.

Passaram por uma loja grande de esquina e alcançaram o muro do clube Floresta. Ali a rua ganhava uma faixa separada para os ônibus urbanos recolherem e deixarem os passageiros. No fim do pequeno corredor havia um ônibus verde e creme parado em cima da calçada, com a frente amassada, certamente mais uma vítima da neve, que agora se amontoara tanto a ponto de encobrir os tornozelos. Uma sirene fê-los virarem-se rapidamente para trás. Os policiais a tinham ligado por um breve segundo, apenas para chamar a atenção. As luzes azuis e vermelhas giravam, lambendo os muros e as calçadas. Do ônibus, aparentemente vazio, surgiram duas cabeças pela janela. A viatura policial encostou ao lado de Tiago e Eliana. Era uma picape da Rota, com quatro policiais. Um deles acionou um poderoso holofote, jogando a luz na cara do casal.

– Tudo bem aí? – perguntou um policial de voz grossa.

Os dois, por reflexo, levaram as mãos aos olhos, tentando protegê-los.

– Está. Mas melhora se você virar essa coisa pra lá.

O policial apontou a luz para o ônibus, e os homens lá dentro também protegeram seus olhos.

– Estamos esperando o reboque – gritou um deles.

O vento frio aumentou, fazendo o policial recuar o rosto para dentro da viatura.

– O que vocês dois estão fazendo na rua com um frio destes?

– Estamos fugindo de sete vampiros – disse Tiago, caindo numa falsa gargalhada.

O policial riu também.

– Tinha de ser logo sete? Um não é suficiente? – perguntou o soldado, rindo da gracinha.

O policial voltou a colocar a cabeça para dentro da viatura, agora fechando o vidro completamente. A viatura partiu, deixando os dois para trás.

– Você devia ter perguntado se tem alguma rodoviária por aqui.

– É verdade.

Tiago virou-se para o ônibus; um daqueles dois saberia informar. Como os homens ainda estavam de pé dentro do ônibus observando a partida do camburão, Tiago não perdeu tempo.

– Tem uma rodoviária lá no centro?

Os homens, que ainda observavam a viatura militar, pareciam nem prestar atenção na pergunta do rapaz. Assim que ele terminou, os homens gritaram assustados, como se tivessem visto assombração.

– Ai, meu Deus! – gritou um deles.

Tiago e Eliana, de costas para a rua, voltados para o ônibus danificado, ouviram um barulho que parecia uma freada, depois o som de pneus derrapando no gelo, seguido de um tremendo estrondo. Tudo em questão de segundos. Quando se viraram, o acidente já estava completo.

Um Santana estava atravessado no meio da rua, com a frente retorcida e fumegante. Uma calota solta rodopiava na rua, indo parar em cima da calçada. A porta do motorista estava aberta, e um rapazinho tentava desprender-se do cinto. Havia uma mulher, imóvel, ocupando o banco do passageiro.

– Nossa, o carro veio a milhão, nem teve jeito! – gritou para eles um dos homens, tratando de sair do ônibus.

O outro também desceu e, agora, desabrigados, tremiam de frio.

Tiago e Eliana ainda estavam perplexos com a cena.

O camburão da polícia estava tombado de lado e, segundo os ocupantes do ônibus, foi arrastado por alguns metros pelo Santana, até se espatifar contra um poste, bem na esquina do grande estacionamento do supermercado Extra. Do motor da viatura, com o capô aberto, escapava uma nuvem de calor, produzindo uma fumaça enevoada que tomava conta do local e subia lentamente para o céu.

O quarteto de observadores permanecia estático.

Só quando o rapaz conseguiu se desprender do cinto e caiu no meio da rua, com o rosto e a perna direita completamente ensanguentados, é que um dos homens do ônibus saiu daquele estado letárgico e correu para acudi-lo. Aí todos pareceram acordar. Tiago disparou logo atrás, indo ajudar o homem do coletivo. Eliana e o outro correram em direção à viatura.

Os soldados, até o momento, não haviam dado sinal de vida; talvez tivessem desmaiado ou estivessem presos nas ferragens.

Apesar da barulheira provocada pelo acidente, além dos espectadores, a rua continuava deserta. Se uma nave surgisse naquele momento e sugasse todos eles para o espaço, não haveria um cristão para testemunhar.

– Minha mulher... ela tem... hospital... levem... – balbuciava desconexadamente o rapaz ajudado pelos homens.

Tiago encostou o rapaz na lateral do carro e pediu ao homem do ônibus que o amparasse. Aproximou-se da porta do motorista para observar o interior do carro. A mulher, no banco de passageiro, estava desacordada, e um fio fino de sangue vertia de sua testa Certamente sofrera um traumatismo. O rosto parecia estar inchando diante de seus olhos. Olhou para sua cintura pensando em livrá-la do cinto. Foi então que percebeu que o rapaz deveria estar realmente correndo muito. A mulher era gestante, a barriga estava enorme, provavelmente completando os nove meses. Tiago podia apostar todo o dinheiro que estava em seu bolso que o casal estava voando a caminho de uma maternidade. As palavras embaralhadas do rapazola ganharam algum sentido.

Deixou o veículo.

– Ela está grávida. A gente tem de dar um jeito de levá-la para um hospital – alertou Tiago.

– Acho que todo mundo aqui precisa ir para o hospital. Eu sou motorista de ônibus, mas aposto que esse carro não sai do lugar – disse o homem. – Segure este menino; vou ver como está o carro.

Tiago enlaçou o rapaz pelo braço, enquanto o motorista rodeava o Santana.

– A parte da frente afundou, prendendo as rodas; acho que anda, mas é melhor chamar o resgate.

– Então anda logo... ele tá sangrando pra caralho. Aparentemente o rapaz acidentado havia desmaiado. Tiago deitou-o no chão coberto de gelo. Ele poderia morrer, mas de frio é que não ia ser. Quando se levantou, percebeu que o motorista já havia corrido até um orelhão junto ao poste onde a viatura estava, literalmente, agarrada. A rua escura dificultava enxergar qualquer movimento dentro do camburão. Podia ver o outro funcionário da viação. Eliana deveria estar do outro lado da viatura, pois não a localizou. O homem da viação havia trepado em cima do camburão e puxava um soldado para fora da viatura. A única luz de que dispunham era a dos faróis do camburão tombado e um facho de luz apontado para o céu, que escapava do holofote acionado pelo soldado que tentava sair da viatura. Tiago rodeou o camburão sem achar Eliana. Seu coração disparou. Havia se distraído dois minutos e não conseguia encontrar a amiga. Parou em frente ao cara que estava dentro do ônibus e agora ajudava o soldado a descer do camburão.

– Cadê minha namorada? – perguntou Tiago. O homem encolheu os ombros.

– Ela estava aqui agorinha – respondeu.

Tiago girou no lugar. Percebeu pegadas na neve indo para a calçada. Seguiu-as. Então ouviu o grito de Eliana.

– Tiago!

Vinha do estacionamento frontal ao supermercado. Tiago transpôs uma banca de jornais e pôde divisar completamente o estacionamento. Lá estava ela, com um homem vestido de preto puxando-a pelo braço. Tiago deu mais um passo em direção ao estacionamento, permitindo que ambos o enxergassem.

– Tiago, me ajuda.

O rapaz percebeu que, além daquele estranho sujeito que puxava Eliana pelo braço, mais quatro homens caminhavam em sua direção. A luz era pouca, mas pôde notar que aquele, agarrado a Eliana, tinha a pele alva e cabelos castanhos compridos. Sabia que já havia visto tal rosto sinistro de olhos tão selvagens. Inverno!

Tiago correu de volta até a calçada. Agarrou-se a um dos pneus do camburão tombado e saltou para cima.

Os homens não puderam ver o que Tiago fazia e, então, presumiram que ele havia abandonado a mulher à sua própria sorte.

– É este o cavaleiro que te defende, minha rainha? – perguntou o homem de pele fria que a mantinha presa pelo braço.

Eliana estava amedrontada demais para responder. Os olhos dele pareciam prontos para fazer seu coração parar. Eram diabólicos, cheios de energia e pareciam queimar sua pele. A mão que prendia seu braço era poderosa, como se feita de alguma rocha. Sabia que não se soltaria com facilidade. O rosto dele era branco como leite e coberto de pequeninas cicatrizes, como se num passado distante houvesse sido completamente esburacado. Mais quatro sujeitos aproximaram-se. Um baixinho, igualmente usando um sobretudo preto e com roupas escuras por baixo. Um negro, com calças *jeans* e camiseta pretas. Um outro rapaz de feições agradáveis, mas de pele igualmente pálida. E, por último, mais um usava calças negras e um jaquetão feitos de couro. Eliana sabia, desde o primeiro momento em que pusera os olhos sobre eles, que eram os vampiros ressuscitados e fugidos – e que estavam em seu encalço.

– Largue-a! – gritou Tiago, voltando ao estacionamento, agora empunhando uma espingarda calibre doze.

Os homens espalharam-se. Ele sabia que eram os vampiros. Não sabia se poderia lidar com eles com uma espingarda, mas estava torcendo para que aquilo fosse suficiente. Mesmo que não pudesse detê-los, queria, ao menos, libertar Eliana. Sentiu-se decidido a dar a vida para não deixá-la nas mãos daquelas criaturas. Temia a chegada do instante que vislumbrara em sua mente inúmeras vezes. Pensou que, quando fosse a hora de confrontar-se com eles, estaria à beira de um ataque cardíaco, mas alguma coisa acontecera quando pôs os olhos naquelas criaturas. Apesar dos olhos bizarros de Inverno, o medo abandonara sua mente, e algum processo instalara-se em seu cérebro, nivelando aqueles seres a uma espécie de vermes a ser liquidada. Não eram dignos de seu medo. Eram algo do passado, que deveriam voltar no tempo e aterrorizar camponeses portugueses, não a ele ou sua amiga. Poderia perder a vida, mas não lhes daria o gosto de experimentarem seu medo. Aproximou-se lentamente, olhando o vampiro nos olhos. Agora eles não eram aterrorizantes, eram apenas diferentes. Agora eles não brilhavam como fogo, eram apenas um truque para amedrontar camponeses. Tiago deixou a arma apontada para a cabeça da criatura.

– Solte-a.

– Ordenas-me a deixar o que é meu, menino?

– Pela última vez, se quer continuar inteiro, solte-a.

– Queres me amedrontar, não queres? Achas que já não experimentei da arma dos brasileiros? Experimentei e sobrevivi, e não serás tu que vais conseguir... – antes que ele terminasse, Tiago puxou o gatilho da doze, acertando a parte lateral do rosto da criatura. O disparo empurrou Inverno para trás, que abriu a mão, soltando Eliana. A mulher correu para Tiago.

Inverno deu três passos para trás e desequilibrou-se, indo ao chão. Seus parceiros continuaram imóveis. Talvez ainda impressionados com o poder que aquelas armas tinham. Guilherme levantou-se, com a roupa coberta de neve. O lado esquerdo do rosto, mais uma vez, estava desfigurado. A arma arrancou a orelha e descarnou parte de sua face, dando-lhe uma feição repugnante.

– Olha o que tu fizeste! Pagarás caro por esta afronta, ô brasileiro.

Guilherme ergueu a mão esquerda e a apontou para Tiago, mas antes que seu poder gelado surtisse efeito, o rapaz efetuou outro disparo, que desta vez despedaçou a mão estendida. Guilherme caiu sentado.

– Outra vez, não, seu maldito! – gritou o vampiro, doloridamente.

Os outros quatro vampiros continuaram imóveis.

Tiago foi assaltado por um frio tremendo e passou a arma para Eliana. Esfregou os braços sobre os ombros e depois sobre o peito, tentando esquentar-se. Quando o vampiro atingido levantou-se uma vez mais, Tiago retomou a espingarda.

O motorista do ônibus chegou ao pátio, assustado com os disparos.

– Que diacho tá acontecendo aqui?

– Se tiver algum policial vivo, peça para ele chamar reforços. Estes aqui são fugitivos do Exército – informou Tiago.

– Não adianta o que tu faças, rapaz. A mulher agora me pertence, e daqui só saio levando-a conosco – disse o monstro ferido. – E vós, irmãos, por que nada fazeis? Vamos levá-la. Quanto antes o fizermos, mais cedo estaremos de volta ao D'Ouro.

Os quatro vampiros ainda permaneceram imóveis. Queriam assistir ao desfecho daquele confronto entre Guilherme e o mortal. Sabiam que Inverno poderia liquidá-lo com facilidade, mas gostavam da resistência inteligente que o rapaz impunha. Talvez ele nem imaginasse, mas o último disparo o havia salvado de um congelamento completo.

O condutor de ônibus olhou na direção do vampiro, que acabara de se levantar sem metade do rosto e com a mão amputada, mas tagarelando normalmente, como se nada lhe faltasse.

Guilherme, enfurecido porque Tiago conseguira temporariamente detê-lo, tomando aquilo que mais desejava no momento, deixou seu rosto transfigurar-se, acendendo os olhos como brasas incandescentes e fazendo os dentes saltar para fora da boca.

Tiago permaneceu imóvel. Eliana agarrou-se ao amigo.

O condutor bateu em retirada. Iria usar o rádio do camburão e depois correr para longe dali.

– Então vocês são vampiros mesmo?

– Somos – respondeu Guilherme, emitindo uma série de grunhidos que se assemelhavam a felinos enraivecidos.

Guilherme partiu para cima de Tiago, saltando para o alto velozmente, surpreendendo o rapaz. Com um golpe firme, arremessou a espingarda ao chão e, com a mão mais veloz do que Tiago pudesse acompanhar, agarrou-lhe o pescoço, pronto para quebrá-lo com um simples apertão.

Tiago estava ficando sem ar. Agarrou-se ao potente braço de Inverno com ambas as mãos, tentando aliviar seu próprio peso e conseguir mais um pouco de ar para os pulmões. Mas a mão do vampiro era extremamente poderosa e impedia sua respiração com mortal eficiência.

Eliana assustou-se, soltando um grito desesperado. Vendo Tiago suspenso, agarrado pela fera, sua primeira reação foi sair correndo, mas um objeto preso às costas do rapaz, enfiado parcialmente em sua calça *jeans*, fê-la ficar. Era uma pistola. Eliana precisou dar apenas um passo para apanhá-la e outro para tirar o corpo do amigo da sua frente. Fez uma força tremenda para engatilhar a pistola. Encostou-a no tórax do vampiro e disparou duas vezes.

Guilherme, sentindo as entranhas explodir, largou o rapaz antes de matá-lo e caiu ao chão, levando a mão ao ferimento. Deitou-se de lado e levantou a cabeça desfigurada para encarar a mulher.

– Tu me deste vida e agora queres tomá-la? Vejo que as mulheres deste tempo continuam tolas e assustadas.

Eliana disparou mais duas vezes, atingindo agora a cabeça do monstro.

Guilherme tombou o rosto no chão gelado, sem vida, imóvel.

Tiago apanhou a espingarda e aproximou-se do vampiro, descarregando toda a munição no peito da criatura. Queria ter certeza de que ele estava morto. Mesmo sabendo que a arma fora completamente descarregada, apontou-a para os demais. Três deles começaram a rir. Tiago estava firme, sem medo na alma, mas aquelas risadas eram algo que ele não esperava.

– Vejam o que fiz com Inverno. Vou partir agora com minha amiga. Se me perseguirem, é assim que vão terminar.

Rapidamente passou a espingarda para Eliana e tomou-lhe a pistola. Apontou-a para a cabeça do negro, que ria ininterruptamente, e disparou, fazendo-o tombar sem vida. Os outros dois, que riam, pararam imediatamente e correram a acudir o companheiro. Um último vampiro não ria, observando todos silenciosamente. Enquanto Tiago e Eliana se afastavam, ele os encarava, e, como Tiago caminhava de costas, apontava-lhe a arma sem distração.

Tiago e Eliana voltaram para a Primitiva Vianco e, assim que chegaram à calçada, começaram a correr. A mulher desfez-se da espingarda, arremessando-a ao meio-fio. Se encontrassem qualquer coisa, um ônibus, um táxi, um carro parado, iriam tratar de sumir dali. Não iriam esperar o socorro solicitado pelo motorista da Viação Osasco. Poderia demorar horas para chegar. Deixaram a viatura acidentada para trás. Sabiam que estavam lidando com criaturas perigosas.

Tiago estava surpreso por ter-se saído bem daquele primeiro confronto. Se houvesse munição suficiente, teria eliminado todos eles, não somente aqueles dois.

Com a respiração acelerada, ambos exalavam grossas nuvens de vapor pela boca a cada expiração. Aquele era o último quarteirão da rua. A luz do centro, que não fora afetada pela explosão do poste, já alcançava o calçamento, facilitando a fuga.

– Você o matou? – perguntou Eliana, sem parar de correr, com a respiração entrecortada.

– Matei. Eu acho... disse Tiago, que também respirava com dificuldade.

– Pensei que esse negócio de vampiro pedisse... para matá-los, tinha essa coisa de estacas... arf... sol, você sabe...

– Espero que não, Eli. Acho que aqueles dois estão bem mortinhos. Foi mais fácil do que eu... arf... imaginava.

Estavam quase chegando ao fim do quarteirão quando ouviram um homem rindo alto.

Pararam e abraçaram-se. Tiago segurava a pistola em uma das mãos. Olharam em todas as direções sem descobrir quem ria.

Um segundo riso somou-se ao primeiro. Depois mais um.

Tiago segurou Eliana pela mão e voltou a andar rapidamente sobre a calçada coberta, com menos neve para atrapalhar a jornada. Chegaram ao fim do quarteirão. Agora havia mais risos. Eram eles, os malditos vampiros que sobraram vivos. Tinham certeza. Quando adentravam o largo, deixando para trás a Rua Primitiva Vianco, avistaram os vampiros novamente.

– Achaste que fosse fácil, não é? Pensaste que matar um vampiro poderoso como eu fosse trabalho simples, não pensaste? – perguntou Guilherme, com seu sotaque português.

Eliana sentia as pernas tão enfraquecidas pelo medo que se agarrou ao amigo para não cair.

Tiago apontou a pistola para Inverno.

O vampiro, que tivera a face severamente dilacerada pelo disparo, já estava agora com boa parte do ferimento reconstituído. Era assombroso. Demoníaco. O homem negro trazia ainda o buraco de bala no meio da testa, porém estava vivo como antes.

– Esse espanto que tua face revela eu venho admirando durante os séculos. É do que me alimento. Eu adoro isso – disse o vampiro, abrindo um sorriso que deixava ver suas presas avantajadas.

Eram os cinco do estacionamento do Extra.

De repente, rápido como um piscar de olhos, o mais baixo desgrudou-se do grupo e, no instante seguinte, estava tirando a pistola das mãos de Tiago.

– Eu sei que tu gostas disso, brasileiro, mas eu prefiro ver-te sem ela. Vamos ver se continuas corajoso... – sussurrou o vampiro de baixa estatura ao ouvido de Tiago.

O rapaz ficou imóvel, pois, além de lhe ter tomado a pistola, o vampiro segurava seu pulso firmemente, mantendo-o parado no ar. Tiago nunca se sentira preso com tamanha força. Tão rápido quanto veio, o vampiro voltou ao grupo. Era tão veloz que, talvez em razão de sua roupa negra, parecia tomar forma de uma sombra escura para poder se deslocar com tamanha rapidez.

Apenas um deles permanecia imóvel e silencioso, como se fosse diferente daquele grupo apavorante. Tinha um rosto bonito e olhos calmos. Parecia uma criatura despreparada para cometer o mal.

Quem seria quem? Inverno era o de cabelos longos e lisos. O mais assustador. É verdade que a voz quase inaudível do baixinho era atormentadora. O homem negro de dentes quase brilhantes de tão brancos causaria medo mesmo sendo mortal, por seu tamanho e aparência truculenta. O que fazer para se livrar daquele grupo?

Tiago agarrou a mão de Eliana, que estava visivelmente apavorada. A cerca de vinte metros de onde estavam ficava uma estação de trem, ao lado da qual havia uma placa sinalizando:

RODOVIÁRIA.

Os ônibus não ajudariam agora. O centro estava deserto.

Lentamente, Tiago e Eliana caminharam para o centro do largo, em direção à estação.

O que apavorava Tiago não era a presença dos vampiros, mas a ausência de ideias e recursos em sua mente. Caminhava de costas quando tropeçou, indo ao chão.

Os vampiros desencadearam um riso estridente. Seu oponente saíra-se bem no primeiro confronto, mas agora parecia um pateta estirado ao chão.

Gentil pensou em dirigir-se ao homem e levantá-lo, dando-lhe alguma dignidade antes de deixá-lo ser morto por seus companheiros. Sabia que isso seria inevitável.

Um som de motor adentrou o largo. Da Rua Primitiva Vianco surgiu um ônibus verde e creme, trafegando em baixa velocidade, tomando cuidado com a neve.

– Corra, Eli, pegue o ônibus – sussurrou Tiago ao seu ouvido, enquanto ela o ajudava a se levantar.

Ele apanhou um pequeno bastão de madeira do chão, que o fizera tropeçar. Levantou-se rapidamente e, enquanto os vampiros ainda riam, partiu correndo para cima do grupo.

Os vampiros espantaram-se com a reação do rapaz.

Eliana aproveitou a distração e correu para o ônibus.

Tiago avançou contra Guilherme, arremessando-se sobre o vampiro. Inverno desequilibrou-se, deu algumas passadas para trás e foi ao chão, agarrado ao rapaz.

Gentil acompanhava com os olhos a fuga da mulher. Não iria em seu encalço. Eles que o fizessem. Já era covardia demais tomarem-na de seu cavaleiro sem lhe dar a chance de uma luta justa.

Fernando, Manuel e Baptista ainda estavam surpresos, tentando entender como o mortal conseguira derrubar Inverno. Depois se deram conta de que a moça tentava escapar.

O ônibus fez a volta pelo largo e parou atrás de um prédio de poucos andares.

Fernando partiu atrás dela, calmamente, enquanto deixava Baptista e Manuel assistindo à peleja entre o vampiro e o mortal.

Tiago estava em vantagem. Havia derrubado Guilherme de surpresa e usava o bastão para espancá-lo com firmeza. Atingiu-o diversas vezes na cabeça, não dando tempo para uma reação do vampiro.

– Para, mortal! Para! – gritava o vampiro desesperado, tentando erguer a mão que lhe restara e impedir as investidas enlouquecidas do rapaz.

Havia muito tempo Inverno não era espancado com tamanha eficiência. Normalmente, a gente corria dele e se escondia o máximo que podia. Os que o enfrentavam eram idiotas e, invariavelmente, acabavam mortos. Em toda sua existência vampírica, temera somente os punhos de um mortal, capaz de acertá-lo e acuá-lo: Tobia, o caçador de Dom Manuel. Sentia-se como se Tobia estivesse novamente montado em seu corpo, espancando-o com a costumeira violência. Muitos golpes no rosto, depois conseguiu derrubar o rapaz de cima de seu corpo, ganhando algum tempo para contra-atacar.

Tiago rolou para o lado, batendo a cabeça na calçada. Colocou-se de joelhos, aguardando a investida do oponente sobrenatural. Guilherme ajoelhou-se atordoado. Seu rosto doía. Seu rosto doía por causa do espancamento de um mortal! Estava tonto; mais um ou dois golpes e o mortal o colocaria inconsciente.

– Seu bastardo, olha o que me fizeste! – Tiago encarou Guilherme, que tinha o rosto agora mais deformado e inchado, e ainda mais horrendo.

O vampiro abriu a boca e soltou uma espécie de rugido. Com um joelho no chão e a outra perna flexionada, tentou levantar-se, mas acabou caindo de novo. Estava tonto.

– Ajudai-me... – gemeu baixinho Inverno.

Baptista e Manuel riram do amigo.

– Mas tu já não és mais o mesmo! – brincou o português menor, com sotaque bastante acentuado. – Não consegues acabar com um menino desarmado?

Antes que dissessem ou fizessem mais alguma coisa, Tiago disparou para cima de Inverno. O ataque foi tão veloz e eficiente que o vampiro nem percebeu o que estava acontecendo, até que Tiago o agarrou pelo pescoço com uma das mãos.

– Você não me mete medo! – gritou o rapaz.

Apertou o pescoço do vampiro com uma das mãos, fazendo-o erguer o rosto e encará-lo. Sentiu a mão esfriar e queimar, como se estivesse agarrado a um bloco de gelo. Estendeu o outro braço para trás e trouxe-o para a frente com velocidade, pois precisaria de toda a força que pudesse extrair dos músculos. Mas, ao contrário do que imaginava, não encontrou tanta resistência para finalizar seu intento. O bastão de madeira enterrou-se no peito da criatura, varando suas costas. A mão que restara do vampiro agarrou o punho de Tiago aferrado ao bastão, e o outro braço, sem a mão na extremidade, roçava a estaca, tentando removê-la como uma mão fantasma. Um segundo depois, o vampiro perdeu completamente a força, tombando para trás, rugindo, gemendo, chorando.

O lugar onde a mão da criatura estivera agarrada estava agora coberto por pequenos cristais de gelo. Tiago não se incomodou com o desconforto e levantou-se atento, aguardando pelo ataque da próxima criatura. Nenhum dos três se moveu. Todos tinham os olhos arregalados e estavam espantados demais para esboçar qualquer reação. Diante da perplexidade dos vampiros, Tiago arriscou mais um olhar na direção do adversário, aparentemente derrotado.

O corpo tremeu por alguns segundos e depois submergiu para a imobilidade completa. O brilho fantasmagórico dos olhos se apagou, e as presas ferinas recolheram-se, voltando a uma quase normalidade. Do peito e da boca vazou uma pequena quantidade de sangue. Estava morto.

Tiago voltou os olhos para as criaturas. Sentiu o corpo arrepiar-se. Havia somente dois à sua frente. Faltava o terceiro, o que usava roupas de couro. Nesse exato momento sentiu um braço forte enlaçando seu tórax, abraçando-o pelas costas. Uma outra mão agarrou-o pelos cabelos com firmeza, fazendo-o flexionar a cabeça. Uma dor aguda explodiu em sua nuca com o estalar das vértebras. Uma segunda dor junto ao pescoço somou-se à primeira. Era como se lhe cravassem dentes na carne. Sabia que o vampiro estava fazendo o que os vampiros faziam. Estava prestes a sugar todo seu sangue. Relutou, porém o braço que o envolvia era feito de rocha maciça. Não se importava com o sangue, mas com Eliana. Se ele perecesse assim, facilmente, sua adorada amiga ficaria à mercê daqueles assassinos diabólicos. Sentiu uma tontura tomar conta de sua mente e o sangue escapar pelo pescoço. Um sugar eficiente fazia o líquido precioso abandonar as artérias. Estava certo de que aquele era seu fim, até que, inesperadamente, os braços, que eram rochas, tornaram-se manteiga e o libertaram.

O vampiro com roupas de couro cambaleou para trás, caindo junto aos pés da escadaria que dava acesso à estação ferroviária. Baptista caiu sentado. Parecia atordoado, tonto. Virou-se ligeiro e, quando tentava se colocar de pé, começou a vomitar violentamente todo o sangue ingerido.

– Alho! Seu diabo! Não me avisaste que comeras alho! Ah, meu Pai Celeste, parece que estou queimando por dentro! – gritou Batista. Manuel encolheu os ombros.

– Agora sabes o que te acontece, não sabes? Ficarás frouxo por três dias. Logo agora que tanto precisávamos de ti.

✠ ✠ ✠

Eliana corria sem olhar para trás. Percebeu que o ônibus voltara a acelerar, mas sem sair do lugar. Era o sinal de que estava pronto para partir. Se o alcançasse, talvez vivesse mais um dia. Mas... e Tiago? Ah, meu Deus! Como ele escaparia daquelas criaturas? Sentiu uma pontada no abdome. Não aguentava mais correr, mas precisava. Uma voz a fez estremecer.

– Eliana! Espera! – Parecia a voz de Tiago. Virou-se e viu o amado amigo se aproximando, mancando, machucado.

– Estou ferido. Acho que é minha perna...

Eliana diminuiu a marcha. Virou-se para trás. Se o ajudasse, perderiam o ônibus. Parou e foi ao encontro do amigo. O ônibus que partisse sem eles. Se tivessem de morrer, morreriam juntos; se tivessem de viver, viveriam juntos.

Aproximou-se de Tiago. O amigo tinha caído junto a um canteiro de flores. Parecia muito mal. Estava abaixado, tocando o chão com um dos joelhos.

– Tiago, não desista agora, temos de fugir daqui! Vamos seguir nesta rua, pois acho que vi um táxi ali na frente – encorajou a mulher, afagando seu cabelo.

Eliana sentiu um calafrio percorrer-lhe a espinha. Não foi a cabeça gelada de Tiago que a assustou; afinal, era natural que embaixo daquela neve ela ficasse fria, mas seu cabelo áspero, duro, que sempre fora liso e sedoso. Isso, sim, a assustou por um instante e a fez recuar a mão, interrompendo sua demonstração de afeto.

– Tiago...

– Meu nome não é Tiago, mulher... – disse a voz de sotaque lusitano daquele corpo acuado ao chão. O vampiro levantou-se como uma sombra, tampando toda a visão frontal de Eliana com seu tórax espesso. Tiago não era tão alto.

Ela ergueu os olhos lentamente até chegar ao rosto daquele corpo assombrado. Era o homem negro, com o furo de bala na testa. Ele sorria como uma criança após se sair bem de uma traquinagem.

– ...meu nome é Espelho.

Eliana levou as mãos à boca, sufocando um grito desesperado prestes a explodir em sua garganta, mas, antes que gritasse, um punho potente acertou-lhe a testa, fazendo-a desfalecer.

Fernando atirou a mulher no ombro e pôs-se a caminhar de volta à praça, onde deixara os companheiros lidando com o pobre mortal, que a este tempo já deveria estar morto, e Inverno, vitorioso após a peleja.

Tiago levou a mão ao ferimento no pescoço. Ouvia Baptista gritando e gemendo, atirado ao chão. Agradeceu a Deus por Sabrina ter preparado aquela sopa com creme de alho. Não sabia que tipo de efeito surtira sobre a criatura, mas, de algum modo, aquilo o havia colocado fora de combate.

Pensou em disparar, correndo na direção que sua amada amiga tomara. Torcia para ela ter tomado o ônibus antes de o negro tê-la alcançado. Mas, antes que as esperanças criassem raízes em seu cérebro atropelado, seus olhos encontraram o vampiro de pele negra aproximando-se, trazendo Eliana no ombro. A amiga parecia desmaiada. Um nó formou-se em sua garganta.

– Solte-a! – gritou ao negro, correndo em sua direção.

Tiago tentou arrancar Eliana do vampiro, arremessando-se contra ele, mas a criatura fora mais ágil, esquivando-se com velocidade espetacular. Tiago caiu na calçada após se desequilibrar. Levantou-se. O negro andava em direção aos outros, dando-lhe as costas. O vampiro baixinho estava na sua frente, outros dois estavam no chão e mais um de pé a observá-lo. Tiago apostaria todo o dinheiro que trazia no bolso como aquele último lançava-lhe um olhar de piedade, como se estivesse verdadeiramente compadecido daquela situação.

– Solte esta mulher. Minha mulher... – sussurrou Tiago. – Para que a querem? Ela de nada lhes serve. Ela não lhes fez mal algum... Eliana não faz mal a uma mosca.

O vampiro menor aproximou-se um passo.

– Muito comovente o teu amor, ó brasileiro, mas tu já criaste muito contratempo para nossa aventura.

Manuel empunhou a pistola e, como aprendera com o rifle, puxou o gatilho. Acertou dois disparos no peito de Tiago, que tombou violentamente para trás.

Mais uma vez, Tiago sentiu a cabeça bater contra a calçada com demasiada força. Puxou ar para os pulmões, sentindo mil giletes lhe retalhando o peito. Tentou erguer a cabeça, mas sustentou-a por apenas dois breves segundos, voltando a apoiá-la no gelo. Os olhos giraram nas órbitas. O céu estava limpo, já não nevava. Havia matado o desgraçado do picolé. Mas o que adiantava agora? Iriam se encontrar no inferno em breve. O que adiantava ter conseguido detê-lo, se agora entregava sua amada de mão beijada aos vampiros restantes? Precisou se concentrar para trazer mais ar aos pulmões. Duas lágrimas escorreram de seus olhos, cristalizando em sua face. Maldita hora em que decidiram adentrar a caravela. Seu pulmão, pela primeira vez na vida, se negava a inflar. Sabia que o maldito o havia acertado duas vezes. Ao menos ouvira duas explosões. Depois... enquanto as explosões ecoavam, sentira o corpo arremessado para trás, as pernas fracas. Nunca tivera medo do sobrenatural. O que realmente temia era aquilo. A maldade. O ferro, a pólvora, um revólver. Aquilo, sim, ele tinha certeza de que matava. O ar acabou em seu peito. Sentiu vontade de gritar, não de dor, mas de raiva. Por que os pulmões conspiravam contra sua vida? Por que não obedeciam a ele? Uma agonia tremenda tomou conta de seu corpo. A garganta parecia repleta de grãos de areia. A agonia aumentava a cada milésimo de segundo. Parecia ter mergulhado num lago sem fundo, onde só fazia afundar e afundar. A noite escura tornou-se negra. Daria tudo para poder estar segurando a mão de

Eliana naquela hora. Daria tudo para beijá-la naquele exato instante, pois sabia que este era o seu último.

✠ ✠ ✠

O corpo do rapaz estremeceu, e então, como Manuel já vira centenas de vezes, todos seus músculos relaxaram. Ele sorriu, fazendo suas presas apontar para fora da boca. O rapaz estava morto.

CAPÍTULO 26

Na noite passada, sem saber que seis sinistras criaturas haviam escapado da USPA, Fátima, preocupada apenas com a hora, consultou o relógio. Era uma hora e cinco minutos da manhã. Seus pais deveriam estar histéricos. Havia prometido chegar às dez em casa. Não havia motivo para se preocupar, exceto as três horas de atraso. Apesar do problema, estava radiante. A turma prometera comparecer em sua casa no próximo fim de semana para comemorar seus quinze anos. Sabia que os pais estavam apertados, que não iam bancar uma festa de gala para debutantes, mas ao menos um bailinho com fartura de salgadinhos tinha certeza de que iria conseguir. Isso se sobrevivesse àquela noite. Os pais certamente estariam umas feras.

Fátima atravessou a avenida. A noite havia esfriado intensamente, apanhando todos de surpresa. Os gaúchos eram bastante resistentes ao frio, acostumados a temperaturas abaixo de zero, mas em pleno verão... Ninguém saíra prevenido naquela noite. Sua saia era curtíssima, e as pernas pareciam congeladas. Tinha uma blusinha leve cobrindo o peito, mas insuficiente para conter uma brisa, e que dizer aquele vento cortante! Sorte que a tempestade acabara e deixara para trás uma espécie de filhote, uma garoa fininha, mas extremamente irritante.

Um homem chegou por trás, empunhando um guarda-chuva que saracoteava com a intensidade da ventania. Aproximou-se de Fátima e, de surpresa, agarrou seu braço.

– Vamos, menina, entre debaixo do guarda-chuva. Você vai se resfriar.

Assustada, Fátima arregalou os olhos e deu um puxão no braço, instintivamente. Não conhecia aquele moço. Não pretendia acompanhá-lo tão de perto.

– Estou bem assim – respondeu agressiva, voltando a andar e, com uma das mãos, juntando os cachos do longo cabelo louro, tentando extrair o excesso de água.

Teve medo. Aquele sujeito poderia ser muito bem um assaltante. Sobraram apenas vinte reais na carteira, mas aquele era todo o dinheiro para enfrentar a semana. Nenhum espertalhão iria pôr a mão nele.

O homem avançou, caminhando mais rápido que ela, emparelhando. Lançou os olhos para os seios da menina, que o tecido molhado não conseguia esconder.

Fátima percebeu o olhar faminto do inesperado acompanhante para cima de seu corpo. Sentiu medo. Era melhor correr. Aquele quarteirão era deserto, mas no próximo a avenida voltava a ganhar vida com os bares e a gente que transbordava pelas portas. Decidiu...

O homem agarrou seu braço novamente. Estavam agora em frente a um beco escuro, um vão entre dois prédios comerciais. Fátima gritou assustada e disparou correndo, porém a mão firme do desconhecido não cedeu. A força do homem a desequilibrou, enfraquecendo suas pernas. Ele a puxou de encontro ao corpo, largando o guarda-chuva no chão.

– O que você tem de arisca tem de gostosa – murmurou em seu ouvido.

Fátima tentou se desvencilhar do sujeito. Percebeu que ele era forte demais para ela. Sentiu-o arrastando-a para dentro do vão escuro. Agora tinha certeza das intenções maldosas do atacante. Não era um assaltante, como temera num primeiro momento. Seu coração disparou. Deveria ser um maldito estuprador. Fátima gritou até seus pulmões esvaziarem. Inspirou, mas antes que voltasse a gritar um soco atingiu-lhe a boca, deixando-a tonta. Seus olhos se fecharam. Quando os abriu novamente, estava no chão molhado, no fundo do beco escuro. Tudo que os olhos nebulosos encontraram foi a sujeira e os sacos empilhados que decoravam a escuridão. O homem... ele estava lá, quase na calçada. Será que estava indo embora? Ele a deixaria em paz? Talvez alguém tivesse escutado seus gritos. Talvez ele tivesse pego seu dinheiro. O homem olhava para os lados. Agora estava voltando. Ela tentou se levantar, mas não conseguiu. O soco tinha sido forte, sua cabeça doía intensamente. Ouviu um rosnado de cachorro vindo do alto. Ainda com a cabeça encostada no chão molhado, não precisou erguê-la para olhar para cima. Não havia nenhum cachorro. Tentou gritar mais uma vez. Quem sabe em cima daquele prédio de quatro andares houvesse um cão de guarda. Se alguém lhe desse atenção, um vigia, um morador, um transeunte, qualquer um. Não ouviu mais rosnado, não ouvia nenhum latido. Não havia cão, vigia ou transeunte. Não havia ninguém naquele beco escuro, exceto o maldito que enfiava a mão por baixo de sua blusa encharcada e acariciava de forma doente seus mamilos. Tentou enforcá-lo. O desespero aumentara sua dor. Mas o homem era forte e se desvencilhava dos ataques como se seus braços de menina fossem feitos de manteiga. Ele rasgou sua blusa. Quando ele não estava com o corpo sujo por cima do seu, sentia a garoa gelada caindo no peito. De novo tentou enforcá-lo. Dessa vez o homem foi mais eficiente, mais violento. Agarrou seus cabelos pela raiz e ergueu sua cabeça quase um metro, arremessando-a contra o asfalto. A dor fora tão grande e insuportável que em um segundo ela sentiu o corpo todo estremecer, convulsionar, não conseguindo mover nenhum músculo. Um grito animal escapou de sua garganta.

Tentou erguer os braços para agarrar a própria cabeça, mas eles não a obedeceram. Um trovão encheu seus ouvidos, encobrindo as risadas nojentas do estuprador. A dor era tamanha, mas, mesmo preferindo, ela não desmaiou. Queria estar morta. Não teria de sentir aquele homem penetrando seu corpo. Não teria de viver mais nenhum segundo aquela agonia. Um relâmpago quase cegou seus olhos, de tão próximo. Até mesmo o monstro interrompera o ataque. Conseguiu girar os olhos nas órbitas. Mais uma vez um trovão invadiu a noite. Lá em cima do prédio notou uma cabeça de cão movendo-se com velocidade. Era um cão diferente. Grande e com olhos tão vivos que brilhavam como brasas. Deveria ser alguma fera demoníaca que a aguardava nos portões do Inferno, esperando apenas o monstro desferir o golpe de misericórdia. Apertou os olhos e fugiu daquele delírio. Nem mesmo o demônio em pessoa iria tirá-la daquele suplício. O monstro conseguira penetrá-la e parecia destruí-la, furioso, por dentro. Lutara até o último instante. Abriu os olhos. O cão voava no ar, com os olhos feitos de brasas, deixando um espectro assombrado por onde passava. Viera buscá-la. Ela ouviu um baque surdo bem atrás de sua cabeça, como se um corpo humano tivesse sido arremessado lá de cima, do quarto andar. O barulho trouxe-a de volta do pesadelo. Cães voadores não existiam. Existiam somente estupradores... Um trovão furioso explodiu mais uma vez, tão próximo que parecia lhe perfurar os ouvidos. Só percebeu que recuperara o movimento do corpo quando as mãos se chocaram contra as orelhas, tentando cessar aquela barulheira. O monstro também se assustara, pois novamente interrompeu a agressão. Fátima levou os olhos até seu atacante. Ele estava estático... imóvel. Como se tivesse visto uma assombração.

Ela aproveitou aquele instante de sua lucidez e de paralisia do monstro para tentar se levantar. Deveria ser um daqueles psicopatas, paranoicos. Talvez estivesse tendo uma visão. Ela fechou as pernas vagarosamente. Só assim conseguia se mover. Vagarosamente. Tentou impedir que o choro explodisse em sua garganta, mas foi inevitável. Havia sido agredida da pior maneira que uma mulher poderia imaginar. Havia sido violentada. Percebeu que a vagina sangrava como nunca sangrara antes. Não perdeu tempo procurando a calcinha. Ergueu-se, escorando nos sacos de lixo encostados à parede. As pernas doíam. O maldito estava ajoelhado, com a boca escancarada, trêmula. Fátima sentia a cabeça latejar freneticamente. Tinha de alcançar a rua antes de desmaiar. Não tocou em sua genitália. Aquele animal iria pagar. Iria encontrar ajuda... polícia...

Mais um trovão vinha de suas costas. Fora tão intenso que sentira o ar estremecer com seus músculos vacilantes. Outro estrondo mais baixo veio em seguida. Fátima estacou. Não eram trovões que faziam seus ouvidos explodir. Aquele barulho pavoroso era um tipo de rugido. Agora mais baixo, um rosnado típico dos cães furiosos. Outro mais. Fátima virou-se lentamente. Levou a mão à boca para sufocar um grito apavorado. Ela estava certa. O que julgara ser trovões eram, na realidade, rugidos. Rugidos de uma fera com a qual ela jamais sonhara deparar. Entendeu por que o homem ficara estático. Ela própria agora estava. O cão de guarda saltara do prédio e viera defendê-la. Era alto como um urso, largo e visivelmente forte. Um gigante, com uma boca imensa, aberta. Dela escapavam trovões poderosos. A fera rugia nervosamente, mantendo o estuprador hipnotizado. Os olhos vermelhos cintilavam, e, repentinamente, sua boca se fechou. Entre os dentes longuíssimos ele deixava escapar um rosnar incessante. As patas dianteiras tocaram o chão, e seu torso manteve-se retraído, como um gato pronto para o ataque. Daquela maneira, de quatro, ela associou a criatura à figura de um... lobo...

Um lobo gigante!

O estuprador soltou um grito desesperado.

Fátima prendeu a respiração, ainda mais tonta, mais pronta para desmaiar.

O estuprador deu meia-volta e preparou-se para correr, mas, antes que seus pés saíssem do chão...

O lobo agarrou seu pescoço com uma pata, enquanto a outra enlaçava o peito do fugitivo.

Fátima viu a fera prender o bandido entre as patas poderosas. O ombro do monstro-estuprador desapareceu dentro da bocarra do monstro-fera. Ouviu um estalar de ossos quando a criatura fechou as mandíbulas sobre o ombro do homem. O som desapareceu somente quando foi suplantado pelo grito desesperador do recém-ferido. Fátima quase sentiu prazer quando viu o monstro-estuprador sofrer, mas não teve tempo. A cena seguinte foi horrível demais para alguém se deleitar.

Lobo agarrou o cabelo do homem e efetuou uma nova mordida, dessa vez no pescoço, arrancando a cabeça com o braço forte, fazendo cessar a luta. Soltou o corpo morto no chão e mastigou o braço que restara em sua boca. Sentia os ossos esmigalhar contra os dentes e a carne macia descer pela garganta. Ah! Como era doce o medo nos olhos humanos!

Fátima tremia de cima a baixo. Por um instante, esquecera-se completamente de sua dor, da violência que sofrera. Seus olhos estavam fixos na fera, que devorava calmamente o braço arrancado do monstro-estuprador morto. A fera em forma de lobo mastigava a vítima, sem tirar aqueles horrendos olhos escarlates de cima dela. A moça estava apavorada, imaginando se seria a sobremesa daquele funesto banquete. Quando deixara sua casa naquela tarde, nem sequer sonhava que poderia terminar a noite como papita de lobisomem. Observou que, de certa forma, o braço do homem devorado exercera uma espécie de efeito tranquilizante no enorme monstro de pelos quase escuros. Deu um passo para trás, mas antes que desse o segundo, achou conveniente permanecer onde estava, imóvel. Ao se mover para trás, o bicho-lobo emitira um assustador rosnado selvagem. Aquele rosnado não tinha nem a décima parte do volume do rugido que a fera emitira anteriormente, mas tinha absolutamente o mesmo poder.

Lobo largou o que restara dos ossos do braço do homem e partiu. Deu um salto semelhante ao dos felinos e deixou veloz o beco.

Fátima foi atropelada pela fera. Perdeu a respiração quando o lobo trombou contra seu diminuto corpo, praticamente a arremessando para o lado. A menina escorou-se na parede e lançou um olhar para a rua, vendo o gigante desaparecer do outro lado da avenida, em um beco de frente, semelhante àquele onde se encontrava.

Carros que cruzavam a avenida tiveram de frear bruscamente. Dois deles, por culpa do chão molhado pela garoa, perderam o controle, batendo violentamente contra outros carros estacionados no meio-fio. Nenhum dos motoristas envolvidos no acidente sequer cogitou arremessar-se para fora do carro procurando confusão. Todos haviam visto o culpado. Todos eles haviam se assustado ao botar os olhos em cima daquele monstro de pelo escuro. Todos eles tentavam decifrar que diabos de coisa era aquilo.

Fátima praticamente arrastou-se para fora do beco. A dor no corpo voltara, e a fera desaparecera na escuridão. O quarteirão, outrora deserto, ganhou movimentação extra devido ao acidente que chamou a atenção das pessoas. Um pequeno grupo vinha pela calçada ver o rebuliço causado pelos carros. A menina apoiou-se em um poste de luz, tentando ficar visível ao máximo. Era inteligente. Procurava aumentar suas chances. Se desmaiasse, queria ser encontrada com a maior rapidez.

Rapazes risonhos se aproximaram, comentando a má sorte de um Corsa Sedã que tivera a frente toda retorcida ao chocar-se contra um velho Fusca estacionado próximo ao beco. Um deles, ainda sorridente, avistou uma garota cambaleante aproximando-se do grupo. Estava com a roupa rasgada, os seios à mostra, o rosto machucado e roxo. Ela havia apanhado feio. Percebeu que a menina perdera completamente as forças, mas, mesmo correndo, não conseguiu evitar que a garota fosse ao chão, desmaiando ali na calçada.

Lobo escalou o prédio do outro lado da esquina. Estava furioso, rosnando nervosamente. Aquela não era sua terra. Não estava sequer próximo das florestas, com seus esconderijos conhecidos. Estava num lugar diferente. Novo. Estava agora no topo do prédio. Galopou veloz por cima do edifício, até alcançar os fundos. Havia coisas estranhas na nova paisagem. Luzes que viajavam mais velozes que suas patas. Mas os humanos... ao menos estes continuavam os mesmos. Medrosos, pequenos, comestíveis. Saltou do prédio, batendo forte contra o chão doze metros abaixo. Estava em outro beco. Carruagens sem cavalos trafegavam por alamedas pavimentadas. Certamente eram levadas pelas mãos de bruxos poderosos, primos de Satã. Precisava se entocar. Deglutir o sangue novo. Transformá-lo em energia para novas caçadas. Mas para todos os lados que apontava os olhos não encontrava mata fechada para se embrenhar nem escuridão suficiente para se afundar. Para todos os lados, por onde quer que fosse, havia humanos e muita luz. Rugiu furioso.

Pessoas que passavam pela rua, um quarteirão acima ao do incidente com a jovem Fátima, assustavam-se agora com aquela criatura monstruosa que surgia das sombras. Era algo parecido com um lobo, mas muito maior. Era algo pavoroso. Os mais observadores notavam que a criatura, em certos momentos, conseguia caminhar em duas patas, assemelhando-se a um homem.

O céu encheu-se de barulho com a aproximação de um grande helicóptero militar. A aeronave lançava ao chão um poderoso facho de luz, que vasculhava os cantos escuros. A luz encontrou a criatura no meio da avenida, esmurrando um carro pequeno, aparentemente ocupado por passageiros desesperados.

Lobo golpeou o vidro da porta do motorista, partindo-o em milhares de pedaços. Havia três humanos lá dentro gritando aflitos, pulando para lá e para cá, fugindo das garras mortais. Tentava tombar a carruagem, tamanha a fúria que tomava conta de sua mente. Uma luz forte cobriu seu corpo. Levou uma das mãos, em forma de garra, para a frente dos olhos. Aquilo não era sol nem lua. Era alguma espécie de criatura voadora que cuspia luz. Lobo desistiu do carro. Disparou em galope pela rua. Depois de alguns metros, encontrou outro beco escuro onde poderia se entocar. Cruzou o beco pavimentado e deserto e lançou um olhar para cima. Dali não seria possível escapar, não havia reentrâncias naquelas paredes lisas e altas. A fera embrenhou-se na bagunça de sacos plásticos e lixo amontoado no fundo do beco. Poderia ficar escondido.

O helicóptero perseguiu a fera. O piloto viu o beco por onde o monstro tentara escapar. Passou uma mensagem pelo rádio. Se o lobo não conseguisse escalar as paredes dos prédios, ali ficaria encurralado. Deixou a luz do poderoso holofote bailar no esconderijo escuro. Nem ele nem o soldado viam o monstro. Girou a aeronave por cima dos prédios. Não havia janelas nas paredes laterais. Ali eram os fundos de uma espécie de fábrica. Dificilmente o lobo teria conseguido escalá-las. Voltou com o helicóptero para a frente do beco, baixando a aeronave o máximo que pôde, iluminando o canto escuro com o holofote.

Dois minutos depois um caminhão verde-oliva estacionou em frente ao beco. Pela porta traseira, desembarcaram vinte soldados armados com fuzis e lanternas. O helicóptero, mantendo o potente facho de luz direcionado ao beco, pairava acima do veículo afastado poucos metros, tentando facilitar a ação dos homens. Metade deles entrou no beco, enquanto a outra espreitava, amontoando-se nas laterais da entrada.

Estavam rodando pela cidade, com uma dúzia de caminhões zanzando às cegas, interceptando cada chamado feito às viaturas da polícia militar, analisando cada ocorrência fora dos padrões, tentando farejar o paradeiro de seis ou sete homens que haviam confrontado e assassinado um grupo de soldados das Operações Especiais, na USPA. Se o grupo de OE estava envolvido, então o negócio deveria ser realmente quente. Aquilo não era nenhum treino. Talvez, por causa disso, todos eles, inclusive o sargento encarregado, tinham o coração acelerado e, apesar da noite fria, um pouco de suor lhes escorria da testa. Por sorte, a chuva havia parado. Por sorte, o piloto do helicóptero havia achado alguma coisa estranha. Não era nenhum homem nem mesmo o pequeno grupo suspeito. Havia se assustado com um lobo. Muito provavelmente um cachorro grande e enraivecido, só isso.

Enquanto pensava nas probabilidades, o sargento ia à frente de seus homens e, mesmo com a forte luz do helicóptero, mantinha a lanterna acesa, vasculhando os cantos mais escuros. Da calçada até o fundo do beco contavam-se trinta metros apenas. Logo chegaria ao fim daquela busca, e bem provavelmente trazendo pela coleira um dogue alemão assustado e perdido. Já havia vasculhado mais da metade. O som do poderoso motor da aeronave encobria o som de seus passos no chão molhado. Ainda bem que aquela tempestade-surpresa já havia cessado, pois não estava nem um pouco a fim de perseguir cachorrinho de madame com o uniforme encharcado. O sargento vinha na frente, com dois soldados de cada lado e mais cinco homens atrás, estrategicamente afastados uns dos outros. O sargento diminuiu a velocidade dos passos e empunhou melhor o fuzil. Estava quase no fim. Se houvesse alguma coisa ali, estaria entocada no fundo do beco frio. Pedaços grandes de papel passavam rentes ao seu corpo, empurrados pelo vento forte produzido pelas hélices da aeronave estacionada no ar, praticamente em cima do caminhão de patrulha. O vento frio espalhava a garoa gelada, dando ao beco um visual sinistro. O sargento estacou e levantou o braço esquerdo, fazendo sinal para os soldados. Fechou o punho e estendeu o polegar, tocando-o repetidas vezes em seu ouvido. Os quatro soldados às suas costas também pararam. Um deles se encarregou de transmitir o sinal aos que vinham atrás. Em menos de trinta segundos, os dez estavam imóveis, obedecendo ao sargento. Escutavam, quietos, atentos. Procuravam anular o barulho do helicóptero que se sobrepunha a tudo e parecia ganhar força entre as três paredes do beco. O sargento virou a cabeça, direcionando o ouvido ao fundo do beco. Estava ouvindo alguma coisa. Se pudesse fazer com que o piloto desligasse aquela joça, tinha certeza de que poderia escutar um... uma espécie... um rosnar...

Lobo saltou do esconderijo. Havia homens demais ali. Humanos o deixavam furioso. Assim que caiu no meio do beco, espalhando um leque d'água quando as patas traseiras tocaram o chão, já tinha uma vítima imediatamente à sua frente. Lobo cravou os cotovelos na cintura e fechou os punhos, urrando alto e furiosamente, sobrepondo-se ao motor do helicóptero.

O sargento, que esperava por um cão perdido, congelou ao deparar-se com o animal que produzia aquele rosnado selvagem. Era um monstro! Que não mais rosnava acuado. Rugia bem na sua cara, bombardeando-o com um bafo quente e fétido. O fuzil pendia ao lado de seu corpo sem reação. Aquilo não era um cachorro. Era um lobo do tamanho de um urso.

Lobo, em pé, baixou a cabeça velozmente, abocanhando o ombro direito do homem. Quando fechou as presas sobre a carne mole, fez estalar os ossos da vítima.

Do salto até o instante em que abocanhava o sargento, havia se passado pouco mais de três segundos. No primeiro, os soldados ficaram aparvalhados, incrédulos. No segundo, assustados, e somente agora, no terceiro, o cérebro tentava processar alguma resposta racional. O bicho havia abocanhado e derrubado o sargento. Ergueu a cabeça, soltando mais um rugido, com a boca coberta de sangue da vítima. Foi nesse instante que os quatro soldados que estavam na frente aproveitaram para abrir fogo. Os cinco atrás não atiraram, pois, apavorados demais, poderiam acertar os companheiros na dianteira. Um deles bateu em retirada. Aquilo ali não era um lobo comum. Era um monstro. Um lobisomem!

Recebendo disparos, sentindo a carne atingida por aquelas armas, Lobo abaixou, apanhou o corpo do sargento e arremessou-o para cima dos soldados que atiravam, obrigando-os a interromper os disparos por alguns segundos. Havia derrubado dois homens com o corpo da vítima e obrigado outros dois a se desviar e perdê-lo de vista. Usou sua velocidade animal para dar sequência ao ataque. Saltou para cima de um dos soldados à sua esquerda, encaixando o pescoço do pobre rapaz entre seus dentes e separando a cabeça do corpo com uma única mordida. A vítima não teve tempo de expressar sofrimento. Os dois caídos ainda se ocupavam em se levantar. O soldado em pé, à sua frente, erguia a arma para disparar novamente. Lobo agarrou o cano do fuzil e entortou-o para cima, enquanto rugia furioso para o rapaz. Agarrou o soldado e lançou-o com toda sua força para cima, fazendo-o bater contra a parede dos fundos do beco, estatelando-se em seguida na pilha de lixo amontoado no fundo. Os soldados de trás abriram fogo, tentando acertá-lo. Apanhou um dos soldados que acabara de se levantar. Ambos, fera e soldado, foram atingidos pelos disparos dos homens desesperados. Infelizmente, para o rapaz as balas não eram inócuas como para o lobisomem. Lobo repetiu a tática, arremessando o corpo do soldado contra seus companheiros. O soldado mais próximo disparou outra vez, não acreditando que o monstro pudesse continuar se movendo depois de tê-lo acertado pelo menos uma dúzia de vezes. Lobo agarrou a cabeça do jovem com uma das mãos, imobilizando-a. O restante do corpo esperneava, tentando se soltar a qualquer custo. A fera fechou a outra mão e levou-a para trás, ganhando distância, preparando-se para o golpe. Soltou o punho com tamanha força que deformou a face e amassou a cabeça do jovem soldado. A fera abriu a mão, e o corpo sem vida tombou ao chão. Restara apenas um soldado à sua frente; os outros haviam batido em retirada. Lobo continuava soberano, assustador. De novo não haveria fera mais temida caminhando sobre a terra do que o lobisomem.

O soldado, embora empunhasse o fuzil, não fazia menção de disparar. Talvez a munição tivesse acabado, talvez o medo o tivesse paralisado. Lobo aproximou-se lentamente do soldado imóvel e abaixou o corpo, até deixar a mandíbula paralela à cabeça do soldado. Vagarosamente, com uma das patas, tomou o fuzil. Rugiu raivosa e longamente. Virou-se em direção à saída do beco. A luz poderosa da criatura alada era cegante. Percebeu que havia ainda muitos soldados com aqueles mosquetes modernos tentando vedar a saída. Aquele ali ao seu lado permanecia imóvel. Pelo odor que exalava, havia acabado de urinar e defecar nas calças. Com uma das mãos, agarrou-o pela cintura e jogou-o na direção da saída, obrigando os demais a se dispersar, evitando os disparos no momento. Assim que largou o corpo do soldado, com a outra mão arremessou a arma de metal que segurava na direção da poderosa luz. Ouviu explosões sequenciadas e atirou-se para o lado, aproveitando a escuridão. Algo potente acertou seu peito. Algo mais forte que as balas dos homens, um pouco mais dolorido. Sua fúria triplicou. Sabia que aquilo viera do inseto voador. Precisava escapar dali. Disparou a galope para fora do beco, na direção do caminhão. Iria saltar por cima do veículo, deixando os homens confusos.

✠ ✠ ✠

Do helicóptero, o piloto e o soldado que ia atrás controlando o holofote e a artilharia assistiam ao desenrolar da emboscada como podiam. Desde que o helicóptero se posicionara na frente da entrada do beco, o soldado estava preparado atrás da eficiente metralhadora. Se a fera pusesse o focinho para fora, iria receber o disparo em cheio. Entretanto, não foi exatamente o que aconteceu. Até o caminhão chegar, o soldado nem ao menos tinha certeza de que o lobo continuava entocado ali no beco. Quando o veículo encostou e os soldados adentraram, mesmo que o lobo lá estivesse, o beco ficou estreito demais para o soldado efetuar disparos com uma metralhadora daquele calibre sem colocar a vida dos outros em risco. O atirador do helicóptero ficou aguardando o momento certo. Vislumbrou sua grande chance quando o lobo, após atacar o líder do pelotão e matar soldados, desfez-se do último homem e arremessou-se contra o pessoal que bloqueava a entrada do beco. Agora era a hora. O soldado fez mira e apertou o gatilho, liberando dezenas de projéteis. Alguma coisa acertou o holofote, fazendo-o estourar e apagar. O piloto assustou-se e fez a aeronave balançar, tirando a mira do soldado.

– O que foi isso aí atrás, Valdir?

– Eu acertei aquele negócio! – gritou o soldado ao piloto.

– É, e o que nos acertou?

– O maldito arremessou alguma coisa. Não é um animal qualquer. É inteligente...

– Tem certeza de que o matou?

– Sei lá. Eu sei que o acertei em cheio. Aí o holofote estourou e você balançou a nave.

O piloto retomou o controle do helicóptero. Fora apenas um susto. Aguardava o desfecho do episódio para zarpar. Algum soldado teria de voltar ao beco para checar se a fera havia realmente sido abatida.

Ouviram gritos e mais disparos.

– O que foi isso? – perguntou o piloto.

O soldado inclinou a cabeça para a frente para tentar enxergar alguma coisa lá fora. Seu coração quase parou quando viu a fera de perto.

Lobo rugiu furioso. Havia abandonado o beco e saltado sobre o caminhão. Percebeu o inseto barulhento logo acima. Pulou. Alcançou o bicho voador. Com os braços poderosos, tomou impulso, quase encostando o focinho na boca do soldado. Fechou a boca, apertando e expondo as dúzias de dentes pontiagudos ao soldado, rosnando assustadoramente.

O soldado caiu do assento. Lobo arremessou-se para dentro da aeronave, que balançava descontrolada.

– Que raios foi isso, Valdir? O que nos acertou? – perguntava afobado o piloto, tentando retomar o controle da nave abalroada. O piloto ouviu o rosnado.

– Que droga de barulho é esse?

Virou-se para trás e gritou.

O soldado Valdir estava com o peito e a barriga abertos, vertendo sangue em quantidades incríveis. Parecia, na verdade, já estar morto. Contudo, o mais apavorante era o tamanho daquele monstro, curvado e furioso na parte traseira do helicóptero.

Lobo moveu-se para a frente e atacou o piloto, desferindo dezenas de bocadas, interruptamente, até lhe ceifar a vida. Queria fazer o inseto parar. Queria interromper aquele maldito barulho.

✠ ✠ ✠

Os soldados no chão, incrédulos, viram o lobo saltar do caminhão e entrar no helicóptero.

Um grupo de curiosos juntou-se do outro lado da rua e, apesar das advertências de alguns soldados, ali permaneciam. Queriam saber por que os soldados estavam disparando. Alguns perceberam quando uma criatura semelhante a um urso pulou de cima do caminhão para dentro do helicóptero.

A aeronave, de repente, aumentou o ronco e ganhou altura velozmente. Depois de alguns segundos, quando alcançou o meio da avenida e cerca de trinta metros de altura o ronco modificou-se, diminuiu de intensidade e de volume, dando a impressão de que o motor da aeronave vacilava. O helicóptero inclinou-se para o sentido oposto ao beco e rumou para cima dos curiosos, caindo ainda mais rápido do que quando subira.

As pessoas nem tiveram tempo de se dispersar. O helicóptero despencou em alta velocidade. Fugiram como puderam. As hélices, girando enlouquecidas, chocaram-se primeiro contra o chão, seguidas pelo restante da nave. Pelo menos quatro pessoas foram atingidas pelo corpo do aparelho. Uma mulher, tentando fugir, foi partida ao meio por uma das hélices; outra extremidade da hélice bateu forte contra o asfalto e desprendeu-se, decapitando um soldado. O helicóptero explodiu, e uma nuvem de fogo e de fumaça subiu ao céu. Nesse exato momento, mais dois caminhões do Exército aproximavam-se velozes e estacionavam ao lado do primeiro. Aquela noite havia mostrado para todos um pouco do inferno.

Afastado quase um quilômetro dali, Lobo arremessava-se de volta ao rio. Havia saltado antes de o inseto se espatifar no chão. Era hora de se esconder e se regenerar. Estava bastante ferido. Precisava ficar forte para voltar a enfrentar os humanos. Encontrou um cano largo o suficiente para se esgueirar para dentro. Certamente ali, naquele lugar fétido e desconfortável, ninguém o incomodaria.

CAPÍTULO 27

César prestava atenção na televisão enquanto separava algumas moedas. Queria somente as de prata pura. Havia reservado um bom número delas. As notícias da fera que assombrara Porto Alegre não o impressionavam. Conhecia aquele tipo de fera. Era aliada aos sete. Um vampiro com o dom de se transformar em lobo. O Lobo. Mais um do qual já haviam descoberto o porquê do nome. Mais um assassino. Uma espécie de lobisomem. De sua providencial reserva de moedas, separou dezesseis de prata e colocou-as em um pequeno saco de papel pardo.

Olavo virou a cabeça na direção do amigo ao ouvir o tilintar metálico das moedas que caíam ruidosamente para dentro do saco. Ele também conhecia a estranha fera vista na noite passada e já havia se deparado com os próprios vampiros, bem no pátio do IML. Havia olhado nos olhos daquelas criaturas. Aquelas criaturas que tinham tirado a vida de seu amigo e dado vida aos mortos. Sabia que tinham poderes funestos. Congelavam e ressuscitavam. Por que não haveriam de se transmutar em lobos bestiais e carniceiros? Era hora de acabar com aquilo.

César levantou-se e dirigiu-se para a porta. Foi seguido por Olavo.

– Você vai fazer o que eu tô pensando? – perguntou seu amigo.

César meneou a cabeça positivamente enquanto guardava o pacote pardo no bolso da jaqueta *jeans*.

– Você sabe fazer? – perguntou César.

– Não, mas sei quem sabe. Lembra do Neco?

Cesão balançou a cabeça novamente, trancando a porta.

– Que tem o Neco?

– Pois é, o Neco é ourives. Se ele não souber fazer, pelo menos vai nos levar até quem trabalhe com isso.

Os dois subiram no jipe verde-oliva temporariamente emprestado pelo Exército e partiram vagarosamente.

O sol estava radiante, mas, mesmo assim, César fez questão de usar a jaqueta. Já estava acostumado com as reviravoltas meteorológicas desde que aquele português havia despertado. Poderia passar frio, mas não por falta de precaução.

César imprimiu maior velocidade ao jipe, fazendo o vento aumentar.

– Você acha que funciona?

– O quê?

– Esse negócio de bala de prata.

– Sei lá, Olavo. É melhor funcionar. Tudo o que temos a nosso favor são essas lendas. Os próprios vampiros, para mim, até dois dias atrás eram lendas. Hoje... você sabe. Onde há fumaça, sempre há fogo. Se o Exército inteiro, com arma de tudo que é qualidade e calibre, não está conseguindo botar um ponto final nessa palhaçada, é melhor que as moedas nos ajudem. Vamos juntar todas as lendas que conhecemos sobre vampiros...

– Água benta, crucifixos, alhos...

– E, para lobisomens, bala de prata. Não é?

– É, acho que é.

Cinco minutos depois, estacionavam em frente a uma velha residência, com altos portões de madeira, no centro de Amarração. Era a casa do ourives Neco. Desceram. Olavo sabia que não havia campainha e tratou de bater palmas. A primeira resposta foi o latido do pastor alemão de estimação de Neco. Continuaram a clamar até que ouviram o homem gritando para aguardar. Neco apareceu com cara mal-humorada, enrolado num roupão de mulher que mal encobria a gorda barriga. Era um cara engraçado, magro e barrigudo ao mesmo tempo. Neco segurou o cão pela coleira e pediu para os rapazes entrarem.

– Que é que vocês dois querem assim tão cedo?

– Dá um tempo, Neco. São quase onze da manhã.

A casa de Neco era uma das únicas na cidade que possuíam grades de ferro grosso em todas as janelas e portas. Deveria ter um bom estoque de metais e pedras preciosas. Olavo explicou o que queriam.

– Mas para que diabos vocês vão querer bala de prata, gente?

– Para matar lobisomem – respondeu César, secamente.

Neco desatou a rir até quase perder o fôlego. Estava com o corpo encurvado, debruçado sobre a própria barriga. Ergueu os olhos para ver se os dois o acompanhavam naquela gostosa gargalhada. Ficou meio sem jeito quando viu que eles permaneciam em silêncio, limitados a observar. Neco parou de rir.

– Balas de prata?

Confirmaram com um meneio de cabeça.

– Que tipo de balas de prata? – perguntou novamente Olavo. Cesão fuçou na bolsa e pegou um pacote pardo.

– Trinta e oito e cargas para espingarda calibre doze.

Estendeu o material ao ourives, mostrando que se tratava de cápsulas deflagradas. Tirou do bolso da jaqueta o outro pacote pardo.

– São moedas de prata pura. Faça quantas balas conseguir. Pago para você em dinheiro porque desconfio que vou precisar de todas que tu puder extrair dessas coisas aí – explicou Cesão, com a voz grave.

Neco apanhou o segundo pacote e o colocou sobre a mesa de trabalho, enquanto coçava o queixo.

– Eu faço.

CAPÍTULO 28

– Te fiz isto porque esta história precisa ter um fim. Não vou permitir que tu morras. Que tu percas alguém que tanto amas. Já me tiraram um amor. Já me roubaram um irmão. E agora vejo tu, ó gajo, aí deitado, estremecendo, à beira da desconhecida morte... isso me dói tanto! Não vou permitir mais dor sem propósito. Vou te contar por que estou aqui contigo, por que não parti com aquela corja e por que perdi o amor por aqueles que já chamei sinceramente de irmãos. Muito antes de o avô de seu bisavô ter nascido, muito antes de Portugal ser chamado Portugal, quando o Céu e o Inferno entraram em conflito, nós fomos criados. De pouca coisa me lembro antes de ter sido apresentado à Vida Escura, mas jamais me esquecerei daquele primeiro dia. Éramos centenas, não apenas esses sete amaldiçoados. Éramos pobres corpos sem almas. Velas sem chamas que, como nós, são eternas. Tínhamos vidas comuns. Agricultores, cavaleiros, artesãos... todo tipo de trabalhador, nobres ou clérigos. Naquela noite escura, eles vieram e roubaram nossas almas. Daí em diante, passamos a ser rejeitados, excluí-dos. Não entendíamos o que nos acontecera. Estávamos tristes, doentes... mortos. Ai! Que insanidade era aquela? Estávamos mortos... mas vivos. Era natural que os normais nos rejeitassem... Que tipo de criaturas doentias se alimentavam de sangue humano? Somente nós. Tornamo-nos uma aberração, monstros temidos. Criamos nosso próprio vilarejo; tentávamos nos manter afastados dos humanos ali, mas a loucura era inevitável! O sangue! Queríamos voltar a nossas vidas antigas. Nossa vida iluminada, de coração pulsante e corpo quente. Queríamos voltar a ser simples humanos, mortais. Para isso, nosso corpo pedia sangue. A sede! Ela sempre vinha sorrateira. Por mais que você abominasse a ideia de tomar a vida de um ser vivente, arrancando-lhe até a última gota de sangue, a sede vinha implacável, opressora. Sempre lutei contra a sede.

"Eu sabia que já não era semelhante aos humanos. Era agora uma nova criatura. Vulnerável ao sol, vulnerável ao alho. Não tinha mais o brilho dos humanos. Eu era agora uma criatura fadada a passeios noturnos, acompanhada apenas de meus semelhantes, de meus irmãos. Mas esses irmãos imbecis eram pouco cautelosos e atacavam sem prudência alguma, muitas vezes sem estar com a sede, muitas vezes pelo simples prazer de matar. A ira. A ira dos humanos não tardou. Começaram a organizar caçadas periódicas aos meus semelhantes.

"Começaram a aprender sobre nós. Começaram a nos chamar de vampiros. Fomos caçados, odiados, acossados. Nós, os vampiros, ao contrário do que se pensa, não somos imortais. Os humanos aprenderam como pôr fim à nossa existência. Mas, com o passar do tempo, nós também aprendemos a desenvolver nossos poderes. A cada ano de existência, nossa força física aumentava gradualmente.

"Cinco anos após ter-me tornado vampiro, era capaz de erguer com minhas próprias mãos uma pedra com mais de duzentos quilos. Aprendemos a nos mover com maior velocidade, a nos tornar meras sombras aos olhos humanos. É claro que essas aplicações nos consumiam, traziam a sede à tona com maior velocidade. Os humanos também perceberam.

"Estávamos cada vez mais perigosos, mas resistentes. Sabiamente, intensificaram suas investidas contra nossa vila noturna, atacando durante o dia, quando éramos, milhares de vezes, mais vulneráveis. Sabiam que ainda podiam lutar contra nós, combater-nos com força física quase semelhante. Temiam que, com o passar do tempo, nos tornássemos imbatíveis, imortais. Após um dos ataques mais cruéis contra nossa gente, reunimo-nos e decidimos nos mover dali, nos retirar, para que não fôssemos aniquilados pelos caçadores de vampiros. Agora éramos apenas trinta. Vinte e dois homens e oito mulheres estéreis".

Nesse momento, o vampiro parou, deixando os olhos vaguear pelos degraus da entrada do túnel, mas era como se visse outra coisa, uma pintura perfeita, um quadro que descrevia as ações que narrava, e não a escada suja daquele túnel fedorento.

– Escolhemos um castelo junto ao lindíssimo Rio D'Ouro – o vampiro não conseguia esconder a emoção, assim como não conseguia amenizar o sotaque português. – Tão perto de uma cachoeira que era possível ouvir o barulho da água que descia furiosa, mesmo do cômodo mais profundo do castelo. A vila em volta, assim como os donos do castelo, havia morrido de peste negra, e ninguém mais conseguiu habitar aquele lugarejo tido como amaldiçoado. Todos os que ousavam se instalar no castelo ali morriam. Nenhum povoado prosperou junto àqueles muros.

"O castelo, encravado no meio das montanhas do D'Ouro, passou a ser a casa dos fantasmas. Nós. Trinta desgraçados, condenados à vida escura. Arrumamos nossa casa. Defendemos nosso castelo. Mas, mesmo assim, sabíamos que éramos vulneráveis. Passamos a atacar apenas viajantes desprevenidos, vindos de terras longínquas. Compactuamos. Jamais caçaríamos nas vilas das redondezas. Não podíamos. Não queríamos despertar a ira dos humanos. Se invadissem nosso castelo durante o dia, com um pouco de sorte poderiam dar cabo de todos nós. Os trinta vampiros. No começo, todos obedeceram. Mas o ódio crescia no coração de alguns. Naqueles anos, quando Portugal era regido por Dom Diniz e sua senhora, a rainha Isabel, tivemos um pouco de paz. Mas Guilherme não conteve o rancor que brotava em seu íntimo; era como se o maldito ainda possuísse alma. Com sua força vampírica aumentando a cada mês, a cada ano, não admitia que os humanos nos impusessem receios, nos impusessem fronteiras. Tornou-se um caçador nato. Infelizmente, seu comportamento impróprio teve seguidores. Meu irmão de útero, meu menino, Sétimo, compactuava com as ideias de Guilherme. Rodolfo e Constança simpatizaram e somaram um quarteto.

"Os quatro atacavam quem bem queriam, onde bem entendiam, da forma e por razões que só a eles, em particular, interessava e fazia sentido. Tornaram-se animais. Atacavam sem a sede. Atacavam por prazer. Matavam, destruíam, torturavam os humanos por puro ódio.

"Guilherme deu-se ao luxo de voltar à nossa antiga vila e vingar sua sede. Tinha o grito desesperado de nossos irmãos mortos preso dentro de sua cabeça. Todos nós o tínhamos também. Mas ele não conseguia se controlar. Voltou para o Porto, para nossa antiga vila, e lá encontrou muitos dos homens que, no passado, invadiram nossa casa e dizimaram nossa gente. Matou muitos daqueles que amarraram dúzias dos nossos em grossos troncos de madeira e os deixaram morrer expostos ao sol que reinava no exterior de nossa toca. De dezenas arrancaram as cabeças e as queimaram longe dos corpos. Destruíram nossa comunidade maldita. Nós escapamos por mera sorte. Porque o sol se retirava e a noite se avizinhava. Tiveram de deixar para trás os que jaziam no cômodo mais profundo. Temeram o nosso despertar. A nossa gana assassina. O grito pavoroso dos que explodiram ao sol assombrou nossas lembranças por anos.

"É bem verdade que, quando Guilherme os vingou, os gritos amenizaram, transformando-se em sussurros maledicentes, pavorosos. A vingança nos aliviou momentaneamente. A calmaria foi breve, porque os homens se enraiveceram e se agruparam a fim de liquidar o pouco de veneno esquecido no fundo do copo. Não tinham ideia de para onde havíamos nos retirado. Mas a imprudência do quarteto assassino fez, como sempre acontece, nossas histórias voar como vento, chegando aos ouvidos até mesmo dos incrédulos espanhóis, que dizer de nossos patrícios. Cinco valentes cavaleiros, vindos do Porto e de Lisboa, rumaram para o D'Ouro munidos de coragem, fé e promessas de boas recompensas. Lá, todos conheciam a história do castelo maldito, todos sabiam onde habitavam as criaturas que não caminhavam de dia. Mas, dessa vez, havíamos nos prevenido.

"Havíamos escavado cômodos mais profundos que o porão que encontramos no castelo em sua formação original. Havíamos criado tocas tão escuras que só gente noturna poderia enxergar os caminhos. Desenvolvemos ali um lar onde os raios de sol nunca iriam penetrar. Estávamos mais poderosos, mais fortes, mais prevenidos. Os humanos jamais repetiriam o que haviam feito no passado. Sempre um dos trinta montava guarda em nossa catacumba, permanecendo desperto durante o dia, mas guardado pela escuridão. Esse encargo era exaustivo, mas eventualmente necessário. Tínhamos, ainda, a vigilância de desesperados homens, que, sem alternativa, traziam as famílias para habitar junto aos muros de nosso castelo. Eram pessoas foragidas, por um crime ou outro, que não recebiam abrigo nem sustento de outros senhores feudais. Ali, no castelo maldito, encontraram pousada.

"Eram três famílias que, excetuando as mulheres e as crianças, nos forneciam cinco homens, cinco servos. O pacto que tinham conosco era de que poderiam ali ficar sem medo de nossas presas, desde que zelassem por nossa segurança durante o dia e nos servissem com cega fidelidade por toda a vida. E fidelidade cega tivemos desses servos, dessas famílias. Podiam usar a terra livremente, sem nos pagar com produção alguma, e ainda mais, muitas vezes, quando atacávamos mercadores viajantes, nós os presenteávamos com os cavalos recolhidos e uma parte do ouro e da prata. Boa parte das mercadorias, do ouro e da prata ia para o fundo do castelo, encravado em nossa toca escura. Era nossa reserva, que, por diversas vezes, nos livrou de boas enrascadas" – o vampiro novamente abstraiu-se, ganhando uma expressão vazia e um olhar perdido.

O homem no chão remexeu os braços, cruzando-os no peito, como tomado por um frio insuportável. Gritou dolorosamente, como se alguém lhe traspassasse uma adaga no peito.

O vampiro aproximou-se e curvou-se, quase encostando o rosto na face do homem.

– Vejo que tu atendeste ao meu intento. Teu coração ainda bate fraco e baterá cada vez mais lentamente. Você está vindo para a Noite Escura. Lamento...

O vampiro subiu uns degraus da escada, alcançando a boca do túnel. Lançou um olhar ao céu. As nuvens haviam desaparecido, e a neve não mais despencava das alturas. A noite agora estava repleta de estrelas, e a lua cheia resplandecia belíssima no céu da cidade. Fazia quase três horas que vira seus irmãos pela última vez, e aquilo o preocupava. Viriam atrás dele? Desceu novamente os degraus, aproximando-se mais uma vez do humano semiconsciente. Não tinha certeza de que ele estava processando as informações passadas por sua narrativa esclarecedora. Não se preocupou. Aquilo, para ele, era um desabafo, um relato. Não importava se o homem estava ou não escutando.

– Graças aos servos do dia, o ataque dos cavaleiros foi combatido com eficácia. Soubemos quando se aproximavam com bastante antecedência e, quando se alojaram nas redondezas, deixando o dia ir embora e aguardando pela alvorada para virem ao castelo, revertemos a armadilha. Deixamos nosso lar durante a noite e atacamos o acampamento dos cinco cavaleiros. Não precisei exibir minhas presas. Tínhamos quatro assassinos compulsivos em nosso grupo. O rei nunca mais teve notícias de seus bravos combatentes. Mas, depois de algum tempo, outros grupos vieram. Alguns dos caçadores conseguiram voltar e propagar histórias a nosso respeito. Por sorte, Dom Diniz estava mais ocupado com a administração do país. Cuidava do desenvolvimento da agricultura, da Marinha e das escolas, e não tinha, ou não queria ter, tempo para lidar com os vampiros escondidos numa curva do Rio D'Ouro.

"Mas, então, veio Dom Afonso IV, o Bravo, que começou seu reinado em 1325. Nos primeiros anos, pouco nos preocupamos com o rei. Dom Afonso pouco se incomodava com os trinta desgraçados do Rio D'Ouro. Estava envolvido em contenda severa contra o irmão bastardo, Dom Afonso de Sanches, a quem privou de toda a herança paterna. O ódio fora disseminado pelo reino. Para a sorte do grupo, o quarteto assassino acalmou-se, e ficamos esquecidos por uns tempos. Éramos lendas. Histórias para assustar as crianças. Continuamos esquecidos, atuando sorrateiramente, porque Dom Afonso IV também entrou em discórdia com seu genro, Dom Afonso XI. Mas, passadas as discórdias familiares, passadas as guerras em que o Bravo se envolveu, ele voltou a ter tempo para ouvir as histórias a respeito dos vampiros do D'Ouro. E, a considerar os fatos seguintes, ficou realmente curioso e temeroso a nosso respeito. Queria nos encontrar. Ver-nos.

"E foi a partir daí que nossa vida amarga se tornou mais infernal. Não bastasse o sol, com sua luz maldita. Não bastasse a prata, com sua química mística. Agora tínhamos um especialista em nosso encalço. Dom Afonso IV transformou um de seus generais de confiança em especialista nos Assuntos Negros. Um caçador do Diabo que, infelizmente, nos confundiu com o próprio demônio. Foi assim que Tobia, o primeiro de uma linhagem destinada e preparada à caça de vampiros, passou a infernizar nossa existência.

"A partir daquele ano, o primogênito do maldito foi batizado de Tobia; foi doutrinado para não temer a raça dos vampiros e tornou-se um guerreiro tão implacável quanto seu precursor, e assim se sucederam, filho após filho, guerreiro após guerreiro. Tobia foi uma espécie de bilhete enviado pelo rei para lembrar-nos de que não éramos imortais, como passamos a crer, tamanho o poder que alcançamos. Tobia teve à sua disposição um verdadeiro exército para nos caçar e nos expulsar de nossa existência. Passamos maus bocados nas mãos daquele homem. Foi, literalmente, de perder a cabeça. Guilherme o odeia mortalmente. Até eu tenho ódio no coração quando o assunto é Tobia, o Assassino. Quando despertamos, mais de quatrocentos anos depois de selados na caixa de prata, o que mais nos causou raiva foi saber que aquele Tobia estava morto. Nenhum humano comum viveria tanto tempo. Queríamos tê-lo em nossas mãos por umas poucas horas. Fatiá-lo lentamente antes de entregá-lo à morte.

"Guilherme o temia porque Tobia não nos temia. Quer causar pânico a um vampiro, é não demonstrar uma centelha de medo ao descobrir do que somos feitos, qual a nossa natureza. Você causou esse temor a Guilherme algumas horas atrás. Você o olhou nos olhos e não demonstrou medo. Pode estar certo de que ele percebeu. Percebeu e teve medo. Não ter medo é como quebrar um encanto. É também nos convidar para um desafio. É extremamente perigoso. Mas você venceu a contenda" – o vampiro virou-se para encarar o homem deitado, que tremia como se assaltado por um frio congelante, mas tinha agora os olhos abertos.

Sentou-se no fim da escadaria, ao lado do homem estendido no chão. Passou a mão em seu cabelo.

– Venceste esta briga, mas ainda não o mataste. Estacas no coração...

Levantou-se e começou a caminhar pelo curto túnel, em direção à outra extremidade.

– Estacas são excelentes para nos fazer parar, para nos imobilizar. Uma estaca no peito nos paralisa completamente, eternamente, desde que não seja removida. A uma hora dessas algum deles já a retirou do peito do congelante Inverno. E ele deve estar louco para botar os dentes sobre ti...

Miguel virou-se e começou a caminhar de volta. O homem havia virado de bruços e tentava colocar-se de pé; contudo, ainda não havia força suficiente em seu corpo para tanto.

– É por isso que te fiz o que fiz. Tu precisas estar preparado, imune. Imune. Ele vai tomar um susto.

Miguel voltou até o homem e agarrou-o pela jaqueta que vestia. Ergueu-o e apoiou-o na escada, deixando-o quase sentado. Ele parecia melhor, mais consciente.

– Já fiz isso outras vezes. Podemos criar filhos. Mas isso sempre nos deu dor de cabeça. Filhos criam confusão. Só os criamos quando muito necessário. Existem muitas responsabilidades ligadas a esse gesto macabro. Muitas regras, desvantagens... preferimos não fazê-lo.

Miguel sentou-se novamente ao lado do homem, falando baixinho, perto do ouvido, como se compartilhasse um segredo.

– Voltemos à nossa história. Tobia nos infernizou por anos. Conseguiu reduzir nosso número. Até restarmos nós, os sete. Do quarteto assassino sobraram apenas Guilherme e Sétimo. Continuamos sendo perseguidos perigosamente por Tobia. Sentíamos que seríamos expulsos de nosso amado castelo mais dia, menos dia. Até mesmo Guilherme enxergava com clareza quão delicada era nossa situação. Mas meu irmão Sétimo, não. Ele continuava atacando à revelia quem bem entendia, quando bem entendia. Os demais perceberam que nossos poderes vampíricos não eram suficientes para conter os ataques do numeroso exército de Tobia, sempre crescente, ao passo que o nosso, diminuto, se reduzia. Nossos dias estavam contados. A vida de nossos servos, caçadas. Foi então que eles armaram o negócio. Conseguiram chamar a atenção dele, e ele veio ter com os vampiros. Somente eu e meu irmão Sétimo não sabíamos daquela armação com o Diabo. Os cinco restantes o haviam encontrado e dele recebido uma proposta. Poderes inacreditáveis para seis vampiros pelo preço de um. Um escravo. Tramaram a traição. Um de nós deveria ser entregue ao Demônio para servi-lo, para segui-lo aos confins do Inferno. Decidiram que o traído seria Sétimo, o Irresponsável. Sétimo era odioso, não compartilhava de nossos regulamentos, matava crianças e mulheres. Sétimo merecia perecer. Merecia ser carregado pelo Diabo. Mas, para compactuar, para selar aquele acordo, deveríamos entregá-lo unidos. Precisávamos apresentar seis votos contra Sétimo. Precisariam do meu consentimento.

O vampiro fez uma nova pausa.

– Tu achas que eu seria capaz de trocar meu irmão por algum tipo de poder? Tu achas? Os demônios já haviam levado sua alma, agora o próprio Satanael queria tomar-lhe o corpo, torná-lo um escravo particular. Eu jamais consentiria.

O vampiro levantou-se de repente e agarrou de novo o homem pelos colarinhos, colocando-o de pé nas escadas. O homem, por um segundo, pensou ter visto lágrimas nos olhos do vampiro.

– Ele era e sempre será meu irmão! Eu jamais o trairia daquela forma! Fui enganado e agora devo pagar! Todos nós devemos pagar por nosso erro! Não pensamos que seríamos enganados por Satã! Não pensei que seria enganado por meus amigos! Droga de vida! Sempre evitei o mal e o desencadeei do modo mais furioso justamente contra Sétimo. Permiti que Guilherme me ludibriasse, que me engabelasse com um subterfúgio tão vil e tão mal encenado que chego a me envergonhar.

Gentil, que começara aquele trecho gritando, fazendo a voz ecoar pelo túnel, agora murmurava, deixando-a sumida, embalada pelo sotaque português.

O vampiro largou o homem, que caiu de joelhos na escada, mas com o tórax erguido.

O homem sentia-se mais forte.

– Agora, para prosseguir minha narrativa, é imperativo que tu compreendas o ódio entre Guilherme e Sétimo. Foi justamente esse ódio, talvez mais que o ódio por Tobia, que desencadeou esta fase da narrativa. Deves saber, também, que eu estava perdidamente apaixonado por Natália, a filha de um dos aldeões que viviam junto ao muro de nosso castelo. Guilherme odiava Sétimo porque meu irmão, apesar da aparência infantil, era muito mais maldoso e poderoso que ele. Entende, nossas feições alteram-se de maneira diferente das tuas. Envelhecemos como em nossa existência mortal, mas a uma velocidade milhares de vezes diferente. Enquanto vossos corpos humanos envelhecem velozmente, como um punhado de areia passando por uma ampulheta, nossos corpos vampiros envelhecem como todo o mar conhecido, passando pelo mesmo buraco. Enquanto para vossos corpos se passaram anos, décadas, para os nossos passaram-se apenas instantes, horas de um único dia. Comparados aos humanos, somos eternos. Velas sem chamas. E, como uma vela sem pavio, somos sem propósito. Decidi passar minha eternidade estudando o que os humanos estudavam. Aprendi a ler, a escrever e buscava conhecimento. Alguma coisa na ciência talvez um dia pudesse fazer nossas almas voltar ao nosso corpo. Faria nossos corações palpitar uma vez mais. Seríamos humanos novamente.

"Jamais desejava ser dominado pelo ódio vampírico outra vez. Pela sede de sangue, por esta vida maldita. Quando Sétimo foi introduzido à Vida Escura, ainda era praticamente uma criança, um menino. Se meninos mortais podem ser cruéis e arteiros, que dizer de um molecote vampiro? Tentei orientá-lo para a ciência, mas ele, como os demais, pouco se interessou. Queria desfrutar da vida vampírica. Gostava do ódio em seu coração, gostava de caçar, de matar. A sede, para ele, era uma coisa bem-vinda. Sétimo parecia ganhar mais energia que todos nós juntos. Sua força quadruplicara em poucos anos de Vida Negra, enquanto a nossa havia aumentado apenas discretamente. Ele foi o primeiro a enxergar na escuridão como se fosse dia, nos guiando nas primeiras noites de desespero e fuga. Sua velocidade vampírica chegou antes também. Tudo isso fora suficiente para o invejoso Guilherme passar a detestá-lo, a querê-lo morto. Sétimo tornou-se tão poderoso que passou a nos amedrontar, a nos dominar. Tínhamos de segui-lo, de mimá-lo, pois éramos insignificantes perto dele. Guilherme, cada vez que sentia a impotência crescer diante daquele demônio com cara de menino, desejava matá-lo. Sabia que seria impossível fazê-lo com as próprias mãos. Temia falhar e ser exterminado em um piscar de olhos. Evidentemente, por sua gana de poder, Guilherme vinha logo atrás em poderes e habilidades vampíricas, sendo, de certa forma, também temido por nosso grupo.

"Quando Tobia apertou o cerco, apesar da insistência, Sétimo não quis ouvi-lo. Saía para suas caçadas irresponsáveis quando bem entendia. Isso fez a união entre os restantes se fortalecer e o ódio contra Sétimo se unificar. Até mesmo eu o detestava. Repreendi-o diversas vezes, e só não fui banido da existência porque era seu irmão. Tobia atacava cada vez mais furiosamente, mais eficientemente. Sem conseguir colaboração por parte de Sétimo, Guilherme, desesperado, com o auxílio de uma poderosa bruxa, conseguiu evocar Satã. Implorou que o tornasse mais poderoso que Sétimo para poder aniquilar todo o exército de Tobia. Implorou, jurando servidão eterna. Satã, então, fez-lhe uma proposta. Ele conhecia os sete vampiros do Rio D'Ouro. Para dar poder a cada um de nós, a fim de que pudéssemos nos livrar definitivamente do infernal Tobia, deveríamos trair um irmão, um companheiro. Seis deveriam se juntar e apontar um sétimo para a paga dos poderes. Um de nós tornar-se-ia servo de Satã por cento e cinquenta anos. Em troca, cada um dos seis restantes receberia um poder, um dom. Eu me recusei a compactuar com tão injusto trato. Era óbvio que o escolhido para sofrer tamanha traição seria meu estimado e, ao mesmo tempo, odiado irmão Sétimo. Eles o queriam mais do que a Tobia. Que maneira mais conveniente poderia existir para livrar-se dele? O pobre coitado seria escravizado pelo demônio por cento e cinquenta anos, sem direito a poderes, sem chance de fuga ou de escolha. Para livrar-se de uma besta, somente com a ajuda do pai das bestas. Recusei-me a compactuar. Tive de ouvir todo tipo de argumentação, todo tipo de discussão. Mas minha decisão já estava tomada".

O vampiro parou de falar.

Um pedestre solitário começou a descer as escadarias do pequeno túnel ao lado da estação de trem. Passou lentamente pelos dois estranhos homens de pele pálida no fim da escada. Teve a impressão de que um deles estava embriagado.

– Que noite, hein, chapas? – comentou ao passar pela estranha dupla.

Gentil deixou-o afastar-se, então deu continuidade:

– Antes eu tivesse aceitado. Jamais teria deixado Natália morrer. Eu era seu amigo desde o dia de seu nascimento. Eu a vi crescer junto aos muros do castelo. Menina corajosa, forte. Desde cedo me chamara a atenção. Jamais iria me interessar por ela como um homem mortal. Não poderia. Tampouco a traria para a Vida Escura. Talvez fosse essa a razão do meu anseio crescente pelos avanços da ciência na área da medicina. Quem sabe haveria uma maneira de eu voltar à humanidade ou de aquela humana chegar à imortalidade. Eu a adorava como um pai, como um irmão. Sempre minha amiga, sem medo da minha natureza, sem receio do perigo de minha companhia. Eles a usaram para me juntar ao pacto. Certa noite, assassinaram Natália e junto dela deixaram o crucifixo de ouro usado por Sétimo durante toda sua vida. Ele jamais se separava da joia. O ódio me dominou. O crucifixo de Sétimo entre os dedos mortos de minha amada. Como se ela tivesse lutado desesperadamente contra Sétimo antes de sucumbir sem sangue nas veias. Ela, certamente, o teria arrancado do pescoço do vampiro enquanto ele se ocupava em sugá-la até a última gota do precioso líquido. Ah! Como eu odiava Sétimo por aquilo! Por causa daquele assassinato, desesperado, juntei-me aos cinco para entregar o corpo de meu irmão à servidão de Satanás nos reinos do Inferno. Meus olhos cegaram de tanto ódio. Meus ouvidos, vedados pela raiva. Sétimo pagaria caro por aquele abuso! Já sentiste isto, meu amigo? Sentiste? Pois não queiras. Tua mente te envenena e tu te transformas num monstro perigoso.

Gentil fez outra pausa, com a mão no peito e o olhar perdido, como se o remorso fosse capaz de ainda remoer aquele coração morto.

– Quando nos reunimos, os seis, o próprio Satã surgiu diante de nossos olhos. Revelamos nossa intenção, revelamos e confirmamos o eleito. De uma nuvem de fumaça vinda do ar, Sétimo apareceu, assustado, preso por uma das mãos do Diabo. O Demônio, a criatura mais horrenda sobre a qual qualquer um de nós já havia posto os olhos, sorria, expondo dentes muito mais assustadores do que nossas modestas presas. Ele tinha os olhos mil vezes mais brilhantes que os nossos, mil vezes mais vermelhos. Sua risada ecoava como uma trovoada. Ele tinha o que queria. Um vampiro legítimo para sua escravidão. Estaríamos livres de Sétimo por cento e cinquenta anos. Sem dizer uma palavra, sem produzir um único gesto, o Diabo desapareceu, levando consigo nosso irmão. Sentimo-nos enganados, atraiçoados. Nada em nossos corpos havia mudado. Nenhum aumento de poder fora sentido ou percebido. Nenhuma fagulha de luz fora disparada. Nenhum encanto mágico fora proferido. E o Diabo já havia se ido. Com juras de ódio vindas da boca de

Guilherme, retornamos ao castelo. Ao chegar, percebemos uma falação, um alvoroço nas proximidades dos muros. Cascos de cavalos e relinchos nervosos ecoavam na noite. Amoitamo-nos, embrenhados na floresta, a observar. Era o exército de Tobia. E o próprio Tobia guardava a entrada do castelo, privando-nos do retorno ao lar. Os servos estavam acorrentados, presos a alguns animais; nossa fúria cresceu. Se ao menos não tivéssemos sido vítimas do traiçoeiro Satanael, teríamos poderes suficientes para varrê-los dali. A lua cheia brilhava intensa no céu, tornando a caçada de Tobia mais fácil.

"Precisávamos nos afastar, encontrar um abrigo seguro. Havia dezenas de grutas na região que poderiam nos ofertar providencial escuridão durante o dia. Guilherme nos deteve. Disse que era preciso aguardar até o último instante. Deveríamos nos separar e contar o número de homens que rondavam o castelo, pois somente assim saberíamos se seríamos páreo para enfrentá-los. Guilherme disse que não poderíamos fugir. Se fugíssemos, Tobia sempre viria em nosso encalço. Se o enfrentássemos, ele temeria o azar de cair aos nossos pés. Eu estava apavorado. Não queria morrer nas mãos do sanguinário Tobia, mas o ódio que infectava o coração não me deixava raciocinar. Não me permitia fugir. Pela primeira vez em minha existência na Noite Escura eu não queria resistir à sede. Eu queria assassinar aqueles homens.

"Separamo-nos em três duplas. Eu e Afonso tomamos o lado esquerdo do castelo, enquanto Baptista e Fernando rumaram para o lado direito. Guilherme e Manuel foram adiante, tentando se aproximar, ao máximo, sem serem vistos nem detectados pelos caçadores de vampiros. Então a coisa mais estranha aconteceu. Afonso começou a reclamar de um desconforto que lhe havia tomado conta do corpo. Continuamos caminhando, até atingir a parte lateral do castelo. Não havia homens amotinados ali. Tudo indicava que eles guardavam apenas a frente do castelo. Preparávamo-nos para voltar ao ponto de encontro quando Afonso começou a passar muito mal. Caiu no chão se contorcendo de dor, o que era estranhíssimo. Raramente somos acometidos por dores. Nunca há dor sem um propósito. Apenas quando somos atingidos por disparos de arma de fogo ou por golpes de espada, pois nunca ficamos doentes.

"Perguntei se Afonso havia ingerido alho ou o sangue de alguém que o contivesse. Ele negou. Sua voz saía rouca, sofrida. Abaixei-me. Tobia poderia estar se valendo de bruxaria para nos capturar. Assustei-me. Afonso estava transpirando! Passei a mão na sua testa. A cabeça parecia arder em meio a uma chama invisível, tão quente estava. Isso me assustou ainda mais, pois somos frios, não temos o calor natural dos humanos. Ouvi uma agitação maior. Os cavalos ficaram alvoroçados, os servos começaram a gritar, e os gritos de um vampiro chegaram aos meus ouvidos. Deitei Afonso sobre um monte de folhas secas. Pedi que não saísse dali, mas ele parecia incapaz de ouvir qualquer coisa. Tremia dos pés à cabeça. Era como se tivesse sido tomado por um espírito brigão. Afastei-me, rumando ao ponto de encontro. Subi em uma árvore para observar os caçadores. Conhecia aquela voz. Era Baptista. Os humanos lhe encostavam tochas flamejantes, arrancando gritos doloridos.

"Faziam-no de isca de vampiro. Queriam atrair todos os outros. Não iríamos permitir que exterminassem o que restava de nós. Aquele truque imbecil não teria surtido efeito contra mim não fosse o ódio que inundava meus pensamentos. Estava farto daquilo. Ouvi o rugido de uma fera vindo do meio da floresta. Um lobo deveria estar rondando o castelo em busca de alimento. Torci para que se alimentasse de alguns soldados de Tobia. Levaram Baptista para o centro da clareira que se estendia de frente para os portões dos muros do castelo. Queriam que víssemos bem o que estavam prestes a fazer. Ele estava amarrado, e agora o estendiam no chão, com cordas separando braços e pernas, obrigando-o a ficar deitado no meio da clareira. Percebi medo nos olhos de Baptista, enquanto ele lançava olhares desesperados para todos os lados, buscando os amigos, os únicos capazes de salvá-lo do assassinato iminente.

"Tobia começou a gritar. Queria que nos apresentássemos para libertar o companheiro. Queria propor um acordo. Ai! Como desejei matá-lo naquele instante! Um vento forte cortou a noite, fazendo as árvores gemer e o tronco onde me encontrava instalado estalar ruidosamente. Uma leve poeira subiu na área da clareira, obrigando os homens a proteger os olhos da areia. Tobia caminhou até o centro e desembainhou a espada. Um elmo escuro protegia a cabeça, e uma espessa malha de ferro cobria seu corpo. A maioria dos soldados também usava aquelas malhas. Tobia era inteligente: obrigava todos a usar malhas de ferro com capuz ou, pelo menos, o capuz, para que o pescoço ficasse protegido.

"Tobia deu o ultimato. Exigia que nos entregássemos. Vasculhei a mata com olhos de vampiro, pois precisava de um sinal. Só haveria chance se atacássemos todos ao mesmo tempo. Olhei para o local onde havia deixado Afonso, mas não consegui vê-lo. Era bom que estivesse recuperado, pois seu auxílio seria crucial. Novamente ouvi o rugido da fera. Já não estava tão certo de que se tratava de um lobo. Era provavelmente algo bem maior. Talvez Afonso tivesse trepado em alguma árvore para se esconder, mas eu estava bem longe da verdade. Olhei para a frente do castelo. Tobia parou junto a Baptista. Grossas nuvens fizeram a luz da lua desaparecer, tornando aos homens a noite ainda mais escura. O vento aumentou, agitando ainda mais os cavalos. A noite estava diferente.

"Eu sabia, Guilherme sabia, Tobia sabia, todos sabiam. Tobia enterrou a espada na barriga de Baptista, extraindo um grito furioso de dor. Não vi Guilherme, nem Fernando, nem nenhum dos companheiros, mas eu não podia esperar mais. Um minuto a mais à mercê de Tobia e Baptista seria executado. Saltei da árvore e me atirei na direção da clareira. Uma gota de chuva atingiu meu rosto e, no instante seguinte, parecia que o céu inteiro estava desabando sobre minha cabeça. Corri no meio da mata usando a velocidade de vampiro. Com um pouco de sorte, enterraria meu punhal no peito de Tobia. Devo lembrar-te, ó gajo, que naquela época nossa velocidade de vampiro não era nem a décima parte da que temos agora. Éramos velozes, entretanto visíveis. Hoje, se eu corro, tu mal poderás me acompanhar com os olhos. Mas, naquele instante, eu era assistido por um aliado imprevisível.

"Uma tempestade havia sido providencialmente desencadeada. Trovões poderosos e relâmpagos assustadores apavoravam os homens de Tobia, que começaram a correr procurando abrigo. As gotas da tempestade desciam pesadas e explodiam contra nossa pele. Tobia estava em cima de Baptista, enterrando a espada nele outra vez. Mais veloz que uma lebre, atingi seu corpo, empurrando-o com toda força e velocidade que pude reunir. Tobia foi ao chão e rolou, tamanha a potência do golpe recebido. Adorei vê-lo aturdido daquela forma, com os olhos arregalados, tentando entender o que havia acontecido. Levou a mão ao peito para retirar o punhal que eu havia espetado em sua carne. Tive vontade de saltar em cima dele e terminar o que havia começado, mas tinha de me ocupar de Baptista. Desenterrei a pesada espada de seu ventre e com ela passei a desamarrá-lo, partindo as cordas dos braços e das pernas.

"Os homens de Tobia deixaram os abrigos, vindo para cima de nós. Num instante estariam ali e nos capturariam. Ergui Baptista. Guilherme surgiu da escuridão para ajudar-me a amparar nosso companheiro. Viramo-nos para nos esconder na floresta. Os homens do exército estavam prestes a nos alcançar. Foi quando meus olhos se depararam com os daquela criatura. A fera rugiu furiosa. Ficaria ali paralisado de medo se não estivesse ocupado em fugir. O monstro tinha mais de dois metros e meio de altura. Assemelhava-se a um lobo, mas, diferente deste, caminhava sobre duas patas. A fera saltou sobre nossas cabeças, investindo furiosamente contra os homens de Tobia. Pensei que naquela estranha noite a sorte estivesse do nosso lado, mas enganei-me mais uma vez.

"A criatura trucidou os homens de Tobia, matando mais de vinte. Um pequeno grupo fugiu, levando, infelizmente, o ferido Tobia. Estávamos pasmos demais para pensar em segui-los. Assistíamos ao ataque da fera com os olhos vidrados. O monstro era perfeito. Grande, forte, ágil e dotado de dentes longuíssimos. Algumas vezes matava com um único golpe. Outras, com uma única e fatal bocada. Erguia a vítima com uma das mãos poderosas e a arremessava de cabeça, violentamente, contra o chão. Era um assassino de primeira linhagem. Pensei que, se pudéssemos capturá-lo para adestrá-lo, tornando-o nossa fera protetora, seríamos ainda mais temidos, ainda mais imbatíveis.

"Mas, como se pudesse ler meu pensamento, após trucidar o último infeliz soldado, perplexo e paralisado de medo, a fera partiu em direção oposta à nossa, embrenhando-se na floresta e desaparecendo. O ódio voltou à minha mente. Se o Diabo ao menos tivesse cumprido sua parte no trato, não dependeríamos de feras e das intempéries naturais. Naquela noite tínhamos sido salvos por sorte pura. A começar pela oportuna tempestade e chegando ao não menos oportuno lobo-monstro".

O vampiro, que havia se sentado novamente, levantou-se, colocando o homem também de pé. Começaram a subir lentamente a curta escadaria, passo a passo.

– Ó gajo, tens de andar mais rápido. Precisamos de abrigo. Daqui a algumas horas o sol há de raiar. Não queremos nos deparar com ele, não é mesmo?

Chegaram ao fim da escadaria, ao lado da entrada da estação ferroviária de Osasco. O largo estava vazio. Ainda havia o rastro dos demais vampiros impressos na neve, mas agora não nevava mais. Apenas um vento frio cortava a noite, mantendo a neve congelada. Miguel começou a caminhar, trazendo o rapaz próximo a ele. Sabia que em instantes o homem seria capaz de andar sozinho. Decidiu prosseguir com a narrativa:

– Depois que a fera se foi, a tempestade diminuiu de intensidade até se tornar uma garoa fina e penetrante. Libertamos os servos aprisionados e nos recolhemos ao castelo. Os ferimentos de Baptista estavam se amenizando, e ele quase não sentia mais dor. Decidimos não acender as tochas do castelo. Precisaríamos da escuridão numa teimosa tentativa de ataque. Eu, particularmente, não acreditava que Tobia voltasse durante a luz daquele mesmo dia para um revide, mas, que um dia voltaria, isso era tão certo quanto havia água descendo pelo D'Ouro naquele momento. Em verdade, passamos um bom tempo sem nos deparar com Tobia. Os demais se preparavam para se recolher e descansar quando chamei Fernando para me auxiliar na busca de Afonso. Desde que ficara abandonado à própria sorte, não havia mais dado as caras. Saímos em busca do gajo, mas nada encontramos. Levei pouco tempo para entender o que havia acontecido naquela noite. Não havíamos sido enganados pelo Diabo, como presumíramos. Havíamos, sim, cada um recebido um dom. Aquela fera era Afonso, transformado em lobo. A tempestade fora desencadeada por Baptista, que conseguira repetir o feito no dia seguinte. Guilherme descobrira que era capaz de fazer tudo congelar: o ar, a água, tudo. Manuel, assustado, podia acordar os mortos e transformá-los, quando conveniente, em fiéis auxiliares. Fernando tinha o dom de ser outras pessoas. Bastava ele olhar para alguém para assumir-lhe as feições. Era espantoso. E eu recebi o maior dom comparado aos deles.

"O único problema é que só posso valer-me dele uma vez a cada ciclo da lua. Não fosse isso, não precisaria me preocupar em como me livrar do ódio do meu temido irmão. Se usasse meu poder para ficar a salvo de Sétimo, mesmo com esse empecilho, minha vida seria um tanto entediante. Por isso, caro amigo, se queres ver novamente tua amada mulher, se queres sentir o coração bater de novo como o de um mortal, é preciso que tu me ajudes. É preciso que tracemos um plano para eliminar, de uma vez por todas, esses filhos das trevas. Tu queres a mulher, e eu quero ajustar as contas com meu irmão. Um dia, aqueles cinco me enganaram para se livrar de Sétimo; agora é minha vez de atraiçoá-los e entregá-los ao jugo de meu legítimo irmão. Apesar de teu coração já não bater como o dos mortais, ele bate agora muito lentamente, tu ainda podes lidar com o sol, com a prata e com os alhos. Ainda não és um vampiro, mas estás infectado. Por enquanto, serás um quase-vampiro. Imune ao nosso terror. Terás nossa força, nossa velocidade, nossa resistência a ferimentos. Talvez até gostes desta vida maldita. Só te peço que resistas à sede. Uma vez cruzada esta linha, temo que nenhum encanto será suficiente para levar-te de volta à vida humana. Compreendeste?".

Sim, havia compreendido. Para seus olhos, a noite possuía novas cores. O ar possuía outros cheiros. Seu corpo inteiro parecia participar de uma festa macabra. Tiago meneou a cabeça em resposta positiva.

Sim. Havia compreendido.

CAPÍTULO 29

Tiago já havia perdido a noção de quanto tempo tinham caminhado. Mais de uma hora, certamente. Miguel conduziu-o pela avenida principal de Osasco, a Avenida dos Autonomistas. Subiam na direção de São Paulo, aproximando-se da divisa. Tiago já podia ver o terminal rodoviário da Vila Yara do ponto onde se encontravam. Miguel encostou a mão em seu peito, interrompendo a marcha monótona.

Uma garoa fina e ininterrupta caía do céu, agora cinza e sem vestígio de lua. Ainda havia neve sobre o chão, cobrindo as calçadas e o asfalto.

– O que é aqui? – inquiriu o vampiro de sotaque lusitano.

Tiago perdeu um minuto olhando para os grandes e velhos galpões. Era uma velha fábrica abandonada chamada Lonaflex.

– Lonaflex... – balbuciou o homem.

– Mas o que é aí?

– Era uma fábrica, eu acho. Pelo estado do lugar, pelo mato alto, deve estar fechada há muitos anos.

– Ótimo.

Miguel aproximou-se da cerca metálica e escalou-a agilmente. Seu corpo parecia flutuar, caindo sem produzir nem um ruído sequer.

– Vem. O sol não tarda, e eu preciso de abrigo.

Tiago tentou imitá-lo, mas ainda não tinha o dom vampírico de escalar com facilidade e graça. Demorou uma eternidade em comparação ao vampiro e, quando saltou, caiu sentado e espalhafatosamente.

– Acalma-te. Se optares pela Vida Escura, tu ainda aprendes tudo isto. Não serás nada inteligente se decidires tornar-te um de nós. Não serás nem um pouco inteligente – advertiu Miguel, enquanto estendia a mão para ajudar o semi-humano a se levantar. – Mas devo admitir que a possibilidade te parece bastante atraente, não é?

Tiago levantou-se.

– Só quero minha amiga de volta. Não quero ser um de vocês.

Os dois caminharam entre os galpões, transpondo o mato alto. Miguel entrou em um deles, sem precisar forçar demais a porta metálica enferrujada. O salão estava completamente escuro. Tiago tinha dificuldade para enxergar, mas para Miguel o interior do galpão estava claro como se iluminado por uma das magníficas lâmpadas elétricas. Ziguezaguearam entre várias máquinas havia muitos anos desativadas. Miguel interessou-se demais pelos velhos aparelhos, a maioria de ferro puro. Tiago acostumara o olho ao escuro, conseguindo visualizar alguns contornos e o caminho que faziam.

Miguel parou em frente a uma grande máquina, cuja parte lateral apresentava uma portinhola. A pequena porta era trancada por uma maçaneta circular que lembrava uma roda. Girou-a, liberando a portinhola. O interior da máquina era um oco, grande o suficiente para acomodar um corpo.

– O que é isso aqui, ó gajo?

Tiago, com os olhos mais acostumados, já conseguia enxergar quase tudo. Era como se o salão fosse ganhando luz lentamente. Aproximou-se de Gentil e observou a máquina.

– Isso me parece um forno.

– Forno? Para assar pães?

– Não, ô português. É um forno industrial. Para quê, eu não sei.

– É todo fechado. Certamente vai me servir de abrigo durante as horas de sol.

Miguel fechou a portinhola do grande forno e voltou a caminhar pelo galpão. Tiago seguia-o a uma pequena distância.

– Como vocês chegaram aqui em Osasco?

O vampiro, que parecia distraído, continuou olhando em volta, principalmente para o telhado do galpão, como se não tivesse escutado. Tiago estava prestes a repetir a pergunta, quando ele se manifestou.

– Viemos naquilo que vós chamais de avião – disse Miguel, com os braços abertos, imitando um par de asas.

– Mas em Portugal vocês também não chamam os aviões pelo mesmo nome?

– Se eles existissem em minha terra, talvez.

Tiago lembrou-se da caixa de prata e de quão antiga ela era. Lembrou-se da história que o vampiro lhe contara. Eles não conheciam nada do mundo moderno. Eram criaturas do mundo antigo.

– Entramos numa grande caixa metálica, bem diferente daquela em que ficamos aprisionados. Precisávamos de abrigo e adormecemos dentro da grande caixa. Havia centenas de caixinhas empilhadas no seu interior. Arrumamos tudo para que ninguém pudesse nos encontrar lá atrás. O sol raiou e adormecemos. Quando acordamos, notamos que estávamos em movimento, dentro de um imenso cilindro, onde outras tantas caixas metálicas estavam guardadas e empilhadas. Estávamos dentro de um avião. Que aventura, ó gajo! Por pequenos vidros podíamos ver o céu negro lá fora. As grandes asas do pássaro de ferro. Como tremia!

– Tu deve estar achando esta nossa terra muito impressionante, não é?

– Sim. Sem dúvida. Existem tantas coisas para serem descobertas. Tantas coisas para serem vistas. Temo que não haja tempo para compreender no que vós, humanos, vos transformastes. Mágicos, eletrônicos, fantásticos.

Miguel parou e voltou-se para Tiago.

– Dentro do avião eu encontrei alguns livros. Li e aprendi muita coisa a respeito deste novo mundo. Apesar da minha inteligência privilegiada, há muita coisa que não chego a um fio de compreensão; outras, entretanto, são mais fáceis, li muito sobre a história deste país, a ex-colônia de Portugal. Meus outros irmãos... eles pouco se interessaram pela leitura. São rudes, não querem compreender nada. Estão tomados pelo ódio. Querem voltar a Portugal e vingar nosso enclausuramento. Eu já me interessei muito por esta terra, penso em não voltar à terra antiga...

O vampiro de roupas negras acocorou-se e apanhou um punhado de pó do chão, soprando-o no ar.

– Quando o avião desceu à terra, tratamos de sair sorrateiros. Fernando matou alguns humanos para obter dinheiro. Pagamos um cocheiro para nos trazer até esta cidade. Dinheiro é uma coisa que não mudou. Com um punhado dele se conseguem verdadeiros milagres.

Gentil levantou-se e continuou sua narrativa.

– Ficamos impressionados com as torres que construíram. São tão altas e tudo é tão iluminado...

– Por que eles apanharam Eliana? – perguntou Tiago, interrompendo a emocionada narrativa da criatura.

– Tua amiga?

Tiago apenas aquiesceu.

– Não foram eles. Foi ele. Guilherme, Inverno, como você deve conhecê-lo. Ele foi o primeiro a acordar, graças a ela, tua Eliana. Ela serviu-lhe o precioso sangue para o retorno. Tornou-se a mãe de todos nós...

Naquele momento, Tiago lembrou-se de Eliana com a mão ferida pela lâmina da serra elétrica.

– Será guardada em nosso castelo – continuou o vampiro. – Guilherme e ela agora têm um laço de sangue. Ele quer cruzar o Atlântico levando-a junto. Ela é dona dele, e ele, dono dela. Ele jamais permitirá que os separem. Os outros o protegerão. Também não querem perder a nova mãe, a ressuscitadora.

Mas eu vi a dor em teus olhos mortais quando chegamos para tomá-la. Tu a mereces, ó brasileiro, não ele. Ele é um demônio desprezível. Ele já esgoelou recém-nascidos para tomar sangue fresco. É um animal. Merece teu ódio. Tu estás te tornando um vampiro e, em poucos dias, te tornarás completo. Se Inverno sobreviver à ira de Sétimo, o que acho improvável, quero que tu sejas um de nós para assustá-lo, destruí-lo e tomar de volta o que é teu. Tu quase o destruíste com mãos mortais. Agora, com força e poderes sobrenaturais, será de igual para igual. Um demônio semelhante.

– Mas você disse que levou dezenas de anos até sua força se tornar sobrenatural...

– Sim. Levei anos até me tornar um monstro sobrenatural, mas tu já tens bravura nata. Tornando-te um vampiro, hás de adquirir ainda mais vantagens. Tu não morrerás com a facilidade que os humanos morrem. Tu não envelhecerás e terás uma eternidade inteira para te aprimorares.

– Eu preciso ser forte agora – reclamou Tiago.

– Queres mesmo ser um vampiro?

Tiago caminhou sobre o chão empoeirado, de costas para Miguel.

– Ainda não sou?

– Tu estás na fronteira. Dei-te do meu sangue uma centelha. Apenas o suficiente para não morreres naquela hora. Nosso sangue maldito tem suas horas de graça.

– Desculpe, português, mas ainda não te entendi.

Miguel, usando a velocidade vampírica, desapareceu e reapareceu na frente de Tiago, dando-lhe um susto.

– O meu sangue foi pouco para tornar-te imediatamente um vampiro. Foi apenas um remédio para o teu coração. Agora ele pulsa suavemente. Muito mais lento que o de um mortal comum. Milhares de vezes mais veloz que o de um vampiro. Apesar da pequena quantidade com que te presenteei, já te dei parte da maldição. Tu conseguirás caminhar no sol nos próximos dias. Mas tu sentirás sede também. Se quiseres, teus dentes pontiagudos surgirão e, quando ingerires sangue mortal desta forma, como um vampiro noturno, terás feito tua escolha. Após roubares sangue, a ponte será queimada, não terás como voltar à tua vida antiga. Serás, de fato, um vampiro.

– E se eu não tomar sangue desta forma?

– Em algumas luas, quando a sede se extinguir e a repulsa ao alho desaparecer, se não tomares do sangue humano, tu voltarás a ser o mesmo.

Os dois ficaram em silêncio.

Tiago não se sentia atraído pela vida maldita. Apenas uma curiosidade comum em relação àquele tipo de vida. Seres que, para ele, até poucos dias atrás, não passavam de personagens inventados em histórias de terror, de fato existiam. Os vampiros. Queria apenas recuperar Eliana. Mas, se fosse necessário tornar-se uma daquelas criaturas para deter Inverno, tornaria-se um vampiro.

Miguel afastou-se, ainda examinando o galpão. Tiago observava-o, curioso.

– Qual é seu poder, Gentil? Um congela, outro faz chover... e você? Faz o quê? – indagou o candidato a vampiro, sem conter a curiosidade.

– Meu poder...

Miguel caminhou em direção a Tiago.

Sua roupa negra permitia ao rapaz divisar somente uma sombra amaldiçoada aproximando-se silenciosamente.

Tiago sentiu um calafrio percorrer-lhe a espinha enquanto o vampiro se aproximava. Apesar de estar adquirindo certa simpatia por aquela figura, sabia quanto aquelas criaturas eram perigosas. Um vampiro é sempre um vampiro. Tudo o que Miguel lhe dissera fora apenas dito. O que seria verdade naquela história? Quem seria o mais cruel entre os sete?

– ...meu poder pode ser usado apenas uma vez a cada ciclo lunar. Se ele fosse incessante, eu seria indestrutível. Seria imbatível. O Senhor da Noite, o mais eterno dentre os eternos. Isso te soa pretensioso, não é? Mas é a mais pura verdade.

– Que poder é este, vampiro?

– Não vou dizer agora. Não é a hora apropriada.

– E quando chegará essa hora?

– Tu perguntas demais, ó brasileiro. Que diabos Cabral veio fazer nesta terra, santo Deus? Que gente mais impertinente! – retrucou Gentil, levemente irritado.

– Você já viu Cabral? Quero dizer... conheceu-o pessoalmente?

Miguel virou-se de costas, afastando-se. O galpão encheu-se com a risada cadenciada do vampiro.

– Pedro e eu fomos, de certa forma, amigos. Ajudei-o uma vez, e o valente Pedro soube me retribuir na hora certa.

– Retribuir...

– Fiz-lhe um favor, poupei-lhe a vida...

Tiago sentiu os pelos do braço arrepiar-se. Não acreditava que estava falando com aquele demônio sobre Pedro Álvares Cabral, o descobridor do Brasil.

– ...e, honradamente, ele soube retribuir. Quando partiu em sua aventura para as Índias e veio dar aqui, em tua terra, ele trouxe consigo um de minha espécie, a meu pedido. Tirou de Portugal um vampiro e o trouxe em uma de suas preciosas e caríssimas caravelas. Vós ainda usais caravelas?

Tiago apenas balançou a cabeça em sinal negativo. Seus olhos pareciam ter ganhado luz própria. Podia enxergar quase totalmente o interior do galpão, mas sabia que ninguém, exceto seus olhos mágicos, havia instaurado luz artificial no ambiente. Ele percebeu que Miguel o encarava com ar curioso. Notou a pele pálida do vampiro. Teriam todos aquele ar sombrio? Teria ele próprio adquirido aquele tom claro em sua pele morena e constantemente bronzeada?

– Vós usais só o tal do avião agora?

– Não. Existem vários meios de locomoção hoje em dia. Usamos navios ainda, mas são diferentes das caravelas; centenas de anos de aprimoramento, de tecnologia.

– Conheci esta palavra. Tecnologia. Gostei dela. A tecnologia está para mim como o mundo mágico está para ti. Tecnologia parece bruxaria. Computadores, aviões, televisão. Tu tens uma televisão, não tens?

– Tenho. Todo mundo tem.

– Comunicação em massa...

Tiago franziu a testa. Aquelas criaturas aprendiam rápido.

– Onde estão os outros agora?

– Não sei, Tiago. Estão próximos. Não houve tempo suficiente para nenhum deles se afastar demais daqui.

Tiago sentiu um novo arrepio percorrer-lhe os nervos. Era a primeira vez que aquela criatura o chamava pelo nome.

– E quando vou encontrá-los? O que devo fazer? Como posso matar um vampiro?

– Ora, pois! Tu não ouviste nada da minha história?

– Ouvi, português, mas quero saber o que fazer quando me deparar novamente com seus amigos.

– Mas o gajo se saiu muito bem no último combate. Tirou dois da luta. Tu és muito valente.

Gentil aproximou-se, olhando Tiago nos olhos.

– Coragem. É tudo que tu precisas para exterminar um vampiro. Lembra-te: uma estaca cravada no peito nos imobiliza. Alho nos derruba por algumas horas. Consome alho, se puderes. Se teu sangue ficar sujo pelo alho, não poderemos sugá-lo de imediato, teremos de aguardar o efeito passar.

– E quanto tempo dura?

– Isso depende. Varia de pessoa para pessoa.

– O que mais eu posso usar?

– Se queres realmente interromper a existência de um vampiro, deves decapitá-lo, enterrar seu corpo bem distante da cabeça. Preferencialmente queima essas duas partes. Isso certamente faz findar nossa vida. Outra arma certeira é a exposição à luz do sol. Uma vez exposto, o vampiro perde as forças e queima rápido como feno na fogueira. Não convém ficar perto de um vampiro exposto à luz do sol, pois alguns explodem.

– E crucifixos?

– O que tem eles?

– Provocam agonia? Detêm o ataque de um vampiro?

– Ora, pois, que besteira! O que há de errado com os crucifixos?

– Nada. Acho que é só uma crença contemporânea.

– Não entramos em igrejas, isso é verdade.

– O que acontece quando entram?

– Nada. Apenas não gostamos.

– Qual a razão?

– Tu perguntas demais, ó Tiago. Essa história de igreja é comprida, fica para a próxima conversa.

– Só queria compreendê-lo melhor.

– E para que tu queres me compreender, se o que mais desejas é nos matar?

Tiago encarou o vampiro. O que ele dizia era verdade. Queria matar todos. Inclusive ele, Miguel. Mas era inegável que sentia uma simpatia crescente por aquela criatura.

Deu as costas ao vampiro e começou a caminhar pelo galpão. Agora que os olhos enxergavam melhor dentro do salão escuro, decidiu investigá-lo melhor. Havia muitas máquinas, mas seus conhecimentos a respeito de indústria eram insuficientes para deduzir o que a fábrica abandonada havia produzido naqueles galpões empoeirados. Tomando por base o nome da empresa, imaginou que produzisse lonas.

Miguel percebeu a noite perder escuridão. Era hora da clausura. Era hora de se recolher.

– Devo descansar agora, Tiago. Usarei este forno de ferro para me abrigar da luz do sol. Tu deverias encontrar um abrigo também. Talvez não aches a luz confortável a partir de hoje.

– Vou aguardar o sol chegar, então decidirei o que fazer.

Miguel segurou a beira da portinhola com as mãos, suspendendo o corpo e arremessando as pernas para dentro do antigo forno. Enquanto entrava, Tiago aproximou-se e fez mais uma pergunta.

– E quanto a Sétimo, onde ele está? Está vindo para cá?

Miguel manteve a cabeça para fora e respondeu.

– Se estiver, é difícil saber se está perto ou longe. Mas ele está estático. Pelo menos é assim que interpreto o meu sentir. Mas não existe a mínima chance de Sétimo estar vindo para cá. Se um humano o encontrasse, fugiria como alguém foge do demônio. E eu sou o único dentre os seis com coragem suficiente para servi-lo de sangue, para reacordá-lo. Talvez coragem não seja a palavra mais apropriada...

– Você quer dizer....

– Quero dizer que a palavra apropriada é dívida. Eu vou compensar o que foi feito. Mesmo que ele me mate um segundo depois, eu vou compensar o mal que fiz. E saiba de uma coisa, Tiago. Se houvesse a menor chance de aquele demônio estar vivo a uma hora destas, eu certamente não dormiria tranquilo como estou neste momento. Não pregaria os olhos para estar acordado se ele me alcançasse.

– Mas e o sol? Ele também teria de aguardar a noite, não é?

Miguel entrou, escondendo-se na escuridão do forno.

– Não, ele não teria.

– Não entendo...

– É claro que não entendes, ó pá! Alguma vez tu jogaste com o Diabo? Aprende uma coisa: quando se joga com o Diabo, nunca se ganha. Podes pensar que ganhaste, mas, na verdade, tu perdeste.

– Sétimo poderia caminhar durante o dia?

– Sétimo pode o que quiser. Quando o maldito Satanás o devolveu, fê-lo mais poderoso do que nunca. Não era mais o rapaz de rosto belo, não. Mas agora é o vampiro mais poderoso. Pode nos localizar num piscar de olhos. Pode caminhar durante o dia, pode voar! Sétimo teve a chance de nos destruir no passado, assim que foi libertado pelo Diabo, mas acabou sendo atraiçoado e teve de adiar sua cobiçada vingança. Não creio que desperdiçará tão almejada meta outra vez. É por isso que imagino que não terei muitas horas de vida.

– Pois então me diga, como detê-lo?!

Miguel encheu as paredes metálicas do forno com sonoras risadas.

– Não há como detê-lo, não há.

– Mas conseguiram prendê-lo numa caixa de prata por quase quinhentos anos...

– Enganaram-no, foi o que fizeram. Ludibriaram-no como nós fizemos no passado distante.

– Mas então podemos enganá-lo novamente.

– Não! – o grito que vinha de dentro do forno era feroz e poderoso.

Tiago chegou a temer o vampiro. Percebeu que seria inteligente não persistir naquela discussão.

Na parte alta das paredes do galpão havia várias vidraças. Apesar do pó acumulado, a claridade do sol já conseguia atravessar as frestas e começava a povoar o interior do grande salão de máquinas. Tiago percebeu que o tempo era curto para continuar conversando com Gentil.

– Se tem um plano, é melhor que me diga agora ou não haverá mais tempo.

– Eu tenho um plano, mas aguarda. Só à noite eu poderei ajudar-te. Fica por aqui e aguarda em silêncio. Preciso descansar. Preciso do sono vampírico. Tu serás meu protetor, meu guarda. Durante o sono vampírico estarei vulnerável, mas acordarei energizado e, provavelmente, com muita sede.

Repentinamente a portinhola se fechou, batendo forte e soltando um punhado de fuligem. Miguel estava enclausurado, guardado, protegido do sol.

Tiago voltou a caminhar pelo galpão. Perto dele um desenho abstrato era formado pela luz que passava por uma das vidraças empoeiradas. A luz do sol chegava filtrada e enchia o salão de vultos assombrados. Tiago estendeu a mão no ar, impedindo que os raios alcançassem o chão. Era um teste. A luz do sol tocou sua pele ainda bronzeada sem causar desconforto algum. Pelo menos em parte ainda era o mesmo Tiago. Circulou entre as máquinas e avistou um mezanino. Subiu uma velha escada metálica, cujos degraus rangiam a cada passo, dando a impressão de que cederiam sob seus pés. Escolheu um canto lá em cima e acocorou-se, iniciando sua vigília. Seria bom que Miguel tivesse uma boa ideia.

Tiago acordou assustado. Havia dormido algumas horas. Estava sem relógio, mas ainda era dia. A luz do sol invadia potente o galpão. O forno onde Miguel descansava estava mergulhado num extenso facho de luz quadriculada, cortada pelos pequenos vidros quadrados das vidraças. O vampiro estava decididamente aprisionado.

Tiago, outrora cansado, agora se sentia bem. Pronto para confrontar novamente aqueles cinco amaldiçoados bastardos. Não ia esperar a noite. Não ia esperar o plano de Miguel. Deveria aproveitar as horas de sol e antecipar os movimentos dos demônios.

O rapaz desceu do mezanino, enchendo o galpão abandonado de sons metálicos e rangidos assustadores. Caminhou até a porta por onde haviam entrado e abriu-a ruidosamente. Saiu para o grande corredor coberto de mato alto. O sol reinava esplendoroso no céu, mas poucos raios alcançavam o corredor, pois os galpões em volta impediam. Percorreu o mesmo trajeto feito na invasão, chegando até a grade metálica. Apesar do sol, o ar estava frio. Bem ali em frente havia um ponto de ônibus apinhado de gente. Sentiu-se constrangido em ter de pular a grade, por isso caminhou alguns metros até encontrar um portão. Ali conseguiu saltar mais facilmente, sem ser observado por ninguém. Não havia mais neve sobre o asfalto, e os únicos amontoados de gelo que persistiam em permanecer na paisagem estavam sobre as calçadas. Tiago caminhou até próximo à parada de ônibus. Não avistou nenhum telefone público por perto, mas, olhando para o outro lado da larga avenida, viu duas cabines da Telefônica. Atravessou com cautela, pois não havia nenhum semáforo. Daquele lado da avenida havia duas grandes concessionárias de veículos, uma exibindo grandes caminhões da General Motors e a segunda, com os orelhões bem à sua frente, vendia carros de passeio da Volks. Tiago caminhou até os telefones e, para seu azar, constatou que nenhum deles estava funcionando. Coçou a cabeça. Voltou a caminhar pela Avenida dos Autonomistas, tomando a direção do terminal rodoviário, que podia ver dali. Lá encontraria um orelhão, com certeza. Mas, antes de alcançar o terminal, avistou mais dois orelhões. Cruzou um posto de gasolina e atravessou uma pequena rua. Em frente a uma agência do banco Santander, para sua sorte, havia dois aparelhos em perfeito estado, funcionando normalmente. Ligou a cobrar para casa. Seria bom que tivesse alguém para atender.

Depois de quatro toques, atenderam. Seguiu-se a monótona música da chamada a cobrar.

– Aqui é o Tiago.

– Ô Titi, onde você está, rapaz? Todo mundo anda atrás de vocês!

– E aí, Olavão? Cadê o César?

– Tá entrando agora. A gente foi falar com o Neco.

– O Neco joalheiro?

– Esse mesmo. Peraí que o César fala contigo, tchê.

César apanhou o telefone, ansioso para falar com o amigo.

– Fala, cara!

– E aí, Cesão? Preciso falar com o professor...

– Me diz uma coisa: com tantos lugares no mundo para se esconder, você não procurou a casa da sua irmã, não é? O pessoal do professor me informou que está nevando em parte de São Paulo e Osasco.

Tiago ficou mudo.

– Ô merda, meu irmão. Por que você foi parar justo aí? – indignou-se César, que, pelo silêncio do amigo, previu a resposta.

– Nós perdemos a Eliana.

– Bá, mas que conversa é essa?

– Aqueles desgraçados... não sei te dizer como, mas eles nos encontraram. Pegaram a Eli e a levaram não sei para onde. Preciso falar com o Delvechio. Eu tenho um deles aqui comigo... ele está preso; podemos trocálo pela Eliana, não sei. Só sei que vou precisar de toda a ajuda que puder conseguir.

– Eu tenho o número dele aqui comigo. É do celular. Você deve conseguir falar com ele.

Enquanto César passou o número, Tiago se concentrou em memorizálo. Era um número fácil, não esqueceria. Voltou à conversa.

– Essas coisas são vampiros mesmo.

– Já sabemos.

– Mas o que eu estou querendo dizer é que são vampiros, vampiros... me entende?

– Acho que sim.

– Eles chupam sangue dos outros. Eles morrem se ficarem expostos à luz do sol. Eles... eles são gelados e vivem para sempre...

– E eles estão com a Eliana...

– Estão, Cesão, estão com ela, mas eu tenho um plano para recuperá-la. Eu sei o que eles vão fazer. Podemos nos antecipar, criar uma armadilha, mas eu vou precisar da ajuda do Delvechio. Ele pode conseguir as coisas para mim.

– O que você tem em mente?

– Já te falei, podemos utilizá-lo de isca para os demais. Devem querêlo, sei lá... Olha, César, desculpe, mas vou desligar. Te ligo daqui a umas duas horas, mais ou menos.

Tiago desligou e dirigiu-se ao banco. A primeira atendente que encontrou foi obrigada a emprestar uma caneta e a lhe fornecer um pedaço de papel. Anotou rapidamente o número do celular do professor e voltou direto ao telefone público. Fez nova chamada a cobrar.

– Alô?

– Delvechio, aqui é Tiago.

O professor não conseguiu esconder a surpresa, arregalando os olhos e levantando-se imediatamente.

– Delvechio, você está ouvindo? Desculpe ligar a cobrar, mas eu...

– Onde você está, rapaz? Cadê minha assistente?

– É justamente sobre isso que eu quero conversar. Se a gente quiser ver a Eliana de novo, a gente vai ter de correr.

– O que tu tá falando, tchê?

– Eu tenho um dos vampiros aqui, preso comigo. Mas o restante está com a Eliana. Eles a capturaram, não pude impedir.

– Mas onde você está?

Delvechio falava alto, chamando a atenção dos militares à sua volta. Estava sentado junto a uma mesa ampla, estudando mapas e inventando possibilidades e suposições sobre o paradeiro dos vampiros.

– Estou em Osasco...

– Então isso explica tudo. A neve...

– Professor, preciso de ajuda. O César me disse que você está em contato direto com os militares. É verdade?

– Sim, mas...

– Preciso de um veículo... um caminhão, com aqueles braços hidráulicos. O vampiro está aprisionado em um forno industrial. O troço é de ferro maciço, deve pesar toneladas. Sei exatamente para onde os vampiros estão indo. Quero um avião para levar Miguel de volta a Amarração. Ele vai ser...

– Miguel? Quem diabos é este Miguel?

– É o vampiro que está comigo. Todos têm um nome. Inverno chama-se Guilherme. O que faz chover chama-se Baptista. Tem um Fernando e um Joaquim, Manuel, sei lá. Cada um tem um nome. O que está comigo é o Miguel, o tal de Gentil.

– E que poder sobrenatural esse Miguel tem?

– Não tive tempo de descobrir; ele não me diz nem a pau. Deve ser coisa da pesada. Me disse que é o mais poderoso dos sete, dos seis, não sei. Ele me contou uma história e tanto; aposto que o senhor vai adorar. Mas, para eu poder contar, preciso estar vivo, preciso ter a Eliana de volta.

– O tenente Brites, de Porto Alegre, está indo pra São Paulo. Ele saiu daqui por volta das cinco da manhã... agora são quase dez. Deve ter chegado há pelo menos duas horas. Ia para Quitaúna, que por acaso é aí em Osasco. Já deve estar no quartel.

– Quem é esse Brites?

– É um tenente que está muito interessado em pôr as mãos em cima das criaturas que você encontrou. Esses vampiros são verdadeiros exterminadores. Você não tem ideia do estrago que fizeram por aqui. Por onde passam, deixam um rastro de morte. Ficamos espantados com a chegada deles a São Paulo. São mais espertos do que imaginávamos.

– Pode apostar, professor.

– Vou dar um jeito de contatá-lo em Quitaúna. Você pode me ligar daqui a meia hora?

– Ligo. Preciso falar com esse Brites. Miguel me disse que os outros não estão longe. Talvez Brites consiga soldados suficientes para vasculhar cada canto escuro desta cidade. Se encontrarmos Eliana antes de escurecer, parte do tormento acaba ainda hoje.

Tiago desligou o telefone. Tinha uma tarefa desagradável em mente. Voltou à fábrica abandonada e saltou mais uma vez o portão frontal. Caminhou entre o mato alto e entrou no galpão empoeirado. Circulou entre as velhas máquinas, procurando as ferramentas de que precisaria. Levou quase dez minutos para encontrar tudo: uma velha, porém maciça, barra de madeira e uma grande chave inglesa, que faria as vezes de martelo. Apoiou a barra de madeira em uma peça de metal fixa ao chão e passou a pular em cima dela até a barra se quebrar ao meio. Agora, sim, ele tinha o que queria. Uma estaca pontuda. Foi vagarosamente até o forno que servia de jazigo ao vampiro. A luz do sol penetrava o galpão e cobria completamente o esconderijo. Tiago contornou-o, até chegar à portinhola, oposta à entrada de luz. Tiago poderia abri-la sem que os raios de luz alcançassem o monstro adormecido. Abriu-a lentamente, fazendo caretas a cada rangido. A portinhola era pesada, exigindo muita força para ceder. Enfiou a cabeça dentro do grande forno, avistando o vampiro adormecido bem ao fundo. Entrou, enfiando primeiro os pés e depois escorregando o corpo para dentro. Apesar da aparência grandiosa do velho forno, o espaço interior era bastante apertado. Deslocava-se com cuidado para não encostar no vampiro adormecido. Praticamente se arrastou, até ficar a uma distância ideal para golpeá-lo. Com o corpo encurvado, sabia que não conseguiria utilizar toda sua força, pois não havia espaço suficiente para erguer o braço e bater mais forte. Precisaria de toda a concentração. Não sabia se o vampiro seria capaz de acordar e revidar. Seria bom que o atravessasse com o primeiro golpe. Mantinha um joelho encostado na lateral de ferro, ganhando alguns centímetros de espaço. O corpo curvado deixava seu rosto de frente para o da criatura. Ergueu a chave até encostar no teto do forno. Respirou três vezes, demoradamente. Encostou a ponta da estaca bem no meio do peito do vampiro. Os olhos da criatura, como todo o restante do corpo, estavam imóveis. A pele pálida chegava ao tom acinzentado, como dos mortos. Tiago havia simpatizado com Gentil. Um homem de feições agradáveis, de modos suaves, quase nunca apavorante. Não parecia um monstro. Um golpe forte e preciso deu fim àqueles pensamentos. Devia preocupar-se com sua Eliana, não com o destino do morto-vivo. A estaca penetrou a carne do vampiro, enterrando-se no peito da criatura. Talvez por puro reflexo, Miguel levou as mãos até a estaca e os olhos se arregalaram, num olhar assustado para o rosto de Tiago.

O rapaz assustou-se de tal maneira que arremessou a cabeça contra o ferro que fazia o teto do forno. Uma dor lancinante penetrou-lhe o crânio. Tudo escureceu à sua volta, e Tiago caiu sentado sobre as pernas do vampiro, agora inerte. Com a cabeça latejando, tratou de arrastar-se para fora. Pensou que ia perder os sentidos. Como se o corpo tivesse derretido no forno, Tiago escorreu para fora do abrigo. De costas no chão, respirou fundo repetidamente. Que experiência horrível. Com Inverno a coisa havia sido diferente. Quase reflexo. O calor da situação, a luta. Agora, com Gentil, fora premeditado, a sangue-frio.

– Lamento, parceiro. Prefiro Eliana – disse o rapaz, com a voz escapando difícil de sua garganta.

Ficou deitado no chão por uns instantes. Precisava se recuperar do susto e da pancada na cabeça.

Levantou-se depois de quase vinte minutos. Estava imundo. A roupa, completamente coberta pela fuligem. Espanou o que pôde, mas o máximo que conseguiu foi ficar parecido com um mendigo.

Retornou às cabines telefônicas, em frente ao banco, aguardando dois minutos até que uma ficasse desocupada. Falou com Delvechio, que passou novas instruções. Brites já estava em Quitaúna, preparado para a captura dos vampiros fugitivos, mas com as novidades passadas pelo professor, iria aguardar a chegada do rapaz.

Tiago voltou para a avenida e, após se informar com um transeunte como chegar ao quartel militar de Quitaúna, dirigiu-se ao terminal rodoviário da Vila Yara. A parte superior do terminal era um pequeno *shopping center*, com lojas de roupas, aparelhos de áudio e algumas lanchonetes. Antes de sair à procura de seu ônibus, não resistiu ao apelo conjunto das narinas e do estômago, dirigindo-se a uma pequena lanchonete que ostentava um coala em seu letreiro.

Enquanto devorava avidamente uma coxinha de catupiry e frango, percebeu o modo estranho pelo qual as pessoas o observavam. Olhou para si mesmo. Realmente estava horrível. Examinando melhor a camiseta embaixo do grosso blusão, deu-se conta de dois imensos buracos que permitiam enxergar claramente sua pele. A roupa toda permanecia coberta por fuligem, o que dava aquele aspecto repulsivo, sujo. Passou dois dedos por dentro de um dos buracos. A pele estava completamente curada. Tinha certeza de que algumas horas atrás havia recebido, bem ali no peito, dois tiros certeiros de pistola. Esqueceu a roupa suja e voltou a se interessar pelo lanche. Satisfeito, depois de devorar outra coxinha e matar mais um copo de suco, dirigiu-se a uma das lojas que vendiam roupas. Havia apenas uma atendente e pouco movimento. Distraída, assustou-se com a entrada do maltrapilho. Tiago percebeu e deixou escapar um sorriso.

– Desculpe a sujeira, moça. Enfiei-me num buraco que não devia. Preciso de roupas novas, pode me ajudar?

Tiago escolheu uma camiseta branca e uma calça *jeans*. Provou as peças e acabou encontrando um tamanho que lhe servisse. Apesar do sol que aparecia lá fora, também comprou um blusão novo. Sabia que, mais cedo ou mais tarde, iria precisar de algo para aplacar o frio sobrenatural. Retirou um pequeno maço de dinheiro do blusão sujo e pagou a mulher. Passou os maços restantes para o novo blusão, enfiou algumas notas no bolso da calça e despediu-se. O par de tênis também estava imundo, mas decidiu ficar com os mesmos. Antes de sair, pediu orientação sobre como chegar ao quartel de Quitaúna. A prestativa e agora menos assustada atendente o orientou, indicando a escada que deveria descer para localizar o ônibus certo.

Tiago chegou ao estacionamento de ônibus e logo viu o que exibia o nome do quartel em letras grandes. Embarcou e efetuou o pagamento ao cobrador. Segundo o motorista, o percurso duraria cerca de vinte minutos. Só restava aguardar.

O ônibus seguiu rápido, rodando veloz sobre o asfalto da Avenida dos Autonomistas. Passou em frente à velha Lonaflex, onde jazia o vampiro estacado. Cinco minutos depois, Tiago percebeu que se aproximavam do centro da cidade, onde confrontara os vampiros. Onde vira sua amada Eliana pela última vez. Chegaram ao largo e passaram por baixo do acesso à estação ferroviária. Bem ali ficava a entrada do túnel no qual despertara modificado pelo sangue maldito de Miguel. Lembrou que na noite anterior ainda era um ser humano comum. Agora, sentia-se como um nada. Nem humano nem vampiro. Um nada. Vazio.

Poucos minutos além do previsto, o cobrador sinalizou para descer. Estavam na frente do quartel de Quitaúna.

Tiago caminhou rapidamente. Se conseguisse ajuda suficiente, provavelmente encontraria sua amada Eliana antes de a noite cair. Como Miguel havia dito, os outros não poderiam ter-se afastado muito. Alcançou o portão frontal do quartel, onde se identificou. Um dos soldados encarregou-se de contatar o comando de Operações Especiais de Quitaúna. Se Brites estivesse no quartel, seria nesse departamento que conseguiria informações.

– Pode entrar – informou o recruta. – Siga direto por esta rua. No segundo prédio à direita existe uma placa que indica a localização da divisão de OE.

Tiago não entendeu o que OE significava, mas seguiu direto para onde o soldado havia indicado. Só foi entender a sigla quando se deparou com a placa: Operações Especiais. Sentiu-se burro por não decifrar algo tão óbvio. Junto da placa, um soldado parecia aguardá-lo. O rapaz não tinha mais de dezenove anos; parecia bastante assustado. Assim que Tiago se aproximou, ele se adiantou em cumprimentá-lo.

– Você é o tal gaúcho, não é? – perguntou o rapaz, estendendo a mão.

Tiago afirmou com a cabeça e emendou:

– Parece que estou ficando famoso.

– Se está... Por favor, acompanhe-me. Estão todos esperando por você.

Todos! – pensou Tiago. Aquela frase dava a impressão de que o quartel inteiro aguardava sua presença.

Subiram dois lances de escada e passaram a um escuro corredor de chão ladrilhado, até alcançar uma sala com porta dupla. Tiago imaginou a sala cheia, pois lá de dentro provinha um burburinho confuso.

O soldado deu duas batidas rápidas e entrou, trazendo Tiago.

Os militares cessaram a conversação e passaram a observar o rapaz em silêncio.

Tiago foi conduzido até o centro da sala, onde havia algumas cadeiras vazias. Ficou aguardando em pé, até que alguém o convidou a se sentar. Sentia-se constrangido, cercado por dezenas de homens de rostos duros e uniformes verde-oliva. Finalmente um deles falou, quebrando o silêncio tétrico.

– Antes de tomar assento, rapaz, poderia explicar como um moço simples como você conseguiu, de mãos limpas, imagino, aquilo que estamos tentando há dias com nosso melhor pessoal e com nosso melhor equipamento?

Tiago abriu a boca, mas na primeira tentativa nada saiu. Olhou em volta. Aqueles caras pareciam mesmo curiosos.

– Eles vieram para cá por nossa causa. Eles a pegaram de mim. A mulher por quem eu estou apaixonado. Não existem armas melhores que o ódio e a vontade de revê-la, eu acho.

– Então você pensa que ela ainda está viva, não é? – perguntou o militar.

Tiago apenas gesticulou positivamente com a cabeça.

– Por quê? – perguntou um outro, mais jovem.

– Miguel, o que eu peguei lá próximo ao terminal... ele me disse que ela está viva. Passamos um bom tempo juntos, eu e ele.

– É um dos vampiros?

– É. Gentil. Por aquela lista de nomes, o dele é Gentil.

– Como descobriu?

– Ele me disse. Disse uma porção de coisas, inclusive que Eliana está e permanecerá viva, e que os vampiros não devem ter se afastado demais daqui.

– Ele fala bastante para quem está morto, não acha?

Tiago olhou sem entender para o militar mais jovem, que parecia conduzir um interrogatório.

– Digo... pelo que sabemos de vampiros, essas lendas todas, ele é um morto-vivo... ele não é um ser humano, é? – o militar aproximou-se, olhando nos olhos de Tiago.

– Denorex – respondeu Tiago.

Dois militares riram da piada do sulista, mas o que se aproximou de Tiago pareceu não entender.

– Denorex?

– É. Ele parece, mas não é. É um vampiro. Um suga-sangue.

O militar mais velho aproximou-se também.

– Ele tentou sugar o seu sangue?

– Na verdade, não.

– Mas e essas marcas em seu pescoço? Isso não é uma mordida?

Tiago sentiu um arrepio percorrer-lhe o corpo. Passou a mão no pescoço até encontrar dois calombos próximos. Lembrou-se. Realmente um deles tentara sugar-lhe o sangue, num episódio frustrado pelo bom e providencial alho.

– Foi uma tentativa. Mas ele não conseguiu. Foi um outro, não Miguel. Ele tentou sugar meu sangue, mas eu havia tomado uma sopa de alho, e ele não conseguiu...

Os militares da sala começaram a rir timidamente, mas em poucos segundos explodiram em um riso descontrolado.

Tiago emburrou-se na hora. Quem eram eles para rir em sua cara? Não acreditavam em vampiros. Pior, não acreditavam nele! O conforto que chegou a sentir quando o professor Delvechio anunciou a disposição dos militares em ajudá-lo começou a ruir, até que o militar mais jovem, que não ria, fez questão de apoiá-lo.

– Vocês acham isso engraçado? Realmente acham engraçado? – inquiriu aos berros. Em poucos segundos, a sala voltou ao silêncio.

– Olhem para esses ferimentos! – ordenou, apontando para o pescoço de Tiago. – Vi outros homens com marcas iguais no pescoço, mas que não tiveram a mesma sorte deste rapaz! Estão agora sendo enterrados por suas famílias!

– Desculpe-nos, Brites, mas o jeito como o rapaz, com essa cara de coelho assustado, nos contou o caso é que foi engraçado.

– Com todo o respeito, major, mas dezenas de soldados meus cruzaram com aqueles monstros, e seus rostos expressavam muito mais pavor quando encontramos seus corpos. Não deve ser nenhuma espécie de amenidade encontrá-los cara a cara, e olhe que eles estavam armados, senhor. Peço um pouco mais de respeito para com este rapaz, que, segundo seu relato, os encontrou e os enfrentou com as mãos limpas.

Os demais permaneceram em silêncio; somente o major falou:

– Até agora não temos provas concretas desse encontro, tenente Brites; portanto, se quer ajudar este rapaz, é bom que ele nos dê mais provas e indicações para prosseguirmos; caso contrário, não vejo razão para manter minhas tropas mobilizadas.

– Vocês querem provas? Basta me levarem de volta ao terminal. Deixei a prova com uma estaca no coração num galpão abandonado. É bom a gente agir rápido ou algum vagabundo pode encontrá-lo, sei lá.

– Brites, depois deste encontro deseja mudar alguma coisa na estratégia que você montou?

– Não, senhor. Acredito, major, que se executarmos com o maior cuidado não haverá baixas, e, agora reforçado pelo que o rapaz disse, acho que os encontraremos dentro do perímetro desenhado.

– Então não haverá mudanças e executaremos os procedimentos dentro dos horários estipulados? – perguntou mais uma vez o major, reforçando o que Brites havia dito. O tenente hesitou. Lançou um olhar demorado e analítico para o pescoço de Tiago.

– Espere, major. Acho que quero mudar apenas uma coisa, uma coisa importante. Acho que o rancho de nossos homens será um pouco mais cedo... Quanto alho vocês têm estocado na cozinha?

O major arregalou os olhos, surpreso. Alguns riram discretamente. Tiago abriu um sorriso largo, achando graça no momento, mas em poucos segundos aquela expressão alegre desapareceu de seu rosto.

CAPÍTULO 30

A lua estava alta. A equipe de Brites não conseguira obter sucesso em sua caçada aos vampiros. Agora os quatro, Baptista, Fernando, Manuel e Guilherme, mais a humana, caminhavam para fora da toca. Um vento gelado cortava a noite, e o céu ostentava poucas nuvens e uma calmaria cativante. Entretanto, poucas horas atrás, quando os vampiros estiveram prestes a serem descobertos pelos militares, aquele mesmo céu fora palco de funesta selvageria.

Baptista fora o da guarda. O esconderijo estivera por um triz, mas o poder sobrenatural do vampiro providenciara uma debandada geral dos soldados e causara tremendo caos por toda a cidade de Osasco. O vampiro evocara uma tempestade espetacular, sem precedentes na região. Os soldados, engajados na procura do esconderijo dos vampiros, viram-se obrigados a prestar assistência aos cidadãos em centenas de acidentes desencadeados pela tenebrosa tempestade que castigara o município. O prefeito declarou estado de calamidade pública. Na noite anterior, a neve cobrira as ruas de Osasco de ponta a ponta, chegando até mesmo a Carapicuíba. Nesse dia, fora a chuva a precursora de devastação nunca antes experimentada.

Eliana estava mais uma vez inconsciente. Baptista servira-se de seu sangue para recuperar as forças. Muito provavelmente precisariam de seu poder uma vez mais antes de alcançar a preciosa caravela.

Guilherme ia à frente, tendo Manuel bem próximo. Estiveram escondidos num compartimento abandonado embaixo de uma imensa ponte metálica. Estranharam o fato de a ponte estar ali sem haver rio algum para cruzar. Subiram a larga avenida. Decidiram andar separados por alguns metros. Era muito melhor caminharem solitários, chamando o mínimo de atenção. Subiram a larga avenida em busca de um transporte adequado que os tirasse dali com urgência. Luzes sustentadas no topo de longas hastes de pedra banhavam o chão negro e reflexivo, pois ainda havia muita água da chuva.

Eram lindas as luzes!, pensou o vampiro.

Manuel interrompeu a caminhada. Também estava encantado com as luzes. Seus olhos vampíricos estavam fixos em um grupo de veículos com luzes pulsantes presas no topo, que giravam dentro de uma espécie de caixa de vidro, chamando a atenção de quem passava. Ora eram vermelho intenso, ora azuis. Os veículos, também vermelhos, estacionavam junto a um veículo muito maior, que trazia a palavra Himalaia em sua lateral. Quase ao mesmo tempo, o cheiro forte e perturbador do sangue chegou-lhe às narinas. Havia um homem morto ali; isso ele sabia. Bastaria um grito alto para trazê-lo de volta à vida. Queria fazê-lo, mas a razão obrigava-o a permanecer mudo. Percebeu o que acontecera. Um gigantesco poste metálico havia desprendido do chão e despencado do céu, atingindo a parte traseira do veículo. O homem fora esmagado pelas partes de ferro daquela carruagem agigantada. Nem mesmo Dom Manuel possuíra tão grande carro. Continuou caminhando.

Encontraram daqueles postes publicitários caídos por quase toda a extensão da avenida. A tempestade tinha sido furiosa. Humanos panteavam suas perdas, suas vidas. Depois de alguns minutos, chegaram até um grande pátio, onde dezenas daqueles seres enormes se ajuntavam. Ali, onde centenas de humanos aglomerados aguardavam pelas carruagens dotadas de motor, reuniram-se novamente.

Diversas vezes algumas pessoas aproximaram-se de Fernando perguntando pela mulher desmaiada e oferecendo ajuda. Ele as afastava como podia, mas percebeu que a curiosidade sobre a mulher inconsciente crescia a cada instante. Comunicou-se com Baptista, que tratou de apressar os irmãos a se conduzirem para dentro de um dos grandes veículos. Por conveniência, escolheram o mais vazio, pois os curiosos não eram bem-vindos naquela noite.

O ônibus zarpou, deixando a cidade.

Não foi difícil para os vampiros alcançar seu objetivo. Acordador ainda mantinha consigo a preciosa pistola com a qual executara o infeliz protetor da nova mãe. Não demorou um instante para convencer o condutor a desviar-se do caminho.

Queriam o aeroporto. Queriam o avião. Queriam a caravela.

CAPÍTULO 31

O corpo do vampiro repousou até a noite dentro do forno metálico. Assim que o sol se escondeu no horizonte, retiraram-no do esquife improvisado.

Tiago fez questão de estar presente.

Quando o corpo de Miguel foi trazido para fora, cercado por soldados armados, sua pele parecia ainda mais branca, e a mão permanecia segurando a estaca. Colocaram-no sobre a maca e o encaminharam ao andar superior do IML de Amarração.

Tiago soubera, logo ao entardecer, que as buscas efetuadas pelo grupo do tenente Brites não haviam colhido bons resultados. Não encontraram nenhuma pista dos vampiros desaparecidos. Seria bom, muito bom, que mais uma vez seus instintos o estivessem empurrando para a solução acertada.

Tiago decidira aguardá-los ali mesmo em Amarração. Se Miguel tivesse dito a verdade, os demais vampiros estariam vindo direto para a caravela atracada, como abelhas indo ao mel.

Brites havia posto alguns grupos de Amarração a seu dispor, para que o auxiliassem no que fosse preciso.

Naquela tarde, Tiago, um pouco acanhado no início, passou seu plano ao sargento Bernardo. Sentia-se um bocado desconfortável; não estava acostumado a dar ordens, ainda mais a um bando de militares. De uma hora para outra, vira sua pacata vida à beira-mar transformar-se em algo cinematográfico, com vampiros, helicópteros e tiroteio a todo instante. Com o passar das horas, acabou se acostumando. Bernardo entendeu bem o que ele queria. Iriam armar uma emboscada para os vampiros nas docas de Amarração. Se os monstros se dirigissem para lá, não haveria chance de escapar. O problema seria recuperar Eliana antes de um eventual e previsível tiroteio. A vida de sua amada não poderia correr esse risco. Sabia que ela ainda estava viva. Miguel lhe contara os propósitos de Guilherme. Eliana somente seria morta por uma bala inconveniente, não pelas presas dos vampiros.

Bernardo auxiliou Tiago e Brites com explicações táticas e sobre os equipamentos disponíveis. Juntos foram visitar as docas, para que o sargento tivesse uma boa ideia de onde iriam lutar.

A antiga caravela continuava flutuando, subindo e descendo ao sabor do mar. O pessoal do Departamento de História da USPA havia providenciado alguns remendos e reforços plásticos para que a velha estrutura de madeira não esfarelasse ao simples movimento de descer e subir que o mar lhe oferecia. Sem dúvida alguma, era uma peça linda... maldita e linda.

Bernardo analisou as possibilidades táticas que o local da emboscada oferecia e, então, seguindo o pensamento de Tiago, organizou os procedimentos. No solo usariam poucos homens, mas com armamento pesado. Longe da costa é que teriam um trunfo na manga. Se não conseguissem recuperar a mulher, ou caso a recuperassem mas os vampiros escapassem, barcos velozes da Marinha iriam interceptá-los em alto-mar e, usando o recurso que fosse necessário, extinguiriam da face da Terra aquelas indesejadas e malditas criaturas.

Voltaram para a base improvisada no colégio por volta da hora do almoço. Após o rancho, farto em alho, Bernardo ocupou Tiago, ensinando-lhe o básico sobre as armas à disposição. Se Tiago quisesse pegá-los, era bom conhecer bem ao menos uma daquelas belezinhas para levar alguma vantagem no confronto que se avizinhava.

As horas arrastaram-se repletas de agonia. Tiago ficava junto ao rádio, esperando a notícia que não chegava. O grupo de Brites não localizou os vampiros. Eliana não havia sido resgatada. Sua angústia aumentava, e dores estranhas tomavam conta de seu corpo. Por volta das três horas da tarde, seus olhos pareciam pegar fogo. Ardiam, causando desconforto indescritível. Temeu que aquele inesperado problema não desaparecesse e o prejudicasse durante a ação prevista para aquela noite. A ferida no pescoço também ardia, e o discreto ferimento, quase completamente cicatrizado, parecia pegar fogo. Algo de ruim estava acontecendo dentro de seu corpo, como se ele lutasse para não ser dominado por alguma força invisível.

Às quatro horas da tarde seus amigos Olavo e César chegaram acompanhados de dois homens. Um ele já conhecia. Era o professor Delvechio. O outro, a julgar pelo estilo do colarinho, deveria ser um padre.

Os amigos quiseram saber de Eliana. Delvechio também se interessou; afinal, Eliana era sua melhor assistente, uma companheira de pesquisas bastante dedicada e amiga.

Tiago contou o sucedido: a decisão de fugir, a curta estada na casa da irmã, a neve caindo. Descreveu a cidade de Osasco tomada pela neve e a certeza macabra de que os vampiros estavam rondando por ali, procurando por eles. Tiago narrou o encontro sob o olhar atento de todos. Relatou sua sorte ao dominar Inverno e também no ataque de Tempestade. Omitiu a parte em que fora baleado e praticamente morto por Acordador. Contou a ajuda providenciada por Miguel e sua decisão de cravar-lhe uma estaca. Ficaram impressionados.

– De todos os vampiros, só não vi Sétimo e o tal Lobo – finalizou Tiago.

– Não viu, é? Eu sei por que você não viu. É porque ele ficou para trás, por algum motivo. Ele foi visto ontem à noite em Porto Alegre; fez o maior estrago. Esses monstros estão acabando com os soldados de Operações Especiais. Brites está uma fera...

– Eu sei, Cesão. Conheci o tenente lá em Quitaúna. Ele está disposto a tudo.

– Os militares estão dispostos a tudo mesmo – ratificou padre Cantor. – Eu e Delvechio presenciamos uma das reuniões recentes. Se esses vampiros realmente vierem para cá, de hoje eles não passam.

Diante dos olhares interrogativos dos rapazes, o professor Delvechio adiantou-se.

– A coisa vai ficar feia, rapazes. Sei que vocês adoram a Eliana, mais do que eu até, mas, se fosse vocês, deixaria tudo por conta dos milicos. O presidente da República deu autorização para a utilização de qualquer recurso que faça deter essas aberrações. Não quer ficar conhecido como o homem que espalhou vampiros pelo mundo.

– Isso significa precisamente o quê? – perguntou Tiago, ainda mais preocupado.

– Isso significa precisamente que, se for necessário um míssil nuclear para aniquilar os sete, eles vão usar.

– Um míssil nuclear? Aqui em Amarração?

– Por que não? A cidade já está quase completamente deserta. Ninguém falou nada, mas desde ontem eu percebi jipes passando pelas ruas e soldados ajudando as pessoas a evacuar suas casas. Eu não duvido nem um pouco de que eles radicalizem de vez – Delvechio fez uma pausa para coçar o cavanhaque. – Veja a cara desses soldados. Esses meninos estão assustados. O tenente Brites está puto da vida com as baixas. Nada similar aconteceu antes nesta nossa geração. O Exército brasileiro só sofreu tantas baixas em períodos de guerra. Isto já é uma verdadeira guerra! Dá para acreditar?

– Somados os mortos, só militares, já são mais de duzentos...

Todos daquela pequena roda olharam para Olavo. Ele trabalhava no IML, sabia dos números. Se aquilo fosse verdade, a coisa realmente estava feia.

– Delvechio, já que a situação chegou a esse ponto, preciso estar no meio da operação, agora mais do que nunca. Pelo que você disse, eles não hesitariam em explodir Eliana com as criaturas. Ela é só mais um número na papeleta de estatísticas para eles. Uma pessoa a mais, uma a menos, não fará diferença. Estarei lá esta noite e, depois que arrancar Eliana daqueles malditos, que o Exército os mande para o inferno com dinamite, bomba nuclear, com o diabo que for!

– Bem, eu já arrumei o que fazer esta noite. Pelo menos um dos desgraçados eu tenho de pegar. Tem um destacamento partindo para Porto Alegre assim que o sol se puser. É minha carona. Já arrumei tudo com o Bernardo – disse César.

– Bá, mas o que você está pensando fazer em Porto Alegre, tchê?

– Pense um pouco, professor: o Lobo foi visto lá pela última vez. Com um pouquinho de sorte, cruzo o caminho daquele cachorro. Ele não vai conseguir matar mais ninguém.

– O que te leva a pensar, meu rapaz, que você vai conseguir o que soldados tão bem armados não conseguiram ontem naquele beco?

– Ora, padre, você, melhor do que ninguém, deveria saber o poder que tem a fé. Eu sei que vou conseguir. Se minha fé não remover aquela montanha peluda, isso aqui remove – disse César, exibindo um revólver prateado calibre trinta e oito preso à cintura.

– Muita coragem ir atrás daquele lobo com isso aí, rapaz. Os soldados que sobreviveram e descreveram o bicho estão cagando nas calças até agora. Em todo caso, que Deus o abençoe nessa maluquice – o padre fez o sinal da cruz na direção do moço valente.

– Espere e verá, padre. Eu tenho um trunfo na manga que os soldados, com todas as metralhadoras e blablablá não têm. Espere e verá.

O grupo continuou conversando por mais alguns instantes e depois se ocupou de saber das novidades. Volta e meia, um deles corria até o operador de rádio e apanhava as últimas mensagens recebidas. De São Paulo não chegara nenhuma boa nova, apenas a comunicação de que o tenente Brites estava a caminho, confiante na intuição e nas opiniões de Tiago.

Chegou o pôr do sol, e todos acompanharam Tiago até o IML para assistir à retirada do vampiro de dentro do forno metálico. Como dito, o esquema para a retirada do vampiro fora observado por pelo menos uma dúzia de soldados e fuzis. Miguel permanecia pálido e inerte. Morto. Transferiram o corpo para o andar superior do IML, com o auxílio de uma maca alta e de superfície metálica.

Todos deixaram a sala, exceto os três rapazes, que ficaram alguns minutos em silêncio olhando para a criatura. Um monstro que encontraram, um monstro que despertaram. O terror à solta na Terra. Talvez tivesse sido melhor nunca terem encontrado a caravela.

César foi o primeiro a quebrar o silêncio.

– Desculpe, amigos, mas está na hora de partir. Os soldados disseram que iriam para Porto Alegre assim que escurecesse. Bom... o sol já foi embora, acho que é hora de eu ir.

Olavo e Tiago deram um abraço solidário no companheiro.

– Gostaria de ficar aqui com você, Tiago, mas se eu não for, tem uma coisa aqui dentro me dizendo que esses soldados não vão conseguir deter aquela fera.

– Balas de prata, não é?

César apenas meneou a cabeça positivamente. Torcia até com seu último fio de cabelo para que a lenda fosse verdade. Balas de prata para matar lobisomem.

– Eu vou com você, Titi. Acho que a Eli vai precisar da ajuda de todos nós – solidarizou-se Olavo.

– Obrigado, cara, mas acho que vou precisar de você aqui mesmo. Eu devo muito a este cara para largá-lo assim – disse Tiago, apontando com a cabeça para o vampiro estacado.

César despediu-se e desceu, deixando os dois sozinhos. Olavo estava curioso. Não sabia que fazia parte dos planos de captura dos vampiros bolados por Tiago.

– Ele está morto, Titi... que eu posso fazer, tchê?

– Ele não está morto – revelou Tiago, frisando cada palavra.

Olavo, que estava com a mão sobre a maca, retraiu-a imediatamente.

– Como assim? E a estaca no peito, ela não funciona?

– Funciona. Mas justamente enquanto está no peito. Se alguém a remover, ele volta a viver. É aí que você entra.

– Revivê-lo? Para quê?

– Não me pergunte os porquês. Você quer ver a Eliana novamente, não é? Então apenas execute. Vamos combinar agora como a coisa vai funcionar. Já está quase na hora de eu rumar para as docas com o sargento Bernardo.

Olavo ouviu atentamente as explicações do amigo e prestou bastante atenção na parte que lhe cabia no plano. Se fosse necessário acordar um demônio para reaver a amiga, o demônio seria acordado sem demora.

CAPÍTULO 32

O som era ensurdecedor àquela distância. César procurava proteger os ouvidos, mas estava difícil. Um soldado aproximou-se.

– Já voou num destes antes?

César lançou um olhar rápido para o helicóptero e balançou a cabeça em sinal negativo.

– Venha arqueado. Não quer perder a cabeça, não é? – brincou o militar.

Ele riu e seguiu o rapaz. Manteve-se encurvado até alcançar o helicóptero.

Enquanto passava por baixo da hélice, teve de concordar com o jovem soldado: se levantasse a cabeça mais um centímetro, a veria arrancada de seu pescoço. Esforçou-se para subir a bordo. Trazia uma mochila pesada, onde acomodara as armas. Precisou de bastante lábia para convencer o sargento Brites a deixá-lo seguir armado para Porto Alegre e juntar-se, com permissão especial, aos grupos de busca ao Lobo. Mal acomodou-se, sentiu um tranco lateral, como se alguma coisa sobrenatural empurrasse a aeronave; depois veio um empuxo, levando o helicóptero para cima.

– Tome. Isto aqui vai te ajudar – gritou o soldado, estendendo um *headphone* para tapar os ouvidos.

César agradeceu, precisando gritar também.

O helicóptero subiu rápido, e, através da janela do seu lado esquerdo, podia observar as luzes da cidade distanciando-se. Haviam decolado da escola transformada em base militar e pareciam já ter ultrapassado os limites da pequenina Amarração, que mais se assemelhava a um povoado do que a uma cidade.

Além do soldado que o recebera, havia mais dois no banco de trás, cada um com seu fuzil, e mais o piloto à frente. Estavam quietos; somente o barulho infernal do motor preenchia o local. Logo notou que o que havia coberto os seus ouvidos não eram simples tapa-ouvidos, mas também um rádio. Podia ouvir mensagens vindas da central de operações em Amarração para os soldados e também algumas conversas entre o piloto e a torre de controle de Porto Alegre.

César alisou a bolsa de lona e depois a abriu. Retirou a espingarda e deixou a mão percorrer sobre o metal negro e frio. Pegou uma das balas e examinou a ponta de prata. Se a fera cruzasse à sua frente, iria experimentar aquela munição. César fechou os olhos, encostou a cabeça no cano frio da espingarda e orou. Orou para que aquela ideia maluca e folclórica desse certo, pois aquelas balas de prata eram tudo o que tinha.

Levou a mão novamente para dentro da mochila e apanhou uma porção de balas menores. Balas de calibre trinta e oito. Neco, além da encomenda de cartuchos de calibre doze, confeccionara dezoito balas de trinta e oito. César encheu a mão com as balas menores, e, como se lesse seu pensamento, o soldado que o ajudara a embarcar puxou conversa.

– Como você vai carregar tudo isso aí? Vai ser nessa sacola?

– Não tem jeito. Vai ser aqui mesmo! – gritou.

– Bem, então espero que você não se encontre com aquele bicho, porque, desorganizado desse jeito, tu não vai conseguir matá-lo, não! Há, há, há!

César também riu, respondendo:

– É que eu não estou acostumado a caçar lobisomem, porra!

O soldado vasculhou uma caixa à sua frente e dela sacou um embrulho preto. Jogou-o para César.

– Isto vai te ajudar!

César logo percebeu que se tratava de uma lona enrolada. Assim que a abriu, o pacote assumiu a forma de um colete.

– Prenda os cartuchos nesses elásticos, pois assim fica mais fácil remuniciar a espingarda.

César agradeceu com um aceno. Vestiu o colete e passou a preencher os pequenos suportes com a parca munição de balas de prata. Compenetrado, tentava imaginar como seria a fera. As descrições fornecidas pelos soldados da última perseguição eram as piores possíveis. Pelo que entendeu, o homem realmente transmutou-se em lobo. Um lobisomem legítimo. Quieto em seu assento, César cochilou.

Acordou minutos depois, quando passou a prestar atenção no rádio. Uma unidade do Exército passava coordenadas ao piloto. Ele deveria dirigir-se direto a determinado local porque o Lobo fora localizado e estava encurralado. Requisitavam todo o reforço disponível. Isso facilitava as coisas; não teria de aguardar uma noite inteira para ter seu encontro. Sabiam onde o monstro estava, e estava encurralado. Isso era bom. César colou a cabeça no vidro para observar lá fora. Um minuto e meio depois, o helicóptero começou a baixar. César viu uma aglomeração de luzes e potentes holofotes dançando na escuridão. Eram do Exército. Apesar da escuridão, conforme se aproximava pôde distinguir homens fardados e caminhões de infantaria. Um vento gelado e cortante invadiu a aeronave, causando um susto tremendo. Parecia que alguma coisa estava errada, mas logo entendeu o que acontecia. O soldado ao lado havia aberto a porta lateral corrediça e apontara para fora um pequeno holofote, de facho largo e potente, clareando o chão. O helicóptero manteve-se a uma determinada altura e passou a sobrevoar a área, buscando um lugar decente para pousar. Os soldados aproveitavam o rasante para um reconhecimento primário do local. César notou que estavam sobre uma fábrica, com dezenas de imensos galpões e pátios gigantescos. Voavam em círculo quando foram alertados por disparos. Primeiro, um único fuzil disparava, iluminando uma parte escura quando deixava chispas de fogo escapar pelo cano. Um urro monstruoso se sobrepôs ao som do motor. Em seguida, vários soldados abriram fogo. Um deles, na parte traseira do helicóptero, veio para a frente, deixando sua arma pronta para funcionar. O piloto continuou voando em círculo, descendo alguns metros. Agora podiam ver bem melhor, e os olhos de César conseguiam até discernir as diferentes texturas do piso do pátio que sobrevoavam. Seus olhos enchiam-se de pequenos pontos vermelhos cada vez que os soldados abriam fogo logo abaixo. O pátio estava entulhado de caixas e de grandes máquinas parecidas com tratores, impossibilitando-os ver em quem os soldados atiravam. O piloto entrava agora em uma nova volta, ainda mais baixa, fazendo muita poeira levantar do chão. Gritos chegavam pelo rádio. Os soldados haviam encurralado a fera em um canto. César nem sequer piscava. Sabia que tinha alguma coisa ali. Aliás, sabia que a coisa estava ali. Novos disparos, e então seus olhos depararam com a coisa. Uma sombra imensa surgiu de um amontoado de caixotes, saltando alto como um animal selvagem, partindo para cima do grupo de dez soldados que disparavam incessantemente. Um grito humano fez-se ouvir, e então a fera desapareceu no meio de outro amontoado de caixotes. Os soldados viraram-se e começaram a disparar novamente. Estavam desesperados. O soldado postado à porta disparou duas vezes, sem nada atingir. A explosão do fuzil a bordo trouxe César de volta. Estivera, por alguns segundos, mergulhado num limbo mental, hipnotizado pela fera. O monstro... o monstro era muito maior do que imaginava. O helicóptero pairou a certa altura, e o soldado com o fuzil saltou ao chão. O soldado do holofote chamou-o.

– Vamos, você tem de pular também.

César sentiu o corpo gelar. Ainda estava apavorado pela visão da besta--fera cruzando o pátio escuro. E agora era hora de pular ao seu encontro.

– Vamos, não podemos ficar aqui a noite toda, tchê! Pule! Eles vão cobrir você; vieram especialmente para escoltá-lo.

César passou a mão na cabeça e foi para a porta. Estavam a uns três metros do chão. Saltou e rolou sobre o cimento frio. Um vento forte vinha de cima, empurrando-o para baixo. O segundo soldado caiu logo atrás e num instante estava recomposto, auxiliando-o a se levantar. Disparos cruzaram o ar. O helicóptero deixou a área, levando embora o poderoso facho de luz.

Escuridão. Uma mão pousou sobre os ombros. Era um dos soldados do helicóptero.

– Venha, vamos sair daqui do meio. Podem nos acertar uma bala.

Acho que prefiro uma bala àquilo, pensou César.

O som do helicóptero agora era distante e fraco. Potentes eram as repetidas explosões dos fuzis militares.

César checou sua munição pela vigésima vez.

Os soldados permaneceram um de cada lado do protegido. Tinham a incumbência de deixá-lo em posição privilegiada para efetuar disparos contra a fera, nem que essa posição significasse ficar cara a cara com o lobisomem.

César prendeu o revólver trinta e oito na parte traseira da cintura. Preferia resolver aquilo com a doze. Um soldado o agarrou pelo ombro e começou a correr. Postaram-se paralelos ao grupo que efetuava os disparos. De repente, o segundo soldado gritou:

– Abaixa!

Imediatamente, jogaram-se ao chão.

Pedaços de caixote voaram sobre suas cabeças, enquanto balas de fuzil cruzavam o ar logo acima. Se tivessem permanecido em pé, estariam mortos agora. Os disparos cessaram, mas a prudência os manteve colados ao chão. César torceu a cabeça contra o cimento para poder olhar para os lados. O que seus olhos encontraram foi algo aterrorizante. *Lobo*! O monstro corria em sua direção com um par de olhos escarlates cintilantes. Tentou gritar, mas a voz não saiu. Apenas se remexeu freneticamente, encostando-se nos caixotes. A fera passou galopante, desinteressada deles, e arremessou-se através de um grande vitrô para dentro de um galpão próximo. Sua passagem foi azar para o soldado que se encontrava à sua esquerda. O rapaz gritava freneticamente, como se estivesse em estado de choque por ter botado os olhos naquela aberração. Nenhum dos dois culparia o rapaz, já que a criatura era realmente horrenda. Mas, num segundo momento, assim que seus corações voltaram ao normal, perceberam que os gritos apavorados não eram nem um pouco de origem psicológica, e sim bastante física. O monstro atropelara o militar, pisando com sua descomunal pata de lobo no braço direito do rapaz.

– Meu braço! Aaaaiii! Aquele maldito quebrou meu braço!

O braço do rapaz tinha agora o formato da letra S.

– Junte-se àquele batalhão. Alguém vai chamar um médico pelo rádio – ordenou o outro soldado, sem dar muita bola ao sério ferimento do amigo. Virou-se para César e continuou: – Quanto a você, siga-me até o galpão. Vamos acabar com aquele cachorro do diabo! Não quero ficar aqui a madrugada toda. O frio me deixa resfriado.

César apanhou a espingarda que havia caído quando precisou se jogar para fugir dos disparos. Correu ao lado do soldado, seguindo-o reto até o galpão. O soldado pulou a vidraça arrombada pela fera, e César viu surgir lá dentro um facho de luz. Outros soldados chegaram, saltando como se não pensassem no perigo ali guardado. César entrou também e viu o lugar ganhar vários fachos de luz gerados pelas pequenas lanternas carregadas pelos militares. Entrincheirou-se junto a um amontoado de caixas pequenas. Ergueu a espingarda. Assim que tivesse chance, iria acertar aquele monstro. Um rugido forte o fez estremecer. Levantou a cabeça. Parecia que a boca da fera estava ali, pronta para devorá-lo. Nada. Os soldados vasculhavam o armazém com as lanternas. O que o escoltava parou à sua frente.

– Assim que você avistar aquela coisa, atire à vontade. É bom que sua munição seja boa mesmo, porque os outros já a acertaram uma porção de vezes, sem conseguir extrair um gemido da criatura.

– Pode deixar, soldado. Essas balas de prata vão livrar nossos rabos.

César esgueirou-se com o soldado por um corredor apertado, cercado por máquinas de ferro e poeira.

Ouviram a fera rosnar mais uma vez. Uma sessão de disparos fez-se ouvir. O rugido, que mais parecia um trovão, tomou conta do armazém, fazendo o ar vibrar. Um soldado gritou desesperado.

– O lobo pegou ele! – gritou alguém.

Mais gritos de pavor e de dor. Em geral, os gritos de dor vinham logo após um grito de pavor; eram bem discerníveis.

César tinha certeza de que a fera estava exterminando os soldados. Logo não sobraria ninguém para contar a história. Alcançou o soldado que permanecia estático, grudado a uma máquina de ferro que era uma verdadeira parede, devido a seu tamanho.

– Vamos sair daqui. Esse bicho é esperto demais – disse César.

– Sair? Tu tá louco, tchê? Tem gente morrendo aqui dentro! Vamos ajudá-los.

– Desculpe, soldado, mas não vim aqui para morrer num galpão fechado...

– Fique aqui! É uma ordem!

César fechou a cara, perdendo o tom amigo.

– Escute aqui, parceiro. Não sou militar, não sou soldado! Você ordene o diabo, mas eu vou rapar fora. Você é burro ou o quê? Não estamos caçando esse lobisomem aqui dentro. Ele é que está caçando a gente – disse em sussurros, temendo ser ouvido pela fera.

O soldado ainda digeria a resposta malcriada de seu protegido quando mais um grito ensandecido, com outro rugido da fera, encheu o galpão. Aquele teatro de horrores embasava o que o civil lhe dizia. Só não queria dar o braço a torcer.

– Vamos recuar um pouco – sugeriu o soldado. – Mas não vamos embora, pois temos de ajudar os outros.

– Se a gente continuar com todas as nossas coisas no lugar, talvez a gente possa ajudar os outros. Se a gente demorar muito tempo aqui dentro, esse lobo vai ficar de barriga cheia em dois tempos.

Outro grito invadiu os ouvidos dos dois. Antes, o som predominante era o dos coturnos contra o assoalho; agora pouco se ouvia o arrastar das botas. O som da respiração feroz do lobo ganhava cada vez maior volume.

César ouvia a fera bem perto, talvez no próximo corredor. Seu coração disparou desesperado. Não haveria tempo para fugir; tinha caído na cilada da fera. Ergueu pela centésima vez a espingarda e engatilhou-a, pronta para o disparo. Mais um grito. Vinha de algum lugar pouquíssimos metros à frente, na escuridão. A lanterna do soldado acompanhante varreu o chão, revelando fartas marcas de sangue, como se alguém mutilado tivesse se arrastado por ali. O soldado ferido continuava gritando. A lanterna alcançou um corpo estendido no chão. César sentiu um calafrio percorrer cada fio de cabelo. Faltava uma perna àquele soldado. O soldado acompanhante acocorou-se ao lado do corpo e, em seguida, voltou-se para César, dando o diagnóstico:

– Está morto.

Entretanto, os gritos próximos continuavam.

Disparos. Faíscas repentinas iluminavam por uma fração de segundo a escuridão.

O soldado voltou a apontar o facho de luz para o corredor.

César viu uma silhueta diabólica dez metros à frente. Espremido no corredor estreito, o lobisomem estava debruçado sobre um homem que gritava ensandecido, certamente tomado por dor indescritível, posto que a fera mergulhava a mandíbula sucessivas vezes naquele corpo destinado à morte certa. O impacto fora tão surpreendente que não executara disparo algum. O soldado aprumou o fuzil e disparou, explodindo as cápsulas de pólvora numa cadência assustadora. Disparos vieram em sentido contrário, feitos por soldados do outro lado do corredor. César abaixou-se, indo ao chão mais uma vez. O monstro urrou, parecendo fazer o ar locomover-se naquele apertado corredor. Apanhou a lanterna deixada no chão pelo soldado, que continuava disparando para a frente. Viu pedaços de pele serem arrancados do monstro. O soldado parou. Precisava recarregar o fuzil. César não ousou se levantar, posto que os outros soldados não haviam cessado os disparos, mandando projéteis para o lobo e para além dele, tantos que ricocheteavam logo acima contra as máquinas de ferro que formavam o corredor. César puxou a espingarda para a frente: iria atirar contra a fera. Mas... e se acertasse os soldados? Resolveu consultar o acompanhante. Direcionou o facho de luz e encontrou-o no chão, debruçado sobre o fuzil.

– Posso atirar? Será que não há perigo de acertar os soldados do outro lado?

César jogou rapidamente a luz para a fera, que permanecia imóvel sobre o corpo do soldado morto. A resposta demorou. Apontou de novo a luz contra o soldado. Ainda estava debruçado sobre a arma.

– Ei! Ei! – gritou apavorado.

Os disparos recomeçaram do lado de lá. As balas de fuzil voltaram a ricochetear sobre sua cabeça. Não era seguro continuar ali.

Com o cano da espingarda, cutucou o soldado. Estava imóvel. Ergueu-o, tentando encostá-lo na parede de ferro. Voltou a lanterna para ele. Um fio grosso de sangue descia da testa, por debaixo do capacete, e vinha lavar sua cara. César retirou o cano da espingarda do corpo do soldado com um acesso de repugnância. Ajeitou a luz para o corredor. Os soldados interromperam os disparos e, então, percebeu a fera se movendo na direção deles. Deveriam ser os últimos soldados vivos no galpão. Quantos restavam? Dois, três? Depois deles a fera certamente viria em seu encalço. Disparou em direção à criatura e decidiu fugir para a direção de onde viera. Correu pelos corredores, tentando recordar-se da saída, da vidraça arrombada. Ouviu mais disparos, depois mais gritos. Mais disparos, mais gritos. Dor. A lanterna caiu quando a mão bateu em algo metálico. Uma barra de ferro estendia-se para fora de uma das máquinas. Mais disparos, mais gritos. Um uivo vitorioso da fera. Silêncio. César abaixou-se, cauteloso. Encontrou a lanterna, com seu facho morto apontado para o lado. Esgueirou-se por debaixo de algo parecido com uma mesa, com várias serras pontiagudas. Apanhou a lanterna e, lentamente, voltou para o corredor. Parou. Correr fazia muito barulho. Andava lentamente, evitando qualquer atrito dos pés contra o chão.

O monstro estranho, de tamanho inacreditável, deveria estar em seu encalço naquele exato momento. Manteve a mão que empunhava a espingarda estendida, acreditando assim ganhar agilidade. Um som logo atrás fez com que se voltasse e disparasse sem pensar. Tubos de ferro rolavam pelo chão por obra de uma espécie de fantasma, de um lobo amaldiçoado. Chegou ao fim de outro corredor. Apontou a luz para o lado direito. Lembrava-se daquele lugar, onde grossas correntes pendiam do teto. Estava próximo à vidraça. Voltou a lanterna agora para o lado esquerdo. Um susto. Estremeceu da cabeça aos pés. O monstro estava ali. Uma sombra negra rente ao chão, uma montanha peluda, de olhos vermelhos cintilantes. Um rosnado nervoso tomou conta do ambiente. O monstro não era tão grande quanto sua imaginação apavorada desenhara. Levou três segundos até os músculos relaxarem o suficiente para trazer a arma na direção do lobisomem. Era a hora da verdade.

O monstro levantou-se, fazendo César sentir-se, repentinamente, o menor dos homens da face da Terra. Que altura tinha aquilo? Três, quatro metros? A espingarda encontrou a posição correta. César disparou a bala de prata. Um instante antes a fera havia saltado, salvando-se da carga fatal. Alcançou o rapaz, que sentiu a pata pesada de fera acertar-lhe o ombro e a boca quente aproximando-se. A espingarda voou de suas mãos, caindo e disparando involuntariamente, sem acertar o monstro. Luzes invadiram o corredor. Luzes mais fortes que as das lanternas. Gritos de soldados. Reforço tardio. César estatelou-se no chão, com um objeto metálico machucando-lhe as costas. O revólver. O monstro fechou as mandíbulas bem na sua cara, errando o alvo por pouquíssimos centímetros. Arrastou-se para trás, enquanto a fera preparava mais uma investida. Rosnou furiosa, erguendo completamente o dorso, exibindo toda sua fúria e seu tamanho inacreditável. César quis gritar como gritaram os soldados, mas a urgência por sobrevivência sobrepôs-se ao medo. Canalizou o restante de consciência, na tentativa de alcançar o revólver preso às costas, antes que os dentes da fera penetrassem sua carne. Disparos. Lobo voltou o rosto para os soldados por um breve segundo. César puxou o revólver. Pediu a Deus que a bala de prata funcionasse. Lobo lançou sobre ele os olhos vermelhos e luminosos como brasa. Arreganhou a boca, exibindo os dentes ferozes. César disparou uma única vez, acertando em cheio o peito da fera. A boca de Lobo fechou-se. Balas de fuzil ricocheteavam acima. As brasas abrandaram-se, e a fera cerrou os olhos. O corpo pesado pendeu para a frente. Um urro irado escapou da boca sobrenatural. César arrastou-se para não ser atingido pelo imenso corpo que desmoronava, vindo ao chão e caindo inerte.

Os soldados puseram-se a disparar.

César atirou duas vezes para cima e gritou.

– Não atirem! Eu estou aqui! O lobisomem morreu!

Os soldados aproximaram-se e rodearam o corpo da fera. O monstro estava imóvel, morto. César passou a mão nos cabelos e guardou a arma na cintura. Um militar, com patentes de sargento, aproximou-se e pousou a mão em seu ombro.

– Parabéns, filho. Não sei como você fez, mas muito obrigado.

– Não me agradeça ainda, sargento. Tem muitos homens para ajuntar aqui dentro.

O sargento olhou para o corredor e caminhou, desaparecendo na escuridão. Outro sargento aproximou-se, eufórico.

– Como você fez isso, rapaz?

– Bala de prata.

O militar balançou a cabeça, deixando escapar um sorriso.

– Olha, peça o que quiser. Você merece um prêmio.

– Posso pedir mesmo?

– Pode.

– Quero ir para casa agora. Tem mais gente para eu ajudar. Você pode me levar? Eu e o meu amigo aqui? – perguntou César, apontando para o lobo vencido.

– Pode apostar.

CAPÍTULO 33

Manuel apegara-se definitivamente àquela arma preciosa. A pistola parecia surtir mais efeito que suas presas sobrenaturais. Usando a arma, resolvera mais um impasse para deixarem São Paulo. Na noite seguinte ao desastroso encontro com o mortal, logo após a fuga do Exército comandado pelo tenente Brites, obrigara um pobre homem a conduzi-los de volta à pequena Amarração usando um avião particular.

Apesar de Manuel ter usado de violência para forçar o pobre homem a levá-los de volta a Amarração, o voo fora bastante tranquilo.

Fernando cuidava de Eliana, mantendo-a adormecida.

Baptista parecia compenetrado em pensamentos, em memórias seculares. Embora com a aparência serena, estava bastante ansioso por retornar a Portugal. Rever o castelo. Rever o Rio D'Ouro. Embrenhar-se no bosque e caçar os fidalgos que caçavam belas criaturas. Banhar-se no pequeno lago com cachoeira que um desvio do grandioso rio permitia existir junto ao castelo. Sim, Baptista sentia saudade de Portugal. Sentia falta de tudo aquilo que lhe roubaram. *Tobia*. Pagariam pelo enclausuramento na caixa de prata. Prata era a única coisa com que a força vampírica não podia. Não conseguira vencer a prisão tão cruelmente elaborada. Não conseguira vencer a fúria de Sétimo. Sétimo mancomunara-se com Tobia, e por Tobia também fora traído. Sétimo, tão forte. Sétimo, tão fraco. Mesmo tendo se tornado um monstro tão poderoso, também não conseguira vencer a prata. Dentro da caixa adormeceram, quando chegou o dia. Baptista arrepiou-se por causa de um calafrio que lhe percorreu o corpo de uma tal forma que não acontecia havia séculos. Era a primeira vez que a memória do que ocorrera dentro da horrenda prisão lhe vinha à cabeça. Adormeceram naquele primeiro dia, e quando acordaram na noite seguinte, lembrava-se, havia um movimento, um embalo. Estavam a bordo de um navio. Sim, estavam em um navio, indo embora de Portugal. Estavam lá os sete, imóveis. Apertados. Calados. Nem um pio durante dias, poupando energia na esperança de serem libertados por um valioso salvador. Eventualmente, ouviam pancadas contra o sólido metal. Gargalhadas dos intrépidos marujos que desvendavam os mares outrora desconhecidos.

Estavam indo para onde? Naquela época, mandavam os bandidos para a ilha de Vera Cruz. Certo dia, ouviram uma explosão de canhão. Um tiro acertou o barco em que estavam. Piratas? Ouviu quando a água bateu forte contra a caixa de prata. Balançaram um pouco. Romperam o silêncio, perguntando-se o que acontecia. Em poucos minutos, a resposta veio com o baque surdo da caravela contra o fundo do mar. Estavam agora encerrados debaixo d'água, onde nenhum ser humano jamais chegaria. Estavam perdidos para sempre. Voltaram ao silêncio. Quietos, imóveis, poupando energias para um improvável resgate. Ficaram mudos por anos.

Anos. Então, entre delírios e pesadelos, veio a inconsciência. Escuridão absoluta. Inanição. Morte... Então, num tempo incalculável, inimaginável após a morte, veio novamente, milagrosamente, a luz. Acordados naquele inferno escuro, sem nada entender, sem nada saber. Criaturas estranhas, mas que ao menos, mesmo que de forma estranha, falavam português. Aquele mundo novo, aquela terra nova. Mas agora ansiava pelo velho mundo, aquela gente antiga. Ansiava por vingança que somente em Portugal iria encontrar. Os descendentes de Tobia.

O pequeno avião aterrissou. A noite já ia alta.

Guilherme foi o primeiro a sair, seguido por Dom Fernando.

Poucas nuvens cruzavam o manto negro do céu. A nave havia pousado um pouco longe da praia, mas, para aqueles ouvidos sobrenaturais, era possível escutar o arrebentar das ondas.

Guilherme, Fernando – que carregava Eliana, agora semiconsciente – e Baptista afastaram-se alguns passos sobre o chão gramado. Ouviram disparos dentro do pequeno avião. Certamente Manuel dera cabo da vida do pobre piloto.

Quase um minuto depois, Manuel voltou ao grupo, limpando com o punho do sobretudo o sangue que manchava seus olhos.

– Ainda há sangue naquele corpo – informou o vampiro atarracado de voz baixa e sibilante.

Espelho deixou Eliana no chão. A moça tentou levantar-se, mas ainda estava fraca demais para fugir. O vampiro correu até o avião, voltando após se banquetear com as sobras de Acordador.

Guilherme estacou. Acabara de evocar seu poder vampírico para rastrear o paradeiro do irmão Gentil. Ele estava ali, em Amarração. A sensação passava algo dizendo que o irmão estava próximo. Sim. Ele estava bem próximo. Mas não foi isso que o fizera estacar espantado. O ar trazia algo mais. O sentido vampírico trazia diferentes nuances. Havia alguém com Miguel. Havia um segundo vampiro. Não era Afonso. Por alguma estranha razão não percebia Afonso. Estaria morto? Aquele segundo vampiro... era um desconhecido. Um novo vampiro. Ou um velho vampiro? Se fosse novo... podia muito bem imaginar quem era. Um calafrio percorreu-lhe o corpo. Odiava sentir medo!

– Irmãos, há um novo vampiro entre nós! – alertou.

– Miguel... – murmurou a voz baixa de Acordador.

– Gajos, recomendo que, antes de seguirmos para nosso objetivo, incrementemos nosso intento.

Seguiram Guilherme. Em cinco minutos, alcançaram as primeiras ruas da periferia de Amarração. Ruas sem asfalto, com chão de barro.

O vampiro saltou sobre o muro de um casebre. Foi seguido pelos demais. Um a um, invadiram a pequena casa. Era hora de saciar a sede. Era hora de recompor as energias despendidas nos últimos dias. Iriam invadir quantos lares fosse preciso até se sentirem fartos e prontos para o iminente confronto. Os brasileiros certamente tentariam detê-los antes da retomada da caravela. Haveriam de tentar, mas não o fariam nesta noite.

CAPÍTULO 34

Frio. Era isso que aquele vento sinistro anunciava. Passavam poucos minutos da meia-noite. Tiago estava com a mente impaciente e o corpo cansado. Desde as sete da noite permanecia ali, nas docas, com o barulho do mar como companhia e o subir e descer assombrado da caravela como paisagem. Estava sozinho no atracadouro, mas a coisa não era bem assim. Deveria parecer sozinho. Sabia que soldados atocaiados o observavam a todo instante. O sargento havia mostrado e falado de todo o material, talvez para lhe dar um pouco mais de confiança, para que soubesse que estava protegido.

A área em que Tiago estava, as docas, era um imenso descampado, com os galpões afastados do atracadouro mais de cinquenta metros. Em geral, aquele espaço era tomado por grandes caixas e vários caminhões que distribuíam cargas de peixes trazidas pelos barcos pesqueiros. O Exército se incumbira de desocupar completamente o atracadouro, não permitindo nenhuma intromissão no perímetro. As docas pareciam um cenário assombrado, onde um homem percorria solitariamente sua extensão.

Tiago sentiu o vento forte vindo do lado norte. Parecia normal, sem segundas intenções. Ultimamente, todos temiam a menor instabilidade. Em toda a cidade, ao menor sinal de frio e chuva as pessoas corriam para dentro de casa e providenciavam proteção. Ao menos em Amarração, a Geladeira do Diabo, todos sabiam que o frio trazia agora algo mais que um simples resfriado ou uma ligeira indisposição. O frio trazia morte e medo. Tiago havia deixado o blusão de náilon em uma das toras do atracadouro que serviam para amarrar os barcos. Retornou para apanhar o agasalho e tratou de vesti-lo. Enquanto colocava o segundo braço para dentro da roupa, ouviu um barulho às suas costas, como se fosse um rastejar. Virou-se rapidamente. Nada. Não havia nada ali atrás. Ergueu o braço e fez um aceno. Uma voz metálica chegou-lhe ao ouvido esquerdo. Era Bernardo.

– Viu alguma coisa, rapaz?

– Não, sargento. Ouvi um barulho, um barulho estranho. Seus soldados não detectaram nada?

Seguiu-se um minuto de silêncio até a resposta chegar.

– Não, não viram nem ouviram nada. Está calmo?

– Estava... melhor... ainda estou. Acho que estou ficando impaciente.

– Por enquanto, tudo bem. Câmbio, desligo.

Tiago continuou em silêncio. De repente, o barulho de novo. Fez menção de acionar o rádio mais uma vez, mas decidiu investigar antes de passar por apavorado. Caminhou pelo atracadouro, varrendo as docas escuras com os olhos. Uma rajada de vento vindo de frente trouxe outra vez o barulho estranho. Levou os olhos para aquela direção. Ao longe, descobriu a razão do sinistro ruído. Um pedaço de lona plástica era arrastado a cada rajada de vento, rolando sobre o piso cimentado e assustando os tímpanos atentos de Tiago.

– Sargento, já detectei o causador do barulho.

– Prossiga.

– Há um pedaço de plástico sobre o chão, em frente à doca sete. Toda vez que o vento bate, ele se mexe, fazendo barulho...

– Aguarde um instante.

Mais um minuto até a resposta do sargento.

– É, você tem razão. Mas a gente, usando os binóculos de visão noturna, demorou uma eternidade para localizar. Olha, ou você é um bom palpiteiro ou é a pessoa com melhor visão depois que escurece que eu já conheci.

Tiago riu. Continuou sua caminhada na expectativa de se deparar com os vampiros. Passou a olhar para as docas. Olhar de um jeito diferente. Reparar nos detalhes. Foi quando percebeu que o sargento não estava admirado à toa. Sua visão parecia ter ficado mais poderosa. Conseguia ver mais longe, e a escuridão parecia não existir. Não era a mesma coisa do que a luz do dia, sem dúvida não era. Era algo diferente, delicioso, talvez melhor do que olhar para as coisas durante o dia. Notou que a audição também havia sido amplificada, distinguindo com clareza sons distantes. Aquilo tudo seria muito bom para o confronto daquela noite. Qualquer ajuda, sobrenatural ou não, era bem-vinda.

✠ ✠ ✠

Passou mais meia hora, e o tédio já havia retornado vinte minutos atrás. Nada indicava a presença dos vampiros. Talvez Miguel estivesse enganado. Talvez eles já estivessem a caminho de Portugal, levando Eliana. Teriam desistido da caravela.

Um relâmpago magnífico, seguido de um estrondoso trovão, clareou a noite, cortando o céu no horizonte.

Tiago espantou-se, pois o estrondo fora repentino.

Uma leve dor de cabeça surgiu. Talvez por causa do susto.

Um novo relâmpago e um novo trovão explodiram distantes. Tiago acionou seu minirrádio preso à orelha esquerda.

– Estão detectando algo diferente?

– Não – respondeu o sargento. – Ao que parece, tem uma chuva se aproximando. Logo teremos leituras precisas. Em alguns minutos te passo as novidades. Recebemos um boletim de Porto Alegre. Seu amigo sobreviveu ao encontro com o lobo. Estão providenciando o transporte do corpo do monstro para Amarração... achei que você gostaria de saber.

– Gostei, gostei mesmo. Ele disse que ia conseguir. Ai, droga...

– O que foi?

– Estou com uma dor de cabeça começando a encher o saco. Tem alguma aspirina por aí?

– Trouxemos um bocado de coisas para cá, rapaz, mas não me lembro de aspirinas. Vou checar com nosso médico. Se tivermos, mandaremos para você.

– Tá legal. Câmbio, desligo.

Os relâmpagos prosseguiram sem assustá-lo mais. Tiago estava concentrado na dor. Percebeu que não se tratava de uma dor de cabeça comum. Era coisa estranha. Um latejar, que pouco doía, mas que na verdade o incomodava. Era como se um dedo invisível cutucasse continuamente sua testa. Olhava para os portões de acesso às docas. Tudo deserto. Esqueceu o incômodo latejar. Virou-se. Seu olhar varreu os galpões pela milésima vez, sem nada encontrar. Nem monstros, nem a amada, nem nada. Sabia que em cima dos galpões, deitados no teto, havia atentos soldados vigiando com binóculos de visão noturna e armas de calibres e miras competentes. Lembrou-se das explicações de Bernardo. Não ficar de costas para os galpões nem ficar entre os visitantes e os galpões. Deveria facilitar o trabalho dos atiradores. Um vento ainda mais frio cruzou as docas. *Inverno*. O latejar voltou. Agora na nuca. Como um dedo cutucando a parte traseira de sua cabeça. Os vampiros. Tornou a se preocupar com a ameaça. Olhou em direção ao norte, onde ficava o portão de entrada para as docas. O latejar. Agora na testa. O vento frio soprando. O vampiro que gela o ar estava por perto, em algum lugar. Virou a cabeça na direção onde sabia que Bernardo estava escondido a vigiá-lo. Nenhum sinal. Provavelmente não haviam detectado nada. Estavam silenciosos e calmos. Percebeu que o latejar estava agora sobre a orelha direita. O silêncio dos soldados. Um arrepio correu-lhe a espinha. Poderiam estar todos mortos. Os vampiros, que pressentia tão próximos, poderiam ter dado cabo de todos eles. Acionou ligeiramente o pequeno rádio preso à orelha.

– Sargento? – um segundo de silêncio interminável. Olhou para o portão. Nada.

– Prossiga, Tiago.

– Não é nada, sargento. Só estava achando tudo quieto demais.

– O tenente Brites já chegou ao posto de Operações Especiais. A partir de agora a operação sai de nosso comando. Vamos seguir ordens diretas do tenente. As leituras a respeito dos relâmpagos ainda não chegaram, mas há um aviso confirmando a possibilidade de chuva para a noite. Não se preocupe.

– O tenente alterou algum procedimento? – o silêncio que se seguiu não o agradou.

– Não – respondeu a voz, agora um pouco fraca, do sargento Bernardo. – Você continua como foi planejado. Espero que consiga resgatar sua amiga.

Tiago continuava olhando atento para o portão das docas. O latejar incômodo em sua testa. Virou-se para o mar. Mesmo com a visão beneficiada, não conseguia ver sinal dos barcos à espera em alto-mar. Se tudo falhasse, se os vampiros conseguissem adentrar a caravela e, de alguma forma, zarpar, os oito barcos à espera iriam abordá-los e detê-los. Caso não conseguissem, iriam ao menos segui-los e tentar afundá-los. Os vampiros não poderiam escapar. Não desta vez. Tiago ainda olhava para o mar. Voltou a sentir o cutucar. Agora na orelha esquerda. Um relâmpago explodiu próximo às docas, incendiando uma árvore que ficava no meio do matagal, ao lado dos galpões. A explosão foi tão intensa que deslocou o ar em volta, fazendo até o atracadouro vibrar. Tiago não havia se recuperado do susto quando outro relâmpago, seguido de um poderoso trovão, atingiu o alto de um dos galpões, justamente aquele que fora o laboratório improvisado de Delvechio e sua equipe. Um chiado disparou em seu ouvido. Tiago girou o corpo em diversas direções. Olhava para o céu, tentando adivinhar onde cairia o próximo relâmpago. O chiado continuou. Era do pequeno rádio acoplado ao ouvido esquerdo. Acionou-o, tentando contatar o sargento. Outro relâmpago em cima do mesmo galpão. Ouvia gritos vindos do ar. Talvez algum soldado tivesse sido eletrocutado. O rádio voltou a funcionar, mas não plenamente. O sinal vinha e desaparecia sucessivamente, e Tiago ouvia o sargento com palavras entrecortadas.

– Cal... soldados es... bem. Retirem... le... daí. Rápi... ago? ...vindo? Tia...

– Estou aqui! – gritou Tiago, abanando os braços para ser visto.

– Fique... de está. Está tu... em. Só um aciden... acontece...

Tiago entendeu que era para se manter naquela posição. Olhava desesperado para os galpões. Um deles estava em chamas. O que fora o laboratório. Tentava adivinhar o que acontecera aos soldados ali alocados. Enxergou um deles correndo sobre o telhado de um galpão vizinho...

– Baaaaummmmm!

Mais um relâmpago explodiu, com um trovão. Agora às costas de Tiago, bem próximo, no atracadouro de madeira grossa. O relâmpago havia acertado uma das toras do atracadouro, que rachou e pegou fogo. Tiago virou-se a tempo de ver o topo da grande tora repartir-se e cair dentro d'água. O mar, outrora sereno, agora estava extremamente agitado, fazendo a caravela subir e descer violentamente. Era inacreditável aquele navio podre manter-se inteiro. Os técnicos do departamento de engenharia da USPA realmente haviam feito um bom trabalho na embarcação. Tiago voltou a sentir o tamborilar estranho em sua cabeça, em cima do ouvido esquerdo, enquanto olhava para o mar revolto. Virou-se para o lado do portão. O cutucar deslocou-se enquanto se virava, subindo para a testa. Tiago olhou para cima quando o céu roncou de novo. Desta vez o relâmpago explodiu distante. Uma gota grossa atingiu-lhe o olho. Um segundo depois, várias gotas d'água desabaram do céu. Uma chuva torrencial começou. Ventos fortes batiam nas docas, erguendo ondas que arrebentavam contra o atracadouro. Tiago afastou-se.

– Tempestade... – murmurou baixinho.

Naquele instante, o cutucar intensificou-se. Olhou para o portão de acesso às docas. A chuva atrapalhava. O vento frio atrapalhava. Mas ele sabia que não havia ninguém lá. Aquele cutucar... aquele cutucar incessante era uma espécie de radar. Um alarme que lhe dizia que eles haviam chegado.

Mas aquele cutucar não dizia que eles estavam ali, no portão das docas. Não, não era isso. Aquele cutucar dizia que eles estavam naquela direção. Era isso que aquele incômodo significava.

– Inverno! – gritou. Então o cutucar intensificou-se ainda mais. Acionou o rádio.

– Sargento, eu sei onde encontrá-los! Vou buscar Eliana e trazê-los para cá.

Um relâmpago caiu junto aos galpões, fazendo telhas voarem e cacos pesados juntarem-se à chuva.

Tiago, assustado com a violência das ondas que se erguiam e explodiam junto aos muros das docas, havia corrido para perto dos galpões com o braço sobre a cabeça para proteger-se da chuva de estilhaços.

O rádio ficou mudo mais uma vez. Começou a correr em direção aos portões.

– O que está acontecendo aí, sargento? – inquiriu Brites, que utilizava um aparelho bem mais potente que o de Tiago, numa frequência diferente, que só Bernardo operava, permitindo a ambos manter conversas à parte dos demais soldados.

A resposta do sargento demorou uma eternidade. Brites estava espantado com a velocidade do vento que se abatera sobre Amarração.

– Uma tempestade começou de repente, senhor. E até agora nem sinal dos vampiros. Relâmpagos caíram sobre os telhados; perdemos dois homens.

– Mas está tudo sob controle?

– O civil, senhor. Ele está correndo enlouquecido rumo ao portão. Disse que sabe onde encontrar os vampiros.

– Diga para ele ficar onde está ou vai ferrar nosso esquema.

– Já disse. Acho que o rádio dele está com problemas. Ele não me escuta e continua correndo.

– Dê a ordem mais uma vez – Bernardo demorou uns instantes.

– Ele não obedece, senhor. Ou está enlouquecido, em pânico por causa dos raios, ou o rádio não funciona.

– Detenha-o. Ele não pode estragar o encontro. Não quero utilizar a arma em terra. Precisamos que os malditos embarquem naquela maldita caravela. Detenha-o agora!

Tiago parou. Tentou comunicar-se mais uma vez com Bernardo. Inútil. Voltou a correr. Sabia que aquela sensação indicava a localização dos vampiros. Iria encontrá-los. Queria Inverno, mais que todos. Levou as mãos à cintura. Sentiu a coronha de duas pistolas presas aos respectivos coldres. Queria terminar a pendência com o picolé assombrado de uma vez por todas. Além das duas armas, levava presas às costas, com fitas adesivas, duas estacas de madeira. Os vampiros iriam ver o que era bom para tosse.

Tiago deu mais velocidade à sua corrida. Em outros tempos, estaria ofegante, mas hoje não havia nem traço de cansaço. Parecia ter recebido energia extra. Corria mais rápido do que de costume. Imprimiu mais velocidade às pernas, sem acreditar que podia correr tão rápido. Ia em direção ao portão de acesso, de costas para os soldados ocupados em guardar sua retarguarda. Ficando de costas para um assassino. Sem poder enxergar um ponto de luz vermelha ziguezagueando em suas costas.

Dois minutos atrás, o sargento apanhara com um de seus atiradores um rifle de longo alcance, equipado com mira a *laser*. Ajeitou-o no ombro e olhou pelo pequeno, porém potente, telescópio. Localizou seu alvo correndo pela estradinha. De repente, o homem parou. O telescópio era excelente, mesmo à noite e no meio daquele temporal. Tudo ficou silencioso para Bernardo. As vozes dos soldados desapareceram. Apenas tinha a sensação do tamborilar das gotas de chuva em cima de seu boné de náilon verde-oliva. Tudo ficou silencioso. O telescópio era excelente. Ele podia ver Tiago encurvado no meio da estradinha que levava ao topo do terreno onde ficava o portão de acesso. Ele podia ver o rapaz tentando fazer funcionar o minirrádio preso à orelha. Podia ver os lábios dele se moverem, querendo se comunicar com a base de retaguarda. Porém, nenhum som chegava à sua unidade. O rádio de Tiago estava quebrado, era isso. Era isso que só ele, o sargento, vira. O silêncio. A vida do rapaz estava em suas mãos. Poderia abandonar a decisão de Brites; afinal, não era desobediência do civil. Seu rádio estava quebrado. A culpa era do próprio Exército. Dos relâmpagos, talvez. Poderia enviar um soldado em um jipe, mas isso ia demorar uma eternidade. Ainda mais agora que o rapaz voltara a correr. E como corria! Parecia o canadense Ben Johnson, vitaminado, voando para os cem metros. Poderia mandar alguém. Mas poderia demorar demais e ferrar tudo. Nada seria mais rápido do que uma bala. Nem Tiago, nem Ben Johnson, nem o Superman. Bernardo acionou a mira a *laser*. Uma bolinha vermelha surgiu na estrada e subiu pelas pernas do corredor até chegar às suas costas. Tudo permaneceu silencioso. O sargento pôs o dedo trêmulo no gatilho. Sentiu o coração gelar quando teve certeza de que ia atirar e matar. Matar. Era a primeira vez que o sargento mataria um homem.

Tiago estava quase no portão. Suas pernas continuavam leves e sem cansaço nos músculos. Ouviu um trovão. Sentiu um forte impacto contra suas costas, arremessando o corpo para a frente. Conhecia aquela sensação. As pernas bambearam, tirando-lhe o equilíbrio. A respiração falhou enquanto era arremessado para a frente, caindo de bruços no chão tomado pela lama. Um brilho intenso e cegante invadiu-lhe os olhos. Ouviu um trovão poderoso arrebentando no céu. Um estalido. Havia levado um tiro. Um tiro do Exército. Os vampiros não estavam ali. Só podia ter sido coisa dos militares. Por quê? Só estava correndo na direção dos malditos. Correndo para Eliana. Seu pulmão voltou a falhar. Uma dor lancinante cortou seu tórax. Já havia experimentado aquilo no passado. Sabia como era morrer. Fechou os olhos, sentindo a chuva acariciar sua cabeça. A água descia forte pela estrada inclinada, levando o sangue que vertia de seu ferimento. Tiago estremeceu e, por alguns segundos, perdeu os sentidos.

Bernardo continuou observando pela mira. Assim que pressionou suavemente o gatilho, o homem tombou do outro lado do terreno. O tiro fora certeiro. Fatal. Letal. Viu o alvo, sem chance de completar um novo passo, sendo arremessado ao chão, batendo o rosto contra o solo. Ele não conseguiria cruzar aquele portão nunca mais.

Quase simultaneamente à queda de Tiago, Bernardo viu um relâmpago atingir uma árvore ao lado do corpo. O tronco pesado queimou e despencou sobre o atingido. Se ele não tivesse sido morto pelo tiro, teria morrido esmagado dessa vez.

– Belo tiro, sargento! – comemorou um soldado a seu lado, segurando um telescópio igual ao do rifle. – Eu o teria acertado enquanto ele tentava usar o minirrádio. Teria sido mais fácil.

Os outros ao redor olharam para o sargento com certo espanto. Pensavam que o civil estava descumprindo ordens, não que estivesse com problemas no rádio.

– Dispenso seus comentários, soldado. Esqueça o que viu. Vocês, esqueçam o que ouviram.

– Entendido, senhor – responderam em coro.

✠ ✠ ✠

Instantes depois, Tiago recobrou a consciência. A dor no peito havia desaparecido, e os pulmões pareciam ter voltado a funcionar. Levantou vagarosamente o peito do chão, ficando de joelhos. Olhou para trás e percebeu que uma enorme árvore havia caído aos seus pés e quase o acertara. Inflou o peito, puxando todo o ar que podia. Nenhuma dor. O sangue ainda vazava do grande buraco, e a camiseta por baixo da blusa estava completamente empapada do líquido escarlate. Não tinha tempo para pânico. Toda vez que pensava em Inverno carregando Eliana, o cutucar em sua testa aumentava. Levantou-se completamente, caminhando encurvado, tentando se esconder atrás da copa da árvore caída, ao menos até cruzar os portões; afinal, se alguém quis matá-lo, talvez ainda o estivesse vigiando para ter certeza da conclusão do intento. Menos de vinte metros após os portões, iniciava uma descida longa, que o encobriria. Tiago desviou um pouco do caminho para embrenhar-se no mato alto, marginal à estrada. Deveria manter-se escondido.

Depois de cinco minutos de corrida, Tiago chegou até um descampado, de onde já enxergava as primeiras ruas da periferia de Amarração. Alguma coisa lhe dizia que Inverno estava próximo, apesar de não se ter manifestado o frio que caracterizava sua chegada. Apenas a chuva forte, produzindo enxurradas perigosas. Aquele temporal, misturado com ventos velozes, relâmpagos e trovoadas, poderia atrapalhar olhos normais, tornar difícil a identificação das coisas. Mas agora Tiago não tinha mais olhos normais. Preocupava-se apenas em avançar na direção daquele cutucar. As coisas submersas na escuridão da noite e da tempestade eram nítidas. Não havia criaturas escondidas nas curvas. Não havia medo de eventuais sombras. Não havia almas penadas. Tudo o que havia naquele mundo estava diante de seus novos olhos. Havia vampiros. Havia. E isto seus olhos encontrariam rapidamente assim que cruzassem seu caminho.

✠ ✠ ✠

– Deteve o civil, sargento?

– Sim, senhor. Um tiro certeiro.

O tenente desligou o rádio após a confirmação. Bernardo continuou observando durante alguns segundos o local onde havia derrubado Tiago, mas a árvore caída não permitia que ele visse o corpo do rapaz. Precisava de uma certeza.

– Soldado Aguiar, vá até lá e verifique a situação do civil. Se estiver agonizante, tem permissão para disparar.

O soldado assentiu e abandonou a cobertura de lona, enfrentando a tempestade.

Aguiar utilizou uma escada improvisada na encosta do morro. A água descia veloz e fê-lo escorregar pelo menos três vezes. Na verdade, nem prestava muita atenção no caminho. Era um rapaz evangélico. Frequentava a igreja Batista de Amarração. Um trovão mais forte o fez estremecer inteiro. Estava com medo de encontrar o homem ainda vivo, tentando escapar. Teria de matálo e sabia que não conseguiria. Por que diabos o sargento o havia escolhido?

Aguiar começou a subir a estradinha, com o rifle empunhado. O vento o empurrava para os lados e fazia o rádio balançar debaixo do braço, preso por uma cinta de couro. Levou cinco minutos até alcançar o lugar onde o homem morto estaria estirado. Contornou a árvore caída. A copa frondosa escondia o que estava do outro lado.

– Ele está morto, soldado? – perguntou o sargento, repentinamente.

Aguiar se aproximava lento e cauteloso, com a respiração ofegante, tentando localizar o homem entre os galhos. Estava tão compenetrado que, quando a voz do sargento chegou pelo rádio, deu um pulo, assustado.

– Ainda não o achei, senhor.

Continuava vasculhando. Alguns metros além da árvore, apesar da forte enxurrada, encontrou marcas de sangue, mas nenhum corpo. Já estava bem próximo ao portão. Havia algumas moitas. Era possível que o homem tivesse se arrastado. Aguiar dirigiu-se ao portão; iria procurar mais um pouco.

A voz do sargento chegou mais uma vez pelo aparelho:

– Encontrou, soldado?

– Ainda não, senhor. Parece que ele se arrastou, não estou certo. Vou olhar mais adiante.

– Encontre-o imediatamente, imbecil! É uma ordem!

Aguiar apressou-se em vasculhar o mato ao seu redor. Um barulho mais à frente. O céu roncou uma vez mais, e um relâmpago poderoso explodiu nas docas.

Aguiar arrepiou-se. Era duro para um soldado admitir, mas estava com medo. Manteve o fuzil empunhado numa das mãos e o rádio na outra, pronto para gritar por socorro. Indiscutivelmente, havia algo se movendo no mato. Atravessou o portão e dirigiu-se à primeira moita. Antes de chegar, seu sangue gelou. Havia um homem de pé, saindo do mato. Não era o civil. Era um negro. Um negro alto e forte, com um jaquetão de couro preto, olhava-o fixamente. Aguiar sentiu o corpo todo tremer e amolecer. Havia um homem negro no grupo de vampiros, ele se lembrava do *briefing* da missão. A ordem era atirar para matar.

No posto de observação, os soldados acompanhavam Aguiar com binóculos. Viram um homem se aproximando.

O negro deu um passo em sua direção. Assustado, o soldado deixou o rádio cair.

– Parado! – ordenou, sem certeza de que aquele era um dos vampiros. Eram sete. Onde estariam os outros? O homem obedeceu.

– Quem é você?

O homem começou a rir. Aguiar respirava afobado. Aquele riso demoníaco era a confirmação. Nenhum homem normal, em seu juízo perfeito, ri diante de um soldado com um fuzil engatilhado. Aguiar resolveu puxar o gatilho.

A decisão, entretanto, foi demasiada tardia. O homem negro transformou-se em sombra, e, antes que o fuzil expelisse seu primeiro projétil, Aguiar já sentia a poderosa mão da criatura pressionando seu pescoço.

– Meu nome é Fernando – murmurou o negro em seu ouvido, com o nítido sotaque lusitano.

Espelho ergueu o soldado e comprimiu sua traqueia até senti-la arrebentar entre os dedos. O fuzil, acionado, parou de disparar assim que o soldado tombou ao chão, contorcendo-se de dor e sufocando até a morte.

– Sargento!

Bernardo conversava com outros soldados, deixando um encarregado de vigiar a simples missão de Aguiar. Com o grito apavorado do soldado, correu em sua direção com o binóculo de visão noturna nas mãos.

– Alguém... um homem atacou Aguiar!

– Tiago?

– Não, sargento... foi um homem diferente. Ele agarrou o soldado. Não era o civil, com certeza. Ah, meu Deus, ele quebrou o pescoço do Aguiar, senhor...

O sargento procurou o local onde o soldado deveria estar. Depois de alguns movimentos, chegou até o corpo caído de seu soldado.

– Alerta geral! Alerta geral! Permaneçam em suas posições. Ninguém faz nada até sabermos o que está acontecendo. Nenhum tiro sem minha ordem. Deixem os bastardos aproximarem-se.

– Você tem algum no visual?

Bernardo vasculhou o perímetro. Não viu nenhum vampiro.

– Não vejo nada, senhor, mas pelo menos um está aqui, tenente.

O sargento vasculhou mais uma vez. Então, junto à árvore onde julgava estar o corpo de Tiago, avistou um homem.

– Tenho um no visual, tenente. Um negro.

– De acordo com o civil, havia um negro no grupo. Proceda com a estratégia, sargento. Controle seus homens. Agora é a hora, não estrague as coisas.

Tiago alcançou a primeira das ruas de Amarração. A chuva continuava forte, e agora estava mais frio do que antes. Era como se Inverno estivesse próximo. Ao menos acreditava que o tamborilar em sua cabeça dizia isso. A luz pública era fraca, e a chuva escurecia ainda mais a noite. Entretanto, seus olhos não precisavam de auxílio, pois podiam enxergar muito bem. Quando entrou na rua, sentiu um arrepio percorrer-lhe a espinha. O tamborilar cessou completamente. Lá do outro lado, na extremidade oposta da extensa rua de barro, havia uma pessoa. Um homem vinha lentamente ao seu encontro. Era alto, de cabelos longos, e vestia o mesmo sobretudo de quando o vira pela última vez. Um homem com um coração de pedra. Um homem que podia gelar o ar. Um vampiro. Inverno.

Tiago parou por um instante. Tinha certeza de que era ele.

A rua estava deserta, e o único barulho que escutavam era o das gotas caindo nos telhados e no chão. As janelas e as cortinas das casas estavam cerradas. Muitas famílias da Geladeira do Diabo tinham abandonado seus lares por causa do frio assombrado, e haviam feito o certo. O demônio congelante estava mais uma vez ali, naquelas ruas.

Tiago pousou a mão direita no coldre esquerdo, agarrando a coronha da pistola. Aquele maldito vampiro não escaparia desta vez. Seus olhos varreram o lugar. Onde estariam escondidos os outros vampiros? Onde estaria o maldito baixinho? Havia bala o bastante para todos eles. Iriam devolver Eliana por bem ou por mal.

Inverno deixou seus olhos cintilar assim que avistou seu oponente. Sabia que lidava agora com uma nova criatura. Um adversário mais perigoso. Sua ira queimava, fazendo o sangue ferver em suas veias. O sangue morno dera-lhe mais poder ainda. Era como se o poder acumulado por séculos de reclusão estivesse sendo carregado, incitado a cada instante. O poder liberto pelo sangue. A nova criatura não seria páreo para aquela força. Inverno disparou em velocidade sobrenatural. Nenhum ser humano conseguiria acompanhar seu vulto.

Tiago viu o vampiro transformar-se em um borrão, tal era sua rapidez. Invocou seus olhos vampíricos para determinar o trajeto tomado pela criatura. Não haveria tempo de sacar e disparar, mesmo usando seu ainda tímido poder vampírico. Tombou o corpo para o lado, deixando o pé no caminho do vampiro, que foi ao chão, esborrachando-se e espalhando lama para todos os lados.

Inverno perdeu o equilíbrio. Aquele homem não era mais humano. Havia conseguido enxergá-lo na corrida sobrenatural. Sua raiva aumentou ainda mais quando o corpo se espatifou contra o chão, escorregando demoradamente, tamanha era sua velocidade. Levantou-se e virou-se em direção ao ex-mortal. Iria invocar o frio. Iria trazer a tormenta novamente para aquela pequena cidade. Nem mesmo o velho sangue de Miguel salvaria o maldito brasileiro.

Olavo havia aguardado o suficiente. Tiago avisara. Qualquer coisa. Qualquer coisa estranha que pudesse insinuar a presença das criaturas despertadas. Qualquer coisa. Primeiro, aquela tempestade repentina, trazendo dúzias e dúzias de relâmpagos. Quase tomara a iniciativa, mas resolveu aguardar uns minutos. Então veio o frio. O frio patente. O frio sobrenatural. Aquele, sim, era um sinal contundente da presença dos desalmados. Sua deixa. Era hora de cumprir sua parte, seu papel naquele espetáculo macabro, e era bom que Tiago estivesse certo, senão enfrentaria perigo gigante nos próximos minutos. Olavo foi para o andar superior do IML. Os soldados de guarda no andar de baixo estavam entretidos com VTs das partidas de futebol da noite passada. Talvez nem tivessem notado o frio sorrateiro possuindo a madrugada, infiltrando-se nos prédios de Amarração. Um frio que dizia sutilmente: *Estou aqui...*

Olavo agarrou firmemente a estaca e puxou-a com força, fazendo-a deslizar com leveza, até ser removida por completo do peito de Miguel. A mão do vampiro, agarrada à estaca, caiu pesadamente sobre a maca metálica. Olavo chegou a se assustar, dando um passo ligeiro para trás. Gentil permaneceu imóvel. O vampiro estava morto.

✠ ✠ ✠

Tiago disparou a pistola assim que o pequeno demônio se levantou. O tiro fez Inverno inclinar-se. O vampiro levou uma das mãos ao ferimento.

– Tu não aprendeste ainda, não é, menino? Essas armas não detêm este corpo inumano – bradou o vampiro.

A tempestade diminuía sensivelmente, até se tornar um mero garoar sobre a cabeça dos dois.

Inverno transformou-se num vulto e partiu para cima de Tiago.

O rapaz disparou três vezes, em vão.

Inverno desapareceu.

Um riso macabro preencheu a rua deserta.

– Tu ainda tens muitas lições para aprender, menino. E hoje eu vou te ensinar a pior delas.

A voz do vampiro parecia vir de todos os lados. Tiago, no meio da rua, apontava a pistola para todas as direções, girando com o braço estendido. Abriu os olhos o máximo que pôde. O medo passava longe de sua mente. Estava com raiva de Guilherme. Sim, era isso. Raiva. O vampiro estava sozinho. Os outros estavam com Eliana. Estavam escapando. Tinha de ser rápido. Acertar suas contas com Inverno e partir dali. Afinal, os portugueses não eram tão burros assim. Guilherme o havia enganado.

Tornara o encontro algo pessoal. Uma pendência de homem para homem, ou de vampiro para vampiro.

Um vulto. Um borrão indefinido cruzou a rua. Depois veio em sua direção, trombando e derrubando-o no chão enlameado.

Uma risada sinistra cruzou o céu. Um vento congelante varreu a rua. Frio demais. Frio demais para qualquer ser humano suportar.

Tiago sentiu o corpo tremer enquanto se levantava. A raiva se intensificou. Seus olhos ganharam mais luz. Enxergava à noite com maior clareza. Estava irado. Sua visão cintilou e então viu novamente o borrão veloz, mas desta vez os olhos de vampiro o acompanharam com nitidez. Inverno não o enganaria mais. Levantou o braço com velocidade de vampiro e puxou o gatilho.

Guilherme assustou-se. Havia empregado o máximo de velocidade naquele ataque e, mesmo assim, o novato o enxergara. Tinha muito medo de sentir-se daquele jeito. Assustado. Um vampiro poderoso, assustado! Como podia ser? Um arrepio percorreu-lhe o corpo quando percebeu os olhos do novato cintilarem e passarem a brilhar como duas brasas tímidas. Afinal, o novato não tinha apenas instinto. Era um vampiro. O brilho nos olhos era fraco, mas existia. Sim, era um vampiro. E tinha acertado mais um disparo, que o fez abandonar a velocidade vampírica.

Tiago disparou uma segunda vez, mirando a perna de Guilherme. Acertou a coxa esquerda, fazendo-o mancar e parar de correr. Iriam brigar de igual para igual. Sem vultos, sem velocidade sobrenatural. Puxou a segunda pistola e descarregou ambas as armas, acertando repetidamente as pernas do vampiro, enchendo-as com buracos das pistolas de grosso calibre.

Inverno gritou doloridamente. A dor cresceu. Sabia que não poderia correr nos próximos minutos. Levaria cerca de meia hora até seu corpo se recompor. A sorte foi ter atacado o povo daquela vila e tomado o sangue; de outra forma, seu corpo iria clamar durante horas até se recuperar das feridas. Caiu pesadamente, sem força nas pernas. Precisava ganhar tempo. Aumentou o frio sobrenatural. Iria congelar aquele rapaz antes que ele desse o próximo passo.

Tiago, assaltado por um frio insuportável instantes atrás, agora, após perceber o cintilar em seus olhos, sabia de sua imunidade ao frio, que desaparecera completamente. Acabava de ver Guilherme caindo à sua frente. Era hora de terminar com aquilo e correr para sua amada, refém dos malditos restantes. Caminhou em direção a Inverno. Uma das estacas que carregava presa às costas daria fim àquele funesto episódio. O frio aumentou, e a suave garoa deu lugar a leves flocos de neve. O vampiro contorcia-se no chão, tentando se colocar de pé, sem obter sucesso. Tiago sabia que, mesmo aparentemente indefeso, o vampiro ainda era um demônio perigoso. Percebeu que o frio se intensificava ainda mais ao seu redor. Prendeu uma das pistolas na cintura e com a mão livre tateou as costas para apanhar uma das estacas. Seus olhos arregalaram-se surpresos. A fita estava solta. Largou a outra pistola no chão enlameado para confirmar com as duas mãos aquela terrível suspeita. Nenhuma das duas estacas reservadas ao confronto estava lá.

Guilherme liberou seu medonho gargalhar.

– Vejo tua surpresa, ó pá! Ah! Ah! Ah! Estás a procurar aqueles pedaços de madeira, não é? Tu, como vampiro, pareces anedota. Uma piada. Tomei-te as estacas, ó gajo. Ou achas que aquele encontrão foi acidente?

Guilherme ria largamente, sentado no chão enlameado com os braços estendidos para Tiago.

– Olha para tua cara de espanto, ó gajo. Ah! Que engraçado!

Tiago tentava visualizar mentalmente o exato momento em que fora assaltado pelo vampiro, extremamente rápido e preciso. Não havia sequer desconfiado. Precisava exterminá-lo naquele momento. Nem que precisasse desfiá-lo a unha, teria de fazê-lo agora, enquanto o maldito se encontrava ferido, debilitado. Mas quando tentou caminhar, uma nova e terrível surpresa. Inverno, condensando o ar, havia produzido uma espessa camada de gelo sobre a lama. Tinha transformado o chão ao redor de Tiago em um bloco de gelo compacto que já o prendia até a altura das canelas. Usou toda sua força, evocando, ainda que pequena, a força vampírica. Qualquer ajuda seria útil. Conseguiu partir o gelo e libertar o pé direito. Guilherme riu largamente, apontando as mãos em direção a Tiago. Assustado, o rapaz viu brotar diante dos olhos cristais e mais cristais de gelo, que voltaram a envolver e aprisionar o pé, mas desta vez subindo até os joelhos. Não conseguia mais movimentar as pernas. Um desespero crescente tomou conta de sua mente. Pela primeira vez, ao encarar Guilherme, sentiu o medo pulsar no peito. Não era medo de quem teme pela própria vida. Era o medo dos heróis. A certeza crescente de que falharia com sua amada amiga, sua amada mulher. Um medo que lhe dizia que a amada estava sofrendo aprisionada pelos vampiros. Precisava se libertar do gelo, mas, a cada segundo, a cada centímetro que o gelo avançava, a possibilidade parecia mais e mais distante. A camada de gelo subiu, formando um bloco sólido ao redor de seu corpo, chegando até o abdome. Os olhos de Tiago encontraram os de seu algoz. Inverno levou uma das mãos à nuca e retirou uma estaca longa de madeira.

– Viste como aprendo rápido, ó brasileiro? Agora tratarei de enterrar esta estaca em teu peito, tão fundo como fizeste comigo na noite passada. Tu ainda te lembras, não é? Sejas tu vampiro ou humano, isto aqui vai ajudar a te tirar do meu caminho.

Inverno usou a estaca para se apoiar e se levantar. Com as pernas bambas, esvaindo sangue em profusão de cada ferimento, o vampiro ficou de pé. Bastou tentar o primeiro passo para ir ao chão num tombo desconcertado, deixando escapar um misto de gemidos doloridos e gargalhadas espasmódicas. Virou-se para Tiago, que, sem desistir, lutava, buscava encontrar um modo de se libertar.

– Desculpe se estou tornando este momento tão sublime em algo tão hilário. Afinal, a hora da morte de um homem deve parecer algo triste, não assim tão engraçado. Mais uma vez me desculpe. É melhor que eu não tente caminhar até junto de tua pessoa, ó brasileiro. Vou rastejar como uma cobra peçonhenta e, em seguida, despejarei em teu peito o meu veneno.

Inverno começou a se arrastar, fincando a mão no chão enlameado para se aproximar de Tiago. Os longos cabelos estavam tomados pelo barro, e o rosto até parecia bronzeado, pois, coberto daquela maneira, havia perdido a costumeira palidez. Levou mais de um minuto se arrastando na lama, assistindo e deleitando-se com a agonia do rapaz, que lutava incessantemente contra a prisão de gelo, arrancando somente singelas raspas com as mãos. Quando alcançou a base de gelo que criara em torno do rapaz, Guilherme viu sua aproximação atrapalhada. Mesmo suas mãos, habituadas ao contato com a água congelada, escorregavam, sem encontrar firmeza. Utilizou a estaca para arrastar o corpo para junto de Tiago. Agarrou-se ao gelo que contornava o corpo do rapaz e apoiou-se para ajoelhar e se preparar para o golpe mortal no peito da vítima. Assim que ergueu o rosto, Inverno teve a face atingida por um forte soco desferido por Tiago, que, desesperado, tentava ganhar tempo a qualquer custo. Precisava continuar vivo para servir de alguma coisa a Eliana. Inverno caiu para trás, escorregando alguns centímetros para baixo. Novamente começou a gargalhar. Seu joelho perdeu aderência ao gelo e o fez deslizar mais um pouco, batendo o rosto no chão frio. Guilherme sorriu, olhando fixamente para Tiago.

– Tu não viverás para o próximo dia. Isso eu posso garantir. Vou espetar-te com esta estaca e te deixarei morto, aqui no gelo – Inverno reiniciou o processo, apoiando-se na estaca para avançar sobre o gelo. – Depois que tu estiveres morto, voltarei para o cais. Encontrarei meus semelhantes e partirei de volta ao D'Ouro, levando comigo aquela linda mulher. Ela será minha, menino. Ela será minha como uma mulher é para um homem. Como uma mulher é para um filho. Como uma fêmea é para um macho.

Guilherme ria, agora em tom baixo. Mais uma vez agarrou-se ao gelo em torno do rapaz e ajoelhou-se, aproximando-se ainda mais. Sem olhar para cima, sem temer uma nova investida... e esse foi seu pior erro naquela noite. Se tivesse lançado uma simples olhadela para cima, mesmo de relance, teria notado quão aquele breve discurso havia afetado sua vítima. Teria sentido o tipo de ódio que havia desencadeado naquele homem. Um ódio tão forte que fora capaz de fazer aqueles olhos, outrora mortais, cintilar como os de um legítimo demônio, e presas aguçadas brotar onde antes havia um par de caninos comuns. Inverno cometera um erro fatal. Assim que aproximou o braço um pouco mais do de Tiago, agora sim, olhando para cima, percebeu a ira nos olhos e na boca do jovem rapaz.

Usando sua modesta mas eficiente velocidade vampírica, Tiago, com o braço liberto, agarrou o punho que segurava a estaca e ergueu o braço de Inverno até que pudesse cravar em seu pulso os novos dentes afiados e extrair parte da pele e da carne do vampiro, sorvendo uma generosa quantidade de sangue. O vampiro congelante relutou, mas não conseguiu libertar o braço nas primeiras tentativas, tendo de evocar toda sua força vampírica para arrancar o braço do jugo de Tiago.

Guilherme caiu mais uma vez, deslizando pelo gelo, protegendo com o outro braço o ferimento causado pelo novo vampiro.

Tiago urrou como uma fera, como um novo vampiro. Sentia o sangue maldito descer pela garganta e queimar o corpo internamente. Sentia dor e prazer ao mesmo tempo. Sentia que era um vampiro. Um monstro capaz de matar qualquer um para obter mais daquele néctar macabro. Sentia prazer em ver sua vítima caída, contorcendo-se de dor. De sua boca escorria o sangue que não fora engolido, dando-lhe um aspecto monstruoso. O corpo descontrolou-se de modo selvagem. Era como se estivesse se transformando.

Inverno ria insano.

Tiago rugia como uma fera ensandecida.

Um cachorro vira-lata começou a latir em um dos quintais em frente aos vampiros.

– Gostaste? – perguntou Inverno em meio a gargalhadas. – Acho que foi tua primeira vez, não foi? Achavas que fosse fácil, não é? Todo mundo acha que é fácil viver esta vida. Que é divertido viver e beber *la sangre.* Ah! Ah! Ah! Não é, não, menino.

Tiago sentiu o corpo se acalmar. Então uma forte depressão tomou conta de seus pensamentos. O que havia feito? Havia tomado sangue! Sangue de um vampiro maldito!

O cachorro ladrava insistentemente. Sem dar descanso aos seus ouvidos.

Guilherme, ainda de bruços, estendeu o braço na direção do pequeno cão. Segundos depois, o animal calou-se para sempre, envolto em uma grossa camada de gelo translúcido, que permitia enxergar sua silhueta canina. Quase no mesmo instante, um homem saiu da casa, deixando a porta aberta atrás de si. Correu para o quintal, gritando pelo cachorro.

– Rex! Rex! Cadê você, piá? Ô Rex... – seus olhos encontraram o pequeno esquife de gelo onde o cão de estimação fora encerrado. – Rex! O que aconteceu?

O homem descobriu da pior maneira. Antes que pudesse entender o que havia acontecido a seu cão vira-lata, um frio súbito tomou conta de seu corpo, e pequenas escamas de gelo o foram cobrindo. Teve tempo apenas de se virar para a rua e ver o estranho homem de cabelos longos apontando-lhe a mão. O gelo encobriu seus olhos e suas narinas, e o corpo ficou cada vez mais pesado. O gelo imobilizou-o completamente. Não havia ar. Seus pulmões pareciam congelados. Lentamente o corpo tombou para a frente, jazendo ao lado do fiel cachorrinho.

A cena horrorizou Tiago. Aquele poderia ter sido o seu próprio fim, não fosse o requinte de crueldade que o vampiro gargalhante lhe reservava.

Enquanto o vampiro estava caído, Tiago ouviu passos se aproximando às suas costas. Queria virar para ver quem era, ou quem eram, pois parecia tratar-se de mais de uma pessoa, mas o gelo o prendia até o tórax e tomava-lhe quase um braço inteiro, impedindo que se virasse. Queria ajuda. Queria pedir que se afastassem. Deveriam saber que havia um demônio ali. Preparava um grito quando viu que Inverno se apoiava no gelo e erguia a cabeça lentamente perto de seu peito. Aquele maldito não iria desistir até cumprir o prometido. Tiago sabia que ia morrer. Estava aprisionado, indefeso; não conseguiria manter o demônio afastado a noite inteira. Foi então que aquela voz, como um rugido, surgiu às suas costas e o fez estremecer. De relance, Tiago percebeu que o vampiro também havia se assustado, e, ao encarar aquele que falava, seus olhos se arregalaram, como os olhos de alguém que fica instantaneamente surpreso, ou pior, como quem fica instantaneamente alarmado.

– Você! – gritou a voz. – Seu demônio! Sabia que te encontraria mais cedo ou mais tarde.

Dois segundos demoradíssimos se passaram sem que Tiago pudesse se virar para identificar o berrador. De repente, um braço forte tomou conta do seu campo visual, dirigindo-se rápido como flecha para o vampiro. Inverno foi atingido por um soco na face, um soco poderoso, um soco treinado, profissional. O golpe fez Inverno ir de costas ao chão de gelo e deslizar por mais de quinze metros antes de alcançar a lama. Sem tempo de esboçar nenhuma reação, o homem que gritava partiu em sua direção, entrando por inteiro no campo visual de Tiago. Era um homem negro, não muito alto, mas bastante forte. Tiago pôde vê-lo somente pelas costas. Vestia só calça e andava descalço. O homem caminhava lento em direção ao vampiro, com passos firmes, meticulosos. Eram passos esquisitos, como de bonecos naqueles filmes de animação barata, como se alguma coisa o contivesse, o incomodasse. Foi então que Tiago percebeu algo estranho nas costas do homem. Elas estavam costuradas, dando a impressão de ter existido um corte extenso.

– Ficamos escondidos num canto escuro durante dias, seu maldito! Veja o que você me fez! – gritava o homem negro enquanto se aproximava de Guilherme.

Inverno tentou se levantar. Seus poderes vampíricos já começavam a cicatrizar os ferimentos, mas conseguiu se colocar de pé com visível dificuldade.

O homem negro estava acompanhado por mais dois rapazes. O trio aparentava a mesma idade, e as coisas em comum não paravam por aí. Os três estavam descalços. Apenas um vestia camiseta regata verde-oliva, como aquelas de soldados do Exército. Podiam-se ver cortes extensos com costuras grossas nas costas, no tórax e no abdome do negro e do outro sem camisa. Duvidava que o terceiro não os possuísse. Tiago não fazia a mínima ideia de onde surgira aquela gente esquisita, mas já cultivava simpatia pelo trio. Estavam atacando o vampiro e impedindo sua morte. Alguma esperança, afinal.

– Você sabe o que é ficar enclausurado num canto escuro? Hã? – berrava o negro.

– Sei, meu amigo. Sei muito bem o que é isso.

Enquanto Inverno procurava se firmar sobre as pernas, o negro disparou para cima dele sem nenhum aviso.

– Você não sabe nada!!! – gritou, desferindo outro golpe contra a cabeça de Inverno.

Guilherme deslizou sobre a lama. Seus olhos de vampiro cintilaram. Estava ficando ainda mais irritado. Não iria permitir que três mortos-vivos o humilhassem. Era poderoso. Podia congelar o ar e extingui-los. Não seriam aqueles três que o impediriam de cumprir seu plano. Queria matar Tiago e queria fazê-lo agora. Se deixasse aquele novo vampiro vivo, brevemente se tornaria uma tormenta. Uma tormenta interessada em tomar-lhe a salvadora, sua nova mãe, seu novo amor. Mas sabia que, antes, teria de conter os três soldados mortos-vivos. Iria usar seu dom como o usara contra o rapaz; iria congelá-los uma vez mais. Inverno apontou o braço para o homem negro, o mais próximo. Precisaria de poucos segun...

O soldado percebeu. Sabia o que era aquilo e como fora duro libertar-se da prisão de gelo. Partiu como uma bala para cima do vampiro, movendo-se de forma desajeitada.

– Você não vai fazer isso novamente!

O soldado negro apanhou Inverno pela mão e já podia perceber pequenos cristais de gelo cobrindo seu corpo. Teria de detê-lo rápido. Tinha treinamento em artes marciais. Usou um golpe eficaz e ligeiro, torcendo fortemente o pulso do vampiro e deslocando a mão do braço.

Apesar de Guilherme ser um vampiro poderoso e possuir mais força que cem homens, não conseguiu evitar o rugido de dor. Caiu para trás, segurando firmemente o pulso ferido. Urrando assustadoramente.

Enquanto isso, Tiago lutava dentro do gelo, tentando libertar-se. Queria correr para o porto. Sabia que os outros vampiros estavam lá com Eliana. Inverno criara apenas um chamariz. Se a equipe do traidor sargento Bernardo falhasse, temia nunca mais ver a amada mulher. Para complicar, com apenas um braço livre da prisão gelada, o máximo que conseguia era remover ínfimas lascas de gelo. Iria demorar horas para sair dali.

Os três soldados rodearam o vampiro caído e começaram a surrá-lo, desferindo-lhe impiedosos chutes. Inverno era jogado de cá para lá como um saco de pancadas.

– É hora da vingança, matador! – gritou um deles, o de cabelos espetados.

– Ficamos mofando no porão daquele hotel abandonado por sua culpa! Aquele hotel fedorento onde você foi esconder seu rabo!

Guilherme abriu os olhos assustado.

– E nós descobrimos uma coisa, seu maldito! Uma coisa pra te ferrar!

Guilherme tentava deter os golpes com o braço são. A dor no punho estava desaparecendo rapidamente. Logo estaria bom para uma nova investida. Os chutes o incomodavam, mas quase não causavam dor. Não revidava apenas para ganhar tempo. Os ferimentos à bala também estavam cicatrizando quase completamente. Logo, com os músculos restabelecidos, voltaria a fazer uso de sua velocidade vampírica, aí, sim, nenhum morto-vivo iria fazê-lo de saco de socos. Aprenderiam, da pior maneira, quão era imprudente brincar com um vampiro. Mas aquilo que o soldado de camiseta acabara de dizer havia quebrado sua concentração na cura. Na verdade, havia quebrado toda sua concentração. Haviam estado em um hotel abandonado para se esconder. Haviam descoberto uma coisa. Sim, ele realmente estivera em um hotel abandonado. Lera nas paredes velhas e descascadas, em papéis antigos e embolorados. Sim, aquele prédio abandonado, onde sepultara Sétimo, havia sido um hotel um dia, e os malditos haviam estado lá. Haviam encontrado Sétimo! Que maldita coincidência! Diabos! Os chutes continuavam, e sua desconcentração foi tamanha que não conseguia mais mover o braço para se defender. Recebia chutes na cara que o faziam tombar para todos os lados.

– Nós descobrimos uma coisa pra te ferrar! – gritou o soldado de camiseta regata.

Tiago não podia deixar de ouvir aqueles gritos. Aquela frase chamou sua atenção. Via Guilherme ser arremessado para lá e para cá a cada golpe. Mesmo assim, conseguiu distinguir algo mais. Uma expressão assustada na face daquele monstro. Olhos assustados, sem o brilho de fogo, sem o ódio mortal, mas carregados de medo.

– Vós não podeis! – gritou o monstro agonizante.

– Claro que podemos! Queremos vingança! E é isso que teremos agora! – gritou o outro.

O negro permanecia calado. Estava preocupado em investir contra a criatura que lhe roubara a vida. Sabia que dali a poucos dias retornaria ao Vale Negro para cumprir sua aventura. Queria estar com o coração livre do ódio. Sua primeira visão do Vale Negro não fora das melhores. Sabia que mesmo o homem mais equilibrado, se desconfiasse do que o esperava do outro lado, perderia a sanidade em questão de instantes.

Tiago estava concentrado em entender a razão do desespero do vampiro. Observava-o atentamente. Invocou sua audição vampírica. Ouvia o ar entrar e sair do corpo do vampiro. Então o ouviu balbuciar. Deixou escapar um nome... quase inaudível.

– Sétimo...

– Queremos vingança! Você nos matou por nada!

– Parai! – gritou Inverno.

Agarrou o pé do soldado de cabelo arrepiado e rodopiou-o sobre sua cabeça como um boneco de pano, afastando os outros dois. Jogou o rapaz para longe, fazendo-o chocar-se contra o portão metálico de uma das casas simples daquela rua.

– Vós não podeis... não podeis... Sétimo não!

– Vou te esfolar até desaparecer! – bradou o soldado negro.

– Não tenho tempo para isso! Vós fizestes algo terrível! Tenho de fugir!

Inverno agarrou o negro e arremessou-o para o fim da rua. O rapaz de camiseta regata foi congelado e encerrado em um bloco de gelo. Guilherme já havia recuperado a firmeza das pernas. Iria correr até o cais e encontrar-se com os comparsas. Mas, antes, liquidaria aquele maldito rapaz para que nunca mais interferisse daquela maneira em seus planos. Vasculhou o chão em busca da estaca e, após encontrá-la, dirigiu-se a Tiago.

Antes de atingir seu objetivo, o soldado de cabelo espetado se intrometeu. Trazia consigo uma lança de ferro extraída do portão contra o qual tinha sido arremessado. Agilmente enterrou a lança no abdome do vampiro, antes que ele pudesse se dar conta do que estava acontecendo.

Tiago lutava incessantemente contra o gelo. Seu braço estaria solto em alguns momentos. Teria de torcer para os mortos-vivos conseguirem atrapalhar Inverno por tempo suficiente.

Munido de um caibro, o soldado negro se juntou ao de cabelo espetado, desferindo um duro golpe nas costas do vampiro.

Guilherme tentava remover a lança quando recebeu o golpe pelas costas, tombando desequilibrado. Em seguida, o homem negro quebrou o caibro em seu crânio, provocando uma dor delirante. Aqueles bastardos estavam a ponto de deixá-lo inconsciente. E estar inconsciente com Sétimo à solta era coisa pouco inteligente e pouco segura. Era hora de uma retirada estratégica. Cuidaria daqueles idiotas em um novo encontro, se é que haveria. O único que o preocupava era o rapaz encrenqueiro. Aquele, sim, era um perigo em potencial, porém seria mais sábio dar cabo de sua existência em um outro dia. Usando as pernas, derrubou o negro. Arrancou a lança do abdome antes que investissem novamente. Pôs-se de pé e fugiu humilhado, correndo em direção ao cais. Era hora de zarpar.

✠ ✠ ✠

O vampiro fugiu, sumindo do campo visual de Tiago. O rapaz ficou quieto. Aqueles dois estranhos poderiam querer descontar nele sua frustração. Mas, ao contrário do que imaginou, os dois se afastaram calmamente como dois robôs pré-programados e desapareceram, deixando-se notar apenas pelo som do arrastar de pés sobre a neve. Assim que o ruído se extinguiu, Tiago sentiu-se abandonado à própria sorte. Eles não o atacaram, nem sequer o notaram. Simplesmente foram embora atrás do desafeto.

Tiago voltou à luta contra a sólida prisão de gelo. Já haviam se passado cerca de cinco minutos quando conseguiu libertar o braço. Agora tinha toda a parte inferior do corpo para remover. Iria demorar a noite toda!

Um barulho.

Ele tentou virar o corpo para trás, mas era impossível fazer seus olhos encontrarem o que produzia aquele som sutil.

Passos. Passos lentos. Será que um dos mortos-vivos havia retornado? Retornado para matá-lo...?

Tiago brigava contra o gelo, arrancando pequenas raspas, livrando-se vagarosamente do casulo congelante.

Os passos decididamente vinham em sua direção.

Interrompeu o trabalho e tentou se concentrar na aproximação do estranho. Talvez tivesse de lutar contra o dono daqueles passos. Teria de estar concentrado.

– Eu devia te matar agora, ó ingrato brasileiro.

Tiago arrepiou-se, tamanho foi o susto. Conhecia muito bem aquela voz, aquele sotaque suave.

Aquele vampiro.

– Gentil?!

O incômodo cutucar surgiu novamente. Parecia acompanhar a voz do vampiro que se aproximava.

– Como tiveste coragem? – inquiriu o vampiro, entrando no campo visual do homem aprisionado. Tiago esforçava-se para sair.

– Vejo que desta vez meu irmão levou a melhor.

– Precisei fazer o que fiz, Miguel. Não me culpe por querer salvar aquela que amo. Precisava de você aqui. Só poderia trazê-lo em segurança daquele jeito.

– Não me venhas com conversa, ó brasileiro. Tu cravaste uma estaca em meu peito. E não foste tu que a removeste. Tu me querias morto.

Gentil aproximou-se e pressionou o pescoço de Tiago.

– Fui eu que pedi... – murmurou como pôde. – Eu não queria matá-lo...

– Mas e a estaca?

– Você mesmo me ensinou que bastava removê-la para trazê-lo de volta à vida, ou o que seja isso aqui. Nunca quis matá-lo, Miguel... solte meu pescoço... o maldito está indo embora com E-Eliana.

Gentil apertou um pouco mais, saboreando a expressão de desconforto na face do brasileiro. Depois de uns poucos segundos, largou o pescoço e passou o dedo indicador no canto esquerdo da boca do rapaz. Levou o dedo à boca.

– Então tu não conseguiste resistir. Gostaste?

– Pare de besteira, Miguel. Me ajude a sair daqui.

Miguel caminhava para lá e para cá com as mãos entrelaçadas às costas.

– Agora tu não podes voltar a ser o que eras. Optaste por tornar-te o que somos. Monstros sugadores de sangue.

– Me tire daqui, Miguel! – gritou enraivecido.

Miguel agarrou Tiago pelos braços e começou a puxá-lo para fora da prisão de gelo. O rapaz soltou um grito dolorido. Sentia as juntas prestes a se romper; parecia que seu corpo seria dividido ao meio. Vencido pela dor, implorou para Miguel parar.

– Mas tu és frouxo, hein, gajo? Queria ver se Tobia estivesse vindo a galope, em busca de vampiros, se tu não saías daí sozinho e ligeiro.

– Tobia está morto, vampiro... – murmurou Tiago, exausto.

Miguel ficou em silêncio. Afinal, o brasileiro estava certo. Tobia, havia muito tempo, estava morto. Tiago ergueu o peito e estendeu os braços ao vampiro. Tinha de sair dali se quisesse ter alguma chance.

– Puxe. Só me largue quando eu estiver fora deste casulo de gelo.

– Foste tu quem pediste, ó pá. Agora aguenta aí.

Miguel firmou uma das pernas, flexionando o joelho para ter mais força. Apanhou os braços do rapaz e começou a puxá-lo novamente, começando devagar, aumentando gradativamente a força.

Depois de alguns minutos de gritos ensurdecedores,Tiago estava livre, estirado no chão, tentando descobrir se ainda estava inteiro, íntegro. Lentamente a dor foi se reduzindo, sumindo, deixando-o em paz. Levantou-se.

Miguel, trajando sua roupa negra, continuava caminhando lentamente com os braços para trás.

– Temos de correr, Miguel. Eles vão partir com Eliana para Portugal.

– Queres que te ajude depois do que me fizeste?

– Tive de fazê-lo, Miguel. Tu parece ajuizado, tchê. Se te trouxesse vivo, eles iriam dar um jeito de te matar. Iriam picá-lo em centenas de pedaços, talvez milhares. E você mesmo disse que me ajudaria. Disse que bastava de violência por parte dos seus.

Miguel olhou diretamente nos olhos de Tiago.

– Chega de maldades. Vamos buscar tua amada amiga.

Os dois, utilizando a velocidade vampírica, partiram no encalço de Inverno. Tinham de alcançá-lo antes que fosse tarde demais.

Alguns minutos atrás, o coração do sargento Bernardo batia disparado. Havia acabado de avistar um homem negro no perímetro. Um homem suspeito de ser um dos vampiros. Havia recebido ordens do tenente para tomar conta da situação. Não estragar as coisas, fora o que ele dissera pelo rádio.

– Atenção todas as unidades. Não se precipitem, mantenham total atenção no indivíduo e no perímetro. Nenhum disparo sem minha ordem. Queremos todos eles aqui. Silêncio e aguardem minhas instruções.

A tempestade continuava incessante. A água prejudicava o trabalho e a visão do perímetro. Tinham de forçar os olhos muito mais que o usual, mas quanto a isso os soldados não se incomodavam: aquela missão não tinha nada de usual. Para a maioria deles, era a primeira atividade militar com risco potencial. Decididamente, a tempestade não os incomodava; o que incomodava era a ideia de estarem lidando com vampiros que já haviam tirado a vida de centenas de soldados preparados e armados como eles.

– Sargento, soldado Kessler, senhor. Existem mais invasores no perímetro, senhor. Aproximam-se da grade, à esquerda do portão de acesso, senhor. A uns vinte metros de distância, senhor.

Bernardo direcionou o binóculo de visão noturna para o ponto. Levou poucos segundos até os encontrar. Os dois homens estavam perto da alta grade que cercava a área das docas. O mais baixo trazia uma mulher sobre os ombros.

– Tenente, identificação positiva, senhor. Temos três alvos no perímetro.

– Está certo disso, sargento?

– Um deles traz uma mulher com as descrições compatíveis, senhor. Ela está aparentemente inconsciente, senhor.

– Não dispare, sargento. Deixe que se aproximem e subam a bordo da caravela – ordenou Brites.

– Mas, tenente, eles estão em terreno aberto. São alvos fáceis! Podemos liquidá-los.

– Já estive com eles, sargento. Mataram mais de cem homens meus.

– Mas, senhor, eu tenho certeza...

– Não discuta, sargento! Está aí para servir a um propósito; não ao seu propósito, mas ao meu. Quero que eles pensem que venceram. Vamos atacá-los em alto-mar, sem derramar uma gota de sangue sequer. O rastreador está funcionando?

O sargento dirigia-se a um dos soldados que operava um *laptop*.

– Confirmado, tenente.

– Proceda como instruído, sargento. Deixe-os seguir, só não permita que "externos" interfiram na operação. Tem autorização para deter, a todo custo, qualquer um que ponha a operação em risco. Esses malditos assassinos de soldados terão o fim que merecem.

Manuel aproximou-se da grade metálica, seguido por Baptista. Segurou a mulher com firmeza e saltou por cima da grade, como se possuísse o peso de uma pluma, pulando ao chão, tocando o solo com a suavidade natural dos vampiros. Tempestade acompanhou o irmão. Seus olhos cintilaram quando avistou lá embaixo, junto a um ancoradouro, balançando ao sabor das águas selvagens, a velha caravela. O navio que fora seu lar por centenas de anos. Iriam, enfim, voltar para casa, voltar para o D'Ouro.

Caminhavam lentamente. Olhos humanos acompanhavam-lhes. Eles podiam sentir. Olhos que se ocultavam na querida escuridão. Olhos que queriam lhes fazer mal. Como eram divertidos aqueles olhos... como eram inocentes!

Tempestade, que havia amenizado a tormenta celeste, voltou a evocar seu dom maldito. Quase instantaneamente, os flocos de neve abandonaram o céu, e a chuva violenta voltou a despencar. Trovões começaram a rugir, e relâmpagos incessantes golpearam as docas, a maioria deles explodindo sobre os galpões, onde se escondiam os soldados prontos para atacar. Tempestade queria mostrar-lhes do que era feito e por que não seria qualquer homem que os faria fracassar no intuito de abandonar aquela terra.

Fernando foi o primeiro a chegar. Apanhou uma grande tábua deitada no chão do atracadouro e usou-a como prancha para acessar a embarcação. O mar agitava-se assustadoramente. Parecia milagre as madeiras terem se conservado íntegras por tanto tempo, sem se partirem ao simples toque das ondas. O vampiro de pele negro-acinzentada subiu, preparando o caminho para os irmãos.

Manuel aproximou-se e, só depois de Espelho segurar firme a prancha que oscilava bruscamente, tomou o caminho da caravela, com passos cautelosos, levando Eliana, ainda desacordada, às suas costas. Acordador, sempre contido, estava a ponto de soltar um grito de felicidade. A caravela era um elo com a existência passada. Apesar de ter servido de prisão por centenas de anos, ela transmitia lembranças de uma época distante, quando não havia aviões no céu nem mesmo serpentes de ferro. Lembrava uma época em que era mais temido que doenças, que armas e que qualquer homem. Iriam voltar a Portugal. Iriam voltar ao velho castelo encravado no D'Ouro. Retornariam ao seu berço de sangue e vingar-se-iam dos portugueses, que tanto aplaudiram seu enclausuramento.

Eliana foi acomodada no convés, deitada sobre a madeira molhada. Quando os grossos pingos d'água batiam contra seus olhos, ela piscava. Parecia retornar à consciência aos poucos. Quando desse por si, provavelmente já estaria em alto-mar, sem chance de escapar.

Inverno cruzou o portão de acesso às docas. Percebeu olhos humanos rastreando o lugar. Não o haviam localizado ainda. A maioria dos humanos escondia-se e se protegia da poderosa tempestade que se abatia sobre Amarração. Com mais dois passos teve a visão completa das docas, enchendo-se de emoção ao deparar-se com a formosa caravela vagando sobre as águas. A condução para o velho mundo estava lá, chamando por ele, com sua doce nova mãe a bordo, com o sangue poderoso e divino de uma quase ressurreição. As pernas ainda estavam doloridas. Havia gastado quase toda sua energia vampírica para chegar até ali. Caminhou o mais rápido que pôde, quase correndo, ansiando por embarcar na centenária caravela.

Tempestade aproximou-se do mastro central. Não havia velas em nenhum deles. Tocou a madeira, sentindo a energia da velha embarcação. Havia algo diferente. Os brasileiros tinham modificado alguma coisa na madeira. Varreu com os olhos o convés. A mulher, debruçada a um canto, tentava se levantar. Olhou para os mastros novamente. Nenhuma vela. Nada. Abriu um sorriso largo. Sabia que não teria problema algum. Afinal, ele era o vampiro que fazia chover. O vampiro que mudava o tempo. Era dono de um dom maldito. Caminhou até a amurada, com a chuva forte batendo sobre a cabeça. Suas roupas estavam completamente ensopadas, e fios de água escorriam-lhe pela face. Os olhos de vampiro encontraram o companheiro que fazia esfriar caminhando rapidamente, aproximando-se da caravela. Sabia que Miguel não viria. Sabia que era hora de ir embora da terra dos brasileiros, a terra de Cabral. Deveria providenciar, ajeitar a partida. Ergueu os braços para o céu e ordenou que a tempestade fosse mais poderosa, mais traiçoeira e mortal. Apontou a mão para as grossas amarras e, então, assustadores relâmpagos vieram cortá-las, fazendo as toras que prendiam as cordas explodir com violência.

Fernando aproximou-se da amurada e, com as mãos em concha em torno da boca, gritou para Guilherme:

– Vamos partir, ó gajo! Corre!

Guilherme viu os raios de luz soltar as cordas da caravela. O navio balançou mais forte, subindo ao desejo das ondas que batiam contra o atracadouro. Espelho gritou para que se apressasse. Havia descido o pequeno morro logo após o portão de entrada, arrastado pela forte enxurrada provocada pela tempestade de Baptista. Corria pelo pátio das docas rumo ao atracadouro. Pela primeira vez, em centenas de anos, sentia-se fraco. Utilizara seu poder de congelar mais de uma vez naquele último encontro com Tiago e fizera nevar fartamente. Depois precisara regenerar os ferimentos provocados pela pistola do rapaz e pelo espancamento dos mortos-vivos. Precisava chegar rápido à caravela e abastecer-se de um pouco de sangue, direto das artérias de sua mãe. Da mulher que se chamava Eliana. Olhos humanos o observavam. Não queria um confronto com os brasileiros agora. Não queria um confronto com suas armas. Estava fraco; as armas não o matariam, mas certamente o tornariam uma presa bastante fácil.

Baptista percebeu que os humanos estavam agitados. Começavam a se movimentar de forma perigosa, organizada. Avistou alguns saltando de cima dos galpões, outros descendo das encostas. Todos tomando o rumo do atracadouro, em direção à caravela.

Manuel correu até a popa e apossou-se do leme. Tentaria utilizar as correntes oferecidas pelo mar agitado para manobrar a caravela.

Baptista ergueu os braços e ordenou que a tempestade caísse mais feroz. Os trovões roncaram chorosos, como se dissessem ao mestre que já estavam fazendo o máximo. Um vento poderoso varreu as docas, derrubando os soldados que avançavam pelo pátio e fazendo várias telhas dos galpões decolar, desaparecendo no céu negro.

– Corre, Guilherme! Não podemos esperar mais!

Inverno alcançou as tábuas grossas do atracadouro. A caravela oscilava e se distanciava lentamente do píer. Fernando lançou uma corda, à qual Inverno se agarrou e, sem hesitar, arremessou-se ao mar.

Espelho içou o irmão, derrubando seu grande e pesado corpo sobre o convés, trazendo-o a bordo da caravela. Guilherme levantou-se. Estendeu a mão a Fernando e puxou-o para um abraço. Os dois se desfizeram em largas gargalhadas.

– Vamos voltar para nossa terra, ó gajo! – festejou Fernando. Explosões vieram das docas. Os soldados efetuavam disparos contra a caravela.

– Abaixai-vos! – berrou Manuel do tombadilho. – Tempestas, tira-nos daqui!

Tempestade aproximou-se da amurada de cócoras. Estendeu um braço para o céu e o outro para o mar. Ondas poderosas começaram a sacolejar a embarcação. Manuel aferrou-se ao leme, tentando conduzir o navio.

A caravela começou a girar, com a popa para o atracadouro e a proa ganhando o mar. Estavam indo embora da terra dos brasileiros.

✠ ✠ ✠

Instantes atrás, quando ainda nevava, Miguel e Tiago dirigiam-se velozes para as docas. Não podiam perder um minuto sequer. Tinham esperança de alcançar os malditos antes de zarparem. Foi Tiago quem interrompeu a corrida, quando cruzaram com os dois estranhos que haviam impedido Guilherme de tirar sua vida. Ouviu os homens dizerem algo que realmente perturbara o vampiro, fazendo-o partir desesperado para as docas, deixando para trás uma excelente chance de eliminar Tiago. Aproximou-se dos dois, que ainda caminhavam daquela maneira estranha, como robozinhos. Tiago parou bem diante deles, mas quando eles o alcançaram, simplesmente desviaram e continuaram avançando, sem encará-lo, sem expressar nenhuma reação. Andavam vagarosamente; jamais chegariam a tempo. Tiago lembrou-se daqueles filmes de terror, cujos monstros andavam daquele modo, vagarosos, porém constantes. Naqueles filmes classe B, os malditos dos monstros-tartarugas sempre alcançavam as vítimas, mesmo quando elas disparavam como corredores dos cem metros rasos. Tiago ultrapassou-os e, antes que se desvencilhassem, pôs a mão no peito do rapaz negro. O outro, livre, simplesmente o contornou e continuou seu trajeto.

Miguel acabara de chegar e, impaciente, dirigiu-se a Tiago.

– Que queres com estes mortos, ó pá? Deixa os pobres caminharem. Desse jeito nunca chegaremos.

O negro ergueu o rosto e fitou Tiago.

– São mortos?

– São, Tiago. Os dois são obra de Manuel, com certeza.

– Largue-me, imbecil. Tenho de acertar as contas com aquele demônio que me pôs no Vale Negro.

– É melhor largá-lo, Tiago. Ele está atrás de sua vingança.

– O que você descobriu no hotel? – perguntou Tiago. O morto-vivo grunhiu feito cão bravo.

– Você o deixou apavorado. Diga o que descobriu no hotel e prometo que deixo você continuar atrás do vampiro.

Os olhos de Miguel se arregalaram. Estariam atrás de qual vampiro? O outro já havia se distanciado. Furtivamente olhava para trás, tentando localizar o companheiro.

– Descobrimos que podemos...

– Podem o quê? – interrompeu Tiago, ansioso.

– Que podemos rastreá-lo aonde quer que vá. Tem um zumbido aqui dentro... – murmurou o zumbi, enquanto levava as mãos aos ouvidos. Tiago soltou-o.

– Não encontraram outro vampiro?

– Não! – gritou o soldado. – Só encontramos este zumbido, que sempre nos diz onde o maldito está. Está lá – finalizou, apontando adiante.

Tiago olhou para Miguel, ainda espantado.

– Eles estão atrás de Guilherme.

– Guilherme? Nossa! É melhor correr. Esses dois jamais alcançarão a caravela, mas se nos apressarmos ainda há uma chance.

Naquele exato momento, a neve cessou, e o céu foi tomado por uma violenta tempestade.

Durante a corrida até as docas, o temporal piorou, tornando-se mais medonho a cada instante.

Quando os dois alcançaram o portão, Tiago pediu a Gentil que parasse. O que viam não era nada bom.

A caravela havia se afastado pelo menos cem metros do atracadouro. O pátio do porto estava tomado por dezenas de soldados assustados, que disparavam desorientados tentando conter a escapada dos vampiros, mas já era tarde demais para isso. Os vampiros estavam livres no mar. Estavam indo embora, levando Eliana. Miguel ameaçou disparar em corrida novamente, mas Tiago o conteve. Havia muitos soldados no pátio, e eles tentaram assassiná-lo fazia menos de uma hora, lembrança bastante desagradável.

– Os soldados não nos deixarão chegar perto da caravela, Gentil. E eles já partiram...

– Como vamos prosseguir então, ó brasileiro? Vejo nos olhos que ainda não desististe da tarefa de reaver tua preciosa mulher.

– Existem barcos do Exército em alto-mar, caso as equipes terrestres falhem. Como elas falharam, os navios em alto-mar vão atacá-los. Seus irmãos não têm a menor chance de alcançar seu destino. Só peço a Deus que tenhamos tempo de chegar antes do ataque. Me acompanhe, Miguel.

Voltaram a correr, agora mais lentos do que na primeira corrida. Pareciam antever que ainda necessitariam de energia vampírica para as horas seguintes.

Enquanto isso, a bordo da caravela, os vampiros (exceto Acordador, ao leme) permaneciam abaixados. As balas cruzavam sobre suas cabeças, produzindo um zunido característico.

Tempestade concentrava seu dom no mar, fazendo com que correntes fossem criadas pelos ventos, e, dessa forma, ganhavam distância do atracadouro. Sua tempestade agitava cada vez mais e mais as águas, e ondas monstruosas surgiam a todo instante. Uma onda com mais de dez metros fez a caravela inclinar-se abruptamente, jogando-a para o alto. A onda avançou para as docas, em direção aos soldados.

✠ ✠ ✠

Bernardo comandava o ataque. Queria que os homens atirassem apenas para assustar as criaturas. Para afugentar aqueles monstros do continente. Logo estariam em alto-mar e seriam problema da Marinha. O sargento sabia que o tenente Brites tinha seu plano desenhado. Deveriam tão somente assustá-los.

A caravela ganhava distância do atracadouro e não mostrava sinais de que os ocupantes tinham intenção de voltar. Já pensava em pedir aos rapazes que cessassem fogo quando aconteceu. Uma onda imensa formou-se e veio veloz em direção às docas. Não houve tempo de alertá-los. A água invadiu a terra, arremessando-os ao chão. A força era tão grande que muitos dos soldados rolaram diversas vezes. Três foram puxados para o mar, caindo nas águas agitadas, clamando por socorro. O sargento levantou-se aturdido. O braço esquerdo doía à beça. Ouvia os berros dos soldados caídos no mar misturado aos dos soldados feridos em terra. Não conseguia entender o que acontecia. A seu lado, um soldado tinha a perna quebrada e gemia desesperado. Só se deu conta da gravidade da situação depois que um dos soldados no cais gritou:

– Meu Deus! Eles estão lá embaixo!

Não havia como alcançá-los. Ordenou que fossem buscar cordas nos galpões o mais rápido possível. Mas, antes que os soldados chegassem com as salvadoras cordas, os três silenciaram o choro desesperado, tragados pelas águas agitadas daquela madrugada.

O sargento olhou em volta, procurando o operador de rádio. Ele ainda estava no chão, como um menino chorão. Apanhou o microfone e contatou o tenente.

– Senhor, os vampiros estão a caminho.

Do outro lado, Brites adiantou-se até o rádio.

– Perfeito, sargento. Há civis a bordo?

– Somente a mulher, senhor.

– Menos mal.

– E o rapaz, sargento? Encontrou o corpo?

– Ainda não pude verificar, senhor. O soldado que enviei foi morto pelo vampiro de pele negra.

– Quantos desgraçados estão na caravela?

– Quatro, senhor.

– Esses quatro podem se considerar mortos.

✠ ✠ ✠

Doze minutos depois, Tiago chegou à sua casa na beira da praia. Com a ajuda de Miguel, desvirou a lancha, encaixou o motor e arrastou-a para a água. O mar estava arredio, dificultando a entrada, que normalmente era realizada com rapidez e habilidade.

Tiago acionou o motor depois de três tentativas frustradas. Parecia que tudo que poderia atrapalhar naquele momento estava acontecendo. O motor roncou em pleno funcionamento, ajudando a pequena lancha a vencer as enormes ondas. O mar jogava a embarcação como um brinquedo miúdo na mão de um grandalhão. Decididamente, Tiago só insistia naquela ideia maluca porque não tinha outra opção. Ou lançava-se com aquela pequena lancha contra o mar furioso, ou ficava sentado em terra esperando algum milagre divino. Notou Miguel visivelmente assustado, com as mãos aferradas no assento. Tinha certeza de que o vampiro não largaria aquele banco por nada neste mundo.

– Tu realmente gostas daquela menina, não é, Tiago?

Tiago meneou a cabeça afirmativamente.

Após vencer a arrebentação, encontrou um mar ainda agitado, mas muito mais navegável e menos furioso. Pôde sentar-se com certa calma, não fosse a ansiedade de chegar até a caravela. O motor era fraco e não desenvolvia grande velocidade. Sabia que iriam demorar muito mais de meia hora até se aproximarem da embarcação tripulada pelos vampiros. Tiago estava tão nervoso que só depois de alguns minutos ocorreu-lhe a ideia de ligar o rádio. Sintonizou a faixa utilizada pela Marinha, conseguindo escutá-los com bastante nitidez. Pelo aparelho, poderia inteirar-se do que o Exército pretendia para o encontro da caravela com suas embarcações em mar aberto. Não tinha medo de navegar na escuridão total. Conhecia aquelas águas. Mesmo agitadas, eram as mesmas águas. Não tinha medo de não localizar a caravela naquele oceano imenso. Poderiam ir até a China, se quisessem, mas o tamborilar insistente em sua cabeça sempre lhe diria por onde e para onde teriam ido. Mesmo com o mar menos arisco, continuou com as mãos aferradas ao pequeno timão da lancha. Não havia tempo para vacilos.

✠ ✠ ✠

– Tenente Brites para tenente Celso. Está me copiando?

– Copiando, tenente. Prossiga.

– Com autorização do meu comando superior e do excelentíssimo senhor presidente da República, peço ao senhor que libere a carga agora. Uma e quarenta e sete da manhã, senhor.

– O código, tenente.

– Vinte e sete, zero quatro, juliana quarenta e sete.

– Carga a caminho, tenente.

– Previsão de entrega, tenente?

– Vinte e nove minutos, senhor.

– Entendido.

– Excelsior.

– Desculpe, tenente. O que é...

– O piloto, tenente, o piloto atendera a Excelsior.

– Excelsior, confirmado – respondeu o tenente.

– Que diabos isso significa? – perguntou-se Tiago, em voz alta.

– Excelsior significa algo elevado, criatura sublime, uma referência...

– Não é esse significado que eu procuro, Miguel – retrucou o rapaz, agarrando-se mais firmemente ao timão para efetuar uma curva longa, desviando de uma boia sinalizadora. Sabia que estava no caminho certo. O tamborilar em sua cabeça mantinha-se sempre na mesma direção, sem mudar de caminho.

Naquele ponto, a tempestade estava mais branda, mas ainda farta em relâmpagos assustadores e trovões estrondosos. Tiago prestava atenção no rádio. Brites comunicava-se agora com as embarcações em alto-mar.

Dava orientações. Ao que entendeu, haviam plantado um rastreador a bordo da caravela, que entregava sua posição exata ao comando da missão.

✠ ✠ ✠

Ventos fortes cortavam o céu, agitando as águas ainda mais. A lancha chegava a saltar na crista das ondas provocadas pela intensa marola.

Tiago rezava para que tivesse tempo de resgatar Eliana antes da interferência dos barcos militares.

✠ ✠ ✠

Manuel permanecia no controle do leme, observando o mar do tombadilho. A caravela era jogada para cima e para baixo, e também para os lados, ao sabor dos ventos e das águas. Contudo, avançava, conduzindo os vampiros ao almejado destino.

Eliana recuperara a consciência minutos atrás e reconhecia aquele lugar. Estava a bordo da velha caravela, a caminho de Portugal. Ninguém conseguira conter os malditos vampiros. Seria escrava daquelas criaturas até o fim de sua vida, como predissera o maldito Inverno. Afinal, eles estavam certos. Eram imbatíveis. Demônios protegidos pelo Pai do Mal. Jamais seriam capturados por humanos. Tentou ficar de pé. O barco jogava para os lados, tirando seu equilíbrio. Caiu de costas no convés. Levou mais de um minuto para virar-se. Ainda estava tonta da última pancada. Sentia o lado direito da cabeça latejar. Tinha certeza de que havia hematomas em seu rosto. Olhou ao redor novamente. Nenhum deles prestava atenção nela. Inverno e Fernando conversavam na proa, olhando para o horrível horizonte negro. Só percebia o céu e o mar quando relâmpagos iluminavam a noite por breves instantes, mas eram tantos e tão intensos que parecia estar assistindo a um filme defeituoso, onde faltavam quadros. Viu Tempestade recostado ao mastro principal, e só então notou que a embarcação havia zarpado sem velas. Estava espantada por aquele barco ainda estar inteiro. A equipe de engenharia realmente tinha feito um excelente trabalho de conservação das madeiras. Engatinhou até alcançar a amurada esquerda. A caravela enfrentava o mar sem os balões laranja. Tinha a impressão de que iria a pique antes de a tempestade findar, tamanha a fúria dos que a castigavam. Eliana levantou-se apoiando na amurada. Segundos depois, uma enorme onda atingiu a caravela, inundando o convés e jogando a mulher contra a amurada oposta. Eliana sentia o estômago revirar. Apesar de acostumada a passeios em pequenas e grandes embarcações, nunca estivera no mar durante uma tempestade tão perturbada. Rezou para que Tiago não tivesse desistido dela. Se não lhe restassem mais opções, não hesitaria em arremessar-se ao mar bravio e findar sua existência antes que aqueles malditos a transformassem em algo que não queria ser. Uma vampira.

Baptista estava abstraído em seus pensamentos quando, entre um relâmpago e outro, avistou algo distante. Pequenas luzes tremeluziam na escuridão. Sabia o que era. Afastou-se do mastro principal, indo segurar-se na amurada. Sim, sabia o que era. Embarcações aproximavam-se da caravela. Perigo iminente.

– Atenção! Barcos a estibordo! – gritou Tempestade.

Manuel lançou os olhos sobre o mar agitado e, então, enxergou as luzes tremeluzentes. Em poucos minutos, aqueles barcos miúdos ganhariam tamanho e forma e estariam colados a eles.

✠ ✠ ✠

Bem distante daqueles vampiros, César era escoltado de volta a Amarração, trazendo no compartimento traseiro do caminhão o troféu de sua caçada. O corpo morto do lobisomem.

Estava contente. Torcia para que Tiago também tivesse obtido sucesso em seu plano.

A caçada fora espetacular. Os soldados haviam descarregado um verdadeiro arsenal contra a fera, sem sucesso. Mas, como previra, bastou uma bala de prata bem colocada para pôr fim à existência daquela assombração. Não sabia se era apropriado, mas levaria o corpo do animal para o IML, onde repousaria ao lado do irmão, aquele a que chamavam Gentil.

Estavam, agora, sobre uma extensa ponte que cruzava um largo rio. Logo passariam em frente à cidade de Barraquinha, e mais vinte minutos de estrada, naquela velocidade, chegariam a Amarração.

César contemplava o céu, a lua e as estrelas de luz eterna. Percebeu que nuvens esporádicas tampavam o brilho da lua, e então correu os olhos na direção de Amarração. Um frio percorreu-lhe a espinha. Os miseráveis estavam lá. Dezenas de relâmpagos chispavam no horizonte, e o céu adquirira um negrume inacreditável naquela região. Como seria possível, se logo acima de sua cabeça o céu carregava poucas nuvens leves e translúcidas? Eram os demônios agindo em Amarração. Pediu ao soldado que acelerasse. Se houvesse tempo para ajudar Tiago a arrancar Eliana das mãos daqueles miseráveis, queria estar lá. Talvez, como o lobisomem, eles também perecessem ao serem atingidos por balas de prata. Retirou o Taurus da cintura e examinou o tambor. Ainda havia quatro projéteis. Completou os dois espaços vazios com balas de prata e verificou a munição da espingarda. Com alguma sorte, aquelas balas surtiriam o mesmo efeito que no lobo, que jazia no compartimento de carga do caminhão.

Poucos quilômetros antes de chegar à cidade, entraram numa tempestade torrencial, que dificultava a visão e exigia bastante perícia do condutor. A menor desatenção poderia causar um acidente catastrófico. Passaram-se vinte minutos até que o caminhão adentrasse os portões do IML de Amarração. Estacionaram. César e o motorista foram os primeiros a descer. Dirigiram-se apressados para a traseira do veículo, e, em poucos segundos, seus uniformes ficaram encharcados pela chuva. Do IML vieram mais três soldados com os inseparáveis fuzis, capacetes verde-oliva e uma espécie de capa à prova d'água.

– E então, vocês conseguiram apanhar o lobisomem? – perguntou um deles, entusiasmado.

– Nós, não. Ele. O César conseguiu – corrigiu o motorista, enquanto desatava as travas da porta traseira.

– Ele era tão grande quanto disseram?

– Maior – respondeu César, gritando para sobrepor a voz aos rugidos dos trovões. Os soldados riram, com os olhos vidrados na porta do caminhão, que vinha abaixo agora para revelar o corpo do monstro. Como num filme de terror barato, assim que a porta se escancarou, relâmpagos enfeitaram o céu e trovões roncaram furiosos. Pareciam as portas do inferno. Dois soldados com cara de assustados levantaram-se rapidamente dos bancos, um de cada lado da carroceria. Era evidente que acabavam de acordar com o característico barulho da porta traseira sendo tombada e aberta. No chão do compartimento jazia o corpo da fera, coberto por uma grossa lona marrom. Os olhos de César arregalaram-se. Havia alguma coisa debaixo da lona, mas certamente não o grande lobo que abatera com sua bala de prata. O amontoado não era nem a metade do volume do cadáver da fera, que demandara a força de oito homens para arremessá-lo ao caminhão. Os soldados recém-despertos ainda estavam um pouco assustados, mais pelo flagrante do que por qualquer outra coisa. César pulou para dentro da carroceria, apanhou a lona e, com um puxão forte, como fazia com as redes de pesca, descobriu o cadáver de uma vez só. Novamente, como num filme de terror classe B, relâmpagos faiscaram e trovões rugiram ao se revelar o corpo. César estava certo e também perplexo. Não havia nenhum lobisomem. Havia alguma coisa, isso sim. Mas não era um lobisomem. Desceu desapontado. Havia perdido, de certa forma, seu troféu de caça. Pediu aos soldados que cuidavam do IML que trouxessem uma maca. O soldado motorista ordenou que os dois dentro do caminhão retirassem o corpo dali, o que foi feito assim que o soldado encostou a maca na traseira do caminhão. Os militares dorminhocos também estavam espantados. Não haviam depositado nenhum lobo disforme, nenhum monstro, sobre a maca. Apenas um homem. Um homem de aparência frágil e com um ferimento à bala no meio do peito, como se tivesse sido assassinado numa briga ordinária com um tiro à queima-roupa bem no coração. Todavia, conduziram-no com medo, pois sabiam que no passado aquele corpo franzino havia sido a fera mortal que dizimara a vida de muitos soldados e civis.

César deixou a chuva, indo abrigar-se no andar térreo do IML. Ouviu passos na escada no fundo da sala. Virou-se. Era Olavo que se aproximava.

– Fiquei sabendo que você deu fim naquela fera que apavorava Porto Alegre. Tchê, mas que aventura, hein!

César meneou a cabeça positivamente, mas um pouco chateado.

– O que aconteceu? Pensei que ia ficar contente. Naquele instante, os homens entraram com a maca e o cadáver de Afonso sobre o metal gelado.

– Matei esse cara aí. Nem parece uma fera, não é?

– Você fez o certo, amigo – consolou Olavo, dando um tapa nas costas do colega.

– Queria que ele continuasse parecido com um lobo. Vendo-o assim, parecido com um frango depenado, chega a dar pena.

– Bá, deixa de ser besta! Ter pena de um vampiro? Você tá precisando descansar.

Os soldados conduziram a maca para o andar de cima, recolhendo as pernas com rodinhas para que pudessem subir as escadas com mais facilidade. Olavo e César seguiram-nos.

O cadáver do vampiro morto pela bala de prata foi acomodado onde deveria estar o corpo de Miguel.

Os soldados apressaram-se em descer. Pareciam ter medo daquele cômodo, com as geladeiras e seus gavetões de guardar gente morta.

Os dois ficaram sozinhos com o corpo de Afonso. César perguntou sobre Tiago. Olavo apenas contou o que haviam combinado e sobre o momento em que a tempestade começara. Disse que havia arrancado a estaca do peito do vampiro. Particularmente, não acreditava que aquele cadáver se levantaria.

– Mas ele se levantou, não foi?

Olavo balançou a cabeça afirmativamente.

– Em menos de cinco minutos, ele começou a se mexer. Pensei em sair correndo, mas fiquei hipnotizado pela coisa. Eu lido com mortos todo santo dia. Não é todo dia que a gente vê um assim, bem na nossa frente, voltando à vida. É verdade que naquele outro dia eles acordaram também...

– E o que ele fez?

– Ele me olhou nos olhos. Senti um arrepio danado, tchê. Era como se o próprio diabo estivesse me olhando. Mas... não sei como dizer...

César olhava interrogativamente para o amigo, que naquele momento não conseguiu evitar que a voz se esganiçasse. Estava tão compenetrado que nem percebeu que o furo no peito do cadáver que acabara de chegar estava se fechando lentamente, cicatrizando a ferida de modo mágico.

– Apesar daquele olhar frio, demoníaco, é estranho dizer... apesar daqueles olhos assustadores, o rosto passava uma calma, uma docilidade. Fiquei num misto de apavorado e fascinado... encantado. Era um homem morto voltando à vida.

– E o que aconteceu?

– Ele simplesmente desapareceu. Assim, num piscar de olhos.

– Uau! E o Tiago?

– O Exército preparou uma emboscada para os vampiros lá nas docas. Eu daria tudo para saber como ele está indo.

– Tem um caminhão do Exército aí embaixo. Vamos conversar com o soldado. Acho que a gente descola uma carona.

Os dois dirigiam-se para a escada no fundo da sala no intuito de tentar convencer o soldado a levá-los até as docas, quando aquela voz vacilante, com um sotaque miscigenado entre o português lusitano e um forte espanhol, chegou aos seus ouvidos.

– Ele não voltou à vida, ó brasileiros. Há tempos não temos mais vida.

Interromperam o caminhar, paralisados pela surpresa. Ambos, simultaneamente, viraram-se para trás. O vampiro chamado Lobo estava sentado, nu, na maca. O ferimento desaparecera de seu peito.

Era como se nunca tivesse sido atingido.

Por reflexo, César sacou o revólver carregado. Não erraria um tiro àquela distância.

Ao ver a arma, o vampiro fez seus olhos queimarem como brasas e, ao abrir a boca, exibiu extensos caninos, soltando um rugido feroz.

César disparou duas vezes, acertando em cheio o peito da criatura, providenciando dois novos ferimentos.

O corpo do vampiro caiu para trás sobre a maca e depois foi ao chão.

Os dois amigos estavam espantados.

César passou a mão na cabeça, enquanto a outra empunhava o revólver. Havia matado aquele desgraçado. Havia quase sido engolido pela fera. Havia visto o monstro tombar sem vida em Porto Alegre, e agora o desgraçado estava ali, vivo novamente. Enfim, havia se enganado: balas de prata não matavam lobisomens; pelo menos, não definitivamente.

– Lobisomens não morrem com balas de prata – balbuciou para Olavo às suas costas.

O barulho dos soldados correndo e subindo os degraus chegou ao ouvido de ambos. Lobo virou-se, de frente para o agressor.

– Balas de prata matam lobisomens, sim, ó pá. Acontece que eu sou muito mais que um lobisomem – disse o português, enquanto se colocava de pé. Os olhos cintilantes apagaram-se.

César apontava a arma, mas agora de um modo vacilante, trêmulo.

– Eu sou um vampiro! – gritou a criatura, voando para cima dos brasileiros.

César pensou em disparar, mas foi lento demais para acertar o vampiro. A criatura transformou-se em um vulto e moveu-se mais veloz do que os humanos poderiam acompanhar. Apanhou o brasileiro desarmado e arremessou-o escada abaixo, com alguns soldados. Depois, reduziu a velocidade vampírica e agarrou o insistente brasileiro que conseguira matá-lo em sua forma de lobo. Ergueu César pelo pescoço, apertando fortemente a traqueia com uma das mãos, obrigando-o a largar a arma.

César estava apavorado. Como uma criatura franzina conseguia tanta força? Seus braços lutavam contra o braço daquele homem que o levantava do chão e impedia sua respiração, mas o homem parecia ter o corpo feito da rocha mais sólida.

Lobo ouviu passos pesados voltando pela escada. Os humanos haviam se recomposto. Era hora de partir. Precisava recarregar sua energia. Trouxe a cabeça do humano para perto da boca, permitindo ao homem recolocar os pés no chão e encher de ar os pulmões.

– Deixo-te vivo agora, ó gajo, para que no futuro eu venha te buscar e te matar de maneira doentia e sofrida. Quero que até esse dia a agonia e o medo reinem em teu coração. Quero que te prepares para confrontar o Lobo novamente.

Afonso arremessou César contra as geladeiras. O rapaz caiu violentamente no chão, desacordado. Afonso avistou um homem com roupas militares no final da escada, trazendo uma espécie de carabina nas mãos. Era hora da retirada.

– Escuta, meu inimigo. Mesmo que eu demore, não fiques despreparado. Minha vingança ao teu desrespeito é uma promessa que terei prazer em cumprir. *Adiós, hombre.*

Lobo cruzou a sala velozmente e arremessou-se contra o vitrô frontal, estourando a janela de vidro para deixar o corpo cair em pé, com a natural leveza dos vampiros, no pátio do lado de fora do IML de Amarração.

Olavo voltou ao andar superior. Estava com a perna bastante dolorida, mas não era nada grave. Apenas um machucado durante o ataque do tal vampiro chamado Lobo. Olavo encontrou César caído junto às geladeiras. Estava com o pescoço coberto por hematomas e parecia desmaiado. Olavo, com a ajuda de mais dois soldados, pôs o colega em cima da maca. César abriu os olhos e agarrou a mão do amigo.

– Precisamos segui-lo. Acho que ele foi para as docas, atrás dos outros vampiros.

– Mas você não está em condições...

– Não estou o cacete! – retrucou César, colocando-se de pé. – Acha que um lobinho desse consegue acabar comigo? – brincou.

Assim que César deu o primeiro passo e encheu mais o peito, virou-se e se deixou arquear para a frente, apoiando-se na maca. Uma dor lancinante tomou-lhe o tórax. Aquele maldito vampiro havia quebrado sua costela. Havia plantado nele uma semente de dor.

O soldado responsável pelo caminhão não quis nem discutir a respeito, concordando imediatamente em levar todos para bem longe dali, seguindo para as docas em busca dos outros militares.

✠ ✠ ✠

A lancha venceu mais um cume de água, batendo contra o mar negro e revolto. As únicas luzes vinham das chispas repentinas que os relâmpagos produziam, mais nada. O rádio continuava desfilando uma série de comandos cifrados e ordens em código, deixando tanto Tiago quanto Miguel sem entender o que acontecia adiante. Tiago sabia que navegava na direção correta, porque o tamborilar insistente continuava bem na sua testa, como um poder sobrenatural a dizer-lhe: "por ali"!

Tiago pouco pôde entender. Entre uma mensagem e outra, havia vários sargentos se reportando ao tenente Brites. Ouviu várias vezes o sargento Bernardo, que o atraiçoara nas docas. O único que emitia ordens era o tenente de Operações Especiais. Após alguns minutos em silêncio, uma frase, sem código algum, chegou.

– Estamos vendo-os, senhor! – disse o soldado, pelo rádio.

Tiago sentiu um frio cruzar-lhe a espinha. Os demônios não haviam desaparecido. Poderiam ser alcançados e capturados.

– Reporte-se.

– Estamos nos aproximando, senhor. Já temos contato visual positivo. Contamos três pessoas no convés até o momento.

– Escolte-os. Não os perca de vista. A carga já está a caminho. Desligue os holofotes...

– Senhor, há uma mulher com eles, senhor! – gritou o soldado, surpreso.

– É a refém, sargento.

– Vamos nos aproxi...

– Vocês vão ficar onde estão. Acompanhe-os apenas. A refém não importa mais.

Tiago sentiu o sangue ferver nas veias. O Exército, em que tanto confiava, o estava traindo agora. Não se conteve e rompeu o silêncio de seu rádio.

– Seu filho da puta! Você vai deixá-la lá para morrer?

– Modere seu linguajar, sargen...

– Modero o caralho, seu desgraçado. Eu vou buscá-la, querendo vo...

– Eu não disse nada, senhor – explicou-se o sargento. – Há um intruso na transmissão.

– Eu vou buscá-la. Se vocês não têm culhões suficientes para enfrentá-los, eu tenho! – gritou Tiago, possesso.

Miguel, agarrado ao assento, estava espantado com a ira do companheiro. Decerto, ele merecia a mulher de volta.

Um silêncio perturbador seguiu-se por quase um minuto. Tiago preparava-se para levar o microfone à boca mais uma vez quando a voz do tenente Brites chegou pelo aparelho.

– Tiago? É você ao rádio? Ele demorou alguns segundos.

– Sou, sou eu!

– Que diabos você está fazendo na frequência do Exército? Onde diabos você está?

– Estou em mar aberto, indo salvar a mulher que eu amo, e ninguém vai fazer nada antes de eu chegar lá!

– Você acha que isso aqui é algum jogo, moleque? Você acha que pode chegar e ir mudando as regras? Dando-nos ordens? – perguntou o tenente, começando suavemente, mas aos berros quando chegou na última interrogação. – Isso aqui é o Exército brasileiro, guri! Estamos fazendo o que é melhor para o Brasil, e não o que é melhor para um caiçara metido a herói. Se você não fosse tão intrometido, não estaríamos aqui agora, botando em jogo a vida de tantos homens e vendo tanta gente morrer. O que você acha que vai conseguir arriscando a segurança e a estratégia de nossa missão?

– Vou conseguir cumprir o dever que é vosso. Vou tirar aquela mulher de lá.

– Você está proibido de se aproximar.

– Ninguém proíbe ninguém em alto-mar, tenente.

– Excelsior para Operações Especiais. Na escuta? Câmbio.

– Excelsior, aqui é o tenente Brites, de OE. Câmbio.

– Estou a sete minutos do alvo, senhor. Prepare a área.

– Temos um intruso na área, Excelsior. Reporte-se a dois minutos do tiro.

– Compreendido, senhor. Câmbio, desligo.

– Atenção, todos os barcos. Detenham o intruso. É uma ordem.

Tiago ouviu a última ordem. Agora não bastavam a tempestade, o mar revolto e vampiros a bordo. Teria de lutar contra o Exército e a Marinha se quisesse reaver a amada amiga. Imprimiu velocidade total ao motor e desligou o rádio antes que alguma daquelas ordens o fizesse se acovardar.

✠ ✠ ✠

Eliana vomitou suco gástrico, pois havia muito não tinha nada no estômago. Debruçada na amurada, ouvia dois vampiros às suas costas rindo à beça e à sua custa. Sentia-se tonta e acreditava que iria perder os sentidos novamente. Estava fraca. Na noite anterior, haviam-lhe tomado muito sangue, e agora sofria os efeitos daquela violência. Seus olhos enfraquecidos proporcionavam uma visão turva e imprecisa, mas, ainda assim, distinguiram pequenas luzes se aproximando. Luzes que oscilavam ao sabor do mar revolto, indo velozes para cima e para baixo. Eram barcos! Eram sua esperança! Seu Tiago. Sua salvação. Sorriu sem forças e caiu de joelhos no convés. Iria se arremessar ao mar assim que se aproximassem. Não teria energia suficiente para nadar por muito tempo. Na melhor das hipóteses, não nadaria mais que cinco minutos. Seu organismo precisava de sangue, precisava de tempo para se recompor. As luzes se aproximaram até tomarem forma de vigias, mas ainda se mantinham a uma distância considerável. Os relâmpagos permitiram que ela percebesse a silhueta das embarcações. Eram barcos rápidos. Lanchas de patrulha, possivelmente. Iriam tentar resgatá-la a qualquer momento, ela podia sentir. Um facho de luz potente varreu o convés, iluminando em cheio o corpo do vampiro Baptista. Eliana viu-o tapar os olhos com as mãos. A luz cegante certamente era irritante para o vampiro. Eliana viu que Manuel era o único que não se agitara. Continuava aferrado ao timão, dando a impressão de que só o largaria ao aportarem em Portugal. Ela sabia que este seria um feito impossível para o vampiro, pois dentro de poucas horas todos teriam de se refugiar do sol. Uma sensação de pânico a consumiu por dentro. E se os militares esperassem até o sol raiar? Eliana não se achava capaz de suportar aquelas horas que a separavam da luz do sol. Fernando, o vampiro de traços afro, aproximou-se. Ela se abaixou e encostou-se na amurada, quase sentada sobre o convés. Sentia pavor e, cada vez que Fernando a olhava, um medo crescente consumia sua mente. Sabia que, se fosse morta, Fernando seria seu executor.

Espelho agarrou o braço da mulher e, com um puxão, a fez levantar.

– Vamos, rainha. Parece que em instantes haverá mais luta – advertiu o vampiro, com seu sotaque luso.

– Para onde vai me levar?

– Para o porão. Vais ficar lá e aguardar até estarmos em segurança. Nosso irmão Inverno vai providenciar uma surpresa para os piratas.

Eliana ofereceu resistência enquanto pôde. Fernando arrastou-a pelos longos cabelos encaracolados e arremessou-a, sem cerimônia, ao porão da caravela. A mulher caiu esparramada, com as pernas abertas e as costas no chão. Não gritou nem gemeu. Estava fraca demais. Por um breve segundo, Fernando compadeceu-se da mulher. Poderia ter descido com ela até lá e simplesmente a colocado no chão. Mas sua teimosia o irritou. Espelho lembrou-se do dia em que fora aprisionado no fundo do porão de um negreiro e tratado como um monte de fezes. Muitas vezes o esterco tinha um tratamento mais nobre do que aquele que costumavam dispensar aos negros capturados para a escravidão eterna.

Eliana sentiu o *jeans* e a blusa fina encharcar-se rapidamente. O porão estava completamente molhado. Colocando-se de pé, a água salgada chegava até seu tornozelo. A caravela parecia jogar muito mais ali embaixo, exigindo dela maior equilíbrio. A escuridão era total. Caminhou lentamente para a frente, tentando encontrar algo em que se apoiar. Uma voz a fez congelar. Era ele.

– Minha querida. Minha nova mãe. Teus amigos são insistentes. Mesmo sabendo o perigo que representamos, eles teimam em vir te buscar. Tentam nos capturar. É pena que tanta valentia não lhes sirva de nada.

Inverno aproximou-se e passou o braço em torno da cintura de Eliana. A mulher tentou se desvencilhar do monstro, mas logo se cansou, completamente dominada pela criatura. Com a outra mão, Guilherme afastou os cabelos castanhos que cobriam seu pescoço e na jugular aplicou seus extensos caninos, produzindo ali um novo ferimento. Sorveu uma grande quantidade de sangue para satisfazer sua gana e suprir-se para o combate que se avizinhava. Soltou o corpo inerte no chão, quase encoberto pela água salobra que invadia a embarcação.

– Tu não morrerás, querida nova mãe. Ainda tens sangue suficiente em suas veias. Assim que eu afugentar estes teimosos, garanto, querida, que terás todo o tempo para se refazer.

Com o punho da manga, Guilherme limpou o excesso de sangue que vertia nos cantos dos lábios. Caminhou até a portinhola de acesso ao convés e, com um salto felino, abandonou o porão. Outra vez era hora de deter os brasileiros. Viu seu irmão Tempestas cravado à proa da caravela, incitando ainda mais a tempestade, que agora provocava ondas que varriam o convés a todo instante. Via as embarcações dos brasileiros ser arremessadas para cima e para baixo, sem descanso. Talvez nem fosse necessário ter tomado o sangue de sua nova mãe, talvez nem fosse necessário clamar por seu dom perverso. Os humanos não suportariam aquela tormenta e logo debandariam.

✠ ✠ ✠

Tiago avistou os barcos da operação conjunta entre a Marinha e o Exército. Seus olhos de vampiro enxergavam com clareza na escuridão. Um arrepio percorreu-lhe o corpo quando seus olhos encontraram, um pouco mais distante, a silhueta definida da caravela. Eliana estava lá. Sua amada Eliana estava viva ainda. Ele sabia. Ele sentia. Primeiro teria de atravessar o anel de lanchas do Exército. O mar começou a ficar mais perigoso. Talvez o perigo se transformasse em benefício. Os marujos e soldados teriam de brigar muito com aqueles vagalhões monstruosos; talvez nem conseguissem se preocupar com ele.

✠ ✠ ✠

– Senhor, captamos uma pequena embarcação se aproximando, senhor. Acredito que seja o intruso. Pela velocidade, trata-se de uma pequena lancha, senhor.

– Pode apostar, sargento. Prepare seus atiradores e mate-o antes...

– Desculpe, senhor, mas acho que desta forma não será possível.

– Por que não?

– O mar, senhor. O mar está mais agitado. É muito perigoso manter os homens no convés. Tem ondas com mais de quinze metros...

– Não quero saber como, sargento, mas detenha aquela lancha. Vocês estão em barcos muito maiores e mais estáveis. São treinados. Aquele imbecil está numa lancha de passeio e tem medo. De-te-nha-o.

O tenente desligou o rádio, sem permitir argumentação. O sargento passou instruções pelo rádio a cada uma das lanchas de patrulha. Os soldados tiveram de deixar as cabinas e partir para o convés para combater a lancha intrusa.

– Excelsior para comando. Dois minutos para o tiro e se aproximando. Alvo já está ao alcance da carga.

– Negativo, Excelsior. Mantenha a carga guardada. Temos amigos na arca. Permaneça no perímetro de tiro por mais vinte minutos – informou o soldado de OE.

– Negativo, senhor. Tenho ordens para descarregar antes que o inimigo abandone o mar brasileiro.

Brites, que acompanhava a conversa, interrompeu.

– Eu digo quando, Excelsior.

– Positivo, Operações Especiais.

– Meus homens estão lá. Eu digo quando.

– Positivo. Mas o máximo que posso aguardar é até o limite da zona de tiro, senhor. Mais que isso, os efeitos da carga poderão extravasar nossa fronteira marítima, senhor.

– Droga, Excelsior! Meus soldados estão lá!

– Dê-me o código de cancelamento, tenente.

– Eu não tenho código de cancelamento, imbecil!

– Lamento, Operações Especiais. Apressem seus homens. O inimigo está se movendo a vinte e oito nós em direção à fronteira. Tempo estimado para um tiro seguro igual a doze minutos.

Brites levou a mão à testa. Não haveria tempo suficiente para evacuar seus homens.

– Atirar! – ordenou o sargento a bordo da grande lancha de patrulha.

Os soldados que conseguiram se firmar passaram a disparar contra a lancha de Tiago, que vinha rápida sobre as ondas. Os barcos sacolejavam, e diversas vezes ondas gigantes varriam o convés, levando muitos deles ao chão. Para que o trabalho surtisse melhor efeito, os barcos se alinharam, tomando o rumo da caravela, aproximando-se ainda mais do barco dos vampiros.

✠ ✠ ✠

Eliana acordou engolindo água salgada e tossindo descontroladamente. A água havia subido e, por sorte, ela não tinha se afogado. Colocou-se de joelhos e começou a tatear o porão em busca de um lugar seguro, uma vez que a água estava terrivelmente gelada. Era difícil acreditar que a caravela estava suportando a agitação do mar revolto. Tinha medo de que o casco cedesse a qualquer instante. Os rangidos da madeira arrancavam pedaços de seu coração. Eliana mergulhou em orações. Só escaparia dali com a ajuda de Deus.

✠ ✠ ✠

– Abaixe-se! – gritou Tiago para Miguel.

Disparos de fuzis vinham dos barcos da Marinha. Os soldados queriam detê-los a qualquer preço. Holofotes potentes lambiam o casco da lancha, delatando a posição da pequena embarcação. Pedaços de madeira voavam cada vez que uma bala acertava a lancha. Não fosse o mar perturbado de marolas e ondas monstruosas, certamente já estariam parecendo duas peneiras ambulantes.

– Aaaghhh! – gritou Miguel, tombando para trás.

Tiago olhou-o de soslaio. Havia caído, mas dentro da lancha. Depois cuidaria do ferimento do amigo; tinha agora de se preocupar com os militares e alcançar a caravela.

A pequena lancha estava cercada pelos dois bordos. Os barcos da Marinha haviam formado uma espécie de corredor. Uma lancha, oito vezes maior que a sua, surgiu à frente, tampando a passagem e com pelo menos três soldados no convés atirando à vontade. Durante uns seis segundos a pequena lancha recebeu dezenas de disparos, ficando com a proa praticamente destruída. Por sorte, uma marola gigante arremessou o barco da Marinha para muito perto de outro, obrigando-os a uma manobra evasiva, abrindo passagem para a lancha. Tiago deixou escapar um pequeno sorriso. Sua lancha estava cheia d'água e, em questão de minutos, afundaria; ele sabia disso, mas tinha tempo suficiente para alcançar a caravela. Não havia mais lanchas da Marinha entre ele e a embarcação-fantasma dos vampiros. Tiros vinham às costas, mas não os atingiam. Ouviu gritos diferentes. Homens desesperados. Eles haviam caído no mar agitado e certamente seriam engolidos pelas águas negras. Que Deus salvasse suas almas.

✠ ✠ ✠

– Sargento. Quero que...

– Tenente, eles passaram, mas vou detê-los, senhor. Só preciso de mais um minuto.

– Agora não importa, sargento. Saiam daí agora! É uma ordem!

O sargento deu pouca atenção ao rádio. Estava orientando um soldado a municiar uma bazuca portátil.

– Voltaremos, tenente. Peço um instante, senhor.

Os gritos do tenente chegavam a seus ouvidos, mas era como se Brites estivesse falando em esperanto: o sargento não queria entendê-lo agora. Estava excitado demais para prestar atenção. Responderia ao superior em questão de segundos. Bastaria o soldado apertar o gatilho e pronto.

O soldado ergueu e bazuca, e do cano fez subir uma pequena peça que funcionaria como mira. O mar estava muito agitado, por isso não conseguia firmar a arma e muito menos centrar a lancha na mira. Por intuição, acompanhando o ritmo das águas revoltas, deixou o dedo no gatilho e, assim que a lancha passou pela mira, disparou. A bazuca explodiu, expelindo um pequeno foguete que devorou o ar em direção ao alvo.

Uma explosão, vinda lá de trás, fez Tiago virar a cabeça. Algo vinha em sua direção, soltando fogo no céu. Era um foguete!

Abaixou-se.

O pequeno míssil passou próximo à sua cabeça e continuou cruzando o céu. Aqueles desgraçados não desistiriam nunca! Estavam disparando foguetes, e não eram foguetes de São João!

✠ ✠ ✠

Pela primeira vez, Manuel desviou o olhar do horizonte. Uma pequena bola de fogo corria rente à água e vinha em direção à caravela.

– Olhar a bombordo! – advertiu.

Baptista, Fernando e Guilherme lançaram seus olhos para a esquerda e também viram a bola de fogo correndo em direção à nave.

– Droga! Erramos! – resmungou o soldado.

O sargento ainda não prestava atenção nos berros insistentes do tenente. Havia prendido o ar no momento em que o soldado apertara o gatilho e até agora não havia voltado a respirar. O projétil passou pouco acima da lancha, mas seguia direto em direção à caravela.

Os vampiros paralisaram-se. Coisa boa aquilo não era.

A bola de fogo veio certeira contra o casco, acertando bem no meio da caravela. Uma grande explosão se fez ouvir.

Guilherme se agarrou à amurada com sua força vampírica para não ser arremessado ao mar. Estilhaços de madeira voaram ao céu. A embarcação estava ferida, e os barcos brasileiros, próximos demais. Iriam afundar, e isso ele não podia permitir.

Fernando e Baptista deslizaram pelo convés, jogados pela força do impacto da bola de fogo. A caravela ia afundar.

Manuel aferrou-se ainda mais ao leme. Desejou do fundo do coração que Miguel estivesse ali com eles naquele momento; somente seu dom poderoso poderia impedir o fim iminente.

Eliana havia encontrado uma coluna através da qual alcançou uma viga, onde poderia se manter por algum tempo seca e viva. Contudo, assim que se ajeitou na viga, uma terrível explosão aconteceu, jogando-a no fundo do porão outra vez. O som da explosão foi quase instantaneamente sobreposto pelo ronco medonho de um turbilhão d'água, que passou a invadir o porão em velocidade vertiginosa. Eliana foi apanhada por uma enxurrada que a arremessou contra o casco diversas vezes. Deus não atenderia suas preces. A caravela estava afundando.

Depois de muita luta, escalou de novo a coluna, voltando à viga. A água agora estava muito mais fria, e a possibilidade de um afogamento, muito mais próxima. Tinha de extrair daquela situação cada segundo de vida possível. Agarrou-se à viga, mas o ronco feroz da água entrando lhe dizia que restavam poucos segundos até que o porão estivesse completamente tomado. Eliana começou a chorar desesperada. Tremia e soluçava. Seu pranto era tamanho que ela nem notou que o ronco estava diminuindo, diminuindo e diminuindo. Em determinado momento, o único som que ouvia era o de seu próprio choro. A água, inexplicavelmente, havia sido detida. Eliana respirava prolongadamente, aliviada. Um problema tinha sido resolvido, mas agora precisava sair dali. Ficou em silêncio. Ouvia os vampiros caminhando no convés e também suas vozes com o inconfundível sotaque português. Um deles gargalhava com toda a força dos pulmões. Havia algo errado. Alguma coisa muito, mas muito séria tinha acontecido para que a água parasse de entrar pelo casco. Por mais que tentasse, não conseguia ouvir sequer o som da água batendo contra a caravela. Coisa estranha. Lá fora, em vez da água, ouvia mais vozes, como se alguém estivesse de pé, ao lado do casco. Seu corpo arrepiou-se completamente. Aquela voz... aquela voz era de Tiago!

✠ ✠ ✠

– Sargento, retorne agora! A carga está a caminho! – gritava a voz rouca do tenente, enviada do continente à lancha de patrulha pelo rádio.

O sargento ainda estava na porta de acesso ao convés, perplexo, agora com toda a tripulação junto à amurada, sem medo das marolas gigantes e da água invadindo o convés, porque agora isso não existia mais. Era passado. Todos estavam perplexos. Os holofotes varriam o mar, dos barcos da Marinha até a caravela, porém o mar não mais existia. O que viam em toda a extensão era uma enorme placa de gelo aprisionando cinco das oito lanchas de patrulha enviadas à missão.

O sargento veio para dentro; enfim, voltara a prestar atenção no rádio.

– Escute aqui, seu miserável... – gritava o tenente – volte agora para cá, a todo vapor. É uma ordem, seu imbecil!

– É... é... não sei como lhe dizer isso, tenente, mas e impossível voltar, senhor.

A revelação do sargento em alto-mar irritou ainda mais o tenente. Como não poderia voltar? Estaria o sargento se rebelando?

– Seu pateta, idiota! Dê meia-volta e volte!

– Não posso, senhor. Os vampiros... eles... meu Deus, senhor. O senhor não vai acreditar!

✠ ✠ ✠

Eliana precisava sair dali. Precisava avisar Tiago que estava presa naquele porão escuro. Talvez se gritasse ele a ouvisse, como ela podia ouvi-lo. Saltou da viga para a água que infestara a caravela. Teve medo de que não desse pé, já que estava fraca demais para esforços demorados. Seu corpo caiu cerca de meio metro e bateu contra o chão duro. Surpresa. Não havia água no fundo do porão. O líquido, em quantidade suficiente para encobri-la, havia se transformado em gelo. Se ficasse de pé, talvez alcançasse a portinhola de acesso ao convés, uma vez que sua cabeça estava quase batendo contra o piso superior. Pela primeira vez ficou feliz com o poder maligno daquele vampiro. Arrastou-se sobre o gelo até o casco e começou a bater e a chamar seu amado amigo Tiago.

Inverno gargalhava desbragadamente e parecia pronto para explodir. Os demais apreciavam a obra genial do amigo. A caravela estava encravada no cume central de uma gigantesca placa de gelo, sem possibilidade de afundar. O demônio havia providenciado uma balsa congelada para lidar com o buraco no casco e, de quebra, aprisionado a armada brasileira quase completamente. Os humanos estavam apavorados demais com a demonstração de tamanho poder para tentar atacá-los uma vez mais.

– Todos vocês estão presos?

– Eu contei cinco no gelo, senhor. Três livres.

– Droga!

– O que está acontecendo, senhor? – perguntou o sargento no comando da operação Marinha.

– Sargentos livres do gelo, quais são suas embarcações?

– Lancha de patrulha Anabel, senhor.

– Lancha de patrulha Gaúcho, senhor.

– Contratorpedeiro Sagres, senhor.

– Pois bem, vocês três voltem para o continente agora, sem perguntas, sem demora, com velocidade total.

– Anabel se retirando, senhor.

– Sagres se retirando, senhor. Um segundo de silêncio.

– Vamos, Gaúcho, você também.

– Podemos resgatar a tripulação encalhada, senhor. Há espaço para todos os homens.

– Não ouviu o que eu disse, sargento? Dê meia-volta agora!

– Positivo, senhor.

– Senhor... o que está acontecendo? – perguntou vacilante o sargento com a lancha encalhada no gelo.

– A carga, sargento, a carga está chegando.

– Cancele o bombardeio, senhor!

– Não há como cancelar, seu imbecil! Fiquei gritando neste microfone por mais de três minutos! Vocês poderiam ter salvado seus rabos se tivessem prestado atenção!

– Sagres pedindo permissão para retornar e resgatar o grupo, senhor.

– Permissão negada, idiota! Talvez nem vocês estejam salvos! Continuem a toda velocidade. Se voltarem, será em vão. Aqueles homens já estão mortos, mas vocês ainda têm uma chance.

– Cancele o bombardeio, senhor – implorou o sargento encalhado.

– Você é surdo, imbecil? Não há como cancelar! É uma ordem direta do presidente da República.

O tenente desligou a frequência para as embarcações. Não queria ouvir o choro de seus homens.

Queria guardá-los na memória como bravos, e não como covardes.

– Excelsior para Operações Especiais.

– Prossiga, Excelsior.

– Dois minutos para o disparo, senhor.

– Prossiga, Excelsior – repetiu Brites, com a voz apagada.

– Tenente?

– Prossiga, Excelsior.

– Lamento por seus homens, tenente.

– Não, Excelsior... não lamente.

✠ ✠ ✠

Instantes atrás, Tiago havia se espantado com o foguete disparado do barco militar atrás de sua lancha. Aparentemente o Exército havia errado o alvo, uma vez que o projétil passou a centímetros de sua cabeça. Tiago agarrou-se ao timão da pequena lancha, lutando para manter o controle. Apagou o motor propositadamente. Estavam a poucos metros da caravela e colidiriam contra o casco se a água não afundasse sua embarcação nos próximos segundos. Assim que o projétil passou, Tiago acompanhou-o com os olhos. Um novo aperto tomou seu coração. O foguete seguiu direto para a caravela, atingindo em cheio a parte baixa do casco. Um clarão repentino e uma explosão fenomenal se fizeram ouvir, e, num subir e descer da caravela, pôde ver o tamanho do rombo que o explosivo produziu. Certamente a caravela afundaria mais rápido que sua lancha. Pequenos pedaços de madeira começaram a cair sobre sua cabeça. Miguel, com o barulho, levantara-se para ver de que se tratava. Tiago aproveitou a consciência do companheiro vampiro para alertá-lo de que teriam de pular. Mais cinco segundos bateriam forte contra o casco da caravela. Com aquele mar bravio, seria uma operação perigosa. Preparavam-se para o salto, mas, antes que o fizessem, aquilo aconteceu. Inverno aconteceu. A lancha deu um tranco forte e encalhou. Toda a água ao redor transformou-se em gelo. Tiago e Miguel foram arremessados para fora, deslizando sobre a água congelada até bater de encontro ao casco da caravela. Assustados, colocaram-se de pé. Ouviam uma forte gargalhada vindo do convés.

– Minha nossa! – exclamou Tiago, enquanto se ajeitava.

– Ele não é um diabo?

– Certamente.

Miguel olhou para cima. Um crepitar assombrado espalhou-se pelo ar, como se aquele gigantesco bloco de gelo sobrenatural estivesse se rompendo.

– Como vamos chegar lá em cima, ó gajo?

– Vamos dar um jeito.

Olharam em volta. A placa de gelo não era regular, pois havia nela as oscilações da água congelada instantaneamente, como se alguém tivesse tirado uma fotografia do mar bravio e construído aquela imensa maquete. A chuva havia parado, mas o céu continuava negro, forrado por uma camada de grossas nuvens que deslizavam rapidamente. Relâmpagos e trovões continuavam iluminando e roncando no céu. As imensas lanchas presas ao gelo davam um ar fantasmagórico ao cenário e, somadas à caravela, pareciam pertencer a um cemitério de navios. A temperatura havia caído provavelmente para muitos graus abaixo de zero. A placa oscilava vagarosamente, movida pelo oceano embaixo. Aquele maldito vampiro havia criado um *iceberg* gigantesco, mantendo sua caravela ferida no centro, sem chance de afundar.

Tiago e Miguel começaram a se afastar do ponto em que estavam, a fim de rodear a caravela e descobrir um modo de entrar. Tiago se perguntava de que maneira, lutando contra o mar revolto, chegaria a bordo da caravela se o demônio não tivesse congelado a água. Certamente iria dar um jeito, isso iria, mas agradeceu por aquela inusitada situação, pois o chão firme o ajudaria imensamente. Assim que deram os primeiros passos, ouviram um batucar contra a madeira do casco. Como nenhum dos dois estava batendo contra a madeira, concluíram que o barulho só poderia estar vindo do porão da caravela. Normalmente, prisioneiros eram jogados naquele compartimento. E, pelo que sabiam, apenas Eliana era refém dos miseráveis. Correndo desajeitado sobre o gelo, aproximou-se do local de onde vinham as batidas. Ouviu a voz da amada, o que lhe causou outro aperto no coração. Ela estava viva! Bateu forte contra o casco. Outra batida veio em resposta.

– Li! Eliana!

– Titi! Me ajuda! – respondeu uma voz desesperada e não muito forte. Um pressentimento ruim cortou o peito do rapaz, que voltou à lancha para buscar algo que pudesse ajudá-lo. No fundo do barco encontrou o que queria. Apanhou a pequena âncora de ferro, arrebentou a corrente que a prendia ao barco e voltou rápido para o casco da caravela. Durante a operação, percebeu que os homens das lanchas militares encalhadas começavam a descer e vinham ao encontro da caravela. Teriam de andar vários metros sobre o gelo escorregadio e irregular, mas não demorariam. Tiago temeu que viessem para atrapalhar e detê-lo, como irracionalmente tentavam fazer naquelas últimas horas. Empregando força vampírica, desferiu dois golpes contra a madeira e percebeu que estava conseguindo o que queria. No terceiro golpe, o casco começou a ceder, abrindo um buraquinho.

– Fique atento, Miguel. O Exército está vindo aí, e acho que não vem em missão de paz.

– Então anda logo com isso, ó pá. Podemos resgatá-la e tentar fugir.

– Veja se consegue tirar a lancha do gelo. Esse vai ser o único jeito. Tiago continuou golpeando o casco, enquanto Miguel começou a puxar a lancha pelo bico, tentando removê-la do *iceberg*. Quebrou a madeira o suficiente para enxergar Eliana deitada sobre o chão gelado. A mulher chorava baixinho, fraca, quase inconsciente.

– Aguenta firme, Li! Eu estou quase te tirando daí.

– Ô gajo! Tu, aí embaixo! Não basta o buraco que já fizeste, tu queres mais? Ah, ah, ah! – brincou um dos vampiros.

Tiago olhou para cima e viu os quatro vampiros juntos, de pé sobre a amurada.

– Tu não desistes mesmo, não é, ô pá? Devia ter acabado contigo naquela vila, naquela hora. Mas não te preocupes, não, ó brasileiro, que a tua hora já chegou. Daqui tu não tens para onde correr – disse Inverno, olhando firmemente nos olhos de Tiago.

Uma voz metálica veio de onde as lanchas de patrulha se encontravam. Alguém falava através de um megafone, com a voz embargada, bastante emocionada.

– Vocês estão mortos! Vocês estão mortos! – gritava o homem.

Tiago voltou a bater contra o casco, abrindo um buraco de tamanho suficiente para arrastar Eliana. Alcançou o braço da amada e então a puxou para fora.

– Vocês estão mortos! Nós conseguimos! Nós... nós estamos mortos também – gritou o militar, com uma nítida entonação de choro, sem conseguir gritar na última frase.

Miguel conseguiu arrancar a lancha do gelo, fazendo-a deslizar alguns metros, indo bater de bico contra o casco da caravela.

– Ora, ora, se não é Gentil que esta aí a ajudar os brasileiros! Tu não mudas mesmo, ó gajo. És frouxo e sem aptidão. Em vez de estares aqui conosco, te juntas aos medíocres mortais. Tu és o rei dos medíocres, não és? – espezinhou Inverno. – Miguel, Miguel... nem pareces um vampiro.

O homem do megafone voltou a gritar, agora dando um nó no peito de Tiago e Eliana, os únicos a compreender aquela mensagem.

– Ele está chegando! Estamos todos mortos! Ele vai soltar um míssil nuclear sobre nossas cabeças. Vamos todos morrer! Vamos evaporar! Um míssil nuclear! Ó Deus, não! – gritava o homem, enlouquecido.

Tiago olhava para os lados, mas não via o tal homem. Olhou para Eliana e entristeceu-se. Eles a haviam espancado. Aqueles miseráveis! Tinha duas marcas roxas na face, uma sobre o olho esquerdo e outra no canto direito da boca.

– Eu sabia que você conseguiria, Titi. Sabia...

– Você ouviu o que ele disse, Eli.

A mulher gesticulou que sim e respirou profundamente.

– Agora não importa o que vai acontecer, Titi. Se eu morrer aqui, nos seus braços... não importa. Você veio, Titi. Você já me salvou.

Tiago abraçou-a com força. Um ronco forte encheu o céu, mas não era trovão. Era um motor. Seus olhos aguçados enxergaram distante um caça da Aeronáutica aproximando-se. Um avião pequeno, parecia um Tucano. Tiago voltou a abraçar firme a amiga.

– Aqui está tão frio, Titi...

Os vampiros continuavam chacoteando Gentil, preocupado apenas em empurrar a lancha, contornando a caravela, e tentando adivinhar onde estaria a borda mais próxima daquele *iceberg*. Miguel olhou para trás e viu Tiago chorando, sentado no chão de gelo, com a mulher em seu colo. Soltou a lancha e foi ao encontro do casal.

– Ora, pá, depois de tanto sacrifíicio, tu desistes?

– Você não ouviu o que aquele louco disse?

– Não, Tiago, não ouvi. Estava ocupado arrancando a lancha do gelo e ouvindo as brincadeiras das bocas amargas de meus irmãos.

O avião que Tiago avistara passou sobre suas cabeças em voo rasante ao *iceberg*. Tiago podia jurar que tinha visto a arma letal grudada no bojo da aeronave. Um míssil nuclear.

– Este avião está carregando uma arma com gigantesco poder de destruição. Nada neste *iceberg* vai sobreviver! Nada em quilômetros!

– O que é um *iceberg*?

– Ora, Miguel! É esta placa de gelo que teu irmão construiu.

– Ora, ó pá, então temos de correr. Vamos já empurrar a lancha para o mar, porque, ao que parece, aquele negócio está voltando – disse o vampiro, apontando para o avião que descrevia uma curva, com clara intenção de fazer meia-volta.

– Miguel, você não entendeu! Nada vai sobreviver! Exceto se nos afastarmos uns trinta quilômetros em dois segundos! Não há tempo! Não vai dar tempo! Esse avião tem uma bomba nuclear presa na barriga e vai soltá-la bem aqui em cima da gente! – desabafou Tiago.

– Ai, meu bom Jesus! Bomba nuclear? Nuclear, radiação nuclear... – balbuciou o vampiro, como se alguma lembrança viesse à sua mente. – Como Hiroshima?

– É, como Hiroshima.

– Eu li sobre isso... você está certo... nada sobrevive, não há tempo para correr trinta quilômetros...

Tiago olhou em volta e viu que vários soldados haviam alcançado o cume congelado de uma marola, transformada numa espécie de morro. Eles traziam fuzis e começaram a disparar contra a caravela, contra os vampiros e contra eles ali no chão.

Miguel jogou-se ao gelo instintivamente. Já havia tomado um tiro naquele dia, e a experiência não fora nada agradável. Arregalou os olhos quando percebeu que o rapaz havia se levantado com a mulher no colo, sem fazer questão de se proteger.

– Abaixa-te, Tiago! A mulher vai perder a vida!

Tiago caminhou apressado em direção ao vampiro, com a face completamente transtornada. Os tiros passavam sobre sua cabeça, procurando acertar os vampiros na amurada. Lascas de madeira voavam pelo céu, caindo em torno deles, no chão de gelo.

– Eu já lhe disse, vampiro! Já estamos mortos! Eu, você, teus irmãos! Não importa se será com uma bala ou quando aquele avião voltar com o míssil nuclear!

Um disparo acertou o ombro de Tiago e o derrubou, fazendo com que Eliana tombasse inconsciente a seu lado. O rapaz gemia.

– Ao menos, de acordo com o que li naquela enciclopédia, a morte por explosão nuclear será imediata.

– Guarde seu sarcasmo para o Inferno, Miguel, pois é para lá que nós vamos, vampiro. Ao menos vocês irão rever um velho conhecido... – Tiago olhou para o céu negro uma última vez.

– Promete-me uma coisa, brasileiro... – murmurou Miguel, ainda deitado.

Tiago viu ao longe o caça Tucano retornando. Após completar a meia-volta, finalmente vinha direto para eles. Estava longe, mas certamente já tinha a opção de lançar a carga mortal.

O louco do megafone continuava anunciando a morte de todos. O cenário do oceano congelado, num primeiro instante agradável, estava agora um verdadeiro caos. Os jovens soldados, revoltados com a morte certa, não cessavam os disparos, muitas vezes apontando os rifles aos próprios colegas. Os vampiros na amurada gritavam ensandecidos, rindo daquele cenário triste, sem se dar conta de que todos naquele *iceberg* sobrenatural estavam com o destino selado.

✠ ✠ ✠

O caminhão do Exército cruzou os portões de acesso às docas em alta velocidade. O pátio frontal ao atracadouro estava repleto de soldados, a maioria sentada no chão. Estacionou no meio do pátio, derrapando na areia molhada. Assim que desceram, foram abordados por um homem com patentes de sargento. Os soldados do caminhão bateram continência e, talvez pela situação e sem saber o porquê, César também prestou continência ao sargento.

– Vocês são da equipe médica? – perguntou o superior.

– Não, senhor – respondeu o motorista. – Viemos de Porto Alegre, senhor.

– Droga, onde estão as ambulâncias que requisitei?

Mal o sargento terminou a pergunta, ouviram sirenes.

Olavo percebeu gemidos no ar. Foi então que reparou que grande parte dos soldados ali reunidos estava ferida. Alguns tinham fraturas expostas e estavam amparados por companheiros de batalha, aguardando as ambulâncias, que demoravam uma eternidade para chegar. O próprio sargento segurava o braço de uma forma estranha, como se tivesse sofrido uma agressão. César circulou pelo pátio, olhando em volta. Tiago não estava ali. Olavo também procurou o amigo, sem encontrá-lo. Viram um grupo de soldados um pouco afastado, junto ao primeiro galpão das docas.

– Onde está Tiago, sargento? – perguntou Olavo.

– O civil? – perguntou, abstraído, tentando localizar as ambulâncias que ainda não haviam surgido no alto do morro.

Olavo confirmou.

– De acordo com o rádio, ele está em alto-mar.

– Encontraram os vampiros? – foi a vez de César perguntar.

O sargento parecia desorientado, amargurado.

– Encontramos. Estão em alto-mar também. Estão todos condenados.

– Como assim? – interrogou César, espantado.

– Ninguém voltará.

César e Olavo ficaram calados. Estaria o sargento delirando? O homem realmente estava estranho.

– Se vocês querem saber como tudo isso vai terminar, vão até lá – apontou ao grupo de homens. – Tudo está sendo reportado pelo rádio. Ou então basta aguardar o clarão no céu. Vai ser a qualquer momento.

Os dois dirigiram-se rápido até os soldados. O sargento não estava delirando. Aqueles homens estavam em volta de um operador de rádio que, após algum esforço, conseguira sintonizar a frequência em que o comando de OE estava operando em conjunto com a FAB. Olavo e César não demoraram muito para entender o que estava acontecendo. Em silêncio absoluto, ouviam as informações que as vozes traziam, tentando compreender o que acontecera e o que aconteceria nos próximos segundos.

O piloto do caça Tucano reduziu a velocidade da aeronave. Estava voando mais baixo que as nuvens negras. A tempestade havia cessado repentinamente, mas não era nada agradável pilotar em meio a relâmpagos. Alinhou o Tucano em relação ao alvo. Era inacreditável. Em seu rasante sobre o local, viu o alvo em um *iceberg*. Sabia que os homens continuavam lá. Cinco lanchas da Marinha. Setenta e cinco militares. Mas não cabia a ele decidir. Sua função era apertar botões, não tomar decisões. Não era ele que estava ceifando a vida daqueles homens. A maioria tinha namoradas, esposas e filhos. Não era ele que estava tirando tudo aquilo deles. Havia aguardado até o limite. Havia esperado ao máximo. Tinha extrapolado o tempo de dois minutos que anunciara, mas agora não restava nenhum segundo. Logo as vozes estariam no rádio. Levou a mão direita ao painel. Uma luz, outrora verde, tornou--se vermelha. Bastava agora acionar um botão para disparar pela primeira, e quisera Deus a última, vez em sua vida um míssil nuclear. Acionou o rádio.

– Excelsior para OE. O alvo está alinhado...

– Qual é a situação, Excelsior?

– O alvo alterou a velocidade e direção, senhor. Aguardei o máximo que pude. Não posso aguardar mais. Estamos próximos do limite territorial. Carga a caminho.

– Proceda, Excelsior.

Eram ordens do presidente da República. Aquela peste, aquele flagelo não deveria fugir do Brasil após levar a vida de tantos brasileiros. Os vampiros seriam destruídos a qualquer preço.

O piloto ergueu a proteção do botão de lançamento que ficava alojado no topo do manche. Em sua tela, um triângulo vermelho piscava, e um zumbido agudo tomava conta de seus ouvidos. O alvo estava travado.

Disparou.

Sentiu um leve tremor na aeronave. Viu o míssil voar ligeiro como uma flecha, descrevendo uma discreta curva para a esquerda. Seu coração disparou. Puxou o manche ao seu encontro quanto pôde. Era hora de ganhar o máximo em altitude e sumir. Tinha pouquíssimos segundos.

✠ ✠ ✠

César e Olavo ficaram perplexos. Não era possível que aquilo acabasse assim. Jamais veriam os amigos. Jamais estariam juntos novamente. Jamais seriam os sete de Amarração. O míssil estava a caminho.

Somente os dotados de visão vampírica, que enxergavam a uma distância muito maior e em escuridão completa, poderiam ver o caça tão longe. Em verdade, apenas Tiago e Miguel o observavam, abaixados, fugindo dos disparos dos soldados ensandecidos.

Tiago agarrava-se ao corpo de Eliana, querendo estar dela o mais próximo possível naquela hora dolorosa.

Por um momento, os soldados cessaram os disparos, e os vampiros, coincidentemente, interromperam os gritos e as gargalhadas, envolvendo o *iceberg* sobrenatural num instante de silêncio.

Foi então que Tiago notou um breve clarão no céu e compreendeu o que significava. Um míssil. O míssil que o avião tinha disparado naquele instante. Sabia que sua dor e sua angústia durariam pouquíssimos segundos.

Agarrou-se ainda mais em Eliana, obrigando ambos os corpos a assumir posição fetal, tentando enrolar-se ao máximo.

O míssil cortava o céu em velocidade fenomenal.

Miguel levantou-se.

Os soldados gritaram.

Os vampiros voltaram à amurada, admirando o fogo que cruzava o ar em direção à caravela.

As ambulâncias estacionaram no meio do pátio.

César e Olavo estavam parados junto ao grupo do rádio. O aparelho estava mudo, como se a novela tivesse findado.

De repente, um clarão fenomenal tomou conta do horizonte. Todos se viraram instantaneamente, preservando a visão da luz nuclear. Se fosse dia, todos poderiam assistir a um fino, porém comprido, cogumelo de vapor radiativo ascendendo ao céu.

Era o fim.

O fim dos vampiros.

O fim dos setenta e cinco homens dos barcos encalhados.

O fim de Tiago e Eliana.

Minutos depois, fora do estado de letargia, César foi até o sargento, que acomodava alguém em uma das ambulâncias.

– Sargento, a radiação nuclear chegará até aqui?

– Não, rapaz. Foi escolhido um míssil de carga leve. Temos mísseis que devastam tudo num raio de dez, cinco e até um quilômetro e meio.

– E quanto à nuvem radiativa? – perguntou o soldado que o ajudava a embarcar um amigo na ambulância.

– Será soprada para o meio do oceano. A probabilidade de contaminação é quase zero. Se o míssil foi lançado, é porque tudo, mas tudo o que vocês puderem imaginar foi levado em consideração.

Minutos atrás, segundos antes de o míssil se chocar contra o alvo e lançar a carga devastadora, quando Tiago já tinha como certa sua morte, foi surpreendido pelo vampiro. Miguel levantou-se, dizendo:

– Escuta, ó gajo. Salvarei tua pele e a de tua mulher. Foste bravo demais nestes últimos dias. Tu não mereces esta morte sem graça.

Tiago olhava para o vampiro sem nada entender. O míssil estava vindo ligeiro. Lágrimas escorriam de seus olhos.

– Apenas me promete que acordarás meu irmão Sétimo. Então te tiro daqui. Tiago ainda estava incrédulo, mas um segundo a mais de incerteza lhe teria custado a vida.

– Eu prometo.

Miguel deu dois passos para a frente. O míssil tinha descido e estava quase sobre eles, quase se chocando contra o oceano, rente às águas. Aproximava-se tão rápido que rugia mais alto que os trovões.

Os soldados, desnorteados, ora gritavam apavorados, chorando, ora tapavam os ouvidos.

Tiago olhou para cima e os olhos encontraram-se com os de Inverno. O vampiro arreganhou os lábios, exibindo as presas. Subiu na amurada e saltou para cima dele. Tiago fechou os olhos, levando um braço para a frente do rosto.

O míssil perdera alguns metros de altitude e vinha agora rente à placa de gelo. Lambera três marolas congeladas e se deslocava como um raio rumo à caravela. Se Miguel tivesse hesitado um segundo a mais, não teria proporcionado aquele espetáculo bizarro. Se seu coração de vampiro batesse, estaria disparado naquele instante. Ergueu os braços para o céu e soltou um grito que Tiago nunca ouvira antes.

– Paaara!

Um silêncio sobrenatural tomou conta da placa de gelo.

Tudo, exatamente tudo, ficou quieto.

Não houve explosão, não houve mais choro, não houve mais barulho.

Tiago demorou a notar aquela quietude sobrenatural. Estranhou o fato de o vampiro ainda não o ter atingido. Tirou o braço de cima da cabeça e vislumbrou a coisa mais fantástica que jamais havia visto em toda a vida. Disso tinha certeza.

A placa de gelo não oscilava mais. E Miguel... o vampiro estava ali, na sua frente. O vampiro sorriu.

– Este é meu dom poderoso, que só posso fazer uma vez a cada nova lua.

Os olhos de Tiago estavam tão cheios quanto os olhos de uma criança que vai, pela primeira vez, ao parque de diversões.

O míssil estava parado na sua frente, congelado no ar, pouco acima de Miguel, três metros antes de atingir a caravela. Parado no ar, sem roncar, sem mover-se um centímetro sequer. A cauda tinha o brilho do propulsor, mas o foguete parecia não funcionar naquele momento. Eliana movia-se devagar, ainda inconsciente. Tiago aproximou-se do míssil para admirá-lo de perto. Miguel não interferiu, apenas sorria. Tiago tinha certeza de que algo muito sério acabara de acontecer. Olhou para a caravela e teve outra surpresa. Guilherme, que havia saltado para atacá-lo, estava congelado no ar, com o sobretudo esvoaçante, como se alguém tivesse tirado uma fotografia naquele exato instante. Tiago percebeu que todos, exceto Eliana, Miguel e ele próprio, estavam, de alguma forma, paralisados. Era magnífico! Era como se o tempo, como se o tempo...

– Este é meu dom, ó brasileiro. Eu sou o vampiro que para o tempo. Não sou um demônio?

Tiago deixou escapar um riso breve.

– Sem dúvida, tchê. Sem dúvida tu és um demônio! E de primeira!

Tiago, ainda pasmo, deu uma volta completa na caravela. Aproximou-se dos soldados. Alguns haviam acabado de soltar seus fuzis no momento em que Miguel congelara o tempo, e eles estavam ali, suspensos no ar, como amparados por fios invisíveis. Outros efetuavam disparos, e a ponta dos fuzis cuspia fogo, e o fogo estava lá, congelado, capturado num átimo de tempo. Tiago aproximou-se de um soldado que atirava e, alguns metros à frente, encontrou o projétil cruzando o céu, também capturado por aquela fotografia sobrenatural. Aproximou a mão do projétil, que girava lento. Quando estava prestes a tocá-lo, foi advertido pelo vampiro.

– Não toques nisso, brasileiro. Mesmo sob meu dom, uma bala continua sendo uma bala.

– Você quer dizer que, se eu tocá-la, vou me machucar?

– Quero.

Tiago concluiu a volta pela caravela e, então, foi apressado pelo vampiro.

– Brasileiro, sei que temos todo o tempo do mundo, mas eu quero acabar com esta situação logo, antes que mude de ideia sobre o destino de tudo isto aqui. Ajuda-me com o barco e vamos embora.

Tiago obedeceu sem mais demora. Em poucos minutos, arrastaram a lancha para fora do *iceberg*. Enquanto Miguel a segurava junto ao costado de gelo, Tiago retornou para buscar Eliana. Após observar todos os congelados naquele quadro tridimensional, ficou com uma dúvida que só o vampiro poderia sanar. Subia uma marola congelada com Eliana às costas e, quando chegou ao topo, escorregou, indo ao chão, descendo velozmente pelo gelo. Parou somente onde iniciava outra marola. O tempo havia parado, mas o frio continuava intenso. Estava cada vez mais preocupado com o estado de saúde da amiga.

Miguel viu o brasileiro em dificuldade e soltou a lancha para ajudá-lo a descer o costado de gelo. Tiago agradeceu, pois o chão estava escorregadio. Se não fosse a preocupação de Gentil, cairia ao mar com a mulher. Miguel acomodou Eliana no costado, enquanto Tiago, espantado pelo fato de a lancha não ter se afastado mar adentro, embarcava.

Acionaram o pequeno motor da lancha e partiram sobre o mar monótono. Parecia que até o oceano havia sido paralisado. Aos poucos, abandonavam a gigantesca placa de gelo criada pelo dom maldito do vampiro que fazia tudo congelar.

Olhando para a enorme pedra de gelo, Tiago lembrou-se de Guilherme caindo sobre ele e, depois, paralisado no meio da queda, em pleno ar. Lembrou-se, também, do rosto petrificado dos demais vampiros. E então voltou à mente aquela dúvida que apenas Miguel poderia elucidar.

– Por que somente eu e Eliana nos movemos enquanto o tempo e os demais estão parados?

– Porque eu quero – respondeu em voz baixa o vampiro, que parecia perdido em seus próprios pensamentos.

Tiago olhou para o céu e notou que até mesmo as nuvens estavam lá, paradas, como grandes almofadas de algodão-doce. A resposta do vampiro fora curta demais, pouco explicativa para o rapaz.

– Só isso? Só porque você quer?

– Ora, pois! Estou te dizendo que é só porque eu quero e pronto! – respondeu novamente Miguel, demonstrando um pouco de irritação.

Enquanto utilizava uma lata para retirar a água do barco para fora, percebeu que Miguel se tornara sisudo nos últimos minutos; um pouco acabrunhado, irritado.

A lancha continuou com o roncar monótono do motor, cruzando as águas e transformando o grande *iceberg* em um pontinho distante, fincado no horizonte. Depois de vinte minutos, o motor apagou. Tiago parou com o trabalho de jogar água para fora e passou a lata a Miguel, que começou a executá-lo rapidamente. A água entrava lentamente, gelatinosa, mas em grande quantidade, devido aos buracos arranjados pelos fuzis dos soldados. O rapaz foi verificar o que sucedera ao motor. O problema era simples. Não havia nenhum combustível no reservatório.

– Acabou o combustível.

– E agora? – perguntou Miguel, espantado. – Teremos de nadar?

Tiago riu.

– Não, português. Fica na sua. Aqui tem mais – acalmou Tiago, puxando um galão debaixo do banco traseiro.

Miguel interrompeu o trabalho para entender como se reabastecia a lancha. Sabia que precisaria executar aquela tarefa muito em breve.

Tiago deu dois puxões na partida para fazer o motor funcionar. A lancha retomou a marcha monótona sobre o mar quieto. Já podiam avistar um fino traço no horizonte, anunciando o continente. Se mantivessem aquela velocidade, levariam mais vinte minutos para alcançar a praia.

Naquele ponto, o único som que se ouvia era o do lamuriante motor, mais nada.

O rapaz acomodou-se no banco do piloto após verificar o estado de Eliana. A pulsação estava normal, mas ela continuava desmaiada, como alguém exausto após um árduo dia de trabalho. Um pouco mais calmo, Tiago relaxou o braço do ombro ferido e deixou a mão afundar na água. Sentiu algo diferente. A água estava um pouco mais densa, como se tivesse se transformado em gelatina.

– Esse seu poder, Miguel... é fantástico!

– Eu sei, ó pá. Este meu dom já nos tirou de muitas emboscadas.

– E por que não o usou para fugir?

– Fugir? Aqueles malditos não merecem continuar fugindo. É hoje mesmo que eu dou fim nesta história. Já me enganaram no passado, já me traíram, e eu perdi o amor que tinha por meus semelhantes. Merecemos todos morrer. Com aquele míssil nuclear, acredito, do fundo do meu coração morto, que porei fim a nossa existência.

– Você quer dizer que vai voltar lá?

O olhar calmo que o vampiro sustentava, examinando o continente se aproximando, era típico dos que consentiam.

Tiago continuou:

– Você não pode fazer isso! Você merece viver, e eu... eu preciso de um mestre... de um professor.

Miguel voltou o rosto para Tiago. O que o rapaz lhe dizia era verdade. Precisaria de um professor.

– Tu tomaste do sangue daquele demônio, não tomaste? Pois agora será um vampiro tão maldito quanto ele.

– Foi um ato de desespero... ele estava prestes a me matar... eu...

– Tu te tornarás um vampiro, com certeza. Aquele sangue... nosso sangue é muito forte.

– Eu sou diferente. Não serei maldito.

Miguel abriu um sorriso.

– Tu não sabes o que dizes, menino. Tu não fazes ideia do que é ser um vampiro, um demônio. Tu não fazes ideia do que nós fazemos.

Tiago olhou para a frente. O mundo silencioso em que se encontrava acabava de ser violado. Seus tímpanos detectavam um som, um rumor que ia crescendo segundo a segundo.

– Tu serás diferente até começar a ter medo do sol.

Tiago não pensou em discutir. Aquela frase tocou-o fundo. Se, de fato, se tornasse um vampiro, teria de se habituar à ideia de viver longe do sol que tanto amava, que já bronzeara seu corpo milhares de vezes. Que o aquecia quando voltava de seus mergulhos apaixonados. Não discutiria. O barulho continuava aumentando. Não entendeu como aquele som estava acontecendo, já que o silêncio era total. Agora, mais próximo da praia, sabia muito bem que barulho era aquele. Era o som da arrebentação. Desligou o motor da lancha para reduzir completamente a velocidade. Aproximando-se um pouco mais, pôde ver que as ondas também haviam sido apanhadas pelo dom de Gentil. Paralisadas, formavam corcovas e desníveis traiçoeiros próximos à praia. Apenas o som não fora aprisionado. Pensando bem, fora, sim, pois era um ronco contínuo, como se tivesse sido congelado naquele momento um acorde vivo, capturado no tempo. Um ronco feroz.

– Miguel, vá para trás, coloque a cabeça de Eliana no meio de seus joelhos e segure-a firme.

Em seguida, Tiago ligou o motor e deslizou lentamente paralelo à praia e às ondas, só cruzando no sentido da areia, nos entremeios das ondas, onde o desnível era mais suave. Não demorou muito até atingir a praia. Novamente desligou o motor, deixando a pequena embarcação deslizar, até que o casco atingisse a areia. Para aportar, havia desviado alguns metros da sua casa. Pôs Eliana nas costas e começou a caminhar, com Miguel a seu lado.

Quando se aproximavam da casa, retomou a conversa.

– Com um dom tão poderoso, por que não fica?

– Porque no passado fui fraco. Vou perecer com aqueles que se faziam de meus irmãos.

– Você não é igual a eles. Você é diferente... é consciente – argumentou o rapaz, olhando para trás.

– Sou diferente? Como? Fui eu quem vendeu o irmão! Fui fraco e cego! Eu tomo sangue do próximo e tiro-lhe a vida. Como um ser maldito, que carrega essa praga na ponta dos dentes, pode ser diferente? Diferente do quê? Você, muito cedo, vai compreender...

– Vê?! Você já está até falando *você!* Não aprendeu agora! Lembra que falou assim no túnel, quando narrava sua história? Logo se habituará a essa nova terra, a esse novo tempo...

– É da nossa natureza se adaptar aos costumes e à língua dos que nos rodeiam. Somos assassinos marcados. Vestimos disfarces. Você... você logo aprenderá, posto que em breve sentirá sede de sangue. Procure não chamar a atenção. Sê um aldeão comum. Um homem igual ao próximo, sem poderes de vampiro, sem presas pontiagudas, sem maldade nos olhos.

Tiago notara algo estranho enquanto caminhava pela areia. Estava atento à conversa, porém mais interessado em suas pegadas. Miguel o encarava com expressão interrogativa.

– Você foi vítima de um embuste. Eles armaram para cima de você, Gentil.

Tiago estava espantado. As pegadas. Eles caminhavam sobre a areia e deixavam pegadas, naturalmente, mas segundos após elas desapareciam, com a areia voltando ao nível de antes.

Tiago esperava uma resposta de Miguel. Olhou em volta, mas não viu o vampiro. Retomou a caminhada sozinho e, em menos de um minuto, alcançou a varanda da casa. Abriu a porta, constantemente destrancada por culpa da desatenção de César, mas, naqueles últimos dias, tinha de dar um desconto. As coisas andavam atribuladas demais para se lembrar de trancá-la. Percebeu um vulto cruzando a sala. *Gentil.*

– Fui fraco, ó brasileiro. Cedi ao ódio. Entreguei meu irmão ao verdadeiro Diabo só pelo amor devotado a uma mulher mortal. As coisas não deveriam ser assim, Tiago. Tenho uma dívida para com meu irmão. Tu vais localizá-lo. Acorda-o. Essa é tua dívida sagrada para comigo, teu pai. Me honrarás. Meu sangue negro corre como veneno em tuas veias. Faça desta desgraça um privilégio para ti. Todos nós seremos compensados. Sétimo será compensado.

Tiago colocou Eliana na cama, em seu quarto. Voltou para a sala. Miguel continuou:

– Agora retornarei ao gelo, Tiago. Encerrarei minha existência e a existência daqueles infelizes. Sétimo terá sua vingança. Eu também terei me vingado daquela corja. Li em teus livros. Aprendi com vocês, brasileiros, que uma bomba nuclear pode destruir tudo. O fogo poderoso trará paz a este corpo cansado do sangue humano. Para aqueles mortais, trará paz ao espírito, que nós, vampiros, não temos mais.

– Por que não fica conosco, Miguel? Seremos amigos.

– Eu não tenho amigos, brasileiro. Aprende mais esta lição. Vampiros não têm amigos. Vampiros têm comparsas. É diferente, brasileiro; bem diferente.

– Você poderia ficar. Com este poder, ninguém lhe faria mal.

– Já me fizeram mal antes. O que mudou? Existem mais máquinas, existem milhares de coisas novas, mas o cerne humano permanece o mesmo. E parece que tu esqueceste o meu dever primeiro. Meu irmão será acordado por mim mesmo, por ti, talvez. E ele virá ao meu encalço e não vai querer explicações. Irá trucidar-me em um golpe só. Irá vingar-se, provocando toda a dor possível. Eu tenho medo de Sétimo. Eles, todos eles, temem Sétimo.

Afonso não está na caravela, mas não escapará da fúria de meu irmão. Ele sabe que, não importa onde se esconda, será encontrado. Sétimo chega até nós sem aviso. Sétimo caminha durante o dia, se quiser. É nosso pior pesadelo, criado por nós mesmos.

– Mas você pode detê-lo com seu poder, não pode? Pode fugir.

– Fugir? Sim. Mas, se é para viver fugindo, é melhor não viver. Por isso, decidi que o melhor a fazer é acabar de uma vez com essa história enquanto eu tenho o controle. E mais: só posso usar meu poder uma única vez a cada nova lua... Mais dia, menos dia, Sétimo me alcança... De que terá servido adiar minha extinção?

Tiago acenou com a cabeça, concordando. Não adiantaria continuar argumentando.

Miguel foi para fora, seguido pelo novo vampiro.

Tiago parou na varanda, enquanto Gentil caminhava na areia, deixando pegadas sobrenaturais. Outra vez o rapaz viu as marcas desaparecerem suavemente.

– Você não me acompanha?

– Estou preocupado com a Eliana.

– Agora, neste segundo, nada morre, meu amigo.

– Lá no gelo, você me disse que aquela bala...

Miguel postou o indicador na frente do nariz, exigindo silêncio do rapaz. Tiago olhou para trás. Acreditava no vampiro. Mais tranquilo, acompanhou a criatura. Usava botas militares pesadas, aumentando o cansaço que sentia.

Alcançaram a lancha, e o vampiro, como um marujo velhaco, nem esperou o rapaz, empurrando a embarcação para o mar até a água atingir a cintura. Da areia, Tiago o observava. Miguel içou o corpo para dentro da lancha. Puxando o cordão da partida do motor, quase o ligou, provocando um ronco engasgado, que se apagou em seguida.

– Motor a explosão, não é?

Tiago acenou positivamente, abrindo um sorriso, e, antes que o vampiro tentasse nova partida, perguntou:

– Ei, Miguel! Antes de ir, me diga. Do que você mais gostou... de tudo o que viu aqui nesta terra?

O vampiro pensou um instante e sorriu. Puxou o cordão e, mais uma vez, o motor apenas roncou. Outra tentativa, outro insucesso. Olhou para Tiago, que já avançava mar adentro para ajudá-lo.

– Sabe do que mais gostei, brasileiro?

– Vamos lá, Miguel, deixa de suspense e fala logo.

– Gostei mais das luzes, ó pá. As luzes elétricas são lindas!

Tiago alcançou a lancha. Sabia que o problema não era combustível, pois acabara de abastecer o reservatório.

– Mas sabe o que eu odiei?

Tiago olhou-o, surpreso.

– Motores a explosão.

Os dois riram alto no exato momento em que Tiago acionava o motor, fazendo o barco deslizar mar adentro. O vampiro ia ao encontro de seu fim. Chegou a se emocionar, e uma lágrima incontida desceu pelo rosto. Lá ia embora um bom sujeito, agora com um braço estendido no ar, acenando em despedida. Tiago sabia que era a última vez que via o vampiro Gentil.

Com certa dificuldade para sair da água, que conservava o aspecto gelatinoso, Tiago voltou para a areia. O ronco da arrebentação paralisada no tempo permanecia poderoso, encobrindo o som da lancha que sumia distante. Voltou para casa e lançou um último olhar para a orla escura. Já não conseguia ver a lancha. Já não conseguia ver Miguel. Estava só.

Entrou na casa. Era como se não fosse sua. Viu suas coisas, e elas pareciam coisas de um estranho. Quando estivera pela última vez ali, sabia quem era, sabia que era Tiago, o mergulhador. O que era agora? Quem era agora? Estaria Eliana segura com ele? Não tinha mais certeza. Sentia um embrulho no estômago. Se apurasse os sentidos, ainda sentiria o cheiro forte do sangue de Guilherme. Com certeza ainda conseguiria sentir resquícios do saboroso sangue amaldiçoado a ferir-lhe a língua. Os desgraçados estariam mortos em instantes. Andava pela casa, fazendo o solado da bota estalar contra o piso, soltando a areia grudada na sola. A casa estava escura, mas estava bem assim. Não precisava mais de lâmpadas elétricas para desvendar aquela escuridão. Foi até o quarto ver Eliana, seu amor antigo e adormecido. Deitou-se ao lado dela. Estava cansado demais. Abraçou a mulher, sentindo seu corpo quente e sua respiração pesada. Ela dormia profundamente e, quando acordasse, esperava ele, ficaria feliz em saber que fora libertada das garras daquela corja. Tiago, sem se dar conta, também adormeceu.

✠ ✠ ✠

– Tiago! – gritou Eliana.

O susto fora tão grande que, sem querer, arremessou o rapaz ao chão. Tiago se recompôs com rapidez e abraçou-a novamente. A explosão pegara ambos de surpresa, acordando-os do sono. Eliana estava perturbada, tentando livrar-se do rapaz. Tiago se levantou e agarrou a amiga pelos braços, tentando acalmá-la.

– Sou eu, Eliana! Sou eu!

– Como vou saber se você não é aquele outro?

Tiago agarrou-a com firmeza e tascou-lhe um beijo demorado na boca. Como Eliana parou de se debater, soltou-a. Ela estava convencida da autenticidade daquele beijo.

– O que foi isso, Titi?

– Um beijo, meu amor...

– Não, não é isso. O que foi aquele barulho?

Tiago arregalou os olhos.

– O míssil nuclear!

– O quê?! – perguntou a mulher, à beira do desespero.

– Havia um míssil indo em direção à caravela, então Miguel tirou a gente de lá antes que tudo fosse pelos ares. Foi por um triz.

– Me explica isso direito.

Tiago começou a narrativa de tudo o que sucedera desde quando foram separados pelas criaturas até aquele exato momento. Após quase uma hora, ao terminar o relato, ouviu passos invadindo a casa.

Tiago colocou-se de pé, enquanto Eliana, visivelmente traumatizada, acuava-se entre a parede e a cama.

Ouviram vozes. Vozes conhecidas. Eram César e Olavo. Enfim, estavam os quatro juntos de novo, vivos e bem.

CAPÍTULO 35

Os dois se aproximaram da casa a passos lentos. O caminhão do Exército os havia deixado na estrada a poucos metros dali. Chegaram até a varanda e entraram sem fazer muito barulho. O dono da casa não estava dormindo; mesmo assim, não faziam barulho. Como de costume, como um código, quando chegavam gritavam pelo dono da casa, Tiago. Não gritaram desta vez. Sabiam que o dono da casa não se importaria. Não se incomodaria com a invasão. O dono daquela casa estava morto. Fora assassinado por um míssil nuclear quase uma hora atrás.

César não conseguia acreditar até agora em tudo aquilo que acontecera nos últimos dias. Parecia estar vivendo uma história inventada por uma mente perversa. Tiago e Eliana estavam mortos. Queria que fosse mentira.

Olavo parou bem no meio da sala, junto ao amigo. Não sabia se sentava ou se ficava de pé. Sua cabeça estava preocupada com coisas mais importantes do que onde seu traseiro ficaria mais confortável.

De repente, a porta do quarto se abriu.

Havia alguém ali, alguém que acabara de dar um passo para dentro da sala escura.

César e Olavo assustaram-se. Não deveria haver ninguém na casa. Imaginavam-se sozinhos, mas a porta ficara destrancada este tempo todo...

César estava mais próximo do interruptor e foi quem acendeu a luz da sala. Um calafrio percorreu seu corpo de fora a fora. Não conseguiu emitir uma palavra sequer, tamanho o espanto. Seus olhos encontraram-se com os olhos de um fantasma. Era como se sua mente lhe pregasse uma peça.

Olavo foi quem balbuciou alguma coisa inteligível.

– Sa... santa mãe de Deus... Titi?

O homem ali parado, de pé, confirmou com a cabeça.

– Não pode ser! – emendou César.

Um vulto surgiu de trás daquele homem... o vulto de uma mulher.

– Eliana! – espantou-se novamente Olavo.

Passado mais um segundo, o espanto não chegou a se dissipar, mas misturava-se a uma alegria intensa. Os recém-chegados levaram as mãos à cabeça enquanto observavam os dois amigos ali, intactos.

Os quatro se abraçaram. Os quatro de Amarração. O vínculo entre aqueles amigos era forte como o vínculo natural dos verdadeiros amigos.

– Mas como? – queriam saber.

Tiago respirou fundo.

– É melhor sentar. Essa história vai ser longa.

Em uma versão abreviada, contou aos dois o plano entre ele e o Exército nas docas de Amarração até o incrível desfecho providenciado por Gentil.

– Bá, mas que história mais incrível!

– É, Cesão, se eu contasse para qualquer outra pessoa, iriam me internar num hospital para doentes da cuca. Ao menos tenho vocês, que viram uma porção de coisas esquisitas, para desabafar esse negócio.

Eliana ainda estava visivelmente cansada. O rosto sulcado revelava que havia sofrido muito naqueles últimos dias. Depois de alguma insistência, foi convencida pelos três a se deitar mais um pouco e tentar dormir.

Tiago encarregou-se de levá-la ao quarto e, ao voltar, fechou a porta. Os três ficaram em silêncio por uns instantes.

– E agora, Tiago? Vai mesmo cumprir o que prometeu ao vampiro? – questionou César.

– É. Vai procurar o tal do Sétimo?

– Vou. Tenho de ir. Prometi – Tiago levantou-se, passando as mãos no cabelo.

– Que horas são?

– Quatro e cinco da manhã.

– Daqui a uma hora o sol vai nascer – comentou o rapaz.

Tiago andava para lá e para cá, concentrado e nervoso.

– E se o Exército descobrir que você sobreviveu, como vai explicar? – preocupou-se Olavo.

– É claro que o Exército vai descobrir. Os caras são uma coisa.

– Eu vou inventar uma história. Para eles eu fui vaporizado na explosão. Vou dizer... sei lá, depois eu me preocupo. Agora estou pensando em Sétimo.

– Sabe ao menos por onde começar?

– Sei, Cesão. E digo mais: acho que sei por onde começar e por onde acabar. Eu vi uma coisa, ou melhor, ouvi uma coisa que me dá uma pista e tanto.

– O quê?

– Naquela hora, a do confronto com Guilherme aqui em Amarração...

– Quando ele quase te congelou? – perguntou Olavo, interrompendo.

– É, nessa hora – Tiago havia omitido o fato de ter tomado o sangue do vampiro. Não havia contado sequer que fora salvo pelo sangue de Gentil. Eles nem desconfiavam de que o amigo poderia ser um vampiro. – Nessa hora, pouco antes de Miguel me tirar daquela enrascada, quando o gelado se engalfinhava com o soldado-zumbi, eles, os soldados, disseram uma coisa que pôs o vampiro para correr. Disseram que estiveram aguardando por ele em um hotel abandonado e que lá descobriram algo para acabar com ele, o vampiro. Guilherme ficou tão apavorado que nem quis saber mais de conversa. Saiu correndo, achando que os soldados haviam encontrado Sétimo, o maldito.

– Tá, mas o que isso quer dizer?

– Isso quer dizer que Sétimo foi escondido por Guilherme em um hotel abandonado, porque foi Inverno que escapou primeiro, lembram?

– Bá, naquele dia, no primeiro dia, de acordo com vocês, ele levou um, não foi?

– Certo, Olavo, certo. E esse um foi justamente Sétimo. Guilherme não deu ponto sem nó. Como não sabia onde estava e as possibilidades de esconderijo, antes de qualquer coisa, antes de qualquer irmão, tratou de levar Sétimo para longe dos demais, principalmente de Gentil, e cuidou de escondê-lo onde julgava ser seguro. Um hotel abandonado.

– Mas aqui em Amarração só tem um hotel abandonado. E é aqui, bem pertinho da gente! – disse César, entusiasmado.

– Eu tenho de ir lá e cumprir o prometido. Se vocês quiserem, podem ficar aqui. Não são obrigados a me acompanhar.

O entusiasmo de César deu lugar a um segundo de reflexão. Estava entusiasmado com o quê? Em encontrar mais um monstro adormecido? *Não, muito obrigado*, pensou. Tiago adiantou-se até a porta que dava para a varanda. Olavo levantou-se e seguiu-o. César tirou o revólver da cintura e verificou a munição.

– Vamos lá. Vamos dar motivo para o Exército soltar todas as bombas nucleares que tiverem guardadas no estoque.

Trancaram a porta e saíram. A rua do comércio abandonado ficava a cerca de cinco minutos a pé.

– Eliana vai ficar a salvo lá, sozinha? – preocupou-se Olavo.

– Os vampiros estão mortos agora. Acredito que ela estará segura.

– Esperem um instante.

César voltou correndo para a casa. Voltou depois de três minutos. Tiago e Olavo já estavam impacientes.

– O que você foi fazer? – inquiriu Olavo.

– Lembra-se da espingarda?

– Hum-hum.

– Deixei com ela, pois assim eu fico um pouco mais tranquilo.

Em menos de dez minutos adentraram a rua do comércio abandonado. Durante décadas, a Rua Maestro Carlos Gomes havia sido a principal rua comercial da pequena Amarração, dando-se ao luxo de possuir um hotel três estrelas, além de duas drogarias e uma discoteca. Havia dezenas de outras casas comerciais, hoje todas condenadas, esquecidas e empoeiradas. A rua havia sido aberta em terreno impróprio, e vários imóveis estavam cedendo. A prefeitura de Amarração decidiu desapropriar a área, indenizando parcialmente os proprietários. Tiago ainda não morava lá quando tudo aconteceu. César e Olavo eram meninos pequenos, por isso as lembranças da rua no auge comercial eram vagas. Interditaram-na definitivamente quando o prédio do supermercado Camarada desabou, matando dois adultos e um bebê. Aquele fora o fim da Rua do Maestro, como todos a chamavam.

Pararam em frente ao modesto Luxor Hotel e perceberam que não teriam muita dificuldade em invadir o prédio. Uma folha da porta dupla frontal estava capenga, caindo para dentro. Tiago foi o primeiro a entrar e, com menos de cinco passos, já estava na frente da suntuosa e empoeirada recepção do Luxor. O hotel tinha quatro andares e ainda era o prédio mais alto de Amarração. Olavo e César arrependeram-se de não ter trazido uma lanterna. O sol ainda não havia sequer apontado no horizonte, e a escuridão dentro do hotel era implacável, obrigando-os a se deslocar passo a passo, cautelosamente. Tiago vasculhava os cantos escuros usando sua visão vampírica em busca de pistas que pudessem levá-lo ao possível esconderijo do cadáver de Sétimo. Seu ouvido apurado detectou algo que os mortais não ouviram. Uma música. Ele conhecia aquela voz, aquele estilo. Era Gilberto Gil, misturado com uma chiadeira que, provavelmente, chegava até ali por um radinho sintonizado em alguma FM que transmitia via satélite de São Paulo ao Cone Sul.

– Vocês ouviram isso? – perguntou.

– Isso o quê? – eles não ouviam.

– Esperem aqui.

Tiago lançou-se escada acima e, assim que escapou da vista dos amigos, usou sua velocidade de vampiro para encontrar o radinho. Um rumor de respiração rápida misturou-se ao final da música de Gilberto Gil. Eventualmente, o Luxor era invadido por desabrigados que encontravam nos velhos quartos conforto suficiente para uma curta estada, já que a prefeitura mantinha vigilância contínua naqueles imóveis abandonados, a fim de evitar que se transformassem num antro de vagabundos e drogados. Uma pausa na música, e Tiago descobriu do que se tratava aquela respiração resfolegante. Havia duas pessoas mantendo relações sexuais numa das velhas suítes do Luxor. Sorriu. Afinal, o Luxor não estava de todo morto. Corações ainda pulsavam entre suas paredes. Vasculhou os quartos em busca do cadáver escondido. Estava cansado, exausto, mas tentava extrair toda sua energia vampiresca para dar a batida em todos os quartos na maior velocidade possível. Passou de andar em andar. Agora a música era outra. Um conjunto internacional viajava nas ondas invisíveis da Bela Vista FM, como anunciara a locutora. *Guitar*, da banda Cake, invadia seus ouvidos num embalo gostoso, convidando-o a cantarolar, apesar do seu inglês crasso. Tiago chegou até a suíte dos amantes. As respirações pareciam agora urros. Eram dois jovens, com dezoito anos, no máximo. Não havia motéis em Amarração. A galera tinha de se virar como podia. Espreitou na escuridão. Eles não poderiam enxergá-lo sem apontar a lanterna, que estava em pé, com o facho voltado para o teto. A garota era linda e movia-se como uma potranca, chacoalhando-se num vaivém delicioso, com os joelhos e as palmas das mãos apoiadas no chão. Um dia atrás, Tiago estaria com os olhos fixos nos seios fartos da adolescente, que iam e vinham mais que o próprio corpo da dona, mas não hoje. Hoje ele tinha os olhos fixos na jugular pulsante do pescoço delicioso da menina. Estava a ponto de saltar daquele canto escuro e arremessar o rapaz pela janela coberta de teias e pó e então transar com a garota e depois se banquetear com o sangue quente de seu corpo suado. Apertou os olhos e sentiu as mãos tremer. Naquele exato momento, teve certeza de que nunca mais voltaria a ser o Tiago de antes. Era um vampiro. Estava exaurido, e seu estômago urrava, clamando por mais sangue. Estranhamente, sabia que poderia continuar com aquela dor queimando as entranhas por dias infinitos, mas também estava certo de que perderia seus poderes vampíricos a cada minuto que adiasse aquele encontro. Pôs a mão sobre o peito e sentiu o coração bombeando, lentamente, mas ainda bombeando sangue em suas veias. Aquilo o acalmou e lhe deu forças para se afastar alguns passos e abandonar aquele cômodo. Lembrou-se de Miguel lhe dizendo que, enquanto seu coração pulsasse, ainda lhe restaria humanidade nas veias. Os amigos continuavam lá embaixo esperando, e logo estariam preocupados. Desceu tão rápido quanto subiu. Sua velocidade fora tão eficaz que havia se passado apenas três minutos desde que deixara os companheiros.

– O que você ouviu?

– Sei lá, César, parecia ter gente andando lá em cima. Fui ver.

– Não tinha ninguém?

– Às vezes uns desabrigados dormem aqui...

– É, eu sei, Olavo. Tem gente lá em cima, transando. Aposto que estão em cima do cadáver do vampiro – disse Tiago em tom sério.

Os três desataram a rir. Tentaram rir baixo, mas não conseguiram. Tiago viu uma porta à esquerda, empurrou-a levemente e notou que ali havia uma escada que levava a um porão.

– Parece que dá para descer aqui – avisou.

Os dois o seguiram de perto, incomodados com a escuridão, que aumentava cada degrau adiante. Tiago se deparou com um salão mofado e esquecido, onde nem mesmo o mais fissurado casal ousaria montar sua alcova. Estava infestado de ratos e de fezes apodrecidas. Havia limbo e mofo em todo lugar para onde dirigisse os olhos. Até mesmo as montanhas de entulho que cobriam o chão tinham a sua camada de mofo e fezes de rato. Os pequenos animais guincharam assustados, entocando-se por todos os lados.

– Acho que isso é barulho de rato – reclamou Olavo.

– Deixa de ser bundão, tchê. Onde já se viu ter medo de rato?

– Acontece, Cesão, que, ao contrário de você, eu não estou acostumado com essa imundície. Olha só que fedor, que horror!

– Tomem cuidado, o chão está coberto de entulho e sujeira. Não vão escorregar em cocô de rato por aí.

– Como é que você tá enxergando cocô de rato neste breu?

– Pô, Cesão, olha o cheiro! Tem merda pra tudo que é lado.

– Assim não dá para procurar nada. É melhor a gente voltar de manhã ou, então, voltar com lanternas.

Tiago paralisou. Não respondeu. Estava observando uma das montanhas de entulho. Um calafrio percorreu seu corpo. De todas, aquela era a única que não estava coberta por excremento e mofo, como se alguém, algum vampiro, o tivesse revirado recentemente.

– Venham aqui, me ajudem a tirar esse entulho.

– Para quê? Não dá pra ver nada aí! – resmungou Cesão.

– Não reclama, eu tenho um pressentimento.

Os três passaram a escavar os escombros. Tiago podia enxergar o que fazia, diferentemente dos dois amigos, que primeiro tateavam enojados as pedras que encontravam para depois removê-las. Tiraram quilos e quilos de pedras pequenas e médias até depararem com um imenso pedaço de laje. Tiago notou que o concreto estava coberto de mofo e excremento, que cobriam as pedras deixadas na parte superior do recinto. Sentiu que estava na pista correta, porque certamente aquele pedaço de laje já estivera na superfície e agora se encontrava ali, enterrado. Pediu ajuda aos amigos para erguer aquela laje. Os dois fizeram força sobre-humana e apenas conseguiram erguê-la alguns centímetros, o suficiente para Tiago dar uma espiadela ali embaixo. Esperava deparar-se com a múmia ressequida de Sétimo, mas tudo o que viu foram pedras. Teriam de escavar ainda mais. Empregou sua força vampírica e ergueu o concreto com violência, arremessando-o para o lado. Ouvindo o barulho que a rocha produziu ao deslizar, César assustou-se, jogando-se para o lado. Tiago esquecera que os amigos não conseguiriam enxergar o percurso da pedra pesada; teriam de adivinhá-lo. Por um triz, César não foi atingido pelo concreto. A peça rolou sobre o entulho até se chocar contra uma coluna empoeirada. O impacto fez o que restara do teto tremer e soltar em cima dos três uma grossa nuvem de poeira acumulada ao longo das décadas. Os três tossiram, com os pulmões tomados pelo pó. A coluna rachou e cedeu, indo ao chão com estardalhaço. César caiu para trás do amontoado de entulho que escavavam, rolando várias vezes sobre o próprio corpo, como um palhaço de circo tarado por cambalhotas. Tiveram a impressão de que o prédio todo havia tremido, ameaçando vir abaixo por completo. Olavo sentiu um pavor gigante tomar conta de sua cabeça, proporcionando uma tontura repentina.

Continuava inalando poeira espessa e agora sentia o ar tornar-se mais carregado, e a garganta, mais seca. Correu, tropeçou e caiu diversas vezes, tentando adivinhar o lado da saída. Parecia existir um trovão aprisionado ali, naquele porão, tanto barulho as velhas estruturas emitiam. Tiago ficou estático. Os dois amigos não viam, mas ele podia ver, apesar de não o desejar naquele momento. As paredes tremiam, e o que restara do teto estava vindo abaixo. Teriam muita sorte se aquele velho e abandonado salão de bailes não se transformasse em suas sepulturas. Um pedaço grande de laje desprendeu-se do teto, só não causando sérios problemas porque estava preso às ferragens da estrutura. Aquela situação, porém, transformou o pedaço de concreto numa arma, vindo direto para cima dele, como a ponta de um imenso pêndulo. Tiago, vendo o perigo, esquivou-se e, antes que pudesse dar qualquer alerta, o fragmento de laje atingiu em cheio seu amigo César, que foi arremessado violentamente contra o monte de entulho que escavavam. Tiago levantou-se ligeiro para socorrer o amigo. Os tremores cessaram, e nada mais despencou do teto. Uma certa calma voltou ao salão, indicando que não era daquela vez que seriam sepultados. Tiago varreu o lugar com os olhos. Olavo mancava e tateava em busca da porta, tossindo à beça. Fora isso, parecia bem. Ajoelhou-se ao lado de César, e então sentiu seu corpo amolecer em agonia.

– Tiago, é você?

– Sou eu, sou eu, sim. Vou te tirar daqui, me dá um segundo.

– Acho que quebrei uma costela. Tem uma coisa me prendendo as costas. Ahhg, que dor!

– Calma aí, amigo, me dá um segundo.

Tiago tentava ganhar tempo para pensar. O fragmento de concreto arremessara César aos entulhos, e agora ele via o amigo com um vergalhão atravessado no extremo direito do tórax. Se o retirasse dali, será que suportaria a dor? Não havia tempo para pensar muito. César estava sangrando em grande quantidade. Agarrou o amigo e, com um único puxão, o tirou do chão.

– Ahhg!!! Vai com calma, caralho!

Tiago ignorou os protestos e velozmente abandonou o salão, voltando a subir as escadas e deixando César em pé na recepção. Voltou para retirar Olavo daquele buraco malcheiroso. Saíram os três do prédio, com Tiago amparando César. Ratos enormes zanzavam pelo corredor, também ganhando a rua, apavorados com a tremedeira. O casal de amantes irrompeu pela porta dupla frontal com as roupas mal colocadas e trazendo os calçados na mão.

– Você está sangrando. Não é nenhuma sangria desatada, mas vai precisar de curativo.

– Vamos para o hospital – sugeriu Olavo.

César relutou. Os amigos conheciam a implicância que o companheiro tinha com injeções.

O cheiro forte do sangue batia nas narinas de Tiago, que tentava desviar o pensamento para outras coisas. Era seu amigo, não queria nem cogitar a hipótese de tomar de seu sangue. Mesmo assim, a tentação era poderosa.

Levaram doze minutos até chegarem ao pronto-socorro. Os atendentes assustaram-se com a quantidade de sangue com que a roupa do rapaz vinha empapada. César, antes de se entregar aos cuidados médicos, passou a arma com balas de prata para Olavo. Providenciaram uma maca e lá se foram com César para uma sala, mas Olavo e Tiago foram obrigados a esperar no corredor. Um médico entrou apressado e saiu cerca de vinte minutos depois. Aguardaram poucos minutos e viram César saindo, sem camisa, com um curativo extenso que abrangia toda a parte superior do tórax. Ao contrário do que pensava, não tinha quebrado a costela. Gastou mais dez minutos preenchendo uma papelada de vias coloridas, se responsabilizando por seu estado de saúde, uma vez que havia se negado a permanecer no pronto-socorro por mais oito horas para observação. Outras tantas vias para explicar a natureza do ferimento, imputando a si mesmo toda e qualquer responsabilidade. Acenou para os amigos e foi se juntar a eles, que o aguardavam do lado de fora.

– Vocês acham que eu ia ficar aí, com esse mundão de injeções prontas para espetarem este corpinho que mamãe me deu?

Tiago e Olavo riram.

– E vocês achavam que iam voltar lá sozinhos, não é? Pois eu vou junto! Quero ver se aquele teto vai folgar de novo.

Os três explodiram em uma gargalhada uníssona.

– Ah! Acho que vou ficar uma semana sem poder ouvir piada de português! Ah! Ah! Ah! – disse César, levando a mão ao curativo, sentindo dor nos pontos enquanto ria. Vendo o amigo arqueando-se de dor, o ar descontraído desapareceu, e se puseram a caminhar envoltos por um silêncio nervoso.

– Você ainda acha que aquele maldito está escondido lá? – quis saber Olavo.

– Acho, não, meu amigo. Eu tenho certeza de que ele está em algum lugar do hotel. Caso contrário, não existiria razão para Inverno fugir tão atrapalhado, tão nervoso. Se ele não estiver, lá existe alguma coisa que vai dizer onde ele está.

Tiago notou uma linha vermelha tingir o horizonte. As serras estavam delineadas por uma luz preguiçosa e pulsante. Aves cortavam o céu escuro, rumando para ninhos distantes. Pios e sons vinham do mato lá longe. A alvorada chegava. Tiago desejou estar de posse de seus óculos de lentes escuras. Pressentiu que a luz poderosa do astro-rei lhe causaria transtornos. Precisaria ser cauteloso ao enfrentá-lo naquela manhã.

Chegaram mais rápido do que foram. Lá estava ele, o Luxor, em pé.

– Será seguro entrar?

– Qual é, Olavo? Eu é que estou estropiado. Eu é que tenho de fazer essas perguntinhas de mariquinhas.

Tiago foi o primeiro a entrar. Um vento frio cruzava o corredor de entrada, vindo do fundo escuro do prédio. Não era Inverno, isso não. Mas o que seria? Sentiu um comichão beliscar-lhe as entranhas. Era alguma coisa. Teve ímpetos de impedir os amigos de ir com ele. Os ouvidos treinados detectavam apenas o rastejar dos ratos e o som do rádio esquecido pelos amantes. Deixou os amigos vir. Não haveria perigo ali; estava apenas espantado com o vento frio que o recebera à entrada do hotel. Inverno estava morto. Nunca mais testemunharia o frio sobrenatural. Nunca mais veria alguém, aparentemente humano, congelar outra pessoa com a simples vontade do pensamento. Aquele capítulo dessa maldita história já estava encerrado.

Os três desceram ao porão que servira como salão de bailes por tantos carnavais. Os guinchos dos ratos eram audíveis até para os que não possuíam audição de vampiro. Esperneavam e saltitavam por todos os cantos, fazendo pequenas pedras rolar de cima das pilhas de entulho.

Tiago varreu a escuridão com os olhos de vampiro até encontrar a pilha que estiveram escavando. Uma camada espessa de poeira havia se desprendido do teto, e, com o desabamento de mais uma parte, todas as pilhas de entulho estavam parecidas, camufladas. Foi então que seus olhos sensíveis cruzaram com aquilo. Um calafrio poderoso percorreu-lhe o corpo. Havia uma mão no meio das pedras. Não! Não era mão! Era uma espécie de garra, um misto de mão humana com garras selvagens. Era algo em forma de mão. Era Sétimo. Teve certeza absoluta assim que a avistou. Pediu que os amigos parassem.

– Aguardem aqui. Acho que vi uma coisa.

Apesar de uma rala luminosidade invadir o porão lá do alto, a escuridão nos escombros era total.

– Viu o quê? Nesse escuro? – Tiago não respondeu.

Aproximou-se daquela mão grotesca, enterrada sob toneladas de entulho. Não importava que o medo absoluto queimasse seu peito, e que o terror e a vontade de correr dali e se colocar a salvo tomassem conta de sua mente. Importava a sua jura. Fora salvo pelo vampiro que dominava o tempo para estar ali e encontrar Sétimo. E revivê-lo. Sétimo. O mais maldito. O mais feroz dos sete demônios. E ele seria o seu libertador. Daria de seu sangue e fugiria rápido como flecha. Não queria nenhum estreitamento com tal criatura. Aquela mão sinistra era três vezes maior que a sua própria mão. Um único golpe esmagaria a cabeça do maior cabeça-dura das redondezas sem muito esforço. Tiago colocou sua mão paralela à do vampiro e preparou-se para ferir sua carne, fazendo o sangue escoar até a mão da fera. De costas para os amigos, deixou os olhos cintilar e, então, fez com que os caninos afiados aumentassem, tornando-se, ele também, uma daquelas coisas malditas. Já levava a boca ao pulso quando o inesperado aconteceu. A mão grotesca abriu-se e agarrou seu punho, apertando-o e prendendo-o com firmeza implacável. O braço todo desenterrou-se, e, do fundo das pedras, o corpo da fera emergiu. Sétimo. O sétimo vampiro. O pior, o mais temido. Tiago sentiu o coração querendo saltar pela garganta. No instante seguinte, aquela mão poderosa arremessou-o contra uma parede, fazendo Tiago estatelar-se no chão. Um rugido descomunal tomou conta do ambiente.

Olavo, pela milésima vez, teve vontade de sair correndo, enquanto César, desequilibrado, caía de joelhos sobre as pedras.

– TU FEDES! – tonitroou uma voz poderosa, com forte sotaque lusitano.

Tiago estava de quatro, balançando a cabeça, tentando manter-se consciente. Sétimo havia acordado.

Olavo, apavorado com aquele grito estridente, correu no escuro, tentando alcançar a porta.

Um vento forte fez a poeira solta voar pelo ar, e um novo rugido tomou conta do porão.

Olavo sentiu uma garra poderosa fechar sobre seu pescoço e impedir a passagem de ar. Seus olhos encheram-se de lágrimas. Aquela mão o sufocava e causava-lhe imensa dor. Não era hora para bancar o valentão.

– FOME! – bradou a fera.

A luz aumentara discretamente, revelando a César uma sombra grotesca movendo-se ligeira no recinto. Percebeu que o vulto bizarro agarrara seu amigo. Aquilo ali, gritando de modo quase ininteligível, só poderia ser uma espécie de monstro.

E o monstro rosnou, gritando novamente:

– FOME!

Olavo grunhiu já sem ar. Aquele demônio o estava matando. Sétimo rugiu, arreganhando a mandíbula e, em seguida, cravando os dentes numerosos e afiados no pescoço do rapaz. Sentiu o sangue quente infestar-lhe a boca. Aquilo era antigo; seu estômago urrava pelo líquido, urrava havia anos sem poder saciar-se. Comprimiu os dentes com força, separando a cabeça daquele corpo pequenino. Agarrou com as mãos o tórax do homem e sorveu o sangue do pescoço decepado como se bebesse numa caneca de barro.

César assistiu àquele teatro de sombras horrorizado. Olavo estava morto. Empunhou o revólver e descarregou contra a criatura.

Sétimo ouviu explosões a seu lado, mas não se incomodou, mesmo depois de sentir que algo perfurava sua pele grossa e escamosa. Espremeu o corpo de Olavo como quem espreme uma laranja para extrair a última gota. Passou as costas da mão no lábio para retirar o excesso de sangue. Um homem com lágrimas nos olhos empunhava algo que certamente era a arma que havia lhe causado ligeiro desconforto, mais pelo barulho do que por qualquer outra coisa. Sentia a prata queimando internamente. Teria de cuidar daquilo mais tarde. Estava mais interessado em absorver mais daquele líquido precioso e delicioso.

– Fome – disse um pouco mais baixo.

César arregalou os olhos. A sombra crescia em sua direção. Fosse o que fosse, o assassino de Olavo vinha agora em seu encalço. Tentou correr para perto de Tiago, mas, antes que completasse a meia-volta, a fera pôs as garras em seu corpo. Enlaçou-o pela cintura e o ergueu até próximo à bocarra. Sentiu o bafo quente daquele monstro contra sua face. Então uma língua morna e úmida tocou seu rosto. A fera ergueu-o um pouco mais e então encostou seu focinho no curativo, aspirando profunda e demoradamente.

– Pai! – exclamou a fera, devolvendo-o ao chão.

César caiu sentado, boquiaberto. Mais uma vez um vento sinistro invadiu o recinto, acompanhado de um barulho infernal. O monstro partia para cima de Tiago, que permanecia acuado num canto.

Os olhos do rapaz nem sequer piscaram enquanto via a cena do monstro chamando César de pai. Recuperara completamente os sentidos só depois de ver o monstro parado ali, na sua frente. Estava apavorado, era inegável. Seus olhos teimavam em acreditar: a criatura era inconcebível. Talvez fosse o próprio demônio. Um monstro gigante, com três metros de altura, de costas largas e encurvadas, musculatura assustadora e pele horrível, ora coberta por escamas, ora coberta por pele oleosa. Tinha feições que se misturavam à de um lagarto e à de um morcego. Aliás, tinha duas asas tão grandes que Tiago ainda não tivera tempo de descobrir onde começavam e onde acabavam. Os olhos da fera cintilaram assim que fitaram os seus.

– Aqui estás tu. O que fede!

Tiago sentiu uma mão poderosa agarrar seu pescoço.

– Ainda estou com fome, criatura! Teu sangue tem o fedor daquele desgraçado, mas certamente será tão saboroso quanto o do que acabei de matar.

Tiago não havia presenciado Sétimo exterminar a vida de Olavo, mas entendeu o que o monstro disse no mesmo instante.

– Ah! Que fome! – bradou o monstro.

César viu os olhos de Tiago cintilar. Assustou-se. Sétimo estava prestes a enterrar os caninos, quando percebeu os olhos daquele homem. Jogou-o contra a parede.

– Vampiro! – bradou furioso.

– Sim... – murmurou Tiago, enquanto se levantava.

– Tu tens o cheiro dele!

– Eu tomei do sangue dele!

– Ah! Ah! Ah! – gargalhou a fera.

Sétimo farfalhou as asas, infestando o ar com mais poeira.

– Sinto apenas um. Distante. Cuido dele assim que sair daqui. Agora vou acabar com você, imitação de vampiro.

Tiago, usando de sua velocidade, escapou da trajetória da fera. Sétimo urrou furioso, mas no ataque seguinte obteve sucesso. Trouxe Tiago para próximo de sua boca, decidido a liquidá-lo.

– Poupe-me! – bradou o vampiro.

Sétimo abaixou-o uma vez mais.

– Não vejo vantagem em te poupar, ó gajo.

– Você não sente os demais, não é? Apenas Afonso.

– Tu conheces o Lobo?

– Conheci todos eles.

– Conheceste...

– Os demais estão mortos.

– Mortos! – Sétimo desferiu um potente soco em Tiago, fazendo-o voar de encontro à parede mais uma vez. Tiago cuspiu dois dentes. O sangue emanou dos lábios. Os olhos do monstro cintilaram perigosamente.

– Como? – inquiriu.

– Poupe minha vida e lhe direi como Miguel eliminou os traidores.

– Meu irmão! ELE ME TRAIU! – urrou a fera, fazendo a poeira agitar-se uma vez mais quando farfalhou as longas asas.

– Não, Sétimo. Seu irmão não te traiu. A história, Sétimo... só eu conheço a história. Poupe-me e tu também saberás.

– Sou um homem de palavra, vampiro. Tens minha palavra de que a partir de agora serás meu protegido junto a meu novo pai, daqui por toda a eternidade, se não me burlares, se me contares toda a história que sabes e que presenciaste.

Tiago cuspiu todo o sangue que permanecia em sua boca. Recolheu seus caninos vampíricos e ajeitou um lugar para se sentar com um mínimo de conforto. A narrativa seria por demais longa e rica em detalhes. Diria tudo o que viu, que viveu e que ouviu. Olhou para a fera, que, como um menino, mantinha os olhos vivos e bem abertos, como se esperasse adormecer num conto de fadas romântico. Iria começar, desde aquele maldito dia em que resolveram mergulhar e verificar de que diabos de navio se tratava aquele afundado em uma das depressões do litoral do Rio Grande do Sul. A história seria bastante longa, mas igualmente real. E não será necessário que eu a transcreva a você, leitor, que já chegou até aqui. Mas agora, o que aconteceu deste encontro para a frente, bem... isso já é uma outra história.

Outras obras do autor

- Sétimo
- O Senhor da Chuva
- Sementes no Gelo
- A Casa
- O Caminho do Poço das Lágrimas
- SAGA O VAMPIRO-REI
  - Bento - livro 1
  - A Bruxa Tereza - livro 2
  - Cantarzo - livro 3
- SAGA O TURNO DA NOITE
  - Os Filhos de Sétimo - livro 1
  - Revelações - livro 2
  - O Livro de Jó - livro 3
- SÉRIE HQ - QUADRINHOS
  - Vampiros do Rio D'Ouro - HQ - Vol. 1
  - Vampiros do Rio D'Ouro - HQ - Vol. 2

Impressão e Acabamento
Prol Editora Gráfica